# 中國制度史

從農工商業到刑法，
呂思勉談古代社會結構與體制文化

U0078307

呂思勉 —— 著

—— 財產錢幣 × 飲食衣服 × 宮室宗族 × 婚姻戶籍 × 選舉兵制 ——

呂思勉以獨特視角結合詳實資料，闡述中國制度歷史的脈絡

# 目　錄

# 第一章　農工商業

　　人民之生業，必始自漁獵，進於畜牧，乃漸及於農耕。畜牧種植之利，皆在日後，非演進太淺之民所知也。

　　寒地之民好肉食，熱地之民則多食草木之實。中國古者蓋兼此兩者而有之。《禮記・禮運》曰：「昔者先王，未有火化，食草木之實、鳥獸之肉，飲其血，茹其毛。未有麻絲，衣其羽皮。」《禮記・王制》曰：「東方曰夷，被髮文身，有不火食者矣。南方曰蠻，雕題交趾，有不火食者矣。」此蓋皆食草木之實。又曰：「西方曰戎，被髮衣皮，有不粒食者矣。北方曰狄，衣羽毛穴居，有不粒食者矣。」此蓋皆食鳥獸之肉。中國未進化之時，地偏於東南者，其俗蓋與夷蠻同；偏於西北者，其俗蓋與戎狄同也。然我族之進化獨早。

　　《古史考》曰：「太古之初，人吮露精，食草木實，穴居野處。山居則食鳥獸，衣其羽皮，飲血茹毛，近水則食魚鱉螺蛤。未有火化，腥臊多害腸胃。於是有聖人以火德王，造作鑽燧出火，教人熟食，鑄金作刃，民人大說，號曰燧人。」（據《繹史》卷一引）《白虎通》曰：「燧人鑽木取火，教民熟食，養人利性，避臭去毒。」《禮緯含文嘉》曰：「燧人鑽木取火，炮生為熟，令人無復腹疾。」此並足征燧人為遊獵之世首出庶物之主。伏羲之號，蓋謂其能馴伏羲牲。亦曰庖羲，則謂其取犧牲以充庖廚也。伏羲蓋游牧之世首出庶物之主也。燧人、伏羲、神農並稱三皇（詳見本書第十章附錄〈三皇五帝考〉），儼然代表生計進化之三時代焉。其年代不可確考。姑以通行之說計之，夏四百年，商六百年，周八百年，三代合千八百年，五帝在其前，約計二百年，三皇距周末當在二千年左右也。神農事蹟明見《易經繫辭傳》曰：「庖犧氏沒，神農氏作，斫木為耜，揉木為耒，耒耨之利，以教天下。」此確為教民稼穡之君。中國數千年來以農立國之基，肇於此矣。

　　黃帝、顓頊、帝嚳之時，人民生計如何，古書難可確考。然《繫辭傳》云：「神農氏沒，黃帝、堯、舜氏作，通其變，使民不倦，神而化之，使民宜之。」則下文所述九事，蓋皆指黃帝、堯、舜時言之也。其九事，曰「黃帝、堯、舜垂衣裳而天下治」。（《繫辭‧傳‧正義》：「以前衣皮，其制短小；今衣絲麻布帛，所作衣裳，其制長大，故云垂衣裳也。」）唯農業盛，故蠶織與之並興也。曰「刳木為舟，剡木為楫」。曰「服牛乘馬，引重致遠」。曰「重門擊柝，以待暴客」。唯農業盛，故蓋臧多須謀守禦，而數石之重，中人弗勝，非如畜產可驅而行，故陸運有待於馬牛，水運必資於舟楫也。曰「斷木為杵，掘地為臼」。其與農事相資，尤不俟論。曰「弦木為弧，剡木為矢」。戎器皆資於木，亦耕稼之世，民斬伐樹蓻，故能然也。曰「上古穴居野處，後世聖人易之以宮室，上棟下宇，以待風雨」。曰「古之葬者，厚衣之以薪，葬之中野，不封不樹，喪期無數，後世聖人易之以棺槨」。唯去獵牧，事耕農，不得不去岩穴而居平土，故所以蔽風雨者必資棟宇；亦唯種樹既盛，材木日繁，故宮室棺槨咸有所取資也。曰「上古結繩而治，後世聖人易之以書契。百官以治，萬民以察」。書契者，《九家易》曰：「百官以書治職，萬民以契明共事。」鄭云：「書之於木，刻其側為契，各持其一，後以相考合。」蓋《周官》質劑之論。農業盛，故通工易事，隨之而盛也。以情事度之，黃帝以降，稼事之日興，無可疑矣（少昊究為帝王與否難定，其時代則必在黃帝、顓頊之間。《左》昭十七年述其官有「九扈為九農正」，可見五帝之初，農業之盛也）。而堯、舜之盡力於民，事尤有明徵。《孟子》述洪水之禍曰：「草木暢茂，禽獸繁殖；五穀不登，禽獸逼人。」（《孟子‧滕文公》上）此容以後世之情形推度古事，然《堯典》詳載堯命羲和四子「曆象日月星辰，敬授民時」。授時為古代農政要端。又〈禹貢〉於兗州言「桑土既蠶，是降丘宅土」，與《孟子》言「民無所定，下者為巢，上者為營窟」，及治水功成，「然後人得平土而居之」合（《孟子‧滕文公》下）。居於平土，固耕稼之民所急也。即

謂此等皆不可盡信，而〈生民〉一詩，實周人自頌其始祖之辭。后稷教民稼穡，必非後人所附會明矣。然則當時之洪水，以正當農業既盛之時，故覺其為禍之烈也。

唐虞以後，農業之盛，可以《書》之〈無逸〉為徵。是篇首言「君子所其無逸，先知稼穡之艱難，乃逸，則知小人之依」。下文歷舉殷之賢君中宗、高宗、祖甲以至周之太王、王季、文王，蓋皆重農之主也（其稱高宗之辭曰：「舊勞於外，爰暨小人。」稱祖甲之辭曰：「舊為小人，作其即位，爰知小人之依，能保惠於庶民，不敢侮鰥寡。」稱文王之辭曰：「卑服，郎康功田功。」皆可為其重農之證）。《史記·周本紀》曰：「后稷之興，在陶唐、虞、夏之際，皆有令德（此后稷指棄以後相繼居稷官者，非一人）。后稷卒（此后稷為不窋之父，最後居稷官者也），子不窋立。不窋末年，夏后氏政衰，去稷不務，不窋以失其官而奔戎狄之間。不窋卒，子鞠立。鞠卒，子公劉立。公劉雖在戎狄之間，復修后稷之業，務耕種，行地宜，自漆、沮渡渭，取材用，行者有資，居者有畜積，民賴其慶。百姓懷之，多徙而保歸焉。周道之興自此始，故詩人歌樂思其德。公劉卒，子慶節立，國於豳。慶節卒，子皇僕立。皇僕卒，子差弗立。差弗卒，子毀隃立。毀隃卒，子公非立。公非卒，子高圉立。高圉卒，子亞圉立。亞圉卒，子公叔祖類立。公叔祖類卒，子古公亶父立。古公亶父復修后稷、公劉之業，積德行義，國人皆戴之。薰育戎狄攻之，欲得財物，予之。已復攻，欲得地與民。民皆怒，欲戰。古公曰：『有民立君，將以利之。今戎狄所為攻戰，以吾地與民。民之在我，與其在彼，何異。民欲以我故戰，殺人父子而君之，予不忍為。』乃與私屬遂去豳，度漆、沮，逾梁山，止於岐下。豳人舉國扶老攜弱，盡復歸古公於岐下。及他旁國聞古公仁，亦多歸之。於是古公乃貶戎狄之俗，而營築城郭室屋，而邑別居之。作五官有司。民皆歌樂之，頌其德。」周之先世，蓋皆以能修農業而興者也。讀〈公劉〉、〈綿〉、〈七月〉諸詩，而其世德可見矣。

〈禹貢〉一篇，或謂非夏時史官作，蓋誠然。然無以證其非追述禹時事。後史追述禹事，誠不敢必其可信，亦無以必其不可信也。古人考證，誠不如後人之精，然風氣質樸，偽造之事亦必少。如今人疑古之說，幾於古書十八九皆出作偽，實予所不敢從也。〈禹貢〉述九州之田，雍州居最，而周人實以農業興，即其可信之一證矣。何休稱《周官》為六國陰謀之書，其所述蓋皆東周後事。合二書所載九州土田及農牧所宜，可見古代農業之一斑矣。

三代之世，中國既已重農，而田獵畜牧之事，遂退居其次。其時非不田獵，然特以祭祀賓客所須，習慣相沿，不能不有取於此（〈王制〉：「天子諸侯無事，則歲三田，一為干豆，二為賓客，三為充君之庖。」桓四年，《公羊》、《穀梁》皆同）。又其所重者在講武，意不在於得禽也（《左氏》隱公五年：「春，公將如棠觀魚者。臧僖伯諫曰：『凡物不足以講大事，其材不足以備器用，則君不舉焉。君將納民於軌物者也。故講事以度軌量謂之軌，取材以章物采謂之物，不軌不物謂之亂政。亂政亟行，所以敗也。故春蒐夏苗，秋獮冬狩，皆於農隙以講事也。三年而治兵，入而振旅，歸而飲至，以數軍實，昭文章，明貴賤，辨等列，順少長，習威儀也。鳥獸之肉不登於俎，皮革齒牙，骨角毛羽，不登於器，則公不射，古之制也。若夫山林川澤之實，器用之資，皂隸之事，官司之守，非君所及也。』」可見古代田獵，意最重於講武）。「從獸無厭」，「棄田以為苑囿」，並為人君之大戒；而田獵之意，亦以為農除害（〈月令〉孟夏，「驅獸，毋害五穀，毋大田獵。」《公羊》桓四年何《注》曰：「已有三犧，必田狩者，孝子之意，以為己之所養，不如天地自然之牲逸豫肥美。禽獸多則傷五穀，因習兵事，又不空設，故因以捕禽獸，所以共承宗廟，示不忘武備，又因以為田除害。」述田獵之意最備）。畜牧之事，特行之遠郊之地，任之藪澤之民（《周官》太宰以九職任萬民，「四曰藪牧，養蕃鳥獸」，載師「以牧田任遠郊之地」）。農耕與田獵畜牧之重輕，昭然可見矣。至於漁則

僅足以供口實，不足以肆武事，而古人於口實之中，亦不以此為貴（古以魚為賤者少者之食。〈王制〉曰：「諸侯無故不殺牛，大夫無故不殺羊，士無故不殺犬豕。」此以牛羊犬豕為貴者之食也。孟子言：「雞豚狗彘之畜，無失其時」，「七十者可以食肉」。此以雞豚狗彘為老者之食也。又言「數罟不入洿池，魚鱉不可勝食」，與「不違農時，穀不可勝食」並舉，此則少年之食也。〈無羊〉之詩曰：「牧人乃夢，眾維魚矣」；「大人占之，眾維魚矣，實維豐年。」鄭《箋》云：「魚者，庶人之所以養也。今人眾相與捕魚，則是歲熟相供養之祥也。」此以魚為賤者之食也），故尤視為鄙事，為人君所弗親。

斯時可供獵牧之地，蓋已不多，故所以管理之者甚嚴（文王之囿，方七十里，民猶以為小，固由其與民同之，亦由其時土尚廣，民尚希爾。戰國之齊，雞鳴狗吠相聞，連於四境。而宣王之囿，方四十里，殺麋鹿如殺人之禁，民亦將以為大矣）。「國君春田不圍澤，大夫不掩群，士不取麛卵。」（《禮記·曲禮》）、「子釣而不綱，弋不射宿。」（《論語·述而》）雖曰仁不盡物，亦無暴天物之意也（《公羊》桓四年，「春曰苗，秋曰搜，冬曰狩。」注：「不以夏田者，春秋制也，以為飛鳥未去於巢，走獸未離於穴，恐傷害於幼稚，故於苑囿中取之。」按：《左》、《穀》、《周官》、《爾雅》皆四時，已無古制也。《左氏》春搜、夏苗、秋獮、冬狩，見上。《周官》、《爾雅》皆同。《穀梁》曰：「春曰田，夏曰苗，秋曰搜，冬曰狩。」）。漁獵畜牧之事，一切設官管理，雖所以導民，亦珍惜其物之意也（《周官》管理田獵者為跡人，管理捕魚之事者為川衡、澤虞。〈月令〉仲春「毋竭川澤，毋漉陂池，毋焚山林」。季春「田獵罝罦，羅網，畢翳，餧〔餵〕獸之藥，毋出九門」。仲冬「山林藪澤，有能取蔬食田獵禽獸者，野虞教道之。其有相侵奪者，罪之不赦」）。「國君無故不殺牛，大夫無故不殺羊，士無故不殺犬豕」，「七十者可以食肉」，庶人少壯之食，止於魚鱉，仍設「數罟不入洿池」之禁，可見口食之艱矣。此田獵畜牧所由進為農耕耶。

　　田獵畜牧所得有為國用所資者，則設官掌之，或徵賦於其地之民，如〈月令〉所記水虞漁師之事（季夏，「命漁師伐蛟，取鼉，登龜，取黿。」孟冬，「乃命水虞漁師，收水泉池澤之賦。」季冬，「命漁師始漁。」），及逐月之牧政（孟春，「命祀山林川澤，犧牲毋用牝。」季春，「乃合累牛騰馬游牝於牧，犧牲駒犢，舉書其數。」仲夏，「則繫騰駒，班馬政。」）。《周官》所設獸人（掌罟田獸）、漁人（掌以時歔〔漁〕為梁。梁，水偃也。偃水兩畔，中央通水為關孔，以簿承其關孔，魚過者以簿承取之）、鱉人（掌取互物。互物，龜鱉之屬）、牧人（掌牧六牲。六牲謂牛、馬、羊、豕、犬、雞）、牛人（掌養國之公牛）、充人（掌繫祭祀之牲牷）、跡人（掌邦田之地政，為之屬禁而守之，凡田獵者受令焉）、角人（掌徵齒角骨物於山澤之農）、羽人（掌徵羽翮於山澤之農）、掌蜃（掌斂互物蜃物。蜃，大蛤）、囿人（掌囿游之獸禁）、雞人（掌共雞牲）、羊人（掌羊牲）、服不氏（掌養猛獸）、射鳥氏（掌射鳥）、羅氏（掌羅烏鳥）、掌畜（掌養鳥）、校人（掌王馬之政）、趣馬（趣〔趨〕養馬者）、巫馬（掌養治疾馬）、牧師（掌牧地）、廋人（掌十有二閑之政）、圉人（掌養馬）、犬人（掌犬牲）、冥氏（掌攻猛獸）、穴氏（掌攻蟄獸）、翨氏（掌覆夭鳥之巢。夭鳥，惡鳴之鳥，若鴞鵩）、庭氏（掌射國中之夭鳥）諸職是也。其中以馬政為特重，蓋為戎事所須。民間所養有六畜，而馬牛亦特重，為縣師所簡閱，亦以其有關戎事，兼利交通，非若雞豚狗彘，徒厭口腹之欲也。〈曲禮〉曰：「問庶人之富，數畜以對。」《管子・八觀》曰：「六畜有征，閉貨之門也。」〈乘馬數〉曰：「若歲凶旱水泆，民失本，則修宮室臺榭，以前無狗後無彘者為庸。」知耕農之世，畜養雖非正業，亦有關於貧富矣。

　　東遷以還，農業彌重。《管子・治國》曰：「昔者七十九代之君，法制不一，號令不同，然俱王天下者何也？必國富而粟多也。凡為國之急者，必先禁末作文巧。末作文巧禁，則民無所游食。民無所游食，則必農。民事農，則田墾。田墾，則粟多。粟多，則國富。國富者兵強，兵強者戰

勝，戰勝者地廣。是以先王知眾民、強兵、廣地、富國之必生於粟也，故禁末作，止奇巧，而利農事。」又曰：「農事勝則入粟多，入粟多則國富，國富則安鄉重家，安鄉重家則雖變俗易習，驅眾移民，至於殺之，而民不惡也，此務粟之功也。上不利農則粟少，粟少則人貧，人貧則輕家，輕家則易去，易去則上令不能必行，上令不能必行，則禁不能必止，禁不能必止，則戰不必勝，守不必固矣。夫令不必行，禁不必止，戰不必勝，守不必固，命之曰寄生之君。」法家重農之旨，盡此數語，兩言蔽之，於國求其富強，於民求其治理而已。九流之中，切於治國者，莫若儒法。儒家以天下為旨，非如法家之徒求富強，然其言治，亦曰先富後教，曰「有恆產而後有恆心」，以人人有士君子之行為究極。其所求與法家異，其所以致之者則與法家同也。秦漢而後，宇內一統，無事求富強以勝敵，然民農則樸，樸則易治，農為本業，工商為末業，及先富後教，有恆產而後有恆心等義，迄未嘗變。故漢代法律最尊農夫，薄賦輕徭，唯恐不及，孝弟力田，置有常員。後世雖不能然，然法律政事之重農，則兩千年來未嘗改也。雖或有其名而無實，然其意則固於此矣。

然秦漢而後，重農之意雖篤，而農政實日以荒，此則封建與統一之世，政治不同為之也。舉其大者，蓋有兩端。

一曰教民稼穡之意不復存。隆古之世，賢者與民並耕而食，饔飧而治，斯時之君，固與人民相去極近。其後省耕省斂，「曾孫來止，以其婦子，饁彼南畝，田畯至喜，攘其左右，嘗其旨否」，其相去猶不甚遠（《詩·小雅·甫田·箋》云：「曾孫謂成王也。攘，讀當為饟。饁、饟，饋也。田畯，司嗇，今之嗇夫也。喜，讀為饎。饎，酒食也。成王來止，謂出觀農事也。親與後、世子行，使知稼穡之艱難也。為農人之在南畝者，設饋以勸之。司嗇至，則又加之以酒食，饟其左右從行者。成王親為嘗其饋之美否，示親之也。」）。而有司之巡行，田官之教道，尤為纖悉備至（〈月令〉：孟春，「王命布農事，命田舍東郊，皆修封疆，審端經術。

善相丘陵、阪險、原隰，土地所宜，五穀所殖，以教道民，必躬親之。」田即田畯。噫嘻鄭《箋》所謂「三十里者一部，一吏主之」者也。《公羊》宣十五年何《注》：「在田曰廬，在邑曰里，一里八十戶，八家共一巷。選其耆老有高德者，名曰父老，其有辯護伉健者為里正。民春夏出田，秋冬入保城郭。田作之時，春，父老及里正旦開門坐塾上，晏出後時者不得出，暮不持樵者不得入。」此蓋所謂田畯，則大夫也。〈曲禮〉曰：「地廣大，荒而不治，此亦士之辱也。」《管子‧權修》曰：「土地博大，野不可以無吏。」古之大夫勤於民事如此。又〈月令〉：孟夏，「命野虞出行田原，為天子勞農勸民，毋或失時。命司徒巡行縣鄙，命農勉作，毋休於都。」仲秋，「乃勸種麥，毋或失時。」、「乃命有司，趣〔趨〕民收斂，務畜菜，多積聚。」季冬，「令告民出五種，命農計耦耕事，修耒耜，具田器。」則神農之事，時煩廟堂之廑慮，又不僅部分之吏矣）。後世則縣令等於國君，名為親民，實為高拱。三老嗇夫之職既廢，與民接近者，莫非蠢愚之徒，知識無異鄉農，經驗或且不逮。士不以農為學，有履田疇而不辨菽麥者，間有一二從事講求，亦徒立說著書，而不能播其學於氓庶。凡事合才智者以講求，則蒸蒸日上，聽其自然遷流，未有不日益衰蔽者也。中國朝野上下，於農事莫或措意如此，農業安得而不窳敝也。

一則土地變為私有，寸寸割裂。農人既無知識，又無大土地，不克規劃全局，事之關係一鄉數鄉、千畝萬畝者，遂莫或克舉，而人人自謀其私利，或且至於彼此相害焉。而農田之豐歉，遂一聽諸不可知之天時（民國八年，農商部統計，全國不及十畝之農戶居百之四十，不及三十畝者百之二十七，不及五十畝百之十六，不及百畝者百之十八，有百畝以上者僅百之五耳。地產均平，固是美事，然於使用機器，作豫〔預〕防水旱等大工程，殊不便也）。且如水利於農田，至切之事也。古者溝洫之制詳矣，後世悉頹廢，間有賢牧令能講求陂塘井泉之利者，實千百不得一，而人民貪田，退灘廢堰，見小利而昧遠圖，則或利其開科以攘安集之功，或懾於

占據者之強頑而莫敢過問，比比也。官吏如此，地方人士又莫能自謀其公益，水利安得不日壞乎？夫水利特其一端耳，他事類此者何限，一切應興應革之事，莫或主持而聽其自然遷流，此又農業之所由日敝也（溝洫之事，論者率以為難行，其實不然。今引清陳斌之言以明之。陳氏之言曰：「溝洫者，萬世之利也。後世慮其棄地之多，而實無多也。一井之步約百有八十丈，其為溝者八尺而已。一成之步約萬有八千丈，其為洫與塗者九，積十有四丈四尺而已。通計所棄之地，二百分之一而弱也。今更新為之，必有慮其事之難成者，則更非甚難之事也。斌觀甽田之法，一尺之畎，二尺之遂，即耕而即成者也。今蘇湖之田，九月種麥，必為田輪，兩輪中間，深廣二尺，其平闊之鄉，萬輪鱗接，整齊均一。彌月悉成，古之遂徑，豈有異乎？設計其五年而為溝澮，則合八家之力，而先治一橫溝田首，步之為百八十丈者，家出三人，就地築土，二日而畢矣。明年以八十家之力治洫，廣深三溝，其長十之，料工計日，三日而半，七日而畢矣。及明年，以八百家之力為澮，廣深三洫，其長百溝，料工計日，一旬而半，三旬而畢矣。即以三旬之功，分責三歲，其成必矣。及功之俱成，民甽田以為利，一歲之中，家修其遂，眾治其溝洫，官督民而浚其澮，有小水旱可以無飢，十分之飢，可救其五，故曰萬世之利也。」按《舊唐書・姜師度傳》，謂其「好溝洫，所在必發眾穿鑿，雖時有不利，而成功亦多」。《冊府元龜》載開元八年褒美師度之詔，謂「頃職大農，首開溝洫，今原田彌望，畎聯屬，由來榛棘之所，遍為秔稻之所」，則固有行之而成者矣。程含章與所屬牧令書曰：「水為粒食之原，百姓寧不知自謀，而顧令之不從，何哉？望利之心，不敵其慮害之心也。一陂之開，必合數十百家之人為之，且必請勘於官而後決之。眾心不同，可慮也；眾論不協，可慮也；眾論不齊，可慮也。官司之守候，書役之需索，夫馬之供頓，在在可慮也。陂水之利，杳不知其何鄉，而切身之憂，紛然莫解，此其慮之在於始者也。工作方興，人懷觀望，鄉鄰有詬誶之聲，銀錢有墊支

之累，陂頭甫築而撓之者來矣，溝洫所經而撓之者又來矣，伐人一木一石而撓之者又來矣，讓之則功不可成，爭之則訟端立起，萬一半途而廢，則虛縻之工料，眾不與償，跋前後，轉悔此舉為多事，此其慮之在於繼者也。陂幸告成，水汩汩來矣，近者以其水過已前也則爭，遠者以其水難到田也則又爭，強者恃力則又爭，富者恃財則又爭，爭之不已，必繼以鬥，或傷或死，產業破亡。且新築之工，多不堅實，大雨之後，沖決必多，怨紛騰，呼眾莫應，前累未清，後累踵至，首事之心力既倦，二三年後廢為丘墟，而前功盡棄矣。此其慮之在於終者也。」觀程氏之言，則水利之不修，仍是人謀之不臧耳。其他興利除弊之事，皆此類矣。溝洫之制，見於《周官‧遂人》及《考工記‧匠人》。〈遂人〉云：「夫間有遂，遂上有徑。十夫有溝，溝上有畛。百夫有洫，洫上有塗。千夫有澮，澮上有道。萬夫有川，川上有路，以達於畿。」〈匠人〉云：「匠人為溝洫，耜廣五寸，二耜為耦。一耦之伐，廣尺深尺謂之畎。田首倍之，廣二尺、深二尺謂之遂。九夫為井，井間廣四尺、深四尺，謂之溝。方十里為成，成間廣八尺、深八尺，謂之洫。方百里為同，同間廣二尋、深二仞，謂之澮，專達於川。」《注》雖以為二法，然其釋遂人遂、溝、洫、澮之深廣，皆與〈匠人〉同，則其實不異也。溝洫所需之地，具如陳氏所計。鄭《注》成方百里出田稅，緣邊一里治洫，同方八十里出田稅，緣邊十里治澮，以古有山陵川澤等三分去一之制，故引以為言，非謂治溝洫費地如此之多也。溝洫之制，人或疑其方罫如棋局，不合地勢，不知古書多設法之談，其言封建井田皆如此，溝洫亦然也。〈匠人〉云：「兩山之間，必有川焉。」又云：「凡溝逆地防，謂之不行。水屬不理孫，謂之不行。」、「凡溝必因水勢，防必因地勢。善溝者水漱之，善防者水淫之。」其重理脈如此。所謂川者，必自然之川可知矣。即遂人之川，疏家以為人造，亦未可信也。然則亦順地勢為之可矣，安取方罫如棋局哉？予謂水少之地，溝洫純出人為者，方罫如棋局，蓋尚簡易。若多水之區，不妨順水勢為之曲直，深廣一隨自然，

但歲以人力浚治，浚出之土，即於其上築路，溝愈深則路愈高，水旱有備，而往來亦益便矣）。

要而言之，農業者，非人人各耕其地，彼此不相知之事也。在一區域之中，其利害恆相關。土地公有之世，固易於合力而謀，即使人各自私，而有專主農事之官以督之，有深明農學之人以教之，猶可以不至於大壞。而後世又一切無有，此農業之所以不振也。

雖然，時日者，進化之母也。中國農政雖云陵替，社會自然之進化固不能無。故論其大體，仍有今勝於古者，此可以其耕作之精粗判之。古者一夫受田百畝，又有爰田之制（爰，即換也。《公羊》宣十五年何《注》：「司空謹別田之高下善惡，分為三品，上田一歲一墾，中田二歲一墾，下田三歲一墾。肥饒不得獨樂，磽埆不得獨苦，故三年一換土易居。」此為爰田之一義。一授三百畝，一新而再休之，亦爰田之一義也。《周官·大司徒》「不易之地，家百畝；一易之地，家二百畝；再易之地，家三百畝」是也。《爾雅·釋地》：「田一歲曰菑，二歲曰新田，三歲曰畬。」即指此）。其耕作所獲，則「上農夫食九人，其次食八人，其次食七人，其次食六人。下農夫食五人」（《管子·揆度》則云：「上農挾五，中農挾四，下農挾三。上女衣五，中女衣四，下女衣三。」）。而今日江南，上農所耕，不及十畝，其所食未有以減於古也，則其耕作之精粗，相去遠矣。江南固今日農耕最精之所，然即以北方論，其精於古人者，亦已倍蓰矣。此固由人口之日繁，地畝之日狹有以迫之使然，智巧之降而日開，亦不可誣也。

然今世各地方之耕作精粗，亦殊不一，盡有民甚惰而技甚拙者，此則又當歸咎於農學之不興，農政之不舉矣。今試舉一二事，以證其狀。

李兆洛《鳳臺縣志》曰：「地之值下者，止數百錢，貴者不過四五緡。一犁必駕二牛，謂之一犋（按：犋即《說文》之輦字，舊以為林字，非也。『牬，二歲牛。』『㸬，三歲牛。』『牭，四歲牛。』『㸹，籀文牭。』段氏曰：『字見《爾雅·釋畜》，牛體長也。』無駕二牛義。『輦，兩壁耕也。』」）。

貧者代以驢，佃百畝者謂之一犋牛。一夫所治，常數犋牛，唯耕穫時須傭傭，餘皆暇日矣。凡縣中田地，當得四百萬畝有奇，計畝歲收二石，當得米穀八百萬石。丁口計三十萬，別其士工商民不在農者約五萬，計實丁之在南畝者，不過二十五萬。以二十五萬治四百萬畝之地，人可得十六畝。家有三丁，用力合作，治其屋下之田，不為兼併所取，計歲米穀常在九十石以上。家不過八口，人日食一升，歲所食三十石。以其餘具糞溉，供租賦，與工商交易其有無，為婚嫁喪葬宴會之具，又以餘力治塘堰，穿竇窖，為水旱之備。塘可以魚，堰可以樹，亦足以優遊鄉里，長子養孫，為安足之氓矣。乃一有小水旱，菜色滿野，流亡載途。鄭念祖者，邑素封家也，傭一兗州人治圃，問能治幾何？曰：二畝，然尚須傭一人助之。問畝之糞幾何？曰錢二千。其鄰之聞者譁曰：吾一人治地十畝，須糞不過千錢，然歲之所出，常不足以償值。若所治少而須錢多，地將能產錢乎？鄭亦不能盡信，姑給地而試之。日與其人闢野治畎，密其籬，疏其援，萌而培之，長而導之，燥而灌之，溼而利之，除蟲蟻，驅鳥雀，雖所治少而終日撟撟不休息，他圃未苗而其圃蓏已實，蔬已繁矣。鬻之市，以其早也，價輒倍，比他圃入市，而其所售者已償其本，與他圃並市者，皆其贏也。又蔬蓏皆鮮美碩大，殊於他圃，市之即速售。歲終而會之，息數倍。其鄰乃大羨，然亦不能奪其故習也。嘗行縣邑，值小旱，見苗且僵矣。其旁有塘汪然，詰之曰：何不戽？曰：水少而田多，不敷也。曰：少救數畝，不癒於萎乎？曰：無其具。曰：何不為？曰：重勞且恐所得不足償費。其愚而無慮，蓋大率如此。使邑之民皆如鄭之圃而募江南民為田師，以開水田，其利豈可數計乎？」

　　呂星垣〈寶相寺記〉曰：「宿松田瘠而賦重，安慶屬縣六，宿松次五，其廣輪不及懷寧、桐城遠甚。懷寧、桐城田皆三千餘頃，宿松則四千四百餘頃。志稱明令屠叔芳虛增畝額，求媚上官，後不良於死。宿松之民，至今蒙害未已也。《詩》曰：三之日於耜，四之日舉趾。此而北，高寒氣候

不同耳。若東南則未有逮春始耕者也。宿松瀕湖，冬遂魚蛤之田，棄田不治，始春乃耕矣。《詩》曰：載芟載柞，其耕澤澤。必芟柞其草木，以罨藏之，而發其土膏，未有徒耕者也。宿松舉耜覆土，猶或不全，蓋無不徒耕者矣。《詩》曰：千耦其耘，徂隰徂畛。蓋始則周行畛隰，足治草之萌芽，使不得生也。又曰：其斯趙，以薅荼蓼。蓋繼則操持利器，手壅草之蕪穢，使助榮滋也。宿松則有植而不藝，藝而不復至田者矣。田且如此，其他一切溝洫、蠶桑、畜牧之法，皆置不講，然則民之貧者，困也，惰廢之害未已也，不盡屠令加畝之罪也。予考天下稅糧，莫重於蘇州、松江，然其田直十金以上，宿松則畝不過五六銖而已。甚或棄之聽人耕，又甚則出錢以資受者，求脫田而去」云云。

張士元〈農田議〉曰：「予不能周行天下，不知四方治田若何。然以足跡所至，咨訪所及者言之，則天下之田，未有如大江以南之治者。江南本水鄉，雖無古井田之法，而溝洫甽澮，防水瀉水之制猶古也。其民雖有游手，然田無不耕者。阡陌之中，春榮菜麥，秋榮禾稻，桑麻茂密，雞犬相聞。方二三千里，幾尺土必墾，所以公私糧食，常取給於東南一隅也。逾淮而北，過山東、直隸之境，則平原曠野，千里荒蕪，雖有種禾黍者，亦少深耕易耨之功，歲收益薄，而不足之處，又不種桑而種柳棗。其民不出於農畝，則業於商販。其尤無藉者，謳歌取食，男女年八歲以上，十四五以下，便跕屣鳴弦，伺候客館，而優笑滋多矣。此無他，北方久無溝洫之制，其田專仰雨水，命懸於天，田者少利，則而之末作耳。」尹會一《陳農商·四務疏》曰：「南方種田一畝，所獲以石計；北方種地一畝，所獲以斗計，非盡南智而北拙，南勤而北惰，南沃而北瘠也。蓋南方地窄人稠，一夫所耕，不過十畝，多則二十畝，力聚而功專，故所獲甚厚。北方地土遼闊，農民唯圖廣種，一夫所耕，自七八十畝以至百畝不等，意以多種則多收，不知地多則糞土不能厚壅，而地力薄矣；工作不能遍及，而人力疏矣。是以小戶自耕己地，種少而常得豐收，佃戶受地承耕，種多而收

成較薄。應令地方官勸諭田主，多招佃戶，量力授田，每佃所種，不得過二十畝。至耘耔之生，又須去草務盡，培壅甚厚。犁則以三覆為率，糞則以加倍為準，鋤則以四次為常。棉花又不厭多鋤，則地少力專。佃戶既獲豐收，田主自享其利。」合此兩說觀之，則田作最精者，厥唯江南，他處則尚多未脫粗耕之域。民國八年，農商部統計，南方田主少而佃戶反多，北方田主多而佃戶反少，其明驗也。蓋南方氣和土沃，受惠於天然者多，北方氣寒土燥，有待於人功者大。人事既已不修，北方之農業自不能如南方也。人事之曠廢亦有其由。中國開化本自北而南，故歷代政治之重心，恆在於北。其地形平衍，每值兵爭，受禍必烈。又自永嘉之亂以來，閱數百年，即為各少數族貴族所蹂躪，不徒財物遭其劫掠，室廬為所摧毀，即人民粗獷之性質，亦有潛滋暗長於不自覺者焉（古代人民之性質，南剽悍而北重厚，今則南柔懦而北粗獷矣。其強弱適相反也）。此北方之農業所以衰退之大原因也。而歷代帝都多在於北，率漕他處之粟以自給，畿輔之農業轉致就荒，亦為一原因（歷代帝都所在，不徒恆漕他處之粟以自給，而不知重本地之農業也。又往往導其民於巧偽奢侈。且如雍州，自古即以農業稱，商君以農戰強其國，其事尤昭昭也。乃自秦併天下，為強幹弱枝之計，而徙齊、楚大族於關中。漢人踵之，復徙齊、楚諸侯功臣家等充奉陵邑，而諸陵之地，遂為鬥雞走狗、輕俠馳騁之場。周秦遺民誠樸勇悍之氣衰矣，所謂愛之適以害之也。《日知錄‧水利》條曰：「歐陽永叔作《唐書‧地理志》，凡一渠之開，一堰之立，無不記之。其縣之下，實兼河渠一志，亦可謂詳而有體矣。蓋唐時為令者，猶得以用一方之財，興期月之役。而志之所書，大抵在天寶以前者居什之七，豈非太平之世，吏治修而民隱達，故常以百里之官，而創千年之利。至於河朔用兵之後，則以催科為急，而農功水道，有不暇講求者歟。然自大曆以至咸通，猶皆書之不絕於冊。而今之為吏，則數十年無聞也已。」按：《馬可‧波羅遊記》尚稱中國北方林木鬱翳，今則山皆童禿，陸行者赤日當空，無蔽蔭之所矣。此可

見戰事摧毀實業之烈，而為少數族貴族所蹂躪，其為禍猶酷也）。

種植之物，蓋隨世而益精。古有恆言曰「百穀」，又曰「嘉穀」。蓋其始供食之物極多，後乃專取其最美者，則五穀及九穀是也（《周官》：大宰九職，「一曰三農，生九穀。」《注》：「鄭司農云：九穀：黍、稷、秫、稻、麻、大小豆、大小麥。」、「玄謂九穀無秫、大麥，而有粱、苽。」五穀皆熟為有年，大熟為大有年，見《穀梁》桓三年、宣十六年。《公羊》宣十五年何《注》曰：「（市井）種穀，不得種一穀，以備災害。」此亦要圖也。今日又患所種之穀太少，以致易遇歉歲。於稻麥之外，提倡多食雜糧，亦足食之一策也。且所食之物多，則可以種植之地亦廣矣）。菜之供食，次於穀；果之供食，又次於菜，故「穀不熟為饑，蔬不熟為饉，果不熟為荒」（《爾雅·釋天》）。菜果有種於宅旁疆畔者。宣十五年《公羊》何《注》所謂「瓜果種疆畔」，《穀梁》所謂「古者公田為居，井灶蔥韭盡取焉」者也。有別闢地，秋以為場，種植時則號為圃者（《周官·場人·疏》：「場圃同地耳。春夏為圃，秋冬為場。其場因圃而為之，故並言之也。」）。《周官》：大宰九職，「二曰園圃，毓草木」（《注》：「樹果蓏曰圃。園，其樊也。」）；場人「掌國之場圃，而樹之果蓏珍異之物」是也（《注》：「果，棗李之屬。蓏，瓜瓠之屬。珍異，蒲桃、枇杷之屬。」）。齊桓伐山戎，得戎菽。穀類移植中原可考者，當以是為始。其後葡萄、苜蓿等輸入者亦不少，而木棉為利尤溥焉。

食物取之山澤者，《周官》謂之蔬材。太宰九職，「八曰臣妾，聚斂疏材。」《注》：「疏材，百草根實可食者」是也。亦有官掌之。委人「掌斂野之賦，斂薪芻，凡疏材木材，凡畜聚之物」（《注》：「凡畜聚之物，瓜瓠葵芋，御冬之具也。」）是也。古代此等利源，蓋亦不少。故《管子》謂「萬家以下，則就山澤可矣；萬家以上，則去山澤可矣。」（《管子·八觀》）韓獻子謂「山、澤、林、鹽，國之寶也。國饒則民驕佚，近寶，公室乃貧」也（《左》成六年）。後世人口日繁，則此等遺利日少，耕作之

法漸變，宅旁疆畔所種，不足自給，而土地既為私人所有，山澤亦為豪強所占，於是有專事種樹畜牧以取利者。《史記‧貨殖列傳》所謂「陸地牧馬二百蹄，牛蹄角千，千足羊，澤中千足彘，水居千石魚陂，山居千章之材。安邑千樹棗；燕秦千樹栗；蜀、漢、江陵千樹橘；淮北、常山已南，河濟之間千樹萩；陳夏千畝漆；齊魯千畝桑麻；渭川千畝竹；及名國萬家之城，帶郭千畝畝鐘之田，若千畝卮茜，千畦薑韭。此其人皆與千戶侯等」者也。貧富之階級，自此漸起。然就產業言之，固合於分業之理矣。

　　古代山澤之地，非徒蔬食所在，亦材木之所自出也。《周官》：山虞「掌山林之政令，物為之厲，而為之守禁。」林衡「掌巡林麓之禁令，而平其守。」柞氏「掌攻草木及林麓。」所司者皆其事也。〈月令〉：季夏，「乃命虞人，入山行木，毋有斬伐。」季秋，「草木黃落，乃伐薪為炭。」仲冬，「日短至，則伐木取竹箭」，蓋皆取之於山。季夏，「命澤人納材葦」，則取之於澤者也。古於林木，保護甚嚴。山虞「令萬民時斬材，有期日」，「凡竊木者有刑罰」。即《孟子》所謂「斧斤以時入山林」者也。〈曲禮〉曰：「為宮室不斬於丘木。」《左》昭十六年：「鄭大旱，使屠擊、祝款、豎拊有事於桑山。斬其木，不雨。子產曰：有事於山，藝山林也，而斬其木，其罪大矣。奪之官邑。」其法之嚴可想，然不能皆如是。故《孟子》言「牛山之木嘗美矣，以其郊於大國也，斧斤伐之」。「其日夜之所息，雨露之所潤，非無萌蘗之生焉」，則「牛羊又從而牧之」，而遂至於濯濯也。古於山澤，視為人君所私有（漢世尚然），故以不封禁為美政（〈王制〉：「名山大澤不以封。」注：「與民同財，不得障管。」蓋人君食祿，亦僅土田之所出而已，然〈曲禮〉：「問國君之富，數地以對，山澤之所出」，則已視為人君之私奉養矣。《左》襄十一年，同盟於亳，載書曰：「毋壅利。」《注》：「專山川之利。」所謂專山川之利者，一設官典守，不許人民取用，《穀梁》莊二十八年「山林藪澤之利，所以與民共也。虞之，非正也」是也。人民有取用者，稅之。《荀子‧王制》：「山林澤梁，以時禁發而不稅。」《左》昭

三年：「山木如市，弗加於山。魚鹽蜃蛤，弗加於海。」皆對稅之者言也）。
然亦因此漸失其典守之職，遂致為私家所占，而業日以荒。

《周官》：司險「設國之五溝五塗，而樹之林以為阻固。」此樹木於平
地者。後世天下一統，無事於此，故此等人造之林木，幾不可睹焉。樹木
之利甚多。實可食，一也。材可用，二也。芟其枝可以為薪，三也。《管
子》言：「一年之計，莫如樹穀；十年之計，莫如樹木。」（《管子‧權修》）
然不可植穀之處，無不可樹木者，人工之省，又去樹穀不可以道里計，四
也（張履祥言：「紹興祁氏，資送其女，費至千金。人怪其厚。祁曰：吾費
不過十金耳。人益駭。問其故，曰：於女生之年，山中人已種杉秧萬株，
株費一厘。女十六七而嫁，杉木大小每株值價一錢，則嫁資裕如矣。」此
所謂十年之計樹木者也）。調節水旱，五也。此等利益，有屬於公者，亦
有屬於私者。其屬於公者，人民固莫能為，而官吏又莫為之倡導，坐使山
原錯雜，幅員萬里之國，山皆童禿，地盡荒蕪，營造所須，轉資於外，亦
可慨矣！（洪荒未闢之世，林木可資於自然，如今日之東北等是。中國春
秋時之桃林，秦漢時兩粵之深林密箐，蓋亦此類。地日開闢，則此等自然
之利漸盡，不得不有待於人為矣。森林可防水旱，中國人亦未嘗不知，故
間有封閉林木、禁止斬伐者。清梅曾亮〈書棚民事〉曰：「予為董文恪公作
行狀，盡覽其奏議。其任安徽巡撫奏准棚民開山事甚力。大旨言與棚民相
告訐者，皆溺於龍脈風水之說，至有以數百畝之田，保一棺之土，棄典
禮，荒地利，不可施行。而棚民能攻苦茹淡，於崇山峻嶺人跡不可通之
地，開種旱穀，以佐稻粱，人無閒民，地無遺利，於策至便，不可禁止，
以啟事端。予覽其說而是之。及予來宣城，問諸鄉人，皆言未開之山，土
堅石固，草樹茂密，腐葉積數年，可二三寸。每天雨，從樹至葉，從葉至
土石，歷石罅，滴瀝成泉，其下水也緩，又水下而土不隨其下，水緩故低
田受之不為災，而半月不雨，高田又受其浸溉。今以斤斧童其山，而以鋤
犁疏其土，一雨未畢，沙石隨下，奔流注壑，澗中皆填汙不可貯，水畢至

窪田中乃止。及窪田竭而山田之水無繼者。是為開不毛之土，而病有穀之田，利無稅之佣，而瘠有稅之戶也。予亦聞其說而是之。嗟矣！利害之不兩全也，久矣。由前之說，可以息事，由後之說，可以保利。若無失其利，而又不至於董公之所憂，則吾蓋未得其術也。」此事在今日，一言可決耳。梅氏不為無學，而其低徊持兩端如此，以見農學不講，士大夫莫或知農事矣。李兆洛《鳳臺縣志》曰：「晉書稱八公山草木皆如人形，而《水經注》則云八公山草木為童阜耳。今北山固濯濯也，詢之山民，或云不宜木，然其故老皆云：北山向時木甚美，中多棟梁，今城中老屋，多北山木所構。其產有青檀、紅檀，大皆合圍以上，發老屋者猶時時得之。青檀色青黑，堅致類海楠，紅檀紅澤，皆他處所無。明季兵火，刊伐遂盡。今欲求青檀紅檀之蘖，而辨其枝葉，亦不可得矣。居民每冬月，則入山劋草根以爨，木之槎枿長尺餘者，並其根掘而鬻之以為薪。」讀此，可知兵燹之貽害於森林，及中國近代林業敗壞之狀。）

農學肇端甚早，古稱畎田起於后稷，區田始於伊尹，雖未必可信（《漢書·食貨志》：武帝末年，「以趙過為搜粟都尉。過能為代田，一畮三甽。歲代處，故曰代田，古法也。后稷始甽田，以二耜為耦，廣尺深尺曰甽，長終畮。一畮三甽，一夫三百甽，而播種於甽中。苗生葉以上，稍耨隴草，因其土，以附苗根。故其詩曰：或耘或芓，黍稷儗儗。藝，除草也。芓，附根也。言苗稍壯，每耨輒附根，比盛暑，隴盡而根深，能風與旱，故儗儗而盛也。」區田見《農政全書》云：湯有七年之旱，伊尹以此救之。其法一畮之地，闊十五步，步五尺，計七十五尺，行占地一尺五寸，計分五十區，長闊相間，通二千七百區，空一行下種。於所種行內，又隔一區，種一區，可種者六百七十五區。區深一尺，用熟糞一升，與區土相和，布穀勻覆，以手按實，令土種相著。苗出，看稀稠存留。鋤不厭頻，旱則澆灌。結子時鋤區上土，深壅其根，以防大風。《齊民要術》謂兗州刺史劉仁之，以尺田七十步之地為之，收粟三十六石。然則一畮之收，有

過百石矣。古斗斛固較今為小，然據後人所試，亦斷不能多收至此，大約較諸縵田可多收倍以上，至於四五耳。區田之獲豐收，在於耕之深，壅之厚，施肥充足，下種精實，愛護周至，與代田同一理也。蓋古人耕作之法本粗，故尋常縵田所收，較諸區田，相去懸絕耳。若與今日耕作之精者較，其相去亦不甚多。大抵粗耕之區，人口漸增，田畝漸形不足者，教以區田之法最宜。然亦唯當變粗為精耳，不必拘執一法也），然后稷以教稼居官，其在當時，必能深通農事，有過恆人，則無疑矣。古者教稼之事，今略見於《周官・大司徒》：「辨十有二壤之物，而知其種。」司稼「掌巡邦野之稼，而辨穜稑之種，周知其名，與其所宜地以為法，而懸於邑閭」。此辨土壤、擇穀種之法也（《論衡・商蟲篇》：「神農、后稷藏種之方，煮馬矢以汁漬種者，令禾不蟲。」）。草人「掌土化之法，以物地，相其宜而為之種」。此變化土壤之法也（〈月令〉：季夏，「是月也，土潤溽暑，大雨時行。燒薙行水，利以殺草，如以熱湯，可以糞田疇，可以美土疆。」）。庶氏「掌除毒蠱」，翦氏「掌除蠹物」，赤犮氏「掌除牆屋」（除蟲豸藏逃其中者），蟈氏（蟈，讀如蜮）、「掌去蛙黽」，壺涿氏「掌除水蟲」，則除害之法也（《詩・大田》：「去其螟螣，及其蟊賊。毋害我田穉。田祖有神，秉畀炎火。」）。此等若博搜古書，所得尚不止此，惜乎徒存其事，莫考其法耳。詳其法者，蓋在農家之書，《漢書・藝文志》所著錄《神農》、《野老》之書是也（《漢志》農九家，唯此二家出於秦以前，《宰氏》不知何世，餘六家皆漢世作矣），今皆亡矣。《漢志》論農家之語曰：「及鄙者為之，以為無所事聖王，欲使君臣並耕，悖上下之序。」此指許行言之。許行所言，乃農政，非農業。又，顏師古引劉向《別錄》，謂神農「疑李悝及商君所說」。李悝盡地力之教，今見《漢書・食貨志》。商君書具存，亦皆重農教戰之談，罕及耕耘樹藝之事。因有謂九流中之農家，實言農政，非言農學者。《管子》、《輕重》諸篇，侈陳重農貴粟，亦古農家者流也。予謂農家者流誠多注意農政，然論種植之法者亦必有之。《管子》之〈地員〉，

《呂覽》之〈任地〉、〈辯土〉、〈審時〉，即論及耕種之道。始皇燔詩書百家語，不去種樹之書，蓋此類也，惜其語不易解耳。漢代農書以《氾勝之書》為最著（《周官・草人・注》：「土化之法，化之使美，若《氾勝》之術也。」《疏》：「漢時農書有數家，《氾勝》為上，故《禮記・月令・注》亦引《氾勝》。」），今亦不傳。今所傳者，後魏賈思勰《齊民要術》，其最古者也。其後著名者，官修之書則有元之《農桑輯要》，清之《授時通考》，私家所著則有元王禎之《農書》，明徐光啟之《農政全書》。雖詳略不同，而後先相襲，唯徐氏書采及泰西水法，為取資域外耳。世有好古博聞之士，從事研究，雖不必有當於耕耘，實足考見農業盛衰進退之跡也（中國農書所該〔蓋〕頗廣。蠶桑、菜果、樹木、藥草、孳畜等事，靡不該〔蓋〕焉。田制、勸課、救荒等，亦多詳列。然仍有須參考他家之書，方能周全者，如茶經、酒史、食譜、花譜、相牛經、相馬經等，前史皆隸農家，清《四庫》書改入譜錄。又如獸醫之書，歷代皆附醫家是也。授時為古代農政要端，《夏小正》一書雖未必果夏時物，亦必出於周初。〈月令〉所詳，皆古代明堂行政之典，雖有太尉等官名，乃後人以今語述古事，不害其書之古。不能以《呂覽》有十二紀，遂強斷為秦時物也。此二者當為中國最古之農書矣）。

　　《淮南子》曰：「古者剡耜而耕（《注》：『剡，利也。耜，臿屬。』），摩蜃而耨（《注》：『蜃，大蛤。摩，令利，用之耨。耨，除苗穢也。』），木鉤而樵，抱甀而汲，民勞而利薄。後世為之耒耜耰鉏〔鋤〕，斧柯而樵，桔槔而汲，民逸而利多。」（《氾論訓》）可見古代之農具，已幾經進化矣。此等改進，後世當尚不絕，惜乎吾儕非專門之士，不能道其詳也。

　　古代農器，率由官造，後世則不復然。《六韜・農器篇》曰：「武王問太公曰：天下安定，國家無爭，戰攻之具，可無修乎？守禦之備，可無設乎？太公曰：戰攻守禦之具，盡在於人事。耒耜者，其行馬蒺藜也。馬牛輿者，其營壘蔽櫓也。鉏耰之具，其矛戟也。蓑薛笠者，其甲冑干櫓也。

钁錭斧鋸杵臼，其攻城器也。」此言寓兵於農，不徒用其人，亦且用其器也。當此之時，其農器不容苟簡可知，惜乎後世時異勢殊，而此風遂不可復睹也。

蠶桑之利，中國亦發明甚早。世稱黃帝元妃嫘祖，實始教蠶，未必可信。然《易·繫辭》稱：「黃帝、堯、舜垂衣裳而天下治。」其時既有蠶桑之利，則可信矣。夫耕婦織，古代人並視為本業。故神農之教，謂「一夫不耕，或受之飢；一女不織，或受之寒」。天子親耕，後亦有親蠶之典也。《孟子》謂「五畝之宅，樹之以桑」，「五十者可以衣帛。」《詩》譏「婦無公事，休其蠶織」。太宰九職，「七日嬪婦，化治絲枲。」則舉國婦女能勤於織久矣，宜其當公曆紀元前，蠶絲即能輸入歐洲，為彼邦所珍重也（日本桑原隲藏《東洋史要》：「中國繒彩，上古即開販路於波斯、印度，亞歷山大東征以來，更輸入羅馬。市人得之珍重不置，指行賈者曰瑟列司，絹商之義也，指其地曰瑟里加，絹產地之義也。」）。

今日蠶利盛於東南，然溯厥初興，實在西北。清周凱知襄陽府，嘗勸其民種桑。其言曰：「〈禹貢〉兗州曰桑土既蠶。青州曰厥篚絲。山桑也。揚徐東南亦僅曰厥篚織貝，厥篚玄纖縞而已。《詩·豳風》：蠶月條桑。〈唐風〉：集於苞桑。〈秦風〉：止於桑。桑者閒閒，詠於魏。鳲鳩在桑，詠於曹。說於桑田，詠於衛。利不獨東南也。襄陽介荊豫之交，荊州厥篚玄璣組，豫州厥篚纖纊。纊，細綿也。絳幣組綬屬，皆絲所織。北燕馮跋下書令百姓種桑。遼無桑，慕容廆通晉求種江南。張天錫歸晉，稱北方之美，桑葚甘香。《先賢傳》載司馬德操躬採桑後園，龐士元助之。《齊書》載韓系伯桑陰妨他地，遷界，鄰人愧謝。三子皆襄陽人，襄之宜桑必矣。」案中國疆域廣大，各地方之風氣不能齊一，故蠶桑之興雖久，窮鄉僻壤庸有不知其利者。又北方屢遭少數族蹂躪，治化皆停滯不進，民生日以憔悴，民貧且愚。雖以蠶利之興之久，至於近世，轉若有待於官吏之教道焉。《日知錄·紡織之利》條曰：「今邊郡之民，既不知耕，又不知

織，雖有材力，而安於遊惰。華陰王宏撰著議，以為延安一府，布帛之
價，貴於西安數倍，既不獲紡織之利，而又歲有買布之費，生計日蹙，國
稅日逋。非盡其民之惰，以無教之者耳。今當每州縣發紡織之具一副，令
有司依式造成，散給里下，募外郡能織者為師，即以民之勤惰工拙，為司
之殿最。一二年間，民享其利，將自為之，而不煩程督矣。計延安一府，
四萬五千餘戶，戶不下三女子，固已十三萬餘人，其為利益，豈不甚多！
按《鹽鐵論》曰：邊民無桑麻之利，仰中國絲絮，而後衣之，夏不釋復，
冬不離窟，父子夫婦，內藏於專室土圜之中。崔寔《政論》曰：僕前為五
原太守，土俗不知緝績，冬積草，伏臥其中，若見吏，以草纏身，令人
酸鼻（《原注》：『今大同人多是如此。婦人出草則穿紙袴，真所謂倮蟲者
也。』）。吾乃賣儲峙，得二十餘萬，詣雁門、廣武，迎織師，使巧手作
機，乃紡以教民織。是則古人有行之者矣。」（《集釋》引唐氏甄曰：「吳
絲衣天下，聚於雙林。吳越閩番，至於海島，皆來市焉。五月載銀而至，
委積如瓦礫。吳南諸鄉，歲有百千萬之益。是以雖賦重困窮，民未至於空
虛，室廬舟楫之繁庶勝於他所，此蠶之厚利也。四月務蠶，無男女老幼，
萃力靡他，無稅無荒。以三旬之勞，無農四時之久，而半其利，此蠶之可
貴也。夫蠶桑之地，北不逾淞，南不逾浙，西不逾湖，東不至海，不過方
千里，外此則所居為鄰，相隔一畔，而無桑矣。其無桑之方，人以為不宜
桑也。今楚、蜀、河東，及所不知之方，亦多有之。何萬里同之，而一畔
異宜乎？桑如五穀，無土不宜。一畔之間，目睹其利而弗效焉。甚矣民之
惰也！吾欲使桑遍海內，有禾之土，必有桑焉。其在於今，當責之守令，
於務蠶之鄉，擇人為師，教民飼繰之法，而厚其廩給。其移桑有遠莫能致
者，則待數年之後，漸近而分之。而守令則省騎時行，履其地，察其桑之
盛衰，入其室，視其蠶之美惡，而終較其絲之多寡，多者獎之，寡者戒
之，廢者懲之，不出十年，海內皆桑矣。昔吾行於長子，略著於篇，可以
取法焉。」）清代如陳宏謀之如陝西，宋如林之於貴州，以及唐甄、周凱

等，皆可謂能行亭林之議者也（清代陝西蠶利，起於寧羌牧劉某。劉，山東人。山東夙有山蠶，劉以教其民，織成繭〔綢〕，稱劉公〔綢〕，此康熙時事也。乾隆時，陳宏謀撫陝，於省城、三原、鳳翔皆設蠶館織局，招南方機匠為師。又教民種桑，桑葉繭絲，皆許賣於官。民之願養蠶者，蠶種蠶具皆由官給，亦許借給資本。又有官僱人試養，或與民同養，以資傚法焉。貴州蠶利，起於知遵義府陳某。陳亦山東人，以遵義有槲櫟可飼山蠶，使至山東買蠶種，延蠶師，以教其民。後宋如林為按察使，又行其法於全省焉）。

　　田獵畜牧，在三代時視之，即已遠較農業為輕，已如前述。然當列國並立之世，其君必有苑囿之奉，牧畜之官。故鄭有原圃，秦有具囿（《左》僖三十三年）。而齊宣王之囿，至於方四十里（《孟子・梁惠王》下）。其棄地不可謂不多。讀〈無羊〉之詩，天子諸侯畜牧之盛，亦可想見矣。一統而後，有人君之奉者益少，而好武之風亦漸衰，不復好馳騁驅逐。兩漢之世，既以棄苑地與民為美談，後世則此等空地益少矣。牧畜之官，唯牧馬尚少留意，以為交通戎事所資也。然苑監諸職，亦多徒有其名，如唐張萬歲等能克舉其職者蓋少。民間畜牧亦益衰，有之，則大率在邊地。如《史記・貨殖列傳》稱天水、隴西、北地、上郡畜牧為天下饒是也（卜式盡以田宅財物與弟，獨取畜羊百餘，入山牧十餘年，買田宅。弟盡破其產，輒復分與，亦以河南多山，為不食之地故也。《後漢書・馬援傳》：亡命北地，遇赦，因留牧畜。賓客多歸附者，遂役屬數百家。轉游隴漢間，因處田牧，至有牛馬羊數千頭，穀數萬斛。則正以在邊郡，故能就其業矣）。《日知錄・馬政》條曰：「漢晁錯言：令民有車騎馬一匹者，復卒三人。文帝從之。故文景之富，眾庶街巷有馬，阡陌之間成群，乘牝者擯而不得會聚。若乃塞之斥也，橋桃致馬千匹，班一避地，於樓煩致馬牛羊數千群，則民間之馬，其盛可知。武帝輪臺之悔，乃修馬復令。唐玄宗開元九年詔，天下之有馬者，州縣皆先以郵遞、軍旅之役，定戶復緣以

升之。百姓畏苦；乃多不畜馬，故騎射之士減曩時。自今諸州民，勿限有無蔭，能家畜十馬以下，免帖驛郵遞。徵行定戶，無以馬為貲。古之人君，其欲民之有馬如此。唯魏世宗正始四年十一月丁未，禁河南畜牝馬。元世祖至元二十三年六月戊申，括諸路馬，凡色目人有馬者，三取其二，漢民悉入官，敢匿與互市者罪之。《實錄》言：永樂元年七月丙戌，上諭兵部臣曰：比聞民間馬價騰貴，蓋禁民不得私畜故也。漢文、景時，閭里有馬成群。民有即國家之有，其榜諭天下，聽軍民畜馬勿禁。又曰：三五年後，庶幾馬漸蕃息。此承元人禁馬之後，故有此諭。而洪熙元年正月辛巳，上申諭兵部，令民間畜官馬者兩歲納駒一匹，俾得以餘力養私馬。至宣德六年，有陝西安定衛土民王從義，畜馬蕃息，數以來獻。此則小為之而小效者也，然未及修漢唐復馬之令也。」讀此可知漢代牧畜最盛，後世則日以式微，一由農業愈盛，牧地愈少，一由尚武之風日衰，故畜馬之人日稀也（《漢書·匈奴列傳》：元朔六年，衛青之出定襄，「私負從馬凡十四萬匹。」可見民間有馬者，多能事征戰之人矣。私負從馬，師古曰：「私負衣裝者，及私將馬從者，皆非公家發與之限。」）。牧畜利厚而工力省，今日中國雖已鮮放牧之區，然內蒙、新、青、藏，固皆天然牧場，苟能善為規劃，十年之後，必已其效可睹矣（歷代牧畜之盛，見於史者莫若遼。《遼史·食貨志》謂：太祖時，「括富人馬，不加多，賜大小鵑軍萬餘匹，不加少。」又云：「自太祖及興宗垂二百年，群牧之盛如一日。天祚初年，馬猶有數萬群，每群不下千匹。」又述諸國歲貢馬之數，東丹千，女直、直不古等國各萬，阻卜及吾獨婉、惕德各二萬，西夏、室韋、越里篤、剖阿里、奧里米、蒲奴里、鐵驪等各三百，其地皆今日之域內也。明代以茶易西番之馬，故茶禁最嚴。明之西番，亦今日之域內也）。

　　田獵畜牧，皆以農業之盛而見其衰微，唯漁業不然，以其利在河海，與農田無涉也。中國沿海漁業，起源蓋亦甚早。《史記》稱「太公望封於營丘，地舄鹵，人民寡，於是太公勸其女工，極技巧，通魚鹽。」（《史記·

貨殖列傳》)《左》昭三年，晏子述陳氏之厚施，謂「魚鹽蜃蛤，弗加於海」。則三代之世，已極盛矣。漢耿壽昌為大司農，增海租三倍。蕭望之諫以為往年加海租，及武帝時縣官自漁海，魚皆不出，則漢世魚稅數已菲，且有官自採捕者矣。

礦業之興，蓋亦在五帝之世。《管子・地數》：「黃帝問於伯高曰：吾欲陶天下而以為一家，為之有道乎？」伯高對曰：「上有丹砂者，下有黃金。上有慈石者，下有銅金。上有陵石者，下有鉛、錫、赤銅。上有赭者，下有鐵。此山之見榮者也。苟山之見其榮者，君謹封而祭之。距封十里而為一壇，是則使乘者下行，行者趨，若犯令者罪死不赦，然則與折取之遠矣。修教十年，而葛盧之山發而出水，金從之，蚩尤受而制之，以為劍鎧矛戟。是歲相兼者諸侯九。雍狐之山發而出水，金從之，蚩尤受而制之，以為雍狐之戟芮戈。是歲相兼者諸侯十二。故天下之君，頓戟一怒，伏屍滿野，此見戈之本也。」蚩尤蓋始以金為兵，故後世祠兵則祭之（祠兵見《公羊》莊八年。《左》、《穀梁》皆作治兵，非也。何休《解詁》曰：「禮，兵不徒使，故將出兵必祠於近郊，陳兵習戰，殺牲享士卒。」《疏》曰：「何氏之意，以為祠兵有二義也，一則祠其兵器，二則殺牲享士卒。」案《史記》高祖立為沛公，「祠黃帝，祭蚩尤於沛庭，」即祠兵也）。或曰：《易・大傳》稱黃帝、堯、舜「弦木為弧，剡木為矢」。〈禹貢〉荊州之貢「礪砥砮丹」。偽《孔傳》曰「砮，石中矢鏃。」賈逵亦曰：「砮，矢鏃之石也。」（《疏》引）則三皇、五帝時兵猶以木石為之。案《呂覽・蕩兵》曰：「人曰：蚩尤作兵。蚩尤非作兵也，利其械矣。未有蚩尤之時，民固剝林木以戰矣。」《龍魚河圖》曰：「蚩尤兄弟八十一人，並獸身人語，銅頭鐵額，食沙石子，造立兵仗刀戟大弩，威振天下。」（《史記・五帝本紀・正義》引）說雖荒怪，必有依附，則蚩尤以金為兵，事實有之，特用之猶未廣耳，然不可執是遂謂是時礦利未盛。蓋古貴人多侈靡，重金玉，好事鬼神，故得金則先以鑄重器。漢有司言：「黃帝作寶鼎三，象天地人。禹收

九牧之金，鑄九鼎，象九州島，皆嘗享上帝鬼神。」（《漢書‧郊祀志》）
則其時唯好戰如蚩尤，乃以金為兵。然鑄金為幣，以濟飢困，則唯禹湯之
主，又必遭值水旱乃為之耳（《管子‧山權‧數》。《左》僖十八年：「鄭伯
始朝於楚，楚子賜之金，既而悔之，與之盟曰：無以鑄兵。故以鑄三鐘。」
以春秋時戰爭之烈，而得金猶不以鑄兵，古代事從可推想矣）。《淮南子‧
本經訓》謂：「逮至衰世，鐫山石，鍥金玉，摘蚌蜃，消銅鐵，而萬物不
滋。」意以開礦為侈靡之事，固有由也。

　　《管子》言水出而金從，則其得金似由地變，「上有丹砂」云云，未知
果伯高之言否。然既能以金制兵，且以鑄鼎，其不能專恃水中之金沙可
知，則雖謂察視礦苗之法，三皇五帝之時即有知者可也。《周官》：卝人
「掌金玉錫石之地，而為之屬禁以守之。若以時取之，則物其地，圖而授
之。」《注》：「物地占其形色，知鹹淡也。」《疏》：「鄭以當時有人采者，
嘗知鹹淡，即知有金玉。」此亦探察之法也。《管子》又曰：「地之東西二
萬八千里，南北二萬六千里，其出水者八千里，受水者八千里，出銅之山
四百六十七山，出鐵之山三千六百九山。」（〈地數〉）則天下礦產，並有
會計矣。要之，礦利究起何時不可考，然由來必甚久也（《考工記》：「金
有六齊。六分其金而錫居一，謂之鐘鼎之齊。五分其金而錫居一，謂之斧
斤之齊。四分其金而錫居一，謂之戈戟之齊。三分其金而錫居一，謂之
大刃之齊。五分其金而錫居二，謂之削殺矢之齊。金錫半，謂之鑒燧之
齊。」此化合之術也。桌氏「為量，改煎金錫則不耗」。此化分之術也，知
古冶金之術亦頗精）。

　　古代開礦之術，視後世精粗者若何，蓋難言之。然古所有金，實較後
世為少，則礦業不如後世之盛，可推知也。始皇收天下之兵，鑄以為鐘金
人十二，而陳涉發難，遂以揭竿斬木聞，固或形容過甚之詞，然永初羌人
起事，至於執鏡以象兵（《後漢書‧西羌傳》），則秦末群雄之不盡有兵，
固亦理所可有矣。古代甲兵，本藏於庫，故臨戰有授甲祠兵之舉，而始皇

欲銷天下之兵，漢時亦有禁民挾弓弩之議。若銅鐵廣布民間如後世，民豈不能自造乎？故漢時郡國有起事者，往往先劫武庫。賈生說漢文收銅，勿令布，若在今日，雖黃金可得而盡收耶？然則後人豔稱漢代黃金之多，亦以其聚於上見為多耳，實則古代之金，固少於後世也。蓋此二千年來，舉國上下，雖未嘗專心於礦利，然陸續開採，所得固已不少矣（開礦之事，歷代皆有之，今不復臚舉）。

工業之緣起及變遷，尤為繁雜，非有專門研究之士若干人，分途並進，其史實情狀，殆不易明。若以大勢言之，則古代工業，率由官營，而後世漸變為民業，即其一大進化。蓋官營則能者少，民業則能者多；官營則唯守成規，民業則競矜智巧也。舊時札記中有論古代工業者一則，今錄如下：

古者工業皆由官辦，後世則聽人民自為，此亦足徵智巧之日進也。古代工業必由官辦者，何也？以其時技巧未精。故《考工記》曰：「粵無鎛，燕無函，秦無廬，胡無弓車。粵之無鎛也，非無鎛也，夫人而能為鎛也。燕之無函也，非無函也，夫人而能為函也。秦之無廬也，非無廬也，夫人而能為廬也。胡之無弓車也，非無弓車也，夫人而能為弓車也。」《注》：「言其丈夫人人皆能作是器，不須國工。」此特日用最切又不煩智巧者耳。若其器較難，為用較狹者，則皆不能自為。故曰：「智者創物，巧者述之，守之世，謂之工。百工之事，皆聖人之作也。」（下文又曰：「爍金以為刃，凝土以為器，作車以行陸，作舟以行水，此皆聖人之所作也。」蓋此兩語之注。《易‧繫辭傳》亦曰：「備物致用，立成器以為天下利，莫大乎聖人。」）《穀梁》成元年：「丘甲，國之事也。丘作甲，非正也。丘作甲之為非正，何也？古者立國家，百官具，農工皆有職以事上。古者有四民：有士民，有商民，有農民，有工民。夫甲，非人人之所能為也，丘作甲，非正也。」（《周官‧小司徒》：「九夫為井，四井為邑，四邑為丘。」丘作甲者，使一丘之民皆作甲也）古列國並立，戰事繁多，甲之為用亦廣，然

非人人所造，他有待智巧之物，皆是類矣。

職是故，古於工政頗重。《考工記》曰：「國有六職，百工與居一焉。」〈曲禮〉曰：「天子之六工，曰土工、金工、石工、木工、獸工、草工，典制六材。」鄭《注》以為殷制。《考工記》又曰：「有虞氏上陶，夏后氏上匠，殷人上梓，周人上輿。」（《注》：「官各有所尊，王者相變也。」）可見其由來久矣。《考工記》所載：「凡攻木之工七，攻金之工六，攻皮之工五，設色之工五，刮摩之工五，摶埴之工二。」《注》曰：「其曰某人者，以其事名官也。其曰某氏者，官有世功，若族有世業，以氏名官者也。」此所謂巧者述之，守之世。《淮南子‧本經訓》：「周鼎著倕。」《注》：「倕，堯之巧工也。周鑄鼎，著倕象於鼎。」此殆所謂聖人，如學校之有先聖也。管理百工者，謂之工師。《荀子‧王制篇》：序官，「論百工，審時事，辨功苦，尚完利，便備用，使雕琢文采，不敢專造於家，工師之事」是也。〈月令〉：季春，「命工師，令百工，審五庫之量，金、鐵、皮、革、筋、角、齒、羽、箭、干、脂、膠、丹、漆，毋或不良。百工咸理，監工日號，毋悖於時，毋或作為淫巧，以蕩上心。」季秋，「霜始降，則百工休」。孟冬，「命工師效功，陳祭器，按度程，毋或作為淫巧，以蕩上心。必功致為上。物勒工名，以考其誠。功有不當，必行其罪，以窮其情」。蓋工師之所以課督其下者如此。《中庸》曰：「來百工則財用足。」、「日省月試，既廩稱事，所以勸百工也。」蓋物非加以人工，則不可用（《考工記》曰：「天有時，地有氣，材有美，工有巧，合此四者，然後可以為良。」）。故有國有家者，百工之事孔亟，不得不謀所以招懷之也。

古重工政如此，宜其工業甚精而日進矣，亦未必然，何也？曰凡事必日竭智巧，思改作而後能精。工既設，官隨之以賞罰，則必奉行故事，以顧考成。故「工用高曾之規矩」，古人傳為美談。〈檀弓〉曰：「季康子之母死，公輸若方小，斂，般請以機封，將從之，公肩假曰：不可。夫魯有初，公室視豐碑，三家視桓楹。般爾以人之母嘗巧，則豈不得以其母以

嘗巧者乎？則病者乎？噫！弗果從。」新發明之事，皆不許試用，其不能精進也宜矣。又其業守之以世，子孫之材性，不必盡與父祖同，則有長於上而不得自效，苦其事而不得去者，束縛馳驟，將敗績厭覆是懼，何暇致遠，此政治為之也夫！工用高曾之規矩，非徒以考成，亦以防侈靡也。〈月令〉一再言：「毋或作為淫巧，以蕩上心」，所以防人君之侈靡也。《荀子》言「雕琢文采，不敢造於家」，所以防卿大夫之侈靡也。《管子》曰：「菽粟不足，末生不禁，民必有飢餓之色，而工以雕文刻鏤相稚也，謂之逆。布帛不足，衣服無度，民必有凍寒之傷，而女以美衣錦繡纂組相稚也，謂之逆。」（〈重令〉）此漢景帝「雕文刻鏤傷農事，錦繡纂組害女紅」詔語所本，所以防庶民之侈靡者尤急。故〈王制〉稱：作「奇技、奇器，以疑眾，殺。」、「不以聽。」《墨子・魯問》：「成而飛之，三日不下。公輸子自以為至巧。子墨子謂公輸子曰：子之為也，不如匠之為車轄，須臾劉三寸之木，而任五十石之重。故所為巧，利於人謂之巧，不利於人謂之拙。」徒講實用，則智巧之途塞矣。又古人最重樸質，《禮記・郊特牲》曰：「酒醴之美，玄酒明水之尚，貴五味之本也。黼黻文繡之美，疏布之尚，反女功之始也。莞簟之安，而蒲越槀鞂之尚，明之也。大羹不和，貴其質也。大圭不琢，美其質也。丹漆雕几之美，素車之乘，尊其樸也，貴其質而已矣。所以交於神明者，不可同於所安褻之甚也，如是而後宜。」然則圖便安、矜技巧則為不敬，為忘本，而知巧之士益無途以自奮矣。此則風俗限之者也。此皆古代工政雖重，而工業不必其精而日進之由也。

工業之由官辦變為民業，何也？曰有二端焉。一由需用日繁，官不能給。孟子之詰白圭曰：「萬室之國，一人陶，則可乎？曰：不可，器不足用也。」（《孟子・告子》下）明古立工官，皆度民用之多少以造器。人口之增加無限，生計之程度日高，工官所造，勢不能比例俱增，器用安得給足。故古四民之中，久有工。《管子》問「工之巧，出足以利軍伍，處可以修城郭補守備者幾何人？」（〈問篇〉）此皆名不籍於官，餼不廩於上，故

其有無多寡不可知，而必有待於問矣。一亦由奇巧之物，官不肯造，則人民之需用者，不能不迫而自為。《管子》曰：「今為末作奇巧者，一日作而五日食。農夫終歲之作，不足以自食也。」（〈治國〉）《史記》亦謂「用貧求富，農不如工。」（〈貨殖列傳〉）工人獲利之厚，正以其技藝之精也。此皆官辦之工業所以漸變為民業也。

工業官辦之意，漢世猶有之。《漢書・地理志》：懷（河內郡）、宛（南陽郡）、東平陵（濟南郡）、奉高（泰山郡）、雒縣（廣漢郡）咸有工官，皆古制之僅存者也。史稱「孝宣之治，信賞必罰，綜核名實，政事文學法理之士，咸精其能，至於技巧工匠器械，自元、成間鮮能及之。」（《漢書・宣帝紀》）陳承祚〈上諸葛氏集表〉亦曰「工械技巧，物究其極」。蓋官用之物，由官造者猶多，非如後世冬官，徒有考工之名而已（札記原文止此）。

工業進步，必由人民生計程度增高自然而致。往史所載一二奇巧之物，世每豔稱之。此等或由智巧出眾之人冥心創造，或則貧富不均，達官世家、豪民駔賈，日用飲食，殊異於人，重賞是懷，良工競勸。夫智巧由於天授，則人云亡而其技亦湮，術罶專於一家，則制雖工而其傳不廣，優曇一現，遺制旋淪，實不足以言真進化也。然智巧之士之多少，亦足覘國民工業才技之低昂，此則簡策流傳，有非僂指可盡者。姑舉最著者數人，國民其亦可以自奮矣。案《論衡・儒增篇》曰：「儒書稱：魯般、墨子之巧，刻木為鳶，飛之三日而不集（案今見《淮南子・齊俗訓》）。夫言其以木為鳶飛之，可也；言其三日不集，增之也。夫刻木為鳶，以象鳶形，安能飛而不集乎？既能飛翔，安能至於三日？如審有機關，一飛遂翔，不可復下，則當言遂飛，不當言三日。猶世傳言曰：魯般巧，亡其母也。言巧工為母作木車馬，木人御者，機關備具，載母其上，一驅不還，遂失其母。如木鳶機關備具，與木車馬等，則遂飛不集。機關為須臾間，不能遠過三日，則木車等亦宜三日止於道路，無為徑去以失其母。二者必失實者

矣。」仲任論事，最為核實，但言三日不集之誣，不以木鳶飛翔為罔，明其事為當時巧匠所能為也。此猶傳言，無足深考。後世記載確可信據者，則如漢之張衡、魏之馬鈞、南齊之祖沖之、元之郭守敬（馬鈞事見《三國志·魏志·杜夔傳·注》。餘人之事，併見本傳），暨造木牛流馬之士人（木牛流馬為蜀士人所獻，見《華陽國志》），造水精椀之交、廣人（《抱朴子·內篇·論仙》：「外國作水精椀，實是合五種灰以作之。今交廣多有得其法而鑄作之者。」案《北史·大月氏傳》：魏太武時，其國人商販京師，自云能鑄五色琉璃。於是採礦山中，於京師鑄之。既成，光澤美於西方來者。乃詔為行殿，容百餘人，光色映徹，觀者驚以為神明所作。自此琉璃遂賤，人不復珍之。《隋書·何稠傳》：「中國久絕琉璃之作，稠以綠瓷為之，與真無異。」並即今日之玻璃也），咸能利物，前民無慚智者。遐稽西史，則號稱近世富強文明之源之利器，印刷術、火藥、羅盤針，咸自我昉。蓋我之所缺者，近世之科學及據科學之理所造之械器而已，智力則固非不逮人也，國民其亦可以自奮矣。

商業緣起，吾昔札記中亦有一篇論之，今併錄於下：

商業之始，其起於各部落之間乎？孟子之詰彭更曰：「子不通工易事，以羨補不足，則農有餘粟，女有餘布。」（《孟子·滕文公》下）其詰陳相曰：「一人之身，而百工之所為備，如必自為而後用之，是率天下而路也。」（《孟子·滕文公》上）此為商業之所由起。然古代部落，率皆共產，力之出不為己，貨之藏不於己，取公有之物而用之，以己所有之物資人，皆無所謂交易也。唯共產限於部落之內，與他部落固不然，有求於他，勢不能無以為易，而交易之事起矣。往來日數，交易日多，則敦樸日漓，嗜欲日起，而私產之習漸萌。私產行，則人與人之相資亦必以為易，此則商業之所由廣也。

《老子》曰：「至治之極，鄰國相望，雞狗之聲相聞，民各甘其食，美其服，安其俗，樂其業，至老死不相往來。」《鹽鐵論》曰：「古者千室之

邑，百乘之家，陶冶工商，四民之求，足以相更。故農民不離畎畝而足乎田器，工人不斬伐而足乎陶冶，不耕田而足乎粟米。」（〈水旱〉）《管子》曰：「市不成肆，家用足也。」（〈權修〉）可見古者一部落之中，及此部落與他部之間，交易皆極少。然生事愈進，則分工愈密，分工愈密，則彼此之相資益深，而交易遂不期其盛而自盛。故《管子》又謂「聚者有市，無市則民乏」矣（〈乘馬〉。《管子・乘馬》曰：「方六里命之曰暴。五暴命之曰部。五部命之曰聚。」）。

　　陳相曰：「從許子之道，則市賈不貳，國中無偽，雖使五尺之童適市，莫之或欺。布帛長短同，則賈相若；麻縷絲絮輕重同，則賈相若；五穀多寡同，則賈相若；屨大小同，則賈相若。」（《孟子・滕文公》上）不論精粗，但論多少，戰國時人斷無從發此奇想。蓋古自有此俗，而農家稱頌之。許行治農家言，亦從而主張之也。交易之初，情狀奚若，據此可以想見矣。

　　《易・繫辭傳》謂「日中為市」，「交易而退」。此蓋定時定地為之，今之所謂作集也。斯時交易蓋盛於農隙之時。《書・酒誥》曰：「妹土嗣爾股肱，純其藝黍稷，奔走事厥考厥長。肇牽車牛，遠服賈。」偽《孔傳》曰：「農功既畢，始牽車牛，載其所有，求易所無。」故〈郊特牲〉謂「四方年不順成，八蠟不通」；「順成之方，其蠟乃通」也。稍進乃有常設之市，在於野田墟落之間，《公羊》何《注》所謂「因井田而為市」；（宣十五年。《陔餘叢考・市井》條曰：「市井二字，習為常談，莫知所出。《孟子》：在國曰市井之臣。《注》、《疏》亦未見分析。《風俗通》曰：市亦謂之市井，言人至市有鬻賣者，必先於井上洗濯香潔，然後入市也。顏師古曰：市，交易之處；井，共汲之所，總言之也。按《後漢書・循吏傳》：白首不入市井。《注》引《春秋・井田記》云：因井為市，交易而退，故稱市井。此說較為有據。」愚謂此說與《公羊》何《注》蓋係一說。市之設，所以便農民，而設市之處，則因眾所共汲之井，顏說亦此意也）管子所謂「聚者有

市」者也。《孟子》曰:「有賤丈夫焉,必求龍斷而登之,以左右望,而罔市利。」(〈公孫丑〉下)《注》:「龍斷,謂堁斷而高者也。」明其貿易行之野田墟落之間,所居高則易望見人,人亦易望見之,故一市之利為所罔矣。更進乃有設肆於國中者。《管子》曰:「百乘之國,中而立市,東西南北度五十里。一日定慮,二日定載,三日出竟〔境〕,五日而反〔返〕,百乘之制輕重,毋過五日。百乘為耕田萬頃為戶,萬戶為開,口十萬人,為分者萬人,為輕車百乘,為馬四百匹。千乘之國,中而立市,東西南北度百五十餘里。二日定慮,三日定載,五日出竟〔境〕,十日而反〔返〕。千乘之制,輕重毋過一旬。千乘為耕田十萬頃,為戶十萬戶,為開口百萬人,為當分者十萬人,為輕車千乘,為馬四千匹。萬乘之國,中而立市,東西南北度五百里。三日定慮,五日定載,十日出竟〔境〕,二十日而反〔返〕。萬乘之制,輕重毋過二旬。萬乘為耕田百萬頃,為戶百萬戶,為開口千萬人,為當分者百萬人,為輕車萬乘,為馬四萬匹。」(〈揆度〉)此雖宰較之言,然其所規畫欲以給一國之人,則審矣。古者建都,必中四境之內,曰中國,而立市即在國都之中,《考工記》所謂「匠人營國,面朝後市」者也。故《孟子》曰「在國曰市井之臣」也(〈萬章〉下。市井二字,初蓋指野田墟落間之市,後乃以為市之通稱)。

　　古代之商,非若後世之易為也。古代生計,率由自給,生事所須,不資異國。其有求於異國者,必其遭遇災禍,以致空無庚財,乞糴莫予,交易所得,資以續命,故必有商人焉。而其時之貿易,不如今日之流通。我所求者,何方有之,何方較賤,所持以為易者,何方有之,何方較貴,非若今日安坐可知,億度可得,皆有待於定慮之豫,決機之果者也。故白圭曰:「吾治生產,猶伊尹、呂尚之謀,孫、吳用兵,商鞅行法是也。是故其智不足與權變,勇不足以決斷,仁不能以取予,強不能有所守,雖欲學吾術,終不告之矣。」(《史記‧貨殖列傳》)然則豪商鉅賈,其有才智,不始晚近,自古昔則然矣。故曰「商之為言章也。」(《白虎通》。《漢書‧

食貨志》：「大司農中丞耿壽昌以善為算，能商功利，得幸於上。」師古曰：「商，度也。」）鄭商人弦高能矯命以卻秦師（《左》僖三十三年），其賈於楚者，又密盧欲出荀䓨（《左》成三年），其明徵矣。子產之告韓宣子曰：「昔我先君桓公，與商人皆出自周。庸次比耦以艾殺此地，斬之蓬蒿藜藋，而共處之。世有盟誓，以相信也，曰：爾無我叛，我無強賈，毋或丐奪。爾有利市寶賄，我弗與知。」（《左》昭十六年）所以重商如此。其甚者以肇造之國，貨財或有闕乏，必恃商人致之也。衛國破壞，文公通商，卒致殷賑，亦同此理（《左》閔二年）。

曷言古者生事所須，不資異國也？《史記‧貨殖列傳》曰：「百里不販樵，千里不販糴。」又曰：「夫神農以前，吾不知已。至若《詩書》所述虞夏以來，耳目欲極聲色之好，口欲窮芻豢之味，身安逸樂，而心誇矜執能之榮。使俗之漸民久矣，雖戶說以眇論，終不能化。」、「夫山西饒材、竹、穀、纑、旄、玉石；山東多魚、鹽、漆、絲、聲色；江南出柟〔楠〕、梓、薑、桂、金、錫、連、丹沙、犀、玳瑁、珠璣、齒革；龍門、碣石北多馬、牛、羊、旃裘、筋角；銅、鐵則千里往往山出棊置：此其大較也。皆中國人民所喜好，謠俗被服飲食奉生送死之具也。」此亦其所喜好而已，謂必待以奉生送死，非情也。《周書》曰：「商不出則三寶絕。」三言其多，曰寶則亦非生活所必資矣。聲子之說子木也，曰：「晉卿不如楚，其大夫則賢，皆卿材也。如杞、梓、皮革，自楚往也。雖楚有材，晉實用之。」（《左》襄二十六年）杞、梓、皮革，固非宮室器用所必資，亦其所喜好而已。當時商人所販鬻者如此，故多與王公貴人為緣，故子貢「廢著鬻財」，「結駟連騎，束帛之幣以聘享諸侯，所至，國君無不分庭與之抗禮。」（《史記‧貨殖列傳》）晁錯論漢之商人，猶謂其「交通王侯，力過吏勢」（《漢書‧食貨志》）。夫固有以中其所欲，非獨以其富厚也。然生事日進，分工愈密，交易愈盛，則其所恃以牟利者，不必皆王公貴人，而固在於平民。其術一時穀物之輕重而廢居焉，一備百物以待取求。《管子》

曰：「歲有四秋（農事作為春之秋，絲纊作為夏之秋，五穀會為秋之秋，紡績緝縷作為冬之秋。見《管子・輕重乙》），物之輕重相什而相伯。」（〈輕重乙〉）又曰「君朝令而求夕具，有者出其財，無有者賣其衣屨」是也（〈輕重甲〉）。故曰：「今君躬墾犁田，耕發草土，得其穀矣。民人之食，有人若干步畝之數，然而有餓餒於衢閭者，何也？穀有所藏也。今君鑄錢立幣，民通移，人有百十之數，然而民有賣子者，何也？財有所並也。」（〈輕重甲〉）管子所欲摧抑者，正此等人。故曰：「歲有凶穰，故穀有貴賤。令有緩急，故物有輕重。然而人君不能治，故使蓄賈游市，乘民之不給，百倍其本。分地若一，強者能守；分財若一，智者能收。智者有什倍人之功，愚者有不賡本之事。然而人君不能調，故民有相百倍之生也。夫民富則不可以祿使也，貧則不可以罰威也。法令之不行，萬民之不治，貧富之不齊也。」（〈國蓄〉）故曰：「使萬室之都，必有萬鐘之藏，藏襁千萬。使千室之都，必有千鐘之藏，藏襁百萬。春以奉耕，夏以奉耘，耒耜械器，種餉糧食，畢取贍於君。故大賈蓄家不得豪奪吾民矣。」（〈國蓄〉）漢代之抑商，蓋由此也。

計然曰：「夫糶，二十病農，九十病末。末病則財不出，農病則草不辟矣。上不過八十，下不減三十，則農末俱利。」（《史記・貨殖列傳》）然則斯時糴價，輕重相去，蓋四而又半之焉。而李悝為魏文侯作盡地力之教，農民之生穀，石以三十錢計，然則農夫所得，最下之價耳，上此則利皆入於商人矣。此農家者流，所以欲重農而抑商耶，亦勢有所激也（古農家言，非徒道耕稼之事。許行為神農之言，而譏切時政，其明徵矣。《管子》書最雜，昔人隸之道家或法家，實可入雜家。輕重諸篇，所陳亦皆農家言也）。

右所言乃古代之豪商駔儈，其尋常者初不能。然古者行曰商，處曰賈。商須周知四方物產登耗，又周行異國，多歷情偽，其才智自高。賈即不能然，然猶有廛市以處。至求壟斷之賤丈夫，則又其下焉者矣。《周官》

有販夫販婦，蓋亦此曹也。又廛人掌斂總布。杜子春云：「總當為儳，謂無市立持者之稅也。」鄭玄不從，而注肆長斂其總布取之。又《詩・有瞽・箋》：「簫，編小竹管，如今賣餳者所吹也。」（《疏》：「《史記》稱伍子胥鼓腹吹簫，乞食吳市，亦為自表異也。」）此即《說文》所謂「炫，行且賣也。」此並壟斷而不能得，又下之下者矣（札記原文止此）。

古人之賤商，予昔札記中亦有一則論之，今併錄以資參考：

子貢廢著鬻財，而結駟連騎，束帛之幣以聘享諸侯，所至，國君無不分庭與之抗禮。烏氏保以畜牧富，秦始皇帝令比封君，以時與列臣朝請。巴寡婦清擅丹穴之利，則以為貞婦而客之。晁錯論當時商人，謂其交通王侯，力過吏勢。其重富人如此，然言及商賈，則又恆以為賤，何哉？楊惲〈報孫會宗書〉曰：「惲幸有餘祿，方糴賤販貴，逐什一之利。此賈豎之事，汙辱之處，惲親行之。下流之人，眾毀所歸，不寒而慄。」可謂若將浼焉。又其甚者，「國君過市，則刑人赦；夫人過市，罰一幕；世子過市，罰一帟；命夫過市，罰一蓋；命婦過市，罰一帷。」（《周官・地官・司市》）幾於刑餘之賤矣。豈真以其皇皇求財利，非士大夫之意，故賤之乎？非也。隆古之民好爭，唯武健是尚，耕稼畜牧，已非所問，貿遷有無，更不必論矣，是唯賤者為之。其後居高明者，非不欲自封殖，則亦使賤者為之。〈貨殖列傳〉曰：「齊俗賤奴虜，而刀閒獨愛貴之。桀黠奴，人之所患也，唯刀閒收取，使之逐漁鹽商賈之利。」今所傳漢人樂府〈孤兒行〉曰：「孤兒生，孤兒遇生，命當獨苦。父母在時，乘堅車，駕駟馬。父母已去，兄嫂令我行賈，南到九江，東到齊與魯。」王子淵〈僮約〉曰：「舍後有樹，當裁作船，上至江州下到湔，主為府掾求用錢。推訪聖，販棕索，綿亭買席，往來都落。當為婦女求脂澤，販於小市，歸都儋枲。轉出旁蹉，牽犬販鵝。武都買茶，楊氏儋荷。往來市聚，慎護奸偷。入市不得夷蹲旁臥，惡言醜罵。多作刀矛，持入益州，貨易羊牛。」雖諷刺之辭，或溢其實，遊戲之文，不為典要，然當時販鬻皆使賤者為之，則可見矣。

〈貨殖列傳〉所列諸人，度亦深居發蹤指示，坐收其利，非真躬與賈豎處也。不然，安得曰「千金之子，不死於市」哉？且達官貴人，因好利，故至於與賈豎抗禮，而語及其人，則又賤之，亦非自舛倍也。近世淮南齹賈有起自奴僕者，士人或從之求丐，猶不欲與通婚姻。鄉人有嫁女軍人者，軍人故盜也，戚黨恥之，雖其人亦自慚恧，然恥之者亦未嘗不以其從軍人啜為幸。為貪財利，乃蟻慕小人，語及家世，則又自矜亢。承流品之餘習，丁好利之末世，人之情固然，其無足怪（以上札記原文）。

商業之演進，不徵諸富商大賈之多，而徵諸普通商人之眾。普通商人眾，則可見分工之密，易事之煩，而社會生計互相依倚，融成一片矣。〈貨殖列傳〉謂關中自秦漢建都，「四方輻湊並至而會，地小人眾，故其民益玩巧而市末也。」又謂鄒魯地小人眾，「好賈趨利，甚於周人。」以地小人眾而為商，其必負販之流，而非豪商大賈明矣。今日到處皆有小商人，自此昉也。

古代之市，皆自為一區，不與民居相雜，所以治理之者甚備，監督之者亦嚴。其見於《周官》者，有胥師以察其詐偽，賈師以定其恆賈，司虣以禁其鬥囂，司稽以執其盜賊，胥以掌其坐作出入之禁令，肆長以掌其貨賄之陳列，而司市總其成（鄭《注》云：「司市，市官之長。」又云：「自胥師以及司稽，皆司市所自辟除也。胥及肆長，市中給徭役者。」）。又有質人以掌其質劑、書契、度量、淳制，廛人以斂其布。凡治市之吏，居於思次（司市以次敘分地而經市，「凡市入，則胥執鞭度守門。市之群吏平肆展成奠賈，上旌於思次以令市。市師涖焉，而聽大治大訟。胥師、賈師涖於介次，而聽小治小訟。」《注》：「思次，若今市亭也。介次，市亭之屬別，小者也。鄭司農云：思，辭也。次，市中候樓也。玄謂思當為司字，聲之誤也。」《天官》：內宰「凡建國，佐後立市，設其次，置其敘，正其肆，陳其貨賄，出其度量淳制，祭之以陰禮。」）。通貨賄則以節傳出入之（司市，「凡通貨賄，以璽節出入之。」司關「掌國貨之節，以聯門

市。」、「凡貨不出於關者，舉其貨，罰其人。凡所達貨賄者，則以節傳出
之。」《注》：「貨節謂商本所發司市之璽節也。自外來者，則案其節而書
其貨之多少，通之國門，國門通之司市。自內出者，司市為之璽節，通之
國門，國門通之關門。」又云：「商或取貨於民間，無璽節者至關，關為之
璽節及傳出之。其有璽節，亦為之傳。傳，如今移過所文書。」）。物之
藏則於廛（《孟子‧公孫丑》上：「市廛而不徵，法而不廛。」《注》：「廛，
市宅也。」〈王制〉：「市廛而不稅。」《注》：「廛，市物邸舍。」《周官‧
載師》：「以廛里任國中之地。」《注》：「故書廛或作壇。鄭司農云：壇讀
為廛。廛，市中空地未有肆，城中空地未有宅者。」、「玄謂廛里者，若今
云邑居里矣。廛，民居之區域也。里，居也。」又《序官‧廛人‧注》：「故
書廛為壇。杜子春讀壇為廛，說云市中空地。玄謂：廛，民居區域之稱。」
又，廛布《注》云：「邸舍之稅。」又，〈遂人〉「夫一廛」《注》：「鄭司農
云：廛，居也。揚子云有田一廛，謂百畝之居也。玄謂廛，城邑之居。孟
子所云：五畝之宅，樹之以桑麻者也。」愚按：廛為區域之稱，所謂市中、
城中空地者，正區域之謂也。但鄉間可居之區域，亦稱為廛。築室其上，
亦得沿廛之稱，初不論其在邑在野、有宅無宅、為民居為邸舍也。孟子言
「廛而不稅」，指商肆，下又言「廛無夫里之布」，則指民居。載師「以廛里
任國中之地」，明言在國中。〈遂人〉「夫一廛」，則必在野矣。《荀子‧王
制》：「定廛宅」，似以廛與宅為對文。許行「願受一廛而為氓」，則又似為
通名，不必確指其為空地，抑為宅舍也），雖關下亦有之（司關「司貨賄之
出入者，掌其治禁，與其徵廛。」《注》：「徵廛者，貨賄之稅與所止邸舍
也。關下亦有邸客舍，其出布如市之廛。」）。是貨物之運販、囤積、鬻
賣，皆有定處，有定途也（《周官》：司市，「大市日昃而市，百族為主。
朝市朝時而市，商賈為主。夕市夕時而市，販夫販婦為主。」《疏》云：
「大市於中，朝市於東偏，夕市於西偏，〈郊特牲〉所云是也。」案〈郊特
牲〉云：「朝市之於西方，失之矣。」《注》：「朝市宜於市之東偏。」引《周

官》此文為說，此《疏》所據也。然則一市之中，亦有部分不容紊越矣）。《禮記・王制》：「有圭璧金璋，不粥於市。命服命車，不粥於市。宗廟之器，不粥於市。犧牲不粥於市。戎器不粥於市。用器不中度，不粥於市。兵車不中度，不粥於市。布帛精粗不中數，幅廣狹不中量，不粥於市。奸色亂正色，不粥於市。錦文珠玉成器，不粥於市。衣服飲食，不粥於市。五穀不時，果實未熟，不粥於市。木不中伐，不粥於市。禽獸魚鱉不中殺，不粥於市。」又曰：天子巡守，「命市納賈，以觀民之所好惡、志淫好辟。」唯市有定地，故監督易施，而物價亦可考而知也。秦漢而降，此意仍存。《三輔黃圖》謂長安市有各方二百二十六步，六市在道西，四市在道東，凡四里為一市，是漢之市有定地也。《唐書・百官志》謂：「市肆皆建標築土為候。凡市，日中擊鼓三百以會眾，日入前七刻，擊鉦三百而散。有果毅巡池。平貨物為三等之直，十日為簿。」（兩京諸市署令）是唐之市有定地也。此猶京國云爾。王莽於長安及大都市立五均官，長安及洛陽、邯鄲、臨淄、宛、成都等地皆有五均司市師，則大都市皆有市長矣。隋開皇中以錢惡，京師及諸州邸肆之上，皆令立榜置樣為準，不中樣者，不入於市（則天長安中，亦懸樣於市，令百姓依樣用錢），則諸州邸肆皆有定所矣（北魏胡靈後時，嘗稅入市者人一錢）。《遼史》謂太祖置羊城於炭山北，起榷務以通諸道市易。太宗得燕，置南京，城北有市，令有司治其徵；餘四京及他州縣貨產懋遷之地，置亦如之（〈食貨志〉）。則遼之市亦由官設，由官管理矣。要之，邸肆民居，毫無區別，通衢僻巷，咸有商家，未有如今日者，此固由市制之益壞，亦可見貿易之日盛也。

中國中原與邊疆以及外國之通商，亦由來已久，且自古即頗盛。蓋兩地所有，不得盡同，易事通工，因斯而起。而兩地所有之不同，則因國族之異而益盛也。《左》襄十四年，戎子駒支告晉人曰：「我諸戎飲食衣服，不與華同，贄幣不通，言語不達。」似乎彼此絕無交涉矣，然此特以國交言之。至於民間，則魏絳說晉侯和戎曰：「戎狄薦居，貴貨易土，土可賈

焉。」（《左》襄四年）知已有以貨物易土地者矣。《史記·貨殖列傳》謂櫟邑北卻戎狄，「多大賈」。巴蜀「南御滇僰，僰僮。西近邛筰，筰馬、旄牛。」天水、隴西、北地、上郡「西有羌中之利，北有戎翟之畜」。楊、平陽「西賈秦、翟，北賈種、代」。上谷至遼東，「北鄰烏桓、夫餘，東綰穢貉、朝鮮、真番之利」。凡接壤之處，商利幾無不饒。漢初，粵地如同化外，西域尤絕未聞知，而枸醬竹杖既已遠至，其地商人之無遠勿屆，亦可驚矣。《鹽鐵論》：大夫難文學，謂「中國一端之縵，得匈奴累金之物」。「異物內流則國用饒，利不外泄則民用給」。文學反難之，謂「贏驢之用，不中牛馬之功；韶㫋罽，不益錦綈之實。美玉珊瑚，出於崑山，珠璣犀象，出於桂林。此距漢萬有餘里，計耕桑之功，資財之費，是一物而售百倍，其價一也，一捐而中萬鐘之粟也。夫上好珍怪，則淫服下流；貴遠方之物，則貨財外充。是以王者不珍無用以節其民，不愛其貨以富其國。」（〈力耕〉）通商之為損為益，在當時已成為爭辯之端矣。西域既通，來者益多。罽賓殺漢使，遣使謝罪。漢欲遣使報送，杜欽言：其「悔過來，而無親屬貴人，奉獻者皆行賈賤人，欲通貨市買，以獻為名（案，歷代所謂外國朝貢，實其賈人者甚多），故煩使者送至縣度，恐失實見欺。凡遣使送客者，欲為防獲寇害也。起皮山南，更不屬漢之國四五，斥候、士百餘人，五分夜擊刁鬥自守，尚時為所侵盜。驢畜負糧，須諸國稟食，得以自贍。國或貧小不能食，或桀黠不肯給，擁強漢之節，餒山谷之間，乞丐無所得，雖一二旬，則人畜棄捐曠野而不返。又歷大頭痛、小頭痛之山，赤土、身熱之阪，令人身熱無色，頭痛嘔吐，驢畜盡然。又有三池、盤石阪，道狹者尺六七寸，長者徑三十里。臨崢嶸不測之深，行者騎步相持，繩索相引，二千餘里乃到縣度。畜隊，未半坑谷盡靡碎；人墮，勢不得相收視。險阻危害，不可勝言。」（《漢書·西域傳》）使節之艱難如此，賈人之來往可知，而猶能矯其君命，遠來東國，賈胡重利，可謂甚矣。自此至南北朝，內地與西域之交通，雖或盛或衰，而迄未嘗絕（史所云絕者，

皆以國交言之。若民間之往來，則可謂終古未絕也）。《隋書·食貨志》言：南北朝時，河西、交廣皆以金銀為市。內地固不以金銀為泉布，而二方獨用之者，以與他處通商故也。隋唐之世，國威遐暢，西域之來者益多，大抵利賈市也。當時裴矩所招致者，蓋皆此曹。日本桑原隲藏《東洋史要》曰：「東西陸路之互市，至唐極盛。先是隋煬帝時，武威、張掖、河西諸郡，為東西交易之中樞，西方賈人來集其地者，溢四十國。唐興，中央亞細亞天山南路之路開，西方諸國來東方通商者益眾。支那人之商於中央亞細亞、波斯、印度地方者，亦不少。彼素諳商業之猶太人，乘機西自歐洲、阿非利加，東至支那、印度間，商權悉歸掌握。或自紅海經印度洋來支那之南海，或自地中海東岸之安地凹克，經呼羅珊、中央亞細亞、天山南路，而來支那之長安。及大食國勃興，阿剌比亞人漸拓其通商之範圍，無論陸路海路，當時世界商權，殆在阿剌比亞人掌中云。」（據樊炳清譯本。桑原氏之說，蓋兼採西史。今未能博考其所自出，姑引其說。）

海路通商，似亦先秦即有之。《史記·貨殖列傳》言番禺為「珠璣、犀、玳瑁、果、布之湊」，此即後世與外地交易之品也。《漢書·地理志》曰：「自日南障塞、徐聞、合浦船行可五月，有都元國。又船行可四月，有邑盧沒國。又船行可二十餘日，有諶離國。步行可十餘日，有夫甘都盧國。自夫甘都盧國船行可二月餘，有黃支國，民俗略與珠崖相類。其州廣大，戶口多，多異物，自武帝以來，皆獻見。有譯長，屬黃門，與應募者俱入海市明珠、璧流離、奇石、異物，齎黃金、雜繒而往。所至國皆稟食為耦，蠻夷賈船，轉送致之。亦利交易，剽殺人。又苦逢風波溺死，不者數年來還。大珠至圍二寸以下。平帝元始中，王莽輔政，欲耀威德，厚遺黃支王，令遣使獻生犀牛。自黃支船行可八月，到皮宗。船行可二月，到日南、象林界云。黃支之南，有已程不國，漢之譯使自此還矣。」漢勤遠略，不在於南，知此道必非因國家之力而開，亦賈人所通也。大秦嘗欲通中國，為安息所閡，不得達。至桓帝延熹九年，其王安敦遣使自日南

徼外，獻象牙、犀角、玳瑁，始乃一通焉（《後漢書・西域傳》）。孫權黃武五年，大秦賈人字秦倫，又來交趾，太守吳邈遣送權（《梁書・諸夷列傳》），亦自海道來者也。桑原氏云：「當時日南、交趾之地，為東、西洋交通中樞，西邦賈人多集其地。」時則「羅馬商船獨專印度洋之航海權。及佛教次第東漸，錫蘭及南洋諸國與支那間，道路已通，因而支那海運漸興，經爪哇、蘇門答刺而至錫蘭之航路，遂歸支那人手。經南北朝以至隋唐初葉，支那商船更推廣其航路。或自錫蘭沿西印度海岸入波斯灣內，或沿阿刺比亞海岸至紅海灣頭之阿丁。當時錫蘭為世界商業中樞，支那人、馬來人、波斯人、哀西比亞等四方國民，來集於斯，以從事交易。及大食勃興，阿非利加與西方亞細亞沿岸及印度河口所有港灣，前後歸其版圖。以故阿刺比亞人與其屬境之波斯人、猶太人等，益恢張海運。遂東向經南洋諸國而通商於支那沿岸，代支那人而專有亞細亞全境之航海權。至武后天授中，阿刺比亞人之商於廣州、泉州、杭州諸港者頗多，時以數萬計。唐於諸港置提舉市舶之官，徵海關稅，為歲入大宗」云（《東洋史要》，樊炳清譯本）。案：國史於南方諸國記載最詳者，當推《宋》、《梁》、《唐》三書，所記諸國，大抵為通市來者也。互市置官，始於隋之互市監，而唐因之。市舶司之置，新、舊《唐書》、《六典》皆不載。《文獻通考》曰：「唐有市舶使，以右威衛中郎將周慶立為之。唐代宗廣德元年，有廣州市舶使呂太一。」案：慶立事見《新書・柳澤傳》（《傳》云：「開元中，轉殿中侍御史，監嶺南選。時市舶使、右威衛中郎將周慶立造奇器以進，澤上書曰：不見可欲，使心不亂，是知見可欲而心必亂矣。慶立雕製詭物，造作奇器，用浮巧為珍玩，以譎怪為異寶，乃治國之巨蠹，明王所宜嚴罰者也。昔露臺無費，明君不忍；象箸非大，忠臣憤嘆。慶立求媚聖意，搖盪上心。陛下信而使之乎，是宣淫於天下；慶立矯而為之乎，是禁典之所無赦。陛下新即位，固宜昭宣菲薄，廣示節儉，豈可以怪好示四方哉！書奏，玄宗稱善。」案，雕製詭物，或亦撫放異國之物歟？），呂太一事，見

《舊書・代宗紀》（《紀》云：「廣德元年十二月甲辰，宦官市舶使呂太一逐廣南度使張體，縱下大掠廣州。」）。又《新書・盧懷慎傳》：子奐，「天寶初，為南海太守。南海兼水陸都會，物產瑰怪，前守劉巨鱗、彭杲皆以贓敗，故以奐代之。汙吏斂手，中人之市舶者，亦不敢干其法，遠俗為安。時謂自開元後四十年，治廣有清節者，宋璟、李朝隱、奐三人而已。」然則唐市舶使之置，多以武人、宦官為之，黷貨無厭，以利其身，損國體而斂怨於遠人，云為歲入大宗，蓋《東洋史要》臆度之語。泉杭諸州曾置市舶司，亦無文謂於諸港皆置提舉，亦不審之談也。及宋代而設置漸多，其可考者有杭、明、溫、秀、泉、廣諸州及華亭、江陰、板橋（鎮名，屬密州，即今青島也）。初以州郡兼領，元豐中，令轉運司兼提舉，後又專置提舉，亦數罷歸轉運。又有令提刑安撫兼領者。所稅香藥、犀、象，往往以酬入邊充鈔本，始真於國用有裨矣（《宋史・食貨志》：崇寧三年，「令蕃商欲往他郡者，從舶司給券，毋雜禁物、奸人。初，廣南舶司言，海外蕃商至廣州貿易，聽其往還居止，而大食諸國商亦丐通人他州及京東販易，故有是詔。」）。

　　蒙古勃興，疆域廣遠，商業亦因之益盛。桑原氏曰：「自蒙古建國，四方割據諸小國悉滅，商賈往來日便。又新開官道，設驛站，分置守兵，旅客無阻，東西兩洋之交通，實肇於此。是時西亞及歐洲商人，陸自中亞經天山南路，或自西伯利亞南部經天山北路，而開販路於和林，及燕京。波斯與印度及支那之間，海上交通亦日繁，泉州、福州諸港，為世界第一貿易場，外人來居其地者以萬數」云。按：成吉思汗之西侵，實因訛打剌城主殺蒙古人而起，而此蒙古人，則成吉思汗使隨西域商人西行市買者也。先是汗嘗致書於花剌子模王，請通商，各守疆場，所因者亦商人也（詳見《元史譯文證補西域補傳》）。則知漠南北之地甫定，而西域商人之蹤跡已至矣。宋時南方諸國，與中國往來最密者為三佛齊（今蘇門答臘）。三佛齊之南有闍婆（今爪哇）。闍婆西北海行十五日，至渤泥（今婆

羅洲）。此皆今南洋群島。又有南毗，在大海西南，自三佛齊風飄月餘可止，則似在印度沿海。又有注輦，《宋史》云「距廣州四十一萬一千四百里」，里程必誤。《宋史》謂注輦東南二千五百里，有悉蘭地，悉蘭地即錫蘭，則注輦當在印度西岸。元史云：「海外諸國，以俱藍、馬八兒為最大。」馬八兒，今麻打拉薩。「俱蘭為馬八兒後障」，豈即所謂注輦者邪？元時招致來朝者，為國凡十，曰馬八兒，曰須門那，曰僧急里，曰南無力，曰馬蘭丹，曰那旺，曰丁呵兒，曰來來，曰急蘭亦鯖，曰蘇木都剌。而元嘗一用兵於爪哇。馬蘭丹者，今馬六甲。蘇木都剌，即蘇門答臘也。其餘諸國，一時未暇悉考。要之，宋元二代，海路所通頗遠。明祖御宇，亦使驛四通，陸路遠至天方，海路幾遍今南洋群島，其襲元遺蹟，播聲威於遠方歟，抑知胡元疆域之廣，慮其百足之蟲，死而不僵，撫慰之使實寓伐交之意邪？皆未可知。成祖之遣鄭和下西南洋，則又襲太祖之遺蹟。或謂其慮建文遁跡海外，從事搜求，則羅織之談矣。和之航海，在明永樂三年，即西曆千四百有五年，哥倫布得亞美利加事在西曆千四百九十三年，當中國明孝宗弘治六年，後於和者實八十八年也。自鄭和航行以後，中國之聲威，頗張於海外，華人之謀生南洋者不少，且有作當地大長者，《明史》雖語焉不詳，亦有一二，可考見也。新大陸既發見，西人陸續東航，而通商之情形，乃一變矣。其詳更僕難窮，其大略則人多知之，其利害又當別論，今不具述。

# 第二章　財產

人與物並生，人以其力取物以自養；至於人與人之間，則只有協力以對物，更無因物而相爭。此邃古之世然也。

此等情狀，其在諸小部落，各自獨立，不相往來之世乎？老子稱：「至治之極，鄰國相望，雞犬之聲相聞，民各甘其食，美其服，安其俗，樂其業，至老死不相往來。」（《史記‧貨殖列傳》。今見於《老子》者，詞小異而意大同）《管子》亦稱：佶（即帝嚳）堯之時，「牛馬之牧不相及，人民之俗不相知，不出百里而來足。」（《管子‧侈靡》。來，疑當作求）蓋各小部落，各自獨立，所與處者，皆本部落之人，故能和親康樂如此也。迨各部落互相併兼，而其形勢一變。

《禮記‧禮運》載孔子之言曰：「大道之行也，與三代之英，丘未之逮也，而有志焉。大道之行也，天下為公，選賢與能，講信修睦。故人不獨親其親，不獨子其子，使老有所終，壯有所用，幼有所長，鰥寡孤獨廢疾者皆有所養。男有分，女有歸。貨惡其棄於地也，不必藏於己。力惡其不出於身也，不必為己。是故謀閉而不興，盜竊亂賊而不作，故外戶而不閉，是謂大同。今大道既隱，天下為家。各親其親，各子其子，貨力為己。大人世及以為禮，城郭溝池以為固，禮義以為紀。以正君臣，以篤父子，以睦兄弟，以和夫婦，以設制度，以立田里，以賢勇知，以功為己。故謀用是作，而兵由此起。禹、湯、文、武、成王、周公，由此其選也。」《淮南子‧本經訓》亦言古者「機械詐偽，莫藏於心」，而以「分山川溪谷，使有壞界。計人多少眾寡，使有分數。築城掘池，設機械險阻以為備。飾職事，制服等，異貴賤，差賢不肖，經誹譽，行賞罰」，為後世之事。

《白虎通》述三皇以前之俗曰：「臥之，行之盱盱。飢即求食，飽即棄餘。」此時之人，蓋全未知物之可占為己有也，但知其可供人用而已。物

雖可供人用，取而用之，亦須勞力。然斯時之人，又未知勞力之可貴也。既不謂我取之即為我有，則以我所取之物與人，自亦無所謂以我之物與人，蓋純然不分人我者也。

人我之分，初亦以群而不以人。此群占此山以獵，則不許他群之人來獵。彼群占彼澤以漁，則不許此群之人往漁。是為「分地」之始。游牧之世，人之待養於土地益著，則其寶愛土地之情彌殷。《史記‧匈奴列傳》謂東胡「與匈奴間，中有棄地，莫居，千餘里，各居其邊為甌脫。東胡使使謂冒頓曰：匈奴所與我界甌脫外棄地，匈奴非能至也，吾欲有之。冒頓問群臣。群臣或曰：此棄地，予之亦可，勿予亦可。於是冒頓大怒曰：地者，國之本也，奈何予之！諸言予之者，皆斬之。冒頓上馬，令國中有後者斬。遂東襲擊東胡。」此事信否不可知，然游牧之國，亦有重視土地之意，則於此可見矣。虞芮讓所爭為間田（《尚書‧大傳》），宋鄭約皆勿有隙地（《左》哀十二年），蓋猶古之遺制也。

然斯時之土地，但為部落所有。私人占有土地之制，尚未萌芽也。逮其益進，則入於耕農之世。耕農之世，種植之地，不能不分，墾闢之地，不容輕棄。農夫多有蓋藏，不易移徙。於是人民漸土著。土著，則與其地關係益密矣。

然斯時之土地，循其名，固猶未為私人所有也。一部落之土地，即為其部落所墾闢者，其為其部落所公有，固無待言。即為異部落所征服，亦舉其土地，悉為異部落所有而已。《詩》曰：「普天之下，莫非王土。率土之濱，莫非王臣。」蓋以一部落征服他部落，則他部落之地，悉為所有；而此部落之中，有管理財產之權者，為其酋長（酋長亦只有管理之權，財產實非所有）。及私有制、階級與國家產生，土地為私有，尚保留有公有制之殘餘。土地除農田分賦外，餘皆名義上為公有。人民但依定法，皆得使用。《禮記‧王制》曰：「名山大澤不以封。」鄭《注》謂「與民同財，不得障管」是也。〈王制〉又曰：「天子諸侯無事，則歲三田：一為乾豆，二

為賓客,三為充君之庖。無事而不田,曰不敬。田不以禮,曰暴天物。天子不合圍,諸侯不掩群。天子殺則下大綏,諸侯殺則下小綏,大夫殺則止佐車。佐車止,則百姓田獵。獺祭魚,然後虞人入澤梁。豺祭獸,然後田獵。鳩化為鷹,然後設罻羅。草木零落,然後入山林。昆蟲未蟄,不以火田。不麑,不卵,不殺胎,不殀夭,不覆巢。」《孟子》亦曰,「數罟不入洿池」,「斧斤以時入山林」(〈梁惠王〉上)。《周官》有山虞、林衡、川衡、澤虞、跡人等官,以掌斬林、田獵之事。又有僕人,「掌金玉錫石之地,而為之厲禁以守之。若以時取之,則物其地圖而授之」。皆此等公地使用之法也(《孟子・梁惠王》下,謂「文王之囿方七十里,芻蕘者往焉,雉兔者往焉。」亦與民同財不障管之意也。《荀子・王制》:「君者,善群也。群道當,則萬物皆得其宜,六畜皆得其長,群生皆得其命。故養長時,則六畜育;殺生時,則草木殖;政令時,則百姓一,賢良服。聖王之制也:草木榮華滋碩之時,則斧斤不入山林,不夭其生,不絕其長也;黿鼉魚鱉鰍鱣孕別之時,罔罟毒藥不入澤,不夭其生,不絕其長也;春耕夏耘,秋收冬藏,四者不失時,故五穀不絕,而百姓有餘食也;汙池淵沼川澤,謹其時禁,故魚鱉優多,而百姓有餘用也;斬伐養長,不失其時,故山林不童,而百姓有餘材也。」《淮南子・主術訓》:「故先王之法,畋不掩群,不取麑夭。不涸澤而漁。不焚林而獵。豺未祭獸,置罦不得布於野。獺未祭魚,網罟不得入於水。鷹隼未摯,羅網不得張於溪谷。草木未落,斤斧不得入山林。昆蟲未蟄,不得以火燒田。孕育不得殺。卵不得探。魚不長尺不得取。彘不期年不得食。是故草木之發若蒸氣,禽獸之歸若流泉,飛鳥之歸若煙雲,有所以致之也。」《漢書・貨殖傳》:「於是辨其土地、州澤、丘陵、衍沃、原隰之宜,教民種樹畜養;五穀六畜及至魚鱉、鳥獸、雚蒲、材幹、器械之資,所以養生送終之具,靡不皆育。育之以時,而用之有節。草木未落,斧斤不入於山林;豺獺未祭,置網不布於野澤;鷹隼未擊,矰弋不施於徯隧。既順時而取物,然猶山不槎蘗,澤不伐夭,蝝魚麛

卵，咸有常禁。所以順時宣氣，蕃阜庶物，稸足功用，如此之備也。」）。

《荀子》論國家之起源曰：「（人）力不若牛，走不若馬，而牛馬為用，何也？曰：人能群，彼不能群也。人何以能群？曰：分。分何以能行？曰：義。故義以分則和，和則一，一則多力，多力則強，強則勝物。」、「故人生不能無群，群而無分則爭。爭則亂，亂則離，離則弱，弱則不能勝物。」、「君者，善群也。群道當，則萬物皆得其宜，六畜皆得其長，群生皆得其命。」（《荀子・王制》。《荀子・富國》：「人之生不能無群，群而無分則爭，爭則亂，亂則窮矣。故無分者，人之大害也；有分者，天下之本利也。而人君者，所以管分之樞要也。」）又曰：「天下害生縱慾。欲惡同物，欲多而物寡，寡則必爭矣。故百技所成，所以養一人也。而能不能兼技，人不能兼官。離居不相待則窮，群而無分則爭。窮者患也，爭者禍也。救患除禍，則莫若明分使群矣。」（〈富國〉）。《管子・乘馬》：「聖人之所以為聖人者，善分民也。聖人不能分民，則猶百姓也。於己不足，安得名聖？」）荀子此種著重「分」之理論，無非用以說明當時「貴賤之分」是歷史之產物，唯有節用裕民，才為足國之道。《荀子》又曰：「足國之道，節用裕民，而善藏其餘。」、「上以法取焉，而下以禮節用之。」、「量地而立國，計利而蓄民，度人力而授事。使民必勝事，事必出利，利足以生民，皆使衣食百用，出入相揜，必時藏餘，謂之稱數。」（〈富國〉）《孟子》亦曰：「易其田疇，薄其稅斂，民可使富也。食之以時，用之以禮，財不可勝用也。」（〈盡心〉上）《大學》曰：「生財有大道。生之者眾，食之者寡，為之者疾，用之者舒，則財恆足矣。」皆致謹於生財、用財，而不以財之不足為患。故曰：「田野縣鄙者，財之本也；垣窖倉廩者，財之末也；百姓時和，事業得敘者，貨之原也；等賦府庫者，貨之流也。」故曰：「夫有餘不足，非天下之公患也，特墨子之私憂過計也。天下之公患，亂傷之也。」（《荀子・富國》）故曰：「有國有家者，不患寡而患不均，不患貧而患不安。蓋均無貧，和無寡，安無傾。」（《論語・季氏》）故曰：「君

子先慎乎德。有德此有人，有人此有土，有土此有財，有財此有用。德者本也，財者末也。」（《大學》）故曰：「天地之大德曰生，聖人之大寶曰位。何以守位曰仁，何以聚人曰財。理財正辭，禁民為非曰義。」（《易・繫辭》）

　　初期國家之制用，蓋皆量入以為出。《禮記・王制》曰：「塚宰制國用，必於歲之杪。五穀皆入，然後制國用。用地小大，視年之豐耗，以三十年之通制國用，量入以為出。」、「國無九年之蓄，曰不足；無六年之蓄，曰急；無三年之蓄，曰國非其國也。三年耕，必有一年之食；九年耕，必有三年之食。以三十年之通，雖有凶旱水溢，民無菜色，然後天子食，曰舉以樂。」〈曲禮〉曰：「歲凶，年穀不登，君膳不祭肺，馬不食穀，馳道不除，祭事不縣，大夫不食粱，士飲酒不樂。」〈郊特牲〉曰：「四方年不順成，八蠟不通，以謹民財也。順成之方，其蠟乃通，以移民也。」（移，羨也）《管子・八觀》曰：「入國邑，視宮室，觀車馬衣服，而侈儉之國可知也。夫國城大而田野淺狹者，其野不足以養其民。城域大而人民寡者，其民不足以守其城。宮營大而室屋寡者，其室不足以實其宮。室屋眾而人徒寡者，其人不足以處其室。困倉寡而臺榭繁者，其藏不足以共其費。故曰：主上無積而宮室美，氓家無積而衣服修，乘車者飾觀望，步行者雜文采，本資少而末用多者，侈國之俗也。國侈則用費，用費則民貧，民貧則奸智生，奸智生則邪巧作。故奸邪之所生，生於匱不足。匱不足之所生，生於侈。侈之所生，生於毋度。故曰：審度量，節衣服，儉財用，禁侈泰，為國之急也。不通於若計者，不可使用國。」古人論理財之道，固非若後世之苟求足用而已。

　　又《管子・事語》：「桓公問管子曰：事之至數可聞乎？管子對曰：何謂至數？桓公曰：秦奢教我曰：帷蓋不修，衣服不眾，則女事不泰。俎豆之禮不致牲，諸侯太牢，大夫少牢，不若此，則六畜不育。非高其臺榭，美其宮室，則群材不散。此言何如？管子曰：非數也。桓公曰：何謂非數？

管子對曰：此定壤之數也。彼天子之制，壤方千里。齊諸侯方百里。負海子七十里，男五十里，若胸臂之相使也。故准徐疾贏不足，雖在下也，不為君憂。彼壤狹而欲舉與大國爭者，農夫寒耕暑耘，力歸於上，女勤於緝績徽織，功歸於府者，非怨民心傷民意也，非有積蓄，不可以用人。非有積財，無以勸下。秦奢之數，不可用於危隘之國。桓公曰：善。」按：此秦奢謂奢侈可以生財，而管仲辟之也。定壤之數，即〈王制〉用地之大小，以制國用之說。

古代社會之分財，蓋因其位之貴賤而有差等。《荀子》曰：「夫貴為天子，富有天下，是人情之所同欲也。然則從人之欲，則勢不能容，物不能贍也。故先王案為之制禮義以分之，使有貴賤之等，長幼之差，知愚能不能之分，皆使人載其事而各得其宜，然後使愨祿多少厚薄之稱，是夫群居和一之道也。故仁人在上，則農以力盡田，賈以察盡財，百工以巧盡械器，士大夫以上至於公侯，莫不以仁厚知能盡官職，夫是之謂至平。故或祿天下而不自以為多，或監門、御旅、抱關、擊柝，而不自以為寡。故曰：斬而齊，枉而順，不同而一。夫是之謂人倫。」（〈榮辱〉）孔子曰：「聖人之制富貴也，使民富不足以驕，貧不至於約，貴不慊於上（《注》：『慊，恨不滿之貌也。慊或為嫌。』），故亂益亡。」（《禮記·坊記》）知此時除君卿大夫食祿稍厚外，其餘固無甚貧甚富之差也。

然君卿大夫，食祿雖厚，而為保持其長久之統治，其待下亦多以寬為訓，以聚斂為戒，以與民爭利為恥。《大學》曰：「德者本也，財者末也。外本內末，爭民施奪。是故財聚則民散，財散則民聚。是故言悖而出者，亦悖而入；貨悖而入者，亦悖而出。」又曰：「仁者以財發身，不仁者以身發財。」又曰：「孟獻子曰：畜馬乘，不察於雞豚。伐冰之家，不畜牛羊。百乘之家，不畜聚斂之臣。與其有聚斂之臣，寧有盜臣。此謂國不以利為利，以義為利也（《禮記·坊記》：『子云：君子不盡利以遺民。《詩》云：彼有遺秉，此有不斂，伊寡婦之利。故君子仕則不稼，田則不漁，食時不

力珍。大夫不坐羊，士不坐犬。』）。長國家而務財用者，必自小人矣。彼為善之，小人之使為國家，菑害並至。雖有善者，亦無如之何矣。此謂國不以利為利，以義為利也。」可謂言之深切著明矣。

《禮記・王制》謂歲之成，大司徒、大司馬、大司空，「以百官之成，質於天子。百官齊戒受質，然後休老勞農。」此即〈月令〉所謂「臘先祖五祀，勞農以休息之」；〈郊特牲〉所謂「蜡，黃衣黃冠而祭，息田夫」者也。〈郊特牲〉曰：「既蜡而收民息已，故既蜡，君子不興功。」〈雜記〉：「子貢觀於蜡。孔子曰：賜也樂乎？對曰：一國之人皆若狂，賜未知其樂也。子曰：百日之蜡，一日之澤，非爾所知也。張而不弛，文武弗能也。弛而不張，文武弗為也。一張一弛，文武之道也。」此古者農耕既畢，所謂「施惠於民」之事。〈祭統〉曰：「凡餕之道，每變以眾，所以別貴賤之等，而興施惠之象也。」、「祭者，澤之大者也。是故上有大澤，則惠必及下。」、「是故上有大澤，則民夫人待於下流，知惠之必將至也。」此則國家有慶典，行恩澤於民者也。凡此，皆古戰勝之族，所以撫綏其所征服之族者也。

原始共產之世，力作皆以為群，相養亦唯群是待。故老弱疾病之民，亦皆有以食之；死亡遷徙之事，則必有以協助之。其遺規尚流傳後世，如《禮記・王制》曰：「五十不從力政，六十不與服戎，七十不與賓客之事，八十齊喪之事弗及也。」又曰：「八十者，一子不從政。九十者，其家不從政。廢疾非人不養者，一人不從政。父母之喪，三年不從政。齊衰大功之喪，三月不從政。將徙於諸侯，三月不從政。自諸侯來徙家，期不從政。」又曰：「少而無父者謂之孤。老而無子者謂之獨。老而無妻者謂之鰥。老而無夫者謂之寡。此四者，天民之窮而無告者也，皆有常餼。瘖、聾、跛、躃、斷者、侏儒、百工，各以其器食之。」（《荀子・王制》：「五疾，上收而養之。」）此等蓋皆原始共產時代之遺規也。

原始共產之世，不徒一社會之中，能盡相生相養之道也，即其彼此之

間，亦恆能互相救恤。其遺規亦尚流傳於後世。如《公羊》襄三十年，「晉人、齊人、宋人、衛人、鄭人、曹人、莒人、邾婁人、滕人、薛人、杞人、小邾婁人，會於澶淵，宋災故。」、「諸侯相聚，而更宋之所喪，曰：死者不可復生，爾財復矣。」(《穀梁》襄三十年：「其曰人，何也？救災以眾。何救焉？更宋之所喪財也。」) 此其用意，在於救災，可謂之義舉矣。《墨子・非攻》下篇云：「今若有能信效 (孫詒讓云：『效，讀為交。』)，先利天下諸侯者：大國之不義也，則同憂之；大國之攻小國也，則同救之；小國城郭之不全也，必使修之；布粟之絕則委之，幣帛不足則共之。」城郭不全使修之，齊桓合諸侯而城杞其事也 (《公羊》僖十四年)。布粟之絕則委之，幣帛不足共之，衛為狄滅，立戴公以廬於曹，齊侯「歸公乘馬，祭服五稱，牛羊豕雞狗皆三百，與門材。歸夫人魚軒，重錦三十兩」其事也 (《左》閔二年)。《孟子》曰：「湯居亳。與葛為鄰，葛伯放而不祀。湯使人問之曰：何為不祀？曰：無以供犧牲也。湯使遺之牛羊。葛伯食之，又不以祀。湯又使人問之曰：何為不祀？曰：無以供粢盛也。湯使亳眾往為之耕。」(〈滕文公〉下) 以後世之事衡之，殊屬不近情理。然在古代，固不足為異，蓋保留有原始之遺風也。齊桓公葵丘之盟，五命曰：無遏糴 (《孟子・告子》下，《穀梁》僖九年)。左傳十三年，晉荐饑，使乞糴于秦。秦伯謂百里：「與諸乎？」對曰：「天災流行，國家代有。救災恤鄰，道也。行道有福。」此亦古代各部落互相救恤之遺制也。

　　原始部落共產之制，隨世運之進步而逐漸破壞。其所由然，則以社會組織之改變，由於私有制之產生，私利之心日盛也。邃古之人，只有合力以對物，更無因物而相爭，前已明之。斯時所謂合力者，其事至簡。迨其稍進，則分工易事之道興。既有分工，則必有分職。私有制既興，人之欲利，如水就下。舊制既為獲利之障，自將墮壞於冥漠之中。而欲利之心，因可欲之物多而益盛。在上者日剝其下，詐偽興而淳樸漓，原始共產之制，彌不可行矣。

中國古代井田制，為貴族剝削庶人之法。但名義上尚保存有平均分田之制，既有還受之法，又有換土易居之制。及春秋戰國之際，社會經濟之最大變化，即在井田之廢。《孟子》曰：「經界不正，井地不均，穀祿不平。是故暴君汙吏，必慢其經界。」（《孟子‧滕文公》上）朱子〈開阡陌辨〉曰：「《漢志》言秦廢井田，開阡陌。說者之意，皆以開為開置之開。言秦廢井田，而始置阡陌也。」按：阡陌者，舊說以為田間之道。蓋因田之疆畔，制其廣狹，辨其橫縱，以通人物之往來，即《周禮》所謂遂上之徑，溝上之畛，洫上之塗，澮上之道也。然《風俗通》云：南北曰阡，東西曰陌。又云：河南以東西為阡，南北為陌。二說不同。今以〈遂人〉田畝夫家之數考之，則當以後說為正。蓋陌之為言百也，遂洫從而徑塗亦從，則遂間百畝，洫間百夫，而徑塗為陌矣。阡之為言千也，溝洽橫而畛道亦橫，則溝間千畝，澮間千夫，而畛道為阡矣。阡陌之名，由此而得。至於萬夫有川，而川上之路，周於其外，與夫〈匠人〉井田之制，遂溝洫澮，亦皆四周，則阡陌之名，疑亦因其橫從而命之也。然遂廣二尺，溝四尺，洫八尺，澮二尋，則丈有六尺矣。徑容牛馬，畛容大車，塗容乘車一軌，道二軌，路三軌，則幾二丈矣。此其水陸占地，不得為田者頗多。先王之意，非不惜而虛棄之也，所以正經界，止侵爭，時蓄泄，備水旱，為永久之計，有不得不然者，其意深矣。商君以其急刻之心，行苟且之政，但見田為阡陌所束，而耕者限於百畝，則病其人力之不盡。但見阡陌之占地太廣，而不得為田者多，則病其地利之有遺。又當世衰法壞之時，則其歸授之際，必不免有煩擾欺隱之奸。而阡陌之地，切近民田，又必有陰據以自私，而稅不入於公上者。是以一旦奮然不顧，盡開阡陌，悉除禁限，而聽民兼併買賣，以盡人力，墾闢棄地，悉為田疇，而不使其有尺寸之遺，以盡地利。使民有田即為永業，而不復歸授，以絕煩擾欺隱之奸。使地皆為田，而田皆出稅，以核陰據自私之幸。此其為計，正猶楊炎疾浮戶之弊，而遂破租庸以為兩稅。蓋一時之害雖除，而千古聖賢傳授精微之意，於此

盡矣。故〈秦紀〉、〈鞅傳〉皆云：為田開阡陌封疆而賦稅平。蔡澤亦曰：決裂阡陌，以靜生民之業，而一其俗。詳味其言，則所謂開者，乃破壞剷削之意，而非創置建立之名；所謂阡陌，乃三代井田之舊，而非秦之所制矣；所謂賦稅平者，以無欺隱竊據之奸也；所謂靜生民之業者，以無歸授取予之煩也。以是數者，合而證之，其理可見，而蔡澤之言，尤為明白。且先王疆理天下，均以予民，故其田間之道，有經有緯，不得無法。若秦既除井授之制矣，則隨地為田，隨田為路，尖斜屈曲，無所不可，又何必取其東西南北之正，以為阡陌，而後可以通往來哉？此又以物情事理推之，而益見其說之無疑者。或乃以漢世猶有阡陌之名，而疑其出於秦之所置。殊不知秦之所開，亦其曠僻而非通路者耳。若其適當衝要而便於往來，則亦豈得而盡廢之哉？但必稍侵削之，不使復如先王之舊耳。」（《晦庵先生朱文公文集》）朱子此文，於井田之廢壞，洞若觀火。蓋一由人多而地不足，故田間曠土，競圖墾闢。一由斯時有土之君，及各地方之豪強，競思剝民以自奉，占公地以自肥，遂益破壞昔日之疆界也。還授之制既廢，所占即為所有，則並公有之名而不復存，而土地盡入私人之手矣。斯時占有土地者，自係強有力之徒。愚弱之民，則任其兼併而無如何矣。職是故，乃生秦漢之世所謂田連阡陌之家。

　　秦漢之世，農田以外之土地，亦為私家所占。《史記・貨殖列傳》所載事畜牧、鹽鐵、丹穴之利者皆是也。〈貨殖列傳〉曰：「陸地牧馬二百蹄，牛蹄角千，千足羊，澤中千足彘，水居千石魚陂，山居千章之材。安邑千樹棗；燕、秦千樹栗；蜀、漢、江陵千樹橘；淮北、常山以南，河濟之間千樹萩；陳、夏千畝漆；齊、魯千畝桑麻；渭川千畝竹；及名國萬家之城，帶郭千畝畝鐘之田，若千畝卮茜，千畦薑韭：此其人皆與千戶侯等。」此等廣大之土地，皆前此衡虞、跡人、卝人等之所掌也。此時亦皆入私人之手矣。是即秦漢之世所謂擅山澤之利之徒也。

　　古代工業，本由官營，讀《考工記》可見。孟子難白圭曰：「萬室之

國，一人陶，則可乎？」曰：「不可，器不足用也。」（《孟子·告子》下）明古者立工官，度需用之多少以造械器，貴族之需用，皆仰給於官也。逮夫春秋以後，社會發生變革，民所需用之器日多，或為官所不能造。人口日繁，則舊時官造之器，又或不能給民用。情勢既異，工官之制雖尚保存，而私家之製造業日漸興起矣。《史記·貨殖列傳》謂「用貧求富，農不如工，工不如商。」王莽之行六筦也，下詔曰：「夫鹽，食肴之將；酒，百藥之長，嘉會之好；鐵，田農之本；名山大澤，饒衍之臧；五均賒貸，百姓所取平，卬以給澹；鐵布銅冶，通行有無，備民用也。此六者，非編戶齊民所能家作，必卬於市，雖貴數倍，不得不買。豪民富賈，即要貧弱。」（《漢書·食貨志》）可見當時恃此以致富者眾矣。

《漢書·貨殖傳》曰：「及周室衰，禮法墮，諸侯刻桷丹楹，大夫山節藻梲，八佾舞於庭，雍徹於堂。其流至乎士庶人，莫不離制而棄本，稼穡之民少，商旅之民多，穀不足而貨有餘。陵夷至乎桓、文之後，禮儀大壞，上下相冒，國異政，家殊俗，耆欲不制，僭差亡極。於是商通難得之貨，工作亡用之器，士設反道之行，以追時好而取世資。偽民背實而要名，姦夫犯害而求利。篡弒取國者為王公，圉奪成家者為雄桀。禮儀不足以拘君子，刑戮不足以威小人。富者木土被文錦，犬馬餘肉粟，而貧者裋褐不完，唅菽飲水。其為編戶齊民，同列而以財力相君，雖為僕虜，猶亡慍色。故夫飾變詐偽姦軌者，自足乎一世之間；守道循理者，不免於飢寒之患。」《史記·貨殖列傳》曰：「天下熙熙，皆為利來；天下攘攘，皆為利往。」又曰：「賢人深謀於廊廟，論議朝廷，守信死節隱居岩穴之士設為名高者安歸乎？歸於富厚也。是以廉吏久，久更富，廉賈歸富。富者，人之情性，所不學而俱欲者也。故壯士在軍，攻城先登，陷陣卻敵，斬將搴旗，前蒙矢石，不避湯火之難者，為重賞使也。其在閭巷少年，攻剽椎埋，劫人作奸，掘塚鑄幣，任俠並兼，借交報仇，篡逐幽隱，不避法禁，走死地如鶩者，其實皆為財用耳。今夫趙女鄭姬，設形容，揳鳴琴，

揄長袂，躡利屣，目挑心招，出不遠千里，不擇老少者，奔富厚也。游閑公子，飾冠劍，連車騎，亦為富貴容也。弋射漁獵，犯晨夜，冒霜雪，馳坑谷，不避猛獸之害，為得味也。博戲馳逐，鬥雞走狗，作色相矜，必爭勝者，重失負也。醫方諸食技術之人，焦神極能，為重糈也。吏士舞文弄法，刻章偽書，不避刀鋸之誅者，沒於賂遺也。農工商賈畜長，固求富益貨也。此有知盡能索耳，終不餘力而讓財矣。」人自為謀，唯利是圖，於此可見（《淮南子・齊俗訓》：「衰世之俗，以其知巧詐偽，飾眾無用。貴遠方之貨，珍難得之財。不積於養生之具。澆天下之淳，析天下之樸，牿服馬牛以為牢。滑亂萬民，以清為濁。性命飛揚，皆亂以營。貞信漫瀾，人失其惇性。於是乃有翡翠犀象，黼黻文章，以亂其目；芻豢黍梁，荊吳芬馨，以其口；鐘鼓管籥，絲竹金石，以淫其耳；趨捨行義，禮節謗議，以營其心。於是百姓糜沸豪亂，暮行逐利，煩挐澆淺。法與義相非，行與利相反。雖十管仲，弗能治也。且富人則車輿衣纂錦，馬飾傅旄象，帷幕茵席，綺繡條組，青黃相錯，不可為象。貧人則夏被褐帶索，含菽飲水以充腸，以支暑熱；冬則羊裘解札，短褐不掩形，而煬灶口故其為編戶齊民無以異。然貧富之相去也，猶人君與僕虜，不足以論之。夫乘奇技偽邪施者，自足乎一世之間；守正修理不苟得者，不免乎飢寒之患。而欲民之去末反本，是由發其原而壅其流也。夫雕琢刻鏤，傷農事者也；錦繡纂組，害女工者也。農事廢，女工傷，則飢之本而寒之原也。夫飢寒並至，能不犯法干誅者，古今未之聞也。故仕鄙在時，不在行；利害在命，不在智。夫敗軍之卒，勇武遁逃，將不能止也；勝軍之陳，怯者死行，懼不能走也。故江河決沈一鄉，父子兄弟，相遺而走，爭升陵阪，上高邱，輕足先升，不能相顧也。世樂志平，見鄰國之人溺，尚猶哀之，又況親戚乎？故身安則恩及鄰國，志為之滅；身危則忘其親戚，而人不能解也。游者不能拯溺，手足有所急也；灼者不能救火，身體有所痛也。夫民有餘即讓，不足則爭。讓則禮義生，爭則暴亂起。扣門求水，莫弗與者，所饒足也。林

中不賣薪，湖上不鬻魚，所有餘也。故物豐則欲省，求澹則爭止。秦王之時，或人葅子，利不足也。劉氏持政，獨夫收孤，財有餘也。故世治則小人守政，而利不能誘也；世亂則君子為奸，而法弗能禁也。」可與《史》、《漢貨殖傳》之言參看。《管子・禁藏》：「夫凡人之情，見利莫能勿就，見害莫能勿避。其商人通賈，倍道兼行，夜以續日，千里而不遠者，利在前也。漁人之入海，海深萬仞，就彼逆流，乘危百里，宿夜不出者，利在水也。故利之所在，雖千仞之山，無所不上；深源之下，無所不入焉。故善者勢利之在，而民自美安，不推而往，不引而來，不煩不擾，而民自富。如鳥之覆卵，無形無聲，而唯見其成。」又〈輕重甲〉：「渾然擊鼓，士忿怒。然擊金，士帥然策桐鼓從之，輿死扶傷，爭進而無止。口滿用，手滿錢，非大父母之仇也，重祿重賞之所使也。故軒冕立於朝，爵祿不隨，臣不為忠。中軍行戰，委予之賞不隨，士不死其列陳。然則是大臣執於朝，而列陳之士執於賞也。故使父不得子其子，兄不得弟其弟，妻不得有其夫，唯重祿重賞為然耳。故不遠道里，而能威絕域之民，不險山川，而能服有恃之國，發若雷霆，動若風雨，獨出獨入，莫之能圍。」此則借利以傾鄰國矣）。

　　人類之始，不知自私其力也。寖假而知自私其力矣。其所私者，一身一家，日用飲食之物而已矣。稍進，乃及於奢侈之物。此古之諸侯大夫等，所以寶珠玉重器也（《孟子・盡心》下曰：「諸侯之寶三：土地、人民、政事。寶珠玉者，殃必及身。」可見是時寶珠玉者之多。《左》桓十年：「初，虞叔有玉，虞公求旃。弗獻，既而悔之。曰：周諺有之：匹夫無罪，懷璧其罪。吾焉用此，其以賈害也。乃獻之。又求其寶劍。叔曰：是無厭也。無厭，將及我。遂伐虞公，故虞公出奔共池。」《左》定三年：「蔡昭侯為兩佩與兩裘，以如楚，獻一佩一裘於昭王。昭王服之，以享蔡侯。蔡侯亦服其一。子常欲之，弗與。三年止之。唐成公如楚，有兩肅爽馬，子常欲之，弗與。亦三年止之。」卒以此啟入郢之禍。此其大者，其

他類此者尚多。昭十二年：楚靈王謂子革曰：「昔我先王熊繹，與呂伋、王孫牟、燮父、禽父，並事康王，四國皆有分，我獨無有。」數世之後，追溯之，猶有怏怏之情焉。子革對曰：「齊，王舅也。晉及魯、衛，王母弟也。楚是以無分，而彼皆有。」又可見是時厚待懿親，乃頒之重器，而非疏逖之臣所得比矣。衛蒯聵久居於外，僅乃復國，而其謂渾良夫曰：「吾繼先君而不得其器，若之何？」樂毅報燕惠王書，亦以「珠玉財寶，車甲珍器，盡收入於燕。齊器設於寧臺，大呂陳於玄英，故鼎反乎歷室」，盛誇功伐，皆可見是時視重器之重也）。然此等物僅可以供玩弄，而不可以作母財。故雖或因此以肆誅求，究不能借是以資剝削。及其益進，貨幣之用益弘。周轉既靈，借貸彌易，而所謂息錢者起焉。《史記・貨殖列傳》謂「子貸金錢千貫」者，「比千乘之家」。又謂「吳楚七國兵起時，長安中列侯封君行從軍旅，齎貸子錢，子錢家以為侯邑國在關東，關東成敗未決，莫肯與。唯無鹽氏出捐千金貸，其息什之（《史記・索隱》：『謂出一得十倍。』）。三月，吳楚平。一歲之中，則無鹽氏之息什倍，用此富埒關中。」可見漢初已有專事放債之人，及其利息之厚。晏子謂齊景公曰：「春省耕而補不足，秋省斂而助不給。夏諺曰：吾王不遊，吾何以休？吾王不豫，吾何以助？」（《孟子・梁惠王》下）《管子・五輔篇》曰：「養長老，慈幼孤，恤鰥寡，問疾病，吊禍喪，此謂匡其急。衣凍寒，食飢渴，匡貧窶，振罷露，資乏絕，此謂振其窮。」（《管子・幼官篇》：「再會諸侯，令曰：養孤老，食常疾，收孤寡。」）可見是時民有乏絕者，在上之人，皆負匡救之責。齊景公聞晏子之言而悅，大戒於國，出舍於郊，於是始興發補不足，蓋即其事。陳氏「以家量貸，而以公量收之」（《左》昭三年）；馮諼為孟嘗君收責〔債〕，盡焚其券以市義（《戰國策》），猶其遺制也。《管子・問篇》：「問鄉之良家，其所牧養者幾何人矣？問邑之貧人，債而食者幾何家？」、「貧士之受責〔債〕於大夫者幾何人？」、「問人之貸粟米，有別券者幾何家？」貧士受責〔債〕於大夫，則養士之始也。債而食，貸粟

米有別券，蓋皆民家借貸。蓋制民之產之政既亡，人民之失養者日多，在上者既不能振救，而放債之人乃乘之而牟利也。

富厚所在，權力隨之。子貢結駟連騎，束帛之幣，以聘享諸侯。所至，國君無不分庭與之抗禮。烏氏倮以畜牧起，秦始皇帝令比封君，以時與列臣朝請。巴寡婦清能用財自衛，秦皇以為貞婦而客之，為築女懷清臺。萬乘之君如此，平民之畏憚之，又曷足怪乎？諺曰：「千金之子，不死於市。」可見是時富人之聲勢矣（《史記・貨殖列傳》）。

欲利之心如此，而廉讓之節遂亡。《韓非子》曰：「古者丈夫不耕，草木之實足食也；婦人不織，禽獸之皮足衣也。不事力而養足，人民少而財有餘，故民不爭。是以厚賞不行，重罰不用，而民自治。今人有五子不為多，子又有五子，大父未死而有二十五孫。是以人民眾而貨財寡，事力勞而供養薄，故民爭。雖倍賞累罰，而不免於亂。堯之王天下也，茅茨不翦，采椽不斲；糲粢之食，藜藿之羹；冬日麑裘，夏日葛衣。雖監門之服養，不虧於此矣。禹之王天下也，身執耒臿，以為民先，股無胈，脛不生毛。雖臣虜之勞，不苦於此矣。以是言之，夫古之讓天子者，是去監門之養，而離臣虜之勞也，故傳天下而不足多也。今之縣令，一日身死，子孫累世絜駕，故人重之。是以人之於讓也，輕辭古之天子，難去今之縣令者，薄厚之實異也。夫山居而谷汲者，臘而相遺以水；澤居苦水者，買庸而決竇。故饑歲之春，幼弟不餉；穰歲之秋，疏客必食，非疏骨肉愛過客也，多少之實異也。是以古之易財，非仁也，財多也；今之爭奪，非鄙也，財寡也。輕辭天子，非高也，勢薄也；重爭土橐，非下也，權重也。」（〈五蠹〉）其於爭奪之禍，可謂能燭其原矣。又曰：「今世之學士語治者，多曰：與貧窮地，以實無資。今夫與人相若也，無豐年旁入之利而獨以完給者，非力則儉也；與人相若也，無饑饉疾疚禍罪之殃，獨以貧窮者，非侈則惰也。侈而惰者貧，而力而儉者富。今人徵斂於富人以布施於貧者，是奪力儉而與侈惰也。」（〈顯學〉）然則古者，遇民之無告者，則哀矜之；

今也，遇民之無告者，則督過之，而人情大變矣。《莊子》曰：「柏矩至齊，見辜人焉。推而強之，解朝服而幕之，號天而哭之曰：子乎！子乎！天下有大菑，子獨先離之，曰莫為盜！莫為殺人！榮辱立，然後睹所病；貨財聚，然後睹所爭。今立人之所病，聚人之所爭，窮困人之身使無休時，欲無至此，得乎？」、「匿為物而愚不識，大為難而罪不敢，重為任而罰不勝，遠其途而誅不至。民知力竭，則以偽繼之，日出多偽，士民安取不偽！夫力不足則偽，知不足則欺，財不足則盜。盜竊之行，於誰責而可乎？」（〈則陽〉）此深悲社會制度之不善，民生其間者，實無以自全也。

　　邃古財產公有之制，猶有遺存於三代時者。晏子謂齊景公：「今也，師行而糧食。」（《孟子・梁惠王》下）糧同量。量食者，酌留人民所自食，餘悉供軍，此古者合一社會之食，以食一社會之人之遺制也。古者生之為之也同，食之用之也亦同。後雖不復然，然釀與鄉飲酒，猶是合食之遺制。〈酒誥〉曰：「群飲，汝勿佚。盡執拘以歸於周，予其殺。」當禁酒之時，豈不知群飲之易罹禁綱，獨酌之可避耳目？而猶有群飲者，習不可猝變也。漢世所謂賜酺猶然。《詩》曰：「言私其，獻豜於公。」此田獵所得，公之於眾也。周行徹法。釋者曰：「耕則通力合作，收則計畝而分。」此農作之役，不分彼此也。此等遺制尚多，難以枚舉。

　　土地私有制之緣起，蓋有四端：一曰先占，如墾闢荒地是也。古之分地，後遂變為私有者，當屬此類。二曰劫奪。勝者以敗者為奴，沒收其財產為己有是也。大而滅國，小而亡家，皆屬此類。三曰兼併。則私產既與之後，恃其財力，以攘奪人者也。四曰由公產變為私產。私有制既興，一部落之公財，散而為家族之私財。家族管理財產之權，在其族長。久之，財產遂變為族長所獨有。故曰：「子婦無私蓄。」（《禮記・內則》）又曰：「父母存，不有私財。」（又〈曲禮〉上）後世卑幼不得擅用財之律由此。

　　東周以降，社會組織發生變化。秦漢時，大地主及大工商皆極跋扈（斯時所謂商人者，實為兼營工業之豪民，如煮鹽、鐵冶之類是也）。《漢

書‧食貨志》載董仲舒之言，謂「至秦則不然，用商鞅之法，改帝王之制，除井田，民得賣買，富者田連阡陌，貧者無立錐之地。又顓川澤之利，管山林之饒，荒淫越制，踰侈以相高；邑有人君之尊，里有公侯之富，小民安得不困？」又謂「或耕豪民之田，見稅十五（王莽行王田之詔曰：『漢氏減輕田租，三十而稅一，而豪民侵陵，分田劫假，厥名三十，實什稅五也。』）。故貧民常衣牛馬之衣，食犬彘之食。」晁錯述當時農商情形曰：「今農夫五口之家，其服役者不下二人，其能耕者不過百畝，百畝之收不過百石。春耕夏耘，秋穫冬藏，伐薪樵，治官府，給徭役；春不得避風塵，夏不得避暑熱，秋不得避陰雨，冬不得避寒凍，四時之間，亡日休息。又私自送往迎來，弔死問疾，養孤長幼在其中。勤苦如此，尚復被水旱之災，急政暴虐，賦斂不時，朝令而暮改。當具有者半賈而賣，亡者取倍稱之息，於是有賣田宅鬻子孫以償債者矣。而商賈大者積貯倍息，小者坐列販賣，操其奇贏，日遊都市，乘上之急，所賣必倍。故其男不耕耘，女不蠶織，衣必文采，食必粱肉，亡農夫之苦，有阡陌之得。因其富厚，交通王侯，力過吏勢，以利相傾；千里遊敖，冠蓋相望，乘堅策肥，履絲曳縞。此商人所以兼併農人，農人所以流亡者也。」漢世救正之法，則減輕其田租。「高祖令賈人不得衣絲乘車，重稅租以困辱之。孝惠、高后時，為天下初定，復弛商賈之律。然市井子孫亦不得宦為吏。」（武帝天漢四年，發天下七科謫以擊匈奴。七科謫者，張晏曰：「吏有罪一，亡命二，贅壻三，賈人四，故有市籍五，父母市籍六，大父母有市籍七。」商賈居其四焉）然荀悅謂「官家之惠，優於三代；豪強之暴，酷於亡秦。文帝不正其本，而務除租稅，適足以資豪強。」晁錯謂「法律賤商人，商人已富貴矣；尊農夫，農夫已貧賤矣」。則當時之政令，實無救正之效，反以資豪強也。漢時儒者所夢想者，為恢復井田，次則欲限民名田。哀帝時，師丹、孔光、何武等執政，曾定其法，為丁、傅、董賢等所不便，卒不果行。至王莽，乃決然「更名天下田曰王田，奴婢曰私屬，皆不得

賣買。其男口不滿八，而田過一井者，分餘田與九族鄉黨。犯令，法至死。」然「制度又不定，吏緣為奸，天下謷謷然，陷刑者眾。後三年，莽知民愁，下詔：諸食王田及私屬皆得賣買，勿拘以法。」（《漢書‧食貨志》）限田之制，實不能行。

摧抑豪強，限制末作，漢世久有此論。桑弘羊之行均輸也，其言曰：「大農諸官，盡籠天下之貨物，貴則賣之，賤則買之。如此，富商大賈，亡所牟大利，則反本，而萬物不得騰躍。」、「故抑天下之物，命曰平準。」其所行算舟車緡錢之法，所稅遍及於各種人。又令賈人不得名田。雖意在聚斂，未嘗不以平物價、抑末業為口實也，惜其說不盡傳耳（桑弘羊並非無學問之人，讀《鹽鐵論》可知）。迨王莽變法，乃有五均司市泉府之官，及六筦之制。《漢志》曰：「國師公劉歆言周有泉府之官，收不讎，與欲得，即易所謂理財正辭，禁民為非者也。莽乃下詔曰：夫《周禮》有賒貸，《樂語》有五均（鄧展曰：『《樂語》、《樂元語》，河間獻王所傳，道五均事。』臣瓚曰：『其文云：天子取諸侯之土，以立五均，則市無二賈，四民常均。強者不得困弱，富者不得要貨，則公家有餘，恩及小民矣。』），傳記各有幹焉。今開賒貸，張五均，設諸幹者，所以齊眾庶，抑並兼也。遂於長安及五都立五均官，更名長安東西市令及洛陽、邯鄲、臨菑、宛、成都市長皆為五均司市師（今本作『司市稱師』，稱字衍，今刪）。東市稱京，西市稱畿，洛陽稱中，餘四都各用東西南北為稱，皆置交易丞五人，錢府丞一人。工商能採金銀銅連錫登龜取貝者，皆自占司市錢府，順時氣而取之。又以《周官》稅民：凡田不耕為不殖，出三夫之稅；城郭中宅不樹藝者為不毛，出三夫之布；民浮遊無事，出夫布一匹。其不能出布者，冗作，縣官衣食之。諸取眾物鳥獸、魚鱉、百蟲於山林水澤及畜牧者，嬪婦桑蠶、織紝、紡績、補縫，工匠、醫、巫、卜、祝及它方技商販、賈人、坐肆列里區謁舍，皆各自占所為於其在所之縣官，除其本，計其利，十一分之，而以其一為貢。敢不自占，自占不以實者，盡沒入所採取，而作縣官一

歲。諸司市常以四時中月實定所掌，為物上中下之賈，各自用為其市平，毋拘它所。眾民賣買五穀、布帛、絲綿之物，周於民用而不讎者，均官有以考檢厥實，用其本賈取之，毋令折錢。萬物邛貴，過平一錢，則以平賈賣與民。其價氐賤減平者，聽民自相與市，以防貴庾者。民欲祭祀喪紀而無用者，錢府以所入工商之貢但賒之，祭祀毋過旬日，喪紀毋過三月。民或乏絕，欲貸以治產業者，均受之，除其費，計所得受息，毋過歲什一。義和魯匡言：名山大澤，鹽鐵錢布帛，五均賒貸，斡在縣官，唯酒酤獨未斡。酒者，天之美祿，帝王所以頤養天下，享祀祈福，扶衰養疾。百禮之會，非酒不行。故《詩》曰：無酒酤我。而《論語》曰：酤酒不食。二者非相反也。夫《詩》據承平之世，酒酤在官，和旨便人，可以相御也。《論語》孔子當周衰亂，酒酤在民，薄惡不誠，是以疑而弗食。今絕天下之酒，則無以行禮相養；放而無限，則費財傷民。請法古，令官作酒，以二千五百石為一均，率開一盧以賣，讎五十釀為準。一釀用粗米二斛，曲一斛，得成酒六斛六斗。各以其市月朔米曲三斛，並計其賈而參分之，以其一為酒一斛之平。除米曲本賈，計其利而什分之，以其七入官，其三及醩䵃灰炭給工器薪樵之費。義和置命士督五均六斡，郡有數人，皆用富賈。洛陽薛子仲、張長叔、臨菑姓偉等，乘傳求利，交錯天下。因與郡縣通姦，多張空簿，府臧不實，百姓俞病。莽知民苦之，復下詔曰：夫鹽，食肴之將；酒，百藥之長，嘉會之好；鐵，田農之本；名山大澤，饒衍之臧；五均賒貸，百姓所取平，卬以給澹；鐵布銅冶，通行有無，備民用也。此六者，非編戶齊民所能家作，必卬於市，雖貴數倍，不得不買。豪民富賈，即要貧弱，先聖知其然也，故斡之。每一斡為設科條防禁，犯者罪至死。奸吏猾民並侵，眾庶各不安生。」按：莽之法，將事業之大者，皆歸官辦。其較小者，雖聽民自營，亦設官管理。凡事皆收其稅，以供貧民借貸之資。有田宅而惰遊者有罰。無業者得冗作縣官。貴庾雖有禁防，周於民用而不讎之物，亦可得平價。合各方面而兼籌並顧，其用意在改革，其

如不能行何？

　　莽所定制，亦實有不可行者。如欲以官力平萬物之價，安得此雄厚之資本？《鹽鐵論》賢良之言曰：「縣官鼓鑄鐵器，大抵多為大器，務應員程，不給民用。民用鈍弊，割草不痛。是以農夫作劇，得獲者少，百姓苦之矣。」又曰：「故民得占租、鼓鑄、煮鹽之時，鹽與五穀同賈，器和利而中用。今縣官作鐵器，多苦惡，用費不省，卒徒煩而力作不盡。家人相一，父子戮力，各務為善器。器不善者不集。農事急，挽運，衍之阡陌之間。民相與市買，得以財貨五穀新幣易貨，或時貰民，不棄作業。置田器各得所欲，更繇省約。縣官以徒復作，繕治道橋，諸發民便之。今總其原，一其價，器多堅碻，善惡無所擇。吏數不在，器難得。家人不能多儲，多儲則鎮生。棄膏腴之日，遠市田器，則後良時。鹽鐵賈貴，百姓不便。貧民或木耕手耨，土耰淡食。鐵官賣器不讎，或頗賦於民。卒徒作不中程，時命助之。發徵無限，更繇以均劇。故百姓疾苦之。」（《鹽鐵論‧水旱》）官制器之弊如此，莽獨能免之乎？且改制，難事也。改變社會制度，則難之又難者也。敏事深謀，猶懼不克，而莽徒殫思於制度，不思制度之何以行，且不省目前之務（《漢書‧王莽傳》曰：「莽意以為制定則天下自平，故銳思於地理，制禮作樂，講合《六經》之說。公卿旦入暮出，議論連年不決，不暇省獄訟冤結民之急務。縣宰缺者數年，守兼一切，貪殘日甚。」又曰：「又好變改制度，政令煩多。當奉行者，輒質問乃以從事，前後相乘，憒眊不溹。莽常御燈火，至明，猶不能勝。」）。將來之利未形，日前之務先已敗壞決裂，不可收拾矣，安得而不敗乎？

　　荀悅云：「井田之制，不宜於人眾之時。田廣人寡，苟為可也。然欲廢之於寡，立之於眾，土地布列在豪強，卒而革之，並有怨心，則生紛亂，制度難行。若高祖初定天下，光武中興之後，人眾稀少，立之易矣。」觀此，可知東漢之初，實有地廣人稀，土田無主之象，此其所以獲暫安也。

　　限民田之論，兩漢儒者之公言也。兩漢迄未能行，而晉以後行之。晉之戶調式、魏之均田令、唐之租庸調法是也。此三法之詳，當於講田賦時述之。今擷其大要，則三法皆以成年為丁，丁因男女之異，而受田有差。其所受之田既均，則其所納之稅亦均，乃按戶而徵之，是曰戶調。魏制有桑田、露田之別。桑田為世業，露田有還受。蓋以在官之荒田，授民為露田，其所私有，亦不奪之，則為桑田（《孟子》曰：「五畝之宅，樹之以桑。」桑田蓋屋廬所在）。桑田得賣其盈，亦得買所不足，而不得賣其分，亦不得買過所足。唐制還受者曰口分，不還受者曰永業。鄉有寬狹，田多可以足其人者為寬鄉，不足者為狹鄉。田，鄉有餘以給比鄉，縣有餘以給比縣，州有餘以給比州。庶人徙鄉，及貧無以葬，得賣世業田。自狹鄉徙寬鄉者，得並賣口分田。其立法彌詳矣，然史稱開元而後，其法大壞，並兼逾漢成、哀。

　　田賦而外，諸山海川澤之利（如鹽鐵等），理應歸官管理，一以防豪強之把持，一則國家得此大宗收入，可以興利除弊。然歷代於此，當國用饒足時，則一切置之不問，必國用窘乏，乃思所以取之。蓋一由官吏辦理不善，後遂引以為戒（觀前所引《鹽鐵論》可知。後漢章帝嘗復鹽鐵官，和帝即位，罷之。其詔曰：「昔孝武皇帝，致誅胡越，故權收鹽鐵之利，以奉師旅之費。自中興以來，匈奴未賓，永平末年，復修征代。先帝即位，務休力役，然猶深思遠慮，安不忘危，探觀舊典，復收鹽鐵，欲以防備不虞，寧安邊境。而吏多不良，動失其便，以違上意。先帝恨之，故遺戒郡國，罷鹽鐵之禁，縱民煮鑄，入稅縣官，如故事。」可知後漢鹽鐵官有之不可行，亦由官吏辦理之不善也）；一則狃於舊見，以為天子當衣食租稅而已，他皆非所宜取也（《漢書‧食貨志》：「卜式言曰：縣官當食租衣稅而已，今弘羊令吏坐市列，販物求利。亨弘羊，天乃雨。」按，租謂田租，稅謂口稅也。國家取民，無當專於田租口稅之理。古代名山大澤，皆與民同之，故不得障管。後世此等利源，既為私人所有，重稅之以減田

租口稅，實為褒多益寡之道。然思想之變遷，往往較事實之變遷為緩，故此等舊說，猶為人所稱引。隋文帝有天下，嘗將一切雜稅，悉行罷免，亦狃於此等舊見也）。然諸物放任不稅，未必遂為平民之利。《魏書·食貨志》曰：「河東郡有鹽池，舊立官司，以收稅利，是時（孝靜帝時）罷之，而民有富強者，專擅其用，貧弱者不得資益。延興末，復立監司，量其貴賤，節其賦入，於是公私兼利。世宗即位，復罷其禁。自後豪貴之家，復乘勢占奪，近池之民，又輒障吝。」舉此一端，其餘可以推想矣。此等自唐中葉後皆有稅，且降而彌重。然皆僅為度支計，能注意於利民者甚寡也。

田法自唐開元後，迄未能整頓（兩稅只可云整頓稅收，不可云整頓田制）。加以唐中葉後，藩鎮割據，競行剝民之政，豪強乘之兼併（喪亂之際，豪強兼併最易。其故約有數端：田多荒蕪，乘機占為已有，一也。貧者無以自立，或迫於苛稅，棄田而去，亦為豪強所占，二也。亂時民或棄農，田益易荒，三也。暴政皆擇小民而施，民不得不託庇於豪強，四也。吏治苟簡，莫能摧抑豪強，且或與相結託，五也），故宋時農民，困苦殊甚。《宋史·食貨志》述其情形曰：「太宗時，比年多稼不登，富者操奇贏之資，貧者取倍稱之息，一或小稔，富家責償愈急，稅調未畢，資儲罄然。遂令州縣戒里胥鄉老察視，有取富民穀麥資財，出息不得逾倍，未輸稅，毋得先償私逋，違者罪之。」又曰：宣仁太后臨朝，司馬光抗疏言農民疾苦曰：「幸而收成，公私之債，交爭互奪。穀未離場，帛未下機，已非己有。所食者糠籺而不足，所衣者綈褐而不完。直以世服田畝，不知捨此之外，有何可生之路耳。」其言可謂哀切矣。仁宗時，曾下詔限田，未幾即廢。景祐時，諫官王素言天下田賦，輕重不等，請均定。歐陽修亦言：祕書丞孫琳嘗往洺州肥鄉縣，與大理寺丞郭諮，以千步方田法，括定民田。願詔二人任之。三司亦以為然。且請於亳、壽、蔡、汝四州，擇尤不均者均之。於是遣諮蔡州括一縣，均其賦。既而諮言州縣多逃田，未可

盡括。朝廷亦重勞人，遂罷。嘉祐五年，復詔均定，遣官分行諸路，才數郡而止。神宗熙寧五年，乃重修定方田法，詔司農以《方田均稅條約並式》，頒之天下。以東西南北各千步為方，歲以九月，縣委令，佐分地計量，隨陂原平澤而定其地，因赤淤黑壚而辨其色。方量畢，以地及色參定肥瘠而分五等，以定稅則。至明年三月畢，揭以示民，一季無訟，即書戶帖，連莊帳付之，以為地符。均稅之法，縣各以其租額稅數為限。若瘠鹵不毛，及眾所食利，山林、陂塘、溝路、墳墓，皆不立稅。令既具，以濟州巨野尉王曼為指教官，先自京東路行之，諸路仿焉。至元豐八年，乃罷（時天下之田，已方者二百四十八萬四千三百四十九頃）。徽宗崇寧三年，蔡京請詔諸路提舉常平官選官習熟其法，諭州縣官吏，以豐稔日推行，自京西、河北兩路始。五年，罷。大觀二年，復詔行之。四年，罷，其稅賦依未方舊則輸納。政和時，復行其法。宣和二年，又罷之，並詔自今諸司，毋得請方田。蓋徽宗時所行新政，率皆有名無實，故有此詔也。南渡後，兼併之患尤甚，乃有經界之法，然亦罕能實行（唯朱熹行之漳州，趙夫行之婺州，頗著成效）。

紹興六年，知平江府章誼言：「民所甚苦者，催科無法，稅役不均。強宗巨室，阡陌相望，而多無稅之田，使下戶為之破產。」（《宋史・食貨志》）淳祐六年，殿中侍御史兼侍講謝方叔言：「今百姓膏腴，皆歸貴勢之家，租米有及百萬石者。小民百畝之田，頻年差充保役，官吏誅求百端，不得已，則獻其產於巨室，以規免役。小民田日減，而保役不休。大官田日增，而保役不及。」（《宋史・食貨志》）咸淳十年，御史陳堅等言：「今邸第戚畹，御前寺觀，田連阡陌，亡慮數千萬計。皆巧立名色，盡蠲二稅。州縣乏興，鞭撻黎庶，鬻妻賣子，而鐘鳴鼎食之家，蒼頭廬兒，漿酒藿肉；梵宮琳宇之流，安居暇坐，優遊死生。」（《宋史・食貨志》）南渡兼併之情形，可以見矣。其時害民最烈者，又有所謂官田及圩田。官田，謂籍沒之田，募民耕者，皆仍私租舊額。私租額重而納輕，承佃猶可，公

租額重而納重，民乃不堪。而州縣胥吏，與倉庫百執事，又皆從而侵漁
之。季世金人乍和乍戰，戰則軍需浩繁，和則歲幣重大，國用常告不繼。
於是因民苦官租之重，命有司括賣官田以給用。其初弛其力役以誘之，其
終不免於抑配，此官田之弊也。嘉定以後，又有所謂安邊所田者。先是韓
侂冑誅，金人講解，用廷臣言，置安邊所。凡侂冑與他權幸沒入之田，及
圍田、湖田之在官者皆隸焉，收其租以給歲幣。迨與北方絕好，則軍需邊
用每於此取之。至其將亡，又限民名田，買其限外所有，謂之公田。初，
議欲省和糴以紓民力，而其弊極多，其租尤甚。宋亡，遺患尤不息也（浙
西田畝，有直〔值〕千緡者。賈似道均以四十緡買之。數稍多，與銀絹。
又多，與度牒告身。吏又恣為操切，浙中大擾。奉行不至者，提領劉良貴
劾之，有司爭相迎合，務以買田多為功，皆謬以七八斗為石。其後田少與
磽瘠虧租，與佃人負租而逃者，率取償田主。六郡之民，破家者眾）。湖
田、圩田者，明、越皆有陂湖，大抵湖高於田，田又高於江海。旱則放湖
水溉田，澇則決田水入海，故無水旱之災。慶曆、嘉祐間，始有盜湖為田
者，其禁甚嚴。政和以來，創為應奉，始廢湖為田。自是兩州之民，歲被
水旱之患。餘姚、上虞每縣收租不過數千斛，而所失民田常賦，動以萬計
（其他會稽之鑒湖、鄞之廣德湖、蕭山之湘湖等處尚多）。瀕太湖之地，多
為兵卒侵據，累土增高，長堤彌望，名曰壩田。旱則據之以溉，而民田不
占其利；澇則遠近泛濫，不得入湖，而民田盡沒矣。此湖田、圍田之害
也。凡此雖由政治之不善，而原其始，則皆兼併之家為之也。然遺毒且不
僅此，明之定天下也，官田畝稅五升三合五勺，民田減二升，重租田八升
五合五勺，沒官田一斗二升。唯蘇、松、嘉、湖，怒其為張士誠守，乃籍
諸豪族及富民田為官田，按私租簿為稅額。而司農卿楊憲，又以浙西地膏
腴，增其賦，畝加二倍。於是浙西官、民田，有畝稅至二三石者，後雖累
經減免，其重猶甲於全國也。此雖明太祖之暴政，而豪族收租之重，實有
以導其先路矣。

明時行黃冊及魚鱗冊之法。黃冊以戶為主，以田從之。魚鱗冊則以土田為主，諸原阪、墳衍、下隰、沃瘠、沙鹵之別畢具。據黃冊，則知各戶所有丁糧，由之定賦役。而田之所在，則稽諸魚鱗冊而可知。其法本甚精詳，使能實行，則戶口土田，皆有可考。顧積之久，魚鱗冊漫漶不可問，而田所在不可復知。於是黃冊亦失實，卒至富者有田而無稅，貧者有稅而無田。其或田棄糧存，則攤徵於細民，責償於里甲。劣紳又立官戶、儒戶、子戶等名，為下戶納賦稅而私其所入，其弊不可勝窮。嘉靖時，乃有履畝丈量之議。神宗初，張居正為相，行之，限三歲竣事。史稱「豪猾不得欺隱，里甲免賠累，而小民無虛糧」焉。清代丁稅攤入地糧，但計按田徵稅，而人戶之有田無田，及其田之多少，不復過問。地權之情況，國家遂無從知之矣。

李悝謂「糶甚貴傷民，甚賤傷農」，此至論也。農夫耕耘，亦須資本。穀價賤，肥料人工等，未必與之俱賤，糶穀或不償其本，而農人困矣。食為民天，苟使口實不乏，他事皆可徐圖，否則戛然不可終日矣。故不耕之民，於穀價貴賤，亦利害相關甚切也。職是故，他種物價，政府雖久任其自然，而於穀價，則猶思調劑。其法最古者，為和糴及常平倉。《漢書‧食貨志》曰：「宣帝即位，用吏多選賢良，百姓安土，歲數豐穰，穀至石五錢，農人少利。時大司農中丞耿壽昌以善為算能商功利得幸於上，五鳳中奏言：故事，歲漕關東穀四百萬斛以給京師，用卒六萬人。宜糴三輔、弘農、河東、上黨、太原郡穀足供京師，可以省關東漕卒過半。」又「白令邊郡皆築倉，以穀賤時增其賈而糴，以利農，穀貴時減賈而糶，名曰常平倉。」此兩法，後世亦多行之。然糴本甚微，不能左右穀價。常平既由官辦，惠僅及於城市之民（朱子〈建寧府崇安縣五夫社倉記〉曰：「予唯成周之制，縣都皆有委積，以待凶荒。而隋唐所謂社倉者，亦近古之良法也。今皆廢矣。獨常平義倉，尚有古法之遺意，然皆藏於州縣，所恩不過市井遊惰輩。至於深山長谷，力穡遠輸之民，則雖飢餓

瀕死，而不能及也。又其為法太密，使吏之避事畏法者，視民之殍而不肯發，往往全其封鐍，遞相付授，至或累數十年不一啟省。一且甚不獲已，然後發之，則已化為浮埃聚壤而不可食矣。夫以國家愛民之深，其慮豈不及此？然而未之有改者，豈不以里社不能皆有可任之人，欲一聽其所為，則懼其計私以害公；欲謹其出入，同於官府，則鉤技挍靡密，上下相遁，其害又必有甚於前所云者。是以難之而有弗暇耳。」）隋時，乃又有所謂義倉者。其事始於開皇五年。工部尚書長孫平請令諸州百姓及軍人，勸課當社，共立義倉，收穫之日，隨其所得，勸課出粟及麥，於當社造倉窖貯之，即委社司執帳檢校。每年收積，勿損敗。若時或不熟，當社有饑饉者，即以此穀振〔賑〕給。史稱「自此諸州儲峙委積」云。此法既能遍及各地，又令人民自謀，實為善舉。然各地未必能遍行，又或以人民不善管理而移之於縣，則全失立法之本意矣。宋以來，乃又有所謂社倉者。淳熙八年，朱子提舉浙東，言「乾道四年間，建民艱食，熹請於府，得常平米六百石。請本鄉土居朝奉郎劉如愚，共任振〔賑〕濟。夏受粟於倉，冬則加二計息以償。自後逐年斂散，或遇少歉，即蠲其息之半；大饑，即盡蠲之。凡十有四年，得息米造成倉廒，及以元數六百石還府。見儲米三千一百石，以為社倉，不復收息，每石只收耗米三升。以故一鄉四五十里間，雖遇凶年，人不闕食。請以是行於司倉」云云。後多有於行之者。《文獻通考》謂「凶年饑歲，人多賴之。然事久而弊，或主之者倚公以行私，或官司移用而無可給，或拘納息米而未嘗除免，甚者拘催無異正賦。良法美意，胥此焉失。必有仁人君子，以公心推而行之，斯民庶乎其有養矣。」（《文獻通考・社倉》）蓋此為人民自治之事，故必人民程度高，能善其事，而後其效可睹也。

　　以常平之蓄積，推及借貸者，則為宋王安石之青苗法。常平，漢以平穀價；義倉，隋以備凶災。惠民倉者，周顯德間，以雜配錢分數折粟貯之，歲歉減價，出以惠民。宋兼存其法。又有廣惠倉者，則募人耕沒入戶

絕田,收其租,以給州縣郭內老幼貧疾不能自存之人者也。宋時民間舉債,出息頗重,甚至約償緡錢,而穀粟、布縷、魚鹽、薪蕘、耰鋤、斧錡之屬,皆雜取之(見《宋史·陳舜俞傳》)。故農民無資耕種,在當時實為大憂。李參官陝西,始令民自隱度穀粟之贏,貸以錢,俟穀熟還官,號為青苗錢。安石秉政,請以諸路常平廣惠倉錢穀,依陝西例預借於民,令出息二分,隨夏秋稅輸納(如遇災傷,許展至豐熟日納)。自河北、京東、淮南三路施行,俟有緒,推之諸路。謂「常平廣惠之物,收藏積滯,必待年儉物貴,然後出糶,而所及又不過城市遊手之人。今通一路有無,貴發賤斂,可以廣蓄積,平物價,使農人有以赴時趨事,而並兼者不得乘其急」也。當時反對者甚眾,綜其所論,厥有六端:以錢貸民,出納之際,吏緣為奸,法不能禁,一也。錢入民手,良民不免非理使用,及其納錢,富民不免違限。如此,鞭笞必用,州縣多事,二也。良懦者不願與州縣交易,不免抑配。且上戶必不願請,近下等第與無業客戶,雖或願請,必難催納,必有行刑督索,及勒干係書手、典押、耆戶長同保均陪之患,三也。無賴子弟,謾昧尊長,錢不入家,甚有他人冒名詐請,莫知為誰者,四也。鄉村上等戶及坊郭有物業者,亦依鄉戶例支借,是官自放錢取息,與初詔違戾,五也。出息二分太重,六也。按:青苗立法之意頗善,但奉行不善,事亦有之。試觀元祐元年罷此法,未幾,范純仁即以國用不足,建議復散,則當時行此,不免藉以取息可知(唯純仁雖號持平,究近舊黨。亦主俵散,則青苗雖有弊,亦不至如舊黨所言之甚可知)。蓋此等事宜令人民自相扶助,一經官手,則因設治之疏闊,監督有所難周,法令之拘牽,於事情不能適合,有不免弊餘於利者。此安石所以行之一縣而效,行之全國而不能盡善也(宋糴法中,有所謂俵糴者。度民田入多寡,都提舉市易司預給錢物,秋成,於指定之地入米麥。或召農民相保,預貸官錢。或坊郭鄉村,以等第給錢,俟收成依時價入粟。亦與青苗相類)。

中國有一等計臣,其才力極有可取者。桑弘羊之行均輸也,《漢書·

食貨志》謂其「以諸官各自市相爭，物以故騰躍，而天下賦輸或不償其僦費，乃請置大農部丞數十人，分部主郡國，各往往置均輸鹽鐵官，令遠方各以其物，如異時商賈所轉販者為賦，而相灌輸。置平準於京師，都受天下委輸。召工官治車諸器，皆仰給大農。大農諸官盡籠天下之貨物，貴則賣之，賤則買之。」此非周知四方之物價不可。《新唐書‧劉晏傳》日：「初，晏分置諸道租庸使，慎簡臺閣士專之。時經費不充，停天下攝官，獨租庸得補署，積數百人，皆新進銳敏，盡當時之選，趣督倚辦，故能成功。雖權貴干請，欲假職仕者，晏厚以廩入奉之，然未嘗使親事，是以人人勸職。嘗言：士有爵祿，則名重於利；吏無榮進，則利重於名。故檢劾出納，一委士人，吏唯奉行文書而已。所任者，雖數千里外，奉教令如目前，頻伸諧戲不敢隱。唯晏能行之，他人不能也。」又日：「京師鹽暴貴，詔取三萬斛以贍關中，自揚州四旬至都，人以為神。至湖嶠荒險處，所出貨皆賤弱，不償所轉，晏悉儲淮、楚間，貿銅易薪，歲鑄緡錢十餘萬。其措置纖悉如此。諸道巡院，皆募駛足，置驛相望，四方貨殖低昂及他利害，雖甚遠，不數日即知，是能權萬貨重輕，使天下無甚貴賤而物常平，自言如見錢流地上。每朝謁，馬上以鞭算。質明視事，至夜分止，雖休澣不廢。事無閒劇，即日剖決無留。所居修行裡，粗樸庳陋，飲食儉狹，室無勝婢。然任職久，勢軋宰相，要官華使多出其門。自江淮茗橘珍甘，常與本道分貢，競欲先至，雖封山斷道，以禁前發，晏厚資致之，常冠諸府，由是娼怨益多。饋謝四方有名士無不至，其有口舌者，率以利啖之，使不得有所訾短。故議者頗言晏任數固恩。」按：欲立功名，必不免於委曲，此古今所同慨，實當局之苦心。觀其清節挺挺，則知不為身謀。固恩不免厚誣，任數未足為病。古度支多以實物，非如純用泉幣，易於較計，而能周知各地之盈虛，以謀流通，以權輕重，其才力則不易幾矣。今後欲行公產，必不能如古者以一小部自封，必合天下之財，通計其所生所耗之量，以定其運輸頒布之方。行之百年，或事雖至繁，而有至簡之法可守。

初行之時，則其委曲繁重，必非今日臆度所及也。此等人正相需甚殷矣。

宋神宗時，嘗行均輸市易之法。熙寧二年，制置三司條例司言：「典領之官，拘於弊法，內外不相知，盈虛不相補。諸路上供，歲有常數。豐年便道，可以多致而不能贏；年儉物貴，難於供億而不敢不足。遠方有倍蓰之輸，中都有半價之鬻，徒使富商大賈乘公私之急，以擅輕重斂散之權。今發運使實總六路賦入，其職以制置茶、鹽、礬、酒稅為事，軍儲國用，多所仰給。宜假以錢貨，資其用度，周知六路財賦之有無而移用之。凡糴買稅斂上供之物，皆得徙貴就賤，用近易遠。令預知中都帑藏年支見在之定數，所當供辦者，得以從便變易蓄買，以待上令。稍收輕重斂散之權歸之公上，而制其有無，以便轉輸，省勞費，去重斂，寬農民。庶幾國用可足，民財不匱。」（《宋史‧食貨志》）詔本司具條例以聞，而以發運使薛向領均輸平準事。按：此所領者，即桑弘羊、劉晏之所為也。然其後絕無成效，則知理財之事，必待其人而後行矣。市易始於熙寧五年，先是有魏繼宗者，自稱草澤，上言：「京師百貨無常價，貴賤相傾。富人大姓，乘民之亟，牟利數倍，財既偏聚，國用亦絀。請假榷貨務錢，置常平市易司，擇通財之官任其責，求良賈為之轉易。使審知市物之價，賤則增價市之，貴則損價鬻之，因收餘息，以給公上。」（《宋史‧食貨志》）於是中書奏在京置市易務官。凡貨之可市及滯於民而不售者，平其價市之，願以易官物者聽。若欲市於官，則度其抵而貸之錢，責期使償，半歲輸息十一，及歲倍之（金帛田宅，皆可為抵。田宅抵久不還者，估實直〔值〕，如實坊場河渡法）。以呂嘉問為都提舉市易司，諸州市易務皆隸焉。按：此所為，頗近王莽之司市泉府。其事亦卒不能行，蓋後世商業日盛，操縱固非易事也。

關於借貸情況，《陔餘叢考》三十三有一條考歷代放債起息之重輕者，今錄之如下：「放債起息，後人皆以《周禮》泉府之官，凡民之貸，與其有司辨之，以國服為之息一語為口實。按：國服為之息一語，本不甚了了。

鄭眾釋之云：貸者，從官借本賈也，故有息，使民弗利，以其所賈之國所出為息也。鄭康成因釋之云：以其於國服事之稅為息也。於國事受園廛之田，而貸萬泉者，則期出息五百。此亦臆度之詞。蓋《周禮》園廛二十而稅一，近郊十一，遠郊二十而三，甸稍縣都，皆無過十二，唯漆林之徵，二十而五。漆林自然所生，非人力所作，故稅重。康成乃約此法，謂從官貸錢，若受園廛之地。貸萬錢者，期出息五百也。賈公彥因而疏解，謂近郊十一者，萬錢期出息一千；遠郊二十而三者，期出息一千五百；甸稍縣都之民，萬錢期出息二千也。此後世放債起息之所本也。《漢書・谷永傳》：為人起責〔債〕，分利受謝。顏師古《注》曰：富賈有錢，假託其名，代為之主，放與他人以取息，而共分之。是漢時已有放債之事。然師古謂代富人為主，放與他人，亦恐未確。蓋如今之中保，為之居間說合，得以分利受謝耳。《漢書・貨殖傳》：農工商賈，大率歲萬息二千，百萬之家即二十萬。《注》云：每萬得利二千，故百萬之家，得二十萬。此加二之息，見於《漢書》者也。鄭康成注國服為息句又云：王莽時，貸以治產業者，但計贏所得，受息無過歲什一。公彥《疏》云：莽時雖計本多少為定，及其催科，唯計所贏多少。如歲贏萬泉則催一千，如贏五千則催五百，皆據利催什一也。然則王莽時，收息僅加一也。然《漢書・王莽傳》：令市官收賤賣貴，賒貸與民，收息百月三。如淳曰：出百錢與民，月收其息三錢也。則莽收息乃加三，而非如康成所云什一也。此加三起息之見於〈莽傳〉者也。宋《青苗條例》云：人戶所請價錢斛斗，至秋成應納時，如物價稍貴，願納見錢者，當比附元請價錢，不得過三分。如一戶請過一貫文，送納見錢，不得過一貫三百文。此後世官利加三之始也（原注：『《元史・世祖本紀》：至元十九年，詔民間貸息，以三錢為率，著為令。』）。然韓琦《疏》又云：今放青苗錢，凡春貸十千，半年之內，令納利二千。秋再放十千，至年終，又令納利二千。則又加四利息矣。《元史・太宗本紀》：國初官民貸回鶻金，歲加倍。太宗著令；凡假貸歲久，唯子本相侔而止

（原注：『時因耶律楚材言回鶻金取息太重，名羊羔利，請以本利侔而止，故有是詔。見〈楚材傳〉。』）。世祖至元六年，又申明此制，令民間貸錢雖逾限，止償一本息（原注：『時又因劉秉忠言：宜確計官民欠負，依前者使一本一利償還，詔從之。見〈秉忠傳〉。又布魯海牙宣撫真定，以富民收息，不逾時倍之，乃定令息如本而止。見〈布魯海牙傳〉。』）。此近代遠年債負一本一利之所始也。至近代京債之例，富人挾貲住京師，遇月選官之不能出京者，量其地之遠近，缺之豐嗇，或七八十兩作百兩，謂之扣頭。甚至有四扣五扣者。其取利最重。按：此事古亦有之。《史記‧貨殖列傳》：吳、楚七國反時，長安列侯當從軍者，欲貸子錢。子錢家莫肯貸。唯無鹽氏捐金出貸，其息十之。吳、楚平，而無鹽氏之息十倍。曰子錢家，則專有此出錢取息之人，如今放京債者也。曰息十倍，則如今京債之重利也。又《舊唐書‧武宗紀》：中書奏選官多京債，到任填還，致其貪求，罔不由此。乃定戶部預借料錢到任扣還之例。此又後世京債故事，及官借俸錢之始。」（《陔餘叢考放債起利加二加三加四並京債》條。）

　　吾國歷代言理財與均平貧富者，不乏其人。茲舉王安石、龔自珍兩家為例。王安石度支副使廳壁題名記曰：「夫合天下之棄者財，理天下之財者法，守天下之法者吏也。吏不良，則有法而莫守；法不善，則有財而莫理。有財而莫理，則阡陌閭巷之賤人，皆能私取予之勢，擅萬物之利，以與人主爭黔首，而放其無窮之欲，非必貴強桀大而後能。如是而天子猶為不失其民者，蓋特號而已耳。雖欲食蔬衣弊，憔悴其身，愁思其心，以幸天下之給足，而安吾政，吾知其猶不行也。然則善吾法，而擇吏以守之，以理天下之財，雖上古堯、舜猶不能毋以此為先急，而況於後世之紛紛乎？」（《王文公文集》）此為安石變法首重理財之故。蓋國不能貧富予奪人，則貧富予奪之權，操於豪強，國家欲有所為，其事恆不得遂。安石之言，自有至理。後人或訾其挾忿戾之心，以與豪暴爭，誤也。

　　龔自珍〈平均篇〉曰：「有天下者，莫高於平均之尚也，其濬初乎！降

是，安天下而已；又降是，與天下安而已；又降是，食天下而已。最上之世，君民聚醨然。三代之極其猶水。君取盂焉，臣取勺焉，民取卮焉。降是，則勺者下侵矣，卮者上侵矣。又降，則君取一石，民亦欲得一石，故或涸而踣。石而浮，則不平甚，涸而踣，則又不平甚。有天下者曰：吾欲為邃初，則取其浮者而挹之乎？不足者而注之乎？則群然喙之矣。大略計之，浮不足之數相去愈遠，則亡愈速，去稍近，治亦稍速。千萬載治亂興亡之數，直以是券矣。人心者，世俗之本也；世俗者，王運之本也。人心亡，則世俗壞；世俗壞，則王運中易。王者欲自為計，蓋為人心世俗計矣。有如貧相軋，富相耀；貧者阽，富者安；貧者日愈傾，富者日愈壅。或以羨慕，或以憤怨，或以驕汰，或以嗇吝，澆漓詭異之俗，百出不可止，至極不祥之氣，鬱於天地之間，鬱之久，乃必發為兵燹，為疫癘，生民噍類，靡有孑遺，人畜悲痛，鬼神思變置。其始，不過貧富不相齊之為之爾。小不相齊，漸至大不相齊；大不相齊，即至喪天下。嗚呼！此貴乎操其本原，與隨其時而劑調之。上有五氣，下有五行，民有五醜，物有五才，消焉息焉，淳焉決焉，王心而已矣。是故古者天子之禮，歲終，太師執律而告聲，月終，太史候望而告氣。東無陼水，西無陼財，南無陼粟，北無陼土，南無陼民，北無陼風，王心則平，聽平樂，百僚受福。其《詩》有之曰：秉心塞淵，騋牝三千。王心誠深平，畜產且騰躍眾多，而況於人乎？又有之曰：皇之池，其馬噴沙，皇人威儀。其次章曰：皇之澤，其馬噴玉，皇人受穀。言物產蕃庶，故人得肆威儀，茹內眾善，有善名也。太史告曰：東有陼水，西有陼財，南有陼粟，北有陼土，南有陼民，北有陼風，王心則不平，聽傾樂，乘欹車，握偏衡，百僚受戒，相天下之積重輕者而變易之。其《詩》有之曰：相其陰陽，觀其流泉。又曰：度其夕陽。言營度也。故積財粟之氣滯，滯多霧，民聲苦，苦傷惠；積民之氣淫，淫多雨，民聲囂，囂傷禮義；積土之氣，多日，民聲濁，濁傷智；積水積風，皆以其國瘥昏，官所掌也。且夫繼喪亡者，福祿之主；繼福祿

者，危迫之主。語百姓曰：爾懼兵燹乎？則將起其高曾於九京而問之。懼荒饉乎？則有農夫在。上之繼福祿之盛者難矣哉！龔子曰：可以慮矣！可以慮，可以更，不可以驟。且夫唐、虞之君，分一官，事一事，如是其諄也，民固未知貿遷，未能相有無，然君已懼矣。曰：後世有道吾民於富者，道吾民於貧者，莫如我自富貧之，猶可以收也。其《詩》曰：不識不知，順帝之則。夫堯固甚慮民之識知，莫如使民不識知，則順我也。水土平矣，男女生矣，三千年以還，何底之有？彼富貴至不急之物，賤貧者猶且筋力以成之，歲月以靡之，捨是則賤貧且無所託命。然而五家之堡必有肆，十家之村必有賈，三十家之城必有商。若服妖之肆，若食妖之肆，若玩好妖之肆，若男子咿唔求爵祿之肆，若盜聖賢市仁義之肆，若女子鬻容之肆，肆有魁，賈有梟，商有賢桀，其心皆欲並十家、五家之財而有之，其智力雖不逮，其號既然矣。然而有天下者更之，則非號令也。有四挹四注，挹之天，挹之地，注之民；挹之民，注之天，注之地；挹之天，注之地；挹之地，注之天。其《詩》曰：挹彼注茲，可以。豈弟君子，民之父母。有三畏：畏旬、畏月、畏歲。有四不畏：大言不畏，細言不畏，浮言不畏，挾言不畏。而乃試之以至順之法，齊之以至一之令，統之以至澹之心。龔子曰：有天下者，不十年，幾於平矣。」（《定盦文集》）此篇大意，以貧富不齊為致亂之原。而以操其本原，隨時調劑，責諸人主，不免為空想耳。

# 第三章 錢幣

　　中國幣制大略可分五期，自殷以前，蓋珠玉金銀龜貝粟帛等雜用，此為第一期。周代漸開金銅並用之端，至秦漢而大定，此為第二期。南北朝以降，黃金漸少，乃代之以帛，此為第三期。及宋而紙幣興，金人效之，元明沿焉，至宣宗宣德三年而廢，此為第四期。紙幣既已極弊，銅錢又不足，用銀乃乘之而起，肇於金之末造，盛於明，廢紙幣以後，以迄於今，此為第五期。今略述其事。

　　《漢書‧食貨志》云：「凡貨，金錢布帛之用，夏殷以前，其詳靡記云。」此語最確。《史記‧平準書》云：「虞夏之幣，金為三品，或黃，或白，或赤；或錢，或布，或刀，或龜貝。」〈平準書〉本偽物，此數語又在篇末，必讀者記識之語，溷入正文無疑。《通考》曰：「自太昊以來，則有錢矣。太昊氏、高陽氏謂之金，有熊氏、高辛氏謂之貨，陶唐氏謂之泉，商人、周人謂之布，齊人、莒人謂之刀。」此數語未知所出，疑係檃括古書而成，未必可據。殷以前事，書史無徵，然知其為珠玉、金銀、龜貝、粟帛等雜用者，以凡事不能突然而起，周以後事，必前有所承。《漢志》曰：「太公為周立九府圜法：黃金方寸，而重一斤；錢圜函方，輕重以銖；布帛廣二尺二寸為幅，長四丈為匹。故貨寶於金，利於刀，流於泉，布於布，束於帛。太公退，又行之於齊。」是周初之易中金銅布帛並用。《管子》曰：「玉起於禺氏，金起於汝、漢，珠起於赤野。東西南北，距周七千八百里，水絕壤斷，舟車不能通。先王為其途之遠，其至之難，故託用於其重，以珠玉為上幣，以黃金為中幣，以刀布為下幣。」（〈國蓄〉。〈地數〉、〈揆度〉、〈輕重乙〉略同）所謂先王，蓋亦周武王、齊太公之類（〈輕重乙〉以為癸度對周武王之言），則周初又兼用珠玉。孟子謂彭更曰：「子不通功易事，則農有餘粟，女有餘布。」（〈滕文公〉下）陳相述

許行衣、冠、械器，皆以粟易之（〈滕文公〉下），粟雖重滯，然切日用，便分割，用為易中，亦固其所。《鹽鐵論》曰：「夏後以玄貝，周人以紫石，後世或金錢、刀布。」（〈錯幣〉）《說文解字》曰：「古者貨貝而寶龜，周而有泉，至秦廢貝行錢。」則貝行於夏至周仍極通用，足徵其前有所承。然則黃金方寸而重一斤，與錢圜函方輕重以銖之制，蓋周初所定，其餘則皆殷以前舊俗也。此中國邃古之世泉幣之情形也。

泉幣之用，自以金屬為便，故自周以後，他物逐漸淘汰，而金銅專行。《漢志》曰：「秦兼天下，幣為二等：黃金以溢〔鎰〕為名，上幣；銅錢質如周錢，文曰『半兩』，重如其文。而珠玉、龜貝、銀錫之屬，為器飾寶藏，不為幣。」此實上承周之圜法者也。漢雖改秦錢法，又易黃金計重之法為一斤，然其並用金銅，固無以異。晁錯說文帝，謂「珠玉、金銀輕微易臧〔藏〕，在於把握，可以周海內而無飢寒之患。」此即《漢志》所謂珠玉、龜貝、銀錫之屬，雖不為幣，「然各隨時而輕重無常」者，雖為俗所寶用，要不能徑指為錢幣矣。

然金在當時，特以供王公貴人之用，不則富商大賈或資焉，與平民實絕無關係。當時切於民用者，唯錢而已，今試一論其沿革得失。

《漢書‧食貨志》：「漢興，以為秦錢重難用，更令民鑄莢錢。」〈高后紀〉：二年，「行八銖錢」。應劭曰：「本秦錢，質如周錢，文曰半兩，重如其文，即八銖也。漢以其太重，更鑄莢錢，今民間名榆莢錢是也。民患其太輕，至此復行八銖錢。」六年，「行五分錢」。應劭曰：「所謂莢錢者。」文帝以五分錢太輕小，更作四銖錢，文亦曰半兩，今民間半兩錢最輕小者是也。按：〈食貨志〉言：漢更莢錢之後，「不軌逐利之民，蓄積餘贏以稽市物，痛騰躍，米至石萬錢，馬至匹百金。」而下接「天下已平」云云，則漢之鑄莢錢，實在天下未平以前。當時似藉鑄錢為籌款之策，物價騰踴，固有他因，幣價之落，亦必其一。高后時復行八銖，不聞民患其重，則所謂「秦錢重難用」者，乃欲行小錢藉口之詞，非其實也。高后雖復八

銖,而仍不能絕莢錢。文帝欲減半兩錢之半而強齊其價,其不能行固無待再計矣。而放民私鑄,為害尤烈。賈生陳其幣曰:「法使天下公得顧租鑄銅錫為錢,敢雜以鉛鐵為它巧者,其罪黥。然鑄錢之情,非殽雜為巧,則不可得贏;而殽之甚微,為利甚厚。夫事有召禍而法有起奸,今令細民人操幣之勢,各隱屏而鑄作,因欲禁其厚利微奸,雖黥罪日報,其勢不止。乃者,民人抵罪,多者一縣百數,及吏之所疑,榜笞奔走者甚眾。夫縣法以誘民,使入陷阱,孰積於此!曩禁鑄錢,死罪積下;今公鑄錢,黥罪積下。為法若此,上何賴焉?又民用錢,郡縣不同:或用輕錢,百加若干;或用重錢,平稱不受。法錢不立,吏急而一之虖,則大為煩苛,而力不能勝;縱而弗呵虖,則市肆異用,錢文大亂。苟非其術,何鄉而可哉!今農事棄捐而採銅者日蕃,釋其耒耨,冶鎔炊炭,奸錢日多,五穀不為多。善人怵而為奸邪,願民陷而之刑戮,刑戮將甚不詳,奈何而忽!」是時之幣制,固無解於罔民之譏矣。

　　武帝之初,亦以改幣為籌款之策。《志》載其事曰:「天子與公卿議,更造錢幣以澹用,而摧浮淫並兼之徒。是時禁苑有白鹿而少府多銀錫。自孝文更造四銖錢,至是歲四十餘年,從建元以來,用少,縣官往往即多銅山而鑄錢,民亦盜鑄,不可勝數。錢益多而輕,物益少而貴。有司言曰:『古者皮幣,諸侯以聘享。金有三等,黃金為上,白金為中,赤金為下。今半兩錢法重四銖,而奸或盜摩錢質而取鋊,錢益輕薄而物貴,則遠方用幣煩費不省。』乃以白鹿皮方尺,緣以繢,為皮幣,直四十萬。王侯宗室朝覲聘享,必以皮幣薦璧,然後得行。又造銀錫白金。以為天用莫如龍,地用莫如馬,人用莫如龜,故白金三品,其一曰重八兩,圜之,其文龍,名『白撰』,直三千;二曰以重差小,方之,其文馬,直五百;三曰復小,橢之,其文龜,直三百。令縣官銷半兩錢,更鑄三銖錢,重如其文。盜鑄諸金錢罪皆死,而吏民之犯者不可勝數。」又曰:「有司言三銖錢輕,輕錢易作奸詐,乃更請郡國鑄五銖錢,周郭其質,令不可得摩取。」、「自造

白金五銖錢後五歲，而赦吏民之坐盜鑄金錢死者數十萬人。其不發覺相殺者，不可勝計。赦自出者百餘萬人，然不能半自出，天下大氐無慮皆鑄金錢矣。」其罔民尤甚於文帝矣。

自然之勢不可逆也，逆之者必還從之，而後可幾於治，漢武之專令三官鑄五銖是也。《漢志》曰：「郡國鑄錢，民多奸鑄，錢多輕，而公卿請令京師鑄官赤仄，一當五，賦官用非赤仄不得行。白金稍賤，民弗寶用，縣官以令禁之，無益，歲餘終廢不行。」、「其後二歲，赤仄錢賤，民巧法用之，不便，又廢。於是悉禁郡國無鑄錢，專令上林三官鑄。錢既多，而令天下非三官錢不得行，諸郡國前所鑄錢皆廢銷之，輸入其銅三官。而民之鑄錢益少，計其費不能相當，唯真工大奸乃盜為之。」此時所行，可謂與生計原理相合，故幣制自此遂定，然亦以漢世幣重，銅之流布民間者少，故能致此也。

古代與金銅並行之物，周以後多廢，而金銅專行，此亦勢也，無可如何者也。而王莽以周錢有子母相權，更造大錢，徑寸二分，重十二銖，文曰「大錢五十」。又造契刀、錯刀。契刀，其環如大錢，身形如刀，長二寸，文曰「契刀五百」。錯刀，以黃金錯其文，曰「一刀直〔值〕五千」。與五銖錢四品並行。即真，以為書「劉」字有金刀，乃罷錯刀、契刀及五銖錢，而更作金、銀、龜、貝、錢、布之品，名曰「寶貨」。凡五物，六名，二十八品（錢貨六品，銀貨二品，龜貨四品，貝貨五品，布貨十品，黃金重一斤，直〔值〕錢萬，仍舊制）。幣所以定物價，可一而不可二，而莽錯亂之至於如此，其不能行審矣。於是百姓憒亂，其貨不行，民私以五銖錢市買。莽患之，下詔「挾五銖錢者，為惑眾，投諸四裔以御魑魅」。農商失業，食貨俱廢，民涕泣於市道。坐賣買田宅奴婢鑄錢抵罪者，自公卿大夫至庶人，不可稱數。莽知民愁，乃但行小錢直〔值〕一，與大錢五十，二品並行，龜貝布屬且寢。天鳳元年，復申下金銀龜貝之貨，頗增減其價直〔值〕。而罷大小錢，改作貨布，長二寸五分，廣一寸，首長

八分有奇，廣八分，其圜好徑二分半，足枝長八分，間廣二分，其文右曰「貨」，左曰「布」，重二十五銖，直〔值〕貨泉二十五。貨泉徑一寸，重五銖，文右曰「貨」，左曰「泉」，枚直一，與貨布二品並行。又以大錢行久，罷之，恐民挾不止，乃令民且獨行大錢，與新貨泉俱枚直〔值〕一，並行盡六年，毋得復挾大錢矣。每一易錢，民用破業，而大陷刑。莽以私鑄錢死，及非沮寶貨投四裔，犯法者多，不可勝行，乃更輕其法：私鑄作泉布者，與妻子役入為官奴婢；吏及比伍，知而不舉告，與同罪；非沮寶貨，民罰作一歲，吏免官。犯者愈眾，及五人相坐皆沒入，郡國及檻車鐵鎖，傳送長安鐘官（主鑄錢者），愁苦死者十六七。自有貨幣以來，未有以私意敗民而又自敗如此其甚者也。莽亂後，遂至雜用布帛金粟交易。

《漢書‧食貨志》云：「誅莽後二年，世祖受命，蕩滌煩苛，復五銖錢。」是事在建武元年，而《後漢書‧光武紀》：建武十六年「始行五銖錢」，《注》：「武帝始為五銖錢，王莽時廢，今始行之，」不合。按：〈馬援傳〉：「初援在隴西，上書言宜如舊鑄五銖錢，事下三府。三府奏以為未可許，事遂寢。及援還，從公府求得前奏難十餘條，乃隨牒解釋，更具表言，帝從之，天下賴其便。」則鑄五銖在建武十六年，而復行五銖在建武初元也。

五銖在銅錢中最為民所寶用，漢末董卓壞之，而幣制乃大亂，迄於六朝，莫能復理矣。今略述其事如下（據五朝史志及《文獻通考》）。

獻帝初平元年，董卓壞五銖錢，更鑄小錢，悉取洛陽、長安鐘簴、銅馬、飛廉之屬以充鑄，貨賤物貴，穀石數萬。又錢無倫理文章，不便人用。

先主攻蜀，與士眾約：事定，府庫百物，孤無取焉。入成都，士庶皆捨干戈，赴庫藏，取寶物。軍用不足，以劉巴言，鑄直百錢。

魏文帝黃初二年，罷五銖錢，使百姓以穀帛為市。至明帝世，巧偽漸多，競溼穀造薄絹，嚴刑不能禁，乃立五銖錢。

孫權嘉平五年，鑄大錢一當五百。赤烏元年，又鑄當千錢，既太貴，但有空名，乃罷之。

晉用魏五銖錢，不聞更有所創。元帝過江，用孫氏舊錢，輕重雜行，大者謂之比輪，中者謂之四文。吳興沈充又鑄小錢，謂之「沈郎錢」。錢既不多，由是稍貴。桓玄輔政，議用穀帛，朝議不可，乃止。河西自太始中不用錢，裂匹為段，索輔言於張軌，乃用錢焉（輔謂徒耗女工，亦用帛一弊也）。

宋文帝元嘉七年，立錢置法，鑄四銖，重如其文。人間頗多盜鑄，剪鑿古錢取銅，帝甚患之。江夏王義恭議以一大錢當兩，行之經時，公私非便，乃罷。元嘉中，鑄四銖，輪廓形制，與古五銖同。孝武孝建新鑄四銖，文曰「孝建」，一邊為「四銖」二字，其後除去四銖二字，僅留孝建年號。孝建所鑄錢，形式薄小，輪廓不成。於是盜鑄者雲起，雜以鉛錫，並不牢固。又剪鑿古錢，以取其銅。錢既轉小，稍違官式。雖嚴刑，人、吏、官長坐免者相係，而盜鑄彌甚，百物踴貴，人患苦之。乃立品格，薄小無輪廓者，悉加禁斷。議者又以銅轉難得，欲鑄二銖錢。廢帝景和二年鑄之，文曰「景和」，形式轉細。官錢每出，民間即模效之，而大小厚薄，皆不及也。無輪廓，不磨鑢，如今剪鑿者，謂之來子，尤輕薄者，謂之荇葉，市井通用之。永光元年，沈慶之啟通私鑄，由是千錢長不盈三寸，大小稱此，謂之鵝眼錢。劣於此者，謂之環錢。入水不沉，隨手破碎，市井不復料數，十萬錢不盈一掬，斗米一萬，商賈不行。明帝泰始初，唯禁鵝眼、環，餘皆通用。復禁民鑄，官署亦廢工。尋又並斷，唯用古錢。

梁初，唯京師及三吳、荊、郢、江、襄、梁、益用錢，其餘州郡，則雜以穀帛，交廣全用金銀。武帝乃鑄「五銖」、「公式女錢」二品並行（重皆四銖三參二黍）。民間或私以古錢交易，頻下詔非新鑄二種錢不許用，而私用轉甚。普通中，盡罷銅錢，更鑄鐵錢。鐵易得，並私鑄。大同後，所

在如邱山，物價騰貴，交易者以車載錢，論貫不計數。於是商賈奸詐，因以求利，破嶺以東（黃汝成云：破或庾字之偽，見《日知錄·短陌》條《集釋》），八十為百，名東錢；江、郢以上，七十為百，名西錢；京師九十，名長錢。大同元年，下詔通用足陌，而人不從，錢陌益少，末年，遂以三十五為陌。

陳初，承梁喪亂之後，鐵錢不行。始梁末，又有兩柱錢及鵝眼錢，時人雜用，其價同，但兩柱重而鵝眼輕。私家多鎔鑄，又間以錫錢，兼以粟帛為貨。文帝天嘉五年，改鑄五銖，初出一當鵝眼十。宣帝太建十一年，又鑄大貨六銖，以一當五銖之十，與五銖並行，後還當一。人不便，乃訛言六銖錢有不利縣官之象。未幾，帝崩，遂廢六銖而行五銖，至於陳亡。其嶺南諸州，多以鹽、米、布交易，俱不用錢。

後魏初，置太和錢，貨無所用也，孝文始詔天下用錢。十九年，公鑄粗備，文曰「泰和五銖」，在所遣錢工備爐冶，人有欲鑄，就聽鑄之。宣武帝永平三年冬，又鑄五銖錢。京師及諸州鎮或不用，或只用古錢，商貨不通，貿遷頗隔。孝明熙平初，以任城王澄言下諸方鎮，太和及新鑄並古錢內外全好者，不限大小，悉聽行之。鵝眼、環鑿，依律而禁。而河北諸州，舊少錢貨，猶以他物交易。二年冬，尚書崔亮奏並許開鑄，從之。自後人多私鑄，錢稍小薄，孝莊初益甚，乃至風飄水浮，米斗幾直〔值〕一千。以楊侃言鑄五銖錢，永安二年秋更鑄，文曰「永安五銖」，官自立爐，亦聽人就鑄，自九月至三年正月止。官欲知貴賤，乃出藏絹，分遣使人於三市賣之，絹匹只錢二百，而私市者猶三百。利之所在，盜鑄彌眾，巧偽既多，輕重非一，四方州鎮，用各不同。

北齊神武伯政之初，猶用永安五銖，遷鄴已〔以〕後，百姓私錢，體制漸別，遂各以為名，有雍州青赤，梁州生厚、緊錢、吉錢、河陽生澀、天柱、赤牽之稱。冀州之北，交貿皆以絹布，神武乃收境內之銅及錢，仍依舊文更鑄，流之四境。未幾，復捆薄，奸偽競起。文襄欲於京邑二市、

天下州鎮郡縣之市，各置二秤，縣〔懸〕於市門，私鑄不禁，但重五銖，然後聽用，不果。文宣受禪，除永安錢，改鑄常平五銖，重如其文，甚貴而制甚精。未行，私鑄已興，一二年間，即有濫惡。殺戮不止，令市長銅價，私鑄少止，然乾明皇建間，往往私鑄，武平後轉甚，至齊亡，卒不能禁。

後周初，用魏錢。武帝保定元年，更鑄布泉之錢，以一當五，與五銖並行。梁、益之境，又雜用古錢交易。河西諸郡，或用西域金銀之錢。建德三年，更鑄五行大布錢，以一當十。五年，以布錢漸賤，而人不用，廢之。宣帝大象元年，又鑄永通萬國錢，以一當十，與五行大布，五銖，凡三品並用。

隋文帝開皇元年，以天下錢貸輕重不一，乃更鑄新錢，背面肉好，皆有周郭，文曰「五銖」，重如其文，每千錢重四斤二兩，嚴禁私鑄，及前代五行大布、永通萬國、常平等。錢貨始一，所在流布，百姓便之。是時見用之錢，皆須和以錫蠟；錫蠟既賤，私鑄不可禁約，乃禁出錫蠟處，不得私採。其後姦猾稍多，漸磨鑢錢郭，取銅私鑄，又雜以鉛錫，遞相仿效，錢遂輕薄，乃下惡錢之禁。京師及諸州邸肆之上，皆令立榜置樣為準，不中樣者不入於市。十八年，錢益濫惡，乃令有司檢天下邸肆，見錢非官鑄者，皆毀之，其銅入官。而京師以惡錢貿易，為吏所執，有死者，數年之間，私鑄頗息。大業以後，王綱弛紊，巨奸大滑，遂多私鑄，錢轉薄惡，每千漸至一斤。或翦鐵葉，裁衣糊紙以為錢，相雜用之，貨賤物貴，以至於亡。

唐武德四年，廢五銖錢，鑄開元通寶錢，每十錢重一兩，一千重六斤四兩，置錢監於洛、并、幽、益諸州。顯慶五年，盜鑄惡錢，官為市之，以一善錢售五惡錢，民間藏惡錢，以待禁弛。乾封元年，改鑄乾封泉寶錢，徑寸，重二銖六分，以一當舊錢之十，踰年而舊錢多廢。明年，以商賈不通，米帛踴貴，復行開元通寶錢，天下皆鑄之。然私錢犯法日蕃，有

以舟筏鑄江中者，詔所在納惡錢，奸亦不息。武后長安中，令懸樣於市，百姓依樣用錢。俄而揀擇艱難，交易留滯，乃令錢非穿穴及鐵錫銅液，皆得用之。自是盜鑄蜂起，江、淮尤甚，更莫能捕。先天之際，兩京錢益濫，郴、衡錢才有輪廓，鐵錫五銖之屬，皆可用之。或鎔錫模錢，須臾千百。玄宗開元初，宰相宋璟請禁惡錢，行二銖四參錢，毀舊錢不可用者。監察御史蕭隱之使江、淮收惡錢，又糴十萬斛收惡錢毀之。二十六年，於宣、潤等州置錢監，時兩京用錢稍善，米粟價亦下。後又漸惡，詔出錢所在置監，鑄開元通寶錢，京師庫藏皆滿，天下盜鑄益起，廣陵、丹陽、宣城尤甚。京師權豪，歲歲取之，舟車相屬。肅宗乾元元年，鑄乾元重寶錢，以一當十。後又鑄重輪乾元錢，一當五十。法既屢易，物價騰踊，斗米七千，死者滿道。上元元年，減重輪錢一當三十，開元舊錢與乾元錢一當十。代宗即位，乾元重寶錢一當二，重輪錢一當三，凡三日，而大小錢皆一當一焉。

　　歷代善幣，五銖而外，首數開元，然開元之能專行及久行，遠不逮五銖，則以其時銅已流布，私鑄不易禁也。五代紛紛不足道，北宋幣制亦迄不能善，其弊有三：一鑄錢太多，流入外國；一多鑄大錢；一行用鐵錢，皆足以紊亂幣制也。宋代鑄鐵之數見於史者，至道中八十萬貫，景德中一百八十三萬貫，天禧末一百有五萬貫，皇祐中，池、江、建、韶等五州一百四十六萬緡，嘉、邛、興三州大鐵錢二十七萬緡，治平中，饒、池、江、建、韶、儀六州一百七十萬緡，興州三萬緡（嘉、邛自嘉祐四年起，停鑄十年）。熙寧詔京西、淮南、兩浙、江西、荊湘五路，各置鑄錢監，江西、湖南以十五萬，餘路以十萬緡為額（神宗增監十四，元祐皆罷。神宗弛錢禁，元祐亦復之）。張方平言邊關重車而出，海舶飽載而回，沿海州軍錢出外，但每貫收稅而已。蓋遼用宋錢甚多，而宋與南洋貿易，當時亦通用錢也。又西北邊內屬，戎人齎貨帛於秦，階、成州，易銅錢出塞，銷鑄為器，則以錢為輸出矣。徒耗鼓鑄之勞，以供他國之用，不亦亡謂之

甚乎？

　　大錢之鑄，始於陝西軍興之時，初用知商州皮仲容議，採銅鑄錢。既而陝西都轉運使張奎、知永興軍范雍請鑄大銅錢，與小錢兼行，一當十，及奎徙河東，又鑄大鐵錢於晉、澤二州，亦以一當十（供陝西軍費）。未幾，三司奏罷。河東鑄大鐵錢，而陝西復採銅置監，鑄大錢，因敕江南鑄大銅錢。江、池、饒、儀、虢又鑄小鐵錢，悉輦致關中。大約小銅錢三，可鑄當十大銅錢一，盜鑄者眾，錢文大亂，物價翔踴。奎復奏晉、澤、石三州及威勝軍日鑄小鐵錢，獨留用，河東鐵錢既行，盜鑄獲利十六，錢輕貨重，患如陝西。契丹亦鑄鐵錢，以易并邊銅錢。於是知并州鄭戩請河東鐵錢以二當銅錢一。行之一年，又以三當一，或以五當一。罷官爐日鑄，且行舊錢。慶曆末，葉清臣為三司使，與學士張方平等上陝西錢議，請以江南、儀商等州大銅錢一當小錢三，小鐵錢三當銅錢一，河東小鐵錢亦三當一。後又令陝西大鐵錢皆以一當二，盜鑄乃止。熙寧中，陝西轉運副使皮公弼言：「自行當二錢，銅費相當，盜鑄衰息。請以舊銅鉛盡鑄。」從之，折二錢遂行於天下。其後蔡京黨陝西轉運副使許天啟創議鑄當十錢，乃先鑄當五。熙寧折二錢之行，不許運致京師，故諸州所積甚多，咸請以鑄當十。於是罷當五，各處皆鑄當十，除陝西、河東、四川鐵錢地外，均許行使，私鑄寖廣。崇寧四年後，以當十為當五。然小平錢益少，貿易濡滯。乃命以折五、折十上供，小平錢留本路，罷鑄當十，添鑄小平錢。時各路當十錢或當三，或當五，俄命行於畿內、陝西、河東北，餘路禁之。又命禁用之錢，悉輸官藏之於庫，然一旦更用，所損甚大。諸路或用或否，亦不盡送官。私販私鑄仍甚，乃許搜尋舟車，重官司失察之罪。大觀元年，蔡京再相（京之相，在崇寧二年。折十之法，至四年乃漸變。五年，京去位，乃詔諭中外不復用），復行折十錢，重私鑄搜捕勸告之法（至四年，獲罪者十餘萬人）。三年，京再罷，四年，乃停鑄。政和三年，令當十錢並作當三焉（熙、豐時，陝西、河東銅錢千，易鐵錢千五百。紹

聖時易二千五百）。

宋代行使鐵錢之地，尚有四川（元豐間，畢仲衍進《中書備對》，以陝西、河東為兼行銅鐵錢之地，成都、梓州、利州、夔州為專行鐵錢之地）。初，江南西蜀平，皆聽用鐵錢，銅錢許入界。太平興國二年，弛銅錢渡江之禁，廣鼓鑄以給之，鐵錢遂不用，唯蜀中鐵錢仍不准出界。由是鐵錢日賤，商賈爭以鐵錢入界，與民為市。官亦言民樂輸銅錢，增賦稅所收銅錢分數，以俸給所得銅錢，厚直〔值〕與民市。沈倫又增鑄鐵錢，易民銅錢上供，四川遂成鐵錢世界。以交通最不便之地，行運輸最不便之幣，而紙幣乃應運而興矣。

古代黃金，專供王公、貴人、富商、大賈之用，說已具前。夫資生愈厚，則物之有待於交易者愈多；交易愈繁，則泉幣之為用愈廣。用幣既多，必求輕齎，黃金之流衍全國，宜也。然而卒不然者，則一以金銅異物，其價不齊，並為易中，殊覺不便；一亦以金之漸少也。前說詳見予所撰二十五史札記，後說則顧亭林《日知錄》、趙甌北《陔餘叢考》皆論之。

顧氏之言曰：「漢時黃金上下通行，故文帝賜周勃至五千斤，宣帝賜霍光至七千斤。而武帝以公主妻欒大，至齎金萬斤。衛青出塞，斬捕首虜之士，受賜黃金二十餘萬斤。梁孝王薨，藏府餘黃金四十餘萬斤。館陶公主近幸董偃，令中府曰：『董君所發，一日金滿百斤，錢滿百萬，帛滿千匹，乃白之。』王莽禁列侯以下不得挾黃金，輸御府受直。至其將敗，省中黃金萬斤者為一匱，尚有六十匱。黃門鉤盾藏府中尚方處，處各有數匱。而《後漢・光武紀》，言王莽末，天下旱蝗，黃金一斤，易粟一斛，是民間亦未嘗無黃金也。董卓死，塢中有金二三萬斤，銀八九萬斤。昭烈得益州，賜諸葛亮、法正、關羽、張飛金各五百斤，銀千斤。《南齊書・蕭穎傳》：長沙寺僧業富沃，鑄黃金為龍數千兩，埋土中，歷相傳付，稱為下方黃鐵，莫有見者。穎冑起兵，乃取此龍，以充軍實。《梁書・武陵王紀傳》：黃金一斤為餅，百餅為籯，至有百籯，銀五倍之。自此以後，則

罕見於史。《尚書・疏》：漢、魏贖罪，皆用黃金。後魏以金難得，令金一兩，收絹十匹，今律乃贖銅。」

趙氏之言：曰「漢以來金銀皆以斤計。如漢高祖賜陳平金十萬斤，賜田肯金五百斤。文帝賜周勃金五千斤，陳平、灌嬰金二千斤。武帝以東方朔諫起上林，賜金百斤。以及南北朝時，猶以斤計。如魏孝文帝賜抱睹生葬事黃金八千斤、梁武陵王以金銀百斤為餅之類是也。侯景圍城，羊侃率兵禦之，詔送金五千兩、銀一萬兩賜戰士，則金銀以兩計起於梁時。其後陳將周羅喉彭城之戰，拔出蕭摩訶於重圍，以功賜金銀各三千兩。梁睿平劍南，隋文帝賜金二千兩。又平王謙賜金二千兩、銀三千兩。王謙作亂，王述執其使上書，文帝亦賜金五百兩。又文帝嘗賜蕭巋金五百兩、銀千兩。周法尚破李光仕，文帝賜黃金百五十兩、銀百五十斤，則金以兩計，銀猶以斤計。煬帝以來護兒破楊元感功，賜黃金千兩；以王辨擊破山東賊盜功，賜黃金二百兩，事俱見南北史。則金銀之以兩計，起於梁、陳、隋之世也。《通考》謂：蕭梁間交、廣以金銀交易，既是民間交易，則零星多寡不齊，自必細及銖兩。又《宋書・徐豁傳》：中宿縣俚民課銀一子輸半兩，則國制收銀課亦以兩計，因而上下通行，俱論兩不論斤。且古時金銀價甚賤，故以斤計，後世金銀日貴，故不得不以兩計也。」

其漸少之原因，顧氏論之曰：「宋太宗問學士杜鎬曰：『兩漢賜予，多用黃金，而後代遂為難得之貨，何也？』對曰：『當時佛事未興，故金價甚賤。』今以目所睹記，及《會典》所載國初金價推之，亦大略可考。《會典・鈔法》卷內云：洪武八年，造大明寶鈔，每鈔一貫，折銀一兩，每鈔四貫，易赤金一兩。是金一兩，當銀四兩也。〈徵收〉卷內云：洪武十八年，令凡折收稅糧，金每兩準米十石，銀每兩準米二石，是金一兩當銀五兩也。三十年，上曰：『折收逋賦，欲以蘇民困也。今如此其重，將愈困民。』更令金每兩準米二十石，銀每兩準米四石，然亦是金一兩當銀五兩也。永樂十一年，令金每兩準米三十石，則當銀七兩五錢矣。又令交阯召

商中鹽，金一兩，給鹽三十引，則當銀十兩矣。豈非承平以後，日事侈靡，上自宮掖，下逮勛貴，用過乎物之故與？幼時見萬曆中赤金止七八換，崇禎中十換，江左至十三換矣。投珠抵璧之風，將何時而見與？」又曰：古來用金之費，如《吳志・劉繇傳》：笮融大起浮圖祠，以銅為人，黃金塗身，衣以錦采，垂銅盤九重。《何姬傳・注》引〈江表傳〉：孫皓使尚方以金作華燧步搖假髻以千數，令宮人著以相撲，朝成夕敗，輒出更作。《魏書・釋老志》：興光元年，敕有司於五假大寺內，為大祖已〔以〕下五帝，鑄釋迦立像五，各長一丈六尺，都用赤金二萬五千斤。天安中，於天宮寺造釋迦立像，高四十三尺，用赤金十萬斤，黃金六百斤。《齊書・東昏侯紀》：後宮服御，極選珍奇，府庫舊物不復周用，貴市民間，金銀寶物，價皆數倍京邑，酒租皆折使輸金，以為金塗，猶不能足。《唐書・敬宗紀》：詔度支進銅三十斤，金箔十萬，翻修清思院新殿及昇陽殿圖障。《五代史・閩世家》王昶起三清臺三層，以黃金數千斤，鑄寶星及元始天尊、太上老君像。宋真宗作玉清昭應宮，甍棋欒楹，全以金飾，所費巨億萬，雖用金之數，亦不能全計。《金史・海陵紀》：宮殿之飾，遍傅黃金，而後間以五采，金屑飛空如落雪。《元史・世祖紀》：建大聖壽萬安寺，佛像及窗壁，皆金飾之，凡費金五百四十兩有奇，水銀二百四十斤。又言繕寫金字藏經，凡糜金三千二百四十兩。此皆耗金之由也。杜鎬之言，頗為不妄。草木子云：金一為箔無復再還元矣。故《南齊書・武帝紀》禁不得以金銀為箔。而《太祖實錄》言：「上出黃金一錠，示近臣曰：『此表籤袱盤龍金也。』令宮人洗滌銷鎔得之。嗚呼！儉德之風遠矣。」余謂用金之費，誠為消耗之一因，然其大原因，則仍在於金之漸散（趙氏《二十二史劄記・漢多黃金》一條，歷舉《漢書》本紀、列傳所載漢史多金之事而論之曰：「後世黃金日少，金價亦日貴，蓋由中土產金之地，已發掘淨盡。而自佛教入中國後，塑像塗金，大而通都大邑，小而窮鄉僻壤，無不有佛寺，即無不用金塗。以天下計之，無慮幾千萬萬。此最為耗金之蠹。加

以風俗侈靡，泥金寫經，貼金作榜，積少成多，日消月耗。故老言黃金作器，雖變壞，而金自在。一至泥金塗金，則不復還本。此所以日少一日也。」愚按：金如俗所寶重，雖有消耗，還本者仍多。謂產金之地，已發掘淨盡，尤不其然。歷代淘採雖不盛，然產金之數合計之，亦當不少也）。

　　因金少，故用幣多者，乃代之以帛。《陔餘叢考》曰：「六朝則錢帛兼用，而帛之用較多。《北史》魏張普惠疏曰：高祖廢長尺大斗重秤，後因軍國需用，故絹上加綿八兩，布上加麻十五斤，是納賦皆以絹布也。孝文帝始制百官之祿，每戶增調絹三匹，穀二石九斗，以為俸祿之用。夏侯道遷歲祿三千餘匹，李沖一門歲祿萬匹，是官俸皆以穀帛也。張讜妻為魏所虜，讜以千匹贖之，是贖罪亦絹帛也。高允死，賜以粟五百石，絹千匹，高澄生子，魏孝靜帝賜錦采布帛萬匹，是賜予皆穀帛也。西魏賞擒高敖曹者，布絹萬端，是購賞亦布絹也。」、「唐初，租出穀，庸出絹，調出繒布，並未嘗徵錢。天寶中，楊國忠請令各道義倉及丁租地課，皆易布帛，充禁藏。玄宗詔百官觀庫物積如山，是亦尚皆用布帛。」愚按，開元二十二年詔莊宅口馬交易，並先用絹布、綾羅、絲綿等，其餘市買至一千以上，亦令錢物並用，違者科罪。《舊唐書》憲宗元和三年六月詔曰：天下有銀之山，必有銅礦。銅者可以資鼓鑄，銀者無益於人生。其天下自五嶺以北見採銀坑，並宜禁斷。則明以布帛為貨幣，而金銀不得與焉矣。金銀價貴，專用則失之重，與銅並用則比價豈能不變？錢幣者，度物價之尺，尺宜一不宜二，此其所以不獲為錢幣歟？然以布帛為幣，究亦非宜，於是紙幣興焉。

　　紙幣之前驅為飛錢。《唐書・食貨志》：貞元時，「商賈至京師，委錢諸道進奏院及諸軍、諸使、富家，以輕裝趨四方，合券乃取之，號飛錢。」此可謂之匯兌，而不可謂之紙幣（京兆尹裴武請禁之，元和時，以「自京師禁飛錢，家有滯藏，物價寖輕。判度支盧坦、兵部尚書判戶部事

王紹、鹽鐵使王播請許商人於戶部、度支、鹽鐵三司飛錢,每千錢增給百錢。然商人無至者。復許與商人敵貫而易之。然錢重帛輕如故。」案三司飛錢之不行,以不為商人所信也。一禁飛錢而京師物遂滯銷,可見飛錢之行,出於不容已矣)。宋太祖取飛錢故事,許民入錢京師,於諸州便換(初許商人入錢左藏庫,以諸州錢給之。商旅先經三司投牒,乃輸於庫。開寶三年,置便錢務,令商人入錢者,詣務陳牒,即辇至左藏庫,給以券。仍敕諸州,凡商人齎券至,當日給付,不得住滯,違者科罰。自是無復停滯。至道末,商人入便錢一百七十餘萬貫。天禧末,增一百一十三萬貫),亦所以省運輸耳。逮交子興,始具紙幣之意。《文獻通考》曰:「初,蜀人以鐵錢重,私為券,謂之交子,以便貿易。富人十六戶主之。其後富人稍衰,不償所負,爭訟數起。寇瑊嘗守蜀,乞禁交子。薛田為轉運使,議廢交子,則貿易不便,請官為置務,禁民私造。詔從其請,置交子務於益州。」《宋史·薛田傳》曰:「田請置交子務,以榷其出入,未報。寇瑊守益州,卒奏用其議,蜀人便之。」二說互歧,未知孰是。〈食貨志〉:「真宗時,張詠鎮蜀,患蜀人鐵錢重,不便貿易,設質劑之法,一交一緡,以三年為一界而換之。六十五年為二十二界,謂之交子,富民十六戶主之。」一似法為詠所創者,恐非也。交子初行,謹守分界之法。天聖以後,界以二十五萬三百四十緡為額。熙寧五年,交子二十二界將易,而後界給用已多,詔更造二十五界一百二十五萬,以償二十三界之數,兩界並行自此始。時交子給多而錢不足,致價太賤,既而竟無寔錢。紹聖以後,界率增造,以給陝西沿邊糴買及募兵之用,少者數十萬,多至數百萬緡;而成都乏用,又請印造,故每歲書放亦無定數。熙寧二年,以河東公私共苦運鐵錢勞費,詔置潞州交子務。明年,漕司以其法行則鹽、礬不售,有害入中糧草,罷之。又明年,復行於陝西,而罷永興軍鹽鈔務。文彥博言其不便,未幾竟罷,蓋尚與入中之法相依附也。崇寧三年,置京西北路專切管幹通行交子所。四年,令諸路更用錢引,准新樣印製,四川如舊法。

錢引通行諸路，唯閩、浙、湖、廣不行。自用兵湟、廓，藉交子之法以助邊費，較天聖一界逾二十倍，而價逾損。及更界之年，新交子一當舊者四。大觀元年，並改為錢引交子務，曰錢引務。舊造一界，備本錢三十六萬緡，新舊相因。大觀中，不蓄本錢而增造無藝，卒致一緡當錢十數。張商英秉政，奉詔復循舊法。至宣和中，乃引界復平焉。蓋鈔之不及百年，而其跌價已屢見矣。

高宗紹興六年，行在置交子務，旋罷之，令榷貨務儲見錢印造關子。關子始紹興元年，令商人入中，執關子於榷貨務請錢，以給婺州軍也。二十九年，戶部造會子。三十年，詔會子務隸都茶場。會子初行於兩浙，後通行於淮、浙、湖北、京西。隆興元年，江州置會子務。四年，立三年為一界，界以千萬貫為額，然有展限及前後界並行之弊。紹定五年，兩界會子之數至二億二千九百萬。嘉定四年，乃令十七、十八兩界會子更不立限，永遠行使。蓋以數界並行，輕重不等，民益眩惑，故用此舉。然縱能齊諸界會子價，不能使會子不跌價。況《宋志》云：「前之二界，盡用川紙，物料既精，工制不苟，民欲為偽，尚或難之。迨十七界之更印，已雜用川、杜之紙，至十八界則全用杜紙矣。紙既可以自造，價且五倍於前，故昔之為偽者難，今之為偽者易。」更立永遠行使之法，偽會不益無術剔除乎？賈似道執政，又造關子，與會子並行。〈五行志〉云：「宋初，陳摶有紙錢使不行之說，其後會價愈低，有『使到十八九，紙錢飛上天』之謠，似道惡十九界之名，乃名關子，而關子價益低。」按：〈食貨志〉：「咸淳四年，以近頒見錢關子，貫作七百七十文足，十八界每道作二百五十七文足，三道準關子一貫，同見錢轉使。」則新出關子，不及八折矣。

川引自趙開為總餉，以供糴本，給軍需，增印日多。前宋時，放出兩界，每界一百二十萬餘緡。紹興七年，三界至三千七百八十萬。末年，至四千一百四十七萬。淳熙五年，以四千五百萬立額，然嘉泰末，放至五千三百萬。舊例引三年一易，開禧始展年收，遂兩界、三界通使。嘉定

九年，定以十年為一界，著為令。寶祐四年，以臺臣奏，拘印造之權歸之朝廷。咸淳五年，以會板發下成都運司掌之，從制司抄紙發往運司印造畢功，發回制司，用總所印行使，歲以五百萬為額。

遼鑄錢甚早，《遼史》謂先代撒刺的為夷離堇，以土產多銅，始造錢幣。太祖其子，襲而用之是也。然實取中原錢為多。《遼史》云：石敬瑭又獻沿邊所積錢，聖宗鑿大安山取劉守光所藏錢，散諸五計司。更益以宋代錢禁有名無實，其為數之巨可知矣。然遼自景宗以後，歷代亦皆鑄錢，新舊聽民並用，故其錢幣極為饒足。

金初用遼、宋舊錢，天會末，雖劉豫阜昌元寶、阜昌重寶亦用之。貞元二年，戶部尚書蔡松年復鈔引法，遂制交鈔，與錢並用。正隆二年，始議鼓鑄。三年，於中都立錢監二，曰寶源，曰寶豐；京兆一，曰利用。世宗大定十八年，於代州立監，曰阜通。二十七年，曲陽別為一監，曰利通。章宗即位，罷代州、曲陽二監，以役民運銅有弊，而銅仍不足，復銷銅器及舊錢以鑄也。阜通、利用兩監，歲鑄十四萬貫，所費至八萬貫，其弊可謂深矣。

金初既患錢少，亦患銅少。初括民銅器以鑄，於是銅禁極嚴。銅器初皆官造，其後官不勝煩，民不勝弊，乃聽民造，而官為立價。以售銅不許越界，與外國貿易，亦不許用錢。以宋用銅錢，淮南乃用鐵錢，以防流出。陝西有用銀布薑麻者。承安三年，立制以錢與外方人使及與交易者，徒五年，三斤以上死。其後乃漸興窯冶，然無大效。鈔法既敝，錢遂為所逐，雖立七年之限，極力設法流通，而亦無濟矣。

金代行鈔，始於海陵。貞元二年，以戶部尚書蔡松年請行鈔引法，遂設交鈔庫及印造鈔引庫，印一貫、二貫、三貫、五貫、十貫五等，謂之大鈔；一百、二百、三百、五百、七百五等，謂之小鈔。與錢並行，以七年為限，納舊易新，循宋張詠四川交子之法，而紓其期，蓋以銅少權制之法也。章宗即位，有欲罷鈔法者，有司言：「商旅利於致遠，往往以錢買鈔，

蓋公私俱便之事，豈可罷去。止因有厘革年限，不能無疑，乞削七年厘革之法，令民得常用。若歲久字文磨滅，許於所在官庫納舊換新，或聽便支錢。」從之。〈食貨志〉論之曰：自此「收斂無術，出多入少，民寖輕之。厥後法屢更，而不能革，弊亦始於此焉。」按：當時交鈔之制，上有文曰：「聖旨印造逐路交鈔，於某處庫納錢換鈔，更許於某處庫納鈔換錢。」則錢鈔相易，皆有定處，此其所以不便，初不關七年厘革之限也。自厘革之限既廢，有司以出鈔為利，收鈔為諱，漸苦鈔多，乃欲以銀權之。承安二年十二月，尚書省議，官俸軍需皆以銀鈔兼給，舊例銀每錠五十兩，其直〔值〕百貫，民間或有截鑿之者，其價亦隨低昂，遂改鑄銀名承安寶貨，一兩至十兩分五等，每兩折錢二貫，公私同見錢用，亦代鈔本，仍定銷鑄及接受稽留罪賞格。後私鑄者多，雜以銅錫，寖不能行。五年十二月，罷之。衛紹王時，鈔法大敝，會河之役，至以八十四車充軍賞。宣宗立，欲重之，貞祐二年，更造二十貫至百貫、二百貫，至千貫鈔。三年四月，河東宣撫胥鼎言：「市易多用見錢，而鈔每貫僅值一錢，曾不及工墨之費。」請權禁見錢，從之。自是錢多入於宋。《志》謂「富家內困藏鏹之限，外弊交鈔屢變，皆至窘敗，謂之坐化」。三年七月，改交鈔名為貞祐寶券。寶券初行，民甚重之。已而河北、陝西諸路，所支既多，民遂輕之。商賈爭收入京市買，物價頓昂。乃令寶券路各殊制，河北者不許入河南。四年，以河東行省胥升言，仍許不限路行使。興定元年二月，造貞祐通寶，一貫當貞祐寶券千，四貫直〔值〕銀一兩。五年閏十二月，造興定寶泉，每貫當通寶四百貫，以二貫為銀一兩。元光元年二月，詔行之。是年五月，造元光重寶，每貫當通寶五十。又以綾印製元光珍貨，同銀鈔及餘鈔行之。未久，銀價日貴，寶泉日賤，民但以銀論價，寶泉幾不用，乃定法，銀一兩不得過寶泉三百貫，凡物可值銀三兩以下者，不許用銀，以上者三分為率，一分用銀，二分用寶泉及重寶、珍貨。京師及州郡置平準務，以寶泉銀相易，私易及違法而能告者罪賞有差。是令既下，市肆晝閉，商旅不

行。七月，乃除市易用銀及銀寶泉私相易之法。至義宗正大間，民間遂全以銀市易焉。

《元史‧食貨志》：元初「有行用鈔，其制無文籍可考。世祖中統元年，始造交鈔，以絲為本。每銀五十兩，易絲鈔一千兩，諸物之直，並從絲例。是年十月，又造中統元寶鈔。其文以十計者四：曰一十文、二十文、三十文、五十文。以百計者三：曰一百文、二百文、五百文。以貫計者二：曰一貫文、二貫文（按〈王文統傳〉云：中統交鈔，自十文至二貫文，凡十等，此所載止九等）。每一貫同交鈔一兩，兩貫同白銀一兩。又以文綾織為中統銀貨。其等有五：曰一兩、二兩、三兩、五兩、十兩。每一兩同白銀一兩，而銀貨蓋未及行云。五年，設各路平準庫，主平物價，使相依準，不致低昂，仍給鈔一萬二千錠，以為鈔本。至元十二年，添造厘鈔。其例有三：曰二文、三文、五文。初，鈔印用木為板，十三年鑄銅易之。十五年，以厘鈔不便於民，覆命罷印。然元寶、交鈔，行之既久，物重鈔輕。二十四年，改造至元鈔，自二貫至五文，凡十有一等，與中統鈔通行。每一貫文當中統鈔五貫文。依中統之初，隨路設立官庫，貿易金銀，平準鈔法。每花銀一兩，入庫其價至元鈔二貫，出庫二貫五文；赤金一兩，入庫二十貫，出庫二十貫五百文。偽造鈔者處死，首告者賞鈔五錠，仍以犯人家產給之。」、「至大二年，武宗復以物重鈔輕，改造至大銀鈔，自二兩至二厘（〈本紀〉作一厘，此當係誤刻。《志》又云：至大通寶鈔一文準至大銀鈔一厘，可見），定為一十三等。每一兩準至元鈔五貫，白銀一兩，赤金一錢。元之鈔法，至是蓋三變矣。大低至元鈔五倍於中統，至大鈔又五倍於至元。然未及期年，仁宗即位，以倍數太多，輕重失宜，遂有罷銀鈔之詔。而中統、至元二鈔，終元之世，蓋常行焉。」

至正十年，丞相脫脫議更鈔法，下詔「以中統交鈔一貫文省權銅錢一千文，準至元寶鈔二貫，仍鑄至正通寶錢與歷代銅錢並用，以定鈔法。至元寶鈔，通行如故」。十一年，置寶錢提舉司，鑄至正通寶錢，印造交

鈔，令民間通行。行之未久，物價騰踴，價逾十倍。值海內大亂，軍儲賞犒，每日印造，不可數計。交料散滿人間，京師料鈔十錠，易斗粟不可得。既而所在郡縣，皆以物貨相貿易，公私所積之鈔，遂俱不行，人視之若弊楮焉。

　　明太祖初設局以鑄錢，京師曰寶源，各直省曰寶泉。有司責民出銅，民毀器皿輸官，頗以為苦。而商賈沿元之舊習用鈔，多不便用錢。洪武七年，乃設寶鈔提舉司以造鈔。其等凡六：曰一貫，曰五百文，曰四百文，曰三百文，曰二百文，曰一百文。每鈔一貫，準錢千文，銀一兩；四貫準黃金一兩。禁民間不得以金銀物貨交易。遂罷寶源、寶泉局。越二年，復設寶泉局。二十五年復罷。鑄小錢與鈔兼行，百文以下只用錢。商稅兼收錢鈔（錢三鈔七）。十六年，戶部置寶鈔廣源庫、廣惠庫，入則廣源掌之，出則廣惠掌之。在外衛所軍士月鹽，各鹽場工本，天下有司官祿米，皆給鈔。時兩浙、江西、閩、廣民重錢輕鈔，有以錢百六十文折鈔一貫者。成祖時，乃行戶口食鹽之法，大口月食鹽一斤，納鈔一貫，小口半之。稅糧課程贓罰俱折收鈔。鹽官納舊鈔支鹽，發南京抽分場積薪、龍江提舉司竹木鬻之軍民，收其鈔。應天歲辦蘆柴，徵鈔十之八。仁宗監國，令犯笞杖者輸鈔。及即位，加市肆門攤課程。宣宗宣德初，府縣衛所倉糧積至十年以上者，鹽糧悉收鈔，秋糧亦折鈔三分，門攤課鈔增五倍，塌房、店舍月納鈔五百貫，果園、騾車並令納鈔。戶部言民間交易，唯用金銀，乃益嚴其禁。四年，始設鈔關。先一年六月，停造新鈔。英宗即位，收賦有米麥折銀之令，遂減諸納鈔者，而以米銀錢當鈔，弛用銀之禁。於是朝野皆用銀，其小者乃用錢，唯折官俸用鈔而已。憲宗令內外課程錢鈔兼收，官俸軍餉亦兼支錢鈔。是時鈔一貫不能直〔值〕錢一文，而計鈔徵之民，則每貫徵銀二分五厘，民以大困。孝宗弘治元年，京城稅課司，順天、山東、河南戶口食鹽，俱收鈔，各鈔關俱錢鈔兼收。其後皆改折用銀。世宗嘉靖四年，令宣課分司收稅，鈔一貫折銀三厘，錢七文折銀一

分。是時鈔久不行，錢亦大壅，益專用銀矣。

　　明初鑄洪武錢。成祖永樂九年鑄永樂錢。宣宗宣德九年鑄宣德錢。孝宗弘治十六年以後，鑄弘治錢。至世宗嘉靖六年，大鑄嘉靖錢。每文重一錢三分，且補鑄累朝未鑄者。三十二年，鑄洪武至正德九號錢，每號百萬錠，嘉靖錢千萬錠，一錠五千文。稅課抽分諸廠，專收嘉靖錢。民患錢少，乃令通行歷代錢。先是，民間行濫惡錢，率以三四十當銀一分。後益雜鉛錫，薄劣無形制，至以六七十文當銀一分。用給事中李用敬言，以制錢與前代雜錢相兼行，上品者俱七文當銀一分，餘視錢高下為三等，下者二十一文當銀一分，私造濫惡錢悉禁不行。小錢行久，驟革之，民頗不便。又出內庫錢給官俸，不論新舊美惡，悉以七文折算。諸以俸錢市易者，亦悉以七文抑勒予民，民亦騷然。乃採御史何廷鈺議，許民用小錢，以六十文當銀一分。且定嘉靖錢七文，洪武諸錢十文，前代錢三十文，當銀一分。諸濫惡小錢，以初禁之嚴，雖奉旨間行，竟不復用，而民間競私鑄嘉靖錢，與官錢並行焉。時以兩京銅貴，就雲南鼓鑄。越數年，部議「錢法壅滯者，由宣課司收稅以七文當一分。奸民乘機阻撓，錢多則惡濫相欺，錢少則增直〔值〕罔利，故禁愈繁而錢愈滯。自今准折聽民便，不必定文數，而課稅及官俸且俱用銀」。乃罷雲南鑄錢。於時鑄錢日惡，盜鑄日滋，從大學士徐階言，停鼓鑄，稅課徵銀而不徵錢。民間又只用制錢，不用古錢，隆慶初錢法不行，兵部侍郎譚綸言：「今錢唯布於天下，而不以輸於上，故其權在市井。請令民得以錢輸官，則錢法自通。」於是課稅銀三兩以下復收錢，民間交易一錢以下只許用錢。時錢八文折銀一分，禁民毋得任意低昂。高拱再相，言：「錢法朝議夕更，迄無成說。小民恐今日得錢，而明日不用，是以愈更愈亂，愈禁愈疑。請一從民便，勿多為制以亂人耳目。」帝深然之。錢法復稍通矣。萬曆時十三布政司皆鑄錢。嘉靖錢最工，隆、萬錢加重半銖，故鼓鑄後十年而錢價猶漲至加倍。天啟元年，鑄當十、當百、當千三種大錢，於是「開局遍天下，重課

錢息」。「自啟、禎新鑄出，舊錢悉棄置。然日以惡薄，大半雜鉛砂，百不盈寸，摔擲輒破碎」。崇禎時，定錢式，每文重一錢，每千直〔值〕銀一兩，錢價亦稍落矣。初制，歷代錢與制錢通行。自神宗初，從僉都御史龐尚鵬議，古錢只許行民間，輸稅贖罪俱用制錢。啟、禎時廣鑄錢，始括古錢以充廢銅，民間市易亦擯不用，蓋自隋世盡銷古錢，至是凡再見云（《日知錄》曰：「錢者，歷代通行之貨，雖易姓革命而不得變古。後之人主，不知此義，而以年號鑄之錢文，於是易代之君，遂以為勝國文物而銷毀之。」然「未有廢古而專用今者，唯王莽一行之耳」。南北朝皆鑄五銖錢，隋悉禁古錢而所鑄亦為五銖錢，唐則二百八十九年獨鑄開元通寶錢。「自天啟、崇禎，廣置錢局，括古錢以充廢銅，於是市人皆擯古錢不用。而新鑄之錢，彌多彌惡，旋鑄旋銷。寶源、寶泉二局，只為奸蠹之窟。故嘗論古來之錢，凡兩大變，隋時盡銷古錢一大變，天啟以來一大變也。昔時錢法之弊，至於鵝眼、環之類，無代不有，然歷代之錢尚存，旬日之間，便可澄汰。今則舊錢已盡，即使良工更鑄，而海內之廣，一時難遍，欲一市價而裕民財，其必用開皇之法乎？」案，亭林謂當時「聽爐頭之說，官吏工徒，無一不衣食其中。而古錢銷盡，新錢愈雜。」以此推之，金代雖事窯冶，而仍銷古錢，雖日事鑄造，而錢仍不足於用，其弊亦當如此，時莫能道其詳耳。當日錢銷為銅，仍在中國，設欲鑄造，不過重費功力耳。有清之季，內外競鑄銅元，以牟餘利。購銅於外國，而固有之錢，遂為奸徒銷毀以盡。民國之初，至有特設公司以銷小錢者。青島役起，日人占據山東，又廣搜小錢，銷鎔運載以去，而赤金之流於外國者，不知幾何矣！使亭林見之，其感慨又當如何乎？又按：先生錢法論謂：「莫善於明之錢法，莫不善於明之行錢。」、「古之行錢，不特布之於下，而亦收之於上。」、「明之錢下而不上，偽錢之所以日售，而制錢所以日壅。」此由當時官吏利徵銀不利徵錢也，讀先生之錢糧論可知）。

　　清代承明，錢法極敝，又鑒於宋、金、元、明四代鈔法之弊，不敢用

鈔，自不得不鼓鑄銅錢，與銀並行。按：歷代論錢法者，每以不愛銅、不惜工為鼓鑄之良規，清代頗能力行其議，所惜者未明泉幣之理，徒欲使銀銅並用，而不知定其一為本位，又不知既已成幣，即當論枚，不當論重。時時變銅錢之重，欲求適宜，轉益紛雜，且使人民益視錢與銅為同物耳。

歷代銅錢之重，《清通考》嘗考之曰：「錢之輕重，古以銖與絫黍計，今以錢與分厘計。蓋分厘之數，古者但以為度名，而不以為權名。權之為數，則十黍為絫，十絫為銖，二十四銖為兩。自太公圜法輕重以銖，漢以後每以銖之數鑄於錢文，唐開元通寶為二銖四絫，積十錢重一兩，是每文為今之重一錢。後人以為繁而難曉，故十分其兩，而代以錢字，蓋宋之前已然。考宋太宗淳化二年詔定稱法，其時以太府權衡但有一錢至十勸之數，乃別為新制，以御書三體淳化錢較定，實重一銖四絫為一錢，就黍絫銖參之度尺，以忽絲毫釐各積分為一錢之則，然後制取等稱。新制既定，中外以為便。是則十厘為分，十分為錢之計數，始於宋時。所謂錢者，即借錢幣之名，以為數名。所謂分厘者，即借度尺長短之名，以為輕重之名也。若夫古之稱法，至後世而加重。隋文帝鑄五銖錢，重如其文。而每錢一千，重四斤二兩，則古稱三斤為隋一斤而少。《隋書》亦謂開皇以古稱三斤為一斤。孔穎達《左傳‧正義》謂周隋稱於古三而為一。杜佑《通典》謂六朝稱三兩當唐一兩。今以古稱三之一約之，則漢之五銖錢，只當今七分而弱。而今之重一錢二分者，實為古八銖有贏。」顧棟高〈汴宋歷朝錢文記〉云：「乾隆四年，余就九江榷使幕，設館大孤山塘，西去府治德化縣四十里，又東十里為青山，俱濱鄱陽湖，為設稅口岸。十月水涸，有客舟青山下，移舟舉碇，重逾常，悉力舉之，則累然有物，發視之，皆古錢也。居民聞之，競來取，日集三四十小舟，凡得錢數十百萬。蓋往日運錢，曾覆舟於此，積水中六百餘年矣。錢皆宋時物，雜出唐開通錢一二文，兼用八分篆隸。余取其輕重一一較之，唐開通元寶重一錢（開通係武德四年鑄，每十錢重一兩，歷代遵為定式，世目為開元通寶者，讀誤也。

余較其輕重果信）。又有唐國通寶，重一錢一分，蓋南唐李氏所鑄。宋太宗時，始用紀元鑄錢，曰太平通寶，其輕重一準唐開通，重一錢或錢二分不等。真宗朝，天禧重一錢二分，咸平重一錢，祥符重一錢一分或九分半不等。景德重一錢三分或一錢。仁宗朝，嘉祐及至和俱重一錢一分，景祐一錢二分。天聖一錢五分，慶曆一錢八分。又有皇宋通寶及聖宋通寶，俱重一錢一分（《文獻通考》云：國朝錢文皆用通寶，而冠以年號。及改號寶元，文當曰寶元元寶，詔學士議，因請改曰豐濟元寶。仁宗時，命以皇宋通寶為文，慶曆以後，乃復冠以年號）。神宗朝，熙寧重二錢四分或一錢不等，元豐二錢或一錢八分。哲宗朝，元祐一錢一分，紹聖二錢一分或九分不等。徽宗朝，元符二錢二分或一錢一分，大觀三錢，崇寧三錢二分。余所見錢文之重，無逾於此。且銅質潤澤堅厚，輪廓端好，錢文堆起如金剜成。宣和二錢，政和二錢七分。自是汴宋亡矣。自熙寧而後，錢重者文俱云重寶。高宗朝建炎一錢七分，紹興一錢六分，南宋錢只此兩年號，蓋余之所見只此。」（觀此知歷代之錢皆重在一錢左右，慶曆之錢獨重者，以時方有事，元昊用張奎、范雍言，鑄大錢與小錢兼行也。自熙寧至紹興重至一錢六分以上者，準此皆非小平錢也）予按：錢幣所以須鑄造者，固以鑒定成色，亦以省稱量之煩也。若既為幣，仍權其輕重而用之，則與用未鑄之金何異。泉幣初行，民之重之，仍以其質，固不能無計較輕重之情習焉。則此等見解，當化除矣。乃中國之行泉幣，載歷三千，而其斤斤於輕重如故。輕重小有歧異，民聽即為眩惑，貪吏奸商乘之罔利，而國法遂致靡靡大亂，實由只知泉幣為交易之媒，而未知其為度價之尺，知鑄造當求美精而不知行用當統於一。即號圜法整治之時，亦仍有多種泉幣並行於市。民之用之，實未能全與生金異也。此等見解，不能化除，實於幣制整治頗有關礙。然非統一泉幣歷有年所，此等見解亦不易盡行化除也。

　　清自太祖、太宗時即已鑄錢（天命元年所鑄者，曰天命通寶。天聰元年所鑄者，曰天聰通寶），入關後設寶泉（屬戶部）、寶源（屬工部）二

局，鑄錢日順治通寶（嗣後歷朝所鑄，亦均用其年號），每文重一錢，頒其制於直隸、河南、陝西等省，令開局設鑄。二年，改為每錢重一錢二分，七文準銀一分，舊錢二當新錢之一。後又禁用前代舊錢。四年，更定錢直〔值〕，每十文準銀一分。八年，改錢重每文一錢二分五厘。十年，又改為一厘，鑄一厘二字於其上。十五年，又改重一錢四分，鑄滿文於其幕。以各省鑄造不精，概令停鑄。十七年，以難於流通，仍命開鑄。康熙初，以錢多價落，又命停鑄，改每文之重為一錢。四十八年，以私鑄競起，仍復一錢四分之制。先所鑄重一錢者，每百準銀七分。雍正十一年，復定錢之重為一錢二分。乾隆時同。嘉慶時，乃改為八分。至光緒三十一年，改為六分。三十四年，又定為三分二厘，則以其時已視為輔幣也。乾隆五十二年，各省爐局復先後開爐。五十九年，以其私行減小，停之。嘉慶元年，因各局員役生計艱難，仍許開鑄，蓋鑄錢之弊寶深矣。旋以錢小而劣，復令停鑄。至二十一年，乃又許開鑄焉。

清鑄大錢，始於咸豐三年，所以濟軍餉也。分當十、當五十、當百、當五百、當千五種（當千者重二兩）。四年，以不能流通，只鑄當十、當五十兩種，然流布仍艱，而私鑄競起，其後卒廢不行。時又議鑄鐵錢，設局四，未幾，即廢。至光緒二十五年，又造當十大錢，亦不能行。三十年，停之。時則各省銅元已競起矣。

清自乾隆以前，錢文鑄造頗精，嘉、道漸劣，咸豐以後，乃日壞。惡錢既多，良錢稍絕，末造頗以錢荒為患，故以銅元之名實不副，初起亦能通行。銅元鑄造，始於廣東，事在光緒二十六年。明年，諭令各省仿造。於是相繼設局者十有五省，無不藉以圖利，而其價遂日跌。各省頗有減折行使者，清末物價之驟昂，銅元實階之屬也。

金銀加以鑄造，由來甚舊，而其鑄之為幣，則實始晚近。《清通考》云：「古者金銀，皆有定式，必鑄成幣而後用之。顏師古注《漢書》，謂舊金雖以斤為名，而官有常形制，亦猶今時吉字金挺之類。武帝欲表祥瑞，

故改鑄為麟趾裊蹄之形，以易舊制。然則麟趾裊蹄即當時金幣式也。漢之白選與銀貨，亦即銀幣之式。《舊唐書》載內庫出方圓銀二千一百七十二兩，是唐時銀亦皆係鑄成。《金史・食貨志》載，舊例銀每錠五十兩，改鑄銀名承安寶貨，一兩至十兩分五等。此今日以重五十兩者為元寶，重十兩或五兩、三兩者為中錠所由始也。元至元三年，以銀五十兩鑄為錠，文以元寶，嗣後或鑄重四十九兩，或鑄重四十八兩。又有揚州元寶、遼陽元寶等名色。此元寶命名之始。蓋古者多以元寶之名，鑄於錢面，自元以後，銀始蒙錢文元寶之稱，於是錢面始專鑄通寶字矣。其稱銀為錠者，考錠字，《說文》：鐙也。《廣韻》：豆有足曰錠，無足曰鐙。又《博古圖》有虹燭錠。當時皆以為器物之名。其在古之稱銀，多稱為。《三國志》魏嘉平五年，賜郭修子銀千。《水經注》嶺南林水石室有銀，有奴竊其三歸是也。亦有稱為鈑及笏及版者，猶之稱之意。所謂者，以其傾銀似餅，則與今所稱錠者，其式原自不同。蓋今之稱錠者，即古之稱鋌。《南史》梁廬陵威王續子應至內庫，見金鋌。《唐書》太宗賜薛收黃金四十錠（原注：《舊唐書》作鋌）。《唐書》耿先生握雪為鋌，爇之成金。《五代史》賈緯言：「桑維翰身後有銀八千錠。自宋以後，遂轉稱銀為錠云。」又曰：「直省解銀，由布政使起解者，曰地丁銀；由運使起解者，曰鹽課銀；由糧道起解者，曰漕項銀；由關監督起解者，曰關稅銀。皆必傾鎔成錠然後起解。其解銀之具，曰鞘，每銀一千兩為一鞘。或委員押解，或即由吏胥押解。例填給勘合、火牌及兵牌，於所過地方，撥夫抬送，撥兵防護，所以慎重帑項也。」予按：《漢書・食貨志》言：太公為周立圜法，黃金方寸而重一斤，疑亦言其鑄造之式。秦人蓋有意於變古，故改以鎰計。雖有此制，未及改鑄。當時之金，蓋仍以一斤範為方寸形者為多，故漢仍行周制。《管子》言：禹以歷山、湯以莊山之金鑄幣，雖未知其式何如，然既言鑄，則必有定式。可知古之用金，皆以為幣。用為幣者，豈容即仍其出土之形哉？則金銀之加以鑄造，並不始於夏、殷矣。然加以鑄造，是一事，鑄為泉幣，

又是一事。鑄為泉幣者，不徒必當有定形，並亦不容有兩形。今觀古金銀之稱，曰鋌，曰版，曰笏，曰，曰方，曰圓，觀其名之不同，即可知其形之各異。故漢世金有形制，而及其用之，則必以斤為名。清代銀已廣行，而千兩為鞘，特就起解之便，此斷不能謂之鑄幣以供民用也。清時銀兩通行較廣者，為元寶及馬蹄銀，用之則仍權其重。而計重之法，又錯雜不一，庫平、漕平、關平等皆不能通行全國，於是外國銀元乘之流入矣。

外銀輸入，亦由來甚早。清慕天顏嘗謂「銀所由生，一為礦產，一則番舶。順治六、七年，海禁未設，市井貿易，多以外國銀錢。各省流行，所在多有。自一禁海，絕跡不見」。足徵明、清間已有之矣。其後海禁重開，外銀又復輸入，以西班牙、墨西哥所鑄為多。論者皆謂其以雜有他質之銀，易我純銀以去為不利。然自鑄造，直至光緒之世始有之。首創之者為粵，文曰光緒元寶，重漕平七錢三分，形制重量皆準外國銀元，所以便推行也。時為光緒十三年，張之洞督粵所為也。二十二年，湖北繼之。二十四年，山東繼之，江蘇、安徽、浙江、直隸、奉天等省亦次第鑄造。二十七年，諭「近年各省所鑄銀圓，以廣東、湖北兩省成色較準，沿江沿海均已通行，應即就該兩省所籌銀款，源源鑄造，即應解京餉。亦準酌量撥作成本。仍以每圓重七錢三分為準，並兼鑄小銀圓，以便民用」。自是銀圓、銀角鑄出日多，然主輔之制不定，民各以市價用之，又增一糾紛矣。

釐定幣制，始於光緒三十年。度支部奏定銀幣之重為七錢二分，輔幣三等，曰三錢六分，曰一錢四分五厘，曰七分二厘，文曰大清銀幣。銅幣亦四等，最重者四錢，當小錢二十；次二錢，當十；次一錢，當五；次四分，當一。文亦曰大清銅幣。明年，裁寶泉、寶源局，設戶部造幣廠於天津。三十三年，並各省鑄局為九處。宣統二年，定造幣廠章程，寧、鄂兩廠始鑄大清銀幣，總廠及奉、粵等廠，則先鑄銅幣（僅鑄成當十、當二十兩種）。未幾而清社覆矣。

清行紙幣，始於咸豐二年，謂之銀錢票。招商設官立銀錢號，以司兌
換收放。地丁雜稅均得以錢票二千，當銀一兩。其推行不廣，末造乃又有
行鈔之議。光緒三十一年，戶部銀行始印行紙幣。三十三年，設印製局於
北京，造紙廠於漢口。宣統元年，定通用銀錢票章程。二年，又定紙幣則
例。時戶部銀行改為大清銀行，以發鈔之權專歸之，然交通銀行亦發紙
幣，終未能統於一也。

民國既立，大清銀行改為中國銀行，於時造幣總廠仍鑄宣統元寶銀
幣，川廠則別鑄大漢銀幣。三年春，始定造幣廠官制，又定國幣鑄造條
例。定銀主幣之重為六錢四分八厘，又定造幣廠及化驗新幣章程。始鑄袁
世凱肖像之銀幣，津、寧、鄂、粵等廠繼之。五年，津廠又鑄半元、二
角、一角銀輔幣，僅行於北方諸省。七年，議改金本位，頒金券條例。先
是定交通銀行則例，許發兌換券，後又明令中國、交通並為中央銀行，而
以政府借款過多，兩行所發兌換券，嘗兩次停兌。其餘銀行發行紙幣者亦
多，雖有取締條例（定於三年十月），不能盡行也。開國時曾鑄開國紀念
銅幣及國旗銅幣，四川亦別鑄大漢銅幣。六年，津廠鑄一分及五厘兩種銅
幣，中有圓孔，面繪嘉禾，亦不行於南方云。

# 第四章　飲食

言古人衣食居處之進化者，莫明於〈禮運〉。〈禮運〉曰：「夫禮之初，始諸飲食。其燔黍捭豚（《注》：『中古未有釜甑，釋米捭肉，加於燒石之上而食之耳。今北狄猶然。』《疏》：『以水洮釋黍米，加於燒石之上以燔之，或捭析豚肉，加於燒石之上而孰〔熟〕之。』），汙尊而抔飲，蕢桴而土鼓，猶若可以致其敬於鬼神。及其死也，升屋而號，告曰：皋某復，然後飯腥而苴孰。」（《注》：「飯以稻米，上古未有火化，苴孰取遣奠，有火利也。苴或為俎。」《疏》：「飯用生稻之米，故云飯腥，用上古未有火化之法。苴孰者，至欲葬設遣奠之時，而用苴裹孰肉以遣送屍，法中古修火化之利也。」）又曰：昔者先王「未有火化，食草木之實，鳥獸之肉，飲其血，茹其毛」。（《疏》：「雖食鳥獸之肉，若不能飽者，則茹食其毛以助飽也。若漢時蘇武以雪雜羊毛而食之，是其類也。」）、「後聖有作，然後修火之利。」、「以炮（《注》：『裹燒之也。』）、以燔（《注》：『加於火上。』）、以亨（《注》：『煮之鑊也。』）、以炙（《注》：『貫之火上。』）、以為醴酪。」（《注》：「烝釀之也。酪，酢酨。」）、「故玄酒在室，醴醆〔盞〕在戶，粢醍在堂，澄酒在下，陳其犧牲，備其鼎俎。」（《注》：「此言今禮饌具所因於古。」）、「玄酒以祭，薦其血毛，腥其俎，孰其殽。」、「醴醆以獻，薦其燔炙。」（《注》：「此謂薦上古、中古之食也。腥其俎，謂豚解而腥之，及血毛，皆所以法於大古也。孰其殽，謂體解而之。此以下皆所法於中古也。」）、「然後退而合亨，體其犬豕牛羊，實其簠、簋、籩、豆、鉶、羹。」（《注》：「此謂薦今世之食也。體其犬豕牛羊，謂分別骨肉之貴賤以為眾俎也。」按：鉶羹對大羹言之也。《周官·天官·亨人》：「祭祀，共大羹鉶羹，賓客亦如之。」《注》：「大羹，肉湆。鄭司農云：大羹，不致五味也。鉶羹，加鹽菜矣。」〈士昏禮〉曰：「大羹湆在爨。」《注》：「大

羹湆，煮肉汁也。大古之羹無鹽菜，爨火上。今文湆皆作汁。」《禮記·郊特牲》：「大羹不和，貴其質也。」《少儀》：「凡羞有湆者不以齊。」《疏》引「賀瑒云：凡湆皆謂大羹，大羹不和也。」《左》桓二年臧哀伯曰：「大羹不致。」《注》：「大羹，肉汁，不致五味。」《亨人·疏》曰：「云鉶羹者，皆是陪鼎臐，牛用藿，羊用苦，豕用薇，調以五味，盛之於鉶器，即謂之鉶羹。若盛之於豆，即謂之庶羞，即公食大夫十六豆臐等也。」）古人最重本，凡禮皆必存最初之俗以為紀念。觀於祭祀，所薦三古之食，固足知飲食進化之序矣。

　　《詩·豳風》：「九月築場圃。」《箋》云：「耕治之以種菜茹。」《疏》曰：「茹者咀嚼之名，以為菜之別稱，故書傳謂菜為茹。」按：毛言茹，菜亦言茹，則古人之食菜，乃所以代茹毛也。《墨子·辭過》曰：「古之民，未知為飲食時，素食而分處。故聖人作，誨男耕稼樹藝，以為民食。其為食也，足以增氣充虛，強體適腹而已矣。」孫氏《閒詁》曰：「素食，謂食草木。《管子·七臣七主》云：果蓏素食當十石。素，疏之假字。《淮南子·主術訓》云：夏取果蓏，秋蓄疏食。疏俗作蔬。〈月令〉：取疏食。鄭《注》云：草木之實為疏食。〈禮運〉說上古云：未有火化，食草木之實。即此素食也。」予按：《周官·太宰》九職：「八曰臣妾，聚斂疏材。」（《注》：「疏材，百草根實可食者。」）〈委人〉：「掌斂野之賦，凡疏材木材，凡畜聚之物。」《管子》謂：「萬家以下，則就山澤。」（〈八觀〉）可見疏食之利之溥矣。疏本訓草木之實。草木之實，較之穀食為粗，故引申為粗疏。凡穀之不精者，亦以疏食稱之。〈雜記〉：「孔子曰：吾食於少施氏而飽，少施氏食吾以禮。吾祭，作而辭曰：疏食不足祭也。吾殽，作而辭曰：疏食也，不足以傷吾子。」疏曰，「疏粗之食，不可強飽，以致傷害」是也。《呂覽·審時》曰：「得時之稼，其臭香，其味甘，其氣章，百日食之，耳目聰明，心意睿智，四衛變強（《注》：『四衛，四枝〔肢〕也。』），氣不入，身無苛殃。黃帝曰：四時之不正也，正五穀而已矣。」穀食精者之勝粗，猶其粗

者之勝疏食，亦猶疏食之勝鳥獸之毛也。此飲食進化之由也。

　　古人飲食必祭者，〈曲禮〉鄭《注》曰：「祭先也，君子有事不忘本也。」《疏》曰：「君子不忘本，有德必酬之，故得食而種，種出少許，置在豆間之地，以報先代造食之人也。」《周官・膳夫・注》：「禮，飲食必祭，示有所先。」《釋文》引干寶云：「祭五行六陰之神，與人起居。」按：古人最重報本，干說非也。今者人習於穀食，不知始教飲食之功。觀《墨子》、《呂覽》言古傷生者之多，追想古代茹毛與菜之苦，則知孔子之「疏食菜羹瓜，祭，必齊如也」，禮亦宜之矣。古人凡事皆隆先聖之報者以此（《考工記》曰：「百工之事，皆聖人之所為也。」非獨學校釋奠所祭）。

　　酒之緣起，予昔有札記一則考之，今錄如下。原文曰：《史記》謂紂「以酒為池」。《正義》引《六韜》云：「紂為酒池，回船糟丘而牛飲者三千餘人為輩。」此其池當大幾何？其酒當得幾許？不問而知其誕謾矣。然其說亦有所本。〈禮運〉述大古之俗，「汙尊而抔飲。」鄭《注》云：「汙尊，鑿地為尊也。抔飲，手掬之也。」《周官・萍氏》：「掌國之水禁，幾酒（《注》：『苛察沽買過多及非時者。』），謹酒（《注》：『使民節用酒也。』），禁川游者。」夫鑿地而飲，則所飲者水也。幾酒、謹酒與掌水禁同官，尤邃初酒與水無別之明證。蓋大古僅飲水，後乃易之以酒也。何以知其然也？古之飲者，必以群。《酒誥》曰：「群飲，汝勿佚。盡執拘以歸於周，予其殺。」夫當酒禁甚嚴之世，寧不可杜門獨酌，以遠罪戾，而必群飲，以遭執殺之刑哉！則習之不可驟改也。〈禮器〉：「周禮其猶醵與。」《注》：「王居明堂之禮，仲秋乃命國醵。」《周官・酒正》：「掌酒之政令，以式法授酒材。凡為公酒者，亦如之。」《注》謂：「鄉射飲酒，以公事作酒者，亦以式法及酒材授之，使自釀之。」〈族師〉：「春秋祭酺。」《注》謂：「族長無飲酒之禮，因祭酺而與其民以長幼相獻酬焉。」《疏》曰：「知因祭酺有民飲酒之禮者，鄭據〈禮器〉明堂禮，皆有醵法。」然則醵之由來尚矣。蓋部落共產之世，合食之遺俗也。夫當部落共產之世，其尚不能造酒，而

唯飲水也審矣。斯時之聚合，蓋或就水邊，或則鑿地取水，至後世猶襲其風群飲者，必在水邊。其初鑿地取水，後雖易以酒，亦或鑿地盛之，故幾酒與掌水禁同官。而紂亦作大池，以示其侈也。云牛飲者三千人為輩，固《論衡》所謂語增之流，然其說固有所本，非盡子虛也（《易・序卦》言：「飲食必有訟。」蓋由群飲酒以致爭鬥，非爭食也。漢世賜民牛酒，蓋實授以酒。古給公酒之遺其賜民酺，則聽其合錢聚飲，古所謂醵也）。

或曰：焉知酒之興必後於部落共產之世乎？曰：有徵焉。〈禮運〉言「汙尊抔飲」與「燔黍捭豚」、「蕢桴土鼓」並舉。又曰：「昔者先王，未有火化，食鳥獸之肉，飲其血，茹其毛。後聖有作，然後修火之利。以炮、以燔、以亨、以炙、以為醴酪。」《疏》曰：未有火化，據伏犧以前。以燔黍捭豚，即是有火。燔黍捭豚，汙尊抔飲，指神農。以〈明堂位〉云：土鼓蕢桴，伊耆氏之樂。〈郊特牲〉曰：伊耆氏始為蠟。舊說以伊耆氏為神農。今此云黃桴土鼓，故知謂神農也。《士昏禮・疏》云：「汙尊抔飲，謂神農時雖有黍稷，未有酒醴。後聖有作，以為醴酪，據黃帝以後。」按：〈禮運〉言「汙尊抔飲」與「以為醴酪」對舉，此疏是。《禮運・疏》謂：「汙尊，乃鑿地汙下而盛酒。」恐非（然亦可證後來有鑿地盛酒之事）。然則酒醴之作蓋在黃帝以後也。「凡酒，稻為上，黍次之，粟次之。」（《聘禮・注》）、「五齊三酒，俱用秫、稻、麴糵，鬯酒用黑黍。」（《周官・酒正・疏》）皆有資於農產。神農時，農事初興，農產未盛，未必能以之為酒。謂酒起黃帝以後，近於實也。

《戰國策》曰：「儀狄作酒，禹飲而甘之，遂疏儀狄，而絕旨酒。曰：後世必有以酒亡其國者。」則夏時酒尚不甚通行。〈明堂位〉曰：「夏后氏尚明水，殷尚醴，周尚酒。」《注》：「此皆其時之用耳，言尚非。」按：〈禮器〉、〈郊特牲〉皆言「玄酒之尚」。（《禮記・郊特牲》作「玄酒明水之尚。」《儀禮・士昏禮・疏》曰：「相對，玄酒與明水別。通而言之，明水亦名玄酒。」）〈玉藻〉曰：「凡尊必尚玄酒，唯君面尊，唯饗野人皆酒。」（《注》：

「蠟飲不備禮。」《疏》：「饗野人，謂臘祭時也。野人賤，不得比士，又無德，又可飽食，則宜貪味，故唯酒而無水也。」按：如予說，玄酒所以和酒而飲，饗野人之酒蓋不多，故無待於和也。見下）則古祭祀飲食皆尚玄酒（《儀禮・士昏禮》：「酌玄酒三屬於尊。」《疏》云：「明水，若生人相禮，不忘本，亦得用。」）。康成所知者，作記者無由不知，則所謂尚者，正即康成所謂用耳（《疏》云：「《儀禮》設尊尚玄酒，是周家亦尚明水也。《禮記・禮運》云：澄酒在下，則周世不尚酒。」）。

《周官・酒正》有五齊、三酒、四飲。五齊者：泛齊、醴齊、盎齊、緹齊、沈齊。《注》云：「自醴以上尤濁，盎以下差清。」三酒者：一曰事酒。《注》云：「即今酒。」《疏》云：「冬釀春成。」二曰昔酒。《注》云：「今之酋久白酒，所謂舊者也。」《疏》云：「久釀乃熟，故以昔酒為名。」、「對事酒為清，對清酒為白。」三曰清酒。《注》：「今中山冬釀，接夏而成。」《疏》云：「此酒更久於昔，故以清為號。」四飲者：一曰清，即〈漿人〉醴清。二曰醫，即〈內則〉所謂或以酏為醴（謂釀粥為醴）。三曰漿。四曰酏。鄭《注》曰：五齊之中，醴恬「與酒味異」（《疏》曰：「恬於餘齊，與酒味稍殊，故亦入於四飲。」）。「其餘四齊，味皆似酒。」蓋四飲最薄，五齊次之，三酒最厚（《疏》云：「五齊對三酒，酒與齊異。通而言之，五齊亦曰酒。」）。四飲去水最近，五齊醴以上近水，盎以下近酒，而古人以五齊祭三酒飲（《周官・酒正・疏》：「五齊味薄，所以祭。三酒味厚，人所飲。」）。其陳之也，則玄酒馬上，醴酒次之，三酒在下（〈禮運〉：「玄酒在室，醴醆〔盞〕在戶，粢醍在堂，澄酒在下。」〈坊記〉：「醴酒在室，醍酒在堂，澄酒在下。」醴即醴齊，醆即盎齊，粢醍即緹齊，澄即沈齊，酒即三酒。〈玉藻〉：「五飲：上水、漿、酒、醴、酏。」《注》：「上水，水為上，餘其次之。」）。可見酒味之日趨於厚矣。

知酒味之日趨於厚，則知古人初飲酒時，其酒實去水無幾。酒之厚者，或和水而飲之，未可知也。《周官・漿人》：六飲有涼。司農曰：「涼，

以水和酒也。」康成不從，未知何故。《疏》謂「和水非人所飲」，則以後世事度古人矣。果古無和水而飲者，司農豈得臆為之說邪？按：古人飲酒之器，《韓詩》說：「一升曰爵，二升曰觚，三升曰觶，四升曰角，五升曰散，觥亦五升。」古《周禮》說：爵一升，觚二升，獻以爵，而酬以觚，一獻而三酬，則一豆矣（亦見《考工記・梓人》）。《毛詩》說：「金罍大一石，觥大七升。」許慎云：「一獻三酬當一豆，若觚二升不滿一豆，觥罰有過，一飲而盡，七升為過多。」鄭駁之云：「觶字角旁箸支，汝潁之間師讀所作。今《禮》角旁單，古書或作角旁氏」，「角旁氏則與觚字相近。學者多聞觚，寡聞觝，寫此書亂之而作觚耳。又南郡太守馬季長說：一獻而三酬則一豆，觚當為觶，豆當為斗，與一爵三觶相應。」〈禮器〉：「宗廟之祭，貴者獻以爵，賤者獻以散，尊者舉觶，卑者舉角，五獻之尊，門外缶，門內壺，君尊瓦甒。」鄭《注》：爵、散、觶、角，與《韓詩》同。又曰：「壺大一石，瓦甒五斗，缶大小未聞也。」《正義》：「壺大一石，瓦甒五斗者，漢禮器制度文也。此瓦甒即燕禮公尊瓦大也。《禮圖》：瓦大受五斗，口徑尺，頸高二寸，徑尺，大中身銳下平。瓦甒與瓦大同。以小為貴。近者小，則遠者大。缶在門外，則大於壺矣。」《周官・疏》引漢禮器制度，亦云「觚大二升，觶大三升」。《詩・疏》引《禮圖》「罍大一斛，觥大七升」。古十斗為斛，即漢所謂一石。然則古酒器大小，唯觥未能定，缶不可知。自爵至罍，《韓詩》、《毛詩》、《周禮》、《禮圖》禮器制度略同（《論語》：「觚不觚。」馬曰：「一升曰爵，二升曰觚。」亦同）。據器之大小，可以考古人飲酒之多寡矣。《韓詩》說諸爵名之義曰：「觚，寡也，飲當寡少。觶，適也，飲當自適也。角，觸也，不能自適，觸罪過也。散，訕也，飲不能自節，為人所謗訕也。」又曰：「觚、觶、角、散，總名曰爵。其實曰觴。觴者，餉也。觥亦五升，所以罰不敬。觥，廓也，所以著明之貌。君子有過，廓然明著，非所以餉，不得名觴。」〈玉藻〉曰：「君子之飲酒也，受一爵而色灑如也，二爵而言言斯，三爵而油油以退。」然則古人飲酒不過

三爵，過三爵則不能自持矣。古權量於今，不逮三之一，其飲酒之多寡，略與今人等也。乃《考工記》曰：「食一豆肉，飲一豆酒，中人之食。」淳于髡之說齊王曰：「臣飲一斗亦醉，一石亦醉。」雖諷諫之詞，不必盡實，亦不容大遠於情，知必有和水飲之之法，故能如是也。〈射義〉曰：「酒者所以養老也，所以養病也，求中以辭爵者辭養也。」《孟子》謂：「曾子養曾皙，曾元養曾子，必有酒肉。」〈曲禮〉曰：「五十不致毀，六十不毀，七十唯衰麻在身，飲酒食肉處於內。」《周官·酒正》：「凡饗士庶子，饗耆老孤子，皆共其酒，無酌數。」（《注》：「要以醉為度。」）、「凡有秩酒者，以書契授之。」（《注》：「所秩者謂老臣。〈王制〉曰：九十日有秩。」）此所謂所以養老也。〈曲禮〉又曰：「居喪之禮，頭有創則沐，身有瘍則浴，有疾則飲酒食肉。」〈檀弓〉曰：「曾子曰：喪有疾，食肉飲酒，必有草木之滋焉，以為薑桂之謂也。」《周官疾醫》：「以五味、五穀、五藥養其病。」《瘍醫》亦曰：「以五味節之。」《注》：「五味，醯、酒、飴蜜、薑、鹽之屬。」〈酒正〉：「辨四飲之物，二曰醫。」《注》：「醫，內則所謂或以酏為醴。凡醴濁，釀酏為之，則少清矣。醫字從殹，從酉。」疑正指其以酒為養，此所謂所以養病也。酒者興奮之劑，古人以為可以養神。〈郊特牲〉曰：「凡飲，養陽氣也。」（又曰：「凡食，養陰氣也。」《疏》曰：「飲是清虛，食是體質。」《周官·酒正·注》曰：「王致酒，後致飲，夫婦之義。」飲較酒，興奮之用較少也）射與角抵等事，其初不必如後來之有禮，敗者或致創夷，故宜以是飲之。〈投壺〉曰：「當飲者皆跪奉觴曰：賜灌。勝者跪曰：敬養。」此所謂所以辭養也。夫以酒養人，厚薄必適如其量，不然是困之已。人之飲酒，多寡不同，而相酬之爵，大小若一，明亦必和水飲之，而後其禮可行也。

以酒為養生之物，則宜有以勝爭飲者，古蓋亦有此俗。《戰國策》：陳軫曰：「有祠者賜其舍人卮酒。舍人相謂曰：數人飲之不足，一人飲之有餘。請畫地為蛇，先成者飲酒。」此以勝爭飲者也。禮戒爭而教讓，故以

飲敗者為常耳。又酒以為養，而又以為罰不敬之具者，所以愧恥之也。此亦可見古人之貴禮而賤財，厚屬人之節而重加之以罰矣（札記原文只此。後讀《觀堂集林》卷三，有說盃一篇，明玄酒所以和酒，古人之酒皆和水而飲，足與鄙說相發明，唯多引甲骨文耳）。

　　野蠻之人多好肉食，然後卒改食植物者，實由人民眾多、禽獸不足之故。觀前文所述，由茹毛進為疏食之事可知矣。故古必大夫乃得食肉（《左氏》莊公十年：「齊師伐我。公將戰，曹劌請見。其鄉人曰：『肉食者謀之，又何間焉。』杜《注》：「肉食，在位者。」《疏》曰：「昭四年，傳說頒冰之法，云食肉之祿，冰皆與焉。大夫命婦喪浴用冰。」蓋位為大夫，乃得食肉也），庶人所食魚鱉而已（《詩》：「牧人乃夢，眾維魚矣。」、「大人占之，眾維魚矣，實維豐年。」《箋》曰：「魚者，庶人之所以養也。今人眾相與捕魚，則是歲熟相供養之祥也。」）。〈王制〉言：「六十非肉不飽。」《孟子》言：「七十者可以食肉矣。」然孔子告子路：「啜菽飲水，盡其歡，斯之謂孝。」（〈檀弓〉）則亦非貧者所能得也。然其王公大人，飲食皆極奢侈。《墨子・辭過》曰：「古之民，未知為飲食時，素食而分處。故聖人作，誨男耕稼樹藝，以為民食。其為食也，足以增氣充虛，強體適腹而已矣。故其用財節，其自養儉，民富國治。今則不然，厚斂於百姓，以為美食芻豢。蒸炙魚鱉，大國累百器，小國累十器，前方丈（《孟子・盡心》：『食前方丈。』趙《注》：『極五味之饌食，列於前方一丈。』），目不能遍視，手不能遍操，口不能遍味。冬則凍冰，夏則飾。人君為飲食如此，故左右象之。是以富貴者奢侈，孤寡者凍餒，雖欲無亂，不可得也。」今按：人君之食，《周官・膳夫》舉其凡曰：「凡王之饋，食用六穀，膳用六牲，飲用六清，羞〔饈〕用百有二十品，珍用八物，醬用百有二十甕。」（食醫職云：「掌和王之六食、六飲、六膳、百羞〔饈〕、百醬、八珍之齊。」）六穀者，稌、黍、稷、粱、麥、苽，皆嘉穀也（〈內則〉：「飯黍、稷、稻、粱、白黍、黃粱稰穛。」下言白黍，則上謂黃黍。下言

黃粱，則上謂白粱也。孰〔熟〕獲穫曰稻，生穫曰穛。《正義》曰：「按〈玉藻〉，諸侯朔食四簋：黍、稷、稻、粱。此則據諸侯。其天子則加以麥、苽為六。」）。六牲者，馬、牛、羊、犬、豕、雞。六清者，水、漿、醴、涼、醫、酏（鄭《注》，據〈漿人〉也。〈酒正〉無水、涼二物）。羞即庶羞，「出於牲及禽獸，以備滋味。」鄭《注》云：「〈公食大夫禮〉、〈內則〉，下大夫十六，上大夫二十，其物數備焉。天子諸侯有其數，而物未得盡聞。」（《疏》云：「此經云百有二十者，是天子有其數。〈掌客〉云：上公食四十，侯伯三十二，子男二十四。是諸侯有其數也。」）今案，〈內則〉云：「膳：臐、膳、膮、醢（鄭云衍字），牛炙；醢（熊氏云：豕、牛、羊之下即其肉之醢），牛胾；醢、牛膾。羊炙、羊胾、醢、豕炙。醢、豕胾、芥醬、魚膾。雉、兔、鶉、鷃。」（〈公食大夫禮〉作鴽）自魚膾以上十六豆為下大夫之禮。雉、兔、鶉、鷃，則上大夫所加，此公食大夫所設也。〈內則〉又云：「牛修、鹿脯、田豕脯、麋脯、麕脯、麇、鹿、田豕、麕，皆有軒。雉、兔，皆有芼。爵、鷃、蜩、范、芝栭、菱、椇、棗、栗、榛、柿、瓜、桃、李、梅、杏、楂、梨、薑、桂。」鄭云：「三十一物，皆人君燕食所加庶羞也。」〈內則〉又云：「食（《注》：『目人君燕食所用也。』）：蝸醢而苽食、雉羹、麥食、脯羹、雞羹、析稌、犬羹、兔羹、和糝不蓼（《注》：『凡羹齊宜五味之和，米屑之糝，蓼則不矣。』《疏》：『此等之羹，宜以五味調和。米屑為糝，不須加蓼。』）濡豚包苦實蓼（《注》：『凡濡謂亨之以汁和也。苦，苦茶也。以包豚殺其氣。』），濡雞、醢醬實蓼，濡魚卵醬實蓼（《注》：『卵讀為鯤。鯤，魚子。』），濡鱉醢醬實蓼、腵修、蚳醢、脯羹（重出）、兔醢、麋膚、魚醢、魚膾、芥醬、麋腥、醢、醬、桃諸、梅諸、卵鹽。」鄭云：「二十六物似皆人君燕所食也。（《疏》云：『按《周禮・掌客》云：諸侯相食，皆鼎簋十有二，其正饌與此不同。其食臣下，則〈公食大夫禮〉具有其文，與此又異，故疑是人君燕食也。』）」

　　《周官》百有二十品，雖不得盡聞，亦可以見其概矣。珍，鄭《注》

云：「謂淳熬、淳毋、炮豚、炮牂、搗珍、漬、熬、肝膋也。」亦見〈內則〉。醬，鄭云：「醓醢」即〈醢人〉職云「王舉，則共醢六十罋，以五齊七醢七菹三臡實之」。〈醢人〉云「王舉，則共齊菹醢物六十罋」者也。五齊者：昌本（昌蒲根，切之四寸為菹）、脾析、蜃、豚拍（鄭大夫、杜子春皆以拍為膊，謂脅也。或曰豚拍，肩也）、深蒲（鄭司農云：『蒲蒻入水深，故曰深蒲。或曰桑耳。』）也。七醢：醓、蠃、臐、蚳、魚、兔、雁。七菹：韭、菁、茆、葵、芹、菭、筍。三臡：麋、鹿、麇。「凡醯醬所和，細切為韲，全物若為菹。」、「作醢及臡者，必先膊乾其肉，乃後莝之，雜以粱曲及鹽，漬以美酒，塗置甄中，百日則成矣。」此與八珍作之皆極費時者也。王日一舉（《注》：『殺牲盛饌曰舉。王日一舉，以朝食也。』），鼎十有二，物皆有俎（趙商問：王日一舉，鼎十有二，是為三牲備焉。商按：〈玉藻〉：天子日食少牢，朔月太牢，禮數不同，請聞其說。鄭答云：《禮記》後人所集，據時而言，或以諸侯同天子，或以天子與諸侯等，禮數不同，難以據也。〈王制〉之法與禮違者多，當以《經》為正。按：《周官》，六國時書。〈玉藻〉所述蓋較古，愈近愈侈也）。齊則日三舉。有小事而飲酒，謂之稍事（此康成說。司農以為非日中大舉時而間食），設薦脯醢。其內羞，則籩人所供四籩之實，醢人所供四豆之食也（朝事之籩八：曰，熬麥也；曰，麻子也；曰白，熬稻米也；曰黑，熬黍米也；曰形鹽；曰膴，生魚為大臠；曰鮑魚；曰，乾魚也。饋食之籩：曰棗、曰栗、曰桃、曰乾、曰榛實。乾即乾梅。《疏》云：當別有乾桃、淫梅。棗亦宜有乾者，凡八也。加籩以菱、芡、栗、脯四物為八籩。司農云：栗當為修。司農之意，以栗與饋食之籩同也。羞籩二：曰糗餌；曰粉餈。見〈內則〉。朝事之豆八：曰韭菹；曰醓醢；曰昌本；曰麋臡；曰菁菹；曰鹿臡；曰茆菹；曰麇臡。饋食之豆八：曰葵菹；曰蠃醢；曰脾析；曰蠯醢；曰蜃；曰蚳醢；曰豚拍；曰魚醢。加豆之實八：曰芹菹；曰兔醢；曰深蒲；曰醓醢；曰箈菹；曰雁醢；曰筍菹；曰魚醢。羞豆之實二：曰酏食；曰糝食。亦見內則）。「列之方丈，

目不能遍視，手不能遍操，口不能遍味，冬則凍冰，夏則餲。」信矣。
按：〈王制〉曰：「羹食自諸侯以下，至於庶人，無等。」《注》曰：「羹食，
食之主也。庶羞乃異耳。」（《疏》曰：「此謂每日常食。」）《左氏》隱公
元年言潁考叔有獻於公，公賜之食，食舍肉。公問之，對曰：「小人有母，
皆嘗小人之食矣，未嘗君之羹，請以遺之。」杜《注》曰：「宋華元殺羊為
羹享士，蓋古賜賤官之常。」《疏》曰：「《禮‧公食大夫》及〈曲禮〉所記，
大夫士與客燕食，皆有牲體殽烝，非徒設羹而已。此與華元享士，唯言有
羹，故疑是賜賤官之常。」愚按：孔子稱顏回「一簞食，一瓢飲」。其《述
而》則曰：「飯疏食飲水。」〈鄉黨〉記孔子之行則曰：「雖疏食菜羹，必祭。」
《孟子》言：「簞食豆羹，得之則生，弗得則死。」〈檀弓〉言黔敖「左奉食，
右執飲。」《墨子》稱堯「黍稷不二，羹胾不重，飯於土瑠，啜於土形。」
（〈節用〉中。《韓非子‧十過》：堯飯於土簋，飲於土鉶。《史記‧李斯傳》：
二世曰：堯飯土匭，啜土鉶。《韓詩外傳》：舜飯乎土簋，啜乎土型。《史
記‧自序》：墨者亦尚堯舜道，言其德行曰：「食土簋，啜土刑，糲粱之食，
藜藿之羹。」）凡古人之言食，無不以羹食並舉者。元凱之言雖臆度，固
事實也。〈曲禮〉曰：「凡進食之禮，左殽右胾。食居人之左，羹居人之右。
膾炙處外，醯醬處內。蔥處末，酒漿處右。以脯脩置者，左朐右末。」〈弟
子職〉曰：「凡彼置食，鳥獸魚鱉，必先菜羹。羹胾中列，胾在醬前。其
設要方。飯是為卒，左酒右醬。」〈曲禮〉所加，不過殽胾、膾炙、醬、
蔥、酒漿。〈弟子職〉所加，不過酒醬及肉。一為大夫士與賓客燕食之禮，
一為養老之禮矣。食以羹食為主，信不誣也。〈弟子職〉謂：「凡彼置食，
其設要方。」蓋古人設食之禮。如所云，設之方不數尺耳。而當時之王公
大人，設食至於方丈，其侈固可見矣（〈內則〉又曰：「大夫燕食，有膾無
脯，有脯無膾。」、「士不貳羹胾。」又曰：「謂士燕食也。若朝夕常食。則
下云：羹食，自諸侯以下至庶人無等。」飲食愈後則愈侈。墨子用夏政，
孔子言「禹菲飲食」。而墨子亦病時人之侈於食，可見夏時之儉。〈內則〉

曰：「大夫無秩膳，大夫七十而有閣。天子之閣，左達五，右達五。公侯
伯於房中五，大夫於閣三，士於坫一。」《注》曰：「秩，常也。」、「五十
始命，未為老。」故必七十而後有秩膳也。「閣，以板為之，度食物。」、
「五者，三牲之肉及魚臘。」此則較常人少侈耳，尚未至食前方丈也）。

　　古代外交之禮，亦可見其飲食之侈。據〈聘禮〉：客始至，則設飧，飪
一牢，在西鼎九（牛、羊、豕、魚、臘、腸胃、膚、鮮魚、鮮臘。膚，豕
肉也），羞鼎三（臛即陪鼎），腥一牢，在東鼎七（無鮮魚鮮臘）。此中庭之
饌也。其堂上之饌八（八豆：醓醢、昌本、麋臡、菁菹、鹿臡、葵菹、蝸
醢、韭菹。八簋：黍、稷。六鉶：牛、羊、豕。兩簠：粱、稻。八壺：稻
酒、粱酒），西夾六（六豆、六簋、四鉶、兩簠、六壺。六豆無葵菹、蝸
醢，餘實與前同）。門外米禾皆二十車。薪芻倍禾，上介飪一牢，在西鼎
七，羞鼎三，堂上之饌六（西夾無）。門外米禾皆十車，薪芻倍禾，眾介
皆少牢（鼎五：羊、豕、腸胃、魚、臘。堂上之饌，四豆、四簋、兩鉶、
四壺，無簠）。既見而歸饔餼（牲殺曰饔，生曰餼。《周官·司儀》注：「小
禮曰飧，大禮曰饔餼。」），則五牢，飪一牢，鼎九，腥二牢，鼎七，堂
上八豆八簋，六鉶兩簠八壺，西夾六豆六簋，四鉶兩簠六壺，饌於東方
亦如之（東夾無）。醓醢百甕（甕受斗二升），餼二牢，米百筥（黍、粱、
稻、稷），門外米三十車（車秉有二，凡二十四斛），禾三十車（車三秅，
凡千二百秉），薪芻倍禾。上介三牢，飪一牢，鼎七，羞鼎三，腥一牢，
鼎七，堂上之饌六。西夾亦如之。筥及甕如上賓。餼一牢，門外米禾視死
牢，牢十車，薪芻倍禾。士介四人，皆餼大牢，米百筥。夫人歸禮，堂上
籩豆六（脯醢），醙黍清皆兩壺（稻黍粱酒，皆有清白。醴言白清，指粱各
舉一也）。大夫餼賓，大牢米八筐（黍、粱各二，稷四。筐五斛）。上介亦
如之。眾介皆少牢，米六筐。公於賓，一食再饗。燕與羞（雁鶩之屬），
俶獻（始獻四時新物，〈聘義〉所謂時賜）無常數。上介一食一饗。大夫於
賓，一饗一食。上介若食若饗。既致饗旬而稍（謂廩食也。行聘禮一旬之

後，或逢凶變，或主人留之不得時反，即有稍禮），宰夫始歸乘禽（雁鶩之屬），日如其饔飧之數。士中日則二雙。《周官·掌客》：王合諸侯，而饗禮（公侯伯子男盡在，兼享之）則具十有二牢，庶具百物備。王巡守殷國，則國君膳以牲犢，令百官百牲皆具。從者三公視上公之禮，卿視侯伯之禮，大夫視子男之禮，士視諸侯之卿禮，庶子一視其大夫之禮。凡諸侯之禮（諸侯自相待。天子待諸侯亦同），上公五積（侯伯四，子男三），皆視飧牽（謂所共如飧而牽牲以往，不殺也。一積視一飧，飧五牢。五積則二十五牢。又云視飧則有芻薪米禾之等），三問皆修（侯伯再，子男一）。群介行人宰史，皆有牢。飧五牢（侯伯四，子男三），食四十（庶羞器，侯伯三十二，子男二十四），簠十（稻粱器，侯伯八，子男六），豆四十（菹醢器，侯伯三十二，子男二十四），鉶四十有二（羹器，鄭云宜為三十八。侯伯二十八，子男十八），壺四十（酒器，侯伯三十二，子男二十四），鼎（牲器）簋（黍稷器）十有二（侯伯同），牲三十有六（鄭云牲當為腥。侯伯二十七，子男十八）。饔飧九牢（侯伯七，子男五），其死牢如飧之陳，牽四牢（侯伯三，子男二），米百有二十筥（侯伯百，子男八十），醯醢百有二十甕（侯伯百，子男八十），車米視牲牢。牢十車，車秉有五（侯伯三十車，子男二十）。車禾視死牢。牢十車，車三秅（侯伯四十車，子男三十），芻薪倍禾。乘禽日九十雙（侯伯七十，子男五十），殷膳（中致膳）大牢，以及歸三饗三食三燕（侯伯再，子男一）。凡介行人宰史，皆有飧饔飧，以其爵等為之牢禮之陳數，唯上介有禽獻。夫人致禮八壺、八豆、八籩（子男六），膳大牢，致饗大牢（子男不饗），食大牢。卿皆見以羔膳大牢（侯伯特牛）。侯伯子男各有差等。卿大夫不從君而來聘者，如其介之禮以待之。〈大行人〉：上公之禮，禮九牢（《注》：「禮，大禮饔飧也。三牲備為一牢。」侯伯七，子男五）。三享王禮，再祼（再飲公也。侯伯子男同）而酢（報飲王也。子男不酢），饗禮九獻（侯伯七，子男五），食禮九舉（司農云：「舉，舉樂也。」後鄭曰：「舉牲體九飯也。」

《疏》云：禮九獻相連，故以為舉牲體，其實舉中可以兼樂。侯伯七，子男五），出入五積（謂饋之芻米也。侯伯七，子男三。《疏》云：在路供賓來去皆五積），三問三勞（問，問不羞也。勞，謂苦倦之也。皆有禮，以幣致之。侯伯再，子男一）。侯伯子男亦各有差等。蓋其一食之費，足當平民終歲之飽矣。〈聘義〉曰：「古之用財者，不能均如此。然而用財如此其厚者，言盡之於禮也。盡之於禮，則內君臣不相陵〔凌〕，而外不相侵。故天子制之，而諸侯務焉爾。」此固然，然其時王公大人之食用，與平民相去之遠則可見矣。

　　〈玉藻〉：天子「皮弁以日視朝，遂以食，日中而餕（《注》：『餕，朝食之餘也。』），奏而食（《注》：『奏，奏樂也。』）。日少牢，朔月大牢，五飲：上水、漿、酒、醴、酏」。諸侯「朝服以日視朝於內朝」。「退適路寢聽政，使人視大夫。大夫退，然後適小寢，釋服。又朝服以食，特牲，三俎，祭肺（《注》：『食必復朝服，所以敬養身也。三俎：豕、魚、臘。』）。夕深衣，祭牢肉（《注》：『祭牢肉，異於始殺也。天子言日中，諸侯言夕。天子言餕，諸侯言祭牢肉，互相挾。』）。朔月少牢，五俎四簋（《注》：『五俎：加羊與其腸胃也。朔月四簋，則日食粱稻各一簋而已。』）。子卯，稷食菜羹（《注》：『忌日貶也。』），夫人與君同庖（《注》：『不特殺也。』《疏》：『舉諸侯，天子可知。』）。君無故不殺牛，大夫無故不殺羊，士無故不殺犬豕（《注》：『故，謂祭祀之屬。』《疏》：『言祭祀之屬者，若待賓客饗食，亦在其中。』按：此三語，亦見〈王制〉。又曰：『庶人無故不食珍，庶羞不踰牲。』）。君子遠庖廚。凡有血氣之類，弗身踐也。」（《注》：「踐，當為翦。翦，猶殺也。」）所言與《周官》大同小異（如《周官》，天子日食大牢，則無故得殺牛矣）。

　　〈玉藻〉又曰：「年不順成，則天子素服，乘素車，食無樂。」又言諸侯之禮曰：「至於八月不雨，君不舉。年不順成，君衣布搢本，關梁列而不租，山澤列而不賦，土功不興，大夫不得造車馬。」〈王制〉曰：「以三十年之

通，雖有凶旱水溢，民無菜色，然後天子食，日舉以樂。」〈曲禮〉曰：「歲凶，年穀不登，君膳不祭肺，馬不食穀，馳道不除，祭事不懸，大夫不食粱，士飲酒不樂。」此蓋隆古共產社會同甘苦之遺制。三代制禮，猶有存者，特不能盡守耳。後世去古愈遠，遺意浸淪。「朱門飽粱肉，路有凍死骨。」視為固然，曾無愧惻。不唯大同之世之人所夢想不到，即視三代守禮之貴族，亦有愧色矣（因事限制民食，古代亦有之。《十三經詁・答問》五：「問師行而糧食，飢者弗食，勞者弗息。」《周禮・廩人・注》：行道曰糧，謂糒也。止居曰食，謂米也。趙注：人君行師興軍，皆遠轉糧食而食之，有飢不得飽食者，勞者致重亦不得休息。與《晏子・內篇》所引，互有異同，果何從耶？曰《晏子・問下篇》：「師行而量食，貧苦不補，勞者不息。」糧食作量食。《管子・戒篇》：夫師行而量食其民者謂之亡。洪氏頤煊曰：「量食者，量限其食也。」義較糧食為長。今本《晏子》皆作糧者，後人據《孟子》而改耳）。

　　《東塾讀書記》云：「《通典》卷六十三，天子諸侯玉珮劍綬璽印。自注云：秦漢以降，逮於周隋，既多無注解，或傳寫舛訛，研核莫辨。澧按：此不獨玉珮劍綬璽印為然。凡漢以來，衣冠讀史者皆難明，而周之冠冕衣裳易明，賴有諸經注疏故也。」愚按：又不獨衣冠，飲食、宮室、器用，無不如此。此由經約而易精，治之者必求其事事明白。史既不然，而讀者於此諸端，又多不措意故也。此等處，非有專門名家之士數十百人，一人鉤考一事，穿貫群書，證以古代遺物，通以異邦之制，孰思而詳考之，未易了了。今既未能無取雜博，故於秦漢以後，衣食宮室等，皆但取其犖犖大端，足以考見進化之跡者，略事講述而已。古代階級以貴賤分，後世則以貧富分。講財產時已言之，飲食之侈儉亦然。《鹽鐵論・散不足》：賢良曰：「古者穀物菜果，不時不食；鳥獸魚鱉，不中殺不食。故繳網不入於澤，雜毛不取。今富者逐驅殲網罝，掩捕麑麛，耽湎沈〔沉〕猶，鋪百川鮮，羔胎，扁皮黃口，春鵝秋雛，冬葵溫韭，浚茈蓼蘇，豐奕耳菜，毛果

蟲貉。」又曰：「古者汙尊抔飲，蓋無爵觴尊俎。及其後，庶人器用，即竹柳陶瓠而已。唯瑚璉觴豆，而後雕文彤漆。今富者銀口黃耳，金罍玉鐘，中者舒玉紵器，金錯蜀杯，夫一文杯得銅杯十，價賤而用不殊。箕子之譏，始在天子，今在匹夫。古者燔黍食稗，而捭豚以相饗。其後鄉人飲酒，老者重豆，少者立食，一醬一肉，旅飲而已。及其後，賓昏相召，則豆羹白飯，鬻膾孰肉。今民間酒食殽旅，重疊燔炙，滿案臑鱉，膾腥麛卵，鶉鴳拘，鮓鱅醢醯，眾物雜味。古者庶人，春夏耕耘，秋冬收藏，昏晨力作，夜以繼日。《詩》曰：晝爾於茅，宵爾索，亟其乘屋，其始播百穀。非臘不休息，非祭祀無酒肉。今賓昏酒食，接連相因，折醒什半，棄事相隨，慮無乏日。古者庶人，糲食藜藿，非鄉飲酒臘祭祀無酒肉，故諸侯無故不殺牛羊，大夫士無故不殺犬豕。今閭巷縣伯，阡伯屠沽，無故烹殺，相聚野外，負粟而往，挈肉而歸。夫一豕之肉，得中年之收，十五斗粟，當丁男半月之食。」又曰：「古者不粥，不市食。及其後，則有屠沽，沽酒市脯魚鹽而已。今熟食遍列，殽施成市，作業墮怠，食必趣時，楊豚韭卵，狗馬朡，煎魚切肝，羊淹雞寒，蜩馬駱日，蹇捕庸脯，腩羔豆賜，雁羹，自鮑甘瓠，熱粱和炙。」蓋古者君卿大夫之食，漸為平民所共享矣。亦未聞漢時之民，以饕餮而至於貧窶。可見食用之漸侈，實由生計之日裕也。然較諸今日，究尚相懸。《論衡·譏日》謂：「海內屠肆，六畜死者日數千頭。」持視當今，不過十一之於千百耳。《隋書·地理志》謂：梁州漢中之人，「性嗜口腹，多事田漁，雖蓬室柴門，食必兼肉。」此在今日，亦恬不為怪矣。故知社會生計，在無形之中實日以增長也。

　　食物隨時代而變，如古言百穀，或言九穀，或言五穀。今則主於麥及稻米。古人兼食牛羊犬豕之肉，今則主於食豕。此蓋因農業之進步，及畜牧情形之不同。嗜味亦以今古之殊。如古人好食葷辛（《儀禮·士相見》禮：「夜侍坐，問夜，膳葷，請退可也。」《注》：「膳葷，謂食之葷辛物蔥薤之屬，食之以止臥。古文葷作熏。」《疏》曰：「云古文葷作熏者，〈玉藻〉

云：膳於君，有葷桃苅。作此葷。鄭注《論語》作焄，義亦通。若作熏，則春秋一熏一蕕。熏，香草也，非葷辛之字，故疊古文不從也。」按：香草之薰，與葷辛之葷，同為氣之烈者，義亦可通。又按：蔥薤之屬，其氣皆葷，而味非辛。故鄭言之屬以該之辛，如薑桂是），今則好葷者唯北方為然，好辛者唯楚蜀為烈。古人調羹多用鹽梅，秦漢則用鹽豉（《左》昭二十年：「異。和如羹焉，水火醯醢鹽梅，以烹魚肉。」《疏》：「此說和羹而不言豉，古人未有豉也。《禮記‧內則》、《楚辭‧招魂》備論飲食而言不及豉。史游《急就篇》乃有蕪荑鹽豉，蓋秦漢以來始為之焉。」）。此等亦必皆以其所以然時，非專門研究，未易言之耳。

後世食物有為古所無而極重要者，一為蔗糖，一為茶，一為煙。《唐書‧西域傳》：摩揭陀，「太宗遣使取熬糖法，即詔揚州上諸蔗，拃沈如其劑，色味愈西域遠甚。」則其法實始唐初。宋王灼撰《糖霜譜》，其第二篇備言以蔗為糖始末。《四庫提要》曰：宋時產糖霜之地有福唐、四明、番禺、廣漢、遂寧，而遂寧最盛。灼遂寧人，故能詳言之也（《說文》有飴字，無糖字。徐鉉新附中有之，亦訓飴，不言蔗。則五代宋間尚未大盛）。中國食物自西域輸入者，尚有苜蓿，人皆知之，而西瓜亦來自西域（《陔餘叢考》：「或謂西瓜自元世祖時始入中國。然元初方夔已有〈食西瓜詩〉。夔係浙之淳安人。是時浙中已有之，則非元初入中國可知矣。南宋末，方回亦有秋熱詩云：西瓜足解渴，割裂青瑤膚。又文信國《吟嘯集》有西瓜吟。陸儼山〈菽園雜記〉云：金時，王予可南雲〈詠西瓜〉云：一片冷裁潭底月，六彎斜卷隴頭雲。則金時已有之矣。按《五代史‧四夷》附錄，胡嶠居契丹七年，自上京東去四千里，至真珠寨始食菜。明日東行，始食西瓜。土人云，契丹破回紇得此種，以牛糞覆棚而種，大如中國東瓜而味甘。是西瓜由嶠而創見於寨外，尚未入中國。楊用修云：余嘗疑《本草》瓜類中不載西瓜，後讀五代胡嶠《陷虜記》云：嶠於回紇得瓜種，結實大如斗，味甘，名曰西瓜。則西瓜由嶠入中國也。今西瓜已遍天下，而

臺灣則並種於秋，至十月採取，貢入京，以備臘月廟祭之用。臺灣在閩海東，則西瓜又可稱東瓜矣。」）。此等物，若能詳考，當尚不少也。

《日知錄》曰：「荼字自中唐始變作茶，其說已詳之《唐韻正》。按《困學紀聞》，荼有三，誰謂荼苦，苦菜也。有女如荼，茅秀也。以薅荼蓼，陸草也（陸清獻曰：「王肅云：荼，陸穢；蓼，水草。田有原有濕，故並舉水陸穢草。依此，則荼與蓼是二物。《朱子詩傳》，謂一物而有水陸之異，前後儒者所見似不同。愚謂草木之類，有種一而臭味別者，故荼與蓼一物，而有水陸之異。〈邶風〉之荼，與〈周頌〉之荼，一物而有苦菜穢草之異。《正義》以其分者言之，朱子以其合者言之，非牴牾也。」陳氏曰：「《爾雅》，荼者，荼委葉也。蓼者，薔虞蓼也。王肅皆以為穢草，分水陸當矣，但未詳荼之性狀。《爾雅》：荼，委葉。郭《注》引《詩》而外，亦不著其形。按：《古今注》云：荼，蓼也。紫色者荼也，青色者蓼也。其味辛且苦，食之明目。或謂紫葉者為香荼，青色者為青荼。亦謂紫者為紫蓼，青者為青蓼。其長大不苦者為高蓼。此與王氏水陸二穢意同。朱子所謂辣蓼，或即斯草，但不當以苦菜當之耳。」）。今按《爾雅》荼荼字，凡五見而各不同。《釋草》曰：荼，苦菜。《注》引《詩》：誰謂荼苦，其甘如薺。《疏》云：此味苦可食之菜。《本草》一名選，一名游冬。《易緯通卦驗元圖》云：苦菜生於寒秋，經冬歷春乃成。〈月令〉：孟夏，苦菜秀是也。葉似苦苣而細，斷之有白汁。花黃似菊，堪食，但苦耳。又曰薰荂荼。《注》云即芀。《疏》云：按《周禮·掌荼》，及《詩》有女如荼，皆云荼，茅秀也。薰也，荂也，其別名。此二字皆從草，從余。又曰：荼，虎杖。《注》云：似紅草而麤大，有細刺，可以染赤。《疏》云：荼，一名虎杖。陶注《本草》云：田野甚多，壯如大馬蓼，莖斑而葉圓是也。又曰：荼，菱葉。《注》引《詩》以茠荼蓼。《疏》云：荼，一名菱葉。王肅《說詩》云：荼，陸穢草。然則荼者原田蕪穢之草，非苦菜也。今《詩》本茠作薅。此二字皆從草從塗。〈釋木〉曰：檟苦荼。《注》云：樹小如梔子，冬生葉，可煮作羹飲。今呼早採者為荼，晚取者為茗。一名荈，蜀人名之苦

茶。此一字亦從草從余。以《詩》考之，《詩經・邶風・谷風》之荼苦，〈七月〉之采荼，〈綿〉之菫荼，皆苦菜之荼也（原注：《詩》：采苦采苦。《傳》：苦，苦菜。《正義》曰：此荼也。陸璣云：苦菜生山田及澤中，得霜恬肥而美。所謂菫荼如飴。〈內則〉云：濡豚包苦，用苦菜是也）。又借而為荼毒之荼，〈桑柔〉、〈湯誥〉，皆苦菜之荼也。〈夏小正〉取荼莠。《周禮・地官・掌荼》，《儀禮・既夕禮》，茵著用荼，實綏澤焉。《詩》：鴟鴞捋荼。《傳》曰：荼，莠也。《正義》曰：謂之莠，其物相類，故皆名荼也，茅秀之荼也，以其白也而像之，出其東門，有女如荼。《國語》：吳王夫差萬人為方陣，白常白旗素甲白羽之矰，望之如荼。《考工記》：望而紙之，欲其荼白，亦茅秀之荼也。良耜之荼蓼，菼葦之荼也。唯虎杖之蒤，與檟之苦荼，不見於《詩》、《禮》，而王褒〈僮約〉云：武都買荼。張載〈登成都白菟樓詩〉云：芳荼冠六清。孫楚詩云：薑桂荼荈出巴蜀。《本草衍義》：晉溫嶠上表，貢茶千斤，茗三百斤。是知自秦人取蜀而後，始有茗飲之事。」又曰：「王褒〈僮約〉：前云烹鱉烹荼，後云武都買荼。《注》：以前為苦菜，後為茗。」又曰：「《唐書・陸羽傳》：羽嗜茶（原注：自此後荼字減一畫為茶），著《經》三篇，言茶之原之法之具尤備，天下益知飲茶矣。有常伯熊者，因羽論復廣著茶之功，其後尚茶成風。時回紇入朝，始驅馬市茶。至明代，設茶馬御史。而《大唐新語》言：右補闕毋㷟性不飲茶，著《茶飲序》曰：釋滯消壅，一日之利暫佳，瘠氣侵精，終身之害斯大，獲益則功歸茶力，貽患則不謂茶災，豈非福近易知，害遠難見。宋黃庭堅〈茶賦〉，亦曰寒中瘠氣，莫甚於茶。或濟之鹽，勾賊破家。今南人往往有茶癖而不知其害，此亦攝生者之所宜戒也。」按：《三國吳志・韋曜傳》：「皓每饗宴，無不竟日，坐席無能否率以七升為限，雖不悉入口，皆澆灌取盡。曜素飲酒不過二升，初見禮異時，常為裁減，或密賜茶荈以當酒。」又《世說新語》謂，王蒙好飲茶，客至，嘗以是饗之。士大夫欲詣，蒙輒曰：今日有水厄。則茗飲初行於南方，其盛行全國，要始唐代，故其時始有茶稅。然觀《日知錄》所引毋㷟之論，則當時茗飲者尚有

用為藥物之意，與今日用代水飲者不同。《金史》謂金人所需之茶，除宋人歲供外，悉貿於宋界之榷場。章宗承安三年，以為費國用而資敵。四年，於淄密寧海蔡州各置一坊造茶。至泰和五年乃罷。六年，尚書省奏：茶，飲食之餘，非必用之物。比歲上下競啜，累民尤甚。市井茶肆相屬，商旅多以絲絹易茶，歲賈不下百萬。遂命七品以上官方許食茶，仍不得賣及饋獻不應留者，以斤兩立罪賞。七年，八年，及宣宗重光二年，又更定其制，亦可見當時飲茶，尚不如今日之盛。若在今日，可得而限制邪？（古人飲茶之法與今不同，讀《茶經》可知。）

《陔餘叢考》曰：「王阮亭引姚露《旅書》，謂菸草一名淡巴菰，出呂宋國，能辟瘴氣。初漳州人自海外攜來，莆田亦種之，反多於呂宋矣。然唐詩云『相思若菸草』，似唐時已有服之者。據王肱枕《蚓庵瑣語》，謂菸葉出閩中，邊上人寒疾，非此不治。關外至以一馬易一觔。崇禎中，下令禁之，民間私種者問徒。利重法輕，民冒禁如故。尋下令犯者皆斬。然不久因軍中病寒不治，遂弛其禁。予兒時尚不識菸為何物。崇禎末，三尺童子莫不吃菸矣。據此，則菸草自崇禎時乃盛行也。」予案，張岱《陶庵夢憶》云：「余少時不識菸草為何物。十年之內，老壯童稚婦人女子無不吃菸，大街小巷盡擺菸草，此草妖也。」岱，明清間人，亦菸草盛於明末之一證。

清郭起元〈論閩省務本節用書〉曰：「閩地二千餘里，原隰饒沃，山田有泉滋潤，力耕之原足給全閩之食。無如始闢地者多植茶蠟麻苧藍靛糖蔗離支柑橘青子荔奴之屬，耗地已三之一，其物猶足供食用也。今則菸草之植，耗地十之六七，原菸出自西北邊外，謂可以驅寒耳。今則遍於東南，飲菸者無間暑寒，為用與食鹽等，而又勝之，閩中更甚。」、「閩地耗於植菸，既嚴其禁，然小民不知大計，終以菸草為利，久且復植」云云。岳震川《府志・食貨論》云：「《府志・食貨》中無菸草，安康之民，果不種此，此俗之善也。今漢中郡城，商賈所集，菸鋪十居其三四。城固渭水以北，沃土腴田，盡植菸苗。盛夏晴霽，彌望野綠，皆此物也。當其收時，連雲充

棟，大商賈一年之計，夏絲秋菸，菸烏得與絲並論邪？」、「甘肅士人賦〈菸草詩〉曰：餉賓先餅餌，種地礙桑麻。南鄭城固大商，重載此物，歷金州以抵襄樊、鄂渚者，舳艫相接，歲縻數千萬金，可謂好之僻矣。」、「又聞紫陽務滋菸苗，較漢中尤精，尤易售。此可以為戒，弗可效也」云云（《經世文編》卷三十六）。可見入清代而吸菸者益盛。《癸巳類稿》云：「明四譯館同文堂，外國來文八冊，有譯出暹羅國來文」云「進皇帝」、「鴉片二百片」，「進皇后」、「鴉片一百斤」之語。又「《大明會典》九十七、九十八，各國貢物，暹羅、爪哇、榜葛剌三國，俱有烏香，即鴉片」。「唐譯《毗耶那雜事律》云：在王城嬰病，吸藥菸瘵損，苾芻白佛，有病者聽吸菸。佛言以兩椀相合，底上穿孔，中著火，置藥，以鐵管長十二指，置孔吸之，用了，用小袋盛掛杙笟竿上。後用時，置火中燒以取淨，不應用竹，不應水洗。此則西域古有之。明徐伯齡《蟫精雋》云：成化癸卯，令中貴收買鴉片，其價與黃金等，其國自名合浦融（俞氏又云：入中國曰烏香，或曰烏菸，就其本名，還音曰鴉片，亦曰鴉片，亦曰亞榮，亦曰阿芙蓉，亦曰合浦融）。是成化時市廛已有貨賣者。萬曆時，李時珍《本草綱目·穀部》云：鴉片，前代罕聞，近方有用者，是已行於民間。」云云。近人《鴉片源流考》曰：「鴉片或稱鴉片，花曰罌粟，亦名阿芙蓉，來自西洋。其初蓋先有罌粟。罌粟之名見於《開寶本草》，歸入米穀下品，云「一名米囊，一名御米。」是為罌粟入藥之始首。唐宋時，亞拉伯人航海至廣州等口，攜來各種藥材，相與交易，罌粟之來，當自斯始。唐明皇時陳藏器述嵩陽子語曰：「罌粟花有四葉，紅白色，上有淺紅暈子，其囊形如編頭箭，中有細米。」米囊之名，所自始也。是時大食人往來中國已足百載，罌粟花當亦如芙蓉等花流入內地矣。唐雍陶〈西歸出斜谷詩〉云：「行過險棧出褒斜，歷盡平川如到家。萬里客愁今日散，馬前初見米囊花。」雍陶，成都人，罌粟當時已流入四川，如野花之遍種矣。由唐至德到宋乾德二百年間，大食人往來中國者雖無可稽，然西人所著書則往往可見一斑焉。想是時罌粟當較前更廣。《開寶本

草》之以作藥，豈亦傳自西洋耶？宋時亦有作湯食者。東坡詩云：「道人勸飲�蘇水，童子能煎鶯粟湯。」鶯粟，即罌粟也。以罌粟作藥者，宋人書多著之。如寇宗奭《本草衍義》云：「一罌凡數千萬粒，大小如葶藶子，其色白，服石人甚宜飲」是已。洎乎南宋，又以殼入藥。宋末楊士瀛《直指方》云：「粟殼治痢，人皆薄之固矣。然下痢日久，腹中無積病，當止澀者豈容不澀，不有此劑，何以對除乎？」是已。元李杲云：「粟殼收斂固氣，能入腎，故骨病尤宜。」則元人尚未知煎粟殼為鴉片之法也。明時醫書乃有用罌粟殼作膏者，蓋鴉片之製所自始，然亦僅作藥用。明王璽《醫林集要》云：「阿芙蓉是天方國種。」又云：「罌粟花花卸結殼，復三五日，午後於殼上用大針炙開外面青皮十餘處，次日早津出，以竹刀刮出，磁器內陰乾，每用小豆一粒，空心溫水化下。」是製鴉片之法也。但不知是否傳自西洋耳！明李挺《醫學入門》，論製鴉片法綦詳。蓋因嘉靖二年罷市，舶外洋貨物不得入，故詳言之。知中國內地早有自製之鴉片矣。自宋而明，用罌粟法不同，而其為藥則一。洎乎明末，西洋有吸黃菸之法入。黃菸者美國土產，始及臺灣，後及大陸。清人稱為淡巴菰者也。中國人因以為吸鴉片之法。清宛平黃玉圃《臺海使槎錄》云：「鴉片菸，用麻葛同鴉片土切絲，於銅鐺內煎成拌菸，另用竹筒實以棕絲貯之，群聚吸之，索值數倍於常煙，專治此者名之開鴉片館，吸一二次後即不能離，暖氣直注丹田，可竟夜不眠。土人服此，為導淫之具，肢體萎縮，臟腑潰出，不殺身不止。官吏每為嚴禁，常有身被鞭撃，猶求緩須臾再吸一箇者。」棕絲指黃菸。玉圃，乾隆時人也。雍正年間，鴉片遺害已烈，故治之之律頗嚴，凡開鴉片館者擬絞監候，為從杖一百，流三千里。道光十九年，黃爵滋、朱成烈奏請再禁，鄂督林則徐奏，有「菸不禁則國日貧、民日弱，數十年後，豈唯無可籌之餉，抑且無可用之兵」等語。皇帝即命則徐蒞粵查辦，此則江寧條約所自始也。予按：鴉片稅則定於咸豐八年，見中英通商章程第五款，當時實以洋藥為名而稅之也。

# 第五章　衣服

　　衣服之制，可考者亦始於三皇、五帝之時。〈禮運〉曰：「昔者先王，未有麻絲，衣其羽皮。後聖有作，治其麻絲，以為布帛。」《墨子·辭過》曰：「古之民未知為衣服時，衣皮帶茭，冬則不輕而溫，夏則不輕而清。聖王以為不中人之情，故作誨婦人，治絲麻，捆布帛，以為民衣。」〈禮運〉所謂先王，《墨子》所謂古之民，蓋當三皇時。〈禮運〉所謂後聖，《墨子》所謂聖王，則在五帝之世。何以知其然也？《禮記·冠義·疏》云：「案略說稱周公對成王云：『古人冒而句領。』《注》云古人謂三皇時，以冒覆頭，句領繞頸，至黃帝時則有冕也。故《世本》云黃帝造火食旃冕，是冕起於黃帝也。但黃帝以前，則以羽皮為之冠，黃帝以後，乃用布帛。」《淮南·氾論訓》曰：「古者有鍪而綣領，伯余之初作衣也，麻索縷，手經指掛，其成猶網羅。後世為之機杼勝復，以領其用，而民得以掩形禦寒。」《注》曰：「古者蓋三皇以前也。鍪頭著兜鍪帽，言未知製冠也。綣領皮衣屈之，如今胡家韋襲反褶以為領也。一說鍪放髮也，綣繞頸而已，皆無飾。伯余，黃帝臣。《世本》曰：伯余製衣裳。一曰伯余黃帝。」《易·繫辭傳》曰：「黃帝、堯、舜垂衣裳而天下治。」《疏》曰：「以前衣皮，其制短小，今衣絲麻布帛，所作衣裳，其制長大，故曰垂衣裳也。」合觀諸說，則布帛為用之廣，衣裳製作之精，其必在五帝之世，無可疑矣（〈禹貢〉：兗、青、徐、揚、荊、豫六州皆有織物，不知所記果禹時事否？）。

　　〈士冠禮〉鄭《注》：「皮弁者，以白鹿皮為冠，象上古也。」《易緯·乾鑿度·注》：「古者田漁而食，因衣其皮，先知蔽前，後知蔽後。後王易之以布帛。而獨存其蔽前者，重古道而不忘本也。」（《左》桓二年《疏》引）〈郊特牲〉曰：「黃衣黃冠而祭，息田夫也。野夫黃冠，黃冠，草服也。大羅氏，天子之掌鳥獸者也。諸侯貢屬焉。草笠而至，尊野服也。」《詩》

曰：「彼都人士，臺笠緇撮。」《毛傳》曰：「臺所以御暑，笠所以御雨也。」《箋》曰：「臺夫須也。都人之士以臺為笠。」《左》襄十四年，晉人數戎子駒支曰：「乃祖吾離被苫蓋。」《注》曰：「蓋，苫之別名。」《疏》曰：「言無布帛可衣，唯衣草也。」孫詒讓《墨子閒詁》謂帶茭疑即喪服之絞帶（《傳》云：「絞帶者，繩帶也。」），亦即〈尚賢〉篇所謂帶索（〈尚賢〉篇：「傅說被褐帶索。」），此皆邃古之遺制也。〈禹貢〉：冀州鳥夷皮服，揚州鳥夷卉服，邃古之情形，固與蠻夷近矣。

　　古者冠與服相因，故以冠名服。冠之尊者莫如冕。冕之制以木為幹，用布衣之，上玄下朱，前俯後仰。〈禮運〉曰：「天子之冕，朱綠藻十有二旒，諸侯九，上大夫七，下大夫五，士三。」《周官‧弁師》：「掌王之五冕，皆玄冕，朱里延紐（《注》：『小鼻在武，上笄所貫也。』），五采繅，十有二就，皆五采玉十有二（《注》：『繅，雜文之名也。合五采〔彩〕絲為之繩，垂於延之前後各十二，所謂邃延也。就，成也。繩之每一幣而貫五采玉，十二旒則十二玉也，每就間蓋一寸。』《疏》：『玉有五色，以青赤黃白黑於一旒之上，以此五色玉貫於藻繩之上，每玉間相去一寸。』鄭司農曰：『繅當為藻。』）。玉笄朱紘。」（《注》：「以朱組為紘也。紘一條，屬兩端於武。」《疏》：「謂以一條繩，先屬一頭於左旁笄上，以一頭繞於頤下，至句上，於右相笄上繞之。是以鄭注〈士冠禮〉云：有笄者屈組以為紘，垂為飾；無笄者纓而結其絳。彼有笄據皮弁爵弁。此五冕皆有笄，與彼同。此言屬於武者據笄貫武，故以武言之，其實在笄。」）〈司服〉云：「王之吉服，祀昊天上帝，則服大裘而冕，祀五帝亦如之。享先王則袞冕；享先公饗射，則冕；祀四望山川，則毳冕；祭社稷五祀，則希冕；祭群小祀，則玄冕。」鄭《注》謂「冕服有六，而言五冕者，大裘之冕，蓋無旒不聯數也」。前後皆有旒，旒貫玉十二。「袞衣之冕十二旒，則用玉二百八十八；衣之冕繅九旒，用玉二百一十六；毳衣之冕七旒，用玉百六十八；希衣之冕五旒，用玉百二十；玄衣之冕三旒，用玉七十二。」〈弁

師〉云：「諸侯之繅斿九就，瑉玉三采」（《注》：「朱白蒼也。」），「玉瑱玉笄。」（《疏》：「王不言玉瑱，於此言之者，王與諸侯互見。」）《注》曰：「侯當為公之誤也」。「公之冕用玉百六十二。」又謂：「侯伯繅七就，用玉九十八；子男繅五就，用玉五十，繅玉皆三采；孤繅四就，用玉三十二；三命之卿繅三就，用玉十八；再命之大夫繅再就，用玉八，繅玉皆朱綠；一命之大夫冕而無旒，士變冕為爵弁。」（《疏》云：「公以下皆一冕而冠五服。」）按：《大戴記》云：冕而前旒，所以蔽明也；黈纊塞耳，所以掩聰也（薛綜注〈東京賦〉：「黈纊以黃綿，大如丸，懸冠兩邊當耳，案後以玉，曰瑱。《左》桓二年《疏》：者，懸瑱之繩，垂於冠之兩旁。〈魯語〉敬姜曰：王后親織玄，則必織線為之，若今之絳繩。鄭玄《詩箋》云：充耳所以縣〔懸〕瑱者，或名為紞，織之人君五色，臣則三色是也。絳必雜色。而〈魯語〉獨言玄者，以玄是天色，故特言之，非謂純玄色也。」）。後旒失蔽明之義矣。《續漢書・輿服志》：「孝明皇帝永平二年初，詔有司采《周官》、《禮記》、《尚書・皋陶》篇，乘輿服從歐陽氏說，公卿以下從大小夏侯氏說，冕皆廣七寸，長尺二寸，前圓後方，朱綠里，玄上，前垂四寸，後垂三寸，繫白玉珠為十二旒，以其綬采色為組纓。三公諸侯七旒，青玉為珠。卿大夫五旒，黑玉為珠。皆有前無後，各以其綬采色為組纓，旁垂黈纊。」此蓋有所受之，鄭說非也（〈玉藻〉曰：「天子玉藻，十有二旒。」〈郊特牲〉亦曰：「戴冕璪十有二旒。」無自十二旒至三旒之說，更無祀上帝冕無旒之說。〈玉藻〉：「天子玉藻，十有二旒，前後邃延。」註：「雜采〔彩〕曰藻。天子以五采〔彩〕藻為旒，旒玉十有二。前後邃延者，言皆出冕前後而垂也。天子齊肩，延冕上覆也。」《疏》：「天子齊肩者，以天子之旒十有二就，每一就貫以玉，就間相去一寸，則旒長尺二寸，故垂而齊肩也。言天子齊肩，則諸侯以下，各有差降。則九玉者九寸，七玉者七寸，以下皆依旒數垂而長短為差。旒垂五采玉，依飾射侯之次，從上而下，初以朱，次白，次蒼，次黃，次玄，五采〔彩〕玉既質遍，周而復

始。其三采〔彩〕者，先朱，次白，次蒼。二色者，先朱後綠。皇氏、沈氏並為此說，今依用焉。後至漢明帝時，用曹襃之說，皆用白旒珠，與古異也。」《周官・弁師・疏》：凡冕體周禮無文，叔孫通作漢禮器制度，取法於周，今還取彼以釋之。按彼文凡冕以版廣八寸，長尺六寸，以此上玄下朱覆之，乃以五采〔彩〕繅繩貫五采〔彩〕玉，垂於延前後，謂之邃延。」《王制・疏》：「凡冕之制，皆玄上下。故注〈弁師〉云，皆玄覆朱里，師說以木版為中，以三十升玄布衣之於上，謂之延也。以朱為里，但不知用布繒耳。當應以繒為之，以其前後旒用絲故也。按漢禮器制度，廣八寸，長尺六寸也。又董巴〈輿服志〉云：廣七寸，長尺二寸。皇氏謂此為諸侯之冕。應劭《漢官儀》：廣七寸，長八寸，皇氏以為卿大夫之冕服也。若如皇氏言，豈董巴專記諸侯，應劭專記卿大夫，蓋冕隨代變異，大小不同，今依漢禮器制度為定也。」《左》桓二年《疏》：「世本云：黃帝作冕。宋仲子云：冕，冠之有旒者。禮文殘缺，形制難詳。《周禮・弁師》掌王之五冕，皆玄冕朱里，只言玄朱而已，不言所用之物。《論語》云：麻冕，禮也。蓋以木為幹，而用布衣之，上玄下朱，取天地之色。其長短廣狹，則經傳無文。阮諶《三禮圖》漢禮器制度云：冕制皆長尺六寸，廣八寸，天子以下皆同。沈引董巴〈輿服志〉云：廣七寸，長尺二寸。應劭《漢官儀》云：廣七寸，長八寸。沈又云：廣八寸，長尺六寸者，天子之冕。廣七寸，長尺二寸者，諸侯之冕。廣七寸，長八寸者，大夫之冕。但古禮殘缺，未知孰是，故備載焉。司馬彪《續漢書・輿服志》云：孝明帝永平二年初，詔有司采《周官》、《禮記》、《尚書》之文制冕，皆前圓後方，朱襄〔鑲〕玄上，前垂四寸，後垂三寸，天子白玉珠十二旒，三公諸侯青玉珠七旒，卿大夫黑玉珠五旒，皆有前無後，此則漢法耳。」按：疏家皆鄭學，故以夏侯、歐陽說為不然，其實鄭說顯與古違者多也。《論語・子罕》：「子曰：麻冕，禮也。今也純儉，吾從眾。」《集解》：孔曰：「古者績麻三十升布以為之。」《疏》：「鄭注〈喪服〉云：布八十縷為升。三十升

則二千四百縷矣，細縷難成，故孔子以為不如純之儉也。」按：《喪服注》：「布八十縷為升，升字當為登。登，成也。今之禮皆以登為升，俗誤已行久矣。」《疏》：「布八十縷為升者，此無正文，師師相傳言之，是以今亦云八十縷，謂之宗。宗即古之升也。」《說文》：「冕大夫以上冠也。」〈雜記〉：「大夫冕而祭於公，弁而祭於已；士弁而祭於公，冠而祭於已。」與〈禮運〉異。《左》桓二年：「衡紞」，《注》：「冠上覆」，《疏》：「冕以木為幹，以玄布衣其上，謂之。」按：此即「前後邃延」之延也）。

　　凡冕則袞衣，〈玉藻〉所謂「天子玉藻，十有二旒，前後邃延，龍卷以祭」者也（《覲禮疏》引《白虎通》：「天子升龍，諸侯降龍。」）。袞衣之制，蓋自虞、夏而有之。《書・益稷》曰：「予欲觀古人之象，日、月、星、辰、山、龍、華、蟲、作會、宗彝、藻、火、粉米、黼、黻、絺繡，以五采〔彩〕章施於五色，作服，汝明。」（今本〈益稷〉）孔安國云：「日月星，為三辰；華，象草華、蟲，雉也。畫三辰、山龍、華蟲於衣服旌旗。」、「會，五采也，以五采成此畫焉。宗廟彝樽，亦以山龍華蟲為飾。」、「藻，水草有文者。火為火字。粉若粟冰。米若聚米。黼若斧形。黻為兩已相背。葛之精者曰絺。五色備曰繡。」如孔此言，日也，月也，星辰也，山也，龍也，華也，蟲也，七者畫於衣服旌旗；山、龍、華、蟲四者，亦畫於宗廟彝器；藻也，火也，粉也，米也，黼也，黻也，六者繡之於裳。如此數之，則十三章矣。天之大數，不過十二，若為十三，無所法象。或以為孔併華蟲為一，其言華象草華蟲雉者，言象草華之蟲，故為雉也。若華別似草，安知蟲為雉乎？未知孔意必然以否。鄭玄讀會為繢，謂畫也；為繡，謂刺也；宗彝，謂虎蜼也。《周禮》宗廟彝器有虎彝、雌彝，故以宗彝為虎蜼也。《周禮》有袞冕、鷩冕，毳冕，其袞、毳者，各是其服章首所畫，舉其首章以名服耳。袞是袞龍也。袞冕九章，以龍為首。是華蟲也，鷩冕七章，以華蟲為首。毳是虎蜼也，毳冕五章，以虎蜼為首。虎毛淺，蜼毛深，故以毳言之。毳，亂毛也。如鄭此言，則於《尚書》之

文其章不次。故於《周禮》之注，具分辨之。鄭於〈司服〉之注，具引《尚書》之文，乃云：此古天子冕服十二章。或作繡，字之誤也。王者相變，至周而以日、月、星辰畫於旌旗，所謂三辰旌旗，昭其明也。而冕服九章，登龍於山，登火於宗彝，尊其神明也。九章：初一曰龍，次二曰山，次三曰華蟲，次四曰火，次五曰宗彝，皆畫以為繢。次六曰藻，次七曰粉米，次八曰黼，次九曰黻，皆以為繡，則袞之衣五章，裳四章，凡九也。畫以雉，謂華蟲也。其衣三章，裳四章，凡七也。毳畫虎蜼，謂宗彝也。其衣二章，裳三章，凡五也。是鄭玄之說，華蟲為一，粉米為一也（以上錄《左》昭二十五年《疏》。杜預亦以日、月、星辰畫於旌旗，以山也、龍也、華也、蟲也、藻也、火也、粉米也、黼也、黻也為九，釋《左氏》之九文。王肅以為舜時三辰，即畫於旌旗，不在衣，見《書疏》）。鄭又云：「希刺粉米，無畫也。其衣一章，裳二章，凡三也。玄者，衣無文，裳刺黻而已，是以謂之玄焉。」鄭釋冕服如此（《王制・疏》述鄭說又云：「此是天子之服，其諸侯以下，未得而聞。按：〈皋陶謨〉云：『五服五章哉。』鄭《注》云：五服，十二也，九也，七也，五也，三也。如鄭之意，九者謂公侯之服，自山而下七也，是伯之服，自華蟲而下五也，是子男之服，自藻而下三也，卿大夫之服，自粉米而下，與《孝經・注》不同者，《孝經》舉其大綱。或云《孝經》非鄭《注》。」）。清宋綿初駁之曰：「謂古天子冕服十二章，至周而冕服九章，其說無據。凡車服旗章，天子以十二為節，公以九為節，侯、伯以七為節，子男以五為節，禮有明文。天子玉藻十二旒，則冕服亦十二章矣。公之冕九旒九就，則冕服亦九章矣。鄭以虞書冕服龍在次五，而周曰龍袞，則是龍章為首。以日、月、星辰之於旌旗，而引左傳三辰旌以實之。今案旗章與章服兩事，虞、夏之旌旗，何嘗不畫日月乎？日、月、星不可以名服，故以龍袞為名而統十二章，猶《論語》言黻冕，舉一章以該他章，不當因龍袞之名而謂無日、月、星也。賈公彥云：九章無正，文並鄭以意解之。然則鄭氏之說，未可即以為周公之

禮矣。」按：〈司服〉又云：「公之服，自袞冕而下，如王之服。侯伯之服，自冕而下，如公之服。子男之服，自毳冕而下，如侯伯之服。孤之服，自冕而下，如子男之服。卿大夫之服，自玄冕而下，如孤之服。士之服，自皮弁而下，如大夫之服，其齊服有玄端素端。」（《王制‧疏》：「謂之端者，已外之服，其袂三尺三寸，其袪尺八寸。其玄端則袂二尺二寸，袪尺二寸。端，正也，以幅廣二尺二寸，袂廣二尺二寸，與之正方，故云玄端也。」）〈大行人〉：「上公之禮，冕服九章；侯伯之禮，冕服七章；子男之禮，冕服五章。」（《詩‧無衣》《毛傳》同）宋氏之說是也。宋氏又云：繪之為畫，乃假借之文，非本訓。經典無衣服用畫之文，而《周官‧典絲》、《考工記》皆以畫繢並舉，繪繢一字。說文：繪，會五采繡也。繢，織餘也。繪繡對文異，散則通。繪者，合五采絲為之，織功也。繡者，刺五采絲為之，箴功也。衣以繪，裳以繡，上下相變，其為采〔彩〕色彰施則同。其說新而確，觀此知以作會為古代繪畫者之非，而唐、虞之世，已有五采〔彩〕之絲織物，則得一新發見矣。

　　弁之制，與冕略同，所異者「弁前後平，冕則前低一寸餘」耳（《周官‧弁師‧疏》）。《公羊》宣元年《注》：「皮弁武冠，爵弁文冠，夏曰收，殷曰冔，周曰弁，加旒曰冕，王所以入宗廟。」〈士冠禮〉：「委貌，周道也。章甫，殷道也。毋追，夏后氏之道也。周弁，殷冔，夏收，三王共皮弁素積。」（《禮記‧郊特牲》同）《注》謂其制之異同皆未聞。宋綿初謂：經意若言「周之委貌者，弁也；殷之章甫者，冔也；夏后氏之毋追者，收也。蓋大同而小異」。可為《解詁》作疏（《周官‧弁師‧注》：「弁者，古冠之大稱，委貌緇布曰冠。」《疏》曰：「六冕皆得稱弁。委貌緇布，散文亦得言弁。」按：士冠三加，初加緇布冠，古冠也，士無。天子玄冠朱組纓，諸侯緇布冠繢，見〈玉藻〉。再加皮弁素積，廟廷之服也。三加爵弁裳，宗廟之服也。既冠，易玄冠玄端，齋戒之服也。〈郊特牲〉：「大古冠布，齊則緇之。其也，孔子曰：吾未之聞也。」《注》：「唐、虞以上曰太

古。」蓋太古吉凶，同服白布冠，三代改制，以為喪冠，唯始冠冠之，反本修古之意也。既冠，即不復用，所謂「冠而敝之」也。《雜記・注》：「大白冠，大古之布冠也。《春秋・傳》曰：衛文公大布之衣、大白之冠。」此乃乘喪敗之後，非常制也）。

　　冠制與冕弁大殊。《白虎通》曰：「冠者，也，所以持其髮也。」《說文》曰：「冠，絭也，所以絭髮。」《釋名》：「冠，貫也，所以貫韜髮也。」古之冠，略如今之喪冠，中有梁，廣二寸（喪冠廣二寸，見〈喪服〉賈《疏》。吉冠當亦同之）。冠形穹窿，其長當尺有數寸，秦始皇改為六寸，漢文帝增為七寸而梁始闊，而古之冠制不可見矣。古人重露髮，必先韜之，以纚結之為髻，然後固之以冠（〈士冠禮〉：「緇纚，廣終幅，長六尺。」《注》：「纚，今之幘梁也。終，充也。纚一幅長六尺，足以韜髮而結之矣。」《疏》：「既云韜髮，乃云結之，則韜訖乃為髻矣。」〈內則〉：「櫛、纚、笄、總。」《疏》：「總者，裂練繒為之，束髮之本，垂餘於髻後，故以為飾也。」、「櫛訖，加纚。纚訖，加笄。笄訖，加總。」〈曲禮〉：「斂髮毋髢。」註：「髢，髮髮也，毋垂餘，如髢也。髢或為肆。」《疏》：「古人重髮，以纚韜之，不使垂也。」）。幼時翦髮為鬌，下垂至眉，稍長，乃結為兩角，而猶留其象為髦，此為人子之飾。親歿，則亦去之矣（〈內則〉：「三月之末，擇日，翦髮為鬌髻，男角女羈，否則男左女右。」《注》：「鬌，所遺髮也。夾囟曰角，午達曰羈。」《疏》：「囟是首腦之上縫。夾囟兩旁，當角之處，留髮不翦。女翦髮留其頂上，縱橫各一，相交通達。不如兩角相對，故曰羈。羈者，只也。」又〈內則〉：「櫛、纚、笄、總，拂髦。」《注》：「纚，韜髮者也。總，束髮也，垂後為飾。拂髦振去塵著之，髦用髮為之，象幼時鬌，其制未聞也。」《詩・柏舟・傳》：「髦者，髮至眉，子事父母之飾。」〈既夕禮〉：「既殯，主人脫髦。」《注》：「兒生三月，翦髮為鬌，男角女羈，否則男左女右，長大猶為飾存之，謂之髦，所以順父幼小之心。至此屍柩不見，喪無飾，可以去之。髦之形象未聞。」

《柏舟‧疏》曰:「若父母有先死者,於死三日脫之,服闋,又著之。若二親並沒,則因去之矣。〈玉藻〉云:親沒不髦是也。」案,《玉藻‧注》云:「去為子之飾。」《詩‧氓》:「總角之宴,言笑晏晏。」《傳》:「總角,結髮也。」《箋》:「我為童,女未笄,結髮宴然之時。」《疏》:「《甫田》云:總角卯兮,未幾見兮,突而弁兮。是男子總角未冠,則婦人總角未笄也。〈內則〉亦云:男女未冠笄者,總角衿纓,以無笄,直結其髮,聚之為兩角。故《內則‧注》云:收髮結之。《甫田‧傳》云:總角,聚兩髦也。」〈雜記〉:「女雖未許嫁,年二十而笄,燕則鬈首。」《注》:「既笄之後去之,猶若女有鬈髻也。」《疏》:「謂既笄之後,尋常在家,燕居則去其笄而鬈首,謂分髮為鬈紒也。此既未許嫁,雖已笄,猶為少者處之。」)。

冠之卷謂之武,或謂之委纓,以組二屬於武,結頤下,有餘則垂之為飾,是曰。喪冠以繩為武,故纓武同材。武之始,蓋以布圍髮際,自前而後,及項則有以結之,故缺而不周,故謂之缺項也(〈士冠禮〉:「緇布冠缺項青組,纓屬於缺,緇纚廣終幅,長六尺,皮弁笄,爵弁笄,緇組紘邊,同篋。」《注》:「缺讀如,有者弁之,緇布冠,無笄者著,圍髮際結項,中隔為四,綴以固冠也。項中有,亦由固頰為之耳。今未冠笄者著。卷幘,象之所生也。滕、薛名,為屬猶著。笄,今之簪,有笄者屈組為紘,垂為飾。無笄者纓而結其絳。」《疏》:「之兩頭皆為,別以繩穿中結之,然後得牢固。」、「屈組謂以一條組於左笄上,繫定繞頤下,又相向上仰屬於笄屈,繫之有餘,因垂為飾也。」無笄「則以二條組兩相屬於,既屬訖,則所垂絳於頤下結之。」〈雜記〉:「喪冠條屬,以別吉凶。」《注》:「條屬者,通屈一條繩若布為武,垂下為纓,屬之冠,象大古喪事略也。吉冠則纓武異材焉。」〈喪服〉:「冠繩纓條屬。」《注》:「通屈一條繩為武,垂下為纓,著之冠也。」《疏》:「謂將一條繩從額上約之,至項後交過,兩相各至耳,於武綴之,各垂於頤下結之云。著之冠者武纓,皆上屬著冠。」《左》桓二年:「衡、紞、紘、綖。」《注》:「衡,維持冠者。紞,冠之垂者。紘,纓

從下而上者。紘，冠上覆。」《疏》:「《周禮》追師掌王后之首服，追衡笄。鄭司農云:衡，維持冠者。鄭玄云:祭服有衡，垂於副之兩旁當耳，其下以縣〔懸〕瑱。彼婦人首服有衡，則男子首服亦然，冠由此以得支立，故云維持冠者。追者，治玉之名。王后之衡，以玉為之，故追師掌焉。弁師掌王之五冕，弁及冕皆用玉笄，則天子之衡，亦用玉。其諸侯以下，衡之所用則未聞。紘纓皆以組為之，所以結冠於人首也。纓用兩組，屬之於兩旁，結之於頷下，垂其餘也。紘用一組，從下屈而上屬之於兩旁，垂其餘也。弁師掌王之五冕，皆玉笄朱紘。祭義稱諸侯冕而青紘。〈士冠禮〉稱緇布冠青組纓，皮弁笄，爵弁笄，緇組紘。鄭玄云:有笄者屈組為紘，垂為飾。無笄者纓而結其絛。以其有笄者用紘力少，故從下而上屬之，無笄者用纓力多，故從上而下結之。冕弁皆有笄，故用紘。緇布冠無笄，故用纓也。〈魯語〉稱公侯夫人織紘，知紘亦織而為之。〈士冠禮〉言組纓組紘，知天子諸侯之紘，亦用組也。」《癸巳存稿·纓》條:「〈內則〉:婦事舅姑，纓。《注》云:衿，猶結也。婦人有纓，示系屬也。按:《說文》云:頸，頸飾也。嬰，頸飾也。纓，冠系也。衿，衣系也。冠系亦在頸，垂於下為飾，所謂冠雙止。婦人之纓，由頸交於胸，所謂親結其褵也。男纓亦曰，女纓亦曰褵。纓與嬰字通用。《荀子·富國》篇云:處女纓寶珠，言頸飾綴珠也。《釋名》云:纓者，自上而繫於頸也。嬰兒者，胸前曰嬰，抱之嬰前乳養之。是嬰頸飾至胸。婦人乳子者猶有纓，是纓為婦人常飾也。」）。

《周官·弁師》曰:「王之皮弁，會五采〔彩〕玉（《注》:『會，縫中也。皮弁之縫中，每貫結五采〔彩〕玉十二，以為飾，謂之綦。《詩》云:會弁如星。又曰:其弁伊綦。是也。』）璂（《注》:『結也。』），象邸（《注》:『邸，下柢也，以象骨為之。』《疏》:『謂於弁內頂上，以象骨為柢。』）玉笄。王之弁絰，弁而加環絰（《注》:『弁絰，王吊所服也。其弁如爵弁而素，所謂素冠也。』）。諸侯及孤卿大夫之冕，韋弁皮弁，弁絰各以其

等為之。」《注》:「各以其等，繅斿玉瑾，如其命數也。冕則侯伯繅七就，用玉九十八。子男繅五就，用玉五十。繅玉皆三采。孤繅四就，用玉三十二。三命之卿繅三就，用玉十八。再命之大夫藻再就，用玉八。藻玉皆朱綠。韋弁皮弁，則侯伯瑧飾七，子男瑧飾五，玉亦三采。孤則瑧飾四，三命之卿瑧飾三，再命之大夫瑧飾二，玉亦二采。弁絰之弁，其辟積如冕繅之就。然庶人吊者素委貌，一命之大夫冕而無斿，士變冕為爵弁，其韋弁皮弁之會無結飾，弁絰之弁不辟積。」、「不言冠弁，冠弁兼於韋弁皮弁矣。不言服弁，服弁自天子以下無飾無等。」

〈司服〉曰:「凡兵事，韋弁服。」《注》:「韋弁以韎韋為弁，又以為衣裳。《春秋傳》曰晉郤至衣甘韎之䩆注是也（《聘禮‧疏》:『晉郤至衣韎韋之䩆注，鄭《志》以䩆為幅，以注為屬，謂制韋如布帛之幅，而連屬為衣及裳。』與《周官‧疏》引鄭《志》異，疑《周官‧疏》誤）。今時伍伯緹衣，古兵服之遺色。」《疏》:「賈服等說，䩆謂足跗；注，屬也，袴而屬於䩆。鄭《雜問志》則以䩆為幅，注亦為屬，以韎韋幅如布帛之幅，而連屬以為衣。而素裳既與諸家不同，又與此注裳亦用韎韋有同者異者。鄭君兩解此注，與賈服同，裳亦用韎韋也。至彼《雜問志》裳用素者，從白舄之義。若然，按〈聘禮〉云:卿韋弁，歸饔餼。《注》云:韋弁，韎韋之弁，蓋韎布為衣，而素裳與此又不同者。彼非兵事入廟，不可純如兵服，故疑用韎布為衣也。言素裳者，亦從白屨為正也。以其屨從裳色，天子諸侯白舄，大夫、士白履，皆施於皮弁故也。」

《周官》又曰:「視朝，則皮弁服。」《注》:「十五升白布衣積素以為裳。」（積，猶辟也。〈士冠禮〉:『皮弁，服素積，緇帶，素韠）此即〈士冠禮〉所謂「三王共皮弁素積」者也。其用之甚廣（〈玉藻〉:天子皮弁以日視朝，遂以食。鄉黨素衣麑裘。鄭《注》:視朝之服，君臣同服也。〈小雅〉有弁。注:弁，皮弁也，天子諸侯朝服以燕。〈郊特牲〉:祭之日，王皮弁以聽祭報。〈明堂位〉:皮弁素積，裼而舞大夏。〈學記〉:大學始教，

皮弁祭菜。〈聘禮〉：賓皮弁以聘。又，賓射燕射亦用之），後世以為吊服。

〈司服〉又曰：「凡甸冠弁服。」《注》：「甸，田獵也。冠弁委貌，其服緇布衣，亦積素以為裳，諸侯以為視朝之服。」（宋氏曰：《郊特牲·注》：或謂委貌為玄冠。〈晉語〉：范文子退朝，武子擊之以杖，折委笄。〈士冠禮〉：有緌者無笄。玄冠即緇布冠有緌，而皮弁爵弁有笄，則委貌乃弁，非冠也）《左》襄十四年：「衛獻公戒孫文子、寧惠子食，皆服而朝。日旰不召，而射鴻於囿。二子從之，不釋皮冠而與之言。二子怒。」《注》：「皮冠，田獵之冠也。」《疏》：「諸侯每日視朝，其君與臣，皆服玄冠、緇布衣素積以為裳，禮通謂此服為朝服。宴食雖非大禮，要是以禮見君，故服朝服。公食大夫之禮賓朝服，則臣於君雖非禮食，亦當朝服也。」、「虞人掌獵，昭二十年《傳》曰：皮冠以招虞人。又十二年《傳》言，雨雪，楚子皮冠以出，出田獵也。是諸侯之禮，皮冠以田獵。《周禮·司服》云：凡甸冠弁服。鄭玄云：彼天子之禮，故以諸侯朝服而田，異於此也。昭十二年《傳》又云：右尹子革夕，王見之，去皮冠。杜云：敬大臣。是君敬大臣，宜釋皮冠。」

〈司服〉又云：「凡凶事，服弁服。凡吊事，弁絰服。凡喪，為天王斬衰，為王后齊衰，王為三公六卿錫衰，為諸侯緦衰，為大夫士疑衰，其首服皆弁絰，大札、大荒、大裁素服。」《注》：「服弁，喪冠也。其服斬衰齊衰。」、「弁絰者，如爵弁而素加環絰。其服錫衰、緦衰、疑衰。」鄭《注》：「鄭司農云：錫，麻之滑易者，十五升去其半，有事其布，無事其縷。緦亦十五升去其半，有事其縷，無事其布（按：此皆《喪服·傳》文。〈雜記〉曰：『朝服十五升，去其半而緦，加灰錫也。』《大射禮·注》：『錫，細布也。今文錫，或作緆。』）。疑衰十四升，玄謂疑之言擬也，擬於吉。」（《疏》：「吉服十五升，今疑衰十四升，少一升而已，故云擬於吉。」）《注》：「大札，疫病也。大荒，饑饉也。大裁、水火為害，君臣素服縞冠，若晉伯宗哭梁山之崩。」（《禮記·間傳》：「斬衰三升，齊衰四升、

五升、六升，大功七升、八升、九升，小功十升、十一升、十二升，緦麻十五升去其半。有事其縷，無事其布，曰緦。此哀之發於衣服者也。斬衰三升，既虞、卒哭，受以成布六升，冠七升。為母疏衰四升，受以成布七升，冠八升。去麻服葛，葛帶三重，期而小祥，練冠緣，要絰不除。」、「又期而大祥，素縞麻衣，中月而禫，禫而纖，無所不佩。」《注》：「此齊衰多二等，大功、小功多一等，服主於受，是極列衣服之差也。」、「麻衣十五升布，亦深衣也。謂之麻者，純用布，無采〔彩〕飾也。黑經白緯曰纖，舊說纖，冠者采緌也。」《疏》：「〈喪服記〉云：齊衰四升，此經云齊衰四升、五升、六升，多於〈喪服〉篇之二等。〈喪服記〉云：大功八升，若九升，此云大功七升、八升、九升，是多於〈喪服〉一等也。〈喪服記〉又云：小功十升，若十一升，此云小功十升、十一升、十二升，是多於〈喪服〉一等也。以〈喪服〉既略，故記者於是經極列衣服之差。）

　　〈司服〉又云：「公之服，自袞冕而下，如王之服。侯伯之服，自冕而下，如公之服。子男之服，自毳冕而下，如侯伯之服。孤之服，自希冕而下，如子男之服。卿大夫之服，自玄冕而下，如孤之服。其凶服，加以大功小功。士之服，自皮弁而下，如大夫之服，其凶服亦如之。其齊服，有玄端素端。」《注》：「自公之袞冕，至卿大夫之玄冕，皆其朝聘天子及助祭之服。諸侯非二王后，其餘皆玄冕而祭於已。〈雜記〉曰：大夫冕而祭於公，弁而祭於已。士弁而祭於公，冠而祭於已。大夫爵弁。自祭家廟，唯孤爾，其餘皆玄冠，與士同。玄冠自祭其廟者，其服朝服玄端。諸侯之自相朝聘，皆皮弁服。此天子日視朝之服。〈喪服〉，天子諸侯齊斬而已。卿大夫加以大功小功，士亦如之，又加緦焉。士齊有素端者，亦為札荒。有所禱，請變素服。言素端者，明異制。鄭司農云：衣有裳者，為端玄。玄謂端者，取其正也。士之衣袂，皆二尺二寸，而屬幅是廣袤等也。其祛尺二寸，大夫以上侈之。侈之者，蓋半而益一焉。半而益一，則其袂三尺三寸，祛尺八寸。」按：〈玉藻〉云：「天子玉藻，十有二旒，前後邃延，

龍卷以祭。玄端而朝日於東門之外，聽朔於南門之外。閏月，則闔門左扉，立於其中（《注》：『端當為冕。』《疏》：『知端當為冕者，凡衣服，皮弁尊，次以諸侯之朝服，次以玄端。按：下諸侯皮弁聽朔，朝服視朝，是視朝之服，卑於聽朔。今天子皮弁視朝，若玄端聽朔，則是聽朔之服卑於視朝，與諸侯不類。且聽朔大，視朝小，故知端當為冕。』）。皮弁以日視朝，遂以食。日中而餕。卒食，玄端而居。諸侯玄端以祭（《注》：『端亦當為冕。』），裨冕以朝（《注》：『裨冕，公袞，侯伯，子男毳也。』），皮弁以聽朔於大廟。朝服以日視朝於內朝（《注》：『朝服，冠玄端素裳。』），朝，辨色始入。君日出而視之，退適路寢聽政，使人視大夫。大夫退，然後適小寢，釋服（《注》：『服玄端。』）。又朝服以食，特牲三俎，祭肺，夕深衣，祭牢肉。」《公羊》昭二十五年《解詁》云：「禮天子朝皮弁，夕玄端。朝服以聽朝，玄端以燕，皮弁以征不義，取禽獸行射。諸侯朝朝服，夕深衣，玄端以燕，裨冕以朝。天子以祭其祖禰，卿大夫冕服而助君祭，朝服祭其祖禰。士爵弁黻衣裳以助公祭，玄端以祭其祖禰。」按：如《玉藻・解詁》之文，天子諸侯大夫士之服，皆遞降一等，唯天子玄端以朝日聽朔。又玄端以燕居為錯亂，且玄端用之朝日聽朔，諸侯用之以祭亦太輕。宋綿初謂玄端當作玄衰，指《周官》之衰以下（後世以衰必龍章，誤）。服玄衰則裨冕，諸侯玄衰以祭，裨冕以朝，乃互言以相備云。玄端齊服，即祭統所謂「王后蠶於北郊，以供純服」者（《士冠禮・疏》曰：「古緇二字並行。若據布為色者，則為緇字；若據帛為色者，則為字。但緇布之緇，多在本字，不誤。帛之，則多誤為純。」《詩・都人士・疏》：「緇雖古布帛兩名，但字從才者為帛，從甾者為布。」）。〈郊特牲〉曰：「齊之玄也，以陰幽思也。」故其冠亦玄冠，所謂「大古冠布齊則緇之」者也。玄裳（〈士冠禮〉：「玄端、玄裳、黃裳、雜裳可也。」）緇帶黑屨，皆見士冠禮，天子以為燕居之服。朝服緇衣，即《周官》之冠弁服，已見前。朝服委貌，齊服玄冠，其制不同。凡言端委，皆指朝服，與連言玄端者亦

異。《論語》端章甫，即《左氏》太伯端委之端委，鄭《注》以為玄端，誤也（《續漢書·輿服志》：「委貌冠、皮弁冠同制，長七寸，高四寸。制如覆杯，前高廣，後卑銳，所謂夏之毋追，殷之章甫者也。」）。爵弁見〈士冠禮〉。〈士冠禮〉云：「爵弁，服裳，純衣，緇帶，韎韐。」《注》：「爵弁者，冕之次，其色赤而微黑，如爵頭，然或謂之陬。其布三十升。裳，淺絳裳。純衣，絲衣也。餘衣皆用布，唯冕與爵弁服用絲耳。」案，〈雜記〉謂朝服十五升，鄭《注》因謂天子、諸侯、大夫、士朝服通用布。宋綿初則謂此語唯指深衣言之，經典別無朝服用布之文。吉服止於深衣者，唯庶人為然云（經典言緇布衣者，必加布字。《說文》：緇，黑色布也。祭服通上下，皆玄衣裳，齊服通上下，皆玄衣玄裳）。韎韐，《注》曰：「韞韍也。士染以茅蒐，因以名焉。韍之制似韠。」《疏》謂：「祭服謂之韍，其他服謂之韠」、「但有飾無飾為異耳。」、「〈明堂位〉云：有虞氏服韍，夏后氏山，殷火，周龍章。鄭云：後王彌飾，天子備焉。諸侯火而下，卿大夫山，士韎韋而已。是士無飾，則不得單名韍，一名韎韐，一名緼韍而已。」又謂：「染韋為韍，天子與其臣及諸侯與其臣有異。」、「天子純朱，諸侯與其臣黃朱」云（本《詩》「朱芾斯黃」，《箋》又引《易·乾鑿度》云：「天子三公諸侯同色。」）。

諸服，皆殊衣裳，其裳皆有襞積，所謂幃裳也（朝祭服皆幃裳。幃裳之制，經無考。〈喪服〉鄭《注》云：「前三幅，後四幅，襞積無數，皆以正裁。」《王制·疏》：「衣服之制，歷代不同。按《易·繫辭》云：黃帝、堯、舜垂衣裳而天下治。蓋取諸乾坤，玄衣法天，黃裳法地，故《易·坤》六五，黃裳元吉。虞氏以來，其裳用。」、「鄭《注》《易》下〈繫辭〉云：土配位南方，南方色赤黃而兼赤，故為也。」、「凡衣服著其身，有章采文物，黃色太質，故用也。」、「天色晝則蒼，夜則玄。衣不用蒼，亦以其太質故也。」、「婦人之服，不殊衣裳，上下同色。」見〈綠衣〉鄭《箋》。《疏》曰：「言不殊裳者，謂衣裳連，連則色同」、「故云上下同色也。」、「〈喪服〉

云：女子子在室，為父布總箭笄髽，衰三年。直言衰，不言裳，則裳與衰連，知非吉凶異者。」〈士昏禮〉云：「女次純衣。及《禮記》子羔之襲裼衣裑為一，稱襲襲婦服，皆不言裳，是吉服亦不殊裳也。若男子朝服，則緇衣素裳，喪則斬衰素裳，吉凶皆殊衣裳也。」）。唯深衣則否。深衣者，古上下之通服也，其制見於《禮記》之〈玉藻〉、〈深衣〉兩篇。其領兩襟相交而方，即後世之方領深衣，所謂「曲袷如矩以應方」也（《深衣·注》云：「袷，交領也。」〈曲禮〉：「天子視不上於袷。」〈玉藻〉：「視帶以及袷。」《注》皆同。《釋名》：「直領斜直而交下。」交領以外右襟內左襟相交，交處象矩，故曰方領。袷與襟同體，襟交則袷交矣。與對襟異。《深衣·注》又曰：「古者方領如今小兒衣領。」《後漢書·儒林傳》：「習方領，能矩步。」〈馬援傳〉：「朱勃衣方領，能矩步。」則漢時猶有其制。《左》昭十一年：「衣有襘。」即袷也。「袷三寸。」見〈玉藻〉）。衣袂當掖之縫曰袼，為「二尺二寸之節」（鄭《注》）。袂二尺二寸，肘尺二寸。故〈玉藻〉曰：「袂可回肘。」〈深衣〉曰：「袼之高下，可以運肘」也（《詩·遵大路·疏》：「袂是袪之本，袪為袂之末。」）。人從脊至肩尺一寸，從肩至手二尺四寸，布幅二尺二寸，衣幅之覆臂者尺一寸。袂屬於衣，長二尺二寸，並緣寸半，二尺三寸半，除縫之所殺，各一寸，餘二尺一寸。故〈深衣〉曰：「袂之長短，反詘之及肘」也（據《深衣·疏》。《管子·弟子職》：「凡拚之道，實水於盤，攘臂袂及肘。」《注》：「恐淫其袂，且不便於事也。」）。「袂圜以應規。」（〈深衣〉）袂口曰袪，「袪尺二寸。」（〈玉藻〉）裳前後各六幅，〈深衣〉所謂「制十有二幅，以應十有二月」也。其幅皆以二尺二寸之布，破為二中四幅正裁。「上下皆廣一尺一寸，各邊去一寸為縫。上下皆九寸。八幅七尺二寸。又以布二幅，斜裁為幅，狹頭二寸，寬頭二尺，各去一寸為縫。狹頭成角。寬頭一尺八寸，皆以成角者向上，廣一尺八寸者向下。四幅下廣，亦得七尺二寸。」（《深衣刊誤》）〈玉藻〉所謂「深衣三祛，縫齊倍要」也（《疏》：「齊謂裳之下畔，要謂裳之上畔。」）。斜裁之

「四幅，連屬於裳之兩旁，名衽」，（《深衣刊誤》）〈深衣〉所謂「衽當旁」也。其左連之，是為深衣，所謂「續衽。」其右「別用一幅布，上狹下闊，綴於後內衽，使鉤曲而前，以掩裳際」，則其所謂「鉤邊」也（《禮記·儒行》：孔子曰：「丘少居魯，衣逢掖之衣。」《注》：「逢，猶大也。大掖之衣，大袂衣也。此君子有道藝者所衣也。」、「庶人衣，袂二尺二寸，祛尺二寸。」《疏》：「禮大夫以上，其服侈袂。鄭《注·司服》云：侈之者半而益，一袂三尺三寸，祛尺八寸。」〈雜記〉：「凡弁絰，其衰侈袂。」《注》：「侈，猶大也。弁絰服者，吊服也。其衰錫也，緦也，疑也。袂之小者，二尺二寸，大者半而益之，則侈袂三尺三寸。」《疏》：「若士，則其衰不侈也。故《周禮·司服》有玄端素端，《注》云變素服，言素端者，明異制。大夫以上侈之，明士不侈，故稱端。」按：逢掖之衣，即深衣，特侈其袂耳）。「短毋見膚，長毋被土。」、「負繩及踝以應直（謂襲與後幅相當之縫也）。下齊如權衡以應平。」、「帶，下毋厭髀，上毋厭脅，當無骨者。」（〈深衣〉）、「以白布十五升為之。」（《詩·蜉蝣·箋》）、「緣廣寸半。」（〈玉藻〉）、「具父母，大父母，衣純以繢。具父母，衣純以青。如孤子，衣純以素。」（〈深衣〉）、「可苦衣（《疏》：『苦事衣著以完牢。』）而易有。」（《深衣·注》）士以上別有朝祭之服，庶人即以此為吉服，故曰「完且弗費，善衣之次」也。深衣為吉凶上下男女之通服（《禮記·集說》：「呂氏曰：深衣之用，上下不嫌同名，吉凶不嫌同制，男女不嫌同服。諸侯朝朝服，夕深衣。大夫朝玄端，夕深衣。庶人吉服深衣而已。此上下之同也。有虞氏深衣而養老。諸侯、大夫夕深衣。將軍文子除喪而受越人吊，練冠深衣，親迎，女在塗，婿之父母死，深衣縞總以趨喪。此吉凶男女之同也。蓋深衣者，簡便之服，雖不經見，推其義類，則非朝祭皆可服之。故曰可以為文，可以為武，可以擯相，可以治軍旅也。」）。其為用甚廣（詳見任大椿《深衣釋例》），故曰「可以為文，可以為武，可以擯相，可以治軍旅」也（《深衣·疏》引鄭《目錄》云：「深衣連衣裳，而純之以采者。素

純曰長衣，有表則謂之中衣。大夫以上祭服之中衣用素。《詩》云：素衣朱襮。〈玉藻〉曰：以帛里布，非禮也。士祭以朝服，中衣以布，明矣。」《疏》曰：「長衣、中衣及深衣，其制度同。中衣在朝服、祭服、喪服之下，知喪服亦有中衣者。〈檀弓〉云：練衣黃裡。《注》云：練中衣以黃為內是也。吉服中衣，亦以采緣。其諸侯得綃黼為領，丹朱為緣。〈郊特牲〉云：綃黼丹朱中衣，大夫之僭禮。則知大夫士不用綃黼丹朱，但用采純而已矣。其長衣以素緣，知者若以采緣，則與吉服中衣同，故知以素緣也。若以布緣，則曰麻衣。知用布緣者，以其稱麻衣故知也。其喪服之中衣，其純用布，視冠布之粗細，至葬可以用素緣也。練則用也。稱深衣者，以餘服則上衣下裳不相連。此深衣衣裳相連，被體深邃，故謂之深衣。」）。

古人衣裘之等，見於〈玉藻〉。〈玉藻〉曰：「君衣狐白裘，錦衣以裼之。君之右虎裘，厥左狼裘。士不衣狐白。君子狐青裘豹褎，玄綃衣以裼之。麛裘青犴褎，絞衣（蒼黃之色）以裼之。羔裘豹飾（飾，猶褎也），緇衣以裼之。狐裘，黃衣以裼之。」《注》以君子為大夫，《正義》因以君為天子，與下云「錦衣狐裘，諸侯之服」不合（《秦風·終南》：「君子至止，錦衣狐裘。」亦必非指天子）。《白虎通義》曰：「天子狐白，諸侯狐黃，大夫狐蒼，士羔。」豈諸侯在其國得衣狐白，對天子則狐黃與？〈玉藻〉又云：「犬羊之裘不裼。」《注》：「質略，亦庶人無文飾。」則庶人衣犬羊之裘也。

〈玉藻〉又云：「唯君有黼裘以誓省，大裘非古也。」《注》：「僭天子也。大裘，羔裘也。黼裘以羔與狐白雜為黼文也。」《周官·司裘》：「掌為大裘，以共王祀天之服。中秋，獻良裘，王乃行羽物。季秋，獻功裘，以待頒賜。」鄭司農云：「大裘，黑羔裘服，以祀天示質。良裘，王所服也。功裘，卿大夫所服。」後鄭云：良裘，〈玉藻〉所謂黼裘。功裘，人功微粗，謂狐青麛裘之屬。

古人衣裘，皆如今之反著。故曰：「虞人反裘而負薪，彼知惜其毛，

不知皮盡而毛無所附也。」裘之上更有裼衣，露其裘曰裼，掩之曰襲。故曰：「裘之裼也，見美也。服之襲也，充美也。」（〈玉藻〉文。《注》：「充，猶覆也。」、「裼以盡飾為義，故曰不文飾也。不裼弔則襲不盡飾也。君在則裼盡飾也。所敬不主於君則襲，是故屍襲。屍尊，無敬於下也。執玉龜，襲。重寶瑞也。無事則裼，弗敢充也。」按：無事謂已致龜玉也。《聘禮・注》：「凡當盛禮者，以充美為敬。非盛禮者，以見美為敬。禮尚相變也。」〈表記〉：「裼襲之不相因也，欲民之無相瀆也。」《注》：「不相因者，以其或以裼為敬，或以襲為敬。」）若裘上無衣，則為表裘，則為不敬。故曰：「表裘不入公門。」（〈玉藻〉）夏日絺上必加衣，與裘同。故曰：「振絺不入公門。」（〈玉藻〉。《注》：「振讀為袗。袗，禪也。」）又曰：「當暑袗絺綌，必表而出之。」（〈鄉黨〉。言必加表衣）凡裼衣象裘色，故《論語》亦曰：「緇衣羔裘，素衣麑裘，黃衣狐裘」（〈玉藻〉：「君衣狐白裘，錦衣以裼之。」《注》曰：「以素錦為衣，覆之，使可裼也。袒而有衣曰裼。必覆之者，裘褻也。《詩》云：衣錦衣，裳錦絅裳。然則錦衣復有上衣，明矣。」〈聘禮〉：「公側授宰玉，裼降立。」《注》曰：「裼者，免上衣，見裼衣。」賈《疏》曰：「凡服四時不同。假令冬有裘，襯身禪衫，又有襦袴，襦袴之上有裘，裘上有裼衣，裼衣之上又有上服、皮弁、祭服之等。若夏則以絺，絺之上則有中衣，中衣之上復有上服、皮弁、祭服之等。若春秋二時，則衣袷褶，袷褶之上加以中衣，中衣之上加以上服也。言見裼衣者，謂袒衿前上服見裼衣也。」《詩・羔裘・正義》曰：「崔靈恩等以天子諸侯朝祭之服，先著明衣，又加中衣，又加裘，裘外又加裼衣，裼衣之上乃加朝祭之服。其二劉等副以〈玉藻〉云：君衣狐白裘，錦衣以裼之。又云：以帛里布，非禮也。鄭《注》云：冕服中衣用素，朝服中衣用布。若皮弁服之下，即以錦衣為裼，便是以帛里布，故知中衣在裼衣之上，明矣。」《終南・正義》主崔說。《曲禮・正義》曰：「凡衣近體，有袍澤之屬，其外有裘。夏日則衣葛，其上有裼衣，裼衣上有襲衣，襲衣之

上有常著之服，則皮弁之屬也。掩而不開，則謂之為襲。若開此皮弁及中衣，左袒出其裼衣，謂之為裼。」則二劉之說也。《玉藻・正義》：「皇氏云：凡六冕及爵弁無裘，先加明衣，次加中衣。冬則次加袍繭。夏則不袍繭，用葛也。次加祭服。若朝服布衣，亦先以明衣親身，次加中衣。冬則次加裘，裘上加裼衣，裼衣之上加朝服。夏則中衣之上不用裘而加葛，上加朝服。」〈鄉黨〉邢《疏》用之。宋縣初謂：〈玉藻〉言裼即錦衣等，錦衣之上更有衣覆，無正文，鄭乃以詩為證。其實衣錦衣，一見《衛・碩人》篇，一見《鄭・豐》篇，皆嫁子之服，上加衣，蔽禦風塵，以釋襲則可，以釋裼則非。鄭《注》謂以錦為衣，乃使可裼，實誤。祭無裼襲，故〈玉藻〉曰：大裘不裼，謂祭服在裼衣之上，尤非也。明衣者，齊時親體之衣也。《論語・鄉黨》曰：「齊必有明衣布。」〈士喪禮〉：「明衣用幕布，袂屬幅，長下膝。」《注》：「帷幕之布，升數未聞。長下膝，又有裳以蔽下體深。」《詩・無衣》：「與子同澤。」《箋》：「褻衣受汙垢。」《廣雅》：「袍，長襦也。」《說文》：「襗，袴也。」《正義》從之。蓋衣袴皆可言。《詩》先言同袍，後言同。《周官・春官・注》：「巾絮寢衣，袍之屬。」亦以袍連言。蓋即《廣雅》所謂長襦也。〈既夕禮〉：「設明衣，婦人則設中帶。」《注》：「中帶，若今之摻。」）也。

　　以上所言，為朝祭之服。若私家之居，則《論語・鄉黨》曰：「褻裘長，短右袂。」蓋其制較朝祭之服為長。又曰：「狐貉之厚以居。」貉裘他處不見，蓋亦燕居之服也。《左》定九年：「皙幘而衣狸制。」狸與貉皆狐類，豈皆該於狐裘之中與？

　　婦女之服，見於《天官・內司服》。〈內司服〉曰：「掌王后之六服，褘衣，揄狄，闕狄，鞠衣，展衣，緣衣，素紗。辨外內命婦之服，鞠衣，展衣，緣衣，素紗。」鄭司農云：「褘衣，畫衣也。」、「揄狄、闕狄，畫羽飾。」、「展衣，白衣也。」、「鞠衣，黃衣也。素紗，赤衣也。」後鄭曰：「狄當為翟。翟，雉名。伊雒而南，素質，五色皆備成章，曰翬。江

淮而南，青質，五色皆備成章，日搖。王后之服，刻繒為之形而采〔彩〕畫之，綴於衣以為文章。褘衣畫翬者，揄翟畫搖者，闕翟刻而不畫，此三者皆祭服。從王祭先王則服褘衣，祭先公則服揄翟，祭群小祀則服闕翟。」、「鞠衣，黃桑服也。色如鞠塵（《疏》：『鞠、曲，古通用。』），象桑葉始生。」、「展衣，以禮見王及賓客之服。字當為襢，襢之言亶。亶，誠也。」、「緣衣，御於王之服，亦以燕居。男子之褖衣黑，則是亦黑也。六服備於此矣。以下推次其色，則闕狄赤，揄狄青，褘衣玄。婦人尚專一德，無所兼連，衣裳不異其色。素紗者，今之白縛也（縛聲類，謂即絹字）。六服皆袍制，以白縛為裡，使之張顯。」、「內命婦之服：鞠衣，九嬪也。展衣，世婦也。緣衣，女御也。外命婦者，其夫孤也，則服鞠衣。其夫卿大夫也，則服展衣。其夫士也，則服緣衣。三夫人及公之妻，其闕狄以下乎？侯伯之夫人揄狄，子男之夫人亦闕狄，唯二王后褘衣。」〈玉藻〉：「王后褘衣，夫人揄狄。」、「君命屈狄，再命褘衣，一命襢衣。士緣衣。」《注》：「夫人，三夫人，亦侯伯之夫人也。王者之后，夫人亦褘衣。」、「君，女君也。屈，《周禮》作闕。」、「此子男之夫人，及其卿、大夫、士之妻命服也。褘當為鞠字之誤也。禮，天子、諸侯命其臣后夫人，亦命其妻以衣服，所謂夫尊於朝，妻榮於室也。子男之卿再命而妻鞠衣，則鞠衣、襢衣、緣衣者，諸侯之臣皆分為三等，其妻以次受此服也。公之臣，孤為上，卿、大夫次之，士次之。侯伯子男之臣，卿馬上，大夫次之，士次之。」、「凡世婦以下，蠶事畢，獻繭，乃命之以其服。天子之后、夫人、九嬪，及諸侯之夫人，夫在其位，則妻得服其服矣。」（《疏》云：「世婦及卿大夫之妻並卑，雖已被命，猶不得即服命服，必又須經入助蠶，蠶畢獻繭，繭多功大，更須君親命之著服，乃得服耳。」）〈明堂位〉：「君卷冕立於阼，夫人副褘立於房中。」《注》：「《周禮》追師掌王后之首服為副褘，王后之上服，唯魯及王者之后夫人服之。諸侯夫人則自揄翟而下。」康成好以他經牽合《周官》，其然否亦無以言之耳。

《周官‧追師》：「掌王后之首服，為副、編、次、追、衡、笄，為九嬪及外內命婦之首服，以待祭祀賓客。」《注》曰：「副之言覆。」、「其遺像若今步繇矣。服之以從王祭祀（《疏》：『漢之步繇，謂在首之時，行步繇動。此據時目驗以曉。古至今去漢久遠，亦無以知之矣。按：《詩》有副笄六珈，謂以六物加於副上，未知用何物。故鄭注《詩》云：副既笄而加飾，古之制所有，未聞是也。』）。編，編列髮為之。其遺像若今假髻矣。服之以桑也。次，次第髮長短為之，所謂髲髢（《疏》：『謂翦鬄，取賤者刑者之髮而為髢。』）。服之以見王。王后之燕居，亦纚笄總而已（《疏》：『〈士冠禮〉：纚長六尺以韜髮，笄者所以安髮。總者既系其本，又總其末。』）。追，猶治也。王后之衡笄，皆以玉為之。唯祭服有衡，垂於副之兩旁當耳，其下以縣〔懸〕瑱。《詩》云：玼兮玼兮，其之翟也。鬒髮如雲，不屑髢也。玉之瑱也，是之謂也（《疏》：『鞠衣已下雖無衡，亦應有以縣〔懸〕瑱，是以著。《詩》云，充耳以素、以青、以黃，是臣之以懸瑱，則知婦人亦有以懸瑱也。云垂於副之兩旁當耳，其下以懸瑱者。《傳》云：衡紞，與衡連明，言為衡設矣。笄既橫施，則衡垂可知。若然衡訓為橫，既垂之而又得為橫者，其笄言橫，據在頭上，橫貫為橫，此衡在副旁當耳。據人身豎為從，此衡則為橫。其衡下，乃以懸瑱也。』）。外內命婦，衣鞠衣襢衣者服，編衣祿衣者服次。非王祭祀賓客佐後，自於其家，則亦降焉，少牢饋食。《禮》曰：主婦髲髢，衣移袂，特牲饋食。《禮》曰：主婦纚笄宵衣是也。昏禮女次純衣（即祿衣），攝盛服耳。凡諸侯夫人於其國，衣服與王后同。」

裳「前三幅，後四幅。」（〈喪服〉鄭《注》。《疏》：「前為陽，後為陰，故前三後四，各象陰陽也。」）、「祭服朝服辟積無數。」（〈喪服〉鄭《注》）喪服則三襞積（〈喪服〉：「凡衰外削幅，裳內削幅，幅三袧。」《注》：「削，猶殺也。太古冠布衣布，先知為上，外殺其幅，以便體也。後知為下，內殺其幅，稍有飾也。後世聖人易之，以此為喪服。袧者，謂襞兩側空中央

也。」《疏》曰：「衰外削幅者，謂縫之邊幅向外。裳內削幅者，謂縫之邊幅向內。云幅三袧者，據裳而言。為裳之法，前三幅，後四幅。幅皆三襞攝之。以其七幅布，幅二尺二寸，幅皆兩畔各去一寸，為削幅則二七十四尺。若不襞積，其腰中則束身不得。腰中廣狹，在人粗細。故袧之襞攝，亦不言寸數多少，但幅則以三為限耳。」）凡祭服玄衣裳，裳之外為韍，韍為古蔽前之遺制，已見前。故《詩・采菽箋》曰：「芾，太古蔽膝之象也。」《箋》又曰：「冕服謂之芾，其他服謂之韠。」〈玉藻〉曰：「韠，君朱，大夫素，士爵韋（《注》：『此玄端服之韠也。凡韠以韋為之，必象裳色，則天子、諸侯玄端朱裳，大夫素裳，唯士玄裳、黃裳、雜裳也。皮弁服皆素韠。』毛《傳》：『天子純朱，諸侯黃朱。』）。圜、殺、直。天子直（《注》：『四角直，無圜殺。』）。公侯前後方（《注》：『殺四角使之方，變於天子也。所殺去者，上下各五寸。』）。大夫前方，後挫角（《注》：『圜其上角，變於君也。韠以下焉前，以上為後。』）。士前後正（《注》：『士賤，與君同，不嫌也。天子之士則直，諸侯之士則方。』）。韠，下廣二尺，上廣一尺，長三尺。其頸五寸。肩革帶，博二寸。」（《注》：「頸五寸，亦謂廣也。頸中央，肩兩角，皆上接革帶以繫之，肩與革帶廣同。凡佩，繫於革帶。」《疏》：「頸長五寸，則肩亦長五寸，肩博二寸，則頸亦博二寸。」〈雜記〉：「韠長三尺，下廣二尺，上廣一尺。會去上五寸。紕以爵韋六寸，不至下五寸，以素，以五采。」《注》：「會，謂領上縫也。領之所用，蓋與紕同。在旁曰紕，在下曰純。素，生帛也。紕六寸者，中執之表裡各三寸也。純紕所不至者五寸，與會去上同。紃，施諸縫中，若今時絳也。」）又曰：「一命縕韍幽衡（縕，赤黃之間色，所謂韎也。幽讀為黝，黑謂之黝。衡，佩玉之衡也），再命赤韍幽衡，三命赤韍蔥衡。」（青謂之蔥。《注》：「此玄冕爵弁服之，韠尊祭服異其名耳。」此三語，〈候人〉毛《傳》同）〈明堂位〉曰：「有虞氏服韍，夏后氏山，殷火，周龍章。」《注》：「後王彌飾也。天子備焉。諸侯火，而下卿大夫山，士韎韐而已。」

（《左》桓二年《疏》：「〈玉藻〉說玄端服之，韠云，韠君朱，大夫素，士爵韋。發首言韠句，末言韋，明皆以韋為之。凡韠，皆象裳色。言君朱，大夫素，則尊卑之，韠直色別而已，無他飾也。其黻則有文飾焉。」下引〈明堂位〉云。又曰：「徐廣《車服儀制》曰：古者韍如今蔽膝。戰國連兵，以韍非兵飾，去之。漢明帝復制韍，天子赤皮蔽膝。然則漢世蔽膝，猶用赤皮。魏晉以來，以絳紗為之。」）

帶有大帶，有革帶（《白虎通》：「男子有鞶革者，示有金革之事。」〈內則〉：「男鞶革，女鞶絲。」）。大帶以素絲為之，亦曰鞶。革帶，在大帶之上，韠黻雜佩之所繫也。帶之制，亦詳於〈玉藻〉。〈玉藻〉曰：「天子素帶朱里，終辟。」（《注》：「辟讀如裨冕之裨。裨謂以采繪飾其制。」）、「而素帶，終辟（《疏》：『終辟者，謂諸侯也。以素為帶，不以朱為里，終竟帶身在要，及垂皆裨。』）。大夫素帶，辟垂（《疏》：『但以玄華裨其身之兩旁及屈垂者。』）士練帶，率下辟（《疏》：『兩邊緝而已。緝，謂緶緝也。唯辟向下垂者。』）。居士錦帶（《注》：『居士，道藝處士也。』）。弟子縞帶。」、「凡帶，有率，無箴功。」（《疏》：「凡帶，有司之帶也。無箴功，則不裨之下士也。」）、「並紐（帶交結之處）約（謂以物穿紐約結其帶）用組，」、「三寸紳（帶之垂者）長，制士三尺，有司二尺有五寸。」（《注》：「有司，府史之屬也。」）、「大夫大帶四寸（廣四寸）。雜帶（雜，猶飾也），君朱綠（《注》：『君裨帶上以朱，下以綠終之。』），大夫玄華（《注》：『外以玄，內以華。華，黃色也。』），士緇辟（《注》：『士裨垂之下，外內皆以緇，是謂緇帶。』）。紳繂結三齊。」（帶之交處曰紐，合其紐穿以組曰結。）

〈曲禮〉：「凡奉者當心，提者當帶。」《疏》曰：「常有二處。朝服之屬，其帶則高於心。深衣之類，其帶則下於脅。何以知然？〈玉藻〉說大帶云三分帶下，紳居二焉。紳長三尺，而居帶之下三分之二，則帶之下去地四尺五寸矣。人長八尺為限，若帶下四尺五寸，則帶上所餘，正三尺五寸。

故知朝服等帶則高也。而深衣云帶下毋厭髀，上毋厭脅，當無骨者。故知深衣之帶則下也。今云提者當帶，謂深衣之帶。」《左》桓二年：「鞶厲游纓。」《注》：「鞶，紳帶也，一名大帶。」《疏》：「以帶束腰，垂其餘以為飾，謂之紳。上帶為革帶，故云鞶。紳帶所以別上帶也。」（又云：「賈、服等說鞶厲皆與杜同，唯鄭玄獨異。《禮記·內則·注》以鞶為小囊，讀厲，如裂之裂，言鞶囊必裂繒緣之以為飾。按：《禮記》稱男鞶革，女鞶絲。鞶是帶之別稱，遂以鞶為帶名，言其帶革帶絲耳。鞶非囊之號也。《禮記》又云：婦事舅姑，施鞶袠，袠是囊之別名。今人謂衷書之物為袠，言其施帶施囊耳。其縶亦非囊也。若以縶為小囊，則袠是何器，若袠亦是囊，則不應帶二囊矣。以此知縶即是紳帶，為得其實。」）

布衣之士，則唯有韋帶，故古恆以韋布並言（《淮南子·修務訓》：「布衣韋帶之人。」《說苑》：「大王常聞布衣韋帶之士乎？」阮嗣宗詣蔣公奏記：「夫布衣韋帶窮居之士。」）。《漢書·賈山傳·注》：「韋帶以革韋為帶，無飾也。」《後漢書·周盤傳》：「嘗誦《詩》至〈汝墳〉之卒章，慨然而嘆，乃解韋帶，就孝廉之舉。」《注》：「以韋皮為帶，未仕之服也。」馬縞《古今注》：「古革帶自三代以來，降至秦、漢，皆庶人服之。」《宋書·輿服志》：「今單衣裁制與深衣同，唯絹帶為異。」則古深衣之帶，不用絹也。

佩有德佩、事佩。德佩者，玉也。〈玉藻〉曰：「古之君子必佩玉（《注》：『君子，士已〔以〕上。』），右徵角，左宮羽（《注》：『玉聲所中也。』），趨以〈采齊〉，行以〈肆夏〉，周還中規，折還中矩，進則揖之，退則揚之，然後玉鏘鳴也。故君子在車則聞鸞和之聲，行則鳴佩玉，是以非辟之心，無自入也。」、「凡帶必有佩玉，唯喪否。」（《論語》：「去喪，無所不佩。」）、「君子無故，玉不去身（《注》：『故，謂喪與災眚。』）。君子於玉比德焉。天子佩白玉而玄組綬，公侯佩山玄玉而朱組綬，大夫佩水蒼玉而純組綬，世子佩瑜玉而綦組綬，士佩瓀玟而縕組綬（《注》：『綬者，所以貫佩玉相承受者也。純當為緇。綦，文雜色也。縕，赤黃。』）。

孔子佩象環五寸而綦組綬。」（《疏》：「尊者玉色純，公侯以下玉色漸雜，世子及士唯論玉質，不明玉色也，則玉色不定也。」）、「君在不佩玉，左結佩，右設佩（《注》：『謂世子也。出所處而君在焉，則去德佩，而設事佩，辟德而示即事也。結其左者，若於事有未能也。結者，結其綬，不使鳴也。』），居則設佩（《注》：『謂所處而君不在焉。』），朝則結佩（《注》：『朝於君亦結左。』），齊則結佩，而爵韠。」（《注》：「綪，屈也。結又屈之，思神靈不在事也。」《疏》：「此謂總包凡應佩玉之人，非唯世子。」）

　　事佩者，所以備勞役。〈內則〉：「左右佩用，左佩紛帨（拭物之巾）、刀（小刀）、礪（䃺）、小觿（解小結。觿貌如錐，以象骨為之）、金燧（可取火於日），右佩玦、捍（捍，拾也，可以捍弦）、管（筆彄）、遰（刀韡）、大觿、木燧」是也。

　　插於帶間者為笏，所以書思對命。〈玉藻〉曰：「凡有指畫於君前，用笏。造受命於君前，則書於笏。笏，畢用也。因飾焉。」又曰：「見於天子，與射，無說笏。入大廟說笏，非古也（《注》：『言凡吉事，無所說笏也。太廟之中，唯君當事說笏也。』）。小功不說笏，當事免則說之。既搢必盥，雖有執於朝，弗有盥矣。」其物，〈玉藻〉曰：「天子以球玉，諸侯以象，大夫以魚鬚文竹，士竹本，象可也。」（《注》：「球，美玉也。」《疏》：「庾氏云：以鮫魚鬚飾竹以成文，士以竹為本質，以象牙飾其邊緣。盧云：以魚鬚及文竹為笏，非鄭義也。」）又曰：「笏度，二尺有六寸。其中博三寸，其殺六分而去一。」（《注》：「殺，猶杼也。天子杼上終葵首，諸侯不終葵首，大夫、士又杼其下首，廣二寸半。」疏：「其中博三寸者天子，諸侯上首廣二寸半，其天子椎頭不殺也。大夫、士下首又廣二寸半，唯笏之中央同博三寸，故云其中博三寸也。其殺六分而去一者，天子、諸侯從中以上，稍稍漸殺，至上首六分三寸，而去其一分，餘有二寸半在。大夫、士又從中以下，漸漸殺至下首，亦六分而去一。」）、「天子搢珽，方正於天下也（《注》：『此亦笏也。謂之珽，珽之言，珽然無所屈

也。或謂之大圭，長三尺，杼上終葵首。終葵首者，於杼上又廣其首，方如椎頭，是謂無所屈，後則恆直。』）。諸侯荼，前詘後直，讓於天子也（《注》：『荼，讀為舒遲之舒。舒懦者，所畏在前也。詘謂圜殺其首，不為椎頭。』）。大夫前詘後詘，無所不讓也。」（《注》：「又殺其下而圜。」《士喪禮·疏》曰：「雖不言士，士與大夫同。」江永《鄉黨圖考》曰：「珽與大圭不同。天子冕弁諸服，皆搢珽，唯朝日搢大圭，故〈典瑞〉特言之。若大圭即珽，不必於〈典瑞〉見之矣。考《玉人》文言，大圭長三尺，杼上終葵首，謂圭上殺又剟為椎頭，若珽則無終葵首之制。且〈玉藻〉下文言笏度二尺有六寸，尊卑皆然，亦不長三尺也。」宋綿初〈釋服〉曰：「其中博三寸，此上下之通制也。其殺六分而去一。有不殺者，天子之珽不殺而無所詘，故曰方正。其殺者，諸侯圜殺而詘曲。其前言後直，不言後直方，後亦殺也。大夫則前後皆圜殺而又屈曲之也。」）按：笏後世不插而執之於手，故有持簿、執手版之說。

古服下體親身者為褌。史記司馬相如傳：「身自著犢鼻褌，與保庸雜作，滌器於市中。」（《集解》：「韋昭曰：今三尺布作形如犢鼻矣。」）《三國魏志·韓宣傳》：「宣以當受杖，預脫袴褌。及見原，褌要不下，乃釋而去。」《東觀記》：「黃香家貧，經冬無袴。」《魏略》：賈逵「冬常無袴，過其妻兄柳孚宿，其明無何，著孚袴去」。並可見袴在褌外，去袴所以就勞役。故《淮南子原道訓》謂「短綣不袴，以便涉遊」也。《方言》：「無之袴謂之襣。」其實袴為脛衣，無則不可謂之袴矣。《事物紀原》：「褌，漢、晉名犢鼻，北齊則與袴長短相似。」褌袴之無別，蓋自北齊始也。姚令威曰：「醫書膝上二寸為犢鼻，蓋褌之長及此。」（據任大椿《深衣釋例》）

袴，《說文》作絝，云「脛衣也。」釋名：袴，「跨也，兩股各跨別也。」《廣雅》：「禧謂之絝。」《說文》亦曰：「褰，絝也。」又曰：「襱，絝踦也。」此即俗所謂袴棺。方言曰：「袴，齊魯之間謂之襱，或謂之襱。」郭《注》：「今俗呼袴踦為襱，音銅魚。」按：今音猶然，唯袴有襱，故以襱名袴，非

謂袴止有襱也。銌（讀若奭）部：「黻，羽獵韋絝。」王氏筠曰：「此或即今之套袴，有衩無要者也。音而隴切，與襱音文塚切相近，」（《說文釋例》卷十五）恐非。

　　袴之制，原於裳，主為蔽脛，故不縫其襠。馬縞《古今注》曰：「袴，蓋古之裳也。周武王以布為之，名曰褶。敬王以繒為之，名曰袴，但不縫口而已。至漢章帝時，以綾為之，加下緣，名曰口。」《漢書·外戚傳》：「光欲皇后擅寵有子，帝時體不安，左右及醫皆阿意，言宜禁內。雖宮人使令皆為窮絝，多其帶，後宮莫有進者。」服虔曰：「窮絝有前後當，不得交通也。師古曰：窮絝，即今之緄襠袴也。」（《集韻》：緄，縫也）《朱博傳》：「又敕功曹、官屬，多褒衣大袑，不中節度。」師古曰：「袑，謂大袴也。」案，《說文》：「袑，絝上也。」《廣雅》：「謂之袴，其襠謂之袑。」唯不縫故大也。前漢時褶尚不縫，馬縞之言自有所本。

　　《詩·采菽》：「赤芾在股，邪幅在下。」《毛傳》：「幅，偪也，所以自偪束也。」《箋》曰：「邪幅如今行縢也，偪束其脛，自足至膝，故曰在下。」則幅為盛服矣。然其始則所以便行走，故《戰國策》謂蘇秦嬴縢，負書擔囊也。「《吳志》：呂蒙為兵作絳衣行縢。《舊唐書》：德宗入駱谷，值霖雨，道塗險滑，衛士多亡歸朱泚。東川節度使李叔明之子升及郭子儀之子曙、令狐彰之子建等六人，恐有奸人危乘輿，相與齧臂為盟，著行縢釘鞵，更鞿上馬，以至梁州，它人皆不得近。及還京師，上皆以為禁衛將軍，寵遇甚厚。」（《日知錄·行縢》條）按：此物今猶有之，所以用之不如古之廣者，以今多縛袴也，見下。

　　「古人席地而坐，故登席必脫其履，《禮記》所謂戶外有二履是也。然臣見君，則不唯脫履，兼脫其襪。《詩》：赤芾在股，邪幅在下。邪幅，行縢也。襪去，故行縢見也。《左傳》：衛出公輒為靈臺，與諸大夫飲酒。褚師聲子襪而登席。公怒。對曰：臣有疾，若見之，君將殼之。是不敢。公愈怒，欲斷其足。杜《注》：謂有足疾也。殼，嘔也。《注》又云：古者

臣見君解襪。然則古人以跣足為至敬也。漢制，脫襪雖無明文，然優禮
蕭何，特命劍履上殿，則群臣上殿猶皆脫襪可知。衛宏《漢官舊儀》：掾
吏見丞相脫屨，丞相立席後答拜。《魏志》曹操令曰：祠廟上殿當解屨。
吾受命劍履上殿。今有事於廟而解屨，是尊先公而替王命也。故吾不敢
解屨。可見是時祭先祖，見長官，尚皆脫屨（三國時，吳賀邵美容止，坐
常著襪，則是時家居亦多有不襪者）。宋改諸王國制度，內有『藩國官正
冬不得跣登國殿』一條（是時藩國朝賀，其王尚皆跣，故詔改之，以敘其
禮）。梁天監中，尚書議云：禮，跣襪登席，事由燕坐（閻若璩據此語，
謂古唯燕飲，始跣而為歡，祭則不跣也。按：《韓詩》：不脫屨而即席謂之
禮，跣而上坐謂之燕。則古人行禮尚著屨，燕乃跣襪，閻說蓋本此）。今
則極敬之所，莫不皆跣。清廟崇嚴，既絕恆禮，凡屨行者，應皆跣襪（蓋
是時廟祭有不跣襪者，故申禁之）。曰極敬之所，莫不皆跣，則是時朝會
祭祀，猶皆跣襪。陳祥道《禮書》所謂漢魏以後，朝祭皆跣也。《唐書》：
劉知幾以釋奠皆衣冠乘馬，奏言冠履只可配車，今襪而鞾，跣而鞍，實不
合於古。是唐時祭祀，亦尚有跣襪之制。至尋常入朝，則已有著履者。
《唐書》：棣王琰有二妾爭寵，求巫者密置符琰履中。或告琰厭魅，帝伺其
朝，使人取其履，驗之果然是也。蓋古者本以脫襪為至敬，其次則脫屨，
至唐則祭祀外，無脫履之制，然朝會亦尚著履，此唐初之制也。」（《陔餘
叢考·脫襪登席》條。〈釋服〉曰：「凡自外入內者，必解履然後升堂。既
解履，則踐地者襪也。久立地，或漬汙，故有解襪就席之禮，失之亦為不
敬。解襪見逼，《詩》曰邪幅在下，正燕飲而跣，以為歡之時也。其儀制漢
時已亡。」《日知錄·行縢》條曰：「古人之襪，大抵以皮為之。今之村民，
往往行縢而不襪者，古人之遺制也。吳賀邵為人美容止，坐常著襪，希見
其足。則漢魏之世，下襪而見足者多矣。」按：《原注》謂賀邵坐常著襪之
襪，「始從衣字。」）

　　古之屨有復有單，其材則有皮有葛，其飾則有絇、有繶、有純，又有

綦以繫之。《周官・屨人・注》：「復下曰舄，下曰屨（《疏》：「下謂底。」）。古人言屨以通於復，今世言屨以通於禪，俗易語反與？」疑古多用，漢世多用復也。〈士冠禮〉：「屨夏用葛，冬皮屨可也。」（《疏》：「春宜從夏，秋宜從冬。」）《詩・葛屨》：「糾糾葛屨，可以履霜。」毛《傳》曰：「夏葛屨，冬皮屨，葛屨非所以履霜。」《疏》曰：「凡屨，冬皮夏葛，則無用絲之時，而〈少儀〉云『國家靡敝，君子不履絲屨』者，謂皮屨以絲為飾也。《天官・屨人》說屨舄之飾，有純，是屨用絲為飾。夏日之有葛屨，猶絺綌所以當暑，特為便於時耳，非行禮之服。若行禮之服，雖夏猶當用皮。鄭於《周禮・注》及志言朝祭屨舄，各從其裳之色，明其不用葛也。」）又曰：「素積白屨，以魁柎之。」《注》：「蜃蛤柎注也。」《疏》曰：「柎注者，以蛤灰塗注於上，使色白也。」故〈士喪禮〉又言「夏葛屨，冬白屨」也（《注》：『冬皮屨變言白者，明夏時用葛亦白也。』）。絇，《士冠禮・注》曰：「之言拘也，以為行戒。狀如刀鼻，在屨頭。」（《喪服・注》：「舊說小功以下，吉屨無絇也。」《疏》：「吉時有行戒，故有絇；喪中無行戒，故無絇。以其小功輕，故從吉屨為其大節，故無絇也。」）又曰：「絇，縫中也。」（《疏》：「牙底相接之縫，中有絳也。」）又曰：「純，緣也。」（《疏》：「謂繞口緣邊也。」《經文》：「純博寸。」）《周官・屨人・注》曰：「舄屨有絇有繶有純者，飾也。」綦，《士喪禮・注》曰：「屨繫也，所以拘止屨也。」（〈士喪禮〉：「夏葛屨，冬白屨，皆總緇純，組綦繫於踵。」《疏》：「經云繫於踵，則綦當屬於跟後，以兩端向前，與相連於躑跗踵足之上，合結之，名為繫於踵也。」）按：屨又有用草者，《孟子》：「猶棄敝蹝。」《注》云：「草履。」《左氏》：「資糧屝屨。」《注》云：「草屨」是也（《疏》引《方言》：「絲作者謂之履，麻作者謂之屝。」）。

　　《周官・屨人》：「掌王及後之服屨，為赤舄、黑舄、赤（《注》：『王黑舄之飾。』）、黃（《注》：『王后玄舄之飾。』），青句（《注》：『王白舄之飾。』），素屨（《注》：『非純吉，有凶去飾者。』）下《注》曰：『素屨散屨

者唯大祥時。』《疏》曰：『無純。』）、葛屨（《注》：『言葛屨，明有用皮時。』《注》曰：『凡舄之飾，如繢之次。』又曰：『純者同色，今云赤、黃、青句（絇），雜互言之，明舄屨眾多，反覆以見之。』）。辨內外命夫命婦之命屨（《注》：『命夫之命屨、屨，命婦之命屨、黃屨以下。』《疏》：『不得服舄，皆自鞠衣以下。』）、功屨（《注》：『於孤卿大夫則白屨、黑屨，九嬪內子亦然。世婦、命婦以黑屨為功屨。女御、士妻命屨而已。』）、散屨。」（《注》：「亦謂去飾。」）《注》曰：「屨自明矣，必連言服者，著服各有屨也。」凡屨舄，各象其裳之色。「王吉服有九，舄有三等，赤舄為上，冕服之舄，《詩》云：王錫韓侯，玄袞赤舄。則諸侯與王同（《疏》：『司服六冕。』）。下有白舄（《疏》：『韋弁、皮弁。』）、黑舄（《疏》：『冠弁。』）。王后吉服六，唯祭服有舄，玄舄為上，褘衣之舄也。下有青舄（《疏》：『配搖翟。』）、赤舄（《疏》：『配闕翟。』），鞠衣以下皆屨耳。」、「天子諸侯吉事皆舄，其餘唯服冕衣翟著舄耳。」

《史記・貨殖列傳》：「女子則鼓鳴瑟，跕屣。」臣瓚曰：「躡跟為跕。」按：此即《說文》所謂「躧，舞履也。」

古朝祭之服皆上衣，而下裳深衣，則連衣裳而一之。在內則長者曰袍，短者曰襦，下體親身者為褌，其外為袴。去衣裳而以袍襦為外衣，即成後世之服。不著長衣而著短衣，則為戎服，所謂袴褶也。袴褶，魏、晉以來為車駕親軍中外戒嚴之服，唐時以為朝見之服，蓋亦自古有之。王靜庵以為全出胡服，似非也。錄舊作《胡服考書後》一篇如下。

《胡服考書後》曰：古服上衣下裳，連衣裳而一之，則曰深衣，無以袴為外服者。此篇因謂袴褶之制，始於趙武靈王，其原出於胡服，似未必然也。康成說韍之緣起曰：「古者田漁而食，因衣其皮，先知蔽前，後知蔽後。後王易之以布帛，而獨存其蔽前者，不忘本也。」夫但知蔽前為韍，兼知蔽後，則為裳矣。朝祭之必裳，猶其存韍，皆不輕變古之意也（謂古人凡事因仍，不知改變，亦可）。至就勞役，則有褌而不袴者，《淮

南·原道》:「短綣不袴,以便涉遊。」司馬相如「著犢鼻褌,與庸保雜作」是也。有袴而不裳者,《禮記》「童子不衣裘裳」是也。勞役有之,戎事亦宜。然王氏謂:「《周禮·司服》鄭《注》云:今時伍伯緹衣。崔豹《古今注》云:今戶伯絳幀衣。伍伯者,車前導引之卒(見《釋名》、《續漢志》、《古今注》)。今傳世漢畫像車前之卒,皆短衣著袴,由伍伯之絳幀衣為袴褶之服,知光武之絳衣赤幀及赤幀大冠,不獨冠胡服之冠,亦服胡服之服矣。」又曰:「《漢書·匈奴傳》:中行說曰:其得漢絮繒,以馳草棘中,衣袴皆裂弊,以視不如旃裘堅善也。按:中國古服如端衣深衣,袴皆在內,馳草棘中,不得裂弊。袴而裂弊,是匈奴之服,袴外無表,即同於袴褶服也。」按:〈司服〉鄭《注》兼引《左氏》成公十六年「有韎韋之跗注」,杜《注》曰:「跗注,戎服,若袴而屬於跗。」鄭引此,蓋僅證其衣裳之同色。《疏》謂鄭以跗當為幅者,非若袴而屬於跗,則與衣不連,其制蓋亦有踦。杜云:若袴而不徑云袴者,以袴不皆屬於跗也。此古戎服著袴之徵,不待胡也。〈曲禮〉:「童子不衣裘裳。」〈玉藻〉:「童子不裘不帛。」〈內則〉:「十年,衣不帛襦袴。」、「衣不帛」句,即〈曲禮〉所謂「童子不裘」,〈玉藻〉所謂「不裘不帛」也(不言裘者,與下文「二十而冠,可以衣裘帛」互相備也)。「襦袴」,則〈曲禮〉所謂「童子不衣裘裳」也。所以「不裳」者,〈曲禮〉鄭《注》曰「裘太溫,消陰氣,使不堪苦(《正義》:『使不堪苦者,熱消陰氣,則不堪苦使。』),不衣裘裳便易。」《疏》曰:「給役,著裳則不便,故童子並緇布襦袴也。」說初不誤。《內則·注》云:「不用帛為襦袴,為太溫,傷陰氣也。」正以「不用帛」句,絕恐人不知古人言語互相足之例,故備言之。《疏》云:「衣不帛襦袴者,謂不以帛為襦袴」,則誤矣。童子之不裘不帛,固以太溫,亦以不堪苦使,不裳則專為便易,可見服勞者之必去裳矣。戴德喪服變除:「童子當室,謂十五至十九,為父後,持宗廟之重者,其服深衣不裳。」〈玉藻〉:童子「無緦服,聽事不麻」。《注》:「雖不服緦,猶免,深衣,無麻,往給事也。」蓋喪祭不可以

襦袴，故加之深衣。《曲禮・疏》曰：「童子不衣裘裳，二十則可。故〈內則〉云：二十可以衣裘帛。」二十而後裘帛，則亦二十而後裳，不言者，與上文互相備故。《大戴》言：童子不裳，以十九為限也。然則裳冠者之服也，冠而不裳者，將責成人之禮焉。然則裳禮服也，服勞役者，非童子則賤者，禮不下庶人，其不必裳明矣。故庶人但以深衣為吉服，同於襦袴之童子也。《左氏》昭公二十五年：師己稱童謠曰：「鸜鵒跦跦，公在乾侯，徵褰與襦。」說文：「褰，袴也。」方言：「袴，齊魯之間謂之。」褰之言「袪也，」（〈曲禮〉：「暑無褰裳」見注）舉也。褰裳，則利遐舉也。故《詩》曰：「子惠思我，褰裳涉溱。」然則欲遠行者，亦必袴而不裳矣。《說文》：「襦，短衣也。」《方言》：「復襦，江、湘之間謂之。」從豎，豎者，童豎。《廣雅》：「侏，短也。」故短人稱侏儒。古有恆言：「寒者利短褐。」短褐者，襦之以褐為之者也。然則古之賤貧人，殆無袴而不裳也。〈玉藻〉曰：「纊為繭，縕為袍，禪為絅，帛為褶。」（《詩》：「豈曰無衣，與子同袍。」《傳》：「袍，襺也。」《正義》：「袍，襺，《釋言》文。〈玉藻〉云：纊為繭，縕為袍。《注》云：衣有著之異名也。縕謂今纊及舊絮也。然則純著新綿名為襺，雜用舊絮名為袍，雖著有異名，其制度是一，故云袍襺也。」）《釋名》：「袍，丈夫著下至跗者也。袍，苞也，苞內衣也。」《周官・內司服・注》謂王后六服，皆袍制，然則古唯賤貧人但有短褐，貴人衣裳之內，固有長袍，特外必加以衣裳，若深衣耳。去之則貴者長袍，賤者短褐，與今同矣，豈待胡服哉？（〈喪大記〉：「袍必有表。」《士喪禮・疏》：「祿衣，連衣裳者，用以表袍。」）王君此篇，考索之功深，而於事理未嘗深思也（以上《胡服考書後》原文）。

　　任大椿《深衣釋例》曰：「古以殊衣裳者為禮服，祭服及朝朔之服是也；不殊衣裳者為燕服，深衣是也。後世自冕服外，以不殊衣裳者為禮服，以殊衣裳者為燕服，此古今之異制也。《續漢志》云：若冠通天冠，服衣深衣制，有袍，隨五時色。梁劉昭《注》曰：今下至賤吏、小吏，皆通制袍、

衣、皁緣領袖為朝服云。蓋古者天子以白布衣、素裳為朝服，諸侯以緇布衣、素裳為朝服，皆衣裳殊，後漢始以袍為朝服，不殊衣裳，故司馬彪謂袍為古之深衣。晉、宋以後，以絳紗袍、皁紗袍、五色紗袍、紗朱衣、絳單衣、絳皁褠衣為朝服。具服從省服，《隋志》亦云制本深衣。然則不殊衣裳，古以為便服，漢、晉以為禮服矣。《隋志》：乘輿鹿皮弁服，緋大襦，白羅裙，在宮聽政則服之」。又云：「今復制白紗高屋帽，其服練裙襦，宴接賓客則服之。《北史・柳世隆傳》：令王著白紗高頂帽，儐從皆裙襦袴褶。〈長孫儉傳〉曰：晚著裙襦紗帽，引客宴於別齋。上襦而下裙，即殊衣裳之遺制也。然則六朝時轉以殊衣裳者為便服矣。」

又曰：「婦人以深衣之制為禮服，不殊衣裳。故《內司服・注》：婦人尚專一，德無所兼，連衣裳不異其色。則《周禮》王后六服，制度皆本深衣。《通典》載：宋制，太后、皇后入廟，服袿襡大衣，謂之褘衣。公、特進、列侯夫人，卿、校世婦，二千石命婦年長者，入廟佐祭，皁絹上下；助蠶則青絹上下。自皇后至命婦二千石，皆以蠶衣為朝服。齊、梁以後並同。即《續漢志》所云深衣制，徐廣所云單衣也。其不殊衣裳，古今無異。然《古樂府・陌上桑》曰：緗綺為下裳，紫綺為上襦。襦與裳不相連者也。繁欽〈定情詩〉曰：何以合歡欣？紈素三條裾。《西河記》：西河無蠶桑，婦女著碧縑裙，加細布裳。《東觀記》：鮑宣之妻，悉歸侍御，更著短布裳。又云：王良為司徒，妻布裙徒跣。此皆別言裙裳，可知衣裳之殊矣。然則漢時婦人朝祭之服，制同深衣，燕閒之服，衣裳自殊，亦猶丈夫以袍、單衣為禮服，而其便服雅尚裙襦。《通典》載後周命婦服制云：諸命秩之服曰公服，蓋即制本深衣，不殊衣裳者也。又云：其餘裳服曰私。衣，蓋即衣裙異著者也。」

如任氏說，可見後世服制之所由來。按：《士喪禮・正義》：「上下通直，不別衣裳者曰通裁。」此深衣改為長袍之始。《方言・注》：「今或呼衫為襦。」《急就篇・注》：「長衣曰袍，下至足跗。短衣曰襦，自膝以上。」

《釋名》：「衫，芟也，末無袖端也。」此衫之本制。《新唐書·車服志》：「中書令馬周上議：禮無服衫之文。三代之制有深衣，請加襴袖褾襈（〈類篇〉：『衣與裳連曰襴。褾，袖端也。襈，緣也。』），為士人上服。開胯者名曰胯衫，庶人服之。」《事物紀原》曰：「馬周以三代之制有深衣，請於其下著襴及裾，名襴衫，其開胯者名袴衫，即今四胯衫也。」（即前後左右俱開胯者）此衫變為外服之由來也。六朝以後，將士多服襖。唐將帥之服多曰袍，軍士之服多曰襖，襖亦有缺胯者，可見亦為袍衫之類，非胡服也。

《急就篇·注》：「褶謂重衣之最在上者也。其形若袍，短身而廣袖，一曰左衽之袍也。」按：被髮左衽皆北俗。《日知錄·左衽》條曰：「宋周必大《二老堂詩話》云：陳益為奉使金國屬官，過滹沱光武廟，見塑像左衽。岳珂《桯史》云：至漣水宣聖殿，像左衽。泗州塔院，設五百應真像，或塑或刻，皆左衽。此制蓋金人為之，迄於明初而未盡除。其見於《實錄》者，永樂八年，撫安山東給事中王鐸之奏，宣德七年，河南彰德府林縣訓導杜本之奏，正統十三年，山西絳縣訓導張干之奏，屢奉明旨，而未即改正。」又曰：「〈喪大記〉：小斂大斂，祭服不倒，皆左衽。《注》：左衽，衽鄉左，反生時也。《正義》曰：衽，衣襟也，生鄉右，左手解，抽帶便也。死則襟鄉左，示不復解也。」然則左衽中原唯用諸死者，北狄則自古皆然。褶之左衽者胡服，其不然者，自中原之戎服也。

《陔餘叢考·馬褂缺襟袍戰裙》條曰：「凡扈從及出使，皆服短褂、缺襟袍及戰裙。短褂亦曰馬褂，馬上所服也，疑即古半臂之制。《說文》：無袂衣謂之。趙宦光以為即半臂，其小者謂之背子，此說非也。既曰半臂，則其袖必及臂之半，正如今之馬褂，其無袖者，乃謂之背子耳（《原注》：『背子即古裲襠之制。《南史·柳元景傳》：薛安都著絳衲裲襠衫，馳入賊陣。〈玉篇〉云：裲襠其一當背，其一當胸。朱謀瑋《駢雅》：裲襠，胸背衣也。』）。劉孝孫《事原》：隋大業中，內官多服半除，即今之長袖也。

唐高祖減其袖，謂之半臂，則唐初已有其制。《唐書》：韋堅為租庸使，聚江、淮運船於廣運潭，令陝尉崔成甫著錦半臂缺胯綠衫而裼之，唱〈得寶歌〉，請明皇臨觀。又曾三異《同話錄》有〈貉袖〉一條云：近歲衣制，有一種長不過腰，兩袖僅掩肘，以帛為之，仍用夾裡，名曰貉袖。起於御馬院圉人。短前後襟者，坐鞍上不妨脫著，以其便於控馭也。此又宋人短褐之制。然短袖之服，又不僅起於唐、宋。按《魏志・楊阜傳》：阜嘗見明帝著帽披縹綾半袖，問帝曰：此於禮何法服也？則短袖由來久矣。《北史》：周武帝著短衣，享二十四軍督。馬縞《中華古今注》：隋文帝征遼，詔武官服缺胯襖子，三品以上皆紫。《唐書》：高祖武德元年，詔諸衛將軍每至十月一日，皆服缺胯襖子。是缺襟之制，亦起於隋、唐時。至戰裙之始，按《國語》：鄢之戰，郤至以韎韋之跗注，三逐楚平王。《注》：跗注者，兵服自腰以下注於跗。則今之戰裙，蓋本此也。邲之戰，屈蕩逐趙旃，得其甲裳，又裙之有甲者耳。」《深衣釋例》曰：「案裲襠甲，一名裲襠衫，《宋書》：薛安都唯著絳衲裲襠衫，《隋書・輿服志》：正直絳衫，從則裲襠衫是也。考《宋史・輿服志》曰：太祖建隆四年，范質議云：《開元禮》：武官陪立大仗，加螣蛇裲襠，如袖，無身，以覆其髆胳（從肩領覆髆胳，共二尺二寸）。《釋文・玉篇》：相傳曰：其一當胸，其一當背，謂之兩當。請兼存兩說，擇而用之。今劇演將帥所被金銀甲，即所謂其一當胸，其一當背者也。裲襠甲古既稱裲襠衫，安有無身之衫乎？劉孝標《樂府》：裲襠雙心共一抹，袙腹兩邊作一襵。蓋一當胸，一當背，故曰雙心。屬合兩邊，以固前後。又曰袙腹，則《廣雅》所謂裲襠謂之袙腹也。」又曰：「又按：《隋書・輿服志》：諸將軍侍從之服，一曰紫衫金玳瑁裝裲襠甲，一曰紫衫金裝裲襠甲，一曰絳衫銀裝裲襠甲，蓋外著裲襠甲，內衷紫絳衫，衫制短小，為裲襠之襯服，尤便捷也。《南史齊・崔慧景傳》：恭祖禿馬絳衫，手刺倒敬則，直以衫代裲襠矣。古之甲，自身至腰，自腰至脛，分而為三，以組屬之，故曰三屬之甲。裲襠不殊上下，自肩直垂，此深衣之制，便於軍旅

者也，故曰可以武也。」石林葉氏《燕語》曰：「余見大父時，家居及燕見賓客，率多頂帽而繫勒帛，猶未甚服背子。帽下戴小冠簪。以帛作橫幅約髮，號額子。處室中則去帽見冠簪，或用頭巾也。古者士皆有冠，帽乃冠之遺制，頭巾賤者不冠之服耳。勒帛亦垂紳之意，雖施之外不為簡，背子本半臂，武士服，何取於禮乎？或云：勒帛不便於搢笏，故稍用背子。然須用上襟，腋下與背子垂帶。余大觀間見宰執接堂吏，押文書，猶冠帽用背子，今亦廢矣。而背子又引為長袖，與半臂制亦不同。裹賤者巾，衣武士服，而習俗之久不以為異，古禮之廢，大抵類此也。」（據《文獻通考》卷百三十）此可見今日馬褂及坎肩之所由來也。

《日知錄·冠服》條引《太康縣志》：「弘治間，婦女衣衫，僅掩裙腰，富者用羅緞紗絹織金彩，通袖裙，用金彩膝襴，髻高寸餘。」、「正德間，衣衫漸大，裙褶漸多，補唯用金彩補子，髻漸高。正德初，衣衫大至膝，裙短褶少，髻高如官帽，皆鐵絲胎，高六七寸，口周回尺二三寸餘。」此皆殊衣裳之服。又引《內邱縣志》曰：「先年，婦人非受封不敢戴梁冠，披紅袍，繫拖帶，今富者皆服之。又或著百花袍，不知創自何人。」此則不殊衣裳之服也。清世女子嫁及死後，畫像猶用之。又喪服亦沿古制，故有「男降女不降」，「生降死不降」之諺。

《南史·宋袁淑傳》：劭就主衣取錦，裁三尺為一段，又中裂之，分斌與淑及左右，使以縛袴褶。隋服制定後，百官俱服袴褶，車駕親軍則縛袴，此戎服之袴，異於常時者。

《梁書·陳伯之傳》：「褚緭在魏，魏人欲擢用之。緭戲為詩曰：帽上著籠冠，袴上著朱衣，不知是今是？不知是昔非？魏人怒，出為始平太守。」蓋爾時中原之俗，袴褶別為一服，不與他服相溷也。

諸服之中，唯靴確為胡制，蓋以北地苦寒故也。《陔餘叢考·著靴》條曰：「朝會著靴，蓋起於唐中葉以後。《唐書》：皇甫鎛以故繒給邊兵，軍士焚之。裴度奏其事。鎛在憲宗前引其足曰：此靴亦內府物，堅韌可

用。韋斌每朝會，不敢離立，嘗大雪立庭中，不徒足，雪幾沒靴。崔戎為華州刺史，徙克海，民遮留不得行，抱持取其靴。戎單騎遁去。溫造節度興元，殺倡亂者八百人，監軍楊叔元擁造靴祈哀，乃免之。是唐時已多著靴。歐陽公《歸田錄》：和凝以二千錢買靴，問馮道靴價若干。道舉左足曰：一千。凝遂嗔其僕。道徐舉其右足曰：此亦一千。是又五代著靴之證。宋以後則朝靴且形之歌詠，而《朱文公家禮》內〈冠儀〉一條，並有襴衫帶靴之制，則靴固久為公服矣。按：靴本北俗，自趙武靈王始用之，然秦、漢、魏、晉尚罕有著靴者。《晉書·儒林·劉兆傳》：有人著靴騎驢，至門外問劉延世。又〈毛寶傳〉：寶與祖煥戰，血流滿靴，此蓋騎者用之。靴字從革，蓋皆皮為之，便於騎也。唯齊豫章王嶷不樂聞人過，有告訐者，輒置靴中不視。梁王儉宴客樂遊苑，蕭琛著虎皮靴，直造其坐。陳徐陵為吏部，陳暄袍拂髀，靴至膝，亦直上其坐。南朝之著靴，見於史者，只此數事而已。其時多著屐，齊明帝輔政時，百官皆脫到席，蔡約獨躡不改。則其時見尊長，尚以脫為敬，固無論於著靴也。而是時北朝則靴已盛行。《北史》：慕容永被擒入長安，夫妻常賣靴自給。北齊婁太后病，童謠有紫靴之語。徐之才曰：紫者此下絲，綎者熟，當在四月中。太后果崩。高澄被刺時，楊惜逃出，遺一靴。〈任城王湝傳〉：有婦人浣衣，一乘馬者以舊靴換其新靴而去。又樂陵王百年被害，後有人於其處掘得一足有靴。琅琊王儼被害，亦不脫靴而埋之。及北齊亡後，嬪妃入周，亦以賣靴為業。是北朝著靴，累代盛行。蓋自劉、石之亂，繼以燕、秦、元魏、齊、周各從其本俗，故中土久以著靴為常服，沿及於唐，遂浸尋為朝制耳。風會所趨，隨時而變，古以脫襪為敬，其後不脫襪而但脫履，又其後則不脫履，最後則靴為朝服，而履反為褻服，設有著履入朝會及見長官者，反為大不敬，更無論於跣而見也。或疑古人脫襪而登，近於裸褻，然常見暹羅國人入朝拜舞，以行縢裹足，頗斑斕可愛，想古人邪幅在下，亦復如是，則亦未為汙瀆也。按《明史》：洪武初，定制朝服祭服，皆白襪黑履，唯公服則

用皂靴，故有賜狀元朝靴之制。洪武二十五年，令文武官父兄子弟及婿皆許穿靴，校尉力士上直穿靴，出外不許，庶人不許穿靴，只許穿皮扎翰，北地苦寒，許穿牛皮直縫靴。」《胡服考》引《說文》曰：「鞾，革履也，胡人履連脛，謂之絡鞮。」（九字今本無，《韻會》引有）《廣韻》八戈引《釋名》：「靴本胡服，趙武靈王所服。」《御覽》六百九十八引《釋名》：「靴本胡名也，趙武靈王始服之。」《隋書‧禮儀志》：「履則諸服皆服，唯褶服以靴。靴，胡履也，取便於事，施於戎服。」《舊唐書‧輿服志》：「常服六合靴，起自魏、周」（以上皆王氏《胡服考》所引）皆靴出於胡之證也。

　　釘鞋見《舊唐書》，已見前。《陔餘叢考‧釘鞋》條曰：「《明史‧禮志》：百官入朝，遇雨皆躡釘靴，聲徹殿陛。太祖曰：古者入朝有履，唐始用靴，其令朝官為軟底皮鞵，冒於靴外，出朝則釋之。此又釘靴之見於記載者也。」（趙氏又曰：「古人雨行，多用木屐。」）

　　《呂覽‧上農》曰：「古者庶人不冠弁。」《儀禮‧喪服‧注》曰：「庶人不冠爵弁，則冠素委貌。」（委貌，即玄冠。庶人吊服深衣素冠，吉服則深衣玄冠也）《都人士‧正義》曰：「庶人冠緇布冠或玄冠。」蓋唯行禮時或用之，平時則否。《釋名》曰：「二十成人，士冠庶人巾。」巾以覆髻，則曰幘。《說文》：「髮有巾曰幘。」《廣雅》：「幘巾，覆結也」是也（《後漢書‧劉盆子傳‧注》：「幘巾，所以覆髻也。」）。其制齊眉而折其後，亦所以覆髮，使頭嚴整。《釋名》曰：「幘，跡也，下齊眉跡然也。或曰脥，脥折其後也。」《續漢書‧輿服志》：「幘者，賾也，頭首嚴幘也」是也。《獨斷》曰：「幘者，古之卑賤執事不冠者之所服也，或以巾。」《宋書‧輿服志》：「居士野人皆服巾焉。」（《文選‧秋胡詩‧注》：「巾，處士所服。」《北山移文‧注》：「巾，隱者之飾。」）《三國志‧魏文帝紀‧注》引《魏書》：「楊彪著布單衣皮弁以見。」則雖著單衣，亦不用巾。《後漢書‧蔡義傳》：「詔事逼切，不得已解巾之郡。」〈韓康傳〉：「及見康柴車幅巾，以為田叟也。」此居士野人服巾之證也。《郭泰傳‧注》引周遷《輿服雜事》：「巾以

葛為之，形如，本居士野人所服。」〈玉篇〉：「帩，帽也，絹幘也。」《隋書·輿服志》：「帽，古野人之服。」則巾近於帽也。《說文》：「帽，小兒蠻夷頭衣也。」《書·大傳》：「古之人，衣上有冒而句領者。」《注》：「冒，覆也。」冒而句領，《淮南》以為太古之俗，已見前。蓋冠弁等皆稍進化時所制，特用為飾，帽則誠所以覆首無飾者，猶沿服之也。《日知錄·冠服》條引「《豫章·漫鈔》曰：今人所戴小帽，以六瓣合縫，下綴以簷如箬。閣憲副閔謂予言：亦太祖所制，若曰六合一統云爾。楊維楨廉夫以方巾見，太祖問其制，對曰：四方平定巾。上喜，令士人皆得戴之。商文毅用自編民，亦以此巾見。」按：六合帽，今上下通服，而明時起自編民者用巾，可見巾與帽為平民通服，今古皆然矣（《日知錄·冠服》條又引《內丘縣志》曰：「萬曆初，童子髮長猶總角，年二十餘始戴網，天啟間，則十五六便戴網，不使有總角之儀矣。萬曆初，庶民穿膡鞁，儒生穿雙臉鞋，非鄉先生，首戴忠靖冠者，不得穿鑲邊雲頭履。至近日，而門快輿皂，無非雲履，醫卜星相，莫不方巾。又有晉巾、唐巾、樂天巾、東坡巾者。」）。

《陔餘叢考·帽頂》條曰：「《輟耕錄》記元大德間，有回回臣商，賣紅剌石一塊於官，重一兩三錢，直中統鈔十四萬錠。用嵌帽頂上，累朝皇帝正旦及天壽節大朝賀則服用之。又河南王卜憐吉歹嘗郊行，天暖欲易涼帽，左右捧笠侍，風吹墮石上，跌碎御賜玉頂，王不嗔責。又有猴盜者，使所畜猴入人家竊物。在韶州旅邸服繡衣，琢玉為帽頂。又《元史》：仁宗為皇太子時，淮東宣慰使撒都獻七寶帽頂，卻之。據此，則帽之有頂，元制已然。《遼史·重元傳》：興宗賜重元四頂帽二色袍，則帽頂之制，並始於遼也。」

《陔餘叢考·木棉布行於宋末元初》條又曰：「古時未有棉布，凡布皆麻為之。記曰：治其麻絲，以為布帛是也。木棉作布，邱文莊謂元時始入中國。而張七澤《潯梧雜佩》，引《通鑒》梁武帝送木棉皂帳事，據史炤《釋文》，木棉以二三月下種，至夏生黃花結實，及熟時，其皮四裂，中綻

出如綿，土人以鐵碾去其核取棉，以小竹弓彈之，細卷為筒，就車紡之，自然抽緒，織以為布，謂即此物也。按史炤《釋文》所云，正是今棉花所織之布。則梁武時已有此布矣。說者謂《漢書・注》孟康曰：閩人以棉花為吉貝，而《正字通》及《通雅》俱云：吉貝，木棉樹也。《南史・林邑傳》亦云：吉貝者，樹名也，其花如鵝毳，抽其緒，紡之作布，與紵布不殊。是六朝以前，木棉布乃吉貝樹之花所成，係木本而非草本。今粵中木棉樹，其花正紅，及落時，則白如鵝毳，正《南史》所云吉貝樹也。但其花只可絮茵褥，而不可織布。按：《南史・林邑傳》，以吉貝為樹。《舊唐書・南蠻傳》則云：吉貝草緝花作布，名曰白氎。《新唐書・林邑傳》並不曰吉貝，而曰古貝，謂古貝者草也。然則《南史》所謂吉貝之樹，即《唐書》所謂古貝之草。其初謂之木棉者，蓋以別於蠶繭之綿。而其時棉花未入中土，不知其為木本草本，以南方有木棉樹，遂意其即此樹之花所織。迨宋子京修《唐書》時，已知為草本，故不曰木而曰草耳。史炤，北宋人（《原注》：『見〈文彥博傳〉。』），又在子京之後，並習知其碾彈、紡織之技，故批注益詳。以此推之，則梁武木棉皂帳，即是草本之棉所成，而非木棉樹也。更進而推之，〈禹貢〉：厥篚織貝。蔡九峰注：今南夷木棉之精好者，謂之吉貝。則夏之織貝，亦即今草棉布，是三代時已有之矣。其見於記傳者，《南史》：姚察有門生送南布一端，察曰：吾所衣者只是麻布，此物吾無所用。白樂天〈布裘詩〉云：桂布白似雪。又以布裘贈蕭、殷二協律詩云：吳綿細軟桂布白。曰桂布者，蓋桂管所出也。孫光憲〈南越詩〉：曉廚烹淡菜，春杼織穜花（《原注》：『草棉亦名穜花。』）。李琮詩：腥味魚吞墨，衣裁木上棉。東坡詩：東來賈客木棉裘。以及《五代史》：馬希範作地衣，春夏用角簟，秋冬用木棉。《宋史・崔與之傳》：瓊州以吉貝織為衣衾，工作出自婦人，皆此物也。然則棉花布自古有之，何以邱文莊謂元初始入中國？蓋昔時棉花布，唯交、廣有之，其種其法，俱未入中土。觀姚察門生所送只一端，白樂天以此送人，並形之歌詠，則其為罕而

珍重可知。迨宋末元初，其種傳入江南，而布之利，遂衣被天下耳。謝枋
得有謝劉純父惠木棉詩云：嘉樹種木棉，天何厚八閩。厥土不宜桑，蠶事
殊艱辛。木棉收千株，八口不憂貧。江東易此種，亦可致富殷。奈何來瘴
癘，或者畏蒼旻。吾知饒信間，蠶月如岐邠。兒童皆衣帛，豈但奉老親。
婦女賤羅綺，賣絲買金銀。角齒不兼與，天道斯平均。所以木棉利，不畀
江東人。據此，則宋末棉花之利，尚在閩中，而江南無此種也。元人陳高
有〈種花詩〉云：炎方有種樹，衣被代蠶桑。舍西得閒園，種之漫成行。
苗生初夏時，料理晨夕忙。揮鋤向烈日，灑汗成流漿。培根澆灌頻，高者
三尺強。鮮鮮綠葉茂，燦燦金英黃。結實吐秋繭，皎潔如雪霜。及時以收
斂，采采動盈筐。緝治入機杼，裁剪為衣裳。禦寒類挾纊，老稚免淒涼。
陳高，元末人，而隙地初學種之，則其來未久可知。陶九成《輟耕錄》，
記松江烏泥涇土田磽瘠，謀食不給，乃覓木棉種於閩、廣，初無踏車椎弓
之制，率用手去其子，線弦竹弧，按掉而成，其功甚艱。有黃道婆自崖州
來，教以紡織，人遂大獲其利。未幾，道婆卒，乃立祠祀之。三十年祠
毀，鄉人趙愚軒重立云。九成，元末人，當時所記立祠始末如此，蓋可見
黃道婆之事未遠。而松江之有木棉布，實自元始也。《琅琊代醉編》又謂
棉花乃番使黃始所傳，今廣東人立祠祀之。合諸說觀之，蓋其種本來自外
番，先傳於粵，繼及於閩，元初始至江南，而江南又始於松江耳。〈元世
祖本紀〉：至元二十六年，置浙東、江東、江西、湖廣、福建木棉提舉司，
責民歲輸木棉布十萬匹。程鉅夫《雪樓集》有送人赴浙東木棉提舉詩，鉅
夫仕元初，而其時木棉特設專官，則其初為民利可知。邱文莊所謂元時始
入中國，非無稽也。《明史·食貨志》：明太祖立國初，即下令民田五畝
至十畝者，栽桑、麻、木棉各半畝，十畝以上倍之，又稅糧亦准以棉布折
米。」

　　〈玉藻〉：「纊為繭，縕為袍，為，帛為褶。」《注》：「纊謂今新綿也，
縕謂今纊及舊絮也。」《周官·玉府·注》：「燕衣服者，巾絮、寢衣、袍

之屬。」此皆今之絲綿（《說文》曰：「絮，敝綿也。」而《公羊》昭二十年《解詁》謂：「絮謂新綿。」蓋初以纊為新，絮為舊，後亦以良楛言之，故《玉藻‧注》於絮上特加舊字，《疏》順《注》意，謂「好者為綿，惡者為絮」也），唯貴富者用之，賤貧者則衣褐。《詩》：「無衣無褐，何以卒歲？」《箋》：「褐，毛布也。」《孟子》：「許子衣褐。」《注》：「褐以毳織之，若今馬衣。」此其本義。《注》又曰：「或曰褐編，枲衣也。一曰粗布衣。」則非本義也。

　　染色亦自古有之。〈月令〉：季夏，「命婦官染采。」《周官‧地官‧掌染草》：「掌以春秋斂染草之物。」《天官‧染人》：「掌染絲帛，掌凡染事。」《考工記》：「鍾氏染羽。」《注》曰：「羽所以飾旌旗及王后之車。」《疏》曰：「《夏采‧注》云：夏采夏翟羽色。〈禹貢〉：徐州貢夏翟之羽，有虞氏以為，後世或無，故染鳥羽，象而用之，謂之夏采。此是鍾氏所染者也。」此並古代掌染色之官也。

　　《爾雅》：「一染謂之（《既夕禮‧注》：『一染謂之，今紅也。』《論語》：『君子不以紺飾。』孔曰：『一入為。』《疏》曰：『未知出何書。』按：此殆字誤也），再染謂之窺（《士冠禮‧注》：『再入謂之䞓。』），三染謂之。」（〈鍾氏〉：「三入為。」《士冠禮‧疏》：「一染至三染，同名淺絳。」《鍾氏‧疏》：「此三者皆以丹秫染之。」）《士冠禮‧注》曰：「朱則四入與？」《考工記‧鍾氏》曰：「五入為，七入為緇。」《注》：「凡玄色者，在緇之間，其六入者與？」《疏》曰：「紺入黑則為，此五入為是也。更以此玄入黑汁，則名七入為緇矣。」（《士冠禮‧疏》：「以入黑則為紺，以紺入黑則為緅。」《鍾氏‧疏》云：「若入赤汁，則為朱；若不入赤而入黑汁，則為紺矣。」又云：「緇與雲相類，故禮家每以緇布衣為玄端也。」〈染人〉：「夏玄。」《注》：「玄者，天地之色，以為祭服。《考工記‧鍾氏》則染術也。染玄則史傳闕矣。」《士冠禮‧注》：「爵弁者，冕之次，其色赤而微黑，如爵頭然，或謂之。」《巾車‧注》：「雀黑多赤少之色也。」《疏》：「以再入黑汁，

與爵同。」〈染人〉：「秋染夏。」《注》：「染夏者，染五色，謂之夏者，其色以夏翟為飾。〈禹貢〉曰：羽畎夏翟，是其總名。其類有六：曰翬，曰搖，曰鷮，曰甾，曰希，曰蹲。其毛羽五色皆備成章，染者擬以為深淺之度，是以放而取名焉。」《天官・縫人・注》：「柳之言聚諸飾之所聚。」《疏》：「柳者，諸色所聚。日將沒，赤色兼有餘色。」）此古者染色之法。

　〈月令〉：仲夏，「令民毋艾藍以染。」《注》引《夏小正》曰：「五月，啟灌藍蓼。」（《疏》：「熊氏云：灌謂叢生也。言開關此叢生藍蓼分移，使之稀散。」）《周官・地官・掌染草・注》：「染草，藍（染青）、蒨（染赤，即韎韐。《士冠禮・注》：『韎韐、縕韍也。士縕韍而幽衡，合韋為之，士染以茅蒐，因以名焉。今齊人名蒨為韎韐。』《疏》曰：『按：《爾雅》云：茹藘茅蒐。孫氏《注》：一名蒨，可以染絳，若然則一草有此三名矣。』）、象斗（染黑）之屬。」又，《掌染草・注》：「染草，茅蒐、橐蘆（《疏》：『《爾雅》無文。』）、豕首（《疏》云：『郭注不言可染何色。則此橐蘆、豕首，未知鄭之所據也。』）、紫茢（染紫）之屬。」鍾氏染羽，「以朱湛丹秫，三月而熾之，淳而漬之。」鄭司農云：「湛，漬也。丹秫，赤粟。」後鄭曰：「湛讀如漸，車帷裳之漸熾炊也。淳，沃也，以炊下湯沃，其熾蒸之以漬羽。漬，猶染也。」（《淮南子》：「以涅染紺，則黑於涅。」）此古之染料也。

　《考工記》：「畫繢之事雜五色：東方謂之青，南方謂之赤，西方謂之白，北方謂之黑，天謂之玄，地謂之黃。青與白相次也，赤與黑相次也，玄與黃相次也（《注》：『此言畫繢六色所象及布采之第次，繢以為衣。』《疏》：『天玄與北方黑二者，大同小異。何者？玄黑雖是其一，言天只得謂之玄天，不得言黑天。若據北方而言，玄黑俱得稱之。是以北方云玄武宿也。青與白相次以下，論繢於衣為對方之法也。』《染人・注》：『玄者，天地之色。』《疏》：『土無正位，託南方火火赤與黃共為也。』）。青與赤謂之文，赤與白謂之章，白與黑謂之黼，黑與青謂之黻，五采備謂之繡（《注》：『此言刺繡采所用，繡以為裳。』）。土以黃，其象方，天時變

（《注》：『古人之象，無天地也。為此記者，見時有之耳。』『鄭司農云：
天時變，謂畫天隨四時色。』《疏》：『此乃六色之外，別增此天地二物於
衣。鄭云：古人之象，無天地也者，此據《虞書》日月以下，不言天地。
天無形體，當畫四時之色，以象天也。若然畫土當以象地色也。』），火以
圜（《注》：『鄭司農云：為圜形似火也。玄謂形如半環然，在裳。』《疏》曰：
『此亦與先鄭不別，增成之耳。孔安國以為火字也。』），山以章（《注》：
『章讀為獐。獐，山物也，在衣。』），水以龍（《注》：『龍，水物，在衣。』
《疏》：『馬氏以為畫山者，並畫獐。畫水者，並畫龍。鄭即以獐表山，
以龍見水。』），鳥獸蛇（《注》：『所謂華蟲也，在衣，蟲之毛鱗有文采
者。』《疏》：『《虞書》有十二章，於此唯言四章，又兼言天地而不云日月
星藻與宗彝者，記人之言略說之耳。』），雜四時五色之位以章之，謂之巧
（《注》：『章，明也。繢繡皆用五采鮮明之。』《疏》：『上有六色，此言五
者，下別言素功。或可玄黑共說也。』）。凡畫繢之事，後素功。」（《注》：
「素，白采也。後布之，為其易漬汙也。」《聘禮記》：「公侯伯繅藉三采，
朱、白、蒼。聘臣藻皆二采，朱、綠。」《弁師·注》：「三采，朱、白、
蒼也。」《左》桓二年《疏》：「凡言五采者，皆謂玄、黃、朱、白、蒼，三
采朱、白、蒼，二采朱、綠。」）〈玉藻〉：「衣正色，裳間色。」《注》：「謂
冕服玄上下。」《疏》：「皇氏云：正謂青赤黃白黑，五方正色也。不正謂
五方間色也，綠紅碧紫黃是也。青是東方正，綠是東方間。東為木，木色
青，木刻土，土黃，並以所刻為間，或綠色青黃也。朱是南方正，紅是南
方間。南為火，火赤，刻金，金白，故紅色赤白也。白是西方正，碧是西
方間。西為金，金白，刻木，故碧色青白也。黑是北方正，紫是北方間。
北方水，水色黑，水刻火，火赤，故紫色赤黑也。黃是中央正，黃是中央
間。中央為土，土刻水，水黑，故黃之色黃黑也。」（《左》桓二年：「五
色比象，昭其物也。」《疏》：「《考工記》云：畫繢之事雜五色：東青，南
赤，西白，北黑，天玄，地黃，是其比象天地四方也。比象有六，而言五

者，玄在赤黑之間，非別色也。昭二十五年《傳》云：九文六采，言采色有六，故《注》以天地四方六事當之。五行之色為五色，加天色則為六，故五色六采，互相見也。」《月令・正義》：「春云載青旂，衣青衣，服蒼玉。青深而蒼淺，旂與衣人功所為，不可淺深異色，故同用青也。玉是自然之色，不可純青，故用蒼之淺色。夏云載赤旂，衣朱衣，服赤玉。與春不類者，亦以朱深而赤淺，旂可用淺，衣必用深，故衣旂異色。赤玉與蒼玉同，俱是其色淺也。冬云載玄旂，衣黑衣，服玄玉者，亦以黑深而玄淺，旂用淺色，故其色玄，衣用深色，故其色黑，與夏同也。」義疏家言此等處，極穿鑿可笑。）

《書》曰：「予欲觀古人之象。」《疏》曰：「《易辭》云：黃帝、堯、舜垂衣裳而天下治，象物制服。蓋因黃帝以還，未知何代而具采章。舜言已欲觀古，知在舜之前耳。」按：染色之起原必甚古，特古人用之，不如後世之多，故三代時所存古制，多是白色也。貴正色，賤間色，正見其染術之未精。後世染術之精，則正是間色益多耳。

《日知錄・白衣》條曰：「白衣者，庶人之服，然有以處士而稱之者。《風俗通》：舜、禹本以白衣，砥行顯名，升為天子。《史記・儒林傳》：公孫宏以《春秋》，白衣為天子三公。《後漢書・崔駰傳》：憲諫，以為不宜與白衣會。〈孔融傳〉：與白衣禰衡，跌蕩放言。《晉書・閻纘傳》：薦白衣南安朱沖，可為太孫師傅。〈胡奮傳〉：宣帝之伐遼東，以白衣侍從左右是也。有以庶人在官而稱之者，《漢書・兩龔傳》：聞之白衣。師古曰：白衣，給官府趨走賤人，若今諸司亭長掌固之屬。蘇伯玉妻〈盤中詩〉：吏人婦，會夫希。出門望，見白衣。謂當是，而更非。《續晉陽秋》：陶潛九月九日無酒，於宅邊菊叢中坐，望見白衣人，乃王宏送酒是也。人主左右，亦有白衣。《南史・恩幸傳》：宋孝武選白衣左右百八十人。《魏書・恩幸傳》：趙修給事東宮，為白衣左右。茹皓充高祖白衣左右。」又曰：「唐李泌在肅宗時，不受官。帝每與泌出，軍人環指之曰：衣黃者，聖人也。衣

白者，山人也。則天子前不禁白。《清波雜志》言：前此仕族子弟，未受官者，皆衣白。今非跨馬及弔慰，不敢用。」又曰：「白衣但官府之役耳，若侍衛則不然。《史記‧趙世家》：願得補黑衣之缺，以衛王宮。《漢書‧谷永傳》：擢之皂衣之吏。」又曰：「詩：麻衣如雪。鄭氏曰：麻衣，深衣也，古時未有棉布，凡布皆麻為之。《禮記》曰：治其麻絲，以為布帛是也（《原注》：『杜子美詩：麻鞋見天子。』）。然則深衣亦用白。」按：《宋書‧輿服志》：國子太學生服單衣以為朝服。《唐書‧車服志》：國子太學四門生俊士參見，服白紗單衣。《隋書‧輿服志》：隱居道素之士被召，入謁見者，白單衣，五品以上通著紫，六品以下兼用緋綠，胥吏以青，庶人以白，商以皂，士卒以黃。《通考》：太平興國七年，李昉奏：唐天成三年詔：「今後庶人工商，只著白衣。」蓋染色初起，非人人所能為，故為侈靡之事，唯王公貴人用之，後遂沿以分別等級也。

　　程大昌《演繁露》曰：「隋制，宋、齊之間，天子宴私著白高帽，士庶以烏，太子在上省，則帽以烏紗，在永福省則白紗。隋時以白通為慶吊之服，國子生亦服白紗巾也。晉著白接䍦。竇蘋《酒譜》曰：接䍦，巾也。南齊桓崇祖守壽春，著白紗帽，肩輿上城。今人必以為怪，古未有以白色為忌也。郭林宗遇雨墊巾，李賢注云：周遷《輿服雜事》曰：巾以葛為之，形如，本居士野人所服。魏武造，其巾乃廢。今國子學生服焉，以白紗為之，是其制皆不忌白也。《樂府‧白紵歌》曰：質如輕雲色如銀，制以為袍餘作巾，袍以先驅巾拂塵。吳競《樂府要解》：按舊史，白紵，吳地所出，則誠今之白紵。《列子》所謂阿錫而西子之舞，所謂白紵紛紛鶴翎亂者是也。今世人麗妝，必不肯以白紵為衣，古今之變，不同如此。《唐六典》：天子服有白紗帽，其下服如裙襦襪，皆以白，視朝聽訟，燕見賓客，皆以進御，則猶存古制也。然其下注云：亦用烏紗，則知古制雖存，未必肯用，多以烏紗代之，則習見忌白久矣。世傳〈明皇幸蜀圖〉，山谷間老叟出望駕，有著白巾者。釋者曰：服諸葛武侯也。此不知古人不忌白也。」

讀此，可知厭白色，尚彩色，起於唐宋之間（《清波雜志》：宋乾道中，內相王日嚴謂一堂環坐，皆成素，極可憎，乞仍存紫衫。唐制，新進士皆白袍，故有「袍似爛銀」之句。又，薛仁貴著白衣自標顯，帝望見，問先鋒：白衣者誰？則戎服亦白也。王士禛《香祖筆記》謂秦俗尚白，民間遇元旦賀壽吉慶事，輒麻巾素衣以往，余所經歷西安、鳳翔、漢中諸府皆然。則近代亦有之，但罕耳）。

　　古人通服白色之衣，喪服則以精粗為序，不以色也，唯素服色白。《左》昭十七年《疏》曰：「古之素服，禮無明文，蓋象朝服而用素為之，如今之單衣也。」《詩·素冠》：「庶見素冠兮。」《毛傳》：「素冠，練冠也。」《箋》曰：「喪禮既祥，祭而縞冠素紕。」《疏》曰：「鄭以練冠者，練布為之，而經傳之言素者，皆謂白絹，未有以布為素者，則知素冠非練也。」《東山·疏》曰：「素服於凶事為吉，於吉事為凶，非喪服也。」按：〈玉藻〉：「年不順成，則天子素服。」〈曲禮〉：「大夫、士去國，素衣、素冠、素裳。」〈郊特牲〉曰：「皮弁素服而祭。素服，以送終也。」《周官·司服》：「大札、大荒、大烖素服。」孟明喪師，荊軻入秦，古人皆素服送迎，蓋王公大人服有章采，故服白色即為素也。〈玉藻〉之「天子素服」疏，謂與下「君衣布」為互文，則亦未嘗不可用布，特與喪服是兩事耳（〈士冠禮〉：「將冠者采〔彩〕衣。」《注》：「采衣，未冠者所服。〈玉藻〉曰：童子之節也，緇布衣，錦緣，錦紳并紐，錦束髮，皆朱錦也。」則古童子特尚華飾，亦與後世同）。

　　《陔餘叢考·眼鏡》條曰：「古未有眼鏡，至有明始有之，本來自西域。張靖之《方州雜錄》云：向在京師，於指揮胡𤫥寓，見其父宗伯公所得宣廟賜物，如錢大者二，形色絕似雲母石，而質甚薄，以金相輪廓而紐之，合則為一，歧則為二，如市中等子匣。老人目昏不辨細書，張此物加於雙目，字明大加倍。近又於孫景章參政處，見一具，試之復然。景章云：以良馬易於西域賈胡，其名曰逮。又郎瑛云：少嘗聞貴人有眼鏡，老年人可

用以觀書，予疑即文選中玉珧之類。及霍子麒送一枚來，質如白琉璃，大如錢，紅骨鑲，二片可開合而折疊之。問所從來，則曰：甘肅番人貢至而得者。豐南禺曰：乃活車渠之珠，須養之懷中，勿令干，然後可。予得之二十年無用云。瑛，嘉靖時人，是知嘉靖時尚罕見也。吳瓠庵集中，有〈謝屠公饋眼鏡詩〉。呂藍衍亦記明提學潮陽林某始得一具，每目力倦，以之掩目，能辨細書。其來自番舶滿加剌國賈胡，名曰靉靆雲。則此物在前明極為貴重，或頒自內府，或購之賈胡，非有力者不能得，今則遍天下矣。蓋本來自外洋，皆玻璃所製，後廣東人仿其式，以水晶製成，乃更出其上也。劉跂《暇日記》：史沆斷獄，取水晶十數種以入，初不喻，既而知案牘故暗者，以水晶承日照之則見。是宋時已知水晶能照物，但未知作鏡耳。」（眼鏡雖非衣服，然殊切於用，故附於此。又摺扇亦始宋，蓋自日本輸入，亦見《陔餘叢考》）

# 第六章　宮室

　　宮室之作，其在五帝之世乎？《爾雅・釋宮・疏》：「《白虎通》云：黃帝作宮室。《世本》曰：禹作宮室。」〈禮運〉曰：「昔者先王未有宮室，冬則居營窟，夏則居橧巢。」（《注》：「寒則累土，暑則聚柴薪居其上。」阮氏《校勘記》云：「考文引古本足利本，橧作橧。洪頤煊《九經古義補》云：按《太平御覽》五十五引作橧。《家語・問禮篇》亦作橧。劉熙《釋名》云：橧，露也。露上無屋覆也。《左傳》：楚子登巢車以望晉軍。杜《注》云：巢車車上加橧。孔氏《正義》引《說文》云：，兵高車加巢以望敵也。橧，澤中守草樓也。巢與橧皆樓之別名。今本作橧，傳寫之誤。」按：《經典・釋文》釋居橧云：「本又作增」，則由來已久。鄭《注》：「累土」正增字之義，似未必今本誤也）《易・繫辭・傳》曰：「上古穴居而野處，後世聖人易之以宮室，上棟下宇，以待風雨。」《詩》曰：「古公亶父陶復陶穴。」（《傳》：「陶其土而復之，陶其壤而穴之。」《箋》：「復者，復於土上鑿地曰穴，皆如陶然。」〈月令〉：「其祀中霤。」《注》：「中霤，猶中室也。土主中央而神在室。古者復穴，是以名室為霤。」《疏》：「復穴者，謂窟居也。古者窟居，隨地而造，若平地則不鑿，但累土為之。謂之為復，言於地上重複為之也。若高地則鑿為坎，謂之為穴。其形皆如陶灶，故《詩》云陶復陶穴是也，故毛云陶其土而復之，陶其壤而穴之。鄭云：復者，復於土上鑿地曰穴，皆如陶然。故庾蔚云：復謂地上累土為之，穴則穿地也，復穴皆開其上取明，故雨霤之，是以後因名室為中溜也。」按：《詩疏》不甚清晰，故今引《禮疏》以明之）《孟子》曰：「下者為巢，上者為營窟。」《墨子》曰：「古者人之始生，未有宮室之時，因陵丘堀穴而處焉。聖王慮之，以為堀穴，曰冬可以辟風寒，逮夏下潤溼，上熏烝，恐傷民之氣，於是作為宮室而利。」（〈節用〉中。又〈辭過〉：「子墨子曰：古之民

未知為宮室時，就陵阜而居，穴而處，下潤溼傷民，故聖王作為宮室。」按：「穴而處」，疑當作堀穴而處）《呂覽》引「子華子曰：丘陵成而穴者安矣。」（先已注「穴而居之」）《淮南·本經》曰：「昔容成氏之時，道路雁行列處，托嬰兒於巢上，置餘糧於畎首。舜之時，共工振滔水以薄空桑，龍門未開，呂梁未鑿，江淮流通，四海溟涬，民皆上丘陵，赴樹木。」又曰：「逮至衰世，構木為臺，積壤而丘處。」〈氾論〉曰：「古者民澤處復穴（《注》：『復穴，重窟也。一說穴毀堤防，崖岸之中，以為窟室。』），冬日則不勝霜雪霧露，夏日則不勝暑蟄。聖人作，為之築土構木，以為宮室，上棟下宇，以蔽風雨，以避寒暑，而百姓安之。」〈修務〉云：「舜作室，築牆茨屋，闢地樹穀，令民皆知去岩穴，各有家室。」所述皆最古之情形也。觀此知未有宮室之先，古人居處凡有三法：構木為巢一也，掘地成穴二也，復土使高三也。構木之先，蓋猱升樹木之頂。陶復陶穴之先，則因乎自然之丘陵。窟穴聚柴薪而居其上，所以避下溼。此築土為壇之基（《管子·五輔》：『闢田疇，利壇宅。』《注》：『壇，堂基。』），復穴皆開其上以取明，則窗之所自始也。茨屋者，法樹之枝葉覆蔽也。棟梁，法樹之枝幹交互也。築牆，取法乎崖岸之壁立也。《左》襄三十年：「鄭伯有者酒，為窟室（《注》：『窟室，地室。』）而夜飲酒擊鐘焉。朝至未已。朝者曰：公焉在？其人曰：吾公在壑谷。」吳公子光之弒王僚也，「伏甲於堀室而享王」（《注》：「堀地為室。」），又「偽足疾入於堀室」（《左》昭二十七年）。則陶穴之制，春秋時猶有存者矣（窖地藏粟，亦穴居之遺制）。《呂覽·召類》曰：「明堂茅茨蒿柱，士階三等，以見節儉。」《注》曰：「茅可覆屋，蒿非柱任也，雖云節儉，實所未聞。」不知此因樹為屋，實巢居之遺制也。此不僅開其上以取明，故堂以明稱矣（《考工記·匠人·疏》引《孝經緯》援《神契》曰：「得陽氣明朗，謂之明堂。」《左》桓二年，臧僖伯曰：「清廟茅屋，昭其儉也。」）。《大戴記》曰：「周時德澤洽和，蒿茂大，以為宮柱，名蒿宮。」亦以後世事疑古制而強為之說也（見〈盛德篇〉）。

　近人有神權時代天子居山說，按：丘，《說文》古文作，說解曰：「一曰四方高中央下為丘，象形。」又曰：「虛，大丘也。」古四邑為虛。《易·升》九三：「升虛邑。」《詩·墉風》：「升彼虛矣。」即所謂某某氏之墟，亦即所謂某某氏之丘耳。後世建國，必因山險，蓋其遺制。然予謂此制尚稍在後，其初蓋居沼澤之中央，借水以為固，故州、洲同字，明堂亦四面環水也。後世築邑平地，四面為溝以繞之，蓋亦其遺制。至能居於平野，則必在不畏毒蟲猛獸之時，必又在其後矣。

　古代地廣人稀，立國之始，皆不啻於曠野之中擇地而處之，故其規畫易有法度。王制曰：「司空執度度地（《注》：『度，丈尺也。』），居民山川沮澤，時四時（《注》：『觀寒暖燥溼。』），量地遠近（《注》：『制邑井之處。』），興事任力。」（《注》：「事謂築邑廬宿市也。」）《管子·乘馬》云：「凡立國都，非於大山之下，必於廣川之上。高毋近旱，而水用足，下毋近水，而溝防省。因天材，就地利，故城郭不必中規矩，道路不必中準繩。」《管子·八觀》又曰：「凡田野萬家之眾，可食之地，方五十里，可以為足矣。萬家以下，則就山澤可矣。萬家以上，則去山澤可矣。彼野悉辟而民無積者，國地小而食地淺也。田半墾而民有餘食而粟米多者，國地大而食地博也。」、「國城大而田野淺狹者，其野不足以養其民。城域大而人民寡者，其民不足以守其城。宮營大而室屋寡者，其室不足以實其宮。室屋眾而人徒寡者，其人不足以處其室。」《周官》：量人「掌建國之法，以分國為九州島，營國城郭，營後宮，量市朝道巷門渠，造都邑亦如之。」（按：此所謂「分國為九州島」者，謂分一國之內為九州島也。《考工記·匠人》云：「九分其國，以為九分，九卿治之。」亦指一國之內。鄭《注》云：「分國，定天下之國分也。」其注〈匠人〉則云：「九分其國，分國之職也。」俱非）皆其事也。

　「《書傳》云：古者百里之國，九里之城；七十里之國，五里之城；五十里之國，三里之城。《注》云：玄或疑焉。《周禮》匠人營國，方九

里，謂天子之城。今大國九里，則與之同。然則大國七里之城，次國五里之城，小國三里之城為近耳。或者天子實十二里之城，諸侯大國九里，次國七里，小國五里。」（《詩‧文王有聲‧疏》。鄭《異義駁》主前說，其注《詩》、《禮坊記》、《周官‧典命》則主後說）焦氏循曰：「《周書‧作雒篇》作大邑成周於土中，城方千六百二十丈，計每五步得三丈，每百八十丈得一里，以九乘之，千六百二十丈，與《考工記》九里正合，則謂天子之城九里者是也。《左氏》祭仲諫鄭莊公云：都城過百雉，國之害也。大都不過參國之一，中五之一，小九之一。百雉方一里三分裡之二，三乘之，為方五里。在鄭言鄭侯伯之城方五里也。中五之一，方一里。小九之一，方百六十六步有奇。」（《群經宮室圖》）

城之牆曰墉（《爾雅‧釋宮》：「牆謂之墉。」《疏》：「亦為城。《王制‧注》云：小城曰附庸。《大雅‧皇矣》云：以伐崇墉，義得兩通也。」），又於城上為垣，於其中睥睨非常，是曰陴，亦曰堞，亦曰女牆（《說文》：「陴，城上女牆，俾倪也。」又曰：「堞，女牆也。」《釋名》：「城上垣曰睥睨，言於其中睥睨非常也。亦曰陴。陴，俾也，言俾助城之高也。亦曰女牆，言卑小比之於城，若女子之於丈夫也。」）。門外有曲城，謂之闉闍（《詩‧鄭風》：「出其闉。」毛《傳》：「闉，曲城也。」《說文》：「闍，城內重門也。」《詩‧疏》云：「是門外之城，即今之門外曲城是也。」）。其上有臺曰闍（《詩‧鄭風》：「出其闍。」毛《傳》：「闍，城臺也。」《爾雅‧釋宮》：「闍謂之臺。」）。四角為屏以障城，是曰城隅（《考工記》：「王宮門阿之制五雉，宮隅之制七雉，城隅之制九雉。門阿之制，以為都城之制。宮隅之制，以為諸侯之城制。」《注》：「阿，棟也。宮隅城隅，謂角浮思也。雉長三丈，高一丈，度高以高，度廣以廣。都四百里，外距五百里，王子弟所封。其城隅高五丈，宮隅門阿皆三丈。諸侯，畿以外也，其城隅制高七丈，宮隅門阿皆五丈。」《疏》：「漢時云：東闕浮思災。言災，則浮思者，小樓也。按〈明堂位〉云，《疏》屏《注》亦云，今浮思也，刻

之為雲氣蟲獸，如今闕上為之矣。則門屏亦有屋覆之，與城隅及闕皆有浮思，刻畫為雲氣並蟲獸者也。」、「按《異義古周・禮說》云：天子城高七雉，隅高九雉。公之城高五雉，隅高七雉。侯伯之城高二雉，隅高五雉，都城之高，皆如子男之城高。」焦氏曰：「浮思，《廣雅》、《釋名》、《古今注》皆訓為門外之屏。城之四角，為屏以障城。城角隱僻，恐奸宄踰越，故加高耳。《詩・邶風・靜女》：俟我於城隅。《傳》云：城隅以言高不可逾。《箋》云：自防如城隅。皆明白可證。《疏》據漢時浮思災，以城隅為小樓，非也。《古今注》謂罘罳合板為之，則屏自可災。」）。《公羊》定公十二年《解詁》曰：「天子周城，諸侯軒城。軒城者，缺南面以受過也。」《說文》章部：「𣫷，古者城闕其南方。」焦氏曰：「此蓋王宮之制，天子周城，故有皋門。諸侯外朝南無門，即無垣墉，故曰闕其南方也。」

　　《詩・鴻雁》：「之子于垣，百堵皆作。」毛《傳》：「一丈為版，五版為堵。」鄭《箋》：「《春秋・傳》曰：五版為堵，五堵為雉，雉長三丈，則版六尺。」《疏》：「板堵之數，經無其事。五板為堵，五堵為雉，定十二年《公羊・傳》文也。雉長三丈，經亦無文。古《周禮》說雉高一丈，長三丈。《韓詩》說八尺為板，五板為堵，五堵為雉。何休注《公羊》取《韓詩・傳》云：堵四十尺，雉二百尺，以板長八尺，接五板而為堵，接五堵而為雉也。二說不同，故鄭《駁異義》辨之云：《左氏・傳》說鄭莊公弟段居京城，祭仲曰：都城過百雉，國之害也。先王之制，大都不過三國之一，中五之一，小九之一，今京不度，非制也。古之雉制，書傳各不得其詳。今以《左氏》說鄭伯之城方五里，積千五百步也。大都三國之一，則五百步也。五百步為百雉，則知雉五步。五步於度長三丈，則雉長三丈也。雉之度量，於是定可知矣。是鄭計雉所據之文也。王愆期注《公羊》云：諸儒皆以為雉長三丈，堵長一丈，疑五誤，當為三。如是大通諸儒唯與鄭版六尺不合耳。」（《左》隱元年《疏》：「許慎《五經異義》：《戴禮》及《韓詩》說八尺為板，五板為堵，五堵為雉。板廣二尺，積高五板為一

丈。五堵為雉，雉長四丈。《古周禮》及《左氏》說一丈為板，板廣二尺。五板為堵，一堵之牆，長丈高丈。三堵為雉，一雉之牆，長三丈，高一丈。以度其長者用其長，以度其高者用其高也。」、「賈逵、馬融、鄭玄、王肅之徒為古學者，皆云雉長三丈，故杜依用之。」《書傳》云：「雉長三丈，度高以高，度長以長。」見《匠人・疏》。焦氏云：「何休以累八尺者五之，故以堵為四丈。又，累四丈者五之而為雉，故雉長二十丈。百雉長二千丈，二千丈得十一里三分裡之二，制且大於王城。」）

《考工記・匠人》云：「左祖右社，面朝後市。」《注》：「王宮所居也。」則皆在宮中也。又：「內有九室，九嬪居之；外有九室，九卿朝焉。」外九室當在治朝，內九室在內宮之朝也。天子諸侯皆三朝。天子宮之南曰皋門，諸侯曰庫門。庫門之內為外朝，九棘三槐在焉。其地為萬民所可至，故《周官・朝士》曰：「凡得獲貨賄人民六畜者，委於朝，告於士，旬而舉之。」〈晉語〉曰：「絳之富商韋藩木楗而過於朝」也。其內為應門，諸侯曰雉門，雉門之內為治朝，「群臣治事之朝」也（《周官・大宰・注》）。「其位司士掌焉，宰夫察其不如儀。」（《周官・宰夫・注》）又其內為路門，路門之內曰燕朝，燕朝之後為六寢，六寢之後為六宮，六寢之後六宮之前為內宮之朝，內九室在焉（《周官・天官》：宮人「掌王之六寢之修。」《注》云：「路寢一，小寢五。」〈內宰〉：「以陰禮教六宮。」鄭司農云：「後五前一。」後鄭云：「婦人稱寢曰宮，宮隱蔽之，言后象王立六宮居之。亦正寢一，燕寢五。」）。其外則為官府次舍（《周官・宮正》：「以時比宮中之官府，次舍之眾寡。」《注》：「官府之在宮中者，若膳夫、玉府、內宰、內史之屬，次諸史直宿，若今部署諸廬者，舍其所居寺。」〈宮伯〉：「授八次八舍之職。」《注》：「衛王宮者，必居四角四中，於徼候便也。次謂宿衛所在，舍休沐之處。」《周官・閽人・注》：「鄭司農云：王有五門，外曰車門，二曰雉門，三曰庫門，四曰應門，五曰路門。路門一曰畢門，玄謂雉門三門也。」《禮記・明堂位》：「庫門，天子皋門；雉門，天子應門。」

《注》：「言廟及門如天子之制也。天子五門，皋、庫、雉、應、路。魯有庫、雉、路，則諸侯三門與。」清戴震謂天子亦三門，焦循《群經宮室圖》從之）。

關在應門之兩旁，即觀也。亦日象魏，為懸法之地（《天官·塚宰》：「正月之吉，縣〔懸〕治象之法於象魏。」鄭司農云：「象魏，闕也。」《左》哀三年，司鐸火，季桓子御公立於象魏之外。命藏象魏，日：「舊章不可亡也。」）。《公羊》昭二十五年：「子家駒日：設兩觀，乘大路，天子之禮也。」《解詁》：「禮，天子諸侯臺門，天子外闕兩觀，諸侯內闕一觀。」《禮記·禮器》日：「天子諸侯臺門。」《注》：「闔者謂之臺。」《疏》：「兩邊築闔為基，上起屋日臺門。」（〈郊特牲〉：「臺門而旅樹，大夫之僭禮也。」《疏》：「兩邊起土為臺，臺上架屋日臺門。」）故乘之可以眺遠（〈禮運〉：「昔者仲尼與於蠟賓，事畢，出遊於觀之上。」《左》定三年：「邾子在門臺，臨庭。」）。「家不臺門」（〈禮器〉），而城亦有之（《詩·鄭風》：「佻兮達兮，在城闕兮。」《正義》：「《釋宮》云：觀謂之闕。孫炎日：宮門雙闕，舊章懸焉。使民觀之，因謂之觀。如《爾雅》之文，則闕是人君宮門，非城之所有。且宮門觀闕，不宜乘之候望。此言在城闕焉，謂城之上別有闕，非宮闕也。」）。塾在路門之側，即門闈之學（《爾雅》：「門側之堂謂之塾。」《考工記》：「門堂三之二。」《注》：「門堂，門側之堂。」）。《學記》：「古之教者，家有塾。」《正義》：「《周禮》百里之內，二十五家為閭，同共一巷。巷首有門，門邊有塾，謂民在家之時，朝夕出入，恆就教於塾。」按秦有閭左之戍。《後書·齊王演傳》：「使長安中官署及天下鄉亭，皆畫伯升象於塾，旦起射之。」則其制至秦漢時猶然矣。

《內則·正義》日：「宮室之制，前有路寢，次有君燕寢，次夫人正寢。卿大夫以下，前有適室，次有燕寢，次有適妻之寢。」《公羊》莊三十二年《解詁》日：「天子諸侯，皆有三寢，一日高寢，二日路寢，三日小寢。父居高寢，子居路寢，孫從王父母，妻從夫寢，夫人居小寢。」僖二十年，

「五月乙巳，西宮災。西宮者何？小寢也。小寢則曷為謂之西宮？有西宮則有東宮矣。魯子曰：以有西宮，亦知諸侯之有三宮也。」《解詁》：「禮，夫人居中宮，少在前，右媵居西宮，左媵居東宮，少在後。」此並與《周官》六宮六寢之說異，不可牽合也（《周官·宮人·注》：「〈玉藻〉曰：朝，辨色始入，君日出而視朝，退適路寢聽政，使人視大夫，大夫退，然後適小寢釋服。是路寢以治事，小寢以時燕息焉。《春秋》書魯莊公薨於路寢，僖公薨於小寢，是則人君非一寢明矣。」《疏》：「言此者時有不信《周禮》，故引諸文以證之。若然所引者，皆諸侯法。天子六寢，則諸侯當三寢，亦路寢一，燕寢一，側室一。〈內則〉所引者是也。」〈內則〉：「妻將生子及月辰，居側室。」《注》：「側室謂夾之室，次燕寢也。」《疏》：「夫正寢之室在前，燕寢在後，側室又次燕寢。」《左氏》：「衛莊公取於齊東宮得臣之妹，曰莊姜。」《注》：「得臣，齊太子也。太子不敢居上位，故常處東宮。」《疏》：「四時東為春，萬物生長在東；西為秋，萬物成就在西，以此君在西宮，太子常處東官也。或可據《易》象西北為干，干為君父，故君在西；東方震，震為長男，故太子在東也。」）。路寢之制，前為堂，後為室，堂之左右為兩夾，亦曰廂。東廂之東曰東堂，西曰西堂。室之左右為房，其北為北堂。《爾雅·釋宮》曰：「牖戶之間謂之扆，其內謂之家，東西牆謂之序，西南隅謂之奧（《疏》：『古者為室，戶不當中而近東，則西南隅最為深隱，故謂之奧，而祭祀及尊者常處焉。』），西北隅謂之屋漏（《疏》：『孫炎云：當室之白日光所漏入。』），東北隅謂之宧（《疏》：『李巡云：東北者陽，始起育養萬物，故曰宧。宧，養也。』），東南隅謂之窔。」（《注》：「亦隱。」）、「室有東西廂曰廟，無東西廂有室曰寢。」則不獨宗廟可稱廟，故〈月令〉青陽、明堂、總章、玄堂，皆有太廟之稱（〈公食大夫禮〉：「宰夫筵出自東房。」《注》：「天子、諸侯左右房。」《疏》：「若大夫、士直有東房而已。」《詩·斯干》：「築室百堵，西南其戶。」《箋》云：「此築室者，謂築燕寢也。」、「天子之寢，有左右房，

西其戶者，異於一房者之室戶也。」《疏》曰：「天子之燕寢，即諸侯之路寢。」、「既有左右，則室在當中，故西其戶者，異於一房者之室戶也。大夫以下無西房，唯有一東房，故室戶偏東，與房相近，此戶正中，比之為西其戶矣。知大夫以下只一房者，以〈鄉飲酒義〉云：尊於房戶之間，賓主共之。由無西房故，以房與室戶之間為中也。」又《伯兮》：「焉得諼草，言樹之背。」《傳》曰：「背，北堂也。」《疏》：「〈士昏禮〉云：婦洗在北堂，〈有司徹〉云：致爵於主婦，主婦北堂。《注》皆云：北堂，房半以北為北堂。堂者，房室所居之地，總謂之堂。房半以北為北堂，房半以南為南堂也。」《士昏禮‧疏》曰：「房與室相連為之，房無北壁，故得北堂之名。」）。

　　《爾雅‧釋宮》曰：「兩階間謂之鄉（《注》：『人君南鄉當階間。』），中庭之左右謂之位（《注》：『群臣之側位也。』），門屏之間謂之寧（《注》：『人君視朝所寧立處。』），屏謂之樹。」（《注》：「小牆當門中。」）《禮緯》曰：「天子外屏，諸侯內屏，大夫以簾，士以帷。」（《郊特牲‧疏》引，亦見《荀子‧大略》。〈曲禮〉：「帷薄之外不趨。」《釋文》：「帷，幔也。薄，廉也。」）《爾雅‧釋宮‧疏》曰：「〈郊特牲〉云旅樹，鄭《注》云：旅，道也。屏謂之樹，樹所以蔽行道。以此推之，則諸侯內屏在路門之內，天子外屏在路門之外，而近應門者矣。」

　　〈聘禮〉：「公揖，入每門，每曲揖。」《疏》曰：「諸侯三門：皋、應、路。則應門為中門，左宗廟，右社稷，入大門東行，即至廟門，其間得有每門者。諸侯有五廟，太祖之廟居中，二昭居東，二穆居西。廟皆別門。門外兩邊，皆有南北隔牆，隔牆中夾通門。若然祖廟已西，隔牆有三，則合門亦有三。東行經三門，乃至太祖廟門，中則相逼，入門則相遠。是以每門皆有曲，有曲即相揖，故每曲揖也。」（《匠人‧疏》：「按《祭義‧注》云：周尚左。桓二年，取郜大鼎，納於大廟。何休云：質家右宗廟，尚親親，文家左宗廟，尚尊尊，義與此合。按劉向《別錄》云：路寢在北堂之

西，社稷宗廟在路寢之西。又云：左明堂辟雍，右宗廟社稷，皆不與禮合，鄭皆不從之矣。」）

　　《爾雅・釋宮》曰：「闍謂之臺（《注》：『積土四方。』《疏》：『即下云四方而高者也。』），有木者謂之榭。」（《注》：「臺上起屋。」）又曰：「室有東西廂曰廟，無東西廂有室曰寢，無室曰榭（《注》：『榭，今之堂埠。』《疏》：『春秋宣十六年夏，成周宣榭火。杜預云：宣榭，講武屋。引此文，無室曰榭，謂屋歇前，然則榭有二義，一者臺上構木曰榭，上云有木曰榭，及〈月令〉云可以處臺榭是也。二屋歇前無壁者名榭，其制如今廳事也。』『堂埠即今殿也，殿亦無室。』《左・疏》：『歇前者，無壁也，如今廳是也。』）。四方而高曰臺，陝而修曲曰樓。」（《疏》：「凡臺上有屋狹長而屈曲者曰樓。」）按室所以居，臺「所以觀望」（《爾雅・疏》引李巡之言），榭所以講武（《楚語》：「榭不過講軍實，臺不過望氛祥。」）。當時建築，大率有此三種。《孟子・盡心》：「孟子之滕，館於上宮。」《注》：「上宮，樓也。孟子舍止賓客所館之樓上也。」則即以為今之樓，似非。《漢書・郊祀志》：「濟南人公玉帶上黃帝時明堂圖。明堂中有一殿，四面無壁，以茅蓋，通水，水圜宮垣。為復道，上有樓，從西南入，名曰崑崙。」此即《爾雅》所謂榭及樓也。

　　城之外為郭，亦曰郛。郛以內為郊，郊稱國中。其外則為鄙，亦曰野（《齊語》：「參其國而伍其鄙。」韋昭註：「圍，郊以內也。鄙，郊以外也。」《孟子》：「請野九一而助，國中十一使自賦。」〈鄉大夫〉：「國中自七尺以及六十，野自六尺以及六十有五，皆征之。」《注》：「國中，城郭中也。」〈遂人〉：「掌邦之野。」《注》：「郊外曰野。」以為甸稍縣都。然劃近郊遠郊為國中，甸稍縣都為野。遺人掌郊里之委積，野鄙之委積，縣都之委積，則野者亦遂之名也。《公羊》桓公十一年：「古者鄭國處於留，先鄭伯有善於鄶公者，通乎夫人，以取其國而遷鄭焉，而野留。」《解詁》：「野，鄙也。」鄭注《周官・大司徒》引此作「遷鄭焉而鄙留。」則野鄙一義也。

〈小司徒〉：「稽國中及四郊都鄙之夫家。」〈載師〉：「以廛里任國中之地。」
〈質人〉：「國中一旬，郊二旬，野三旬。」此城中曰國，城外曰郊。《左》
襄二十六年：「衛人侵戚東鄙，晉戍茅氏。」是大夫采地有鄙也。襄十五
年：「齊侯圍成，於是乎城成郛。」昭二十五年，楚子「使熊相禖郭巢，
季然郭卷」。定八年：「公侵齊，攻廩丘之郛。」哀三年：「趙鞅圍朝歌，
荀寅伐其郛。」四年：「城西郛。」十年，晉伐齊，「取犁及轅，毀高唐之
郛。」此皆野鄙中采邑之郭也）。郭門即郊門（《費誓·序》：「東郊不開。」
《疏》：「諸侯之制於郊有門。」《孟子》：「臣聞郊關之內。」趙《注》：「齊
四境之郊皆有關。」《疏》：「蓋四郊之門也。」鄭注〈月令〉：九門：路門
也，應門也，雉門也，庫門也，皋門也，城門也，近郊門也，遠郊門也，
關門也。言郊門而不言郭門，則鄭固以郊門為郭門，但謂郊門有二。《左》
莊二十八年：「子元以車六百乘伐鄭，入於桔柣之門。眾車入自純門，及
逵市。縣門不發，楚言而出。」杜《注》：「桔柣，鄭遠郊之門也。純門，
鄭外郭門也。」蓋以近郊門為郭門，實則郊之名分遠近，而郛處其中，謂
之郊門，郊非別有門也。純門、桔柣之門，皆鄭南郭門，於楚為近，故楚
之伐鄭，或入純門，或入桔柣之門耳。郊門為郛，郛外為鄙，春秋之例，
曰侵某鄙、伐某鄙者，皆未入郭也。入郭則曰入某郛，入城則直曰入，不
聞有入遠郊門之例也）。更其外則有關（《地官·司關》：「每關下士二人。」
《注》：「關，界上之門。」《儀禮·聘禮》：「賓及竟，乃謁關入。」）。郭依
山川為之，非如城四面有垣（《周書·作雒解》：「作大邑成周於土中，城
方千六百二十丈，郛方七十二里，南繫於雒水，北因於郟山，以為天下之
大湊。」孔晁注：「郛，郭也。繫、因，皆連接也。」），關亦然，故其所
在不必真為兩國之界（《左》昭二十二年：「王師敗績於前城。」服虔云：「即
泉戎，地在伊闕南。」定六年，鄭伐關外。杜預注：關外，周邑，蓄伊闕
外之邑。然則周以伊闕險隘設關，謂之關塞。關塞之外，未嘗無邑也。成
二年，齊侯入徐關。十七年，高弱叛盧，慶克圍之。國佐殺克，以谷叛。

齊侯與之盟於徐關。是齊關外尚有盧、谷等邑。昭五年，孟仲之子殺豎牛於塞關之外。此齊魯分界之關，關外即齊。若襄十七年：「齊侯伐我北鄙，圍桃。高厚圍臧紇於防。師自陽關逆臧孫，至於旅松。」則桃與防皆在陽關外也）。秦始皇築長城，蓋郭制，故其功易成，關則設險之始也（此節據《群經宮室圖》）。

古今聚訟紛如者，莫如明堂。而近代王靜庵因此而發明古代宮室之通制，此實今人明於進化之理，故其所見能突過古人也。今節錄王氏所撰《明堂廟寢通考》如下：

「宮室惡乎始乎？《易傳》曰：上古穴居而野處，後世聖人易之以宮室。穴居者，穿土而居其中，野處則復土於地而居之，《詩》所謂「陶復陶穴」者是也（《說文》：窨，地室也）。常是之時，唯有室而已，而堂與房無有也。初為宮室時亦然。故室者，宮室之始也。後世彌文而擴其外而為堂，擴其旁而為房，或更擴堂之左右而為箱、為夾、為个（三者異名同實），然堂後及左右房間之正室，必名之曰室。此名之不可易者也。故通言之，則宮謂之室，室謂之宮；析言之，則所謂室者，必指堂後之正室，而堂也、房也、箱也，均不得蒙此名也。」

「中國家族之制古矣，一家之中，有父子，有兄弟，而父子兄弟又各有其匹偶焉。即就一男子言，而其貴者，有一妻焉，有若干妾焉。一家之人，斷非一室所能容，而堂與房又非可居之地也。故穴居野處時，其情狀余不敢知。其既為宮室也，必使一家之人，所居之室，相距至近，而後情足以相親焉，功足以相助焉。然欲諸室相接，非四阿之屋不可。四阿者，四棟也。為四棟之屋，使其堂各向東西南北於外，則四堂後之四室，亦自向東西南北而湊於中庭矣。此置室最近之法，最利於用，而亦足以為觀美。明堂、辟雍、宗廟、大小寢之制，皆不外由此而擴大之、緣飾之者也。」

「明堂之制，本有四屋、四堂相背於外，其左右各有个，故亦可謂之

十二堂。堂後四室相對於內，中央有太室，是為五室。太室之上為圓屋以覆之，而出於四屋之上，是為重屋。其中除太室為明堂、宗廟特制外，餘皆與尋常宮室無異。其五室四堂，四旁兩夾，四阿重屋，皆出於其制度之自然。不然則雖使巧匠為之，或煩碎而失宜，或宏侈而無當，而其堂與室終不免窮於位置矣。」

「四堂四室，兩兩對峙，則其中有廣庭焉。庭之形正方，其廣袤實與一堂之廣相等。《左氏傳》所謂埋璧於太室之庭，《史記‧封禪書》載申公之言曰：黃帝接萬靈明庭，蓋均謂此庭也。此庭之上，有圓屋以覆之，故謂之太室。太室者，以居四室之中，又比四室絕大，故得此名。太者，大也。其在〈月令〉則謂之太廟太室。此太廟者，非中央別有一廟，即青陽、明堂、總章、玄堂之四太廟也。太廟之太，對左右个而言；太室之太，對四室而言。」、「太室居四堂四室之中，故他物之在中央者，或用以為名。嵩高在五嶽之中，故古謂之太室，即以明堂太室之名名之也。」

「古之燕寢，有東宮，有西宮，有南宮，有北宮。其南宮之室謂之適室（士以下無正寢，即以燕寢之南宮為正寢），北宮之室謂之下室，東西宮之室則謂之側室。四宮相背於外，四室相對於內，與明堂、宗廟同制，其所異者，唯無太室耳。何以言之？《公羊》僖二十年《傳》：西宮災。西宮者，小寢也。小寢則曷謂之西宮？有西宮則有東宮矣。魯子曰：以有西宮，亦知諸侯之有三宮也。何休注：禮，夫人居中宮，少在前，右媵居西宮，左媵居東宮，少在後。然〈喪服傳〉言：大夫、士、庶人之通制，乃有四宮。《傳》曰：昆弟之義無分，故有東宮，有西宮，有南宮，有北宮，異居而同財。諸侯三宮，每宮當有相對之四屋。至士、庶人四宮，當即此相對之四屋之名。〈內則〉所謂自命士以上，父子皆異宮，殆謂是也。〈士喪禮〉云：死於適室。又云：朔月若薦新，則不饋於下室。〈喪大記〉：大夫世婦卒於適寢，內子未命，則死於下室，遷屍於寢。此適室、下室兩兩對舉，則適室、下室為南北相對之室矣。適室、下室苟為南北相對之室，

則側室當為東西相對之室。〈內則〉：妻將生子及月辰，居側室是也。又云：庶人無側室者，及月辰，夫出居群室（群室，當謂門塾之室），則或以東西宮之室，為昆弟所居，或以僅有南鄉一屋而已。」

「然則燕寢南北東西四宮，何以知其非各為一宮，而必為相對之四屋乎？曰以古宮室之中霤知之也。中霤一語，自來注家皆失其解。《釋名》：室中央曰中霤。古者穴後室之霤，當今之棟下直室之中。鄭注〈月令〉亦曰：中霤，猶中室也。古者復穴，是以名室為霤。《正義》引庾蔚之云：復穴皆開其上取明，故雨霤之，是以後因名室為中霤。鄭又云：祀中霤之禮，主設於牖下（《正義》以此為鄭引《逸中霤禮》文）。《正義》申之曰：開牖象霤，故設主於牖下也。余謂復穴雨霤，其理難通，開牖象霤，義尤迂曲。其實中霤者，對東西南北四霤言之，而非四屋相對之宮室，不能兼有東西南北四霤及中霤也。案，〈燕禮〉：設洗當東霤（鄭《注》：當東霤者，人君為殿屋也。《正義》云：漢時殿屋四向水肉，故引漢以況周）。〈鄉飲酒禮〉：磬階間縮霤，北面鼓之，此南霤也。凡四注屋有東西南北四霤，兩下屋有南北二霤，而皆不能有中霤。今若四屋相對，如明堂之制，則無論其為四注屋或兩下屋，凡在東者皆可謂之東霤，在西者均可謂之西霤，南北放此。若夫南屋之北霤，北屋之南霤，東屋之西霤，西屋之東霤，將何以名之哉？雖欲不謂之中霤，不可得也。其地在宮室之中，為一家之要地，故曰家主中霤而國主社。然則此說於古有徵乎？曰有。〈檀弓〉曰：掘中霤而浴，毀灶以綴足，殷道也，學者行之。按〈士喪禮〉，浴時甸人掘坎於階間，少西，巾柶鬠蚤埋於坎。周人所掘既在階間，則殷人所掘之中霤必在室外，而不在室內矣。《說文‧廣部》：廇，中庭也。按古文但有廷字，後世加廣作庭，義則無異。

古書所言宮室之制，皆前堂而後室，與今人屋室不同。《漢書‧晁錯傳》言：「臣聞古之徙遠方以實廣虛也，先為築室，家有一堂二內，門戶之閉。」張晏曰：「二內，二房也。」此則與今人之居室同。《史記‧孔子世

家》：「故所居堂弟子內，後世因廟藏孔子衣冠琴車書。」蓋改一堂二內之室為廟寢之制也，疑古平民之居皆如是。

〈儒行〉曰：「儒有一畝之宮，環堵之室，篳門圭窬，蓬戶甕牖。」（《注》：「五版為堵，五堵為雉。篳門，荊竹織門也。圭窬，門旁窬也，穿牆為之如圭矣。」《疏》：「一畝，謂徑一步長百步為畝。若折而方之，則東西南北各十步為宅也。牆方六丈，故曰一畝之宮。宮謂牆垣也。環堵之室者，環謂周迴也，東西南北唯一堵。」、「蓬戶，謂編蓬為戶，又以蓬塞門，謂之蓬戶。甕牖者，謂牖窗圓如甕口也。又云：以敗甕口為牖。」《釋文》：「方丈為堵。篳門，杜預云：柴門也。圭窬，杜預云：小戶也，上銳下方，狀如圭形也。」）《左》襄十七年：宋子罕曰：「吾儕小人，皆有闔廬，以辟燥溼寒暑。」《注》：「闔謂門戶閉塞。」《疏》：「〈月令〉：仲春修闔扇。鄭玄云：用木曰闔，用竹葦曰扇，是闔為門扇，所以閉塞廬舍之門戶也。」觀此可略知古代平民居室之情形。

〈月令〉：季秋「乃命有司曰：寒氣總至，民力不堪，其皆入室。」《詩·七月》：「十月蟋蟀入我床下，穹窒熏鼠，塞向墐戶。嗟我婦子，曰為改歲，入此室處。」（毛《傳》：「穹，窮；窒，塞也，向北出牖也。墐，塗也，庶人篳戶。」《疏》：「〈月令〉孟冬命有司閉塞而成冬。此經穹窒墐戶文在十月之下，亦當以十月塞塗之矣。」）《公羊》宣十五年《解詁》：「在田曰廬，在邑曰里。」、「吏民春夏出田，秋冬入保城郭。」、「五穀畢入，民皆居宅，里正趨緝績。」、「作從十月，盡正月止。」《堯典》春言「厥民析」，冬言「厥民隩」。古人除風雨寒暑，蟄處室中之時甚少也。

《周官·天官·掌舍》：「掌王之會同之舍，設梐枑再重（《注》：『杜子春云：梐枑為行馬。』按：謂交互設木，以資守衛也），設車宮、轅門（《注》：『謂王行止宿阻險之處，備非常。次車以為藩，則仰車以其轅表門。』），為壇宮，棘門（《注》：『謂王行止宿平地，築壇，又委土起埣垺以為宮。鄭司農云：棘門，以戟為門。杜子春云：棘門，或為材

門。』《疏》：『閔二年，衛文公居楚丘。國家新立，齊桓公共門材，先令豎立門戶，故知棘門亦得為材門，即是以材木為門也。』），為帷宮，設旌門（《注》：『謂王行畫止，有所展肆，若食息，張帷為宮，則樹旌以表門。』）。無宮，則共人門。」（《注》：「謂王行有所逢遇，若住遊觀，陳列周衛，則立長大之人以表門。」）此古人行道止舍之法也。

《考工記》：「匠人建國，水地以縣〔懸〕（《注》：『於四角立植，而縣〔懸〕以水，望其高下。高下既定，乃為位而平地。』《疏》：『此經說欲置國城，先當以水平地，欲高下四方皆平，乃始營造城郭也。云於四角立植而縣者，植即柱也。於造城之處，四角立四柱而縣〔懸〕，謂於柱四畔縣〔懸〕繩以正柱。柱正，然後去柱，遠以水平之法，遇望柱高下定，即知地之高下。然後平高就下，地乃平也。』）。置槷以縣〔懸〕，眡以景（《注》：『於所平之地中央，樹八尺之臬以縣〔懸〕正之。視之以其景，將以正四方也。』《疏》：『置槷者，槷亦謂柱也。云以縣〔懸〕者，欲取柱之景，先須柱正。欲須柱正，當以繩縣〔懸〕而垂之，於柱之四角四中，以八繩縣〔懸〕之。其繩皆附柱，則其柱正矣。然後視柱之景，故曰視以景也。』）。為規，識日出之景，與日入之景（《注》：『日出日入之景，其端則東西正也。又為規以識之者，為其難審也。自日出而畫其景端，以至日入，既則為規，測景兩端之內規之規，交之乃審也。度兩交之間，中屈之以指臬，則南北正也。』）。晝參諸日中之景，夜考之極星，以正朝夕。」篤公劉之詩曰：「陟則在，復降在原。」（《箋》云：「公劉之相此原地也，由原而升，復下而在原，言反覆之，重居民也。」）又曰：「逝彼百泉，瞻彼溥原。乃陟南岡，乃觀於京。」（《箋》云：「往之彼百泉之間，視其廣原可居之處，乃升其南山之脊，乃見其可居者於京，謂可營立都邑之處。」）又曰：「既溥既長，既景乃岡，相其陰陽，觀其流泉。度其夕陽，豳居允荒。」（《箋》云：「既廣其地之東西，又長其南北，既以日景定其經界於山之脊，觀相其陰陽寒暖所宜，流泉浸潤所及，皆為利民富

國。」）可以見古人建築之術。

《淮南子·本經訓》云：「古者明堂之制，下之潤溼弗能及，上之霧露弗能入，四方之風弗能襲，土事不文，木工不斲。」、「堂大足以周旋理文，靜潔足以享上帝，禮鬼神，以示民知儉節。」又謂：「凡亂之所由生者，皆在流遁。」流遁之所生者五。一曰遁於木，二曰遁於水，三曰遁於土，皆言宮室之日侈。四曰遁於金，五曰遁於火，則言飲食器用之日侈，亦與宮室之侈駢進者也。觀此可知建築之日精，亦可知侈欲之日甚。按：古稱堯茅茨土階，禹卑宮室。春秋時晉文無觀臺榭（《左》襄三十一年）。宋向戌見孟獻子之室，美而尤之（《左》襄十五年：「宋向戌來聘，且尋盟。見孟獻子，尤其室，曰：子有令聞，而美其室，非所望也！對曰：我在晉，吾兄為之，毀之重勞，且不敢間。」）。齊景公欲更晏子之室，而晏子不可（《左》昭三年：「景公欲更晏子之宅，曰：子之宅近市，湫隘囂塵，不可以居，謂更諸爽塏者。辭曰：君之先臣容焉，臣不足以嗣之，於臣侈矣。且小人近市，朝夕得所求，小人之利也。敢煩里旅？」、「及晏子如晉，公更其宅，反則成矣。既拜，乃毀之而為里室，皆如其舊。則使宅人反之。且謠曰：非宅是卜，唯鄰是卜。二三子先卜鄰矣，違卜不祥。君子不犯非禮，小人不犯不祥，古之制也。吾敢違諸乎？卒復其舊宅。公弗許。因陳桓子以請，乃許之。」、「而為里室，皆如其舊。」《注》：「本壞里室以大晏子之宅，故復之。」）。「子謂衛公子荊：善居室。始有，曰：苟合矣。少有，曰：苟完矣。富有，曰：苟美矣。」（《論語·子路》）此等美德，猶有存者。然以大概言之，則好奢侈者為多。其見於故記者，桀、紂有旋室瑤臺，象廊玉床，肉圃酒池，此或傳言之過。然晉「銅鞮之宮數里，而諸侯舍於隸人」（《左》襄三十一年）。齊「高臺深池，宮室日更」（《左》昭二十年）。吳夫差「次有臺榭陂池」（《左》哀元年楚子西之言。子西又云：「昔闔廬食不二味，居不重席，室不崇壇，器不彤鏤，宮室不觀，舟車不飾，衣服財用，擇不取費。」）。則皆事實矣。其宮室

之名可考者，齊宣王有大室（《呂覽・驕恣》），又有雪宮（《孟子・梁惠王》），威王有瑤臺（《說苑》）；晉有貫祁之宮（《左》昭八年）；梁惠王有範臺（《戰國策》）；燕昭王有黃金臺；楚有章華之臺（《國語》），又靈王作乾谿之臺，三年不成（《公羊》昭十三年。襄王有蘭臺、陽臺，見宋玉賦）；吳有姑蘇之臺。甚者如梁伯好土功而亡其國，其風氣亦可見矣。

　　古人最好作臺，蓋時無樓，臺所乘者高，所望者遠也。然其勞民力尤甚。《公羊》莊三十一年：「春，築臺於郎。何以書？譏。何譏爾？臨民之所漱浣也。」、「築臺於薛。何以書？譏。何譏爾？遠也。」、「秋，築臺於秦。何以書？譏。何譏爾？臨國也。」《解詁》曰：「禮，天子外屏，諸侯內屏，大夫帷，士簾，所以防泄慢之漸也。禮，天子有靈臺，以候天地，諸侯有時臺，以候四時。登高遠望，人情所樂，動而無益於民者，雖樂不為也。」（《疏》云：「皆《禮說》文也。」）又曰：「禮，諸侯之觀不過郊。」蓋能守是制者，鮮矣！文十六年：「毀泉臺。泉臺者何？郎臺也。郎臺則曷為謂之泉臺？未成為郎臺，既成為泉臺。毀泉臺何以書？譏。何譏爾？築之譏，毀之譏。先祖為之，已毀之，不如勿居而已矣。」《解詁》曰：「但當勿居，令自毀壞。」蓋毀之則重勞，故與築皆譏也。

　　苑囿蓋就天然景物，施以屬禁，猶美之黃石公園也。何君云：「天子囿方百里，公侯十里，伯七里，子男五里，皆取一也。」（《公羊》成十八年《解詁》。《疏》：《孟子》文、《司馬法》亦云也。徐邈說同，見《穀梁》范《注》）《白虎通》云：「天子百里，大國四十里，次國三十里，小國二十里。」《詩・靈臺》毛《傳》云：「天子百里，諸侯三十里。」《孟子》：「齊宣王問曰：文王之囿方七十里，有諸？孟子對曰：於傳有之。曰：若是其大乎？曰：民猶以為小也。曰：寡人之囿方四十里，民猶以為大，何也？曰：文王之囿方七十里，芻蕘者往焉，雉兔者往焉，與民同之。民以為小，不亦宜乎？臣始至於境，問國之大禁，然後敢入。臣聞郊關之內有囿方四十里，殺其麋鹿者如殺人之罪，則是方四十里為阱於國中。民以為

大，不亦宜乎？」（《孟子・梁惠王》下）又言：「堯舜既沒，聖人之道衰，暴君代作，壞宮室以為汙池，民無所安息。棄田以為園囿，使民不得衣食。」（《孟子・滕文公》下）知以此屬民者頗多（《天官・叔官・閽人》：「王宮每門四人，囿游亦如之。」《注》：「囿，御苑也。游，離宮也。」《疏》：「此離宮即囿游之獸禁，故彼鄭云：謂囿之離宮小苑觀處也。」《詩・序》：「駟，美襄公也，始命有田狩之事，園囿之樂焉。」《疏》：「有蕃曰園，有牆有囿，園囿大同，蕃牆異耳。囿者，域養禽獸之處。其制諸侯四十里，處在於郊。〈靈臺〉云：王在靈囿。鄭《駁異義》引之云：三靈辟雍，在郊明矣。孟子對齊宣王云：臣聞郊關之內有囿焉，方四十里，是在郊也。園者，種菜殖果之處，因在其內，調習車馬，言游於北園，蓋近在國北。《地官・載師》云：以場圃任園地，明其去國近也。」）。

古代田里，皆掌於官。故〈王制〉曰：「田里不粥，墓地不請。」《孟子・滕文公》上：「有為神農之言者許行，自楚之滕，踵門而告文公曰：遠方之人，聞君行仁政，願受一廛而為氓。文公與之處。」〈檀弓〉：「季子皋葬其妻，犯人之禾。申祥以告，曰：請庚之。子皋曰：以吾為邑長於斯也。買道而葬，後難繼也。」《管子・問篇》：「問死事之孤，其未有田宅者有乎？士之有田而不使者幾何人？吏惡何事？士之有田而不耕者幾何人？身何事？君臣有位而未有田者幾何人？外人之來從而未有田宅者幾何家？官承吏之無田餼而徒理事者幾何人？問士之有田宅身在陳列者幾何人？」《孟子》趙《注》說五畝之宅云：「廬井邑居各二畝半以為宅。」即《公羊》宣十五年《解詁》所謂一夫一婦，受田百畝，公田二畝，廬舍二畝半，秋冬入保城郭，「一里八十戶，八家共一巷」者也。貧無立錐之地，蓋古所無有矣（《禮記・檀弓》：「曾子與客立於門側。其徒趨而出，曾子曰：爾將何之？曰：吾父死，將出哭於巷。曰：反哭於爾次。」《注》：「次，舍也。禮，館人使專之，若其自有然。」）。

古代營建，皆役人民，故最謹於其時。〈月令〉仲秋曰：「凡舉大事，

毋逆大數，必順其時，慎因其類。」《注》：「事謂興土功，合諸侯，舉兵眾也。」《左》莊二十九年：「凡土功，龍見而畢務，戒事也（《注》：『謂今九月，周十一月。』）。火見而致用（《注》：『致，築作之物。』《疏》：『十月之初。』），水昏正而栽（《注》：『謂今十月。』），日至而畢。」（《注》：「日南至，微陽始動，故土功息。」）僖二十年：「凡啟塞從時。」（《注》：「門戶道橋謂之啟，城郭牆塹謂之塞，皆官民之開閉，不可一日而闕，故特隨壞時而治之。」）〈月令〉季春曰：「是月也，命司空曰：時雨將降，下水上騰，循行國邑，周視原野，修利堤防，道達溝瀆，開通道路，毋有障塞。」季夏曰：「不可以興土功，不可以合諸侯，不可以起兵動眾。毋舉大事，以搖養氣（《注》：「大事，興徭役以有為）。毋發令而待，以妨神農之事也（《注》：「發令而待，謂出徭役之令，以預驚民也。」）。水潦盛昌，神農將持功。舉大事則有天殃。」孟秋曰：「命百官始收斂。完堤坊，謹壅塞，以備水潦。修宮室，壞牆垣，補城郭。」仲秋曰：「是月也，可以築城郭，建都邑，穿竇窖，修囷倉。」（《注》：「為民將入，物當藏也。穿竇窖者，入地。隋〔橢〕曰竇，方曰窖。《王居明堂禮》曰：仲秋命庶民畢入於室，曰：時殺將至，毋罹其災。」）孟冬曰：「命有司曰：天氣上騰，地氣下降，天地不通，閉塞而成冬（《注》：『使有司助閉藏之氣，門戶可閉閉之，窗牖可塞塞之。』）。命百官謹蓋藏。命司徒循行積聚，無有不斂。壞城郭，戒門閭，修鍵閉，慎管籥，固封疆，備邊竟〔境〕，完要塞，謹關梁，塞徯徑。」仲冬曰：「是月也，命奄尹，申宮令，審門閭，謹房室，必重閉。」、「命有司曰：土事毋作，慎毋發蓋，毋發室屋，及起大眾，以固而閉，地氣沮泄，是謂發天地之房。諸蟄則死，民必疾疫，又隨以喪，命之曰暢月。」、「塗闕廷門閭，築囹圄，此所以助天地之閉藏也。」皆可見古人用民力之法也（《公羊》莊二十九年：「春，新延廄。新延廄者何？修舊也。修舊不書，此何以書？譏。何譏爾？凶年不修。」）。

　　《左》宣十一年：「令尹艾獵城沂，使封人慮事（《注》：『封人，其時主

築城者。』《正義》:『《周禮・封人》:凡封國封其四疆,造都邑之封域者亦如之。〈大司馬〉:大役與慮事,受其要,以待考而賞誅。鄭玄日:慮事者,封人也,於有役司馬與之。屬賦丈尺,與其用人數也。是封人主造城邑,計度人數。』),以授司徒(《注》:『司徒掌役。』)。量功命日,分財用(《注》:『財用,築作具。』),平板幹(《注》:『幹,楨也。』《正義》:『《釋詁》云:楨,翰幹也。舍人日:楨,正也,築牆所立兩木也。翰所以當牆兩邊障土者也。彼楨為幹,故謂幹為楨,謂牆之兩頭立木也。板在兩旁臥障土者,即彼文幹也。平板幹者,等其高下使城齊也。』),稱畚築(《注》:『量輕重。』),程土物(《注》:『為作程限。』《正義》:『畚者,盛土之器。築者,築土之杵。《司馬法》輂車所載二築是也。稱畚築者,量其輕重,均負土與築者之力也。程土物,謂鍬钁钃畚舉之屬,為作程限備豫也。』),議遠邇,略基趾,具糧,度有司(《注》:『謀監主。』),事三旬而成,不愆於素。」昭三十二年:「士彌牟營成周,計丈數,揣高卑,度厚薄,仞溝洫(《注》:『度深日仞。』),物土方(《注》:『物,相也。相取土之方面遠近之宜。』),議遠邇,量事期,計徒庸,慮財用,書餱糧,以令役於諸侯,屬役賦丈(《注》:『付所當城丈尺。』),書以授師(《注》:『師,諸侯之大夫。』),而效諸劉子。韓簡子臨之,以為成命。」此兩事可見古代屬役之法也。

古代用民,能守定法者蓋寡,雖周公作洛,猶不依常時(見《詩・定之方中・疏》,《周官》「唯王建國,辨方正位」注),且有期之甚促者(韓氏城新城,期十五日而成,見《呂覽・開春》)。故雖以華元為植,猶為城者所謳(《左》宣二年注:「植,將主也。」《正義》:「《周禮》大司馬大役屬其植。鄭司農云:植謂部曲將吏。」),甚有如梁伯之好土功以亡其國者(《左》僖十八年:「梁伯益其國而不能實也,命日新里,秦取之。」、「十九年春,遂城而居之。」、「初,梁伯好土功,亟城而弗處,民罷而弗堪。則日:某寇將至。乃溝公宮,日:秦將襲我。民懼而潰,秦遂取梁。」)。故

《公羊》謂「城當稍稍修葺，大崩大城」，《穀梁》且有「凡城皆譏」之說。楚子囊遺言「城郢君子稱其患」（《左》襄十四年《注》曰：「楚徙都郢，未有城郭。公子燮、公子儀因築城為亂，事未得訖。子囊欲訖而未暇，故遺言見意。」），而子常城郢，遂招沈尹戍之（《左》昭二十三年）。《穀梁》亦譏畏三家而城中城為外民（《穀梁》定六年：「冬，城中城。城中城者，三家張也。或曰：非外民也。」《注》：「三家侈張，故公懼而修內城。譏公不務德政，恃城以自固。」），豈謂城不足恃哉？城成而民叛，則將委而去之，是以君子重惜民力耳。

古代各國宮室，蓋大同而小異。所以大同者，以古代諸國多漢族所分封，其文明之原同也。然不能無少異。故魯襄歸自楚而作楚宮，秦破六國，亦寫放其宮室作之關中也。秦漢而後，合神州為一大國，生計技巧，自當日有進步。建築之閎大奇麗者甚多，舉其最著者，如秦有阿房，漢初有未央，武帝有建章之宮、柏梁之臺。是時外戚邸第尤侈（參看《漢書·元后傳》、《後漢書·梁冀傳》）。王莽信方士起八風臺，臺成萬金（見《漢書·郊祀志》）。文帝欲作露臺，惜百金為中人之家之產而不為，莽一臺費中人千家之產矣。後世侈君暴主，竭民力以築城郭者，如赫連勃勃之於統萬；營宮室者，如陳後主之臨春、結綺、望春三閣，隋煬帝之西苑，宋徽宗之艮岳，清代之圓明、頤和兩園，皆朘萬民之膏血為之，而大都付之兵火，亦可哀已。

中國自古以卑宮室為美談，事土木為大戒，汰侈已甚，雖帝王亦有所顧忌，況平民乎？以故崇閎壯麗之建築，較他國為少。私家之有園林者，徵諸書史，一若其數甚多，實則以中國之廣土眾民，有此數殊不足為多也。其稍近華侈者，厥唯二氏之居，以神教致人之力甚大，雖迷信不深究，猶取精而用弘也。大抵道家之建築名曰觀，佛家之建築名曰寺，多在名山絕壑，風景勝處，其點綴美景，實不少也。且以其不在城市之中，形要之地，故其毀於兵火轉較帝王之宮殿、人間之園林稍難（佛教東來印

度，建築之法，亦有隨之輸入者，塔其一也。今未能一一詳考。古代建築之高者曰華表，特取其為表識而已。《古今注》謂華表之設，原於堯設誹謗之木，可以想見其體制）。

　　中國建築所以不能持久者，有一大原因焉，曰用木材多，用石材少也。蓋木屋易火，毛奇齡〈杭州治火議〉（見《經世文編》卷九十五）言之甚詳。歷代建築崇弘偉麗者亦不乏，然皆不傳於今，比之歐洲，十不逮一，實由建築之材專恃土木，土易圮而木易焚故也。康南海《歐洲十一國遊記》嘗極言之，近人中國建築材料發展史言之尤悉。耐火建築之術，固今日所不容不講矣。

　　世之言美術者，必曰建築，曰雕刻，曰繪畫，而隆古之世，雕刻、繪畫多附麗於建築以傳，則建築尤美術之淵藪也（初民雕刻繪畫，非附麗於建築，難於保存）。中國以節儉為訓，故丹楹刻桷，為《春秋》所譏（《穀梁》莊二十四年：「禮，天子之桷，斲之礱之，加密石焉。諸侯之桷，斲之礱之。大夫斲之。士斲本。刻桷，非正也。」《公羊》莊二十三年《解詁》略同，《疏》云：「皆《外傳》。〈晉語〉：張志謂趙文子椽之制。」）。然如山節藻梲等，亦足見古代雕刻之技（《禮記‧禮器》：「管仲鏤簋朱，山節藻梲，君子以為濫矣。」《注》：「柎謂之節，梁上楹謂之梲。宮室之飾，士首本，大夫達棱，諸侯斲而礱之，天子加密石焉，無畫山藻之禮也。」《正義》：「《禮緯含文嘉》云：大夫達棱，謂為四棱，以達兩端。士首本者，士去木之首本，令細與尾頭相應。〈晉語〉及《含文嘉》並《穀梁傳》雖其文小異，大意略同也。」〈明堂位〉：「山節藻梲，復廟重檐，刮楹達鄉，反坫出尊，崇坫康圭，疏屏，天子之廟飾也。」《注》：「山節，刻欂盧為山也。藻梲，畫侏儒柱為藻文也。復廟，重屋也。重檐，重承壁材也。刮，刮摩也。鄉，牖屬，謂夾戶窗也。每室八窗為四達。反坫，反爵之坫也。出尊，當尊南也。唯兩君為好，既獻，反爵於其上。禮，君尊於兩楹之間。崇，高也。康，讀為亢龍之亢。又為高坫，亢所受圭奠於

上焉。屏謂之樹，今浮思也，刻之為雲氣蟲獸，如今闕上為之矣。」《正義》：「皇氏云：鄭云：重檐，重承壁材也，謂就外檐下壁，復安板檐，以辟風雨之灑壁，故云重檐，重承壁材。刮楹者，刮摩也。楹，柱也。以密石摩柱。」、「《匠人・注》云：城隅，謂角浮思也。漢時東闕浮思災，以此諸文參之，則浮思，小樓也。故城隅闕上皆有之。然則屏上亦為屋，以覆屏牆，故稱屏曰浮思，或解屏則闕也。古詩云：雙闕百餘尺。則闕於兩旁，不得當道，與屏別也。闕雖在兩旁，相對近道，大略言之，亦謂之當道。故《讖》云：代漢者當塗高，謂巍闕也。云刻之為雲氣蟲獸，如今闕上為之矣者，言古之疏屏，似今闕上畫雲氣蟲獸，如鄭此言，似屏與闕異也。」)，壁畫尤足見當時之繪畫也。至如屋翼飛魚等制，今日尚有之，尤足見建築者之美術矣（《士冠禮・注》：「榮，屋翼也。」《正義》：「即今之博風，云榮者，與屋為榮飾，言翼者，與屋為翅翼也。」《墨客揮犀》：漢以宮殿多災，術者言天上有魚尾星，宜為其象，冠於屋以禳之。自唐以來，寺觀殿宇，尚有為飛魚形尾上指者，今則易為鴟吻）。

　　古人席地而坐，尊者則用几。阮諶《禮圖》云：「几長五尺，高尺二寸，廣二尺。」（《禮記・曾子問・疏》）其高尚不如今之椅也，其坐則略如今之跪（《陔餘叢考・古人跪坐相類》條云：「朱子作〈跪坐拜說〉，寄白鹿洞諸生，謂古者坐與跪相類，漢文帝不覺膝之前於席，管寧坐不箕股，榻當膝處皆穿，諸所謂坐皆跪也。蓋以膝隱地，伸腰及股，危而不安者，跪也。以膝隱地，以尻著跖，而體便安者，坐也。今成都學所存文翁禮殿刻石諸像，皆膝地危坐，兩跖隱然，見於坐後帷裳之下，尤足證云。又《後漢書》：向栩坐板床，積久板乃有膝踝足指之處。據此則古人之坐與跪，皆是以膝著地，但分尻著跖與不著跖耳。其有偃蹇伸腳而坐者，則謂之箕踞。《漢書・陸賈傳》：尉佗箕踞。顏師古注：伸其兩腳如箕形。佛家盤膝而坐，則謂之趺坐，皆非古人常坐之法也。然則古人何以不以尻著地，而為此危坐哉？蓋童而習慣，遂為固然。猶今南人皆垂腳而坐，使之

盤膝則不慣；北人多盤膝而坐，使之垂腳亦不慣也。」）。寢則有床，《詩》所謂「載寢之床」者也（《左》襄二十七年：「床笫之言不踰閾。」《注》：「笫，簀也。」《正義》：「《釋器》云：簀謂之笫。孫炎曰：床也。郭璞曰：床版也。然則床是大名，簀是床版。〈檀弓〉云：大夫之簀與？簀名亦得統床，故孫炎以為床也。」）。《陔餘叢考・高坐緣起》條曰：「應邵《風俗通》：趙武靈王好胡服，作胡床，此為後世高坐之始。然漢時猶皆席地，文帝聽賈誼語，不覺膝之前於席。暴勝之登堂坐定，雋不疑據地以示尊敬是也。至東漢末，始斷木為坐具，其名仍謂之床，又謂之榻，如向栩、管寧所坐可見。又《三國・魏志・蘇則傳》：文帝據床拔刀。《晉書》：桓伊據胡床，取笛作三弄。《南史》：紀僧真詣江登榻坐，令左右移吾床讓客。狄當、周赳詣張敷就席，敷亦令左右移床遠客。此皆高坐之證。然侯景升殿踞胡床，垂腳而坐，《梁書》特記之，以為殊俗駭觀，則其時坐床榻，大概皆盤膝無垂腳者。至唐又改木榻，而穿以繩，名曰繩床。程大昌《演繁露》云：穆宗長慶二年十二月，見群臣於紫宸殿御大繩床是也。而尚無椅子之名，其名之曰椅子，則自宋初始。丁晉公《談錄》：竇儀雕起花椅子二，以備右丞及太夫人同坐。王銍《默記》：李後主入宋後，徐鉉往見李，卒取椅子相待。鉉曰：但正衙一椅足矣。李後主出，具賓主禮。鉉辭，引椅偏乃坐。張端義《貴耳錄》：交椅即胡床也。向來只有栲栳樣，秦太師偶仰背墜巾，吳淵乃制荷葉托首以媚之，遂號曰太師樣，此又近日太師椅之所由起也。然諸書椅子猶或作倚字，近乃改從椅，蓋取桐椅字假借用之。至杌子、墩子之名，亦起於宋，見宋史〈丁謂傳〉及周益公《玉堂雜記》。」

室中用火有二，一以取暖，一以取明。《漢書・食貨志》「冬，民既入，婦人同巷，相從夜績。必相從者，所以省費燎火。」師古曰：「燎所以為明，火所以為溫也。」古無蠟燭，所謂大燭庭燎者，以葦為中心，以布纏之，飴蜜灌之，樹於門外曰大燭，於門內曰庭燎。平時用荊燋為火炬，

使人執之，所謂「執燭抱燋」，所謂「燭不見跋」皆指此。蠟燭燈檠，皆後起之物也（上海之有煤氣燈，在清同治四年；電燈在光緒中葉）。《日知錄・土炕》條曰：「北人以土為床，而空其下以發火，謂之炕，古書不載。《左傳》：宋寺人柳熾炭於位，將至則去之。〈新序〉：宛春謂衛靈公曰：君衣狐裘，坐熊席，陬隅有灶。《漢書・蘇武傳》：鑿地為坎，置熅火。是蓋近之，而非炕也。《舊唐書・東夷高麗傳》：冬月皆作長坑，下燃熅火以取暖。此即今之土炕也，但作坑字。《水經注》：士垠縣有觀雞寺，寺內有大堂甚高，廣可容千僧。下悉結石為之，上加塗墍。基內疏通，枝經脈散，基側室外，四出爨火，炎勢內流，一堂盡溫。此今人暖房之制，形容盡之矣。」按：《左》定三年：邾子「自投於床，廢於爐炭，爛，遂卒」。合諸宛春之言，則古人室內，亦有爐火（宛春之言，亦見《呂覽・分職》）。熾炭於位，蓋唯佞諛者為之。至土炕，則北狄之俗也（《詩・庭燎・傳》：「庭燎，大燭。」《正義》：「古制未得而聞，今則用松葦竹，灌以脂膏也。」《秋官・司烜氏》：「掌以夫遂取明火於日，以共祭祀之明燭。凡邦之大事，共墳燭庭燎。」《注》：「夫遂，陽遂也。故書墳為賁。鄭司農云：燭，麻燭也。玄謂墳，大也，樹於門外曰大燭，於門內曰庭燎，皆所以照眾為明。」《正義》：「先鄭從故書為麻燭者，以其古者未有麻燭，故不從。〈燕禮〉云：甸人執大燭於庭。不言樹者，彼諸侯燕禮，不樹於地，使人執。庭燎所作，依慕容所為，以葦為中心，依布纏之，飴蜜灌之，若今蠟燭。若人所執者，用荊燋為之，執燭抱燋，〈曲禮〉云燭不見跋是也。」《禮記・郊特牲》：「庭燎之百，由齊桓公始也。」《注》：「庭燎之差，公蓋五十，侯、伯、子、男皆三十。」《正義》：「此數出《大戴禮》，皇氏云：作百炬列於庭也，或云百炬共一束也。」又「鄉為田燭」。《注》：「田首為燭也。」〈曲禮〉：「燭不見跋。」《注》：「跋，本也。燭盡，則去，嫌若爇多，有厭倦。」《正義》：「本，抱處也。古者未有燭，唯呼火炬為燭也。火炬照夜易盡，盡則藏所然殘本。所以爾者，若積聚殘本，客見之，則知夜深，慮主人厭倦，

或欲辭退也。」〈檀弓〉:「童子隅坐而執燭。」〈少儀〉:「其未有燭而後至者,則以在者告,道瞽亦然。凡飲酒,為獻主者,執燭抱燋,客作而辭,然後以授人。」《注》:「未曰燋。」《正義》:「又取未然之炬抱之也。」《管子‧弟子職》:「昏將舉火,執燭隅坐。錯總之法,橫於坐所。櫛之遠近,乃承厥火。居句如矩,蒸間容蒸。然者處下,奉椀以為緒。右手執燭,左手正櫛。有墮代燭,交坐毋倍尊者。乃取厥櫛,遂出是去。」《注》:「總,設燭之束也。櫛,謂燭盡,察其將盡之遠近,乃更以燭承取火也。緒,然燭燼也。椀所以貯緒也。」)。

　　論宮室既竟,請再略言喪葬。古人分形與神為二,故曰:「體魄則降知氣在上。」(《禮記‧禮運》)又曰:「眾生必死,死必歸土。骨肉斃於下,陰為野土。其氣發揚於上為昭明。焄蒿淒愴,此百物之精也,神之著也。」(《禮記‧祭義》)延陵季子適齊,比其返也,其長子死,葬於嬴、博之間。既封,左袒,右還其封,且號者三,曰:「骨肉歸復於土,命也。若魂氣,則無不之也!」皆其證也。故其視形,初不甚重。楚之亡郢也,申包胥以秦師至,敗吳師。「吳師居麇,子期將焚之。子西曰:父兄親暴骨焉,不能收,又焚之,不可。子期曰:國亡矣,死者若有知也,可以歆舊祀,豈憚焚之?」(《左》定五年)尤其重神不重形之明證也。故其葬也,「送形而往,迎精而返」,而無墓祭之事。葬之厚也,蓋自不知禮義之王公貴人始,而豪富之民從而效之;墓之祭也,則秦人雜戎狄之俗為之也(古疑於墓祭者唯孟子,所謂東郭墦間之祭。齊近東夷,或亦雜異俗。伊川之民,被髮而祭於野,則辛有固以為異俗矣。武王觀兵,上祭於畢,司馬貞、林有望以為祭畢星,固近曲解,周是時亦猶秦之始起耳。《周官‧小宗伯》:「成葬而祭墓為位。」《注》:「先祖形體託於此地,祀其神以安之。」《正義》:「祭后土之神,使安佑之。」《塚人》:「大喪既有日,請度甫竁,遂為之屍。」鄭司農云:「始竁時,祭以告后土,塚人為之屍。」後鄭云:「成葬為祭墓地之屍也。」後鄭即據〈小宗伯〉文也。至〈小宗伯〉

云：「詔相喪祭之禮。」則《注》云：「喪祭，虞祔也。」皆非今之墓祭也。顧亭林曰：古之有事於墓者，奔喪者不及殯先之墓，哭盡哀。除喪而後歸，之墓哭成踊。去國則哭於墓而後行。皆有哀傷哭泣之事。宗子去在他國，庶子無爵而居者，望墓為壇，以時祭，亦非常禮也。孔子之喪，門人不得奉廟，故廬於墓，亦非後世之廬墓也。詳見《日知錄》）。

　　《孟子‧滕文公》上曰：「蓋上世嘗有不葬其親者矣，其親死，則舉而委之於壑。他日過之，狐狸食之，蠅蚋姑嘬之。」、「蓋歸反虆梩而掩之。」《易‧繫辭‧傳》：「古之葬者，厚衣之以薪，葬之中野，不封不樹。後世聖人，易之以棺椁。」此葬之緣起也。夏禹之時，死陵者葬陵，死澤者葬澤。墨子法之，是以有〈節葬〉之篇曰：「桐棺三寸，足以朽體，衣衾三領，足以覆惡。以及其葬也，下毋及泉，上毋通臭，壟若參耕之畝，則止矣。」、「中古棺七寸，椁稱之。」蓋人民生計漸優，故送終稍厚。然曰：「衣周於身，棺周於衣，椁周於棺。」曰：「且比化者，毋使土親膚。」則亦取足以朽體而已。宋「桓司馬自為石椁，三年而不成。夫子曰：若是其靡也，死不如速朽之愈也。」（《禮記‧檀弓》）、「顏淵死，顏路請子之車以為之椁。子曰：鯉也死，有棺而無椁。吾不徒行以為之椁。」、「門人欲厚葬之。子曰：不可。門人厚葬之。子曰：回也視予猶父也，予不得視猶子也。非我也，夫二三子也。」（《論語‧先進》）華元、樂舉厚葬其君，君子以為不臣（《左》成二）。儒家之宗旨可見矣。厚葬之生，蓋自逾侈之貴族始也。觀《墨子‧節葬》、《呂覽》〈節喪〉、〈安死〉兩篇所論可知。顧亭林曰：「古王者之墓，稱墓而已。《左傳》曰：殽有二陵，其南陵，夏后皋之墓也。《書》、《傳》亦言：桐宮，湯墓。《周官‧塚人》：掌公墓之地。並言墓不言陵。及春秋以降，乃有稱丘者，楚昭王墓謂之昭丘，趙武靈王墓謂之靈丘，而吳王闔閭之墓，亦名虎丘。蓋必其因山而高大者，故二三君之外無聞焉。《史記‧趙世家》：肅侯十五年起壽陵。〈秦本紀〉：惠文王葬公陵，悼武王葬永陵，孝文王葬壽陵，始有稱陵者。至漢則無帝不稱陵

矣。」(《日知錄‧陵》條)可見厚葬之所由來矣,然無不為人所發掘者。劉子政〈諫起昌陵疏〉,所言亦可鑒矣。

因厚葬必遭發掘,乃有保護前代帝王陵寢之事;並當代士大夫丘墓,亦為封禁焉。為置守陵及塚,免其賦役,則國家之財政受損矣。必距墓若干步乃得樵蘇,而人民之生計受損矣。〈檀弓〉曰:「成子高曰:吾聞之也,生有益於人,死不害於人。吾縱生無益於人,吾可以死害於人乎哉?我死,則擇不食之地而葬我焉。」今也荒數頃之田,以保一棺之土,而棺仍不可得保。有如宋會稽諸陵及大臣塚墓為楊璉真伽所發掘者,至百有一所。且以過求死者之安,而有風水之說(風水之始,避風及水而已。《呂覽‧節喪》篇曰:「葬淺則狐狸抇之,深則及於水泉,故凡葬必於高陵之上,以避狐狸之患,水泉之溼。」此風水之說之起源)。又以葬侈而力有不逮,並有停喪不葬者,則併入土之安而不可得矣。

上陵之禮,蓋始後漢之明帝(見《後漢書‧禮儀志‧注》引謝承書),然其制實本於秦。《後漢書‧祭祀志》曰:「古不墓祭,漢諸陵皆有園寢,承秦所為也。說者以為古宗廟前制廟,後制寢,以象人之居前有朝,後有寢也。〈月令〉有先薦寢廟,《詩》稱寢廟奕奕,言相通也。廟以藏主,以四時祭。寢有衣冠几杖象生之具,以薦新物。秦始出寢,起於墓側,漢因而弗改,故陵上稱寢殿,起居衣服象生人之具,古寢之意也。」可以知其所由來矣。自先漢時,人臣已有告事於墓,人主亦有臨其臣之墓者,又有告祭古賢人之墓者(《吳越春秋》謂夏少康恐禹墓之絕祀,乃封其庶子於越,春秋祠禹墓於會稽。此以秦漢時禮度古人也)。至唐執阿史那賀魯等獻於昭陵,則獻俘於墓矣。開元十年,敕寒食上墓,編入五禮,永為定式。元和元年,詔常參官寒食拜墓,在畿內者聽假日往還,他州府奏取進止。蓋自入主有上陵之禮,士大夫亦立祠堂於墓,人民不能立祠,則相率而為墓祭,禮亦從而著之,而不知其背於義也(參看《日知錄》十五卷、《陔餘叢考》三十二卷墓祭條)。

《周官‧塚人》：「掌公墓之地，辨其兆域而為之圖，先王之葬居中，以昭穆為左右（《注》：「公，君也。先王，造塋者。」《正義》：「王者之都，有遷徙之法，若文王居豐，武王居鎬，平王居於洛邑，所都而葬，即是造塋者也。子孫皆就而葬之。」）。凡諸侯居左右以前，卿大夫、士居後，各以其族。」（《注》：「子孫各就其所出，王以尊卑處其前後，而亦並昭穆。」《正義》：「出封畿外為諸侯卿大夫士者，因彼國葬而為造塋之主。今謂上文先王子孫，焉畿內諸侯王朝卿大夫士。」）〈墓大夫〉：「掌凡邦墓之地域，為之圖，令國民族葬（《注》：「各從其親。」），而掌其禁令。正其位，掌其度數，使皆有私地域（《注》：「古者萬民墓地同處，分其地使各有區域，得以族葬，使相容。」）。凡爭墓地者，聽其獄訟，帥其屬而巡墓厲，居其中之室以守之。」《檀弓‧注》：「晉卿大夫之墓地在九原。」則中國古者本行公墓之制。佛教東來，火葬亦盛。《宋史》：「紹興二十七年，監登聞鼓院范同言：今民俗有所謂火化者，生則奉養之具，唯恐不至，死則燔爇而捐棄之。國朝著令，貧無葬地者，許以官地安葬。河東地狹人棄，雖至親之喪，悉皆焚棄。韓琦鎮并州，以官錢市田數頃，給民安葬，至今為美談。然則承流宣化，使民不畔於禮法，正守臣之職也。事關風化，理宜禁止，仍飭守臣，措置荒閒之地，使貧民得以收葬。從之。景定二年，黃震為吳縣尉，乞免再起化人亭，狀曰：照對本司久例，有行香寺曰通濟，在城外西南一里，本寺久為焚人空亭，約十間以罔利。合城愚民，悉為所誘，親死即舉而付之烈焰。餘骸不化，則又舉而投之深淵。」（《日知錄‧火葬》條）《宋史‧徽宗紀》：「崇寧二年，置漏澤園。」《夷堅志》云：「以瘞死者。」顧亭林謂「漏澤園之設，起於蔡京，不可以其人而廢其法」。（《日知錄‧火葬》條）趙氏《陔餘叢考》曰：「《後漢書‧桓帝紀》：詔京師死者相枕，若無親屬者，可於官壖地葬之，表識姓名，為設祠祭（按：建和三年）。宋天禧中，於京城外四禪院買地瘞無主骸骨，每具官給六百文，幼者半之，見韓魏公《君臣相遇傳》。又〈仁宗紀〉：嘉祐七年，詔開

封府市地於四郊，給錢瘞貧民之不能葬者。〈神宗紀〉：元豐二年，詔給地葬畿內寄菆之喪無所歸者，官瘞之。韓魏公鎮并州日，亦以官錢市田數頃，給民安葬。是義塚之法，蔡京前已有之。」惜乎唯施諸貧者，而富者則仍以大作封域為孝耳。

《墨子‧節葬》曰：「秦之西有儀渠之國者，其親戚死，聚柴薪而焚之，燻上謂之登遐，然後成為孝子。」《呂覽‧義賞》曰：「氐羌之民，其虜也不憂其係纍，而憂其死不焚也。」《荀子‧大略》同。《後漢書‧東夷傳》：東沃沮，其葬作大木椁，長十餘丈，開一頭為戶。新死者先假埋之，令皮肉盡，乃取骨置椁中。家人皆共一椁，刻木如主，隨死者為數焉。《陔餘叢考‧洗骨葬》條曰：「時俗愚民，有火化其先人之骨者，謂之火葬，顧寧人已詳言其凶慘。然又有洗骨葬者，江西廣信府一帶風俗，既葬二三年後，輒啟棺洗骨使淨，別貯瓦瓶內埋之。是以爭風水者，往往多盜骨之弊。余友沈倬其宰上饒，見庫中有骨數十具，皆盜葬成訟貯庫者。按：《南史‧顧憲之傳》：憲之為衡陽內史，其土俗人有病，輒云先亡為禍，乃開塚剖棺，水洗枯骨，名為除祟，則此俗由來久矣。」此則異俗也。

# 第七章　婚姻

　　《易》曰：「有天地，然後有萬物。有萬物，然後有男女。有男女，然後有夫婦。有夫婦，然後有父子。有父子，然後有君臣。」若是乎，人類社會之形形色色，千變萬化，無一不自男女之媾合來也。故言社會組織者，必始男女。

　　男女之關係為夫婦，其誰不知之？雖然，非其朔也。《白虎通》曰：「古之時，未有三綱六紀。人民但知其母，不知其父。」夫但知其母，不知其父，即莫知誰妻，莫知誰夫之謂也。後人推測社會之始，多謂由於一夫一婦之胖合。如《創世記》亞當、夏娃之說是也。其實人類之初，究係何種情形，實屬無從想像。所能勉強想像者，則榛榛狉狉，群居襲處；既無一切名目，亦無何等組織，一渾然之群而已。

　　迨其稍進，而婚姻乃論行輩。予昔撰經義，於此頗有發揮。今錄其說如下。原文曰：社會學家言：淺演之世，無所謂夫婦。男女妃耦，唯論行輩。同輩之男，皆其女之夫；同輩之女，皆其男之妻。中國古代似亦如此。〈大傳〉：「同姓從宗合族屬，異姓主名治際會。名著而男女有別。其夫屬乎父道者，妻皆母道也。其夫屬乎子道者，妻皆婦道也。謂弟之妻婦者，是嫂亦可謂之母乎？名者，人治之大者也。可無慎乎？」曰「男女有別」，曰「人治之大」，而所致謹者不過輩行（《注》：「異姓，謂來嫁者也。主於母與婦之名耳。」），可見古者無後世所謂夫婦矣。蓋一夫一妻，恆久不變，起於人類妒忌專有之私。人之性，固有愛一人而終身不變者，亦有不必然者。故以一男而拘多女，以一女而畜眾男，己不能答，而又禁其更求匹耦，則害於義。若其隨遇而合，不專於一；於甲固愛矣，於乙亦無惡，則亦猶友朋之好，並時可有多人耳；古未為惡德也。職是故，古人於男女配合，最致謹於其年。〈禮運〉曰：「合男女，頒爵位，必當年德。」

《荀子》曰：「婦人莫不願得以為夫，處女莫不願得以為士。」（〈非相〉）而唯致謹於其年，而不必嚴一夫一妻妃合之制，則同輩皆可為婚矣。〈釋親〉：「長婦謂稚婦為娣婦，娣婦謂長婦為姒婦。」此兄弟之妻相謂之詞也。又云：「女子同出，謂先生為姒，後生為娣。」孫炎云：「同出，謂俱嫁事一夫者也。同適一夫之婦，其相謂乃與昆弟之妻之相謂同。」可見古者無後世所謂夫婦矣（娣姒之稱，或謂據夫年長幼，或謂據身年長幼，迄無定論。實緣兩義各有所主。據夫年長幼者，昆弟之妻相謂之詞也。據身年長幼者，同出者相謂之詞也。古無後世所謂夫婦，則亦無昆弟之妻相謂之詞矣）。古之淫於親屬者，曰烝，曰報（《漢律》：淫季父之妻曰報，見《詩・雄雉・序疏》），皆輩行不合之稱。其輩行相合者，則無專名，曰淫，曰通而已。淫者，放濫之詞。好色而過其節，雖於妻妾亦曰淫，不必他人之妻妾也。通者，〈曲禮〉曰：「嫂叔不通問。」又曰：「內言不出於梱，外言不入於梱。」內言而出焉，外言而入焉，則所謂通也。〈內則〉曰：「禮始於謹夫婦。為宮室，辨內外，深宮固門，閽寺守之。男不入，女不出。」自為宮室辨內外以來，乃有所謂通，前此無有也。〈匈奴列傳〉曰：「父死，妻其後母；兄弟死，皆取其妻妻之。」父死妻其後母，不知中國古俗亦然否（妾皆幼小。見後。則父之妾，或與子之行輩相當也）。兄弟死，皆取其妻妻之，則亦必如是矣。象以舜為已死，而曰：「二嫂使治朕棲」是也。父子聚麀，《禮記》所戒。新臺有泚，詩人刺焉。至衛君之弟，欲與宣夫人同庖，則齊兄弟皆欲與之，〈柏舟〉之詩是也。然則上淫下淫，古人所深疾；旁淫則不如是之甚。所以者何？一當其年，一不當其年也。夫婦之制既立矣，而其刺旁淫，猶不如上下淫之甚，則古無後世所謂夫婦，男女耦合，但論行輩之徵也。今貴州仲家苗，女有淫者，父母伯叔皆不問；唯昆弟見之，非毆則殺；故仲家女最畏其昆弟云。亦婚姻但論行輩之遺俗也。

　　合男女貴當其年乎？不貴當其年乎？則必曰貴當其年矣。自夫婦之制立，而後男女妃合，有不當其年者，此則後人之罪也。俞理初有〈釋小

篇〉，論妾之名義，皆取於幼小。其說甚博。猶有未備者。《易說卦》：兌為少女，為妾。〈內則〉：「妾將御者，齊漱澣，慎衣服。櫛縱，笄總，拂髦。」髦者，事父母之飾，唯小時有之，亦妾年小之徵。〈曲禮〉：諸侯之妻曰「夫人」，大夫曰「孺人」。鄭《注》：孺，屬也，《書·梓材》「至於屬婦」，偽孔訓為妾婦，蓋本下妻之稱。故韓非以貴夫人與愛孺子對舉也（《韓非子·八奸》）。古者諸侯娶，二國往媵，皆有姪娣。姪者何？兄之子也。娣者何？弟也。待年父母國，不與嫡俱行，明其年小於嫡。諸侯正妻之外，又有孺子。大夫則無有，故徑號其妻曰孺人。諸侯妻之外又有妾，而大夫亦得以孺人為妻，皆由其據高位，故得恣意漁少艾也。《詩》曰：「婉兮變兮，季女斯飢。」言季不言孟；妙之本字為眇，由眇小引申為美妙；皆古人好少女之證。男子之性，蓋無不好少女者。率其意而莫之制，而世之以老夫拘女妻者多矣。（以上錄舊作〈合男女頒爵位必當年德義〉。〈祭統〉曰：「祭有昭穆。」、「凡賜爵，昭為一，穆為一。昭與昭齒，穆與穆齒。」此亦古人重行輩之徵。《公羊》僖二十五年《解詁》曰：「齊魯之間，名結婚姻為兄弟。」〈曾子問〉「壻之伯父致命女氏曰：某之子有父母之喪，不得嗣為兄弟」是也。結婚姻稱兄弟，亦其行輩相當之徵。）

由此更進一步，則有今所謂夫婦者。今所謂夫婦，蓋起於掠奪，後乃變為賣買。行輩為婚，蓋行諸同族；掠奪賣買，則行諸異族者也。同族婚姻，所以變為異族者，蓋恐同族以爭色致鬥亂；亦由世運日進，各部落之交接日多，故獲取妻於外也。昔撰經說，亦曾詳斯義。今更錄其說如下。原文曰：〈郊特牲〉曰：「娶於異姓，所以附遠厚別也。」此古同姓之所以不昏也。《左氏》載鄭叔詹之言曰：「男女同姓，其生不蕃。」（僖二十三年）子產之言曰：「內官不及同姓。美先盡矣，則相生疾。」後人恆以是為同姓不婚之由。然據今之治遺傳學者言，則謂近親婚姻，初不能致子孫於不肖。所慮者，男女體質相類，苟有不善之質，亦必彼此相同，子姓兼受父母之性，其不善之質，益易顯耳。若其男女二者，本無不善之質，則亦

初無可慮。其同有善質者，子姓之善性，亦將因之而益顯也。至於致疾之說，則猶待研究，醫學家未有言之者也。然則古人之言，何自來邪？其出於迷信邪？抑亦有事實為據邪？謂其出於迷信。其言固以子姓蕃殖與否及疾病為據，擬有事實可徵也。謂有事實為徵，則「晉公子，姬出也，而至於今」一語，已足破叔詹之說矣。然則古人之言，果何自來邪？同姓為婚之禁，何由持之甚嚴邪？予謂古者同姓不婚，實如〈郊特牲〉所言，以附遠厚別為義；而其生不蕃，則相生疾諸說，則後來所附益也。何則？群之患莫大乎爭，爭則亂。妃色，人之所欲也。爭色，致亂之由也。同姓為婚則必爭，爭則戈矛起於骨肉間矣。〈晉語〉：「同姓則同德，同德則同心，同心則同志，同志雖遠，男女不相及；畏黷故也。黷則生怨，怨亂毓災，災毓滅姓。是故娶妻避同姓，畏亂災也。」此為同姓不婚最重之義。古人所以謹男女之別於家庭之中者以此。〈坊記〉：「孔子曰：男女授受不親。御婦人則進左手。姑、姊、妹，女子子，已嫁而反，男子不與同席而坐。寡婦不夜哭。婦人疾，問之，不問其疾。以此坊民，民猶淫佚而亂於族。」亂於族，則〈晉語〉所謂黷也（古者防範甚嚴，淫於他族本不易。有之，雖國君往往見殺。如陳佗、齊莊是也。鄧扈樂淫於魯宮中，則以其為力人也）。又曰：「禮，非祭，男女不交爵。以此坊民，陽侯猶殺繆侯而竊其夫人。」陽侯、繆侯，固同姓也，此亂於族之禍也。蓋同姓之爭色致亂如此。大為之坊猶然，而況於黷乎？此古人所以嚴同姓為婚之禁。同姓不婚，則必婚於異姓。婚於異姓，既可防同姓之黷，又可收親附異姓之功，此則一舉而兩得矣。此附遠厚別，所以為同姓不婚之真實義也。然則其生不蕃，則相生疾之說，果何自來哉？曰：子孫之盛昌，人之所欲也。凋落，人之所惡也。身，人之所愛也。疾，人之所懼也。以其所甚惡，甚懼，奪其所甚欲，此主同姓不婚之說者之苦心。抑同姓為婚之禁，傳之既久，求其說而不得，乃附會之於此，亦未可知也。〈月令〉：仲春之月，「先雷三日，奮木鐸以令兆民，曰：雷將發聲，有不戒其容止者，生子不備，

必有凶災。」生子不備，猶云其生不蕃；必有凶災，猶云則相生疾；皆以是恐其民也。楚子反欲取夏姬。巫臣曰：「是不祥人也。是夭子蠻，殺御叔，弒靈侯，戮夏南，出孔、儀，喪陳國，何不祥如是？人生實難，其有不獲死乎？」子反乃止（《左》成二年）。蓋愛身之情，足以奪其好色之心如此。「叔向之母妒叔虎之母美而不使。其子皆諫其母。其母曰：深山大澤，實生龍蛇。彼美，余懼其生龍蛇以禍汝。汝，敝族也。國多大寵，不仁人間之，不亦難乎？余何愛焉？」（《左》襄二十一年）蓋古人懼遺傳之不善，足以為禍又如此。此其生不蕃，則相生疾諸說，所以能奪人好色之心，而禁其亂於族也邪？抑子孫之蕃衍，恃乎宗族之盛昌。宗族之盛昌，恃乎族人之輯睦。因爭致亂，夫固足以召亡。又娶於異姓，則一人不能致多女。古唯諸侯娶一國，二國往勝。納女於天子，乃曰備百姓。管氏有三歸，則孔子譏其不儉矣。淫於同族，則可致多女。致多女，固可以致疾，晉平公其一也。其致疾之由在淫，不在所淫者之為同姓也。然兩事既相附，因誤以由於此者為由於彼，亦事所恆有也（以上錄舊作〈娶於異姓所以附遠厚別義〉）。

掠女為婚，野蠻人蓋習為常事。會戰而俘多女，乘隙以篡一人，皆是也。婚禮必行之婚時者？鄭《目錄》云：「取陽往陰來之義。」（《昏義疏》）此後來之曲說，其初蓋以便劫掠也。掠奪之初，誠為掠奪，然及其後，往往徒存其貌，而意則全非。《易》屢言「匪寇昏媾」，蓋寇與婚媾，形同而實異也。至此，則漸進於賣買之婚矣。賣買婚之所由起，蓋因戰爭非恆事；掠奪不能行之親和之部落，且懼嬰禍患，見報復，則娶其人而給以價焉。初蓋無所謂妻妾。及其後，則漸分聘者為妻，奔者為妾。說者曰：「聘者價貴，奔者禮不備，則價賤，此妻妾之所由分也。」予謂不僅此。聘之原，固出於賣買。然後則寖失賣買之意。〈曲禮〉曰：「買妾不知其姓則卜之。」〈檀弓〉曰：「子柳之母死，子碩請具。子柳曰：何以哉？子碩曰：請粥庶弟之母。」曰買，曰粥，視妾與物無異，而未有施之於妻者。則買

之與聘，源同流異。蓋古有階級之分，聘行之於貴家，買施之於賤族也。
賣買之禮意漸變，則成古所謂昏〔婚〕禮。昏〔婚〕禮有六：曰納采，亦曰
下達，男氏求婚之使也。曰問名。問名者，女氏既許昏〔婚〕，乃曰：「敢
請女為誰氏？」謙，不必其為主人之女也。納采、問名共一使。曰納吉。
納吉者，既問名，歸卜之於廟也。得吉，乃使往告女氏，時曰納徵。納徵
即納幣也（《儀禮》作納徵，《春秋》作納幣。《春秋》變周之文，從殷之質
也。所納者為玄束帛儷皮）。納徵之後，婿或女死，相為服喪，既葬而除
之。故夫婦之關係，實自納徵始。曰請期，定吉日也。吉日男氏定之，然
必三請於女氏；女氏三辭，而後告之，示不敢專也。曰親迎。婿父醮子而
命之迎。女父筵几於廟，而拜迎於門外。婿執雁入，揖讓升堂，再拜奠
雁。降出，婦從。御婦車，而婿授綏。御輪三周，御者代婿乘其車。婿先
俟於門外。婦至，婿揖婦以入（此與適子之冠禮同，亦謂之授室）。共牢
而食。合卺而醻，所以合體，同尊卑，以親之也。質明，贊婦見於舅姑。
厥明，舅姑共饗婦。以一獻之禮，奠酬。舅姑先降自西階，婦降自阼階，
以著代也。婦入三月而祭行。舅姑不在，則三月而廟見。未廟見而死，歸
葬於女氏之黨，示未成婦也。六禮為為妻之徵。故六禮不備，貞女守義不
往，以嫌於為妾也。六禮之中，親迎最重。《五經異義》：《公羊》說：自
天子至庶人皆親迎。《左氏》說：天子至尊，無親迎之禮，諸侯有故，使
上卿逆，上公臨之。哀公問：「冕而親迎，不已重乎？」孔子愀然作色而對
曰：「合二姓之好，以繼先聖之後，以為天地宗廟社稷之主，君何謂已重
乎？」儒家之主親迎，頗得男女平等之義。墨家譏其尊妻侔於父兄；崇家
督之權，而輕妃耦之本，義不如儒家也。許慎按：「高祖時，叔孫通制禮，
以為天子無親迎，從《左氏》。」叔孫鄙儒，媚世諧俗，許君從之，非也。

娶妻之禮如此。若言離婚，則婦人有七棄，五不娶，三不去，說見
《公羊‧解詁》（《公羊傳》莊二十七年）。其說曰：「嘗更三年喪不去，不
忘恩也。賤取貴不去，不背德也。有所受無所歸不去，不窮窮也。喪婦長

女不娶，無教戒也。世有惡疾不娶，棄於天也。世有刑人不娶，棄於人也。亂家女不娶，類不正也。逆家女不娶，廢人倫也。無子棄，絕世也。淫佚棄，亂類也。不事舅姑棄，悖德也。口舌棄，離親也。盜竊棄，反義也。嫉妒棄，亂家也。惡疾棄，不可奉宗廟也。」《大戴禮記・本命》篇略同。古人重家族；婚姻之意，為治家傳統計者多，為夫婦二人計者少（見後）；其離婚亦然。然古人之離婚卻較後人為易。曾子問：「昏〔婚〕禮，既納幣，有吉日，女之父母死，則如之何？孔子曰：婿使人吊。如婿之父母死，則女之家亦使人吊。」、「婿已葬，婿之伯父，致命女氏，曰：某之子有父母之喪。不得嗣為兄弟，使某致命。女氏許諾，而弗敢嫁。禮也。婿免喪，女之父母使人請。婿弗取，而後嫁之，禮也。女之父母死，婿亦如之。」則吉日已定，有大故者，其婚約仍可作廢。又女未廟見而死，不遷於祖，不祔於皇姑；婿不杖，不菲，不次；歸葬於女氏之黨；示未成婦也。何君《解詁》曰：「諸侯既娶三月，然後夫人見宗廟。見宗廟，然後成婦禮。」（《公羊傳》莊二十四年）成九年，季孫行父如宋致女。《解詁》曰：「古者婦人三月而後廟見稱婦，擇日而祭於禰，成婦之義也。父母使大夫操禮而致之。必三月者，取一時，足以別貞信。貞信著，然後成婦禮。」〈士昏禮〉：「若不親迎，則婦入三月，然後婿見。」然則三月成妃耦，無貴賤男女一也。古人之結婚，重慎既非後世比；而又試之以一時；而其離婚，又較後世為易；此其夫婦之禍，所以視後世為少與？

男子可以出妻，而女子不聞出夫，此由財產為男子所有。若財產為女子所有，自亦可以出夫。〈秦策〉謂「太公望，齊之逐夫」，《說苑》謂「太公望，故老婦之出夫」是也（〈尊賢〉）。但其事絕少耳。

夫婦之制，究始於何時邪？《昏義・疏》謂始於燧人時，其說附會不足據（《疏》云：「遂皇之時，則有夫婦。《通卦驗》云：遂皇始出握機矩，是法北斗七星而立七政。《禮緯斗威儀》，七政，則君臣、父子、夫婦等也。」）。按：伏羲制以儷皮為嫁娶之禮，見《世本・作篇》。譙周亦云（《昏

義疏》）。〈郊特牲〉曰：「器用陶匏，尚禮然也（謂太古之禮器也）。三王作牢，用陶匏。」《注》云：「大古無共牢之禮，三王之世，作之而用太古之器。」則〈士昏禮〉所著，起於伏羲之世，定於三王之時矣。婚制演進之時代，於此可以徵窺。

　　嫁娶之年，亦禮家所聚訟。予昔撰〈昏年考〉，嘗折衷之。今亦錄如下。〈昏年考〉曰：古書言昏〔婚〕年者：《書傳》、《禮記》、《公羊》、《穀梁》、《周官》，皆以男三十而娶，女二十而嫁。墨子（〈節用〉）、韓非（〈外儲說右下〉）則謂丈夫二十，婦人十五。《大戴》又謂太古男五十而室，女三十而嫁。中古男三十而娶，女二十而嫁（〈本命〉）。《異義》：《大戴禮》說，三十而室，二十而嫁，天子庶人同禮。《左氏》說，天子十五而生子；三十而娶，庶人禮也（按：國君十五而生子，見《左》襄九年）。諸說紛紛者何？曰：女子十四五可嫁，男子十五六可娶，生理然也。果何時娶，何時嫁，則隨時代而不同。大率古人晚，後世較早？則生計之舒蹙為之也。《家語》：「哀公曰：男子十六精通，女子十四而化，則可以生民矣。而禮男必三十而有室，女必二十而有夫也，豈不晚哉？孔子曰：夫禮言其極，不是過也。男子二十而冠，有為人父之端；女子十五許嫁，有適人之道。於此而往，則自昏〔婚〕矣。」（〈本命解〉）男子十六精通，女子十四而化，說與《素問》合（《上古天真論》）。何君《公羊‧解詁》曰：「婦人八歲備數，十五從嫡，二十承事君子。」（隱七年）八歲者，齔之翌年。十五者，化之明歲。準是以言，則二十當云二十二。而云二十者，舉成數也。許慎曰：「侄娣年十五以上，能共事君子，可以往。二十而御。」（《穀梁》隱七年《注》）說亦與何君同。王肅述毛，謂男自二十以及三十，女自十五以至二十，皆得嫁娶（《摽有梅‧疏》），其說是也（王肅又謂「男年二十以後，女年十五以後，隨任所當，嘉好則成。不必以十五六女，妃二十一二男。雖二十女配二十男，三十男妃十五女，亦可。」亦通論也）。王肅又引禮子不殤父，而男子長殤，止於十九，女子十五許嫁不為殤，

證亦極確。毛謂「三十之男，二十之女，禮未備則不待禮，會而行之，所以蕃育人民也。」亦以三十、二十為極。王肅述毛，得毛意也。然則古者以蕃育人民為急；越王句踐，棲於會稽，而謀生聚，至令男二十不娶，女十七不嫁，罪其父母。而其著為禮，不以精通能化之年；顧曰二十、三十，大古且至三十、五十者，何也？曰：蕃民，古人之所願也。然精通而取，始化而嫁，為古人財力所不逮，是以民間恆緩其年。此為法令所無如何。然曰二十、三十，曰三十、五十，則固已為之極矣。為之極，則不可過，猶蕃民之意也。何以知其然也？《說苑》曰：「桓公之平陵，見年老而自養者，問其故。對曰：吾有子九人，家貧，無以妻之，吾使傭而未返也。桓公取外御者五人妻之。管仲入見，曰：公之施惠，不亦小矣？公曰：何也？對曰：公待所見而施惠焉，則齊國之有妻者少矣。公曰：若何？管仲曰：令國丈夫三十而室，女子十五而嫁。」（〈貴德〉）蓋古者嫁取以儷皮為禮。儷皮者兩麑鹿皮也（《聘禮注》）。漢武帝時，嘗以白鹿皮為幣，值四十萬。白鹿皮固非凡鹿皮比；古時鹿皮，亦不必如漢代之貴。又漢武之為皮幣，使王侯宗室，朝覲聘享，必以薦璧乃得行，則亦強名其值，猶今紙幣之署若千萬耳；尤非民間用之比。又用儷皮為士禮，未知庶人以下亦然否？然古皮幣亦諸侯聘享所用，價不能甚賤。假不用之者，〈曲禮〉言取妻者「為酒食以召鄉黨僚友」，亦民間所不可少矣。「古者庶人糲食藜藿，非鄉飲酒臘祭祀無酒肉。賓婚相召，則豆羹白飯，綦膾熟肉」（《鹽鐵論‧散不足篇》），已不易辦矣。管仲非桓公以御女賜平陵之民，而謂施惠當限嫁取〔娶〕之年，豈有是一令，民間即饒於財哉？有是令，則不可過，不可過，則雖殺禮而莫之非也。《周官‧媒氏》：「仲春之月，令會男女。於是時也，奔者不禁。若無故而不用令者罪之。」仲春則奔者不禁者，古以九月至正月為婚期；仲春而猶不克昏，則其乏於財可知；乏於財，故許其殺禮。奔者，對聘而言。不聘即許其殺禮，非謂淫奔也。無故而不用令者，謂非無財，亦奔而不聘也。所謂聘者，則下文云：「入幣純帛無

過五兩」是也。大司徒荒政十有二，十日多昏（《注》：「不備禮。」），亦此意也。賈生曰：「秦人家貧子壯則出贅。」諸書或言貧不能嫁。皆嫁娶不易之徵。大古男三十而娶，女二十而嫁。中古則三十、二十。《論衡》曰：「男三十而娶，女二十而嫁，法制雖設，未必奉行。何以效之？以今不奉行也。」（〈齊世篇〉）曹大家十四而適人，則漢世嫁娶，早於古人矣。故惠帝令女子十五不嫁五算也。然則世愈降，則婚年愈早。蓋民生降而益舒，故禮易行也。然墨子謂聖王之法，丈夫年二十毋敢不處家，女子年十五，毋敢不事人。聖王既歿，民欲早處家者，有所二十處家；其欲晚處家者，有所四十處家。以其早與晚相踐，後聖王之法十年（此為三十有室，二十而嫁，知古人制禮，必因習俗，非苟為也）。則後世嫁娶，反視古人為晚。豈古者質樸，禮簡，嫁娶易；後世迎婦送女愈侈，故難辦邪？非也。墨子背周道，用夏政；其所述者，蓋亦蕃育人民之法，禹遭洪水行之。猶句踐棲於會稽，而謀生聚耳，非經制也。若其述當時之俗，民之早晚處家者，有二十年之差。民之貧富固不齊，就其晚者，固猶視三十有室之年為遲矣。國君十五而生子，亦以饒於財，得早娶也。故曰：婚年之早晚，以民之財力而異也（《漢書・王吉傳》：「以為世俗聘妻送女無節，則貧人不及，故不舉子。」則後世婚年之早，亦竭蹶赴之，不必其財力果視古代為饒也。但以大體言之，則後人生計程度，總視古人為高耳）。

　　早婚善邪？晚婚善邪？《尚書・大傳》謂「男三十而娶，女二十而嫁，通於織絍紡績之事，黼黻文章之美。不若是，則上無以孝於舅姑，而下無以事夫養子」。王吉亦謂「世俗嫁取〔娶〕大早，未知為人父母之道而有子，是以教化不明，而民多夭」。今學術日進，人之畢業大學者，非二十四五不可；教子養子之道，亦愈難明；則是嫁娶愈當晚也。然人之知妃色，亦在二七、二八之年。強之晚婚。或至傷身而敗行。若謂不知為父母之道，則將來兒童，必歸公育。今人一聞兒童公育之論，無不色然駭者。以為「愛他人之子，必不如其愛己之子；而父母愛子之心，出於自然；

母尤甚；強使不得養其子，是使為父母者無所用其愛也」。是亦不然。今者教育之責，父母多不自師而委諸師，豈師之愛其弟子，逾於父母之愛其子？而為父母者，欲其子之善，不若欲其子之壯佼之切乎？教育亦專門之學，非盡人所能通；又煩瑣之事，非盡人所克任故也。然則育子亦專門之業，亦煩瑣之事，其非盡人所能通，所克任，而當委諸專司其事之人，將毋同？父母之愛其子，與凡仁愛之心，非有異也，視所直而異其施耳。今之世，委赤子於途，則莫或字之，或且戕賊之，父母之卵翼之，宜也。世界大同，人人不獨子其子。今日為父母之愛，安知不可移諸他途？豈慮其無所用而戕其身邪？

嫁娶之時：《繁露》云：「霜降逆女，冰泮殺內。」（〈循天之道篇〉）《荀子》同（〈大略篇〉）。王肅謂自九月至正月，引〈綢繆〉三星之象為證（見《疏》），其說是也。所以然者？「霜降而婦功成，冰泮而農業起。」（亦王肅說）古人冬則居邑，春即居野，秋冬嫁娶，於事最便，所謂循天之道也。《周官》仲春「奔者不禁」，乃貧不能具禮者，許其殺禮。王肅以為蕃育法，亦是也。毛《傳》於〈東門之楊〉，言「男女失時，不逮秋冬」，則其意亦同董、荀。王肅述毛，得毛意也。鄭玄好主《周官》而不諦，誤其失時殺禮之法為正法，並〈邶〉詩「士如歸妻，迨冰未泮」語意明白者，而亦曲釋之，非也。

以上為〈昏年考〉原文。讀此文，可知嫁娶之不易，不獨今世為然矣。抑猶不只此。畜妾之習，亦起於人類權力之不平等、財力之不平等也。今更錄舊作〈原妾〉一篇如下。〈原妾〉曰：妾之制何自起乎？曰：起於人類之逸則思淫，古無有也。生物學家言：家禽一雄而眾雌，若雞是已。野禽一雄而一雌，若雁是已。一饒於食，一不足於食也。《鹽鐵論・散不足》篇曰：「古者夫婦之好，一男一女，而成家室之道。及後世，士一妾，大夫二，諸侯有侄娣，九女而已。」然則諸侯、大夫、士之有妾，亦後世之事。並耕而食，饔飧而治之世，君與民固不相遠也。妾非邃古所

有，見於書傳者，唯此而已。後世則不然。〈曲禮〉曰：「天子有后，有夫人，有世婦，有嬪，有妻，有妾。公侯有夫人，有世婦，有妻，有妾。」〈昏義〉曰：「古者天子後立六宮、三夫人、九嬪、二十七世婦、八十一御妻。」《周官》無三夫人，有世婦女御而不言其數。然內司服有女御二人。《注》曰：「有女御者，以衣服進，或當於王，廣其禮，使無色過。」（縫人有女御四人，《疏》云：「義同於上。」）則凡當於王者，皆可從而廣其禮，而妾媵之數，斯無極矣。《孟子》謂當時大人，侍妾數百（〈盡心〉）；《管子》謂齊襄公陳妾數千（〈小匡〉），《墨子》謂當今之世，大國拘女累千，小國累百（〈辭過〉），由此也。然考之書傳，猶有可見其為後起者。《禮記》冠、昏、鄉、射、燕、聘諸義，皆《儀禮》之傳也。《傳》之文皆以釋經。唯〈昏義〉末節，與經不涉，文亦不類；而姬妾之數，百二十人，適與王莽之制相合（《漢書・王莽傳》：莽進史氏女為皇后，備和、嬪、美、御。和，人三，位視公。嬪，人九，視卿。美，人二十七，視大夫。御，人八十一，視元士。凡百二十人。即〈昏義〉末節之說。《繁露・爵國篇》，亦有三公，九卿，二十七大夫，八十一元士。然云：王后，置一太傅，太母，三伯，三丞。二十夫人，四姬，三良人，各有師傅。不云三夫人，九嬪，二十七世婦，八十一御妻也。二十夫人之二十，凌氏云：當作世）；其為古文家竄入無疑。如今文家言，則天子娶十二女（公羊成十年解詁。疏謂出保干圖。又云：「孔子為後王，非古禮也。」其說當有所本。益見貴者畜妾，亦後世事也。繁露爵國篇：「天子立一后，一世夫人，中左右夫人，四姬，三良人。」亦十二女），諸侯娶九女耳（《公羊》莊十八年）。〈喪服〉大夫有貴妾，恐是周制，殷則無之。何者？〈士冠禮〉曰：「無大夫冠禮而有其昏〔婚〕禮。古者五十而後爵，何大夫冠禮之有？」五十而猶娶，其必為繼娶無疑矣（《家語・本命》有大古五十而室之說，然非為大夫言，見予所撰〈昏年考〉）。諸侯一聘九女，諸侯不再娶（《公羊》莊十九年），所以「節人情，開媵路」也（《公羊》莊十九年）。諸侯有媵，

猶不得再娶，況大夫乎（《易・同人》六二鄭《注》：謂天子、諸侯，后、夫人無子不出。《鼎》初六《注》：謂失禮無出道，廢遠而已。以其有妾媵，不待再取〔娶〕也。然則凡出妻者，皆本無妾媵可知。鄭說見《詩・河廣》、〈士昏禮〉、《內則・疏》。《左》隱元年，「惠公元妃孟子。孟子卒，繼室以聲子。」文十二年，「杞桓公來朝，請絕叔姬而無絕昏。公許之。」《注》：「立其娣為夫人。」皆諸侯不再娶之證）？故知〈喪服傳〉所言為周制也。今文家多傳口說，古文家則以古書為據。變周之文，從殷之質，大義通貫六經，不獨《春秋》然也。古今文家言，多存殷制。古書存者不多，有之率出周代，故古文家言，多周制也。殷制妾少，周制妾多，則畜妾之制，後世益汰之徵也。〈曲禮〉曰：「國君不名卿老世婦，大夫不名世臣侄娣，士不名家相長妾。」〈內則〉曰：「國君世子生，卜士之妻，大夫之妾，使食子。」又云：「大夫之子有食母。士之妻自養世子。」〈喪服小記〉曰：「士妾有子而為之總，無子則已。」《管子・大匡》：「諸侯毋專立妾以為妻，士庶人毋專棄妻。」或言士有妾，或云無之。《白虎通義》曰：「庶人稱匹夫者，匹，偶也。與其妻偶，陰陽相戒之義也。」《板・箋疏》曰：「庶人無妾媵，唯夫婦相匹，故稱匹也。」然則匹夫匹婦，即一夫一婦之稱。而〈禮器〉：「君子大牢而祭謂之禮，匹士大牢而祭謂之攘。」士亦言匹，則其無妾可知。毛《傳》云：「大夫一妻二妾。」（〈綢繆〉）熊氏云：「士有一妻二妾。」（《曲禮下・疏》）得毋後世逾侈，以古大夫之禮行之士邪。此亦後世畜妾愈盛之徵也。鄭玄《檀弓・注》云：「帝嚳而立四妃矣，象后妃四星。其一明者為正妃。餘三小者為次妃。帝堯因焉。至舜，不告而取〔娶〕，不立正妃，但三妃而已，謂之三夫人。」、「夏后氏增以三三而九，合十二人。《春秋說》云：天子取十二，即夏制也（《公羊・疏》謂非古禮，必有所本，可知鄭氏此語之妄）。以虞、夏及周制差之，則殷人又增以三九二十七，合三十九人。周人上法帝嚳，立正妃。又三二十七為八十一人以增之，合百二十一人。其位：后也，夫人也，嬪也，世婦也，

女御也，五者相參，以定尊卑。」鄭氏好「據數差次」以言禮。驟讀之，一似確知其事者。然讀《義疏》云：「知帝嚳立四妃者，《大戴禮·帝系》篇云：帝嚳卜四妃之子，皆有天下。長妃有邰氏之女曰姜嫄，生稷。次妃有娀氏之女曰簡狄，生契。次妃陳豐氏之女曰慶都，生堯。次妃陬訾氏之女曰常宜，生帝摯。〈祭法〉云：帝嚳能序星辰以著眾，明象星立妃也。」《大戴》謂帝嚳卜四妃之子，不謂帝嚳只有四妃。鄭因謂帝嚳立四妃，殊為附會。以〈祭法〉「序星辰」一語，遂謂嚳立四妃以象四星，則尤無據矣。凡鄭氏之言，固多如此（其實東漢古文家之言，無不如此。特書闕有間，無從盡發其覆耳。予所以寧信今文傳訛之口說也）。然鄭氏雖好附會，而其注《周官·世婦》云：「不言數者，君子不苟於色，有婦德者充之，無則闕。」則亦知百二十之數不易盈矣。此亦見侍妾數百，拘女累千，乃後世之事，非古所有也。《春秋》云：「諸侯取〔娶〕一國，則二國往媵。以姪娣從。」古者女為媵，男亦為媵。伊尹之於有莘是也。〈士昏禮〉有「媵御」。鄭《注》曰：「媵，送也，謂女從者也。御當為訝；訝，迎也，謂婿從者也。夫婦始接，情有廉恥，媵御交道其志。」然則媵御者，猶今人行婚禮時男女之儐相耳。女媵者可為妾，男之為媵者，亦可姣乎？女之媵當為婿之妾，婿之御，亦當為女之面首乎？若夫以姪娣從者？何君云：「欲使一人有子，二人喜也。」（莊十九年。《穀梁》亦云：「一人有子，二人緩帶。」見文十八年）此所以重繼嗣，唯諸侯有之，非人人可備此禮。況「姪者何？兄之子也。娣者何？弟也」。古人婚姻，最重行輩（見〈合男女頒爵位必當年德義〉）。不論行輩，而下漁及其兄之子，非有權勢者不能。亦非一男一女而成家室之道，如《鹽鐵論》所稱質樸之世所宜有也。故知媵與姪娣，亦後起之制也。

社會學家言畜妾之由：曰女多男少也。曰男子好色之性，不以一女子為已足也。曰男子之性，好多漁婦女也。曰女子姿色易衰，其閉房亦較男子為早也。曰求子姓之眾多也。曰女子可從事操作。利其力也。曰野蠻之

世，以致多女為榮也。徵諸中國書傳，亦多可見之。《周官・職方氏》：揚州，其民二男五女。荊州，一男二女。豫州，二男三女。青州，二男二女。兗州，二男三女。雍州，三男二女。幽州，一男三女。冀州，五男三女。并州，二男三女。其數未必可信。然據生物學家言。民之生，本男多於女。而其死者亦眾。故逮其成立，則女多於男。脫有戰爭，則男女之相差尤甚。吾謂戰爭而外，力役甚者，亦足殺人。又女子恆處家，希觸法網。刑戮所及，亦恆少於男。天災流行，捍之者多死，亦戰爭類也。古代女子皆能勞作，非若後世待豢於人。溺女等風，古必無有。試觀古書多言生子不舉，未嘗偏在於女，可知也。然則男少女多，古代亦必不免矣（唯男女雖有多少，初不得謂當借畜妾以調劑之。古代人畜妾，亦未必有調劑男女多少之意，只是以快淫慾耳。墨子謂「當今之君，大國拘女累千，小國累百，是以天下之男，多寡無妻，女多拘無夫。」齊宣王曰：「寡人有疾，寡人好色。」孟子告以「大王好色，」、「內無怨女，外無曠夫。」皆以怨曠並言。則當時之民，怨女固多，曠夫亦不少矣）。拿破崙曰：「一男子但有一女子則不足，以其有姅乳時也。」〈內則〉：妻將生子，及月辰，居側室。三月之末，見子於父，乃後適寢。妾亦三月見子，而後入御。《漢律》：姅變者不得侍祠（《說文》）。即拿破崙之說也。班氏《女誡》謂「陽以博施為貴，陰以不專為美」。此男權盛時，好漁色之男子所創之義也。《素問》謂女子二七而天癸至，七七而天癸竭。丈夫二八天癸至，七八天癸竭（《上古天真論》）。則女子閉房之歲，早於丈夫者殆十年。《韓非》曰：「丈夫年五十，而好色未解也；婦人年三十，而美色衰矣。以衰美之婦人，事好色之丈夫，則身死，見疏賤，而子疑不為後。此后妃夫人，所以冀其君之死者也。」（〈備內〉）古制三十而娶，二十而嫁，女小於男者十年，殆以此歟？然三十而美色衰，五十而好色未解，雖小十年，終不相副。況三十二十，特辜較言之，課其實，男女之年，未必相差至是。此亦男子之所以好廣漁色邪？若夫求子姓之多，則詩人以則百斯男頌文王其事

也（古重傳統，統系在男，則無子者不得不許畜妾。不許畜妾，則不得不許其棄妻更取，而無子為七出之一矣）。《詩》又曰：「摻摻女手，可以縫裳。」毛《傳》曰：「婦人三月廟見，然後執婦功。」《箋》曰：「未三月，未成為婦。裳，男子之下服。賤，又未可使縫。魏俗使未三月婦縫裳，利其事也。」然則坐男立女之風，正不待盛唐詩人而後興嘆矣。多妻淫佚，義士所羞。此非流俗所知。流俗方以是為美談耳。西南之夷，有八百媳婦者，傳言其酋有妻八百，與《周官》之侈言女御，何以異邪？然則社會學家所言畜妾之由，徵諸吾國，靡不具之。人類之所為，何其異時異地而同揆也？（以上錄〈原妾〉原文。）

　　嫡庶之別，周代頗嚴。「毋以妾為妻」，見諸葵丘之命（《穀梁》傳僖九年）。《左》哀二十四年，「公子荊之母嬖，將以為夫人。使宗人釁夏獻其禮。對曰：無之。公怒曰：女為宗司，立夫人，國之大禮也，何故無之？對曰：周公及武公取於薛，孝、惠取於商，自桓以下取於齊，此禮也則有。若以妾為夫人，則固無其禮也。公卒立之，而以荊為太子。國人始惡之。」立一妾也，臣子以之抗爭，國人因而非議，亦可見其限界之嚴矣（又《左》成十一年，「聲伯之母不聘。穆姜曰：吾不以妾為姒。生聲伯而出之。」則家人之間，限界亦甚嚴）。然以妾為妻，仍所時有。魯僖公脅於齊媵女之先至者，立為夫人，其一事也（《公羊》僖八年。《左》僖二十三年，「狄人伐廧咎如，獲其二女叔隗、季隗，納諸公子。公子取季隗，以叔隗妻趙衰，生盾。」二十四年，「文公妻趙衰，生原同、屏括、樓嬰。趙姬請逆盾與其母。子餘辭。姬曰：得寵而忘舊，何以使人？必逆之。固請，許之。來，以盾為才，固請於公，以為嫡子，而使其三子下之。以叔隗為內子，而己下之。」雖出於讓，亦妻妾易位也。又文六年，趙孟謂「杜祁以君故，讓偪姞而上之。以狄故，讓季隗而己次之，故班在四。」則妾之貴賤，亦可易位）。又有所謂「並後」者（《左》桓十八年，辛有之言），則正妻與妾，禮秩如一。齊桓公內嬖如夫人者六人（《左》桓十七

年）；衛孔文子妻太叔疾，疾嬖其初妻之娣，使如二妻（《左》哀十一年）是也。按：嫡庶之別，各國似不一律。《公羊》文十四年，晉卻缺納接菑於邾婁。邾婁人曰：「子以其指，則接菑也四，貜且也六。子以大國壓之，則未知齊、晉孰有之也？貴則皆貴矣。」《解詁》：「時邾婁再娶，二子母尊同體敵。」《疏》云：「蓋皆是右媵之子，或是左媵之子。」按：《公羊》家言：右媵貴於左媵，則二媵之子，不得尊同體敵。《疏》似失《注》意。邾婁蓋亦所謂並後者也？竊疑妻妾之別，初亦視女家之貴賤。取於貴家者皆為妻，取於賤族者皆為妾。諸侯娶一國，二國往媵，為媵者，其母家未嘗不貴也。故《左》昭八年，陳哀公有元妃、二妃、下妃，雖別之曰元，曰二，曰下，而仍皆以妃稱。僖二十二年，鄭文夫人芊氏、姜氏勞楚子於柯澤，亦俱稱夫人。《公羊》僖二十年，「西宮災。西宮者何？小寢也……有西宮則有東宮矣。魯子曰：以有西宮，亦知諸侯之有三宮也。」古以三為多數。竊疑其初諸侯一娶三女，並無嫡庶之別。故管氏有三歸，孔子譏其不儉。謂其僭人君禮也。夫人與二媵，亦分貴賤，蓋係後起之制。《爾雅》曰：「女子同出，謂先生為姒，後生為娣。」孫炎曰：「同出，謂俱嫁事一夫者也。」其稱謂亦甚平等。蓋妻妾之別，自以其母家貴賤分之，不繫一人只有一妻，其餘則皆為妾也。嫡庶之別，蓋至周代而始嚴，而後人因之。

〈喪服傳〉：媵與夫人之娣為貴妾，得為繼室。餘五人為賤。《繁露·三代改制質文》篇：「主天法商而王。其道佚陽，親親而多仁樸。故立嗣予子，篤母弟。妾以子貴。主地法夏而王。其道近陰，尊尊而多義節。故立嗣予孫，篤世子。妾不以子稱貴號。」《春秋》變周之文，從殷之質，故「母以子貴」。（《公羊》隱元年）然「妾為夫人，特廟祭之，子死則廢。」（隱五年《解詁》）與〈喪服〉之慈母同，猶與正夫人有別也。

夫婦之間，初本平等。予舊撰〈釋夫婦〉一篇，可以見之。其言曰：夫婦二字，習用之。詁曰：「夫，扶也。」、「婦，服也。」其義甚不平等。

然非夫婦二字之初詁也。夫婦之本義，蓋為抱負。其後引申為伴侶。何以言之？《史》、《漢·高帝紀》有武負，〈陳丞相世家〉有張負。如淳曰：「俗謂老大母為阿負。」司馬貞曰：「負是婦人老宿之稱。」然〈高帝紀〉以王媼、武負並言，則負必小於媼。師古曰：「劉向《列女傳》云：魏曲沃負者，魏大夫如耳之母也。此則古語謂老母為負耳。王媼，王家之媼也。武負，武家之母也。」予謂媼為老婦之稱；母不必老，凡主婦皆可稱之，猶男子之稱父也。然則王媼為老婦；武負、張負，特其家之主婦耳。正婦字之轉音也（今用婆字，亦具二義。俗稱老婦為老太婆，即如淳所謂老大母。吳俗稱妻曰家主婆，則古書皆作家主婦也。《爾雅·釋魚》：「鱯鮥鱴鰑。」王氏筠曰：「今稱為鱴婆。」知二字之相淆久矣）。古以南為陽，北為陰。亦以人身之胸腹為陽，背為陰。故南鄉而立，則曰「左聖，鄉仁，右義，背藏」。（《禮記·鄉飲酒義》）南訓任，男亦訓任。北訓背，負亦訓背（《秦策·注》）。可知婦背本一字。〈方言〉：「抱，耦也。」則抱有夫義。抱負雙聲（《淮南說林·注》：「背，抱也。」），夫婦亦雙聲，夫婦抱負，正一語也。《老子》：「萬物負陰而抱陽，沖氣以為和。」負陰而抱陽，猶言婦陰而夫陽。沖氣以為和，則夫婦合而生一子矣。古言抱負，猶今言正負。正負各得其體之半，故孳乳為半字。《儀禮》：「夫妻牉合」，正言其為一體也。物之正負，不能相離，故又孳乳為伴字。《說文》：「扶，並行也。讀若伴侶之伴。」《說文》無侶字，伴訓大，「讀若」當出後人沾注。然其語自有所本。蓋伴侶之伴之正字也。《漢書·天文志》：「咎：長為潦，短為旱，奢為扶。」《注》：「鄭氏曰：扶當為蟠，齊魯之間聲如酺。晉灼曰：扶，附也。小人佞媚，附近君子之側也。」《通卦驗》：「咎：進為贏，退為縮，稽為扶。扶者，諛臣進，忠臣退。」鄭《注》：「扶亦作快。」《集韻》亦云：「古扶字作快。」並文音義，多同本文，可知夫實一字。故訓夫之言扶，猶曰夫之言耳。諸侯之妻曰夫人，亦此義。不然，豈凡婦皆待其夫扶之，獨諸侯則當待其婦扶之乎？物之正負面，既不可離，即恆相依附。故

負訓恃，亦訓依。夫訓附，亦訓傅（《詩》：「夫也不良。」毛《傳》：「夫，傅相也。」〈郊特牲〉：「夫也者，夫也。」《注》：「夫或為傅。」）。〈方言〉：「北燕朝鮮洌水之間，謂伏雞曰抱。」皆附著之意也（以上〈釋夫婦〉原文）。

夫婦之間，所以漸趨不平等者，其故有三：（一）由權力。社會進化，階級寖分。操大權，居高位者，多屬男子。故可任意畜妾棄妻。讀〈原妾〉一篇可見。（二）由族制。古代婚姻，為治家傳統計者多，為夫婦二人計者少。家為男子所有，統系亦屬諸男，則男權日張矣。（三）由生計。古代男女，生利之力，財產之權，無甚差別，據社會學家言，農業且權輿於婦人。然及後世，財權悉操諸男子，婦女遂待豢於人。既待豢於人，則其權不得不小矣。此女權之所由墜也。今更略舉事實以明之。

古代婚禮，於男女兩家，禮意本極平等。《公羊》曰：「天子嫁女於諸侯，必使諸侯同姓者主之。諸侯嫁女於大夫，必使大夫同姓者主之。」《解詁》曰：「尊卑不敵，行昏〔婚〕姻之禮，則傷君臣之義；行君臣之禮，則傷昏〔婚〕姻之好。」（莊元年）、「禮，不臣妻之父母」，故宋三世內取，《春秋》譏其無臣（文七年，僖二十三年、二十五年。以後夫人言，亦尊不加於父母。桓九年曰：「父母之於子，雖為天王后，猶曰吾季姜」是也）。天子得娶庶人女，以其得專封。諸侯不得專封，則不取大夫以下（《公羊》桓二年《解詁・疏》。又文四年：「逆婦姜於齊。其謂之逆婦姜於齊何？略之也。高子曰：取〔娶〕乎大夫者，略之也。」《解詁》曰：「賤，非所以奉宗廟，故略之。」）。此看似不平等，正所以求婚姻之平等也。然既有階級之分，終必有娶於不同階級之事，則不能平等矣。妾是已。後世階級之差益甚，則併本來平等之意而忘之。《荀子》謂「天子無妻，告人無匹」是也（〈大略〉篇）。古文家所以不主親迎者以此。

婚意之偏重治家傳世，古書中尤多見之。〈士昏禮〉：父親醮子而命之迎，其辭曰：「往迎爾相，承我宗事。」〈曾子問〉曰：「嫁女之家，三夜不息燭，思相離也。取〔娶〕婦之家，三日不舉樂，思嗣親也。」〈郊特

牲〉曰：「昏〔婚〕禮不賀，人之序也。」皆其重傳世之徵。〈昏義〉曰：「成婦禮，明婦順，又申之以著代，所以重責婦順焉也。婦順者，順於舅姑，和於室人，而後當於夫；以成絲麻布帛之事，以審守委積蓋藏。是故婦順備而後內和理，內和理而後家可長久也，故聖王重之。」則其重治家之徵也。夫如是，其視夫婦之關係，自不得不較輕。〈內則〉曰：「子甚宜其妻，父母不悅，出。子不宜其妻，父母曰：是善事我。子行夫婦之禮焉；沒身不衰。」其忽視夫婦之好，可謂甚矣。何君曰：「妻事夫有四義：雞鳴縱笄而朝，君臣之禮也。三年惻隱，父子之恩也。圖安危可否，兄弟之義。樞機之內，衽席之上，朋友之道。」（《公羊・解詁》莊二十四年）四義中唯第一義不平等，正以男子為家長故也。

　　農業始於婦人，古書亦有可徵者。〈昏義〉曰：「古者婦人先嫁三月，祖廟未毀，教於公宮；祖廟既毀，教於宗室，教以婦德、婦言、婦容、婦功。教成，祭之。牲用魚，芼之以蘋藻。」毛《傳》謂〈采蘋〉之詩，即此教成之祭。又謂公侯夫人，執繁菜以助祭；王后則荇菜。《左》哀七年，陳乞曰：「常之母有魚菽之祭。」則婦人所持以祭者，魚類外皆植物也。男子之摯，卿羔，大夫雁，士雉，而婦人之摯為棗栗（〈曲禮下〉）。宗廟之事，君親割，夫人親舂（《穀梁》文十三年）。《周官・司厲》：「其奴，男子入於罪隸，女子入於舂藁。」〈舂人〉有女舂，〈槀人〉有女槀，〈酒人〉有女酒。《墨子・天志下》：「婦人以為舂酋。」酋即酒也。《天官・內宰》：「上春，詔後帥六宮之人，而生穜稑之種。」又王立朝，後立市，則雖工商業亦操諸婦人之手矣。

　　婦人權利既喪失，遂附屬於男子。〈郊特牲〉曰：「婦人無爵，從夫之爵，坐以夫之齒。」又曰：「婦人，從人者也，幼從父兄，嫁從夫，夫死從子。」（《注》：「從謂順其教令。」《穀梁》隱二年，「夫死從長子。」）皆不訒其獨立與人格者也。《公羊》曰：「婦人謂嫁曰歸。」（隱二年）〈昏義〉曰：「婿執雁入，揖讓升堂，再拜奠雁，蓋親受之於父母也。」〈檀弓〉曰：

「姑姊妹之遠也，蓋有受我而厚之者也。」此所謂受，皆出於此屬於彼之謂。故婦人不貳斬（《儀禮·喪服傳》：「為父何以期也？婦人不二斬也。」、「婦人有三從之義，無專用之道。故未嫁從父，既嫁從夫，夫死從子。故父者，子之天也；夫者，妻之天也。婦人不二斬者，猶曰不二天也。」）。〈雜記〉：「姑姊妹，其夫死，而夫黨無兄弟，使夫之族人主喪。妻之黨，雖親弗主。夫若無族矣，則前後家，東西家，無有，則里尹主之。」妻之黨，所以斤斤焉不敢為之主者，即以其既出此而屬彼之故也。

既屬於人，則無人格。無人格，則與物等。《左》襄二十八年，齊慶封以其內實遷於盧蒲嫳氏，易內而飲酒。《注》：「內實，寶物妻妾也。」以寶物與妻妾並舉，無怪妻帑之帑，可引申為帑藏之帑矣。其教育，除今所謂賢母良妻外，亦無所有。所謂婦德、婦言、婦容、婦功是也。〈內則〉：「女子十年不出。姆教婉娩聽從。執麻枲，治絲繭。織紝組。學女事，以共衣服。觀於祭祀，納酒漿，籩豆，菹醢，禮相助奠。」亦不外乎家族之奴隸而已。

夫婦之制既立，所以防淫者乃甚嚴。婚禮之精意，在於「男不親求，女不親許」。故「昏禮不稱主人」。如季姬之使鄫子請己者，則以為大非（《公羊》隱二年、僖十四年）。此猶可說也。乃至諸侯夫人，既嫁則禁其歸寧（《公羊》莊二十七年《解詁》。鄭玄謂父母在有歸寧，沒則使大夫寧。杜預同。見《詩·泉水箋》。《左氏》莊十五年《注》。按：《戰國策》觸聾說趙太后，謂其於燕後，「飲食必祝之，祝曰必勿使反。」是時太后故在，何說是也）。婦人夜出，必待傅姆。至宋伯姬逮火而死（《公羊》襄三十年）。亦可謂酷矣。又不獨貴族，即平民，所以防其淫者亦甚至（《癸巳存稿》云：「《周禮》野廬氏，比道路宿息井樹。〈周語〉單襄公謂列樹表道。《管子》〈輕重丁〉、〈輕重戊〉並云：沐塗樹之枝，無使男女相睹，樹下談語超距。〈八觀〉云：食谷水，巷鑿井；場圃接，樹木茂；宮牆毀壞，門戶不閉；外內交通，則男女之別，無自而正矣。則樹之沐枝宜知也。子

產治鄭，桃李垂街，亦因鄭俗淫」云云。予按：《漢志》言鄭山居谷汲，男女亟聚會，故其俗淫。則古民間，男女聚會，亦罕有之事也）。然淫風終不絕。就其見於書傳者：若陳佗以外淫而見殺（《公羊》桓六年）。若邾婁顏淫九公子於宮中（《公羊》昭三十一年）。若單伯送子叔姬，而道與之淫（《公羊》文十四年）。若祁勝與鄔臧通室（《左》昭二十八年）。若吳入郢，「君舍於君室，大夫舍於大夫室。」（《公羊》定四）皆後世所無也。蓋古代男女際會，本極自由。雖以禮法束縛之，終非旦夕所能變也。

　　《日知錄》盛稱秦始皇〈會稽刻石〉。其辭曰：「飾省宣義，有子而嫁，倍死不貞。防隔內外，禁止淫佚，男女潔誠。夫為寄豭，殺之無罪，男秉義程。妻為逃嫁，子不得母，咸化廉清。」繁而不殺，坊民正俗之意，未始異於三王。又巴寡婦清，能以財自衛，始皇為築女懷清臺（《史記‧貨殖列傳》）。始皇之死，二世曰：「先帝后宮有子者，出焉不宜。」皆令從死（《史記‧秦始皇本紀》）。論者因謂尚貞操始於秦。予謂不然。貞操之原，起於人之妒忌。《螽斯‧箋》：「凡物有陰陽情欲者，無不妒忌，唯蚍蜉不耳。」古人早知之矣。貞婦之名，昉見〈喪服四制〉。就行事言之：伯姬以待姆而死，而《穀梁》稱其能盡婦道。懷嬴再事晉文，而趙孟譏為二嬖（《左》文六年）。徵舒病似女亦似君之語，而至於弒君（《左》宣十年）。蒯聵恥婁豬艾豭之歌，而欲弒其母（《左》定十四年）。以至〈芣苢〉、〈柏舟〉、〈大車〉之序於《詩》（皆見《列女傳》），所以獎勵貞節者亦至矣。始皇獨言之於越者，越俗淫，男女同川而浴；九真之知有妃偶，乃自任延為守始（《後漢書‧循吏傳》）。始皇治越，蓋以是為要政之一。其在他處，初不必然也。其獎巴寡婦清，則以古代婦女，多為強暴所侵凌，〈行露〉之詩是也，嘉其能屹然獨立，非獎其貞節也。至二世之殺宮人，則只可謂之好殺耳。故謂秦人崇獎節婦，不如謂儒家提倡貞操之為得也。然儒家之視貞操，亦絕不如後世鄙儒之重。〈郊特牲〉曰：「一與之齊，終身不改，故夫死不嫁。」今之好言禮教者，於斯語頗樂道之。按：〈郊特

牲〉多「冠昏義」錯簡，此語亦〈昏禮〉之傳也。「一與之齊，終身不改。」
乃謂不得以妻為妾，非謂不嫁（《注》：「齊，謂共牢而食，同尊卑也。」
亦不及不嫁義）。故〈喪服〉有繼父。此語為後人竄入甚明。子叔姬道淫於
單伯，致為齊人所棄，《春秋》猶閔之（《公羊》文十五年）。衛有七子之
母，不能安其室，而孟子以為小過。與今世俗之見，迥不侔矣。行經義最
力者，莫如漢人。《漢書‧文帝紀》：遺詔：「歸夫人以下至少使。」（應劭
曰：「夫人以下，有美人、良人、八子、七子、長使、少使。皆遣歸家，
重人類。」）荀悅《漢紀》作「所幸慎夫人以下至少使，得令嫁」。慎夫人為
文帝所最幸，猶令其嫁，宜景帝美其「重絕人之世」也（景紀元年）。景帝
之崩，亦出宮人歸其家。至武、昭，乃有奉陵之制。平帝崩，王莽復出媵
妾，皆歸家。莽亦能行經義者也。「非禮之禮，非義之義，大人弗為。」
流俗鄙儒之見，亦適自成其為流俗鄙儒耳。

　　貞操之重，由於婦人權利喪失，社會事務，一無所預，徒以匹合之
故，為男子所豢養。則其對於男子，守貞操自不得不嚴。西人某謂「婦人
以一事而易得畢生之安」是也。職是故，遂以貞操為女子最要之道德。《穀
梁》曰：「婦人以貞為行者也（襄三十年）。」〈氓〉之詩曰：「士之耽兮，猶
可說也。女之耽兮，不可說也。」《箋》曰：「士有百行，可以功過相除。
至於婦人，無外事，唯以貞信為節。」此語後人多稱引之，足以見社會之
思想矣。

　　淺演之群，其於貞操也，往往責婦嚴而責女寬。中國則不然。宋伯姬
以待姆而死，《左氏》謂其「女而不婦」是也。此蓋男權益張，壓制女子益
甚，故其於貞操，不徒責之為婦時，而並責之於為女時耳。

　　以上所論，皆古事也。吾國社會，根柢實定於古代。至後世，則但奉
行古義，無大改變矣（此由所接之民族，程度皆低於我。又數千年來，處
境未嘗大變故也）。然社會情勢，今古究有不同，故有名存實亡者，亦有
變本加厲者，亦不容不一考也。

　　劫掠之婚，稍進化時，即已無有。然婚姻之間，亦間有以強力行之者。《左》昭元年，「徐吾犯之妹美，公孫楚聘之矣，公子黑又使強委禽焉」是也（又《左》隱二年，「莒子取於向。向姜不安莒而歸。夏，莒人入向，以姜氏還。」則施之已娶之妻）。後世則多施之已字之女。《陔餘叢考·劫婚》條曰：「村俗有以婚姻議財不諧，而糾眾劫女成婚者，謂之搶親。《北史·高昂傳》：昂兄乾求博陵崔聖念女為婚。崔不許。昂與兄往劫之。置女村外。謂兄曰：何不行禮？於是野合而歸。是劫婚之事，古亦有之。然今俗劫婚，皆已經許字者，昂所劫則未字，固不同也。」予按：《清律》：「凡豪勢之人，強奪良家妻女，奸占為妻妾者，絞。配與子孫、弟侄、家人者，罪亦如之。」（男女不坐）此未經許字之女。又「應為婚者，雖已納聘財，期未至，而男家強娶者，笞五十」。（指主婚人）、「女家悔盟，男家不告官司強搶者，照強娶律減二等。」則如世俗所為，亦未嘗無罪矣。至於迫嫁孀婦，則尤乖人道。其事亦古已有之。《潛夫論·斷訟》云：「貞潔寡婦，遭直〔值〕不仁世叔，無義兄弟，或利其娉幣，或貪其財賄，或私其兒子，則強中欺嫁，迫脅遣送，人有自縊房中，飲藥車上，絕命喪軀，孤捐童孩者」。又有「後夫多設人客。威力脅載」者。此等事，今世亦所不免，實法律所當禁也。

　　又有雖無劫略之形，而有威迫之實者。此法律無可治，然論人道，固不應爾，亦社會所應加以制裁也。《三國志·吳志》：「孫破虜吳夫人，本吳人，徙錢塘。早失父母，與弟景居。孫堅聞其才貌，欲娶之。吳氏親戚，嫌堅輕狡，將拒焉。堅甚以慚恨。夫人謂親戚曰：何愛一女，以取禍乎？如有不遇，命也。於是遂許為婚。」夫求女不許，而至以取禍為慮，則堅之權勢可知。〈吳志〉謂「堅少為縣吏。年十七，與父共載船至錢塘。會海賊胡玉等，從匏里上掠取賈人財物，方於岸上分之。」、「堅操刀上岸，以手東西指麾，若分部人兵，以羅遮賊狀。賊望見，以為官兵捕之。即委財物散走。堅追，斬得一級而還。」、「由是顯聞。府召署假尉。」〈吳

書〉謂「堅世仕吳，家富春」（《注》引）。蓋今所謂土豪劣紳也。吳夫人早失父母，兄弟幼弱，故謂所脅耳。凡今之挾勢以求，而所求不敢不許者，皆此類也。

賣買之事，尤數見不鮮。可謂人類一切罪惡，皆自貪財利來；亦可謂人類一切罪惡，皆因迫於生計，不得已而為之也。漢時以一女許數家者甚多。〈斷訟篇〉又曰：「諸一女許數家，雖生十子，更百赦，勿令得蒙一還私家，則此奸絕矣。不則髡其夫妻，徙千里外劇縣，乃可以毒其心而絕其後。」其深惡之至於如此。可見其時此等風氣之甚。《抱朴子·弭訟》篇述其姑子劉士由之論，謂末世「舉不修義，許而弗與。訟閱穢辱，煩塞官曹。今可使諸爭婚者，未及同牢，皆聽義絕，而倍還酒禮，歸其幣帛。其嘗已再離者，一倍裨娉。其三絕者，再倍裨娉。如此，離者不生訟心，貪吝者無利重受。」又載己答辭曰：「責裨娉倍，貧者所憚也。豐於財者，則適其願矣。後所許者，或能富殖，助其裨娉，必所甘心。然則先家拱默，不得有言。原情論之，能無怨嘆乎？」又曰：「儻令女有國色，傾城絕倫。而值豪右權臣之徒，目玩治容，心忘禮度。資累千金，情無所吝。十倍還娉，猶所不憚，況但一乎？」可見不但女家貪利而數許，即男家亦有明知而故為之者。賣買之風，幾於明目張膽矣。葛氏之意，欲使「女氏受聘，禮無豐約，皆以即日報板。後皆使時人署姓名於別板。必十人以上，以備退行及死亡。又令女之父兄若伯叔，答婿家書，必手書一紙。若有變悔，而證據明者，女氏父母兄弟，皆加刑罰罪」。亦可見其時此等風氣之盛也。

今社會頗重信約，視婚姻之約尤重。一女數許之事，可謂極少。嫁女而爭較財禮者，亦多仍以為遣嫁之資，非利其財以入己。此則由婚禮所費，與人民生計程度不相副，故有此弊耳，不得謂之賣買也。唯娶妾者，仍多出於價買。按：賣買人口，本為法律所不許，則買妾自亦事同一律。《後漢書·光武紀》：建武七年，「詔吏人遭饑亂，及為青、徐賊所略，為

奴婢下妻，欲去留者，恣聽之。敢拘制不還，以賣人法從事。」十三年，「詔益州民自八年以來，被略為奴婢者，皆一切免為庶民。或依託人為下妻，欲去者，恣聽之。敢拘留者，比青、徐二州，以略人法從事。」中國歷代多有以法律強制釋放奴婢者，此兩詔則並及下妻也。略，謂以力劫取；依託，則亦利其衣食而從之。然法律同許其去。今之價買，亦古依託之類也。若仿東漢之法，明詔天下，恣其去留，而嚴拘制之罪，則善矣（俗又有將妻妾典雇與人為妻妾者。《清律》杖八十。典雇女者杖六十。婦女不坐。知而典雇者，各與同罪，並離異）。

　　婚禮至後世漸簡。此由後世之社會，繁文褥節，不如古代之甚也。《通典》云：「東漢、魏、晉以來，時或艱虞，歲遇良吉，急於嫁娶，六禮俱廢。」似僅得其一端。即逢清宴之時，亦未必古代繁縟之禮，能永行弗替耳。然古代重禮，所謂禮者，雖原出習俗，而屢經改定，頗有文明之意。後世則各率其俗而行之，頗有極野蠻之習遺留其間，是亦文明之累也。

　　自由結婚之風，古代尚間有之。如前所舉郎鄯季姬，其最著者也。後世視廉恥愈重，婚姻之權，遂全操諸父母。今之論者，謂結婚當本男女相愛之情，因以自由結婚為尚。謂今之夫婦仳離者，皆婚姻不自由為之。予謂婚姻誠當重自由。然使社會之視離婚，仍如今日之重；夫婦之離婚，仍如今日之難；則結婚縱極自由，亦未必遂有救於夫婦之道之苦。何則？天下無一成不變之人情，況於男女之愛之不暇深慮其後者乎？作事無一著手即不許改易之理，況於夫婦之和好與否，繫於人之苦樂尤大者乎？一為婚姻，終身不改，如此而求選擇之無憾，恐聖人有所不能也。夫父母之為子女擇妃，與聽子女自行擇妃，誠亦各有短長。今世之父母，為其子女擇妃不當者，非不愛其子女，智識不足，則以不善為善，以善為不善耳。下焉者，則眩於勢，惑於利耳。然自行擇妃。智識遂皆足乎？遂能無眩於勢，惑於利乎？恐未必然也。蓋人之舉事而無悔，必在其血氣略定之時；然待

至血氣定而結昏，恐人之生理，終不能爾也。

父母許婚之最不善者，則如指腹為婚等是。此幾於全不顧其子女之利害矣。《南史·韋放傳》：放與張率皆有側室懷孕，因指腹為婚姻。其後各產男女，而率亡。放乃以子娶率女，以女適率子。《北史》：崔浩女為尚書盧遐妻。浩弟恬女，為王慧龍妻。二女俱有孕。浩謂曰：汝等將來所生，皆我之自出。可指腹為親。蓋此等事，皆出於姻婭朋友，欲結兩家之好，遂不計其子女之妃合是否相宜也？司馬溫公《家範》議其弊云：「及其既長，或不肖無賴，或身有惡疾，或家貧凍餒，或喪服相仍，或仕宦遠方，遂至棄信負約，速獄致訟。」則其弊已著矣，故法律禁之。《清律》云：「男女昏〔婚〕姻，各有其時。或有指腹，割衫襟為親者，並行禁止」是也。惜乎此等法律，多成具文耳。

離婚之律，後世略與古同。《清律》云：「凡妻無應出及義絕之狀而出之者，杖八十。雖犯七出，有三不去，而出之者，減二等，追還完聚。若犯義絕，應離而不離者，亦杖八十。若夫妻不相和諧，而兩願離者，不坐。」七出三不去，沿襲古禮，於現在情形，已不甚切。故律所強其出之者，唯在義絕。七出則但可出耳，出不出仍聽之。而何謂義絕，律無明文。蓋難言之，故渾涵其詞也。不相和諧，即可離異，似極自由。然必限之以兩願則甚難。何則？妻易為夫所虐待，不和諧即不得不求去；而夫不易為妻所虐待，且可虐待其妻以求利（如迫使為娼，或苦役使）。則妻願離者，夫往往不願。而律定妻背夫在逃者，罪又甚重（杖一百，從夫嫁賣。因逃而改嫁者絞）。則兩願離婚，徒便於夫耳。錢辛楣云：「夫婦之義，非徒以全丈夫，亦所以保匹婦。後世閭里之婦，失歡於舅姑，讒間於叔妹，抑鬱而死者有之。或其夫淫酗凶悍，寵溺嬖媵，陵迫而死者有之。准之古禮，固有可去之義。亦何必束縛之，禁錮之，置之必死之地而後快乎？」其說善矣。然今之婦女，所以重離婚者，皆以生計不能自立，既無歸宗之義，俗又賤再醮婦，不願娶，則既去即無所歸，終必寒餓死耳。

故欲求婚姻真自由，必女子生計能獨立也。近人或云：「離婚之律，當定由妻提出者無不許。」其意與舊律恰反。然實扶持女權，保護弱者之良法也。

〈雜記〉：諸侯出夫人，「有司官陳器皿，主人有司亦官受之。」《注》：「器皿，本所齎物也。律：棄妻畀所齎。」《韓非子·外儲說》：吳起出妻，「使之衣而歸。」此或大歸時亦事容飾。然亦可見出妻者不利所齎矣。世衰俗薄，貪鄙者或棄其妻而利其所齎，律當禁之。如能明定妻所齎皆為其私財，雖不離異，不得其允許者，夫亦不能擅用；離異之際，夫曾耗其妻之所齎者，當賠償，則亦輔助婦人生計，使能獨立之一法也。

貞操至後世而愈重。觀《二十二史札記·漢諸王荒亂》、《漢公主不諱·私夫》等條，可見漢時之視貞操尚輕。自此愈至後世則愈重，而多偏責諸女。此無足異，義務固多偏責之於弱者耳。然為婦為女，雖重貞專，而改嫁尚非所諱。自宋學盛行，而士大夫之家，女子之改嫁者，乃幾於絕跡矣。《程氏外書》：「問孀婦於理似不可取，如何？曰：然。凡妻，以配身也。若娶失節者以配身，是己失節也。又問或有孤孀貧窮無托者，可再嫁否？曰：只是後世怕寒餓死，故有此說。然餓死事極小，失節事極大。」斯言也，世多以為詬病，以為宋以後之重改嫁，此言為之也。然程子之意，自極言律己之當嚴，不重在責婦人之守節。況《外書》本不如《遺書》之可信；而小程在宋儒中，議論又多有病。後人不採他家之說，而獨誦小程之言；又泥其言而失其意之所重。此自後來治宋學者之無識，亦未可全咎程子也（《清律》：「凡居父母喪及夫喪，而身自嫁娶者，杖一百。命婦夫亡再嫁者，罪亦如之。」則以法律禁止再嫁矣）。

因崇尚守節之極，乃有許嫁婿死，亦為之守志，甚或從死者。歸熙甫比之淫奔，說固小激。汪容甫譏其不合古禮（謂「昏〔婚〕姻之禮，成於親迎，後世不知，乃重受聘。」），謂為好仁不好學，其蔽也愚，則雖篤信舊禮教者，亦無辭以自解矣。予謂流俗所稱崇，大抵偏激之行，罕知中和之

德，亦不獨此一端也。

同姓為婚之禁，後世守之愈嚴。然其實則與古異。古之姓為母系，後世之姓為父系，一也。古者近親，多為同族。如予說，同姓不婚，源於同族不婚（前所引取於〈異姓所以附遠厚別義〉），則誠得近親不婚之意。後世則但求不同父系，姑之子，從母之子，無不可婚者。姑無論近親不婚，當理與否未可定，即為當理，而後世之所謂同姓不婚者，亦全失近親不婚之意矣，二也。〈大傳〉：「四世而緦，服之窮也。五世祖免，殺同姓也。六世親屬竭矣。其庶姓別於上，而戚單於下，昏〔婚〕姻可以通乎？系之以姓而弗別，綴之以食而弗殊，雖百世而昏〔婚〕姻不通者，周道然也。」《注》：「姓，正姓也。始祖為正姓，高祖為庶姓。」《疏》：「正姓，若周姓姬，齊姓姜，宋姓子；庶姓，若魯之三桓，鄭之七穆。」可見今之所謂同姓不婚者，乃周代之制也（《左》襄二十五年，「東郭偃臣崔武子，棠公死，偃御武子以吊焉。見棠姜而美之，使偃取之。偃曰：男女辨姓，今君出自丁，臣出自桓，不可。」其所謂姓者，即《大傳注》所謂正姓之姓也）。然後世有姓雖同而實非同祖，姓不同而實出一祖者。以周制論，則姓雖同而實非同祖者可婚，姓不同而實出一祖者不可婚（此即庶姓別而正姓不別也，但亡其正姓耳）。然世俗多反是。則以姓之同異易辨，而得姓之由，則大抵無可稽考也（《漢書》：王莽以姚、媯、陳、田，皆黃、虞後，與己同姓，令元城王氏，勿得與四姓相嫁娶。然王訢傳：訢孫咸，有女為王莽妻，號宜春氏。師古曰：莽以己與咸得姓不同，祖宗各別，故娶之。《晉書‧劉頌傳》：頌嫁女陳嶠。嶠本劉氏子，與頌近親，出養於姑而姓陳。其友嘗訊之。頌曰：舜後姚、虞、陳、田，本同根葉，而世皆為婚，律不禁也）。

《清律》：「娶己之姑舅、兩姨姊妹者，杖八十，並離異。」此等法律，久成具文。世俗好言「親上加親」。又如南北朝時，崇尚門第，所謂大姓，往往數家自為婚姻。此等婚姻，必不能避親族。古說近親為婚「其生

不蕃」，或「相生疾」，應本科學多加研究也。

古代有妾無妾，視其人之貴賤而分。後世則以貧富而異。然法令仍有以貴賤立別者。如唐制：親王，孺人二人，媵十人。二品，媵八人。國公及三品，媵六人。四品，媵四人，五品，媵三人是也（見《唐書·百官志》）。《元史·刑法志》：「有妻妾復娶妻妾者，笞四十七，離之。在官者解職記過，不追聘財。」則妾以一人為限。《明律》：「民年四十以上無子者，方聽娶妾。違者笞四十。」是平民娶妾，非盡自由也。《清律》刪此條，實非是，末年定民律，於許置妾與否，頗有爭辯。卒以達官貴人多有妾，不便禁止，仍許之。民國時，大理院判決例，解釋妾之身分云：「凡以永續同居，為家族一員之意思，與其家長發生夫婦類同之關係者，均可成立。法律不限何種方式。」（上字一千二百零五號）則娶妾愈自由矣。

妾之地位，後世較古代略高。此由古代社會有貴賤階級，為妾者多出賤族，至後世則無此階級也（古之臣妾，猶今之僕婢，故二者恆並舉。如〈喪服〉之貴臣貴妾是也。〈曾子問〉曰：「古者男子，外有傅，內有慈母，君命所使教子也。」《公羊》襄三十年《解詁》云：「禮，後夫人必有傅母。選老大夫為傅，選老大夫妻為母。」則男子固可以女為妾，女子亦可以男為臣。猶今男得役婢，女亦得傭僕耳，非與之發生夫婦類同之關係也。其後男遂與妾發生夫婦類同之關係，而女不與臣發生夫婦類同之關係者，則由男權張而女權削，猶媵遂為男子之妾，而御不為女子之面首也。《曾子問·疏》云：「諸侯之子，適庶皆三母。故〈內則〉云：必求其寬裕慈惠，溫良恭敬，慎而寡言者為子師。其次為慈母。其次為保母。其大夫及公子適子亦三母。」按：〈內則〉又云：「國君世子生，卜士之妻，大夫之妾，使食子。」又云：「大夫之子有食母。」夫慈母亦食母類也。而據〈喪服〉，則慈母遂為與男子發生夫婦類同之關係之妾。則男子之外傅，亦可與其母發生夫婦類同之關係乎？此亦吾妾為後起，非古所有之說之一證也。《詩·南山疏》駁何君之說云：「以男子為傅，書傳未嘗聞焉。」蓋此等皆

古制，見於書籍者絕少，故古文家不之知也。非今文家親承孔子之口說，孰從而聞之哉？）。《喪服·注》：「妾謂夫為君，不得名婿為夫。」又女君死，妾服喪三年。皆臣對君之禮，不以親族關係論也。後世雖猶存此制，特其形式而已，其意則久視為家屬之一員矣。《顏氏家訓》云：「江左不諱庶孽。喪室之後，多以妾勝終家事。河北鄙於側出，不預人流。是以必須重娶，至於三四。身沒之後，辭訟盈公門，謗辱彰道路。子誣母為妾，弟黜兄為傭。播揚先人之辭跡，暴露祖考之長短，以求直己者，往往而有。」蓋江左猶存有妾不再娶之意，是漢族舊風。河北則漸染胡俗也。胡俗賤妾甚於漢族者，以其社會亦有階級（種姓之別是也），不如漢族之平等也。

取妾之人，多藉口子嗣，其實則為淫慾者多。顏氏又云：「今人多不舉女。吾有疏親，家饒妓媵。誕育將及，便遣閽豎守之。體有不安，窺窗倚戶。若生女者，輒持將去。母隨號泣，莫敢救之。」此等亦得謂非為淫慾乎？或謂富貴之人，必饒智力。聽其多置妾媵，優種可以廣傳。此尤荒謬之論。人之富貴，或由生而即然，或則遭遇時會，豈其智力，皆異恆人？彼野變之世，多畜妻婦，猶或利其力，或涎其色。至於專為縱慾，則必徒取輕盈，不好壯佼。而輕盈之女，多係劣弱之軀。又畜妾徒以多財，則得妾必由價買。而彼粥女之人，亦多愚弱之輩。然則畜妾之男，種未必優；為妾之女，其種先劣矣。以此而言善種，不亦南轅北轍乎？

妾之地位，後世雖視古為高。然嫡庶之別，則大抵頗嚴。二妻尤為大禁。世俗間有行之者，如所謂「兼祧雙娶」是也。大理院解釋以後娶者為妾（統字第四百二十八號）。

畜妾既由地位而然，則女子地位，設或特異，自亦可畜男妾。如宋廢帝為其姊山陰公主置面首左右三十人。齊文帝王皇后，當鬱林王時，尊為皇太后，稱宣德宮。鬱林為置男左右三十人是也。但此等事，公然行之者，究甚少耳。

　　婦女淪落之極，則為倡伎。管子女閭三百；句踐以寡婦淫佚過犯，皆
輸山上；士有憂思者，令遊山上，以喜其意；世多以為倡伎之原。予謂古
代男女，本有會計；又婚妃之事，官司亦加管理（《周官》：「媒氏，掌萬
民之判。凡男女自成名以上，皆書年月日名焉。令男三十而娶，女二十而
嫁。凡娶判妻入子者皆書之。中春之月，令會男女。於是時也，奔者不
禁。若無故而不用令者罰之。司男女之無夫家者而會之。」又《管子·幼
官》、《春秋》皆云：「始卯合男女。」）；民之塵里，率由官授，則此二事，
實不能指為倡伎。且倡伎者，俗所稱為賣淫者也。必賣淫乃可稱為倡伎，
則即官以政令，使婦女與男子亂，亦與所謂倡伎者無涉。倡伎既為賣淫之
謂，則何時有所謂賣；又女子之淫，何時可賣；是即倡伎之始耳。倡伎字
本皆從人，可見為之者不專於女。女之為倡伎者，遂為賣淫之婦，男之為
倡伎者，不為賣淫之男，則猶賸遂為妾，而御不為面首耳。故倡伎本非賣
淫之謂。特因伎亦賣淫，後世遂以官伎隸教坊。然教坊之伎，法律究許其
賣淫，抑僅許其以伎娛人，如日本之所謂藝伎？尚難質言。且如清制，無
教坊，只有樂籍。然《律》：「官吏娶樂人為妻妾者，杖六十，並離異。官
員子孫娶者，罪亦如之。」舉人、貢、監、生員宿娼者，皆斥革。唯於庶
民不言。豈獨許庶民宿娼乎？故律意究許娼伎賣淫與否，尚待法學專家加
以研究也。

　　後世男女之間，亦有漸趨平等者。古為父斬衰三年，父在為母齊衰
期。唐高宗時，始以武后請，父在為母齊衰三年。明太祖使宋濂定《孝慈
錄》，子為父母，庶子為其母，皆斬衰三年。太祖此舉，本出私意，然後
遂相沿無改，則以其得人心之同然耳。古之所以尊父於母者，以其時重家
族，而父為家主；而後世則視家族漸輕；故父母之尊，遂平等也。

　　女權之盛衰，於學說頗有關係。學說固不能不隨社會情況而變遷，然
其深入乎人人之心者，則亦足以左右習俗。吾國學說，影響於男女之尊卑
者，蓋嘗經一大變。其前一期，遺說僅存於《老子》。《老子》書中，無男

女字，只有雌雄牝牡字，足徵其時代之古。五千言之義，女權皆優於男權。可見邃古女權之盛。《殷易》首坤，蓋猶其遺跡也。至於《周易》，則先乾於坤，而「天尊地卑」，「道地無成」，「扶陽抑陰」諸說，遂相次而起矣。然中國古代哲學，最尊萬有之原。而其說萬物之原，則一切以生物之孳乳相比擬。夫以生物之孳乳相比擬，則「孤陽不生，獨陰不長」，男女固有不得不並重者。故古代哲學，雖因男權盛張，而有「天尊地卑」等說，而陰陽並重之義，亦卒不能泯。故雖重男而抑女亦不甚。此固吾國民尚中庸，好調和之性然也。又古代政治，家國無殊。一家之中，男女固並有治家之責。推此義以言國政，則后妃夫人，亦當輔佐其君子以理國。《詩》首〈關雎〉，《書》美厘降，《禮》重冠昏，《易》基乾坤，皆是義也。故以吾國之女子而要求參政權，實最與古義相合。夫思想歷時久則入人深。古代之思想，在今日雖為少年所排斥。然其義既深入於人人之心，則雖排斥之之人，亦有陰受其陶鑄而不自知者。故欲牖民易俗，植基於古代之成說，實最易為力也。吾國學說，男尊女卑，及男女並重之義，可謂同時並存。苟能善用後一義而發揚之，女權之盛昌，固計日可待矣。

# 第八章　宗族

　　世人有恆言曰：集人而成家，集家而成國，集國而成天下。斯言也，謂就今日之家國天下，析而觀之，而見其為如此則可。因謂家國天下之成，由集小而為大，則誤矣。此無徵不信之言也。

　　然則生民之初，果若何情狀乎？曰：此非今日所能知也。勉強推度，則曰：無人我，無群己，渾然集若干人於一處而已。迨其小進，乃從渾然一大群中，分為若干小群，演進愈深，分析愈細。最後乃知有個人。故法律重視個人之權利，必在稍進化之世。而個人主義之大昌，則近世之事也。

　　渾然一大群，何由分為若干小群乎？曰：自知血統始。人之相仁偶也，他種關係，皆較後起，唯母之鞠育其子，則必最初即然。不然，人無由生存；且此固禽獸之所知也。特禽獸動作，純任本能。長能自立，則忘其母。母亦不復顧其子。人則知識較高，記憶之力較強；長大之後，慈孝之心仍在耳。故人之相仁偶也，始於知生我之母。知有母，則知有與我同母之人焉。由此而推之，則又知有母之母焉；又知有與母同母之人焉。親族之關係，蓋由此而昉也。《禮記》曰：「大上貴德，其次務施報。」（〈曲禮〉上）此言始不知有人我，而後知之也。《左氏》曰：「大上以德撫民，其次親親，以相及也。」（僖二十四年富辰之言）此言始不知別親疏，而後知之也。

　　人類之知有統系，率先母而後父。以知父必待夫婦之制既立以後；又古者同族不婚，子女必屬一族；飲食保抱之責，既由母任之，子女自屬母族也。迨男權日張，婦屬於夫，子女亦為父所有，乃由母系易為父系。

　　母系時代，人之聚居，率依其母。男子與異姓匹合，則入居其妻之族；而其身仍屬其母之族。生有子女，亦屬其妻之族。斯時甥舅同族，父

子則否。猶後世世叔父同居，而母族為外家也。淺演之群，財產或傳諸甥，蓋由於此？斯時統系，蓋如下圖。

　　女權與女系異義。女系時代，事權不必皆在女子手中。特是時女子之權利，總較後世為優耳。大抵漁獵之世，人恆聚族而居。生事簡單，男權不顯。迨乎游牧須逐水草，農耕須服田疇，則人類由合而分，而女子遂為男子之私屬。向者一族之中，以女為主，而男子附之者，今則以男為主，以女附之。於是系統亦主於男，而所謂氏者興矣。夫生計漸裕，則私產漸多。人之情，莫不私其子。父有財產，恆思傳之於其子。於是欲知財產之誰屬，必先知其父為何人。又古代職業，恆父子相繼，而其貴賤即因之。酋長之子，所以繼為酋長者，以其為酋長之子也。奴隸之子，所以仍為奴隸者，以其為奴隸之子也。然則欲知其人之貴賤，亦必知其父為何人矣。於是顯示父為何人之名興，而氏立矣。故姓之興，所以表血統。氏之興，則所以表地位、財產等系統者也。

　　《日知錄》曰：「《左傳》成十六年，潘尪之黨，潘之子名黨也。襄二十三年，申鮮虞之傳摯，申鮮虞之子名傳摯也。按《儀禮·特牲饋·食禮》：筮某之某為屍。《注》曰：某之某者，字屍父而名屍也（原注：『《少牢饋食禮》同。』）。亦此類也。」（原注：「《史記·太史公自序》：維仲之省，厥濞王吳。濞乃劉仲之子，稱為厥濞。」）此以父名子者也（按：《左》隱六年，頃父之子嘉父。《疏》曰：頃父舊居職位，名號章顯。嘉父新為大夫，未甚著見，故系之於父。諸系父為文者，義皆同此也）。又曰：「《左傳》昭元年，當武王邑姜，方震大叔。《漢書·杜欽傳》：皇太后女弟司馬君力（原注：『蘇林曰：字君力，為司馬氏婦。』）。《南齊書》：周盤龍愛妾杜氏，上送金釵鑷二十枚，手敕曰：餉周公阿杜。」此以夫名妻者也。要之顯示其有所係屬而已。此氏之所由興也。

　　女系時代，聚族而居，蓋全依乎母？其制已不可考。唯今文家說九族，尚兼男女系言之耳。今文家說九族曰：「父族四：五屬之內為一族。

父女昆弟適人者,與其子為一族。己女昆弟適人者,與其子為一族。己之子適人者,與其子為一族。母族三:母之父姓為一族。母之母姓為一族。母女昆弟適人者為一族。妻族二:妻之父姓為一族。妻之母姓為一族。」此今《戴禮·歐陽尚書》說。見《詩·葛藟正義》引《五經異義》。古文家以「上自高祖,下至玄孫為九族。」(見《書·堯典釋文》)此乃九世也,誤矣(俞氏樾說)。《白虎通》曰:「族者,湊也,聚也。謂恩愛相依湊也。生相親愛,死相哀痛,有會聚之道,故謂之族。」蓋人群古代之組織,恆因乎親屬也。

宗與族異。族但舉血統有關係之人,統稱為族耳。其中無主從之別也。宗則於親族之中。奉一人焉以為主。主者死,則奉其繼世之人。夫於親族中奉一人以為主,則男女必擇其一。斯時族中之權,既在男而不在女,所奉者自必為男。此即所謂始祖。繼其後者,則宗子也。《白虎通義》曰:「宗者,尊也。為先祖主者,宗人之所尊也。」是其義也。

宗又有大小之分。宗法之傳於今者,唯周為詳。蓋其制實至周而備也。今略說之。周代宗法,見於《禮記·大傳》(〈喪服小記〉略同)。〈大傳〉曰:「別子為祖。繼別為宗。繼禰者為小宗。有百世不遷之宗。有五世則遷之宗。宗其繼別子者,百世不遷者也。宗其繼高祖者,五世則遷者也。」《注》曰:別子為祖,「謂公子,若始來在此國者,後世奉以為祖。」繼別為宗,「別子之世適也。族人尊之,以為大宗。」繼禰者為小宗,「父之適也。兄弟尊之,謂小宗。」又曰:「小宗四,與大宗凡五。」蓋古者「諸侯不敢祖天子,大夫不敢祖諸侯」。故諸侯之子,唯適長繼世為君。其弟二子以下,則悉不敢補先君,其後世遂奉以為祖,是為別子。別子之世適,謂之大宗。百世不遷。別子弟二子以下,是為小宗。其子繼之,時曰繼禰小宗。其孫繼之,時曰繼祖小宗。其曾孫繼之,時曰繼曾祖小宗。其玄孫繼之,時曰繼高祖小宗。繼補者,親兄弟宗之。繼祖者,同堂兄弟宗之。繼曾祖者,再從兄弟宗之。繼高祖者,三從兄弟宗之。至於四從兄

弟，則不復宗事其六世祖之宗子。所謂五世則遷也。所以五世則遷者，以「親親以三為五，以五為九，上殺，下殺，旁殺而親畢」也（以三為五，以五為九，謂上親父，下親子；以父親祖，以子親孫；以祖親曾、高，以孫親曾、玄）。然則一人之身，當宗與我同高、曾、祖、父四代之正適，及大宗之宗子。故曰：小宗四，與大宗凡五也。夫但論親族之遠近，則自六世而往，皆為路人矣。唯共宗一別子之正適，則雖百世而其搏結不散。此宗法之組織，所以為大而且久也。

　　公子不得禰先君，因而別為一宗，為宗法之一義。始來在此國者，後世奉以為祖，為宗法之又一義。兩義之中，後義實為尤要。此實與封建之制，相輔而行者也。蓋使同出一祖之人，永聚居於一地，則但奉一始祖之正適可矣。唯其有遷居他處者，為始祖之正嫡治理所不及，乃不得不別立一人以長之。一群治理之權，既不能一日無所寄。則此分司治理之人，其統緒亦不容絕。於是五世則遷之小宗，不足以當之，而不得不別立一大宗矣。此諸侯初受封，卿大夫初至一國，所以恆為其國之大宗也。然其於故國舊家，大小宗之關係仍不絕。篤公劉之詩曰：「君之宗之。」毛《傳》曰：「為之君者，為之大宗也。」板之詩曰：「大宗維翰。」《傳》曰：「王者天下之大宗。」此言天子之於諸侯，諸侯之於大夫，猶大宗之於小宗也（如周公在魯為大宗，在周為小宗。三桓在其族為大宗，在魯為小宗。當時諸侯稱周為宗周，此諸侯之宗天子也。《左》哀八年，公山不狃謂叔孫輒曰：「今子以小惡而欲覆宗國，不亦難乎？」此大夫之宗諸侯也。又諸侯與諸侯亦相宗。《孟子》：滕文公欲行三年之喪，父兄百官皆不欲，曰：「吾宗國魯先君莫之行。」《左》僖五年，虞公曰：「晉吾宗也」是也）。此古代修身、齊家、治國、平天下，所以一以貫之也（古代天子諸侯間之關係，實多宗族之關係。天子之撫諸侯，宗子之收恤其族人也。諸侯之尊天子，族人之祗事其宗子也。講信修睦，同族之相親也。興滅繼絕，同族不相翦也。蓋一族之人，聚居一處，久則不足以容，勢不得不分殖於外，此封建

之所由興。而分殖於外者，仍不可不思所以聯結之，此宗法之所由立。《傳》曰：「有分土，無分民。」有分土，則封建之謂。無分民者，同出一始祖之後者，無不當受治於大宗之宗子也。夫封建云者，一族之人，據一隅之地，役其民以自養：所據之地日擴，一人之力，治理有所不給，則分遣同族中之一支，前往治之云爾。所分出之一支而所據之地又大，亦用此法。此天子與諸侯，諸侯與大夫之關係，所以其名雖異，其實則同也。然則當時之宗子，必皆有土之君，故能收恤其族人。所謂族人，實與宗子同生息於此封地之上，欲圖自存，即不得不翊衛其宗子。而宗子之所以為族人所尊，則以其為先祖主故也。此古代舉一孝字，所以其義蟠天際地。蓋古之摶結唯宗族，而一言孝，則全族自衛之道，靡不該焉。夫力惡其分而不合，亦惡其合而不分。分則力薄，合則力厚，此惡其分而不合之說。分則占地廣而多助，合則占地狹而寡助，此惡其合而不分之說也。封建之行也，得一地，則分同族之人處之，同族之人多，則又闢新地，滅人國以處之。所分出之同族，又復如是，如幹生枝，枝又生葉，而其一族之人，遂遍布於天下。夫欲滅聚居之一族，苟乘其敝，聚而殲旃可耳。一族之人，而遍布於天下，則雖有強者，亦末如之何也已。此炎黃之裔，所以傳世長久也。然則何以卒至於滅亡也？曰：行封建之制者雖強，有自亡之道焉。蓋既知宗族，即有親疏，此無可如何之事也。親親以三為五，以五為九，至矣，無可復加矣。而立宗法者，必欲以百世不遷之大宗摶結之，使雖遠而不散。其所摶結者，亦其名焉而已，其實則為路人矣，路人安能無相攻？況乎封建之始，地廣人希〔稀〕，諸侯壤地，各不相接，其後則犬牙相錯矣。封建之始，種族錯雜，所與競者，率多異族，其後則皆伯叔甥舅矣。國與家，大利之所在也。以大利之所在，徒臨之以宗子之空名，而望其不爭，豈不難哉？此諸侯卿大夫之間，所以日尋干戈也。天下無不壞之物，至堅而莫之能壞者，即含自壞之道。古一姓之人，藉封建之制，遍布其種於天下，似無可亡之道也。當時之平民，亦斷無亡之之力也。乃正以

其分布之廣也，而開自相攻擊之端。見吞併者日多，即其族之存者益少。至於最後，則此族之存者唯一人；欲覆此一族者，覆此一人可矣，秦之亡是也。禍福倚伏之理，豈不詭哉？）。

　　古未有今所謂國家。摶結之最大者，即為宗族。故治理之權，咸在於族。族人於小宗宗子，僅以本服服之。於大宗宗子，則五世而外，悉為之齊衰三月。於其母妻亦然。此庶人為君之服也。古之所以特重正嫡者亦此義。蓋但論親情，則眾子相等。若欲傳治理之權，則眾子之中，不得不擇其一矣。所謂繼承者，即繼承治理之權之謂也。繼承之法，隨時隨地而異。周代則特重嫡長。正而不體（適孫），體而不正（庶子），正體不傳重（適子有廢疾），傳重非正體（庶孫為後），皆不為之服三年之喪。其正體傳重者，則父為之斬衰三年，母為之齊衰三年。蓋兼重親情與傳統也（天子諸侯，以尊絕旁親之服。大夫降一等。唯於妻長子之妻皆不降，亦重其傳統也）。

　　古代最重祭祀。故支子不祭，祭必告於宗子（〈曲禮〉下）。「曾子問曰：宗子為士，庶子為大夫，其祭也如之何？孔子曰：以上牲祭於宗子之家。祝曰：孝子某，為介子某，薦其常事。若宗子有罪，居於他國，庶子為大夫。其祭也，祝曰：孝子某，使介子某，執其常事。攝主不厭祭，不旅，不假，不綏祭，不配。布奠於賓，賓奠而不舉；不歸肉。其辭於賓曰：宗兄、宗弟、宗子在他國，使某辭。曾子問曰：宗子去在他國，庶子無爵而居者，可以祭乎？孔子曰：祭哉。請問其祭如之何？孔子曰：望墓為壇，以時祭。若宗子死，告於墓，而後祭於家。宗子死，稱名不言孝。身沒而已。」（〈曾子問〉）〈內則〉曰：「適子庶子，只事宗子宗婦。雖貴富，不敢以貴富入宗子之家。雖眾車徒，舍於外，以寡約入。子弟猶歸器。衣服、裘衾、車馬，則必獻其上，而後敢服用其次也。若非所獻，則不敢以入於宗子之門。不敢以貴富加於父兄宗族。若富，則具二牲。獻其賢者於宗子。夫婦皆齊而宗敬焉。終事，然後敢私祭。」可見是時宗子之尊矣。

《喪服‧傳》曰：「昆弟之義無分。然而有分者，則辟子之私也。子不私其父，則不成為子。故有東宮，有南宮，有北宮。異居而同財。有餘則歸之宗，不足則資之宗。」按：繼父同居，《傳》曰：「夫死妻穉子幼，子無大功之親，與之適人。」（《注》：「子無大功之親，謂同財者也。」）又云：「小功已〔以〕下為兄弟。」〈既夕禮〉云：「兄弟賵奠可也。」則此所謂同財者，以大功為限。然收恤所及，初不只此。故晏子父之黨無不乘車者，母之黨無不足於衣食者，妻之黨無凍餒者。宋公孫壽辭司城，使其子意諸為之。曰：「去官則族無所庇。雖亡子，猶不亡族。」可見是時宗族之間，財產之相通。蓋古者一人本無私財，財皆其族之財。同財而限於大功，其去古已遠矣。《管子‧小匡篇》：「公曰：愛民之道奈何？管子對曰：公修公族，家修家族，使相連以事，相及以祿，則民相親矣。放舊罪，修舊宗，立無後，則民殖矣。」〈問〉篇：「問國之棄人，何族之子弟也？」、「問鄉之貧人，何族之別也？」皆若能修其族，則民不患其無養者。《周官》所謂「宗以族得民」（《太宰》），蓋謂此也。

宗法蓋僅貴族有之，以貴族食於人，可以聚族而居。平民食人，必逐田畝散處。貴族治人，其摶結不容渙散。平民治於人，於統系無所知。《喪服‧傳》曰：「禽獸知母而不知父。野人曰：父母何算焉？都邑之士，則知尊禰矣。大夫及學士，則知尊祖矣。諸侯及其太祖，天子及其始祖之所自出。」其位愈尊，所追愈遠，即可見平民於統系不甚了了。於統系不甚了了，自無所謂宗法矣。《孟子》曰：「死徙無出鄉，鄉田同井，出入相友，守望相助，疾病相扶持，則百姓親睦。」平民之摶結，如是而已。

古無所謂國與家也，人類之摶結，族而已矣。族之大小不一。今古文家所說之九族，皆族之一種也（今文家兼女系言之，時代較早。古文家專就男系言之，蓋在宗法既完備之後也）。合族而居，治理之權，必有所寄。所寄者亦不一。周之宗法，亦治理之一法也。古家字有二義：一卿大夫之家，一即今所謂家（《詩序》：「國異政，家殊俗。」）《正義》：「此

家謂天下民家。《孝經》云：非家至而日見之也，亦謂天下民家，非大夫稱家也。」）。今所謂家，其職有四：（一）為夫婦同居之所。（二）上事父母。（三）下育子女。（四）則一家之率同財，有無相通。此所以相生相養也（家之制亦不一。中國普通之家，則係如此。自古迄今，無甚大變。此即古所謂五口八口之家，一夫上父母，下妻子者也。今人多詆中國為大家族，其實西人之家，較之中國，亦僅少上事父母一端耳。數世同居，宗族百口，在中國亦非恆有之事也）。國則操治理之權，謀公益，禁強暴，所以維持現狀，更求進步者也。二者不可缺一，在古代皆宗族職之。其後則相生相養之道歸諸家，治理之權操諸國，而所謂宗與族者，遂有其名而亡其實焉。此其故何哉？曰：社會之變遷為之也。古代親愛之情，限於同族（《左》僖十年，狐突曰：「神不歆非類，民不祀非族。」成公四年，季文子引史佚之志曰：「非我族類，其心必異。」皆古人歧視異族之徵也）。後世則擴而漸廣。泛愛之情既進，偏私之念自袪，一也。古代分工未密，交易未開。生事所資，率有自造。既非獨力所及，自不得不合親族為之。後世則一人之身，而百工之所為備。所待以生者，實非親族，而為林林總總，不知誰何之人。生事既不復相資，何必合親盡情疏之人以共處？二也。古者生利之法甚粗，欲利之心亦淡。胼手胝足，皆為族謀。後世則智巧日開，願望日富。族中有私財之人遂日多。有私財之人多，則如大功以下同財等小團體，潛滋暗長於大族之中矣，三也。聚居之制，必與營生之道不悖，而後可以持久。然如耕農，一夫百畝，方里僅容九夫，其必不能合族而處明矣，四也。凡此皆家之所由興，而族之所由散也。至於國之所以立，則由族長所治，非復一族之人，遂漸變而為君主。其所遣分治之子弟，亦漸變而為官吏矣。兩族相遇，不能無爭。亦或以治化之優，酋豪才德之異，此族自為彼族所歸向。皆血統不同之族，所以漸合為一，而國之所由立也。夫使人類之組織，無大於族，則兩族相遇，苟有齟齬，即須決之以兵爭，此殊為人情所不便。故諸族之中，苟有一族，能平他族之爭

者，他族自樂歸之。虞、芮質成是也。聯眾族以奉一尊，雖不必出於要束，然能持久而不渙，亦必為眾之所利，而後能然。故民約之義，不能執史無其事以為難也。

邃古之民，必篤於教。族各有其所尊祀之神，未必肯捨之而從他族。然各族聯合之際，亦自有其調融之道焉。合諸族以尊一族之神，一也。諸侯助祭於天子，蓋源於此？（此非以諸侯與天子同族。「殷士膚敏，祼將於京」，是其驗也）不則以此族之神，加於彼族所奉之神之上。如周人謂「姬姓日，異姓月」是也（《左》成公十六年）。又不然，則兩族之神，各有所司，亦有更王之道。如通三統及五德迭王之說是也。

人類既知有統系，必有所以表之。時日姓、氏。姓所以表女系，氏所以表男系也。然及後來，男子之權力既增，言統系者專以男為主，姓亦遂改而從男。特始祖之姓，則仍從其母耳。周制，始祖之姓（杜預《釋例》曰：「別而稱之謂之氏，合而言之則日族。」按：別而稱之，謂此族之人，以氏與他族別也。合而言之，謂同族之人，皆同此一氏也）日正姓，百世不改。正姓而外，別有所以表其支派者，時日庶姓。庶姓即氏也。亦日族（《論衡‧詰術篇》：「古者有本姓，有氏姓。」本姓即正姓，氏姓即庶姓也），隨時可改。〈大傳〉日：「四世而緦，服之窮也。五世袒免，殺同姓也。六世親屬竭矣。其庶姓別於上，而戚單於下，昏〔婚〕姻可以通乎？系之以姓而弗別，綴之以食而弗殊，雖百世而昏〔婚〕姻不通者，周道然也。」《注》：「姓，正姓也。始祖為正姓，高祖為庶姓。」《疏》日：「正姓，若周姓姬，齊姓姜，宋姓子。庶姓，若魯之三桓，鄭之七穆。」蓋正姓所以表大宗，庶姓所以表小宗也。

命氏之法：諸侯即以國為氏，若踐土之載書，晉重、魯申、衛武、蔡甲午、鄭捷、齊潘、宋王臣、莒期是也。諸侯之子日公子，公子之子日公孫。公孫之子，不得上系於諸侯，則別立氏。立氏則追溯其祖，故以王父字為氏。其中又分為二：適夫人之子，以五十字伯仲為氏，若魯之仲孫、

季孫是也。庶子以二十字為氏，如展氏、臧氏是也。此外得氏之道甚多。鄭氏《通志》列舉之，凡三十二。予更分之為七類。

### ■ 第一類

（一）姓古代表女系之姓，周世所謂正姓也。

### ■ 第二類

（一）國包天子諸侯言之，如周、魯是。

（二）邑卿大夫。

（三）鄉

（四）亭

（五）國系如唐叔、滕叔。

（六）國爵如夏侯、息夫。息夫者，息公子為大夫也。

（七）邑系如原伯、申叔。

（八）邑諡如苦成。

### ■ 第三類

（一）地謂居地也。如東門襄仲、東里子產。《潛夫論・志氏姓》：東門、西門、東郭、北郭，所謂居也。

### ■ 第四類

（一）字

（二）名

（三）次

（四）族以諡為族，亦有非諡者。

（五）諡

（六）族系如叔孫、季孫。

（七）名氏如士季、伍參。

（八）諡氏如楚厘子之後為厘子氏。

■ 第五類

（一）官

（二）爵

（三）技如巫、卜。

（四）官名如師延、史晁。

（五）爵系如王叔。

（六）爵諡如衛成公之後為成公氏。

■ 第六類

（一）吉德

（二）凶德如黥布。

（三）事如漢丞相田千秋，以年老，許乘小車入朝，時入稱車丞相，其後人以車為氏。

■ 第七類

（一）代北複姓

（二）關西複姓

（三）諸方複姓

（四）代北三字姓

（五）代北四字姓

此外又有生而有文一種。如武則天之先，為周平王之後，生而手有文曰武，遂以武為氏是也。鄭氏別附之於後，蓋不信之。

顧亭林〈原姓篇〉曰：「男子稱氏。女子稱姓。氏一再傳而可變，姓千萬年而不變……考之於傳，二百五十五年之間，有男子而稱姓者乎？無有也。女子則稱姓。古者男女異長。在室也，稱姓，冠之以序，叔隗、季隗之類是也。已嫁也，於國君則稱姓，冠之以國，江芈、息媯之類是也。於大夫則稱姓，冠之以大夫之氏，趙姬、盧蒲姜之類是也。在彼國之人稱

之，或冠以所自出之國若氏，驪姬、梁嬴之於晉，顏懿姬、鬷聲姬之於齊是也……既卒也，稱姓冠之以諡，成風、敬嬴之類是也。亦有無諡而仍其在室之稱，仲子、少姜之類是也。是古氏焉者，所以為男別也。姓焉者，所以為女坊也。自秦以後之人以氏為姓，以姓稱男，而周制亡，而族類亂。」按：春秋時之男子，所以不稱姓者，非不重姓也，言氏則姓可知耳。蓋女無外事，但於婚姻時考其姓，以免娶同姓之譏，可矣。男子與人交接孔多，必先知其祖父為何人，不能但知其始祖之姓而止，故必有氏以表之。夫姓不足以表男子者，以其始祖去之久遠，其關係已亡也。然則得氏之祖，去其人久遠者，仍不足以顯示其人為何如人，此氏之所以必時變也（如魯之叔孫氏，所以顯示其為叔牙之後也。然使凡叔牙之後，皆以叔孫為氏，則但知其為叔牙之後耳，不知其在叔牙之後中，支分派別為何如矣。故必別立氏，以表之，如叔仲氏是也。《後漢書·羌傳》曰：「氏族無定。」按：羌爰劍之後，五世至研。研豪健。羌中號其後為研種。十三世之燒當，復豪健。其子孫更以燒當為種號。所以必更者，以研去其時已遠，懷研德者，不如其懷燒當；畏研威者，亦不如其畏燒當也。中國氏之數改，亦同此理）。然則非男子不重姓也，男子於姓之外又須有氏，女子則但有姓而已足耳。至秦以後人，所以以氏為姓者，則因譜牒亡而姓不可知，乃無可如何之事，非其欲如此也（漢人欲求正姓，乃有吹律定姓之法。其理略見《潛夫論·卜列篇》。說甚怪迂，不足信也）。

　　譜牒之原甚古。《周官·小史》：掌邦國之志。尊系世，辨昭穆。若有事，則詔王之忌諱。大祭祀，讀禮法。史以書敘昭穆之俎簋。《注》：「鄭司農云：系世，謂帝系、世本之屬（《疏》：『天子謂之帝系，諸侯謂之世本。』）。先王死日為忌，名為諱。」又〈瞽矇〉，「諷誦詩，世奠系。」、「杜子春云：世奠系，謂帝系、諸侯、卿大夫世本之屬是也。小史主次序先王之世，昭穆之系，述其德行。瞽矇主誦詩，並誦世系，以戒勸人君也。故《國語》曰：教之世，而為之昭明德而廢幽昏焉，以休懼其動。」按：古代

事蹟，率由十口相傳，久之乃著竹帛。瞽矇之職，蓋尚在小史之前。小史能知先世名諱忌日，則於世次之外，必能略記其生卒年月等。瞽矇所諷，可以昭明德而廢幽昏，則並能略知其行事矣。此後世家譜家傳之先河也。此等記載，列國蓋多有之。故《史記‧三代世表》，謂「自殷以前，諸侯不可得而譜，周以來乃頗可著」也。〈十二諸侯年表〉云：「譜牒獨記世諡。」《南史》：王僧孺被命撰譜，不知譜所自起，以問劉杳。杳曰：桓譚《新論》云：太史公〈三代世表〉，旁行邪上，並效《周譜》（按：此語《史通》亦引之）。則其既著竹帛之後，體例尚可微窺也。世本雖出後人纂輯，所據當系此等譜牒。今其書已亡。竊謂《大戴記‧帝系姓》一篇，實其僅存者。特累經傳寫，遂失旁行斜上之舊式。而五帝德一篇，則瞽矇之所諷誦也。《後漢書‧盧植傳》：竇武援立靈帝，朝議欲加封爵。植獻書規之曰：「今同宗相後，披圖案牒，以次建之，何勳之有？」則其制至漢尚存。故史公得放效之，而桓譚能知其所取法也。

　　古代譜牒，後世私家亦多有之。其僅存者，散見《世說新語注》中（《注》所引皆稱譜，唯王渾一條稱家譜。《隋唐志》所著錄，則皆稱家）。其目存於《隋唐志》，《隋志》著錄，家傳、家譜分隸兩門（家傳入傳記，家譜入譜系）。《舊唐志》乃併為一，實非是也。自魏以來，選舉重世族，其舉乃大盛。《新唐書‧柳沖傳》記其始末曰：「晉太元中，散騎常侍河東賈弼撰《姓氏簿狀》，十八州，百十六郡，合七百一十二篇，甄析士庶無所遺。宋王弘、劉湛好其書。弘每日對千客，可不犯一人諱。湛為選曹，撰百家譜，以助銓序。文傷寡省，王儉又廣之。王僧孺演益，為十八篇。東南諸族，自為一篇，不入百家數。弼傳子匪之。匪之傳子希鏡。希鏡撰《姓氏要狀》十五篇，尤所諳究。希鏡傳子執。執更作《姓氏英賢》一百篇。又著《百家譜》，廣兩王所記。執傳其孫冠。冠撰《梁國親王太子序親簿》四篇。王氏之學，本於賈氏。唐興，言譜者以路敬淳為宗，柳沖、韋述次之。李守素亦明姓氏，時謂肉譜者。後有李公淹、蕭穎士、殷寅、

孔至，為世所稱。初漢有《鄧氏官譜》。應劭有〈氏族〉一篇。王符《潛夫論》，亦有〈姓氏〉一篇。宋何承天有《姓苑》二篇。譜學大抵具此。」又曰：「初太宗命諸儒撰《氏族志》，甄差群姓。其後門胄興替不常，沖請改修其書。帝詔魏元忠、張錫、蕭至忠、岑羲、崔湜、徐堅、劉憲、吳兢及沖，共取德功時望國籍之家，等而次之。夷蕃酋長，襲冠帶者，析著別品。會元忠等相繼物故，至先天時，復詔沖及堅、兢與魏知古、陸象先、劉子玄等討綴，書乃成。號《姓系錄》。開元初，詔沖與薛南金復加刊竄，乃定。」此唐以前譜學之大略也。譜系本私家之事。然朝廷以閥閱用人，社會以門第相尚，則其關係甚大，非復一家所得自私。故記載職以官司，私譜不容紊亂。鄭樵所謂「隋、唐而上，官有簿狀，家有譜系；私書濫，糾以官籍；官籍缺，考以私書」者也。當時重之如此。研核其事者，自可成為學問。至五代而後，「取士不論家世，昏〔婚〕姻不問閥閱」（亦鄭樵語），而其法大壞矣。唐人姓氏之書，存於今者，唯一《元和姓纂》。《通志‧氏族略》多與之同，蓋即其所本？此外則皆亡矣。亦可見譜學之衰矣。世皆謂門閥之盛，由於九品中正之制。實則社會故有此階級，而九品中正之制，乃緣之而興；而兩漢選舉之不論門閥，特其偶然伏流耳。

　　〈柳沖傳〉又載柳芳論氏族之語，頗可見崇重門第之由來，及譜學所由盛衰。今節錄之。其言曰：「氏族者，古史官所記也。昔周小史定系世，辨昭穆，故古有世本，錄黃帝以來至春秋時諸侯卿大夫名號繼統……秦既滅學，公侯子孫，失其本系。漢興，司馬遷父子乃約《世本》，修《史記》，因《周譜》，明世家，乃知姓氏之所由出。虞、夏、商、周、昆吾、大彭、豕韋、齊桓、晉文，皆同祖也。更王迭霸，多者千祀，少者數十代。先王之封既絕，後嗣蒙其福，猶為彊家。漢高帝興，徒步有天下。命官以賢，詔爵以功……先王公卿之冑，才則用，不才棄之；不辨士與庶族；然則始尚官矣。然猶徙山東豪傑，以實京師。齊諸田，楚屈、景，皆右姓也。其後進拔豪英，論而錄之，蓋七相五公之所由興也。魏氏立九品，置

中正；尊世胄，卑寒士，權歸右姓已。其州大中正主簿，郡中正功曹，皆取諸姓士族為之，以定門胄，品藻人物。晉、宋因之，始尚姓已。然其別貴賤，分士庶，不可易也。於時有司選舉，必稽譜而考其真偽。故官有世胄，譜有世官。賈氏、王氏譜學出焉。由是有譜局，令史職皆具……夫文之弊，至於尚官。官之弊，至於尚姓。姓之弊，至於尚詐。隋承其弊，不知其所以弊，乃反古道，罷鄉舉，離地著，尊執事之吏。於是乎士無鄉里，里無衣冠，人無廉恥，士族亂而庶人僭矣。故善言譜者，系之地望而不惑，質之姓氏而無疑，綴之婚姻而有別」云云。觀其言，可見譜學之興，實由社會故有士庶之別也。

譜牒所以明統系，統系明則氏族不淆。然必社會先有重視氏族之心，而後譜牒之法，得以維持。否則非以偽亂真，即闕而不舉矣。此晚唐以後，譜系之所由不可復問也。自宋學盛行，人有敦宗收族之心，而譜牒之纂修復盛。至於今日，苟非極僻陋之邦，極衰敝之族，殆無不有譜。然其用意，則與古大異矣。今人譜法，率本歐、蘇，而踵事增華，其例實較歐、蘇為美備。此篇非講譜學，故措勿論。然使今後譜學日以昌明，全國譜牒，皆臻完善，則於治化，固大有裨。何者？人口之增減，男女之比率，年壽之修短，智愚賢不肖之相去，一切至繁至瑣之事，國家竭力考查，而不得其實者，家譜固無不具之，且無不能得其實。苟使全國人家，皆有美備之譜牒，則國家可省無數考查之力，而其所得，猶較竭力調查者為確實也。唯此事宜以官力輔助之。昔章實齋撰《和州志》，有〈氏族表〉，撰《永清縣志》，有〈氏族表〉。其序，謂「譜牒之書，藏之於家，易於散亂。盡入國史，又懼繁多。方州之志，考定成編，可以領諸家之總，而備史之要刪」。又謂「國史不錄，州志不載，譜系之法，不掌於官，則家自為書，人自為說，子孫或過譽其祖父，是非或頗謬於國史。其不肖者流，或謬托賢哲，或私粥宗譜。悠謬恍忽〔惚〕，不可勝言。」、「今大江以南，人文稱盛，習尚或近浮華。私門譜牒，往往附會名賢，侈陳德業，

其失則誣。大河以北，風俗簡樸，其人率多椎魯無文。譜牒之學，闕焉不備。往往子孫不志高曾名字；間有所錄，荒略難稽，其失則陋。」又謂和州明季乙亥，圖書毀於兵燹，家譜世牒，寥寥無聞；而嘉靖、萬曆中所修州志具在。是在官易守，私門難保之明徵。凡此所言，已足見譜牒之事，不宜專責諸私家，而官司必當相助為理。抑予尤有進焉者；古代系世之所以易奠，實以其人皆聚族而居。後世情勢既殊，更欲聯散處之分支，以同歸於一本，力既薄而弗及，情又渙而不親，必非私家之力所克舉，而欲考世系以明史實，辨遺傳以定婚姻，有非合遠近以共觀，則其事不明者。凡若此者，或則行文詢問，或則遣吏考查，亦唯官力為能行之。且私家譜牒，纂修縱極詳備，終不免限於偏隅。合全國之譜牒而會其通，亦唯官勿為能操其關鍵也。然則國家釐定譜法，責令私家修纂，總其成而輔其不及，實於民政文化，兩有裨益矣。宗法之廢，由於時勢之自然。後人每欲生今反古，謂足裨益治理，其事皆不可行（如令族長戒敕不肖子弟：兩姓有訟，令兩族族長先行調處等皆是）。唯藉私家之譜牒，以助官力之調查，則其事極易行，而其所裨實大也。私見如此，竊願承學之士，共究其利害焉。

　　吾國表女系之姓，與表男系之正姓庶姓並行，及庶姓專行，蓋各有其時代。表女系之姓之盛行，蓋尚在《史記》之前。姬、姜、姚、姒，在當時，蓋各為一女系之部落。此等部落，同系者婚姻不通，故以姓別之。迨乎女系易為男系，婚姻之可通與不可通，亦由男系之同異而別。則表女系之姓，已無所用之。故其名猶是，其實遂非。姬、姜、姚、姒，始以表女系者，至是乃以表炎、黃、舜、禹之後矣。於是表女系之姓亡。時則主男系之宗法方盛，乃以正姓表始祖，以明一本；以庶姓表支派，以別親疏。其時此等大姓，大抵聚居一處。有分出者，非為諸侯，即為大夫，譜牒詳明。故雖派別支分，而仍不昧其原本。迨封建破壞，諸侯大夫，降為編戶，則勢散而力薄。遂至但記庶姓，而昧其本姓。封建既廢，既無不敢禰

先君之別子，又無特起之大夫，無從別立新氏；而一人之後，亦不復如古代之群萃州處，無庸多立新名，以表支派，而所謂庶姓者，遂百世不易。於是正姓亡而庶姓專行矣。自唐以前，辨別姓氏甚嚴。如「《新唐書》言河南劉氏，本出匈奴之劉庫仁；柳城李氏，世為契丹酋長；營州王氏本高麗之類，此同姓而不同族也。又如《魏書‧高陽王雍傳》，言博陵崔顯，世號東崔，地寒望劣，此同族而不同望也」。（《日知錄》卷二十三〈通譜〉）凡若此者，無非欲嚴其區別，以明其系統而已。乃自譜牒既亡，而此等區別，又不可知。則今日所謂姓氏，即古所謂庶姓者，亦徒有其名，而不能藉此以別統系矣。故自唐以前，可謂庶姓盛行之時；自五代以後，可謂庶姓衰敝之時也。大抵姓氏之淆亂，非由誤分，即由誤合。誤分者，如伏、宓本一，因字形之異而分為二；共氏、叔氏、段氏，同出鄭共叔段而分為三是也。誤合者，則如賜姓、改姓、冒姓、子從母姓、奴從主姓、異姓為後，或因字音字形之淆訛，或則複姓去其一字皆是。古姓之可考見者，遠且勿論，即五代時之百家姓所載諸姓，今已有不經見者矣。豈亡氏者如此之多邪？其必有與他姓誤合者，無足疑矣。若皆能如漢武帝之於金日，取舊姓所無之字，固不虞其混淆。然造姓者又皆不能。於是新造之姓，又與舊有之姓相混。至於今日，殆於紛紜，不可究詰矣（《日知錄》曰：「洪武元年，禁不得胡姓者，禁中國人之更為胡姓，非禁胡人之本姓也。三年四月甲子，詔蒙古諸色人等，入仕之後，或多更姓名。朕慮歲久，其子孫相傳，昧其本原，非先王致謹氏族之道。中書省其告諭之。如已更易者，聽其改正。可謂正大簡要。至九年三月癸未，以火你赤為翰林蒙古編修。更其姓名曰霍莊。蓋亦放漢武賜日姓金之意。然漢武取義於休屠王祭天金人，亦以中國本無金姓也。今中國本有霍姓，而賜之霍，則與周霍叔之後無別矣，況其時又多不奉旨而自為姓者。其年閏九月丙午，淮安府海州儒學正曾秉正言：臣見近來，蒙古色目人，多改為漢姓，與華人無異，有求仕入官者，有登顯要者，有為富商大賈者。非我族類，其心必異。宜

令複姓，庶可辨識。至永樂元年九月庚子，上謂兵部尚書劉儁曰：各衛韃靼人多同名，宜賜姓以別之。於是兵部請如洪武中故事，編置勘合，給賜姓氏。從之。三年七月，賜把都帖木兒名吳允誠，倫都兒灰名柴秉誠，保住名楊效誠，自此遂以為例。而華宗上姓，與旃裘之種相亂」云云。按：新姓與舊姓之淆混，以此等關係為最多。入民國後之滿人，造中國姓名之教士，皆是也）。今日更欲追溯正姓，固不可得。即僅就現行之姓，一一追原其始，亦屬無從。然此本無謂之事。吾輩之言譜牒，只在藉以輔助民政，研究學問。則斷自所知，詳實記載焉可矣。其不可知者，不徒不必強溯。彼強為附會者，且宜刪削，以昭真實也。

合族而居之制，必盛於天造草昧之時。以其時就政治言，就生計言，均無更大之團體，內藉此以治理，外資此以自衛；而分工合作之道，亦即寓於其中也。逮乎後世，安內攘外，既有國家；易事通工，胥資社會；則合族而居之利，已自不存；而族長手握大權，或礙國家之政令（如家長有生殺家人之權，即與國家法律有礙。《春秋》之義，斤斤於父殺其子當誅，必當時之俗，實有父殺其子者。「小杖則受，大杖則走」之義，亦因斯而立也）；群族互相爭鬥，尤妨社會之安寧；則破大族而代之以小家，亦勢不容已矣。職是故，書契所記，三代之時，平民之家，不過五口八口。卿大夫之家，雖可聯之以宗法，然同財者仍不過大功以下；且仍許其異居，則其家，亦與平民之家無異矣。夫既許其異居，而猶必聯之以宗法者，則以封建之世，諸侯卿大夫之族，實係高居民上，役人民以自養，不得不謀自衛之道也（後來或無此意，然其制之初立，則確係如此）。然則封建廢，則宗法亦當隨之而廢；宗法廢，則貴族之家，亦當一如平民之家矣。然後世猶有以宗族百口，累世同居為美談者，則由未知宗法為與封建相輔而行之制，誤以其團結不散，為倫理所當然；且未知古所謂宗，每年僅合食一次，並無同居之事也。累世同居之事，蓋起於漢。趙氏翼《陔餘叢考》曰：「世所傳義門，以唐張公藝九世同居為最。然不自張氏始也。

《後漢書》：樊重三世共財。繆肜兄弟四人，皆同財業。及各娶妻，諸婦遂求分異。肜乃閉戶自撾。諸弟及婦聞之，悉謝罪。蔡邕與叔父從弟同居，三世不分財，鄉黨高其義。又陶淵明《誡子書》云：穎川韓元長，漢末名士，八十而終。兄弟同居，至於沒齒。濟北氾幼春，七世同財，家人無怨色。是此風蓋起於漢末。」陳氏《禮書》曰：「周之盛時，宗族之法行，故得以此繫民而民不散。及秦用商君之法，富民有子則分居，貧民有子則出贅。由是其流及上，雖王公大人，亦莫知有敬宗之道。浸淫後世，習以為俗。而時君所以統馭之者，特服紀之律而已。間有糾合宗族，一再傳而不散者，則人異之，以為義門。豈非名生於不足歟？」蓋封建之世，宗法之行分合之間，自有定則。固不至如後世之宗族不相恤；亦斷不得生今反古，而同居者至於千百口也。趙氏綜計前史，謂歷代義門，見於各史孝義孝友傳者，《南史》十三人，《北史》十二人，《唐書》三十八人，《五代》二人，《宋史》五十人，《元史》五人，《明史》二十六人。又有不在孝友孝義傳，而雜見於本紀列傳者。又有正史不載，雜見他書者。其風可謂盛矣。然顧亭林《日知錄》曰：「宋孝建中，中軍府錄事參軍周殷啟曰：今士大夫父母在而兄弟異居，計十家而七。庶人父子殊產，八家而五。其甚者，乃危亡不相知，飢寒不相恤……宜明其禁，以易其風。當日江左之風，便已如此。《魏書·裴植傳》云：植雖自州送祿奉母，及贈諸弟，而各別資財，同居異爨，一門數灶。蓋亦染江南之俗也。隋盧師道聘陳，嘲南人詩曰：共甌分炊飯，同鐺各煮魚。而〈地理志〉言蜀人敏慧輕急，尤足意錢之戲，小人薄於情禮，父子率多異居……《宋史》：太祖開寶元年六月癸亥，詔荊蜀民祖父母、父母在者，子孫不得別財異居……二年八月丁亥，詔川峽諸州，察民有父母在而別籍異財者，論死。太宗淳化元年九月辛巳，禁川峽民父母在出為贅婿。真宗大中祥符二年正月戊辰，詔誘人子弟析家產者，令所在擒捕流配。其於教民厚俗之意，可謂深且篤矣（原注：『《遼史》：聖宗統和元年十一月，詔民有父母在，別籍異居者，坐

罪。』）。若劉安世劾章惇，父在，別籍異財，絕滅義禮，則史傳書之，以為正論。馬亮為御史中丞，上言父祖未葬，不得別財異居（原注：『李元綱《厚德錄》。』）。乃今之江南，猶多此俗。人家兒子娶婦，輒求分異。而老成之士，有謂二女同居，易生嫌競；式好之道，莫如分爨者。豈君子之言與？」觀顧氏之言，則知析居之風，由來已久（顧氏又引《抱朴子》：「漢桓帝之世，更相濫舉。時人為之語曰：舉秀才，不知書。察孝廉，父別居。」則其風之盛，實不待宋孝建中矣）；且滔滔者天下皆是。趙氏所輯累世同居之事，雖若甚多，實則九牛之一毛耳。此等累世同居之人，其原因有二：（一）由誤謂倫理當然。漢人之行之，蓋以其時去封建之世未遠，習以惇宗睦族為美談，而不察其實也。後人遂仍其誤，莫之能正。宋儒墨守古人制度，提倡同居尤力。顧氏華陰王氏宗祠記曰：「程、朱諸子，卓然有見於遺經。金元之代，有志者多求其說於南方，以授學者。及乎有明之初，風俗淳厚。而愛親敬長之道，達諸天下，其能以宗法訓其家人，或累世同居，稱為義門者，往往而有。」可見同居之盛，由於理學家之提倡者不少矣。（二）則隨時隨地，各有原因，非逐一考證，不能明瞭。如《日知錄》謂「杜氏《通典》言北齊之代，瀛、冀諸劉，清河張、宋，并州王氏，濮陽侯族，諸如此輩，近將萬室。《北史·薛胤傳》：為河北太守，有韓、馬兩姓，各二千餘家。今日中原北方，雖號甲族，無有至千丁者。戶口之寡，族姓之衰，與江南相去復絕。」陳宏謀《與楊樸園書》，謂「今直省唯閩中、江西、湖南，皆聚族而居，族居有祠。」則聚居之風，古代北盛於南，近世南盛於北。蓋由北齊之代，喪亂頻仍，民多合族以自衛。而南方山嶺崎嶇之地，進化較遲，流移者須合遷徙之人為一，乃足自安。土著者或與合族而居之時，相距未遠故也。苟欲深明其故，則如《陔餘叢考》所載歷代累世同居之事，非一一按其時地考厥情形不可，固不容執一端以強斷之矣。

　　此等聚族而居之事，流弊頗多。讀清高宗乾隆二十九年江西巡撫輔德

一疏可見。疏云：「江西民人，有合族建祠之習。本籍城鄉，暨其郡郭，併省會地方，但系同府、同省之同姓，即糾斂金錢，修建祠堂。率皆棟宇輝煌，規模宏敞。其用餘銀兩，置產收租。因而不肖之徒，從中覬覦，每以風影之事，妄啟訟端，借稱合族公事，開銷祠費。縣訟不勝，即赴府訴。府審批結，又赴省控。何處控訴，即住何處祠堂，即用何處祠費。用竣，復按戶派出私財，任意侵用。」又云：「所建府省祠堂，大率皆推原遠年君王將相一人，共為始祖。如周姓則祖后稷，吳姓則祖泰伯，姜姓則祖太公望，袁姓則祖袁紹。有祠必有譜。其纂輯宗譜，荒唐悖謬，亦復如之。凡屬同府、同省者，皆得出費與祠，送其支祖牌位總龕之內，列名於宗譜之冊。每祠牌位，動以千百計。源流支派無所擇。出錢者聯秦越為一家，不出錢者置親支於局外。原其創建之初，不過一二好事之徒，藉端建議，希圖經手侵漁。訪其同府、同省同姓，或聯絡於生童應考之時，或奔走於農民收割之後。百計勸捐，多方聳動。愚民溺於習俗，樂於輸助。故其費日集而多，其風日踔而盛。初成廣廈，置之空閒。歇訟聚賭，窩匪藏奸，不可究詰。近於省會祠中，復經拏獲私鑄案犯」云云（清《經世文編》卷五十八）。其流弊可謂大矣。先是陳宏謀官江西，令民選舉族正族約，官給牌照，令司化導約束之事。其事亦實不可行。乃輔德議廢祠宇，宏謀猶寓書楊樸園，謂其「因偶然之弊，而廢長久之良法」，何其迂而不切於務與！

　　宗法盛行之時，國家之下，宗亦自為一集體。龔定庵謂「周之盛也，周公、康叔以宗封。其衰也，平王以宗徙。翼頃父、嘉父、戎蠻子皆以宗降。漢之實陵邑，以六國巨宗徙」是也（〈農宗篇〉）。小程謂漢高祖欲下沛，只是以帛書與父老，父兄便能率子弟從之。又如相如使蜀，亦遺書責父老，然後子弟皆聽其命。亦由於此。小程謂「必有尊卑上下之分，然後順從而不亂。若無法以聯屬之，安可？」因謂「管攝天下人心，收宗族，厚風俗，使人不忘本，須是明譜系，收世族，立宗子法」。殊不知國家之

職，正在使人人直屬於國。宗法盛行之時，其民誠不如後世之散無友紀。自衛之力既強，衛國之力亦大。然其為政令之梗亦甚。古所以有族誅之刑者，正以其時族之搏結厚，非如此，不足以絕禍根也。若後世，安用此乎？

　　強宗巨族之害如此，則所謂義門，實不足尚。斯理也，明達事理之士，亦多見及之。其言之最直捷者，無過於李穆堂。穆堂《別籍異財議》曰：「吾江西風俗淳厚。聚族而居，族必有祠，宗必有譜。尊祖敬宗之誼，海內未能或先。至於一家之中，累世同爨，所在多有。若江州陳氏、青田陸氏，並以十世同居，載在史冊。今此風亦稍替矣。觀朱子曉諭兄弟爭財產事，援據禮律，以敦教化。凡祖父母、父母在堂，子孫別籍異財者，並將關約呈首抹毀。不遵者依法斷罪。信乎儒者之政，異乎俗吏之為之也。然細思之，尚有未盡善者。蓋禁其爭財可也，禁其分居，恐未可也。孟子論王政，只稱八口之家。朱子釋之，以弟為餘夫，壯而有室，即別授百畝，是古者未嘗禁人之分居也。唯是鄉田同井，相友，相助，相扶持，則分而不分耳。迨世既衰，漸失友助扶持之意。於是篤行之士，矯為累世同居之事。姑以勸親睦而激薄俗耳，非比戶所能行也。凡累世同居者，必立之家法，長幼有禮，職事有司，筦庫司稽，善敗懲勸，各有定制。又必代有賢者，主持倡率，而後可行。否則財相競，事相諉，儉者不復儉，而勤者不復勤，勢不能以終日。反不如分居者各惜其財，各勤其事，猶可以相持而不敗也。至於祖父母，父母在堂，亦微有辨。如年逾七十，宣傳家政；或年雖未衰，別有疾病，而不任綜理；則子孫析居，亦無不可。且其家既分析，必其家法未立；又無可兼綜之人。今必責已分者使之復合，是強人以所不能，勢不行矣。」其說可謂甚通。姚崇遺令，以達官身後，子孫失蔭，多至貧寒。斗尺之間，參商是競。欲預為分定，以絕後爭。亭林謂當時老成之士，謂式好之道，莫如分爨。皆與穆堂所見相同者也。

　　抑民間之分居，尚有出於不得已者。唐玄宗天寶元年，敕：「如聞百

姓，有戶高丁多，苟為規避，父母見在，乃別籍異居。宜令州縣勘會。其一家之中，有十丁以上者，放兩丁徵行賦役。五丁以上放一丁。即令同籍共居，以敦風教。其賦丁孝假，與免差科。」（謂應賦之丁，遇父母亡則免差科，謂之孝假）蓋古以人丁眾寡，定戶等高下，析居所以避多丁，免重役也。宋時之民，有自殺以免其子之役者。此豈空言禮教，所能強使同居哉？

　　五口八口之家，雖非強宗巨族之比，為家長者，亦終必帶幾分壓制，況於累世同居者乎？浦江鄭濂，累世同居。明太祖問以其道。對曰：「唯不聽婦人言耳。」此一語盡之矣。清劉紹攽論之曰：「不聽婦言，家亦無有不離者。女子之生，唯夫是依。方其待嫁，未嘗不厚自期許，曰：異日者，佐吾夫，齊吾家。及其既歸，又未嘗不深自匪勉，曰：今日者，幸得佐吾夫，庶幾齊吾家。而夫乃曰：是離吾家者，言不可聽。則其情必暌。夫夫之於婦，其情最篤。篤者暌之，奚論不篤者？吾不知夫之父母、兄弟、姑姊、妯娌之屬，又當何如疑慮，何如防閑？為之婦者，行且自計：謂我以夫為家，夫顧外我，家之人從而擯我，然則家非我有，我何幸其齊？又何憂其不齊？適足以毀其家耳。」頗能針砭俗儒之失。然今日之所謂家者而不改，女子終不能自拔。爭女權者，亦不必計較於百步五十步之間也。

　　今日之所謂家者不改，又有一弊。亡清之末，議定民律。某君司起草，嘗演說曰：「今日政治之不善，中國人重視其家之習，有以為之累也。國家之任官，將使之行國家之意也。而今之官吏，無不為財來。故缺有肥瘠，差有美惡。彼直商賈耳，安暇奉公？其所以如此者，皆家為之累也。今日人人重視其家之習不改，一切皆無可望，亦不獨政治也。」其言善矣。然以此偏責中國人，則亦未是。今日歐美人之家，特較中國人之家，大小不同耳。其性質固無以異也。中國人思自利其家，歐美人獨不思自利其家乎？且由今之道，無變今之俗，即將所謂家者毀棄，亦人人思自利其

身耳。人人思自利其身，其貽害於公，與人人思自利其家，有以異乎？無以異乎？此事癥結，自別有在，斷非數條民律，所能移也。

古代財產，本為一族所公有。為族長者，持操其管理之權耳。古所以嚴「父母存不有私財」之禁者，非惡其有財，乃惡其侵家長治理之權也。為家長者，財雖非其私有，然既操管理之權，則其實與私有無異。古代貴族所以爭襲者，半亦有此。若平民，則百畝之田，率由公給，轉無所謂繼嗣之爭矣。後世財產私有，而其情形乃一變。

財產為一族所公有之世，為族長者，雖得操其治理之權，然財究非其私有。則所謂繼嗣者，亦繼嗣其治理之權而已。夫治理之權，固不可分。則於眾子之中，不得不擇其一。其後財為一族所公有之制既廢，而以一子繼嗣之習猶存，遂成一子襲產之制。專產業於一人，坐視其餘之人無立錐之地，於理殊覺不安。吾國則久行均分之制。《清律》：「分析家財田產，不問妻、妾、婢生，但以子數均分」是也（奸生之子，依子量與半分。無子立繼者，與私生子均分）。至此，則所謂宗族者，僅存空名。既無權力，又無財產，南方山嶺之區，或有設立規條，以治理族眾者。然其權力究亦不大。江河流域之平原，則幾於無復此事。即有之，亦僅存其名而已。族中公產，如祭掃等費，亦其微已甚。其小有可觀者，則為後人放宋范仲淹所置之義田。或由一二人出資，或由合族所醵，用以贍其族之老、幼、孤、寡、貧病者，助其喪葬婚嫁。亦或推廣之，設立義塾，津帖應試者之旅費。此誠得互助之道，然必限之以宗族，則仍未免楚弓楚得，失之不廣也（義田贍族，創之者意誠甚美。然實惠所及，時或不多。以一姓之人口，必降而愈繁，財產不易與之比例而增也。陳宏謀官江西時，嘗勸其民將宗祠經費，舉辦社倉，立還借之法，以期可久）。

立後之法，亦今古不同。古者大宗不絕小宗絕（《儀禮·喪服》：「大宗者，尊之統也。大宗者，收族者也。不可以絕，故族人以支子後大宗也。」《公羊》莊二十四年《解詁》：「小宗無子則絕。」宗子為殤而死，

庶子弗為後，蓋後其父也），今則人人皆欲立後。言禮者多深非之（黃宗羲曰：「古來宗法，有大宗，有小宗。餘子無後者，祔祭於宗子之廟。大宗不可絕，故族人以支子後大宗。非大宗而立後者，古未有也。今一人必求一繼者，世俗之瞽說也。」按：柳宗元〈與許孟容書〉，自以得姓來二千五百年，代為塚嗣，故以無後為戚。猶非如世俗之人人皆欲立後也）。然主張人皆立後者，亦自有其說。其說曰：「古者行世官世祿之制，不可令小宗旁支雜出干預。後世則唯有世職、世爵，及如明之屯軍有句丁、鹽丁，工匠有世役者，乃當用此例。此外則入官悉由選舉；庶孽崛起，即同別子之尊；正嫡失官，還同庶人之賤。其貧富亦視其勤惰奢儉以為衡。若必責貴家之正嫡以收族，非廢選舉而行世官，奪庶孽之財，以與正嫡不可（按：此乃後世國權擴大，人人直屬於國之證。古之臣人者，以其宗，非以其人；任人者，亦任其宗，非任其人也）。且古之有家，略同有國，統緒不可淪亡。後世既無世官、世祿，但論親情，則嫡庶長幼，同是五世則遷之宗耳。何必奪人之子以為子？亦何必捨其父而謂他人父哉？夫如是，則大宗不可立。大宗不立，則人人各親其親，各禰其禰，固其所也。又以祭祀論，古者殤與無後者，祭於宗子之家，從祖祔食。今無宗子，則無祖廟，令其祔食何所乎？且後世田產非由官授，率皆自致，國家亦既許其私之矣，死而收之，諒非人情所願，而於事亦不甚便。令其親族分受，糾紛益多（按：舊律自無男歸女，無女入官之條。無男歸女，實為允協。無女入官，於理亦允，而於事不甚便。恐與其人切近者，知其死後產將入官，於其生前設計攘奪，使老而無後者，不得安其生也），轉不如立一人焉，令其盡生養死葬祭祀之責，而許其承受之為得也。」凡此，皆主人人可以立後者之說也（並有謂絕父以後大宗，非古人之意者。其說曰：「父而可絕，則適子何以不得後大宗，而必以支子乎？」按：此古人語不具耳。「大宗無後，族無庶子，當絕父以後大宗」，明見於石渠之議。又《通典》載田瓊之論，亦謂當以「長子後大宗。諸父無後，祭於宗家。

後以庶子還承其父。」此事自無疑義也）。議論如是，而法律隨之。清代之法，無子者許以同宗昭穆相當之侄承繼。先盡同父周親，次及大功、小功、緦麻。如俱無，許擇立遠房及同姓（此中論序，議論亦不一。如以同父周親論：有謂長房無子，必以次房次子承繼；次房無次子，乃得立三房之次子；不得越次房而及三房，亦不得越次子而及第三子者。有謂除各房之長子，唯其所欲者。有謂宜擇最多子之一房，令其承繼者。並有謂親疏相等，可決之以卜者。於理皆有可通，於禮與律，皆無明據。吾謂以律意推之，自以唯其所欲之說為最當也）。然此但就親族倫序言，而承繼之人，實有承受產業之關係。法律既保護私產，不能強人與所不欲與之人。且承繼之子，當盡奉養其父母之責，亦不能強立其所不愛。故〈例〉又云：「繼子不得於所後之親，聽其告官別立。其或擇立賢能，及所親愛者，若於昭穆倫序不失，不許宗族以次序告爭，並官司受理。」蓋專重本人之意思矣。

　　一族人丁衰少時，往往近親固無多丁，遠房亦無支子。《清律》既禁以異姓為後，又必令昭穆倫序相當，則欲立後者，乃有無後可立之虞。故高宗時，又定兼祧之法，令一子得兼承兩房之嗣（大宗子兼祧小宗，小宗子兼祧大宗，皆以大宗為重。為大宗父母服三年，為小宗父母服期。小宗子兼祧小宗，以本生為重。為本生父母服三年，兼祧父母服期。此所謂大宗，指長房而言。小宗，謂次房以下）。而人人皆可立後之義，乃幾於無憾矣。

　　近人〈立後論〉云：「現行律男女婚姻條例：招婿養老者，仍立同宗應繼者一人，承奉祭祀，家產均分。如未立繼身死，從族長依例議立。《立嫡子・違法條例》：婦人夫亡無子守志者，合承夫分。須憑族長擇昭穆相當之人繼嗣。據此兩條：無子者須強使立後。無子者之財產，且強使給與嗣子。有親女者，雖招婿養老，亦僅能與嗣子均分。天下不近人情之事，莫過於此。然考此兩條，為清朝後起之例。明清兩朝律文，均無強人立嗣

之法。明清律但罰異姓亂宗，罰尊卑失序，未嘗言不立嗣者處罰也。即清朝舊例：無子者許令同宗昭穆相當之侄承繼，先盡同父周親。次立大功、小功、緦麻，如俱無，方許擇立遠房及同姓為嗣。所謂許令者，本係聽人之便，非謂無子者必令同宗昭穆相當之侄承繼也。由明清上溯之元。《元史‧刑法志‧戶疏議》引《戶令》：無子者聽養同宗於昭穆相當者。曰聽養，亦非強人養。可知古法相傳，無強人立嗣之法。宋初新定《刑統》戶籍資產下引《喪葬令》：諸身喪戶絕者，所有部曲、客女、奴婢、店宅、資財，並令近親轉易貨賣。將營葬事，及量營功德之外，餘財並與女。無女，均入以次近親。無親戚者，官為檢校。若亡人在日，自有遺屬處分，證驗分明者，不用此令。此《喪葬令》乃唐令。知唐時所謂戶絕，不必無近親。雖有近親，為營喪葬，不必立近親為嗣子。而遠親不能爭嗣，更無論矣。雖有近親為之處分，所餘財產，仍傳之親女。而近親不能爭產，更無論矣。此蓋先世相傳之法，不始於唐。秦漢以前有宗法。秦廢封建，宗法與之俱廢。蕭何定《九章》，乃變為戶法。宗法以宗為單位。戶法以戶為單位。以宗為單位，有小宗可絕，大宗不可絕之說。以戶為單位，無某戶可絕，某戶不可絕之理。故《唐律》禁養異姓男，《戶令》聽養同宗，乃於可以不絕之時，為之定不絕之法。《喪葬令》使近親營葬事，親女受遺產，乃於不能不絕之時，為之定絕法。此戶法當然之理也。」

又云：「為人後之說，始見於《儀禮》。然孔子射於矍相之圃，凡賁軍之將，亡國之大夫，與為人後者不入。鄭康成曲為之解，謂與猶奇也。後人者一人而已，既有為者，而往奇之，是貪財也。觀此解，可知東漢時有爭繼之俗，為人後之弊已見。然與字文義甚明，正不必強訓為奇。俞樾《茶香室經說》曰：為人後之禮，當始於周。何以明之？以殷事明之。殷人立弟之法，以次傳訖，仍歸其兄子。如大丁未立而卒，立其弟外丙、中王，而復立大丁之子大甲是也。然沃丁崩，立其弟大庚，大庚崩，立其子小甲，不復立沃丁之子。小甲崩，立其弟雍己，雍己崩，立其弟大戊，

大戊崩，立其子中丁，不復立小甲之子。蓋以沃丁小甲無子故也。無子即無後，可知殷禮不為無子者立後。是以文王有長子伯邑考，不以武王之子為之後，猶用殷禮也。孔子有兄孟皮，不以伯魚為之後，孔子自言殷人，用殷禮也。上古大同之義，不獨親其親，不獨子其子，人固不必皆有後。故古有無服之喪。而喪之無後者，族人與前後家、東西家及里尹，皆得主之，何以立後為？立後之禮，其起於後世之各親其親，各子其子乎？孔子有志於大道之行，故矍相之圃，創立此法。此說足以釋為人後者不入之故。讀此，亦可知立後之多事矣。」

又其《讀律餘談》云：「日本法律有女戶主。以女子奉祭祀，而贅婿入女子之家。此為歐西法律所無。然祭祀之俗，既不能廢，為無子者計，與其以他人之子承祭祀，固不如以親女承祭祀。謂祭祀必有男系相承，亦言之不能成理，不過習慣而已。歐西民法，雖無女戶主，然各國憲法，每以女子承王位，則亦女戶主之理也。《漢書·地理志》載齊襄公時，令國中民家長女不得嫁，名曰巫兒，為家主祠。嫁者不利其家。民至今以為俗。是漢時長女主祠，亦名巫兒。巫兒不必齊襄之法。〈秦策〉曰：太公望齊之逐夫。《說苑》亦言太公望故老婦之出夫。夫而可逐，可出，則與日本之女戶主無異。可知齊國早有巫兒之法也。賈誼傳言秦地子長則出贅，本以避賦役。故秦漢之法，薄待贅婿。或加算，或遣戍。因贅婿無籍，以其妻之籍為籍，此其妻皆巫兒也。觀此，知吾國舊法，與日本同。宋程大昌《演繁露》載，元豐六年，提舉河北保甲司言：乞義子孫、舍居婿、隨母子孫、接腳伕等，見為保甲者，候分居日，比有分親屬給半。詔著為令。此所謂舍居婿，即現行律所謂招婿養老，日本《民法》所謂婿養子緣組。所謂接腳伕，即日本民法所謂入夫，乃以男子入寡婦之家。現行律及公文書無接腳伕之說，然鄉俗數見不鮮。吾吳謂之填黃泥，或曰爪腳黃泥。爪腳即接腳。接音閉口，例轉幽宵，故訛為爪腳。黃泥即巫兒。古音兒本讀倪，倪寬即兒寬。巫兒轉為黃泥，猶胡瓜轉為黃瓜，無是公作亡是公耳。

巫兒本義，為長女主祀。巫者，女能事無形，以舞降神者也。詩曰：誰其屍之，有齋季女。中華定民法，苟不廢祭祀之制，固宜采巫兒之俗，參女戶主之法。禮順人情，可免獄訟之勞，杜覬覦之習矣。」

按：此說謂女子亦可承襲為戶主，於理甚通。《左》哀六年，陳乞謂諸大夫曰：「常之母有魚菽之祭，願諸大夫之化我也。」《注》云：「齊俗婦人首祭事。」此亦巫兒之類。知《讀律餘談》之說，非附會之談也。唯欲使無子者不立後，則非今日所能。中國人所以必欲立後，蓋中於「不孝有三，無後為大」之說。古人所以為此說，則以其謂鬼猶求食之故。今日此等迷信，雖不如古人之深。然亦未盡破除。又人情於其所甚愛者，每不願其滅絕，欲立一人以主之，勿使之絕，此亦生於此時此地者之恆情。非社會組織大更，其情不能遽變。人心不變，雖強以法律禁止，亦必不能行。女子不得繼嗣，在今日特囿於習俗，而習俗之成，亦有其故。蓋在古昔，法律之效未普，強暴之力橫行。欲圖保家，必資剛勁，女子之力，不若男子之強。獨力持門，慮難自守。職是之故，不願付諸親生之女，轉願托之入繼之男。今後法律，果確能保障人權；弱女持家，不慮親鄰之凌侮。則私其子姓，人有恆情；固不慮女子之不能襲產。若乃由今之道，無變今之俗；強凌弱，眾暴寡；官司唯作調停之計，鄉里不聞仗義之言。任令群狡之合謀，坐視孤窮之無告，則利害所在，人同趨避之情。雖歆之曰：此為文明，斥之曰：彼為野蠻，又孰願取虛名而受實禍哉？

異姓為後，古人所非，鄫以外孫為後，而《春秋》書「莒人滅鄫」是也（《公羊》襄五、六年，《穀梁》義同）。然其事為世俗所恆有。方氏苞曰：「俗之衰，人多不明於天性，而骨肉之恩薄。謂後其父母者，將各親其父母；無父母而自知其所出，猶有外心焉；故常捨其兄弟之子與其族子，而求不知誰何之人，取之襁褓之中，以自欺而欺人。」此猶僅得其一端。以予所見，固有惡同族之覬覦，而甘付諸異姓者矣。天下親愛之情，自近者始。怨毒之結，亦以近者為深。故親兄弟，同父母，有相疾若仇讎者，路

人則反無之。何則？其勢不相及也。此自事勢當然，徒執親疏厚薄之說以責人，皆不通世故者也。立後限於同姓與否，各國立法，亦各不同。今日繼嗣，究重襲產而不重祭祀。苟非共產，產業固當保護。傳諸何人，當一聽其人之自願。禁立異姓為後之律，今後實宜除之。又養子與立後不同。舊律雖不許立異姓為後，未嘗不許養異姓為子；且許其分得資產。而世俗遇此等事，必群起而攻之，藉口不許亂宗，實欲把持財產。所謂「其言藹如，其心不可問」也（《清律例》：「乞養異姓為子以亂宗族者，杖六十。以子與異姓人為嗣者，罪同。其子歸宗。其遺棄小兒，年在三歲以下，雖異姓，仍聽收養，即從其姓。仍酌分給財產。又義男女婿，為所後之親喜悅者，聽其相為依倚。不許繼子並本生父母用計驅逐，仍酌分給財產。若無子之人家貧，聽其賣產自贍。」除為亂宗一義所牽率外，所以保護本人之財產權者，亦甚周至矣）。清張海珊與其外家嚴姓親族書曰：「情之所極，即禮之所通。昔漢秦嘉早亡，妻徐淑，乞子養之。淑亡，子還所生。朝廷通儒，遣其鄉里，錄淑所養子，還主秦氏之祀。孫吳周逸，本左氏子，為周所養。周氏又自有子。人咸譏逸。逸敷陳古今，卒不復姓。董江都一代醇儒，朝有疑義，則使者以片言折衷〔中〕焉。時有疑獄曰：甲無子，拾道旁棄兒為己子。乙長殺人，甲匿乙。甲當何論？董曰：甲無子，振養活乙。雖非所生，誰與易之？《春秋》之義，父為子隱。甲宜匿乙，不當坐。又一事曰：甲有乙，以乞丙。乙後長大，而丙所成育。甲因謂乙曰：汝吾所生。乙怒，杖甲。甲告官。董曰：甲生乙，不能育，義已絕矣。雖杖甲，不應坐。夫藏匿逋逃，斷以父子之律。加杖所生，附於不坐之條。其為予奪，不既明乎？」按：江都明於《春秋》，而其所言，若與「莒人亡鄫」之義相反者？一以公言，一以私言。彼亦謂有國有家之主，不得私以其位授異姓。猶孟子謂「子噲不得與人燕」耳。以私情論，則「子生三年，然後免於父母之懷」，亦以養言，非以生言也。

# 第九章　國體

　　中國今日，巍然以大國立於世界矣。然此等局面，特自秦以來耳。由此上溯之，則為大國七，小國十餘。更上溯之，則國名之見於《春秋》及《左氏》者，凡百四十。又上溯之，其確數雖不可知（古所謂萬國，三千，千七百云者，乃約略或設法之辭，不足為據。見後），然時愈古則國愈多，則理之可信者也。然則眾國分立之中國，果何由而成為大一統之局邪？

　　凡天下龐然大物，未有可一蹴而成者也。譬諸生物，其始也，物一細胞耳；寢假而合諸細胞以為一器官；寢假而成較大之動物；寢假而成更大之動物；最後乃成為人。國家之成，亦猶是也。今日極大之國家，其始，未有不自極小之部落來者也。我以為國家之成，實經三時代：（一）部落時代。（二）封建時代。（三）郡縣時代。

　　生民之始，果若何情狀乎？蓋難言之。據書史所載，及存於今之原人推測之，則亦一毫無組織之群而已。稍進乃知有血統。富辰所謂：「太上以德撫民，其次親親以相及也。」（《左》僖二十四年）血統之知必始於母，其後乃知有父。知有母，則知有同母之人焉。又知有母之母，及與母同母之人焉。知有父，則知有父之父，又知有與父同父之人焉。自此而推之則成族。一族之人，群萃州處，必有操其治理之權者，於是乎有宗。宗與族，固國家之所由立也。然究不得遂謂為國家。何者？宗族之結合由於人；而國家之成，則必以地為限界。宗族之中，治人者治於人者，皆有親族之關係；而國家之政治，則與親戚無關。夫以一宗之主，推其權力，及於宗族以外，合若干地方之人民而統治之，此則所謂部落者也（部落與宗族，並行不悖。為部落酋長者對其宗族，固亦仍為首長也）。

　　部落之世，交通不便，人民亦矇昧而寡慾。諸部落之間，殆彼此無甚

關係。《老子》曰：「鄰國相望，雞犬之聲相聞，民至老死不相往來。」所追想者，即此等境界也。如是者，蓋不知其若干年。

世運漸進，人智日開，嗜欲日多，交通益便。往來既數，爭奪遂萌。乃有以一部落而兼併他部落，懾服他部落者。乃漸入於封建之世。

封建之道，蓋有三端：懾服他部，責令服從，一也。替其酋長，改樹我之同姓、外戚、功臣、故舊，二也。開闢荒地，使同姓、外戚、功臣、故舊移殖焉，三也。由前二說，蓋出於部落之互相吞併。由後之說，則出於一部落之向外拓殖者也。一部落之拓殖於外者，於其故主，固有君臣之分；異部落之見懾服者，對其上國，亦有主從之別；此天子諸侯尊卑之所由殊，而元後群後之所以異也。自彼此無關係之部落，進而為有關係之天子諸侯，則自分立進於統一之第一步也。

封建之地，蓋古小而後世大。封建之國，則古多而後世少。此足徵諸國吞併之益烈，拓殖之益盛。封建之漸進於郡縣，實由此也。曷言乎封建之地，古大而後世小也。〈王制〉說五等之封曰：「天子之田方千里，公侯田方百里，伯七十里，子男五十里。不能五十里者，不合於天子，附於諸侯，曰附庸。」《白虎通》以此為周制（《孟子・萬章篇》答北宮錡之問同）。引《含文嘉》，謂殷爵三等（合子男從伯。或曰：合從子，貴中也。地三等不變。《含文嘉》又謂夏制亦三等，見《王制・疏》）。《春秋・繁露》又分附庸字者方三十里，名者二十里，人氏者方十五里。《周官・大司徒》則謂諸公之地，封疆方五百里，諸侯四百里，諸伯三百里，諸子二百里，諸男一百里。封地之大小互異，為今古文家聚訟之端。其實皆設法之辭，無足深辯（設法二字，見《禮記》、《周官》鄭《注》，謂假設平正之例以示人。《漢書・食貨志》論井田，終之曰：「此謂平土可以為法者也。」亦此義。近人誤以古書所云，係述當時實事，遂疑其不足信，非也）。然設法之辭，何以如此？亦必有其所以然。我蓋觀於古書言諸國之裡數，而知古代列國漸次擴大之跡，及設法之說之所由來也。《易・訟卦》，九二：「不

克訟,歸而逋,其邑人三百戶。」《疏》謂:「此小國下大夫之制。《周禮‧小司徒》,方十里為成,九百夫之地。溝渠,城郭,道路,三分去一,餘六百夫。又以不易、一易、再易,定受田三百家。」此蓋封地之最小者。《左氏》所謂夏少康「有田一成」者也。其制之存於春秋時者,則《論語》謂管仲「奪伯氏駢邑三百」是也。此等小國寡民,在古代蓋曾以之建侯。故《呂覽》謂王者封建,「海上有十里之諸侯。」至春秋之世,則但以為下大夫之食邑而已。此封地之最小而最古者也。進一步,則為今文家所言之制。秦漢時之縣,多古國名。蓋沿自春秋戰國之世,滅國而以為縣也。縣大率方百里,與今文家所言公侯之地合。《孟子》謂「今滕,絕長補短,將五十里也」,亦與附庸之地合。知古確有此等國,非虛構也。更進一步,則為《周官》所言之數。鄭玄糅雜今古,謂周公擴大土宇,增益諸侯之封,以牽合〈王制〉、《周官》,其說蓋不足信(鄭氏所以為此說者,蓋欲將今古文所言服之里數,封建之國數,牽合為一故也。〈禹貢〉:「五百里甸服:百里賦納總,二百里納銍,三百里納秸服,四百里粟,五百里米。五百里侯服:百里采,二百里邦,三百里諸侯。五百里綏服:三百里揆文教,二百里奮武衛。五百里要服:三百里夷,二百里蔡。五百里荒服:三百里蠻,二百里流。」舊有三說:《今尚書》歐陽、夏侯說,謂中國方五千里。史遷同。一也。《古尚書》說:謂五服旁五千里,相距萬里。二也。賈逵、馬融,謂甸服之外,百里至五百里米,特有此數。其侯、綏、要、荒、服各五百里。是面三千里,相距為方六千里。三也。如《古尚書》說,則與《周官‧職方》,方千里曰王畿,其外侯、甸、男、采、衛、蠻、夷、鎮、藩九服,服各五百里者相合。〈王制〉:「凡四海之內九州島。州方千里。州建百里之國三十,七十里之國六十,五十里之國百有二十,凡二百一十國。天子之縣內,方百里之國九,七十里之國二十有一,五十里之國六十有三,凡九十三國。九州島,千七百七十三國。」大界方三千里,三三而九,為方千里者九。《周官‧職方氏》,「凡邦國千里,

封公以方五百里則四公，方四百里則六侯，方三百里則七伯，方二百里則二十五子，方百里則百男」，七百當作十一伯。如此說亦欲封至二百一十國，則必九州島大界，方七千里。七七四十九，為方千里四十有九。其一為畿內，餘四十八州，各有方千里者六，乃能容之。若大界方七千里，而封國之數與〈王制〉同，則可得萬國。鄭氏乃謂黃帝之時，中國疆域，本有萬里。堯遭洪水，僅方五千里。分為五服，服各五百里。禹平水土，復各以五百里弼之。書所謂弼成五服是也。故其時封國之數有萬，《左氏》謂禹會諸侯於塗山，執玉帛者萬國是也。夏衰，夷狄內侵，諸侯相併，土地減，國數少。殷湯承之，更制中國方三千里之界。亦分為九州島，而建千七百七十三國，則〈王制〉所言是也。周公復唐虞之舊域，分其五服為九。其要服之內，亦方七千里。因殷諸侯之數，廣其土，增其爵，則《周官》所言是也。將今古異說，悉貫串為一。說非不巧，然終嫌附會耳。以上所引之說，見〈禹貢〉、〈王制〉、《周官》及《詩·商頌正義》）。然周代諸國疆域，確有與《周官》所言相近者。〈明堂位〉謂成王封周公於曲阜，地方七百里。《史記·漢興以來諸侯王年表》謂周封伯禽、康叔於魯、衛，地各四百里，太公於齊，兼五侯。孟子告慎子，謂魯方百里者五（〈告子〉）。《管子·輕重甲篇》，「管子問於桓公曰：敢問齊方幾何里？桓公曰：方五百里」是也。按：古書言封建，與〈王制〉合者，十之九而強；與《周官》合者，十不得一。謂周封齊、魯、衛方四五百里，或七百里，蓋亦不足信之辭。所以有此說者，則因後來諸國疆域廓張，數典忘祖，遂以是為初封時事也。東周諸國之地，又有較《周官》所言為大者。子產謂「大國地多數圻」（《左》襄三十五年）。《孟子》謂「海內之地，方千里者九，齊集有其一（〈梁惠王〉下）」是也。亦可謂周初所封乎！蓋吞併及拓殖，為封建之所由興。封建既興，二者仍進行不已。其進行之速率，雖諸國不等，亦有大致可求。最古之世，蓋不過一成之地。其後漸進至百里。又漸進至五百里。其情勢特異者，則又開拓至千里或數千里焉。此為古代

事實。〈王制〉、《周官》等書，皆古人虛擬之制，欲見諸施行者。虛擬之制，必切時勢以立言。今文家源出孔子，欲復周初之制，故主百里、七十里、五十里之封。《周官》為戰國時書，根據春秋以來諸國封域，故增大至五百里、四百里、三百里、二百里、百里也。虛擬之辭，雖不容徑認為事實，正可由此窺見事實之真矣。

然則古代之封國，何以不務其大，而以小自安也？曰：封國必察其時之情勢。《穀梁》曰：「古者天子封諸侯，其地足以容其民，其民足以滿城而自守也。」（襄二十九年）此以人口之眾寡言之。《孟子》曰：「天子之地方千里，不千里，不足以待諸侯。諸侯之地方百里，不百里，不足以守宗廟之典籍。」此自國用之多少言之。故曰：「周公之封於魯，為方百里也，地非不足，而儉於百里。太公之封於齊也，亦為方百里也，地非不足也，而儉於百里。」（〈告子〉）蓋自有其欲大不能，欲小不可之勢也。《呂覽》謂：「王者之封建也，彌近彌大，彌遠彌小，海上有十里之諸侯。」（〈慎勢〉）《管子》謂：「天子之制，壤方千里。齊諸侯方百里。負海：子七十里，男五十里。」蓋中原民眾而土地辟，故其國可大。負海民寡而土地荒蕪，故其國當小也。此亦封國大小，有其自然之勢之一徵也。然則今古文經所擬之制，蓋皆就其時勢以立言。孔子生於春秋時，主復三代盛時之制。《周官》則戰國時書，主就東周以後列國之疆域整齊之也。此設法之談之所以然也。

曷言乎封國之數，隨世而減也？古書所言國數，皆約略，或設法之辭，不足為據，已見前。然其謂古國多，後世國少，則固綜合史事以立說，非虛語也。《左》哀七年，諸大夫對孟孫之辭曰：「禹會諸侯於塗山，執玉帛者萬國。今其存者，無數十焉。」《荀子》謂：「古有萬國，今有十數。」（〈富國篇〉。又〈君道篇〉十數作數十）《墨子》謂：「古者天子之始封諸侯也萬有餘。今以併國之故，萬國有餘皆滅，而四國獨立。」（〈非攻〉下）《呂覽》謂：「當禹之時，天下萬國。至於湯而三千餘國。」（〈用

民〉) 又謂:「周之所封四百餘,服國八百餘,今無存者矣。雖存,皆嘗亡矣。」(〈觀世〉) 可見古者列國併吞之烈也。

封建有滅人之國,仍其舊君者,亦有改樹我之同姓、外戚、功臣、故舊者。又有開拓荒地,使同姓、外戚、功臣、故舊主之者。前已言之。其中同姓、外戚、功臣、故舊之分封,實於中國之統一關係極大。蓋古者車未同軌,書未同文,行未同倫,所恃以團結異族,樹統一之基者,實賴開化較早民族,將其文明,移殖各地也。《左氏》載成鱄之言曰,「武王克商,光有天下。其兄弟之國者十有五人,姬姓之國者四十人」(《左》昭二十八年)。即《史記》所謂「武王、成、康,所封數百,而同姓五十五」者也(〈漢興以來諸侯王年表〉。又《荀子·儒效篇》:「周公立七十一國,姬姓居五十三。」)。《左》僖二十四年,富辰諫王伐鄭,曰:「太上以德撫民,其次親親,以相及也。昔周公吊二叔之不咸,故封建親戚,以蕃屏周。管、蔡、郕、霍、魯、衛、毛、聃、郜、雍、曹、滕、畢、原、酆、郇,文之昭也。邗、晉、應、韓,武之穆也。凡、蔣、邢、茅、胙、祭,周公之胤也。召穆公思周德之不類,故糾合宗族於成周而作詩,曰:『棠棣之華,鄂不韡韡,凡今之人,莫如兄弟』。其四章曰:『兄弟鬩於牆,外御其侮』。如是,則兄弟雖有小忿,不廢懿親。今天子不忿小忿,以棄鄭親,其若之何?」昭二十六年,王子朝使告於諸侯曰:「昔武王克殷,成王靖四方,康王息民。並建母弟,以蕃屏周。亦曰,吾無專享文、武之功,且為後人之迷敗傾覆,而溺入於難,則振救之。至於夷王,王愆於厥身。諸侯莫不並走其望,以祈王身。至於厲王,王心戾虐,萬民弗忍,居王於彘。諸侯釋位,以間王政。宣王有志,而後效官。至於幽王,天不吊周,王昏不若,用愆厥位。攜王奸命,諸侯替之,而建王嗣,用遷郟鄏。則是兄弟之能用力於王室也。至於惠王,天不靖周,生頹禍心,施於叔帶、惠、襄辟難,越去王都。則有晉、鄭,咸黜不端,以綏定王家。則是兄弟之能率先王之命也。」於宗周之厚撫同姓,周姓之翼戴王室,可謂歷歷言

之。襄二十九年，晉平公合諸侯以城。子大叔曰：「晉國不恤周宗之闕，而夏肄是屏。其棄諸姬，亦可知也已。諸姬是棄，其誰歸之？」於同異姓之疏戚，尤昭然若揭焉。夫「周之宗盟，異姓為後」（《左》隱十一年），寧得不謂之私？然先同姓，次外戚，次功臣、故舊，星羅棋布，用作藩屏。而一族之勢力，由此遍布於寰區。一族之文化，由此廣推於各地矣。即仍其故君者，亦豈遂無裨於統一哉？朝覲有常，會盟有令。共球咸受，集萬國之冠裳，文軌是同，昭一朝之制度。固與夫尊稱南越，竊帝號以自娛。邑據夜郎，擬漢封之尤大者，迥不侔矣。謂漢族統一中國，封建之制，實有功焉，非虛語也。

　　古代封建之制，與宗族之制，關係最密。職是故，古代國際間之道德，亦與同族間之道德，大有關係。古之言政治者，恆以興滅國、繼絕世為美談。所謂興滅國、繼絕世，則同族間之道德也。《尚書·大傳》曰：「古者諸侯始受封，必有采地。其後子孫雖有罪黜，其采地不黜。使子孫賢者守之世世，以祠其始受封之人。此之謂興滅國、繼絕世。」蓋古代最重祭祀，所謂興滅國、繼絕世者，則不絕始封之君之祀而已。此義多有行之者。《史記·秦本紀》：莊襄王元年，「東周君與諸侯謀秦，秦使相國呂不韋誅之，盡入其國秦，不絕其祀，以陽人賜周君奉其祭祀。」即所謂采地不黜，使子孫賢者守之者也。《呂覽》曰：「周之所封四百餘，服國八百餘，今無存者矣。雖存，皆嘗亡矣。」云嘗亡而復存，則知當時興滅國、繼絕世者甚多。楚莊王既滅陳，以申叔時一言而復之（《左》宣十一年）。其後靈王滅陳、蔡，平王又復之（《左》昭十三年）。誘殺戎蠻子，而復立其子（《左》昭十六年），皆是物也。不寧唯是，古者天子可封諸侯，諸侯亦可封大夫。大夫以下，亦得以地分其宗族。故〈禮運〉謂：「天子有田以處其子孫，諸侯有國以處其子孫，大夫有采以處其子孫。」師服謂「天子建國，諸侯立家，卿置側室，大夫有二宗，士有隸子弟，庶人工商，各有分親」（《左》桓二年）。雖大小不侔，而原理則一。故天子之所以封諸侯

者，諸侯之於大夫，亦宜守之。諸侯之所以交諸侯者，大夫之於大夫，亦當遵之。楚莊王之滅若敖氏也，子文孫箴尹克黃使於齊，歸覆命，而自拘於司敗。王思子文之治楚國也，曰：「子文無後，何以勸善？」使復其所，改命曰生（《左》宣四年）。平王殺鬥成然，滅養氏之族。使鬥辛居郹，以無忘舊勳（昭二十四年）。亦興滅國、繼絕世之義也。於死者不絕其祀，即於生者宜繼其食。故紀季之以酅入齊也，魯子曰：「請後五廟，以存姑姊妹。」（《公羊》莊公三年）諸侯不臣寓公（《禮記‧郊特牲》）。寓公雖不繼世，妻得配夫，猶托衣食於公家（《公羊》桓公七年《解詁》）。皆同族相恤之義也。古於同族之厚如此，則《春秋》之法，滅同姓者與失地者俱名，亦宜矣。

唯其如是，故古代之一姓，不得勢則已，苟得勢，則其覆亡頗難。以其同族之蟠據者眾，平民無力足以覆亡之也。然其族卻有自亡之道。何則？始封之時，天子諸侯之間，非伯叔，則甥舅。否亦先王老臣，當佇嬖倖，其關係原極親密。一再傳後，寖以疏隔，久則成為路人矣。且古代地廣人稀，列國利害，無甚關係，至後世則不然也。於是相吞相併，至始皇而遂統於一。夫舉天下而奉諸一人，其勢可謂極強。然此族之高居民上者，遂唯此一人。欲覆此一族者，覆此一人可矣，秦之亡是也。然則凡物極盛之候，即其將衰之時。物無足以亡之，其身遂寓自亡之道。禍福倚伏之理，盈虛消長之機，豈不異哉！豈不異哉！

封建之世，諸國星羅棋布，其關係一若甚疏。所恃以相維相繫者，則巡守、朝貢之制是也。巡守朝貢之制，古書所說互異。今姑勿具論。但藉此一考列國之關係如何，亦足見古代之政體矣。〈王制〉述巡守之事曰：「覲諸侯，問百年者就見之。命太師陳詩，以觀民風。命市納賈，以觀民之所好惡，志淫好辟。命典禮，考時月定日。同律，禮樂，制度，衣服正之。山川神祇，有不舉者為不敬。不敬者君削以地。宗廟有不順者為不孝。不孝者君絀以爵。變禮易樂者為不從。不從者君流。革制度衣服者為畔

〔叛〕。畔〔叛〕者君討。有功德於民者，加地進律。」《孟子》曰：「入其疆，土地辟，田野治。養老尊賢，俊傑在位，則有慶，慶以地。入其疆，土地荒蕪，遺老失賢，掊克在位，則有讓。一不朝，則貶其爵。再不朝，則削其地。三不朝，則六師移之。」則古代之天子，所以督責其諸侯者蓋甚至。此等制度，後人每疑其不能實行。此由狃於春秋戰國時勢而然，而不知古代非春秋戰國比也。古代疆域小，人民樸。人民樸則上下不隔，疆域小則巡覽易周。《孟子》又曰：「春省耕而補不足；秋省斂而助不給。」、「夏諺曰：吾王不遊，吾何以休？吾王不豫，吾何以助？」則巡守之始，原不過周覽田野之間，猶後世刺史郡守，巡行所屬，考其治跡耳。至於提封萬里之世，則方行海表，原非平時所能。穆王欲肆其心，周行天下，而〈祈招〉之詩作矣。入朝者，小國對於大國，所以表示其恭敬之心。齊頃公敗於鞍而朝晉，韓厥舉爵曰，「臣之不敢愛死，為兩君之在此堂」（《左》成三年）是也。入貢一端，尤於大國之財政，大有裨益。《周官・大司徒》：「諸公之地，封疆方五百里，其食者半。諸侯之地，封疆方四百里，其食者參之一。諸伯之地，封疆方三百里，其食者參之一。諸子之地，封疆方二百里，其食者四之一。諸男之地，封疆方百里，其食者四之一。」鄭玄云「足其國禮俗、喪紀、祭祀之用，乃貢其餘。若今度支經用，餘為司農穀矣」。《左》文四年：「曹伯如晉會正。」《注》：「會受貢賦之政也。」《左》襄四年，公如晉聽政，晉侯享公。公請屬鄫（《注》：「使助魯出貢賦。」），晉侯不許。孟獻子曰：「以寡君之密邇於仇讎，而願固事君，無失官命（《注》：『晉官徵發之命。』）。鄫無賦於司馬，為執事朝夕之命敝邑，敝邑偏小，闕而為罪，寡君是以願借助焉。」又二十九年，晉侯使司馬女叔侯來治杞田，弗盡歸也。晉悼夫人慍曰：「齊也取貨。先君若有知也，不尚取之。」公告叔侯，叔侯曰：「魯之於晉也，職貢不乏，玩好時至，公卿大夫相繼於朝，史不絕書，府無虛月。如是可矣，何必瘠魯以肥杞？」合此諸文觀之，可見當時大國之求取。又襄二十二年，「臧武仲如晉，雨，

過穆叔。穆叔在其邑，將飲酒，曰：焉用聖人？我將飲酒而已。雨行，何以聖為？穆叔聞之，曰：不可使也，而傲使人，國之蠹也。令倍其賦。」《注》：「古者家其國邑，故以重賦為罰。」《疏》引〈大司徒〉鄭《注》，又引〈司勳〉，「凡頒賞地，三之一食。」鄭氏《注》云：「賞地之稅，三分計稅，王食其一，二全入於臣。」謂「諸侯之臣受采邑者，亦當三分之一而歸於公。故云古者家其國邑。言以國邑為己之家。有貢於公者，是減己而貢之。故以重賦為罰」。則諸侯之於天子，大夫之於諸侯，一也。《中庸》以「厚往而薄來」，為懷諸侯之義。〈聘義〉曰：「以圭璋聘，重禮也。已聘而還圭璋，此輕財重禮之義也。」恐能行之者甚少耳。

　　巡守朝貢而外，尚有制馭列國，保其統一之策，是為伯主。〈王制〉曰：「千里之外設方伯，五國以為屬，屬有長。十國以為連，連有帥。三十國以為卒，卒有正。二百一十國以為州，州有伯。八州，八伯，五十六正，百六十八帥，三百三十六長。八伯各以其屬。屬於天子之老二人。分天下以為左右，曰二伯。」《注》：「老謂上公。」《春秋傳》曰：「自陝以東，周公主之。自陝以西，召公主之。」《公羊》云：「天子三公者何？天子之相也。」、「自陝而東者，周公主之。自陝而西者，召公主之。一相處乎內。」（《公羊》隱五年）則〈王制〉所謂二伯，即《公羊》所謂三公也。《尚書·大傳》有八伯，蓋亦即〈王制〉所謂八州之伯。其在周世，周、召二公，世為輔相，蓋猶是分陝之舊制，特不能舉其職耳。《左》僖四年，管仲告楚人之辭曰：「昔召康公命我先君大公曰：五侯九伯，女實征之，以夾輔周室。賜我先君履，東至於海，西至於河，南至於穆陵，北至於無棣。」則〈王制〉所謂一州之伯也。〈王制〉曰：「天子使其大夫為三監，監於方伯之國：國三人。」武王使三叔監殷，蓋係此制。秦三十六郡皆有監，亦仿諸此也。此等制度，蓋亦肇於疆域狹小之世。後世提封既大，遂不易實行。然齊桓、晉文之迭興，則固一州之伯之舊制。特其會盟征伐，聲威之所被愈遠耳。秦穆破西戎，而天子致伯，蓋即命為雍州之伯

也。知群經所述制度，雖出虛擬，亦必有據依矣。

以上為封建之世列國並列之情形。由部落而至封建，由封建而至郡縣，原因雖多，而列國國力之擴張，實為其主要者。部落之世，如何擴張而入於封建之世，遺蹟之可考者甚鮮。至封建之世，列國國力之擴張，則尚有可考者。今試陳其義，亦足見統一之業所由成焉。

封建之初，列國蓋尚星羅棋布於大陸之上，故斯時列國之疆域，皆不甚相接。必待其人口漸繁，開拓日廣，乃成犬牙交錯之形焉。顧氏棟高有春秋列國不守關塞論（見〈春秋大事表〉），俞氏正燮有越國鄙遠論（《癸巳存稿》），謂春秋之世，越國鄙遠，乃其恆事。此等衡以後世之事，於理殊不可通，而當時能行之者，則以其地廣人稀故也（《穀梁》僖五年，「晉人執虞公，執不言所於地，緦於晉也。」《注》：「時虞已包裹屬於晉。」國為人所包裹而猶不知警，受其璧馬而假之道，其輕視土地，可謂甚矣。輕視土地，則地廣人稀之世之遺習也）。唯其地廣人稀，故其所謂越國者，初非如今日經過他國之土地，特經過其國旁之荒地而已。所謂鄙遠者，亦非如中國今日，忽越土耳其斯坦，而縣小亞細亞，亦經過荒地，以至屬於我之城邑而已。猶今之航海者，歷重洋而至孤嶼也。所以不守關塞者，守關塞所以衛平地，當時平地多荒棄，無待於衛。抑荒地多則隨處可入，雖扼一二要地，亦不足資掎角也。此等情勢，謂春秋之世，列國皆然，容或過當，然必有此等情形。由春秋上推之，愈古，則此等情形愈甚矣。人類之作事，恆有其惰力，故至春秋之世而猶然也。

由此緬想封建之初，國都而外，其餘之地，搏〔團〕結皆不甚堅凝。故其民之離散，地之削小甚易。春秋時，興大師以攻圍一邑者甚少，往往一用兵即直傅國都，以此也。然則國力之所聚，在一都城而已。

國邑一也（都城），大小異耳。國邑之起，蓋起於人類之聚居。我族最初聚居之所，則島嶼是也，此其證甚多。州島同音，一也。天子之畿內謂之縣，縣之本字為環，環則水繞其四周之謂也（〈王制〉縣內諸侯，《穀

梁》隱元年作寰內諸侯。《釋文》:「寰音縣。古縣字一音環。」《國語》:
「管子制齊三鄉為寰」,即三鄉為縣也。顏師古曰:「書縣邑字皆作寰。縣
為縣掛字。後人轉用為州縣字。其縣掛之縣,又加心以別之也。」)。古代
天子之居,實唯明堂。明堂蓋國之前身,而亦環之以水,二也。後世之築
城者,必溝水以繞之,蓋猶島居之遺習,三也。近人有神權時代天子居山
說,蓋猶後起之事矣。

　　島居為最初情形,稍進則居山。益進,不畏毒蛇猛獸之害。又能重
門擊柝,以待暴客。於是降丘宅土,乃有城郭,以為守禦之資。此時競
爭,蓋不甚烈,故所謂建國者,不過於適中之地,築一城而居之,而險要
與否,在所勿論。《孟子》稱君子之欲,在「中天下而立,定四海之民。」
(〈盡心〉)《荀子》謂:「王者必居天下中央。」(〈大略〉)《管子》曰:「天
子有萬諸侯也,其中有公侯伯子男焉,天子中而處。」(〈度地〉)又曰:
「地之東西二萬八千里,南北二萬六千里,天子中而立。」(〈輕重〉)《呂
覽》曰:「古之王者,擇天下之中而立國,擇國之中而立宮,擇宮之中而立
廟。」(〈慎勢〉)皆古代建國,但求適中,不務險要之明證。賈生曰:「古
者天子地方千里,中之而為都,輸將繇使,遠者不五百里而至。公侯地
方百里,中之而為都,輸將繇使,遠者不五十里而至。」(〈屬遠〉)何君
曰:「王者封諸侯,必居土中,所以教化者平,貢賦者均,在德不在險。」
(《公羊》僖元年《解詁》)蓋由競爭不烈,故但圖行政之利便,不計用兵
之形勢也。夫競爭不烈,則列國未甚接觸之徵。列國未甚接觸,則其國力
未甚發展之徵也。

　　斯時之疆域,初不甚嚴,徒恃人造之溝封以為固(《周官‧大司徒》:
「辨其邦國都鄙之數,制其畿疆而溝封之。」《注》:「畿疆,猶界也。」、
「溝,穿地為阻固也。封,起土界也。」)。其域民亦恃此而已。《左》昭元
年,趙孟之言曰:「疆場之邑,一彼一此,何常之有?王伯之令也,引其
封疆而樹之官。」、「過則有刑,猶不可一。」、「封疆之削,何國蔑有?主

齊盟者，誰能辯焉？」又哀八年，「武城人或有因於吳竟田焉，拘鄫人之漚菅者，曰：『何故使我水滋？』」《注》謂武城人「僑田吳界，鄫人亦僑田吳」。皆古代疆域，不甚謹嚴之證也（間有恃人造之關者，孟子謂齊宣王：「臣始至於境，問國之大禁，然後敢入。臣聞郊關之內，有囿方四十里。」《左》襄十四、二十六年，載蘧伯玉、大叔文子之去衛，皆自近關出是也。宣二年，宣子未出山而復。仲尼惜其亡不越境，則以山為境，非古代通常情形也）。

古代較大較完固之城，在一國之內，唯有一都城而已。祭仲諫鄭莊公曰：「先王之制，大都不過三國之一，中五之一，小九之一。今京不度，非制也。君將不堪。」（《左》隱元年）則於國以外之城邑，不徒不以其宏大為喜，抑且以其過制為憂。然及後來，則此等情形，逐漸改變，遂有所謂縣者出焉。古之所謂邑者，蓋農民聚居之所，即重門擊柝，以待暴客之制。何君《公羊解詁》謂「秋冬之時，入保城郭。春夏之時，出居田野」是也（宣十五年）。此等邑，蓋處處有之。邑之大者曰都，小者曰聚（《史記》言舜所居一年成聚，二年成邑，三年成都，故知聚較邑為小，都較邑為大。《左》莊二十八年，「邑有宗廟先君之主曰都，無曰邑。」亦以其大，故有宗廟先君之主也），皆有城郭，以資守禦（古代民居最小之區域為里。里統於鄉，亦統於邑。《史記》：老子，楚苦縣屬鄉曲仁里人；高祖，沛豐邑中陽里人是也。邑亦有系鄉言之者，孔子，生魯昌平鄉陬里是也。《日知錄》云：「鄉亦有城。」引《漢書·朱邑傳》，其子葬之桐鄉西郭外為證。按：鄉以地言，邑以城言，邑為鄉之邑，故名系於鄉，非鄉可統邑。至於鄉之城，則自即邑之城，非邑城之外，鄉又別有其城也。古代之邑蓋甚小，及後世則漸大。《公羊》隱五年，「宋人伐鄭，圍長葛。邑不言圍，此其言圍何？強也。」六年，「冬，宋人取長葛。外取邑不書，此何以書？久也。」一邑也，支持敵兵，至於一年有餘，其非寡小可知矣。莊三十年，「齊人降鄣。鄣者何？紀之遺邑也。」留吁、鐸辰，《穀梁》亦以

為潞之遺邑。可見滅國之後，邑仍有不易服者矣。襄十五年，「季孫宿、叔孫豹帥師城成郛」，則邑亦有郭。《左》昭二十六年，成大夫公孫朝謂平子曰：「有都以衛國也，請我受師。」其所以有恃而無恐也。此等大邑，叛服於兩國之間，頗足為患。強臣擅之，其君往往無如之何。《左》僖二十年，「滑人叛鄭而服於衛。夏，鄭公子士、洩堵寇帥師入滑。」二十四年，「鄭之入滑也，滑人聽命。師還，又即衛。」又臧武仲以防，求為後於魯是也。隱元年，鄭大叔命西鄙、北鄙貳於己。又收貳以為己邑，至於廩延。亦借邑之力以叛君也。邑雖有此等大者，然仍以小者為多。故當時卿大夫之邑皆甚多。《左》襄二十六年，取衛西鄙懿氏六十，以與孫氏。又與免餘邑六十。二十八年，「與晏子邶殿，其鄙六十」是也。卿大夫既兼有多邑，則其所治之邑，規制必大，遂成大邑矣）。合所耕之地而言之則曰鄉。並諸鄉而統治之者為縣。《史記・商君列傳》「集小鄉聚邑為縣」是也（縣本區宇之稱，故合若干地方而一之，則稱為縣）。縣之設，一為政治所自出，一為甲兵之所聚。縣為令、丞所在（〈商君列傳〉：「集小鄉聚邑為縣，置令、丞。」），其為政治所自出，事至易明。曰為甲兵所聚者，春秋時之縣，其大皆足與古一國相敵。古代一國，本為一軍區也。《左》昭十二年，楚靈王謂子革曰：「今我大城陳、蔡、不羹，賦皆千乘，子與有勞焉。諸侯其畏我乎？」對曰：「畏君王哉！是四國者，專足畏也，又加之以楚，敢不畏君王哉？」陳、蔡、不羹皆故國，是時為楚之一縣。以兵制論，仍自為一區。故知為甲兵所聚也（《左》昭五年，薳啟強謂「韓賦七邑皆成縣。」又謂「因其十家九縣，長轂九百。其餘四十縣，遺守四千。」亦縣為兵力所聚之一證）。春秋戰國時之縣，蓋多滅國為之。亦有以治理之密新設者。滅國為之者，如陳、蔡、不羹是也（凡春秋戰國地名，秦漢縣名，可知其本為國名者，皆古國之見滅者也）。新設者，如「集小鄉聚邑為縣」是也。斯時也，不獨方百里、七十里、五十里之國，夷滅而為大國之縣，即卿大夫亦有縣甚多。如《左》昭二十八年，晉分祁氏之田以為

七縣，羊舌氏之田以為三縣是也（卿大夫之邑，亦有為古國者，如《左》閔元年，晉獻公滅耿，以賜趙夙；滅魏，以賜畢魏是也）。古代各自獨立之國，既為大國所夷滅，即卿大夫亦統地日廣，而統一之機迫矣（封地大小，隨世變遷。古百里之國稱公，楚縣尹亦稱公，非苟僭也。其地之大，固與古公侯之國相當也。至戰國時，封地愈廣，則穰侯、文信侯等皆稱侯矣。此與諸侯封地之漸大，同一理也）。

由縣更進一步，則有所謂郡。郡之區域，本較縣為小。《周書·作雒篇》，「千里百縣，縣有四郡」是也（《說文》：「周制：地方千里，分為百縣，縣有四郡。」）。而至戰國，忽以郡統縣，何哉？姚氏鼐曰：「郡之稱，蓋始於秦晉。以所得戎翟地遠，使人守之，為戎翟民君長，故名曰郡。如所云陰地之命大夫，蓋即郡守之謂也（按：見《左》哀四年。《注》曰：『命大夫，別縣監尹。』《正義》曰：『陰地者，河南山北東西橫長，其間非一邑，特命大夫總監陰地。』）。趙簡子之誓曰：上大夫受縣，下大夫受郡。郡遠而縣近，縣成聚富庶而郡荒陋，故以美惡異等。晉語：夷吾謂公子繁曰：『君實有郡縣。』言晉地屬秦，異於秦之近縣，非云郡與縣相統屬也。及三卿分範，中行知氏之縣，其縣與己故縣隔絕，分人以守，略同昔者使人守遠地之體，故率以郡名。然而郡乃大矣，所統有屬矣。」愚按：《史記》：甘茂謂秦王曰：「宜陽大縣，名為縣，其實郡也。」春申君言於楚王曰：「淮北地近齊，其事急，請以為郡便。」〈匈奴列傳〉謂：「趙置雲中、雁門、代郡，燕置上谷、漁陽、右北平、遼西、遼東郡以拒胡。魏有河西、上郡，以與戎界邊。」則郡率有戰備，姚氏謂為邊遠之地是也。蓋統一之途，不外吞併人國，開拓荒地二者。縣之設，由吞併人國者多。郡之設，則由開拓荒地者多也。

荒地既日益開拓，則列國境域，漸次相接，故其重視封疆，亦非前世之比。考重視封疆之事，春秋時即已有之。如《公羊》昭公元年，「叔弓帥師疆運田。疆運田者何？與莒為境」是也（《左》襄六年，「齊侯滅萊」，「高

厚、崔杼定其田。」《注》曰：「定其疆界。」八年，「莒人伐我東鄙，以疆鄆田。」《注》：「莒既滅鄆，魯侵其西界。故伐魯東鄙，以正其封疆。」）。二五之說晉獻公也，曰：「蒲與二屈，君之疆也。」、「疆場無主，則啟戎心。」已漸有陳兵守境之勢矣。至於戰國，列國殆無不慎固封守者。蘇秦說齊宣王，謂「韓魏戰而勝秦，則兵半折，四境不守」、「所以重與秦戰而輕為之臣」是也。觀於拓地之益廣，守境之日嚴，而知統一之運之日迫矣。

古代最小之國，其地有僅一成者。稍進則為百里、七十里、五十里之國。又進則大國至五百里，前已言之。列國之吞併開拓，速率雖不得齊等，大致要亦相同。而春秋時之晉、楚、齊、秦，戰國時之燕，拓地皆至方數千里，何哉？其立國皆在邊徼，與戎狄為鄰，戎狄賤土，易於開拓故也。〈王制〉曰：「天子之縣內諸侯祿也。外諸侯嗣也。」賜爵頒祿，內外諸侯皆同。所異者，世襲與不世襲而已。諸侯之國其地之大，寖至與王畿等，則其國內，自亦有如內諸侯之大夫，楚縣尹稱公是也。諸侯之臣，亦有世襲者。蓋為地遠，制馭之力不及，如楚之於蒍是也。其近者亦不世襲，〈王制〉謂「諸侯之大夫，不世爵祿」是也。天子之於諸侯，諸侯之與大夫，名異，其實一也。權力所及之地愈廣，則行外諸侯之制之地益少，而行內諸侯之制之地益多。然則滅國為縣無他，漸廢外諸侯之制，推行內諸侯之制而已。春秋時，晉文公降原，「問原守於寺人勃鞮。」（《左》僖二十五年）戰國時，吳起為魏守西河。皆郡守之類也。古者國小，甲兵少，交通不便，懸遠之地，為駕馭所不及，則建國以守之。後世國大，甲兵多，交通便，懸遠之地，亦為力所能及，則擇人守之。此建國之所以易為制郡也。然則郡之置，又建國之因時制宜，而不行世襲之制者耳。封建之變為郡縣如此。

封建之制所以能行者，以其地廣人稀，交通不便，王室制馭之力不及，而列國亦不相接觸故也。及其戶口日繁，土地日闢，交通日便，則制

馭之勢既易,接觸之事亦多。制馭易,則宅中圖治者,務求指臂之相聯。接觸多,則狡焉思啟者,不容弱小之存在。封建至此,遂不能不廢矣。秦漢時之縣,即古者百里之國也。其郡,則五百里之國也。封建至此,已屬勉強維持,過此即斷難存立矣。漢初所封大國,跨郡五六,連城數十,是六國之形也。「漢獨有三河、東郡、潁川、南陽,自江陵以西至蜀,北自雲中至隴西,與內史,凡十五郡」(《史記·漢興以來諸侯王年表》)。以視嬴秦,抑又過之。以嬴秦臨六國,豈聞能久安者哉?此異姓諸王,所以不久滅亡,而同姓亦卒釀七國之變也。豈人謀之不臧哉?世運則然也。

以上所論,皆周以前事。至於秦而中國之國體定矣。然天下凡事皆有其惰力性。部落封建之制,行之既數千年,其不能一旦剷除淨盡,亦自然之勢也。故自秦以後,封建制度之大反動凡四,而部落之制,亦至近代而剷除猶未盡絕焉。今更略論之。

世每稱秦人廢封建,行郡縣,其說誤也。廢封建是一事,行郡縣又是一事。郡縣之制,戰國以前,早已有之,已見前。唯盡廢封建,確自秦始。故謂秦人行郡縣,不如謂秦人廢封建之為得當也。六國之滅也,丞相王綰等,謂「燕、齊、荊地遠,不為置王,無以填之」。後始皇置酒咸陽宮,博士淳于越又進曰:「臣聞殷、周之王千餘歲,封子弟功臣,自為枝輔。今陛下有海內,而子弟為匹夫,卒有田常,六卿之臣,無輔拂,何以相救哉?事不師古,而能長久者,非所聞也。」皆欲復行封建者也。李斯之駁王綰等也,曰:「周文武所封子弟同姓甚眾,然後屬疏遠,相攻擊如仇讎。諸侯更相誅伐,周天子弗能禁止。今海內賴陛下神靈一統,皆為郡縣,諸子功臣,以公賦稅重賞賜之,甚足易制。天下無異意,則安寧之術也。置諸侯不便。」始皇之裁決之也,曰:「天下共苦戰鬥不休,以有侯王。賴宗廟,天下初定,又復立國,是樹兵也,而求其寧息,豈不難哉!廷尉議是。」封建之制,由此遂不復行。由今觀之,始皇、李斯之議為是,固無待再計矣(始皇之令議帝號,丞相綰、御史大夫劫、廷尉斯等皆

曰：「昔者五帝地方千里，其外侯服夷服諸侯或朝或否，天子不能制。今陛下興義兵，誅殘賊，平定天下，海內為郡縣，法令由一統，自上古以來未嘗有，五帝所不及。」又〈琅邪刻石〉曰：「古之帝者，地不過千里，諸侯各守其封域，或朝或否，相侵暴亂，殘伐不止，猶刻金石，以自為紀。古之五帝三王，知教不同，法度不明，假威鬼神，以欺遠方，實不稱名，故不久長。其身未歿，諸侯倍〔背〕叛，法令不行。今皇帝併一海內，以為郡縣，天下和平。昭明宗廟，體道行德，尊號大成。」云云。所斤斤自詡者，皆在封建之廢。由今日言之，封建之廢，固已習為故常。由當時言之，則秦之為治，確與三代以前，截然有別，亦無怪其自多耳）。

　　然此非當時之人所知也。當時之人，蓋視秦之滅六國，為無道之舉，而視列國並立，為當然之事。其詆秦曰「暴」，曰「無道」，曰「強虎狼」，非必以其虐民，亦以其盡滅六國，又不封建子弟，為專有前人之功，又背興滅、繼絕之義也。當時六國之人，視六國之復，亦為當然之事。陳勝之謀起兵也，曰：「等死，死國可乎？」范增之說項梁也，曰：「今君起江東，楚蜂起之將，皆爭附君者，以君世世楚將，為能復立楚之後也。」皆此等思想也。人心如此，滅秦之後，自無一人專據有之之理，其不得不出於封建者勢也。

　　周以前之封建，制度本不一定（如地有大小，爵分三等或五等之類）。由前所述，已可見之。古代有天下者之號，蓋皆曰王（今文經說，謂王者受命，存二代之後，與己並稱三王，三王之前曰五帝。此因經說，非事實。然經說亦必有所依據。《尚書・大傳》述舜事曰：「帝乃稱王而入唐。」可見王為當時之稱，帝為後世之號矣），其下則有三等五等之爵。至秦楚之際，別稱天下之共主為帝，而凡有國者皆稱王。項籍尊楚懷王為義帝，所分封者皆稱王是也。古代諸侯，本有長，至此諸侯皆稱王，則為之長者，自宜稱霸王，項籍自為之。此時之封建，蓋較諸前世，規模莫大矣。

當時受封者有兩種人：一六國之後（西魏王豹，故魏王。韓王成，代王歇，故趙王。濟北王安，齊王建孫，皆六國後。膠東王市，故齊王，亦齊王族。遼東王韓廣，故燕王，雖非燕後，然當時燕後無自立者，廣固亦自謂恢復燕國也），一滅秦有功之人也（西楚霸王項籍，漢王劉邦，常山王張耳，皆起兵叛秦者。河南王申陽，張耳嬖人。殷王司馬卬，趙將。九江王英布，楚將。衡山王吳芮，秦都陽令，起兵從諸侯入關。臨江王共敖，義帝柱國。燕王臧荼，燕將。齊王田都，齊將。雍王章邯、塞王司馬欣、翟王董翳，則秦降將也）。然封建之實，既已不存，則雖勉強為之，亦終不能久。故封國雖多，卒之爭霸中原者，劉、項二人而已。項滅劉興，而所對諸國，亦如摧枯拉朽，忽焉以盡焉。是為封建第一次反動。

第二次反動，即繼第一次而起。蓋分割天下，各據一方之勢，雖明知其不可久，然眾建親戚，以為屏藩之夢，則猶未能醒也。漢初所王，異姓凡七（楚王韓信、梁王彭越、趙王張敖、韓王信、淮南王英布、燕王臧荼、長沙王吳芮），蓋本出於不得已。故除長沙而外，皆旋踵而亡。同姓子弟王者九國（齊王肥、淮南王長、燕王建、趙王如意、梁王恢、代王恆、淮陽王友，皆高帝子。楚王交，高帝弟。吳王濞，高帝兄子），皆跨郡五六，連城數十，此則七國之亂之原〔源〕也。天下事有一時之用，有恆久之用。恆久之用，如築室然，必期若干年之安居。一時之用，則蘧廬一宿而已。其物本為芻狗，用已即可棄，不能以其為時之短，而譏其無用也。漢初封建即如此。欲如三代之封建，歷千餘載，以蕃衛王室，夫固有所不能。然謂其並一時之效而無之，則亦過矣。試即漢初之情勢，一陳論之。

漢高祖定天下，反側之心，未嘗消也。韓信、彭越，皆與高帝故等夷，雖曰「角力而臣之」，其能心服者，亦有限耳。高祖南征北討，不恆厥居。有天下後，在長安之時甚少。是時代之而主大計者，果何人哉？蕭何邪？無論高祖不能深任。即曰能之，而其人故刀筆吏，主簿書錢穀則可，參替大計，非所任也。張良邪？彼徒輕俠策士耳。坐而運籌則可，起

而行，亦非所能也。然則高祖之所任，果何人哉？曰：呂后也。史稱「後為人剛毅，佐高祖定天下。所誅大臣，多呂后力」。（《史記·呂太后本紀》）夫呂后剛毅或有之，究之一女子耳。功臣宿將，何畏之深？而韓信、彭越，束手就戮。陳平、周勃當後世，亦戢戢不敢動哉？曰：此非一人之足畏，外戚之在當時，固自有其勢力也。古代所任，首在同姓，次則外戚，人心習為固然。一矣。高祖之起，呂氏蓋有力焉。建成、周呂，雖非信、越之倫，抑亦曹、滕之亞，樊噲尤項王所稱壯士也，相與輔相之，此韓信、彭越，所以束手受戮。陳平、周勃，所以屏息不敢出氣也。營陵謂「呂氏雅故，推轂高帝就天下」，信不誣矣。二也。有此二因，則高祖非任呂后一人，而任呂氏一族也。當時可畏者，莫如功臣。高祖外封子弟，內任外戚，皆所以御功臣也。至高祖死，遂成呂氏一門內鬥功臣外鬥宗室之局，呂后死而齊王起兵，則宗室之鬥外戚也。使灌嬰擊齊，而灌嬰與之聯和，平、勃等遂乘機而起於內，則功臣之鬥外戚也。兩力合而外戚以亡。然當其未亡時，挾天子之尊，據建瓴之勢，其力固雄，其名固順。使產、祿謹守太后遺教，不輕棄軍，則蕭牆之禍不作。吳王濞弱歲冠軍，白頭舉事，猶尚無成，況齊王兒子乎？其成敗固未可知，然則外戚固足用也。夫以外戚之勢，可畏如此，而呂雉終不能如武曌之易唐而周，則以高祖子弟擁強國者之多也，功臣之深謀祕計，何所不至。然諸臣雖拒立齊王，終不敢不迎文帝於代，其故亦由是也。宋昌勸文帝決入，曰，「高帝封王子弟，地犬牙相制，此所謂盤石之宗也，天下服其強」（《史記·孝文本紀》），可謂知言矣。然則眾建親戚，在後來雖致七國之亂，而當天下初定時，固未嘗不收其效。欲如殷、周所封，歷千餘載，自全以為藩衛，夫固有所不能。而一時夾輔之效，固不能謂其無有也。故曰：事有永久之效，有一時之效。以其無永久之效，而並昧其一時之效焉，亦不察時勢之談也。

　　然封建在後世，畢竟為芻狗可棄之物。故其效雖著，其弊已彰。則吳楚七國之亂是也。七國之亂，或追咎文帝之養癰，或蔽罪晁錯之操切，亦

不衷情實之談，以當時諸侯之形勢，不反一次，其勢固終不可止，所謂力之所蘊，不洩不畢也。七國亂後，乃摧抑諸侯，不得自治民補吏。武帝又用主父偃之議，令諸侯得以其邑分封子弟，而賈生「眾建諸侯而少其力之策」行矣（《漢書‧主父偃傳》：偃說武帝曰：「願陛下令諸侯得推恩分子弟，以地侯之。彼人人喜得所願，上以德施，實分其國，必稍自銷弱矣。」於是武帝從其計）。漢代之封建，至是遂名存實亡，是為封建第二次反動。

　　封建制度既亡，王室遂莫為支輔。王莽以外戚移漢祚，如反掌焉。光武定天下，首以息民為務。又是時人心雖思漢，而攀龍鱗附鳳翼者，皆異姓功臣，宗支固莫能自振。光武久在行間，苦用兵。群雄定後，雖郡國都尉，猶且罷之，況於立國以樹敵乎？職是故，後漢鑒於前漢之亡，理宜崇宗支，而抑外戚，而事卒不然也。魏文帝與陳思王爭為魏世子，積不相能。任城威王，亦其所忌。故篡漢後，所以摧抑諸王者甚至。當時諸王，名為分藩，實同禁錮。行動且不自由，求為匹夫而不可得。雖有封建之名，亦徒有其名而已。迨晉有天下，鑒於己所以得之者，實由魏之寡助，復思眾建親戚，以為屏藩，而封建之反動又起，晉室諸王，皆得置兵選吏。而入典機衡，出作岳牧，倚畀之重，視漢抑又過之，遂至釀成八王之亂。東渡而後，雖不復行封建，然迄於南朝，諸王往往出典大郡，或則兼督若干州軍馬，而斯時中央州郡之相猜，諸王遂承其敝而受其禍。如宋孝武、齊明帝之屠戮宗室，梁武帝被圍臺城，諸子曾莫顧卹，而爭擁兵相屠，皆其禍之最甚者也。此實承封之餘敝也。是為封建之第三次反動。

　　至唐代而其制大異。唐制封爵之名雖異，語其實，則皆漢之關內侯也。馬貴與曰：「秦漢以來，所謂列侯者，非但食其邑入而已，可以臣吏民，可以布政令。若關內侯，則唯以虛名受廩祿而已。西都景武而後，始令諸侯王不得治民，漢置內史治之。自是以後，雖諸侯王，亦無君國子民之實，不過食其所封之邑入，況列侯乎？然所謂侯者，尚裂土以封之也。至東都，始有未與國邑，先賜美名之例，如靈壽王、征羌侯之類是也。至

明帝時，有四姓小侯，乃樊氏、郭氏、陰氏、馬氏諸外戚子弟，以少年獲封者。又肅宗賜東平王蒼列侯印十九枚，令王子五歲以上能趨拜者，皆令帶之。此二者，皆是未有土地，先佩印，受俸廩。蓋至此，則列侯有同於關內侯者矣。」（《文獻通考》卷二百六十九）按封建之制分析之，其原素有二：爵以貴之；祿以富之。其權皆出於朝廷，與凡官吏同。君國子民，子孫世襲，則其為部落酋長時固有之權利也。至於封國而無土，則存朝廷富貴之典，而去其固有之權。封建至此，遂名存實亡矣。唐制，分爵凡九：曰親王（皇兄弟，皇子），曰郡王（以封太子之子。唯庶姓有大功者，亦得封之），曰國公，曰郡、縣開國公，曰侯，曰伯，曰子，曰男，皆無土，加實封者，乃以其租調與之。蓋徒錫以榮名，並實祿亦不能盡給焉。「爵者，上之所擅，出於口而無窮。」（漢晁錯語）祿固為物力所限也。封建之制如此，在君主之世，可謂有利而無弊，故後世率仍之。

　　元代封建，規模可謂極大，太祖四子分地，幾於包舉亞洲之西、北、中三部，且跨有歐洲。然其地皆不在中國。中國境內，固未嘗無諸王分地。即后妃、公主，亦各有食邑。然其賦不得私徵，皆輸之有司之府，視其當得之數而給之，故其禍不烈。明太祖定天下，封諸子三十九人，各設官屬、傅相，置衛兵。雖不得干預政事，而體制頗崇，可稱封建第四次反動。然封建至此，實已成強弩之末，故其影響初不大。靖難之變，實以成祖居北藩，兵力本強，與其為燕王無涉。至宸濠，則徒妄人耳。以宸濠之狂悖，遇武宗之荒淫，雖不假之以寧王之名，彼亦未必不反也。故明太祖之封建，實屬無大關係。至清初之封三藩，則本非其心之所欲。與其謂為藩封之背叛，尚不如謂為軍人之跋扈，漢族遺臣之圖恢復者耳。故封建之反動，實至第四次而終。

　　封建者，統一之反也。封建之制廢，則統一之業成矣。然後世又有為統一之梗者，則叛民、叛將之割據是也。柳子厚謂秦有叛民，而無叛吏；漢有叛國，而無叛郡；唐有叛將，而無叛州。蓋郡縣之設，既無世襲，不

得私有其土而有其民，而又不假之以兵，其勢固無從叛。所可慮者，則天災流行，政令失當，揭竿斬木，紛紛而起。或則多事之秋，武人跋扈，私其土地，傳之子孫耳。大抵一郡之地，勢不足以自立，欲割據者，必得一州之地而後可。故行兩級制，則外輕而內重。行三級制，則外重而內輕。秦漢皆行兩級制，至後漢末年，乃改刺史為州牧。於是，以一人據有一州或數州，遂至紛紛割據，卒離為三國者數十年。晉之東渡，上流勢重。荊江二州，迄與揚州相持。至宋武帝出，雄才大略，盡剷除同時之武人，而政令始出於一。方其未出於一時，始有王敦之叛，繼有蘇峻之亂，又有桓溫之廢立，終以桓玄之篡。即其貌若無事時，亦內外相猜，日以心鬥。坐視北方之喪亂而不能乘，致失恢復中原之機會。蓋分裂之禍，若斯其酷也。宋武帝雖暫剷除武人，然統一之業不成，則外兵終不可廢。故南北朝之世，內外仍不免相猜。每當中央紛亂之時，擁強兵於外者，必挺戈而起。兩朝四代之革易，皆是物也（此以其成者言。其叛而敗亡或降敵者，尚不可僂指數）。北方之終不可復，非拓跋氏之強，實南方之權力不出於一，而終不競也。唐初行府兵之制，兵不屯聚，將不擅兵，故令行萬里，莫之能梗。至藩鎮之兵起，而天下分裂矣，卒至離為五代十國，亦數十年而後定。其事人人所知，無待深論。北宋之世，兵權亦集中央。迨南渡初，借諸將之兵以禦敵，而諸將中有驕恣不聽命令者。「及其或殺或廢，惕息俟命，而後江左得以少安。」（葉適語）此皆柳氏所謂叛將也。秦末之揭竿斬木，莽末之新市、平林，後漢末之黃巾，隋末之群雄，唐末之黃巢，南北宋間之義軍，元末紛起之漢族，明末之飢民，清代之洪、楊，皆柳氏所謂叛民者也。其事或成或不成。成則或為帝，如漢高祖、明太祖是也。次乃割據一方，綿歷若干年，否則旋踵而敗。大凡叛民之擾亂，不如叛將割據之久長，以其根柢固不如叛將之深厚也。此外，又有異族侵入中原，割據其地者，如五胡、西夏、遼、金、元、清，皆是。此非中國之自行分裂，當別論。

　　論一國之國體，當主其常，不主其變。猶之論人之生理者，當主其平時，不當主其病時也。以變態論，自秦以後，分裂之時，亦不為少。然以常理論，則自秦以後，確當謂之統一之國，以分裂之時，國民無不望其統一；而凡分裂之時，必值變亂之際，至統一則安定也。

# 第十章　政體

　　政體可以分類，昔日所不知也。昔者習於一君專制之治，以為國不可一日無君；既集人而成國，則唯有立一君而眾皆受命焉爾矣。此由一君專制之治，行之既久，而遂忘其朔。其實天下事無一蹴而成者。中國後世之政體，雖若一君專制之外，更無他途可出；而推其原始，出治之法，實亦不只一途；而古代之君主，與後世之君主，名雖同，其實亦迥異也。

　　政體之分類，至今繁雜極矣。然推諸古代，固不如是。欲講古代之政體，我謂亞里斯多德（Aristotle）之說，仍可用也。亞里斯多德以治者之多少，分政體為三：曰君主政體，以一人主治者也；曰貴族政體，以少數人主治者也；曰民主政體，以多數人主治者也。予謂昔以多數人主治之事甚少。所謂多數少數，亦就一階級言之耳。中國政體，於此三者，亦均有形跡可求。特其後君主之治獨存，而餘二者，遂消滅而不可見耳。今略述其事如下：

　　邃古之世，草木榛榛，鹿豕狉狉，所謂君長者，不知其果何情狀也。《孟子》載許行之言曰：「賢者與民並耕而食，饔飧而治。」此蓋邃古之俗（近人謂孟子「有為神農之言者許行」，為諸子托古之鐵證。意謂許行造作言語，托之神農也。然此實誤解。此「神農」二字，乃學派之名，非人名，其學即《漢志》所謂農家。《漢志》謂「鄙者為之，以為無所事聖王，欲使君臣並耕」，正指許行之說也。「有為神農之言者」，為當訓治。與《漢書·武紀》「丞相綰奏所舉賢良方正，或治申、商、韓非、蘇秦、張儀之言」，句法相同。猶言有治農家之學者耳。許行所稱，蓋農家之說。而農家此言，則欲以邃古之治為法。猶老子以鄰國相望，雞犬之聲相聞，民至老死不相往來，為至治之世也）。猶烏桓大人，「各自畜牧營產，不相徭役」也（《後漢書·烏桓傳》）。此等君主，猶後世一村長耳。最初所謂君

長者蓋如此（《漢書‧西域傳》：烏貪訾離國，戶四十一，口二百三十一，勝兵五十七人。狐胡國，戶五十五，口二百六十四，勝兵四十五人。此僅如今日之村落矣）。

最初之君長，何自來邪？果如柳子厚之言：「假物者必爭，爭而不已，必就其能斷曲直者而聽命焉。其智而明者，所伏必眾，告之以直不改，必痛之而後畏，由是君長刑政生焉。近者聚而為群。群之分，其爭必大，大而後有兵有德。又有大者，眾群之長，又就而聽命焉。是故有里胥而後有縣大夫，有縣大夫而後有諸侯，有諸侯而後有方伯連一，有方伯連一而後有天子」邪？（〈封建論〉）非也。國之初，蓋原於氏族。氏族之長，固有權以治其眾。夫其所以治其眾者，乃由於親屬，非世所謂政治也。人類最初之結合，蓋以親屬為限。然同處一地者，勢不能皆為親屬。非親屬不能無爭。其和親者，亦有公共之事，勢不能無所聽命。其所聽者，或以德為眾之所歸；或以智為眾之所信；或其力為眾之所懾；或則以小族聽命於大族，而大族之長，遂為小族所尊；皆事所可有者也。此為眾所聽命之人，其所治者，不以親屬為限。凡同處於一地方者，皆受治焉，則始有土地人民，而其所代表者，遂為國家之主權矣。

邃初之君主，或曰必帶神權性質，亦不盡然。以能行巫覡之事，而為眾所歸仰者，固未必無人，然不必盡由乎此。大抵古人信教篤，而社會組織，亦統於一尊。祭所嚴事之神，或即推統率之人主祭。又凡為君主者，必係一族之長。祭其族中之神，彼固恆為之主。後人不知其以為君長故乃主祭，遂謂其以主祭故而為君長矣。至於造作「感生」、「受命」等說，以愚其民，則必國大民眾，君主尊嚴益甚，然後有之，非邃初所有也。

邃初之君主，本無世襲之理。其所以變為世襲者，則以部落之君，多係一族之長；一族之長，本自有其當襲之人。苟一部落中，諸族之尊事一族不變，則此一族中，繼為族長之人，自亦仍為部落之長；久之則成定法矣。此君位繼承，所以每與親族繼承，合而為一也。亦有群族所奉，出於

公推，不必即為一族之長者，此即選君之制。然人情恆私其子姓。所選者權力既大，選之者不復能制，則毀壞舊法，以傳諸其所欲傳之人矣。

中國君主之可考者，始於三皇五帝。三皇之為何如人？其繼承之際何如？不可考矣（大約非身相接）。五帝則據《史記》及《大戴禮記》（〈帝系姓〉），實出一族。其世次未必可據（古書所謂某生某者，未必皆父子），而其統系或不盡誣。據此二書，圖其世系則如下：

黃帝玄囂 —— 極 —— 高辛 —— 堯

昌意 —— 顓 —— 窮蟬 —— 敬康 —— 句望 —— 橋牛 ——

瞽叟 —— 舜

其中無一身相接者。昔人謂傳子之局定於禹，信不誣也。

君位傳襲之法，據古書所載觀之，有同族相襲，世次無定者。如堯、舜、禹之相傳是（禹父鯀，據《大戴禮記》及《史記》，亦顓頊子）。此制儒家稱為傳賢，亦謂之禪（其正字當作嬗）。其事究竟如何，殊難論定。「孔子曰：唐、虞禪、夏后、殷、周繼，其義一也。」（《孟子·萬章》上篇）則繼與禪為相對之稱。其中又分為二：（一）父子相傳。（二）兄弟相及（《公羊》莊三十二年，「魯一生一及。」《解詁》：「父死子繼曰生，兄死弟繼曰及。」按：《公羊》此文，《史記·魯世家》作「一繼一及」。）。父子相傳之法，蓋定於夏（夏除仲康及局外，無兄弟相及者），至殷忽行相及之制。此非殷之變夏，古蓋自有此兩法也。《春秋繁露》云：「商質者主天，夏文者主地。主天者法商而王，故立嗣予子，篤母弟。主地法夏而王，故立嗣子孫，篤世子。」（〈三代改制質文〉篇）《公羊解詁》云：「母弟，同母弟。母兄，同母兄。分別同母者，《春秋》變周之文，從殷之質；質家親親，明當厚異於群公子也。」（隱公七年）大丁之死也，其弟外丙、仲壬繼立，皆短祚，乃立大丁之子大甲。沃甲之於祖丁也亦然。則商代相及，蓋以同母弟為限。同母弟盡，則還立長兄之子。《史記》云：「自仲丁以來，廢嫡而更立諸弟子，弟子或爭，相代立。」此所謂嫡，兼指弟與子言。明

弟與子各有其當立者也。春秋時，宋宣公捨其子殤公而立其弟穆公，穆公仍傳諸殤公（隱公三年）。宋固殷後。《禮記‧檀弓》：「公儀仲子之喪，檀弓免焉。仲子捨其孫而立其子。檀弓曰：何居？我未之前聞也。趨而就子服伯子於門右。曰：仲子捨其孫而立其子，何也？伯子曰：仲子亦猶行古之道也。昔者文王捨伯邑考而立武王，微子捨其孫腯而立衍也。夫仲子亦由行古之道也。」微子殷人。子服伯子所謂古，蓋指殷言之也。又春秋時，吳謁、餘祭、夷眛、季子四人，約以兄弟相及。夷眛死，僚以庶長即位。謁子闔廬曰：「將從先君之命與，則國宜之季子者也。如不從先君之命與，則我宜立者也。僚惡得為君乎？」遂弒僚而立。吳僻陋，蓋猶沿殷法。亦足證殷兄弟相及，以同母為限也（《史記》以僚為夷眛子。按：《公羊》載季子謂闔閭曰：「爾殺吾兄。」則《史記》誤也。《世本》以闔閭為夷眛子。亦必誤）。

　　立子之法，最為普通。然亦有別，所欲立則立之，是為「立愛」，一也。或論長幼，或論嫡庶，則有定分，二也。純乎立愛，於史無徵。唯「母愛子抱」，時時以此私情，破壞定制耳。立長立少，隨俗不同，中國則多立長。「楚國之舉，恆在少者」（《左》文元年。又昭十三年，叔向曰：「羋姓有亂，季必實立。」蓋亦以定制如此，定亂者多依法擁立少者也），其特異者也。嫡庶之分，必在妻妾之別既嚴之後，其起於何時不可知。《呂覽》謂「紂母之生微子啟與仲衍也尚為妾，已而為妻而生紂。紂之父欲置微子啟，太史據法而爭之」。（〈當務〉）《史記》則謂「啟母賤不得嗣」。說雖不同，其有嫡庶之分則一。殷兄弟相及，而以同母為限，蓋亦以嫡庶殊貴賤也。《左》昭二十六年，王子朝告諸侯之辭曰：「先王之命曰：王后無嫡，則擇立長。年鈞以德，德鈞以卜。王不立愛，公卿無私，古之制也。」襄三十一年，穆叔曰：「大子死，有母弟則立之，無則長立，年鈞擇賢，義鈞則卜，古之道也。」此所謂古，蓋皆指周之先世（王子朝所謂先王，必周之先世也）。周制蓋兼取立嫡立長二義者也。為後世所遵行。

以卜定繼嗣，古代多有之。〈檀弓〉：「石駘仲卒，無嫡子，有庶子六人，卜所以為後者。」《左》昭十三：「楚共王無塚嫡，有寵子五人，無嫡立焉。乃大有事於群望，而祈曰：請神擇於五人者，使主社稷。乃遍以璧見於群望，曰：當璧而拜者，神所立也，誰敢違之？既乃與巴姬密埋璧於大室之庭，使五人齋而入拜。」定元年，子家曰：「若立君，則有卿大夫士與守龜在。」皆是也。足徵此為古代通行之法。然立君而謀諸卜筮，究為不可恃之道。迷信甚深之世，守龜所示，庸或莫之敢違。至於天道遠，人道邇，為眾所著知，則龜筮之從，有難戢其爭奪之心者矣。又義鈞則卜，必先之以年鈞擇賢，賢否固無一定；而異母之子，又可同時而生，實致爭亂之道也。故春秋所定之法，較周法尤嚴。《公羊》曰：「立嫡以長不以賢，立子以貴不以長。」《解詁》曰：「嫡，謂嫡夫人之子。尊無與敵，故以齒。子，謂左右媵及姪娣之子。位有貴賤，又防其同時而生，故以貴也。禮：嫡夫人無子，立右媵；右媵無子，立左媵。左媵無子，立嫡姪娣；嫡姪娣無子，立右媵姪娣；右媵姪娣無子，立左媵姪娣。質家親親，先立娣。文家尊尊，先立姪，嫡子有孫而死。質家親親，先立弟。文家尊尊，先立孫。其雙生也，質家據見，立先生。文家據本意，立後生。」（隱元年）凡可以致爭端者，無一不豫〔預〕為之防，其立法可謂密矣。隱四年，「衛人立晉。」《公羊》曰：「立者何？立者，不宜立也。其稱人何？眾立之之辭也。眾雖欲立之，其立之非也。」春秋之立君，主依法，不主從眾，以成法易循，眾意難見。且眾之所是，未必是也。

立子善乎？立弟善乎？曰：立子善矣。人之情不能無私。兄弟之親，不及父子。又兄弟之年恆相近，少者或無登位之望，不免爭奪相殺。魯桓公、宋太宗是也。立子以嫡、不以嫡孰善？曰：立適善矣。古代夾輔，每資外戚。鄭忽以不昏於齊而敗，其明證也。立長善乎？立少善乎？曰：立長善矣。立長則君位早定，立少則必有季康子之事矣（《左》哀三年）。

古代君權，蓋甚微薄。然至後世則漸重。果以何因緣而至是乎？曰：

其故有三：

（一）君脫離親族之關係，而成其為君。

（二）臣子之權漸削。

（三）君與教務漸疏，政務日親。

曷言乎君脫離親族之關係，而成為君也？君主亦必為一族中人。其對異族，雖論君臣之分，其對同族，仍有伯叔甥舅之親，其權力不得絕殊。而當君主幼沖，或昏庸時，族眾之權力，或且駕乎其上，亦勢也。然君主所治，不獨一族，使對同族之人，專論親族之關係，國法必為之破壞。故國愈大，所轄之民愈眾，則其法愈嚴，而君主之親族，能與君主論親族之關係者即愈少。縣子曰：「古者不降，上下各以其親。」（《禮記‧檀弓》）可見自殷以前，君主與親族之關係，尚無異於恆人。至周則天子諸侯絕旁期，大夫降一等，以貴貴墜親親矣。〈文王世子〉曰：「族人不敢以其戚戚君。」〈郊特牲〉曰：「諸侯不敢祖天子，大夫不敢祖諸侯。」皆所以全乎其為君也。方其始也，君臣之異，僅在幾微之間，故「君不與同姓同車，與異姓同車不同服」（《禮記‧坊記》）；「唯名與器，不可以假人」（《左》成二年）。及後世，則天澤之分既嚴，無借此等虛文以為別矣。

曷言乎臣子之權日削也？古代貴族，與君相去固近，即貴臣亦非甚遠（〈燕義〉：「不以公卿為賓，而以大夫為賓，為疑也，明嫌之義也。」）。何則？君與臣本共治一事之人，其職雖有尊卑大小，其地位實非絕殊，理至易見，而亦事勢之自然也（君臣係共治一事，而臣非其君之私人，在古代義本明白。《墨子》曰：「天子立，以其力為未足，又選擇天下之賢可者，置之以為三公。天子三公既已立，以天下為博大，遠國異土之民，是非利害之辨，不可一二而明知，故畫分萬國，立諸侯國君。諸侯國君既已立，以其力為未足，又選擇其國之賢可者，置立之以為正長。」《晏子》曰：「君民者，豈以陵民？社稷是主。臣君者，豈為其口實？社稷是養。故君爵社稷死則死之，為社稷亡則亡之，若為己死而為己亡，非其私昵，誰敢

任之？」是其義矣。君臣之義，唯在君為出命者，臣為受命者，所謂「君能制命為義，臣能受命為信」也。又君當督責其臣，臣當受督責於其君。故曰：「事君者，先資其言，拜自獻其身，以成其信。故君有責於其臣，臣有死於其言。」君臣之義，不過如此。臣不曠其職守，君即不容濫用威權。所謂「君使臣以禮，臣事君以忠」也。〈坊記〉曰：「事君大言入則望大利，小言入則望小利。故君子不以小言受大祿，不以大言受小祿。」〈燕義〉曰：「臣下竭力盡能，以立功於國，君必報之以爵祿。」、「禮無不答，言上之不虛取於下也，上必明正道以道民，民道之而有功，然後取其什一。故上用足而下不匱也，是以上下和親而不相怨也」。「此君臣上下之大義也。」其報施之道，及彼此各有分職之義，可謂昭然明白矣。古禮亦有臣一似其君之私人者。如「君有疾飲藥，臣先嘗之」。「君適其臣，升自阼階」。「君於臣，有取無假」等是。此由古代父至尊親，資於事父以事君，故有此禮。然「子之於親也，三諫而不聽，則號泣而隨之。為人臣之禮，三諫而不聽，則逃之」。其可絕與不可絕，究有不同。且嘗藥等本非大臣之事也。臣之以身殉君者，非為其私暱，則由意氣相得。此猶朋友之相許以死耳。古朋友本有以死相許者也。〈假樂〉之詩曰：「之綱之紀，燕及朋友。」《毛傳》曰：「朋友，君臣也。」君臣以職守論，則猶同寮〔僚〕；以交誼論，則由朋友矣。秦穆公與三良飲酒而樂曰：「生共此樂，死共此哀。」三人者皆許諾。穆公死，三人皆自殺以殉之。此君臣之以意氣相死者也）。人之情，每易濫用其權力。君權大則下侵其臣，臣權大則上凌其君。求其各守分職，不相侵犯者，蓋不易得。古之所患，在臣上凌其君者多，君下侵其臣者少（此由古代事勢，與後世不同。讀《墨子‧尚同篇》，可以見之。蓋專制大甚固為患，而分裂大甚，是非無準，紛爭莫為之平，其為患尤甚也。孔子曰：「天無二日。民無二王。嘗禘郊社，尊無二上。」凡事皆欲定一尊以息紛爭，蓋不獨君臣之義然矣。社會思想如此，君臣之義自日昌。《左》襄二十年，寧惠子疾，召悼子曰：「吾得罪於君，悔而無

及也。名藏在諸侯之策，曰：『孫林父、寧殖出其君。』君入則掩之。若能掩之，則吾子也；若不能，猶有鬼神，吾有餒而已，不來食矣。」此等悔心，皆君臣之義之昌明，有以使之然也。此事於君權之張，所關實大）。又居總攝之地者，侵削其下究較易。故君權日張，臣權日削也。古之所謂世臣者，其位蓋有所受之，非人君所得擅去。故如周之周、召，齊之國、高，魯之三桓，鄭之七穆，無不世執政柄（世臣與國家休戚，相關甚大。故《孟子》曰：「所謂故國者，非謂有喬木之謂也，有世臣之謂也。」然其弊也，「政由寧氏，祭則寡人。」又其甚者，則「萬乘之國，弒其君者，必千乘之家。千乘之國，弒其君者，必百乘之家。」不奪不厭矣）。又臣與其君，亦可以論曲直。元咺與衛侯訟是也（《左》襄二十八年）。後世則無此事矣。臣非無上凌其君者，然特竊君之權而然，非其固有此權矣。

曷言乎君與教務日疏，政務日親也？邃古之世，政教不分，其或分殊，教務亦重於政務。故為人君者，往往躬攬神教之大權，而政務則不屑措意。世殊時異，主教者僅存虛號，秉政者實有大權。古代君人之學，首重無為。所謂無為，在後來言之，固非不事事之義。然其初義，則恐正如此。孔子曰：「為政以德，譬如北辰。居其所，而眾星拱之。」此謂為人君者，當法昊天上帝也。古者天有六：青、赤、黃、白、黑帝，各有所職。唯昊天上帝，則無所事事。所謂「天立五帝以為相」也。無為初義，蓋實如此。後乃以他義釋之耳。〈禮運〉曰：「宗祝在廟，三公在朝，三老在學。王前巫而後史；卜筮瞽侑，皆在左右。王中心無為也，以守至正。」此則儼然入定之僧矣。此等人焉能躬攬政務哉？〈禮運〉所述，蓋王居明堂之禮，邃古之制也。逮於後世，則「一日二日萬幾」，人君於政務，無所不親攬，其權力亦非古代比矣。

以上三端，皆君權之所以由演進也。此等不能確指其在何時。並無從確指某事某事以實之。特合前後事跡觀之，則其理如此耳。

神教之力，頗足以限制君權。〈表記〉曰：「唯天子，受命於天。士受

命於君。故君命順，則臣有順命。君命逆，則臣有逆命。」猶西方政教分離以前，教權出於君權之上也。臨之以天，為君者即不容自恣。兩漢之世，遇日食災變，則下詔責躬求言。又或策免三公，猶存此意。魏晉以後，老莊之學大行，人皆崇尚自然，而此意亡矣。然神教能限制君權，亦能輔助君權。後世所謂天子者，特謂事天如父，而天亦視之如子而已。古代則不然。《詩》稱后稷之生，由姜嫄履巨人跡；契之生，由簡狄吞燕卵，是謂「感生」。感生者，感天而生，蓋誠以為天帝之子也。如是，則帝王之種，自與人殊矣。受命二字，在後世亦成空言。古代則又不然。〈召誥〉曰：「皇天上帝，改厥元子，茲大國殷之命。」又曰：「今天其命哲，命吉凶，命歷年。」、「王其德之用，祈天永命。」蓋誠以為一姓之王天下，實天之歷數使然。故有卜世卜年之舉。而周德雖衰，王孫滿猶以「天命未改」，折楚莊之問鼎也。不寧唯是，有大功德者，經一再傳之附會，而其人遂介於人與神之間。開國之祖，大率有功德者也，本易為人所追慕，所傳述。況復加之以其子孫之崇奉，用配天等禮，昭示於眾乎？其為萬民所歸仰，宜矣。有盛德者必百世祀。祖宗之聲名，固亦足以大庇其後嗣也。後世所謂攝政者，特代行君主之事耳，其人則猶居臣位也。古代則不然。〈明堂位〉曰：「昔者周公朝諸侯於明堂之位，天子負斧依南鄉而立。」《注》：「天子，周公也。」又曰：「武王崩，成王幼，周公踐天子之位，以治天下。」此與清末朝會，溥儀居位，載灃斜身恭扶者大異矣（《書・大誥》之「王若曰」，王肅以為成王，鄭玄以為周公）。《公羊》隱四年，「隱曰：吾使修塗裘，吾將老焉。」何君曰：「將老焉者，將辟桓，居之以自終也。故南面之君，勢不可復為臣，故云爾。」《孟子・萬章篇》：「咸丘蒙問曰：語云，盛德之士，君不得而臣，父不得而子。舜南面而立，堯帥諸侯北面而朝之，瞽瞍亦北面而朝之。舜見瞽瞍，其容有蹙。」、「孟子曰：此非君子之言，齊東野人之語也。」衡以何君之說，謂堯北面朝固非，謂舜南面而立則是矣。然則攝政者，特有期限，期滿當退，為異於真君耳。

執此義以推之，則似古代嗣君服喪之時，其位皆由他人攝代。《論語·憲問》：「子張問曰：《書》云：高宗諒陰，三年不言，何謂也？子曰：何必高宗？古之人皆然，君薨，百官總己，以聽於冢宰，三年。」然則三年之中，嗣君本不自為政，故伊尹可放太甲於桐也。《書·無逸》曰：「高宗亮陰，三年不言。其唯不言，言乃雍。」《論語·學而》：「子曰：父在觀其志，父歿觀其行。三年無改於父之道，可謂孝矣。」三年無改於父之道，蓋謂三年喪畢，所行克肖其先君，即「其唯不言，言乃雍」之謂也。〈坊記〉曰：「升自客階，受弔於賓位，教民追孝也。未歿喪，不稱君，示民不爭也。」蓋古人居喪，一切不事事，故嗣君亦然也。君而可以三年不事事，可見是時君位所繫，未若後世之重。君位而可以他人攝代三年，可見是時君臣相去之不甚遠矣。

古代政體之奇異者，莫如共和。《史記·周本紀》云：厲王「暴虐侈傲，國人謗王，王怒。得衛巫，使監謗者，以告則殺之。國人莫敢言，道路以目。乃相與畔〔叛〕，襲王。厲王出奔於彘。太子靜，匿召公之家，國人圍之。召公曰：昔吾驟諫王，王不從，以及此難也。今殺王太子，王其以我為讎而懟怒乎？乃以其子代王太子，太子竟得脫。召公、周公二相行政，號曰『共和』。共和十四年，厲王死於彘。太子靜長於召公家，二相乃共立之為王，是為宣王。」是周之無君者，十有四年也。按：國本非君所獨治，特後世君權重，人臣之位，皆受之於君，無君，則臣莫能自安其位。又視君位嚴，君之職，莫敢輕於攝代，故不可一日無君。若古代，則君臣共治其國之義尚明，臣之位亦多有所受之，非人君所能任意予奪。君權既小，則一國之政，必待人君措置者較少。人臣攝代其君，亦視為當然，而其顧慮，不如後世之甚，則無君自屬無妨。《左》襄十四年，衛獻公出奔，衛人立公孫剽。孫林父、寧殖相之，以聽命於諸侯。此雖立君，實權皆在二相，亦猶周召之共和行政也。然究猶立一公孫剽。若魯昭公之出奔，則魯亦並不立君也。然則此等事，古代必尚不乏，特書闕有閒，不

盡傳於後耳（晉惠公之為秦所禽也，『使郤乞告瑕呂飴甥，且召之。子金教之言曰：朝國人，而以君命賞。且告之曰：孤雖歸，辱社稷矣。其卜二圍也。眾皆哭……呂甥曰：君亡之不恤，而群臣是憂，惠之至也，將若君何？眾曰：何為而可？對曰：征繕以輔孺子。諸侯間之，喪君有君，群臣輯睦，甲兵益多，好我者勸，惡我者懼，庶有益乎？』可見喪君無君者，當時亦不乏也）。韋昭釋共和曰：「公卿相與和而修政事。」可見無君而不亂，實由百官之克舉其職也（《汲塚紀年》及《魯連子》。以共和為共伯和行天子之事，其說不足信，已見《史記正義》。按：《左》昭二十六年，王子朝告諸侯之辭曰：「至於厲王，王心戾虐，萬民弗忍，居王於彘。諸侯釋位，以間王政。宣王有志，而後效官。」《紀年》及《魯連子》，蓋因此偽造。其實所謂諸侯釋位者，諸侯即指周召等言。近人或曰：中國歷代，有暴民革命，無市民革命。有之者唯共和一役耳。按：此役逐厲王者為國人。古代所謂國人，實國之楨幹，而與野人異其階級者也）。

後世革命之人有六：曰宗室（若齊明帝、明成祖），曰外戚（若王莽、隋文帝），曰權臣（若魏、晉、劉宋），曰軍人（若梁太祖、宋太祖），曰女主（唐武后。漢呂后僅臨朝稱制）。此皆舊朝之戚屬，或其所委任，仍帶舊性質。唯起於草野之群眾，乃可稱真革命耳。其以少數族入主中原者，則性質又異，不能名革命矣。

歷代之革命，有自外而入者，有即行之於內者。行之於內者，又可分為二：（一）本係在內之權臣，如王莽是。（二）則在外之強臣或軍人，入據中央政府，如曹操、劉裕是。大抵內重之世，革易多在中朝。外重或內外俱輕之世，則或起於外而傾覆舊政府；或先入據舊政府，造成內重之局，而後行革易之事焉。以王步雖改，朝市不驚論，則起於內者為優。然以除舊布新論，則起於外者，為力較大也。

秦以後之革命，大率如此。然秦漢之際之革易，外觀雖同，而其實大異。此役也，實政體轉變之關鍵，不容與其餘諸役等量齊觀也。何也？自

周以前之革命，皆以諸侯滅天子。此役則亡秦者皆起於草野，無尺土一民。一也。當時紛紛而起者，六國之後，若六國將相之後，皆無成功。卒登帝位者，乃一貧賤無行之劉季。其將相，亦多貧賤無賴之徒。二也。故此役，實開平民革命之局。自此以後，遂人人可登帝位矣。

貴族之權力，及神教限制君權之力，經漢世乃剷削淨盡。故秦漢之世，實古今轉變之大關鍵也。漢初，內任外戚，外任宗室，前篇已言之。漢世之任宗室外戚，與後世不同。後世委任宗支，徒成虛語。漢世則誠有「廣疆庶孽，以鎮撫四海，藩衛天子」之意。當時所封同姓，「跨郡五六，連城數十」，尾大不掉之勢，顯然易見。然初不以為慮者，以封建同姓，為當時之道也。漢初即有呂氏之禍，而元帝以後，任用外戚如故。前漢亡於王莽，而後漢之世，任用外戚如故。不特此也，哀帝去王氏，所以代之者，則外家丁氏及祖母族傅氏也。後漢外戚，殆無善終者。然一外戚去，一外戚復繼之。此何故哉？亦以任用外戚，為當然之道也。凡一種制度，未至廢棄時，雖或不善，人恆以為行此制者之不善，而不以為此制度之不善。即明知制度不善，亦必以為無可如何之事。既不容廢，又無可以代之者。如君主專制之世，去一君必更立一君是也。陳平謂：「項王所任愛，非諸項，即妻之昆弟。」知項氏苟得天下，其封建子弟，任用外戚，亦必無以異於劉氏矣。此固非一二人之所為，而其時代思想為之也。自魏晉以後，則情勢大異矣。

趙氏翼曰：「上古之時，人之視天甚近。迨人事繁興，情偽日起，遂與天日遠一日。以六經而論，易最先出，所言皆天道。尚書次之，洪範一篇，備言五福六極之徵。其他詔誥，亦無不以惠迪、從逆為吉凶。至《詩》、《禮》、《樂》盛於商周，則已多詳人事，而天人相應之理略焉。如正月繁霜諸作，不一二見也。唯《春秋》記人事，兼記天變，蓋猶是三代以來記載之古法，非孔子所創也。戰國紛爭，詐力相尚。至於暴秦，天理幾於滅絕。漢興，董仲舒治《公羊春秋》，始推陰陽，為儒者宗。宣元之後，劉向治《穀梁》，數其禍福，傅以〈洪範〉，而後天之與人又漸覺親

切。觀〈五行志〉所載，天象每一變必驗一事，推既往以占將來。雖其中不免附會，然亦非盡空言也。昌邑王為帝無道，數出微行。夏侯勝諫曰：久陰不雨，臣下有謀上者。時霍光方與張安世謀廢立，疑安世漏言。安世實未言。乃召問勝。勝對《洪範‧五行傳》云：皇之不極，厥罰常陰，時則有下人謀上者。光、安世大驚。宣帝將祠昭帝廟。旄頭劍落泥中，刃向乘輿。帝令梁丘賀筮之，云有兵謀，不吉。上乃還。果有任宣子章匿廟間，欲俟上至為逆。事發，伏誅。京房以《易》六十四卦，更直日用事，以風雨寒溫為候，各有占驗。每先上疏言其將然，近者或數月，遠或一歲，無不屢中。翼奉以成帝獨親異姓之臣，為陰氣太盛。極陰生陽，恐反有火災。未幾，孝武園白鶴館火。是漢儒之言天者，實有驗於人（愚按：此非其言果有徵驗，正由當時迷信者多，故神其說耳。故觀何時詭異之說，徵驗之多，便可知其時迷信之盛。《左氏》一書，載災祥占驗之說最多，亦同此理）。故諸上疏者，皆言之深切著明，無復忌諱。而其時人君，亦多遇災而懼。如成帝以災異，用翟方進言，遂出寵臣張放於外，賜蕭望之爵，登用周堪為諫大夫。又因何武言，擢用辛慶忌。哀帝亦因災異，用鮑宣言，召用彭宣、孔光、何武，而罷孫寵、息夫躬等。其視天，猶有影響相應之理，故應之以實不以文。降及後世，機智競興，權術是尚。一若天下事，皆可以人力致而天無權。即有志圖治者，亦徒詳其法制禁令，為人事之防，而無復有求端於天之意。故自漢以後，無復援災異以規時政者。間或日食求言，亦只奉行故事。而人情意見，但覺天白天，人自人，空虛寥廓，與人無涉」云云（《二十二史劄記》卷二〈漢儒言災異〉。又〈漢重日食〉、〈漢詔多懼詞〉兩條，可以參看）。愚按：吾國迷信之衰，實緣魏晉時玄學盛行而然。而魏晉玄學之興，又根於東漢古學之盛。蓋今學多傳微言大義，古學偏重名物訓詁。重名物訓詁者，偏於考據，注重實事，迷信自然漸衰也。故東、西漢之間，實古今風氣之一大轉捩也。風氣變而制度隨之矣。

借神教以鼓動者，歷代未嘗無之。然無一能成事者。如漢之張角、張魯，晉之孫恩，近代之白蓮教、天理教等是也。洪秀全若但言逐滿復漢，未始不足號召。乃必模仿天主教，則適足以自亡矣。蓋中國之民，信教之心素淡。故借資神教，僅足鼓動最愚之民。不必智者，凡普通人即皆不之信。其所能鼓動者，在一國中實居最少數也。

神教之權既破，稍足限制君權者，乃在社會慣習，人倫日用之間。即國民共視為當行之道者是也。日本織田萬曰：「崇古之風，為支那民族之特質。遺訓舊制，改廢尤難。苟或反之，即為大戾，歷朝革命，非革古法、舊習，乃裁制破壞古法、舊習者耳。」（《清國行政法》第一編第一章）其言亦殊有理。蓋一國之民，不能無所信守。他國之民，所視為應守之道者，出於神教所啟牖。而吾國之民，所視為應守之道者，出於古訓之昭垂。其所守異，而其有所守則同。守之固，則皆足以禁人之破壞耳。

漢代君權，尚有受限制者一事，相權之重是也。乃至東漢漸變，至魏晉之世而大壞。此事須參考官制乃能明之。

魏晉而後，君主之權力大張。古訓及社會慣習而外，幾無足以限制之者。而盜竊其權者，則歷代皆有。權奸、宵小、女謁、宦寺是也。此乃依附君主而行，非法賦之權，足與君主相抗也。於政體無關係。

所謂民主政體者，謂凡事不容決之以一人，並不容決之以少數人，而必決之以多數人耳（其所謂多數，以全國言之，實非多數，又是一事）。此則議事之初，本係如此。雖甚桀驁，能令眾人服從其議者有之矣。使眾人懾其威而不敢言，止矣。謂公共之事，眾人本不當與，唯一人或少數人司之，此非積漸，必不能致也。故民主政體者，乃政之初制也。中國所以無之者，則以地勢便於統一，世愈降，國土愈廣，集眾而議，勢所不行。貴族專制，則較君主專制尤惡，故君主削貴族之權，人民實陰相之。遂至舉一國之權，而奉諸一人耳。

民主政體，於古有徵乎？曰：有。〈坊記〉引《詩》曰：「先民有言，

詢於芻蕘。」鄭《注》曰:「先民,謂上古之君也。言古之人君,將有政教,必謀之於庶民乃施之。」案,《繁露》有六十四民,為上古無名號之君。《書·甫刑》:「苗民弗用靈。」鄭《注》亦以為「有苗之君」(《禮記·緇衣正義》)。則此先民釋為人君,義自可通。此最古之世,人民之得以參與政事者也。然僅言其事,未詳其制也。詳其制者,莫如《周官》。《周官·小司寇》之職:「掌外朝之政,以致萬民而詢焉。一曰詢國危,二曰詢國遷,三曰詢立君。其位:王南向,三公及州長百姓北面。群臣(卿大夫),西面。群史(府史),東面。小司寇擯以敘進而問焉。以眾輔志而弊謀。」《周官》雖虛擬之書,亦必有所依據。試徵之他書:《左氏》定公八年,「衛侯欲叛晉,朝國人,使王孫賈問焉。」哀公元年,「吳之入楚也;使召陳懷公,懷公朝國人而問焉。」則《周官》所謂詢國危者也。《書·盤庚》上:「王命眾悉造於庭。」《孟子》謂大王之遷岐也,「屬其耆老而告之」。則《周官》所謂詢國遷者也。《書·堯典》:「師錫帝曰:有鰥在下曰虞舜。」《左》僖十五年,「晉侯使郤乞告瑕呂飴甥,且召之。子金教之言曰:朝國人,而以君命賞,且告之曰:孤雖歸,辱社稷矣。其卜貳圉也。」昭二十四年,「晉侯使士景伯蒞問周故,士伯立於干祭(王城北門),而問於介眾(介大也)。」哀二十六年,「越人納衛侯,文子致眾而問焉。」則《周官》所謂詢立君者也。知古確有是事矣。鄉大夫之職,「大詢於眾庶,則各帥其鄉之眾寡而致於朝。」《注》:「鄭司農云;大詢於眾庶,〈洪範〉所謂謀及庶民。」則斯制由來甚遠。〈洪範〉所謂「謀及卿士,謀及庶人,謀及卜筮者」,亦必實有其法,而非虛語矣。

其議事之法,亦有可見者。陳懷公之朝國人也,曰:「欲與楚者左,欲與吳者右。」《韓非子·外儲說》:「齊桓公將立管仲,令群臣曰:寡人將立管仲為仲父。善者入門而左,不善者入門而右。」此猶今之議院,可否者各自一門出也。〈洪範〉:「七,稽疑:擇建立卜筮人……三人占,則從二人之言。汝則有大疑,謀及乃心,謀及卿士,謀及庶人,謀及卜筮。

汝則從，龜從，筮從，卿士從，庶民從，是之謂大同。身其康強，子孫其逢，吉。汝則從，龜從，筮從，卿士逆，庶民逆，吉。卿士從，龜從，筮從，汝則逆，庶民逆，吉。庶民從，龜從，筮從，汝則逆，卿士逆，吉。汝則從，龜從，筮逆，卿士逆，庶民逆，作內吉，作外凶。龜筮共違於人，用靜吉，用作凶。」《公羊》桓公二年，蔡侯、鄭伯會於鄧。離不言會，此其言會何？蓋鄧與會爾。《注》：「二國會曰離。二人議，各是其所是，非其所非。所道不同。不能決事，定是非，立善惡。不足採取，故謂之離會。時因鄧都，得與鄧會。自三國以上言會者，重其少從多也。能決事，定是非，立善惡。《尚書》曰：三人議，則從二人之言。蓋取諸此。」又僖公三十一年，「夏，四月，四卜郊，不從，乃免牲。猶三望。曷為或言三卜，或言四卜？三卜禮也，四卜非禮也。三卜何以禮？四卜何以非禮？求吉之道三。」《注》：「三卜，吉凶必有相奇者。可以決疑，故求吉必三卜。」此皆多數議決之法也。

　　《韓非子‧內儲說》：「魯哀公問於孔子曰：鄙諺曰：莫眾而迷。今寡人舉事，與群臣慮之，而國愈亂，其故何也？孔子對曰：明主之問臣，一人知之，一人不知也。如是者，明主在上，群臣直議於下。今群臣無不一辭同軌乎季孫者。舉魯國盡化為一，君雖問境內之人，猶不免於亂也。一曰：晏嬰子聘魯，哀公問曰：語曰：莫三人而迷。今寡人與一國慮之，魯不免於亂，何也？晏子曰：古之所謂莫三人而迷者，一人失之，二人得之，三人足以為眾矣。故曰莫三人而迷。今魯國之群臣，以千百數，一言於季氏之私。人數非不眾，所言者一人也。安得三哉？」又曰：「張儀欲以秦韓與魏之勢伐齊荊，而惠施欲以齊荊偃兵。二人爭之。群臣左右，皆為張子言，而以攻齊荊為利，而莫為惠子言。王果聽張子，而以惠子言為不可，攻齊荊事已定。惠子入見。王曰：先生毋言矣。攻齊荊之事果利矣。一國盡以為然。惠子因說：不可不察也。夫齊荊之事也，誠利，一國盡以為利，是何智者之眾也？攻齊荊之事誠不利，一國盡以為利，何愚者

之眾也？凡謀者疑也。疑也者，誠疑，以為可者半，以為不可者半。今一國盡以為可，是王亡半也。劫主者，固亡其半者也。」按：今人恆言，多數不免於愚。其實非愚之為患，而不能公之為患，苟人人本其大公至正之心以議事，未有合多數而成眾愚者也。何則？愚人而宅心公正，則經智者之譬曉，必能捨己而從之矣。經智者之譬曉而猶不悟，此為下愚之不移。下愚與上智，在群中同居少數，必不至如其意以決議也。然則民主政體之難行，實非識不足之為患，而道德不足之為患，風氣誠樸之世，率有眾斷之遺蹟存焉。誠樸愈漓，則專制之威愈甚。其故可深長思矣（《左》成六年，晉欒書救鄭，與楚師遇於繞角。楚師還。晉師遂侵蔡。楚公子申、公子成以申息之師救蔡，御諸桑隧。趙同、趙括欲戰，請於武子。武子將許之。知莊子、范文子、韓獻子諫，乃還。「於是軍師之欲戰者眾。或謂欒武子曰：聖人與眾同欲，是以濟事。子盍從眾？子為大政，將酌於民者也。子之佐十一人，其不欲戰者，三人而已。欲戰者，可謂眾矣。〈商書〉曰：三人占，從二人。眾故也。武子曰：善鈞從眾。夫善，眾之主也。三卿為主，可謂眾也。從之，不亦可乎？」此別是一理。雖未必非，然實失從眾之意矣）。

　　古代採取輿論之事甚多。但用否之權，仍操諸上，不如議會之有定法耳。《管子‧桓公問》：「齊桓公問管子曰：吾念有而勿失，得而勿忘，為之有道乎？對曰：勿創勿作，時至而隨。毋以私好惡害公正。察民所惡，以自為戒。黃帝立明臺之議者，上觀於賢也。堯有衢室之問者，下聽於人也。舜有告善之旌，而主不蔽也。禹立諫鼓於朝，而備訊矣。湯有總街之庭，以觀人誹也。武王有靈臺之復，而賢者進也。此古聖帝明王，所以有而勿失，得而勿忘者也。桓公曰：吾欲效而為之，其名云何？對曰：名曰嘖室之議。曰：法簡而易行，刑審而不犯，事約而易從，求寡而易足。人有非上之所過，謂之正士。內於嘖室之議，有司執事者，咸以厥事奉職而不忘為。此嘖室之事也。請以東郭牙為之。此人能以正事爭於君前者也。

桓公曰：善。」此似納諫進賢等事，皆該括焉。《左》襄三十年，「鄭人遊於鄉校，以論執政。然明謂子產曰：毀鄉校何如？子產曰：何為？夫人朝夕退而遊焉，以議執政之善否。其所善者，吾則行之。其所惡者，吾則改之。是吾師也。若之何毀之？」此則察眾論之從違，以定政令之行止者也（《孟子》曰：「國人皆曰可殺，然後察之。見可殺焉，然後殺之。」〈王制〉曰：「疑獄，泛與眾共之。眾疑，赦之。」則古時刑獄，亦有採取輿論之法，但未知其法如何耳）。

立君為民，而國非君主一人所私有，此理本古人所深知。《呂覽》曰：「凡人之性，爪牙不足以守衛，肌膚不足以捍寒暑，筋骨不足以從利辟害，勇敢不足以卻猛禁悍，然且猶裁萬物，制禽獸，寒暑燥溼弗能害，不唯先有其備而以群聚邪？群之可聚也，相與利之也。利之出於群也，君道立也。自上世以來，天下亡國多矣。而君道不廢者，天下之利也。四方之無君者，其民少者使長，長者畏壯，有力者賢，暴傲者尊。日夜相殘，無時休息，以盡其類。聖人深見此患也，故為天下長慮，莫如置天子也。為一國長慮，莫如置君也。置君，非以阿君也。置天子非以阿天子也。置官長，非所以阿官長也。德衰世亂，然後天子利天下，國君利國，官長利官。此國所以遞興遞廢也，亂難所以時作也。」（恃君覽）此等議論，古書中不可勝舉（如《管子·君臣》，《商君·修權》，議論皆與此篇相出入）。如是，其視誅鋤暴君，自為當然之事。其言之尤痛快者，莫如《淮南子》。《淮南子》曰：「聖人之用兵也，若櫛髮耨苗，所去者少，而所利者多。殺無罪之民，而養無義之君，害莫大焉。殫天下之財，而澹一人之欲，禍莫深焉。使夏桀、殷紂，有害於民而立被其患，不至於為炮烙。晉厲、宋康，行一不義而身死國亡，不至於侵奪為暴。此四君者，皆有小過而莫之討也，故至於攘天下，害百姓。肆一人之邪，而長海內之禍，此大倫之所不取也。所為立君者，以禁暴討亂也。今乘萬民之力，而反為殘賊，是為虎傅翼，曷為弗除？夫蓄池魚者必去猵獺，養禽獸者必去豺狼，

又況治人乎？」（〈兵略訓〉）其言之可謂深切著明矣。古之賢君，亦頗有能知此義者。《左》文十三年，「邾文公卜遷於繹。史曰：利於民而不利於君。邾子曰：苟利於民，孤之利也。天生民而樹之君，以利之也。民既利矣，孤必與焉。左右曰：命可長也，君何弗為？邾子曰：命在養民。死之短長，時也。民苟利矣，遷也，吉莫如之。遂遷於繹。」《說苑・至公篇》載南宮邊子之言曰：「昔周成王之卜居成周也，其命龜曰：予一人兼有天下，辟就百姓，敢無中土乎？使予有罪，則四方伐之，無難得也。周公卜居曲阜，其命龜曰：作邑乎山之陽，賢則茂昌，不賢則速亡。季孫行父之戒其子也，曰：我欲室之挾於兩社之間也，使我後世有不能事上者，使其替之益速。」此等，疑古者或將指為後人所傅〔附〕會。然當時既有此理，固不容謂為君長者必不之知也（儒家發揮民貴君輕之義最力者為孟子。其說，皆孔門成說也）。

國非君主所私有，秦漢之際，其義尚明。〈至公篇〉又曰：「秦始皇帝既吞天下，乃召群臣而議曰：古者五帝禪賢，三王世繼，孰是？將為之，博士七十人未對。鮑白令之對曰：天下官則讓賢是也，天下家則世繼是也，故五帝以天下為官，三王以天下為家。秦始皇帝仰天而嘆曰：吾德出於五帝，我將官天下，誰可使代我後者。鮑白令之對曰：陛下行桀紂之道，欲為五帝之禪？非陛下所能行也。秦始皇帝大怒曰：令之前。若何以言我行桀紂之道也，趣〔趨〕說之。不解則死。令之對曰：臣請說之。陛下築臺干雲，宮殿五里。建千石之鐘，萬石之簴。婦女連百，倡優累千。興作驪山，宮室至雍，相繼不絕。所以自奉者，殫天下，竭民力。偏駁自私，不能以及人。陛下所謂自營僅存之主也，何暇比德五帝，欲官天下哉？始皇然，無以應之。面有慚色。久之曰：令之之言，乃令眾醜我。遂罷謀，無禪意也。」此或後人之寓言。然睢孟推《春秋》之意，謂：「漢帝宜誰差天下，求索賢人，嬗以帝位，而退自封百里。」蓋寬饒引韓氏《易傳》言：「五帝官天下，三王家天下。家以傳子，官以傳賢。若四時之運，

功成者去。不得其人，則不居其位。」（俱見《漢書》本傳）則事實矣。漢高祖滅項羽，諸侯及將相，共請尊為皇帝。高祖曰：「吾聞帝，賢者有也。空言虛語，非所守也。我不敢當帝位。」（此言甚質，乃誠高祖之言，非後世文飾之亂比也）文帝元年，有司請立太子。「上曰：朕既不德，上帝神明未歆享；天下人民，未有嗛志。今縱不能博求天下賢聖有德之人而禪天下焉，而曰：豫建太子，是重我不德也。謂天下何？」（皆見《史記》本紀）此等詔令，後世絕不聞矣。亦足覘社會思想之變遷也。

立君為民之義，其亡於東、西漢之際乎？眭孟之說，出自《春秋》。寬饒有言，徵之易傳，足徵今學昌明之世，立君為民之義，為儒生所共知，非世主所能諱。迨王莽謀篡，乃偽造圖讖，傅〔附〕以經說，名之曰緯。如圖讖之說，則一姓之興，皆由天命，徵以禎祥。傳世久遠，亦皆前定，由於曆數，無復「天視自我民視，天聽自我民聽」，「唯命不於常，道善則得之，不善則失之」之意。自此以後，居帝位者，遂侈自以為當然矣，豈非思想之一大轉變乎？

無政府之說，中國無之。《老子》謂：「大道廢，有仁義。慧智出，有大偽。」、「絕聖棄智，民利百倍。絕仁棄義，民復孝慈。絕巧棄利，盜賊無有。」《莊子》謂：「民有常性。」、「至德之世，其行填填，其視顛顛。」、「同乎無知，其德不離。同乎無慾，是謂素樸。素樸而民性得矣。及至聖人，蹩躠為仁，踶跂為義，而天下始疑矣。澶漫為樂，摘僻為禮，而天下始分矣。故純樸不殘，孰為犧尊？白玉不毀，孰為珪璋？道德不廢，安取仁義？性情不離，安用禮樂？」、「夫殘樸以為器，工匠之罪也。毀道德以為仁義，聖人之過也。」（〈馬蹄〉）似有有政府不如無政府之意。然此仍是「天下皆知美之為美，斯惡矣；皆知善之為善，斯不善矣」之旨。欲使治天下者，謹守無為之教，還風俗於純樸。非謂既有政治，可一旦撤去之，而還於無政治也。有政治而復還於無政治，姑無論其可不可，試先問其能不能。老莊即愚人，豈至於是？故以老莊之說，附會今之無政府之說者繆也。至以許行之言，附會

今之無政府，則其說尤繆。陳相謂「從許子之道，則市賈不二，國中無偽。雖使五尺之童適市，莫之或欺。布帛長短同，則賈相若。麻縷絲絮輕重同，則賈相若。五穀多寡同，則賈相若。屨大小同，則賈相若。」苟無政府，試問誰為釐定其賈，責其遵守乎？彼謂「賢者與民並耕而食，饔飧而治」，乃謂不剝民以自奉，非謂無君也。不然，又安有所謂賢者，以剔於所與並耕之民乎？許行之說，蓋古農家之言。其所欲取法者，乃極簡陋之世。雖簡陋，仍有政府，初非今克魯泡特金（Kropotkin）等之說也。後世誦法老莊，以為有君不如無君者，為晉之鮑敬言。其說，見於《抱朴子》之〈詰鮑篇〉，殊粗淺不足觀。然亦謂後世有君之時，不如上古無君之世，非謂既有君，仍可去之也（鮑氏說雖粗淺，葛洪詰鮑之言，卻頗有理致。其言曰：「遠古質樸，蓋其未變。譬夫嬰孩，智慧未萌，非為知而不為，欲而忍之也。」又曰：「若令上世，人如木石，玄冰結而不寒，資糧絕而不飢者，可也。衣食之情，苟在其心，則所爭豈必金玉？所競豈必榮位？橡芧可以生鬥訟，藜藿足用，致侵奪矣。夫有欲之性，萌於受氣之初。厚己之情，著於成形之日。賊殺並兼，起於自然。必也不亂，其理何居？」於世風之不可返，古代之未必勝於後世，言之鑿鑿，與今進化之說，若合符節焉。大抵進化之說，皆就一端而言。若合全體觀之，則世事只有變遷，更無所謂進退。且如今日，民權之說既張，平等之義亦著。回視疇昔，則君主威權無限，社會階級不平，謂其大不如今可也。然昔日風氣，確較誠樸，今則巧詐益滋矣。則謂今不如昔亦可也。故《管子》謂「古者智者詐愚，強者陵〔凌〕弱，老幼孤獨，不得其所，故智者假眾力以禁強虐而暴人止，為民興利除害，正民之德，而民師之。」以為無君之世，不如有君可也。《莊子》謂「聖人不死，大盜不止」，「剖鬥折衡，而民不爭」。則有君之世，反不如無君亦可也。各就一端言之也。夫言豈一端而已，夫各有所當也。《管子》之說，見〈君臣篇〉）。

以天下為一人所私有，蓋從古未有此說。然君主之權，既莫為之限制，則其不免據天下以自私，亦勢所必至也。積之久而其弊大著，乃有起

而矯正之者，是為黃梨洲。《明夷待訪錄‧原君篇》曰：「有生之初，人各自私也，人各自利也，天下有公利而莫或興之，有公害而莫或除之。有人者出，不以一己之利為利，而使天下受其利；不以一己之害為害，而使天下釋其害。此其人之勤勞，必千萬於天下之人。夫以千萬倍之勤勞，而己又不享其利，必非天下之人情所欲居也。故古之人君，量而不欲入者，許由、務光是也。入而又去之者，堯舜是也。初不欲入而不得去者，禹是也。豈古之人有所異哉？好逸惡勞，亦猶夫人之情也。後之為人君者不然，以為天下利害之權皆出於我。我以天下之利盡歸於己，以天下之害盡歸於人，亦無不可。使天下之人不敢自私，不敢自利。以我之大私為天下之公。始而慚焉，久而安焉，視天下為莫大之產業，傳之子孫，受享無窮。漢高帝所謂某業所就，孰與仲多者，其逐利之情，不覺溢之於辭矣。此無他，古者以天下為主，君為客，凡君之所畢世而經營者，為天下也。今也以君為主，天下為客，凡天下之無地而得安寧者，為君也。是以其未得之也，荼毒天下之肝腦，離散天下之子女，以博我一人之產業。曾不慘然，曰：我固為子孫創業也，其既得之也，敲剝天下之骨髓，離散天下之子女，以奉我一人之淫樂，視為當然。曰：此我產業之花息也。然則為天下之大害者，君而已矣。向使無君，人各得自私也，人各得自利也。嗚呼！豈設君之道固如是乎？古者天下之人愛戴其君，比之如父，擬之如天，誠不為過也。今也天下之人怨惡其君，視之如寇讎，名之為獨夫，固其所也。而小儒規規焉以君臣之義無所逃於天地之間。至桀紂之暴，猶謂湯武不當誅之，而妄傳伯夷、叔齊無稽之事，乃兆人萬姓崩潰之血肉，曾不異夫腐鼠？豈天地之大，於兆人萬姓之中，獨私其一人一姓乎？」〈原臣篇〉曰：「天下之大，非一人所能治，而分治之以群工。故我之出而仕也，為天下，非為君也。為萬民，非為一姓也。」、「世之為臣者，昧於此義。以為臣，為君而設者也。君分我以天下而後治之，君授我以人民而後牧之。視天下人民為人君囊中之私物。今以四方之勞擾，民生之憔悴，是

以危我君也，不得不講治之牧之之術。苟無繫於社稷之存亡，則雖有誠臣，亦以為纖芥之疾也。夫治天下，猶曳大木。然前者唱邪，後者唱許。君與臣共曳木之人也。若手不執絆，足不履地，曳木者唯娛笑於曳木者之前，從曳木者以為良，而曳木之職荒矣。嗟乎！後世驕君自恣，不以天下萬民為事，其所求乎草野者，不過欲得奔走服役之人，乃使草野之應於上者，亦不出夫奔走服役，一時免於寒餓，遂感在上之知遇，不復計其禮之備與不備，躋之僕妾之間，而以為當然。」、「又豈知臣之與君，名異而實同耶？」其言可謂深切著明矣。大抵立論恆因乎時勢。民主政體，古代既無其制，貴族執政，實較一人專制為尤惡。故孔子謂「天下有道，則禮樂征伐，白天子出。天下無道，則禮樂征伐，自諸侯出。自諸侯出，蓋十世希不失矣。自大夫出，五世希不失矣。陪臣執國命，三世希不失矣。」（《論語‧季氏》）墨子欲使鄉長一同鄉之義，國君一同國之義，天子一同天下之義（《墨子‧尚同》）。皆欲舉治理之權，奉諸一人。以其時分裂之弊方著，專制之害未形也。自秦以來，君權日張，至晚近而其弊大著矣。故有梨洲之論。皆時勢使然也。

後來北族之敗亡，無不以繼嗣之爭者。今不暇備述。試取前、後《漢書‧匈奴傳》，《隋書》、《唐書‧突厥傳》讀之，可以見其略也。今但略述蒙古之事，以見君位繼承之有定法，亦必累經進化而後能然。而中國古代之或禪或繼，亦可以此為借鏡，而知其所以然焉。按：蒙古始祖日孛兒帖赤那，始居斡難沐漣之源。十八傳至海都，始有汗號。海都而後，汗立闕者二世。至其曾孫哈不勒乃復稱汗。哈不勒死，其再從兄弟俺巴孩繼之（亦海都曾孫）。蒙古與主因塔塔兒世仇。主因塔塔兒誘執俺巴孩，送之於金。金人以木驢殺之（非刑之名）。俺巴孩使告其子合答安大石，及合不勒子忽圖剌，為之報仇。於是部人共議，立忽圖剌為汗。祕史謂「是役也，會於豁兒豁納川。既立忽圖剌，遂燕於大樹之下。眾達達欣喜，繞樹跳躍，蹋地成深溝」。蓋斯時選舉之儀式然也。忽圖剌死，蒙古復無共主。

成吉思少時，備受同族齮齕。稍長，諸部歸向者漸多。始與其安答（蒙古語。譯言交物之友）札答闌（部名，亦氏族名）、札木合約牧。已而去之。諸部多從之者。《源流考》謂是時諸部共推成吉思為汗，蓋以繼忽圖剌也。及漠南北平，諸部族復大會於斡難沐漣，共上成吉思汗之號。拉施特《蒙古全史》曰：「成，堅強也。吉思，多數也。猶契丹之稱古兒汗。古兒汗者，眾汗之汗也。」（《蒙古全史》）蓋即所謂大汗也。至此，則推戴成吉思者，非徒蒙古人，而成吉思亦非但蒙古人之汗矣（《源流考》巴圖蒙克七歲稱達顏汗，四十一歲又即汗位，蓋亦始為蒙古汗，繼為眾部族之汗也。達顏即大元異譯，足徵連顏汗之稱，乃繼承蒙古本族之統緒）。蒙古自憲宗以前，汗位繼承，必由宗王、駙馬、萬戶、千戶等會集推戴，謂之忽烈而臺（譯言大會）。蓋其本部族之汗，及諸部族之大汗，皆本無世襲之法也。此等立君，雖曰公推，初無定法。孰可與會，既無法律定之。孰可見推，自亦並無限制。唯就事勢言之，則所推者，總不越成吉思汗之子孫耳。斯時雖無世繼之法，而舊可汗之遺言，於新可汗之見推，甚有關係。觀俺巴孩遺命合答安大石及忽圖剌為之報仇，而蒙人立汗，遂必於二人中擇其一可知。成吉思四子：長曰朮赤，次曰窩闊臺，次曰察合臺，次曰拖雷。蒙古之俗，財產傳諸幼子。幼子謂之斡赤斤，譯言守灶。然此只是承受產業，與汗位繼承，了無干涉。蓋一為家事，一為國事也。爵位等之承襲，仍以長子為多。於此可悟古者兄弟相及之理。蓋國固利有長君，而年長者任事較久，威望亦易孚於眾也。成吉思汗之妻曰孛兒帖（翁吉剌氏）。嘗為蔑兒乞所篡。成吉思結札木合等，復篡之歸。歸未久而生朮赤。諸弟皆以此歧視朮赤，不敬之。朮赤從成吉思西征，遂留西北不歸，實蒙古之泰伯也。成吉思之死也，遺言立窩闊臺。忽烈而臺無異議。是為太宗。太宗死，忽烈而臺立其子定宗。定宗病不事事，三年而殂。其子忽察、太宗孫失烈門、拖雷子蒙哥，皆覬覦汗位。然太宗後人，多不愜眾望。成吉思之分部兵於四子也，拖雷以斡赤斤故，所得獨多。功臣宿將，多隸麾下。拖雷之死，

諸子皆幼。其妻唆魯禾帖尼，實主政事。唆魯禾帖尼有才略，部下皆歸心焉。宗王最有威望者，為朮赤子拔都。唆魯禾帖尼深結之。故拔都亦欲立蒙哥。定宗死之明年，拔都召開忽烈而臺於阿勒臺忽剌兀（地在今新疆省精河縣南）。諸王以會議非地，多不至。明年，復會於客魯沐漣（今克魯倫河）。唆魯禾帖尼主議，太宗及察合臺後人無至者。拔都倡議立蒙哥，是為憲宗。太宗後人謀叛，欲立失烈門。憲宗殺其黨七十人。並殺定宗可敦，及其用事大臣。謫失烈門為探馬赤。世祖之侵宋也，請於憲宗，令其隨軍立功自贖。及憲宗自將南伐，仍命投諸水，殺之。憲宗又裂太宗分地，以封其後人，賈生所謂眾建諸侯而少其力也。太宗舊部，皆易其將，所以奪其兵柄也。論者譏其失成吉思固本睦族之訓焉。憲宗既立，使其弟忽必烈治漠南，阿里不哥治漠北。憲宗伐宋，死於合州。忽必烈方圍鄂州，遽與宋和，北歸，至開平，自立，是為世祖。始不待忽烈而臺之推戴矣，阿里不哥亦立於和林，與世祖戰，敗績，乃降。而太宗之孫海都，乘機自立。蒙古諸宗王多附之。至其子察八兒，乃來降。自海都之叛，蒙古大汗之號令，不復行於分封諸國。曠古未有之版圖，遂自此解體矣。綜觀蒙古之立君，其始也，必有足以統攝全族者，而後舉之，無其人則闕。其舉之也，上遵先君之遺命，下待輿情之允洽。選者無偏黨，無私曲，亦不聞植黨違道以求立者，誠可為選君之模範。蓋部族小則汗位不尊，其利不足爭，而是非利害易見，其眾亦不易誑也。迨成吉思東征西討，所懾服者眾，進而為諸部族之大汗，則其情勢非復如此，而其事亦無以善其後矣。於此可悟選君民主之法，皆易行於小國寡民，至於廣土眾民之世，則不然也。中國之由官天下易為家天下，得毋其理亦如此邪？

中國一君專制政體，實事勢所造成，前已言之。蓋在古昔，強陵〔凌〕弱，眾暴寡之焰方張，而一人專制之弊未著，故人民寧戴一最強者，以圖息肩也。逮乎後世，君主專制之治，業已情見勢絀。言政治者，宜其惡君主而欲去之矣。然凡事習之久則不覺其非。古代君權未盛之世，

其事跡既多湮晦，又無他國之事，以資觀感，則思慮有所不及。即有一二人偶得之，亦迫於勢而不敢言。此數千年來，君主專政體，所以安若泰山也。逮乎明清之交，閹宦橫於上，「流寇」起於下，生民之道既絕，清人乘之入主。論者窮極根原〔源〕，乃覺一君專制之害之大，而梨洲原君之論出焉。尚未為多數人所注意也。適會西人東來，五口通商而後，無一事不受外侮。中國人始覺時局之大異於昔。今所謂外夷者，非復古之外夷，乃漸次加以考察。剝蕉抽繭，愈考察而愈近乎其真。而中日戰後，時勢之亟，又迫我不得不圖改變。於是新機風發泉湧，改革之勢，如懸崖轉石，愈進愈激。圖窮而匕首見，而君主政體動搖矣（或曰：梨洲與宋儒，同講理學。明末固有閹宦之禍、「流寇」之事，然唐宦官亦不可謂不專橫。藩鎮之割據，其害亦未必減於宦官之禍也。遼金雖未入主中國，然禍害至此，亦前古所無矣。梨洲能發〈原君〉之論，宋儒顧大倡尊王之義者何？應之曰：宋儒之所倡者，為尊王攘夷。攘夷，梨洲與宋儒之所同欲也。特宋儒謂必尊王乃可攘夷。梨洲則謂必明乎天下非一人所私有之義，乃可以攘夷，其所以攘夷者不同耳。蓋宋儒鑒於晚唐五代藩鎮之禍，患紀綱之不立，故主尊王。梨洲鑒於明事之敗壞，半由君主之昏庸，深知私天下於一人之弊，故有〈原君〉之論耳）。

　　中國之大改革，始於光緒戊戌之變法。是時所欲效者，則日之睦仁，俄之彼得而已，未嘗擬議及於政體也。政變而後，康有為設保皇黨於海外。斯時所謂新者徒，所跂望者，則德宗親政，復行新法而已，猶未及於政體也。庚子以後，人民乃知清室之不足有為。是時留學者日多，知外事稍浹。孫文倡導多年之革命，附和者乃漸多。梁啟超初亦主革命，後與其師康有為論辯，折而從之，遂主君主立憲。於是革命、立憲，兩派對峙。章炳麟所主民報，梁啟超所主新民叢報為之魁。兩派議論雖不同，其主改政體則一也。斯時在中國國內，主張立憲者，可以明目張膽。圖謀革命者則不然。立憲派之勢力，自較革命派為盛。日俄戰後，時局益急。主立憲

者,又謂日以立憲而勝,俄以專制而敗。議論風靡全國。內外大臣,亦有主之者。於是有派載澤等出洋考察憲政之舉。還奏,皆主立憲。疆臣又多奏請者。乃於光緒三十二年,下詔豫〔預〕備立憲,從改革官制入手。三十四年八月,定豫〔預〕備之期限為九年。溥儀立,人民請速開國會,又改其期為五年。中國民主之義,本甚昌大,特為事勢所遏,鬱而未發。是時遭際時會,浡焉以興。清室即真能立憲,亦未足厭人民之望。況其所謂立憲者,毫無真誠。而內外官吏,藉籌備立憲為名,多所興作,擾民愈甚。主立憲者難之曰:「所以欲立憲者,以政治不善也。今將一切新政,悉行舉辦,名之曰籌備立憲,則籌備告竣時,政治既已舉矣,尚何以立憲為?既知專制之不如立憲,又不肯先立憲而後舉辦庶政,其意果何居乎?」主立憲者之論如此,主革命者可知。清室之所為,終不足以平民氣而圖自保也審矣。而是時滿漢交惡之勢又漸熾,於是事勢益急。辛亥八月,義師起於武昌。薄海響應,捷於桴鼓。而清社以屋,而民國以成。

民國成立,可為創數千年未有之局。初清室之退位也,民國與訂優待條件。其中第一款,許其存尊號,民國以外國君主之禮待之。第二款,與以歲費四百萬。第三款,許其暫居宮禁,日後移居頤和園。第四款,許其奉祀宗廟陵寢,民國為之保護。第五款,民國許代完德宗崇陵工程。第六款,宮內執事人員,許其留用。唯以後不得再閹人。第七款,民國許保護清室私產。於清皇族,亦許仍其世爵,公私權同於民國國民,而不服兵役,且保護其私產。於旗民,許為代籌生計。未籌定前,八旗兵弁俸餉,照舊發給。亦可謂仁至義盡矣。乃清室仍居宮禁,迄不遷移。違背條件之事,尤不一而足。民國六年,又有復辟之役。京師既復,民國本應加以徹究。徒以是時執政柄者,為清室舊臣,自謂不忍於故君,遂忘服官民國應盡之責任。多數議員,醉心祿利,縱橫捭闔,日爭政權,但圖苟全一己生命財產,不復計綱紀順逆,無能督責政府者。清帝遂仍安居故宮,一若未犯叛逆之罪。直至十三年,馮玉祥軍入京師。國務院始與改訂優待條件,

廢其尊號，令其出宮。然猶年給家用五十萬。並一次支出二百萬，開辦北京貧民工廠，儘先收容旗籍貧民。清室所占公產，歸諸民國政府，而私產仍為其所有。彌可謂仁之至，義之盡矣。乃清遺臣寶熙等，猶責民國不守優待條件，何其悖哉？今節錄孫中山祕書處覆寶熙之函如下，於此事癥結，最為瞭然。讀此函，而此事之當如何措置，不待再計矣。函云：「中山先生以為條件契約，義在共守。優待條件第三款，載明大清皇帝辭位以後，暫在宮禁，日後移居頤和園。又民國三年，《清皇室優待條件善後辦法》第二款，載稱清皇室對於政府文書，及其他履行公權私權之文書契約，通用民國紀年，不用舊曆及舊時年號。第三款載稱清皇帝諭告及一切賞賜，但行於宗族家庭，及其屬下人等。其於官民贈給，以物品為限。所有賜諡及其他榮典，概行廢止。乃清室始終未踐移宮之約。於文書契約，仍沿用宣統年號。對於官吏頒給榮典賜諡等，亦復相仍弗改。是於民國元年優待條件，三年《優待條件善後辦法》中，清室應履行各款，已悉行破棄。逮民國六年復辟之舉，實犯破壞國體之大眚。優待條件，至此毀棄無餘。清室已無再責民國政府踐履優待條件之理。雖清室於復辟失敗後，自承為張勳迫脅而成。然張勳既死，清室又予以忠武之諡。是明示國人以張勳有造於清室，復辟之舉，實為清室所樂從。綜斯數端，民國政府，於優待條件，勢難繼續履行。我所以認十一月間攝政內閣修改優待條件，及促清室移宮之舉，按之情理法律，皆無可議」云云。其後清室善後委員會，點查清宮物品，發見清室與其遺臣密謀復辟文件，函請高等檢察廳起訴。高等檢察廳謂事在十四年一月一日赦令以前，遂為不起訴處分。委員會覆函云：「本年一月一日大赦令，其主旨，係因民窮俗偷，多陷刑辟。故曹錕一案，不在赦列。其強盜匪徒殺人等案，情節較重，亦不在赦列。陰謀復辟，非普通罪犯可比。推翻國體，罪更浮於賄選。細繹此次令旨，實無赦及屢犯不悛，進行不已，復辟罪犯之意。為此仍請貴廳實行依法檢舉」云云。高等檢察廳終不聽。

# 第十一章　戶籍

　　《中論》曰：「治平在庶功興，庶功興在事役均，事役均在民數周。民數周，為國之本也。故先王周知其萬民眾寡之數，乃分九職焉。九職既分，則劬勞者可見，怠惰者可聞也。然而事役不均者，未之有也。事役既均，故民盡其力。而人竭其力，而庶功不興者，未之有也。庶功既興，故國家殷富，大小不匱，百姓休和，下無怨疾焉。然而治不平者，未之有也。故曰：水有源，治有本。道者，審乎本而已矣……今之為政者，未知恤己矣。譬由無田而欲樹藝也；雖有良農，安所措其強力乎？」偉長此篇，言民數之宜審，最為警切。蓋凡治皆以為民，凡事皆待人為，故周知民數，為設治之本也。

　　然中國數千年來，見於戴籍之民數，殆無一確實者。有之，其唯古代乎？然其數不可考矣。古代民數，所以較確實者，以其國小而治纖悉。斯時去游牧之世未遠，游牧之世，治本屬人而非屬地。其後雖進於耕稼，猶存屬人之意。故統屬編制，咸有定法。《周官》六鄉，五家為比，五比為閭，四閭為族，五族為黨，五黨為州，五州為鄉；遂則五家為鄰，五鄰為里，四里為酇，五酇為鄙，五鄙為縣，五縣為遂，皆以五起數，與軍制相應（《管子·立政》：分國以為五鄉，分鄉以為五州，分州以為十里，分里以為十游；十家為什，五家為伍，什伍皆有長焉。〈小匡〉：五家為軌，十軌為里，四里為連，十連為鄉，五鄉一師。其制，鄙則五家為軌，六軌為邑，十邑為率，十率為鄉，三鄉為屬，五屬一大夫。《史記·商鞅列傳》：「令民為什伍，而相牧司連坐。」亦皆以五起數）。《尚書·大傳》：「古八家為鄰，三鄰而為朋，三朋而為里，五里而為邑，十邑而為都，十都而為師，州十有二師焉。」則以三起數，與井田之制相應。雖其制不同，而其有統屬編制則一。〈內則〉：子之生也，「夫告宰名，宰遍告諸男名，書曰：某年，某月，某日，某生。而藏之。宰告閭史。閭史書為二，其一藏諸閭

府，其一獻諸州史。州史獻諸州伯，州伯命藏諸州府。」是凡一人之生，州閭及其家，皆有紀錄也。《周官‧司民》：「掌登萬民之數，自生齒以上，皆書於板（《注》：『男八月、女七月而生齒。』）。辨其國中，與其都鄙，及其郊野，異其男女，歲登下其死生。及三年大比，以萬民之數詔司寇。司寇及孟冬祀司民之日，獻其數於王，王拜受之，登於天府。內史、司會、塚宰貳之，以贊王治。」是為專司民數之官。而小史徒頒比法於六鄉，使各登其鄉之眾寡、六畜、車輦。自鄉大夫以下，皆司其事。遂亦如之。三年大比，則普加簡閱。由是以起軍旅，作田役，比追胥，令貢賦，均土地焉。媒氏：「掌萬民之判。凡男女，自成名以上，皆書年、月、日、名焉。」（《注》：「謂子生三月，父名之。」）、「中春之月，令會男女。」蓋即〈禮運〉、《管子》所謂「合男女」者也。〈周語〉：「宣王既喪南國之師，乃料民於太原。仲山甫諫曰：民不可料也！夫古者不料民而知其多少。司民協孤終，司商協民姓，司徒協旅，司寇協奸，牧協職，工協革，場協入，廩協出，是則少多、死生、出入、往來，皆可知也。於是乎又審之以事。王治農於籍，搜於農隙，耨獲亦於籍，獮於既烝，狩於畢時，是皆習民數者也，又何料焉？」蓋凡政令，無不與民數相關。其知之之途多，故其所知之數審也。

後世之民數，所以幾不可知者，其故有四：古代設治極密，大國百里，其君不過後世一縣令耳。而其下設官甚多，君主既不甚尊嚴，大夫士尤易巡行田野。其人皆生長其地，世守其土，民情不易隱匿。賦役之登耗，尤與其祿入有關。其能周知隱曲，自在意計之中。後世則親民之官，唯一縣令，政不逮下。其輔之為治者，則吏胥及里閭之長耳。縣令皆異地人，有並其所治之地之言語而不能通者，而民情無論矣。久任者絕罕，大率不數年而去。增加賦入，初無益於私計。隱匿戶口，轉可以寬考成。彼亦何樂而遍行鄉曲，以核其實哉？里閭之長，非惷愚不能任事，則思魚肉鄉里以自肥，吏胥更無論矣，安可托以清查乎？即托以清查，又焉能集事乎？此由於設官之疏

閣者一也。古者周知民數，蓋將以為治。如徐偉長所謂「以分田里，以令貢賦，以造器用，以制祿食，以起田役，以作軍旅」者也。後世度地居民之制既亡，計口授田之法亦廢，貢賦不核其實，祿食不依於田，田役久闕成規，軍旅出於召募，設工官以造械器，更絕無其事矣。一切養生送死之事，莫不由人民自謀，國家初不過問。周知民數，無益於政，且不免煩擾之虞；不知民數，不關於事，轉可獲清靜之益，安得不聽其自生自死，而不一問其增耗也？此由於政事之廢弛者二也。古代田宅，皆受諸官。人民應役，固因耕地之肥瘠而有重輕；而其受田，亦因人口之多寡而異肥瘠（《周官·小司徒》：「乃均土地，以稽其人民，而周知其數。上地家七人，可任也者家三人。中地家六人，可任也者二家五人。下地家五人，可任也者家二人。」）。隱匿口數，是自棄其承受田宅之利也。後世則不授以田，而徒役其身，徵其稅。有丁有田者，苟能漏籍，即同寬免之條，貧無立錐者，不能免役，且輸無田之稅，孰不欲為亡命之徒乎？此由於產業制度之不同者三也。古者生事簡，域民嚴，民去其鄉者少。比閭族黨之制，既足周知農民之數，出於耕農之外者，其業各有統屬，有如中山甫所述之制，亦足知之。後世職業繁，交通便，既無津梁符傳之限制，復獲箕裘弓冶之自由，背井離鄉，有如獸走鳥飛，莫之能制。列廛比肆，又如秦肥越瘠，各不相知。又有所謂「游民紛於鎮集，技業散於江湖」者，彼既不樂人之知之，人亦無從而知之。戶口之數，即令知之多途，核之有道，亦安能如古代之詳實哉？此由於社會組織之複雜者四也。凡此，皆古代之民數所以精詳，而後世則幾於不可知之原因也。而戶籍役籍，並為一談，尤為清查人口之大累。

　　古代戶籍，蓋亦唯州閭所藏，為全國人口總數。此外諸官所記，蓋亦取與職事有關。雖其所記，或仍與人口總數相近，然其清查之意，則已不為人口而為財用矣。詳見拙撰〈論中國戶口冊籍之法〉一篇，茲不更贅。後世制度日異，生子而書名州閭，業已絕無其事。政治闊疏，除收口稅之冊外，更無他籍。而口稅之冊，失實特甚。全國人口，遂至無可稽考矣。

今試略舉往史所載戶籍失實情形如下：

《文獻通考·職役考》：「齊高祖建元二年，詔朝臣曰：黃籍民之大紀，國之治端。自頃氓俗巧偽已久，乃至竊注爵位，盜易年月，增損之狀，貿襲萬端，或戶存而文書已絕，或人在而反托死叛，停私而云隸役，身強而稱六疾。編戶齊民，少不如此，皆政之巨蠹，教之深疵。比年雖卻改籍書，終無得實。若約之以刑，則人偽已遠，若綏之以德，則勝殘未易。卿諸賢並深明理體，各獻嘉謀，以何科算，能革斯弊也？虞玩之上表曰：宋元嘉二十七年，八條取人，孝建元年書籍，眾巧之所始也。元嘉中，故光祿大夫傅崇，年出七十，猶手自書籍，躬加隱校。」、「古之共理天下，唯良二千石。今欲求理取正，其在勤明令長。凡受籍縣，不加檢勘，但封送州。州檢得知，方卻歸縣。吏貪其賂，人肆其奸。奸彌深而卻彌多，賂逾厚而答逾緩。自泰始三年至元徽四年，揚州等九郡四號黃籍，共卻七萬一千餘戶。於今十一年矣，而所正者猶未四萬。神州奧區，尚或如此，江湘諸郡，尤不可言。愚謂宜以元嘉二十七年籍為正。人惰法既久，今建元二年書籍，宜更立明科，一聽首悔。倍而不念，依制必戮。使官長審自檢校，必令明洗，然後上州，永以為正。若有虛昧，州縣同咎。今戶口多少，不減元嘉，而版籍頓闕，弊亦有以。自孝建以來，入勳者眾。其中操干戈衛社稷者，三分殆無一焉。」、「尋蘇峻平後，庾亮就溫嶠求勳簿，而嶠不與，以為陶侃所上，多非實錄。尋物之懷私，無代不有。」、「又有改注籍狀，詐入士流，昔為人役者，今反役人。又生不長髮，便謂道人。」、「或抱子並居，竟不編戶。遷徙去來，公違土斷。屬役無漏，流亡不歸。法令必行，自然競反。」、「為理不患無制，患在不行；不患不行，患在不久。帝省表納之，乃別置板籍，官置令史，限人一日得數巧，以防懈怠。至武帝永明八年，謫巧者戍緣淮各十年，百姓怨咨。帝乃詔曰：既往之愆，不足追咎。自宋升明以前，皆聽復注。其有謫邊疆，皆許還本。自此後有犯，嚴其罪。」（又見《南齊書·虞玩之傳》）按：此可見官長怠

惰，吏胥舞弊，人民詐偽情形。

又：「梁武帝時，所司奏南徐、江、郢，逋兩年黃籍不上。尚書令沈約上言曰：晉咸和中，蘇峻作亂，版籍焚化。此後起咸和三年，以至乎宋，並皆詳實。硃筆隱注，紙連悉縫，而尚書上省庫籍，唯有宋元嘉以來者。晉代舊籍，並在下省左人曹，謂之晉籍。自東西二庫，既不係尋檢，主者不復經懷，狗牽鼠囓，雨溼沾爛，解散於地，又無局縢。此籍精詳，實宜保惜。位高官卑，皆可依按。宋元嘉二十七年，始以七條徵發。既立此科，苟有迴避，奸偽互起，歲月滋廣，以至於齊。於是東堂校籍，置郎令史以掌之，而簿籍於此大壞矣。凡粗有衣食者，莫不互相因依，競行奸貨。落除卑注，更書新籍。通官榮祿，隨意高下。以新換故，不過用一萬許錢。昨日卑微，今日仕伍。凡此奸巧，並出愚下。不辨年號，不識官階。或注義熙在寧康之前，或以崇安在元興之後。此時無此府，此年無此國。元興唯有三年，而猥稱四年。又詔書甲子，不與長歷相應。如此詭謬，萬緒千端，校籍諸郎，亦所不覺，不才令史，更何可言。且籍字既細，難為眼力，尋求巧偽，莫知所在，徒費日月，未有實驗。假令兄弟三人，分為三籍，卻一籍祖父官。其二初不被卻，同堂從祖以下，固自不論。諸如此例，難可悉數。或有應卻而不卻，不須卻而卻，所郝既多，理無悉當，懷冤抱屈，非止百千。投辭請訴，充曹牣府，既難領理，交興人怨。於是悉聽復注，普停洗卻。既蒙復注，則莫不成官。此蓋稽核不精之巨弊也。臣謂宋、齊二代，士庶不分，雜役減闕，職由於此。自元嘉以來，籍多假偽，景平以前，既不係檢，凡此諸籍，得無巧換。今雖遺落，所存尚多，宜有徵驗，可得信實。其永初景平籍，宜移還上省。竊以為晉籍所餘，須加寶愛。若不留意，則遠復散失矣。不識胄冑，非謂衣冠，凡諸此流，罕知其祖，假稱高曾，莫非巧偽。質諸文籍，奸事立露，徵覆矯詐，為益寔弘。又上省籍庫，雖直郎題掌，而盡日科校，唯令史獨入。籍既重寶，不可專委群細。若入檢籍之時，直郎直都，應共監視。寫籍皆於

郎都目前，並皆掌置，私寫私換，可以永絕。事畢郎出，仍自題名。臣又以為巧偽既多，並稱人士。百役不及，高臥私門，致令公私闕乏，是事不舉。宜選史傳學士，諳究流品者為左人。即左人尚書，專共校勘。所貴卑姓雜譜，以晉籍及宋永初、景平籍在下省者，對共讎校。若譜注通籍有卑雜，則條其巧謬，下在所科罰。帝以是留意譜籍，詔御史中丞王僧孺改定百家譜。由是有令史書吏之職，譜局因此而置。」（亦見《梁書‧王僧孺傳》）按：此因當時士族，可以免役，故行賄以求預也。不重現在之丁資，而寶前代之舊籍，但稽官姓，不核人丁，斯時冊籍，概可知矣。

　　前代戶籍，久已不可得見，而敦煌石室，藏有昔人寫經，其紙之一面，乃西涼李暠建初十二年，即晉安帝義熙十二年戶籍，下距民國紀元一千四百九十六年矣，誠瑰寶也。

　　晉籍之式，當沿自漢、魏，漢、魏亦當沿之自古。然則中國最古戶籍之式，據此竟可推想矣。如此籍男女、年歲、親屬、職業，均有可稽，何以當時政府深以戶籍不明為患？竊疑上諸政府者，與地方所存，實非一物也。

　　漢代算賦，計口出錢，故亦稱口錢。自晉武制戶調之式，而戶賦始重。其後遂併力役亦按戶科之。《通考》謂「齊文宣立九等之戶，富者稅其錢，貧者役其力」是也。唐人因之。唐制：三年一造戶籍。一留縣，一送州，一送戶部。其所致謹者，恐亦不過戶等之升降而已。宋世役法大壞，戶籍之失實尤甚。今試更舉《通考》所載兩事如下：

　　「政和三年，詳定《九域圖志》。蔡攸、何志同言：今所取會天下下戶口數，類多不定。且以河北二州言之。德州主客戶五萬二千五百九十九，而口才六萬九千三百八十五。霸州主客戶二萬二千四百七十七，而口才三萬四千七百一十六。通二州之數，率三戶四口，則戶版刻隱，不待校而知之。乞詔有司，申嚴法令，務在核實。從之。」（〈戶口考〉）

　　「李心傳〈建炎以來朝野雜記〉：西漢戶口至盛之時，率以十戶為四十八口有奇，東漢戶口，率以十戶為五十二口，準周之下農夫。唐人戶

口至盛之時，率以十戶為五十八口有奇，可準周之中次。自本朝元豐至紹興，戶口率以十戶為二十一口，以一家止於兩口，則無是理。蓋詭名子戶，漏口者眾也。然今浙中戶口，率以十戶為十五口有奇。蜀中戶口，率以十戶為二十口弱。蜀人生齒，非盛於東南。意者蜀中無丁賦，於漏口少爾。昔陸宣公稱租庸調之法曰：不校閱而眾寡可知。是故一丁授田，絕不可令輸二丁之賦。非若兩稅，鄉司能開闔走弄於其間也。自井田什一之後，其唯租庸調之法乎？」（〈戶口考〉）

　　馬貴與曰：「古今戶口之數，三代以前姑勿論。史所載西漢極盛之數，為孝平元始二年，人戶千一百二十三萬三千。東漢極盛之時，為桓帝永壽三年，戶千六十七萬七千九百六十（原注：此《通典》所載之數。據《後漢書·郡國志》：計戶一千六百七萬九百六，則多《通典》五百八十三萬有奇，是又盛於前漢矣）。三國鼎峙之時，合其戶數，不能滿百二十萬。昔人以為才及盛漢時南陽、汝南兩郡之數。蓋戰爭分裂，戶口虛耗，十不存一，固宜其然。晉太康時，九州島島攸同，然不可謂非承平時矣，而為戶只二百四十五萬九千八百。自是而南北分裂，運祚短促者固難稽據，姑指其極盛者計之：則宋文帝元嘉以後，戶九十萬六千八百有奇。魏孝文遷洛之後，只五百餘萬。則混南北言之，才六百萬。隋統一之後，至大業二年，戶八百九十萬七千有奇。唐天寶之初，戶八百三十四萬八千有奇。隋、唐土地，不殊兩漢，而戶口極盛之時，才及其三之二，何也？蓋兩漢時戶賦輕，故當時郡國所上戶口版籍，其數必實。自魏晉以來，戶口之賦頓重，則版籍容有隱漏不寔，固其勢也。南北分裂之時，版籍尤為不明，或稱僑寄，或冒勛閥，或以三五十戶為一戶，苟避科役，是以戶數彌少。隋、唐統一之後，生齒宜日富，休養生息，莫如開皇、貞觀之間，考核之詳，莫如天寶，而戶數終不能大盛。且天寶十四載所上戶，總八百九十一萬四千七百九，而不課戶至有三百五十六萬五千五百。夫不課者，鰥寡、廢疾、奴婢，及品官有蔭者皆是也。然天下戶口，豈容鰥寡、廢疾、品官

居其三之一有奇乎？是必有說矣。然則以戶口定賦，非特不能均貧富，而適以長奸偽矣。又按漢元始時，定墾田八百二十七萬五千三十六頃，計每戶合得田六十七畝百四十六步有奇。隋開皇時，墾田千九百四十萬四千二百六十七頃，計每戶合得田二頃有餘。夫均此宇宙也，田日加於前，戶日削於舊，何也？蓋一定而不可易者田也，是以亂離之後，容有荒蕪，而頃畝猶在。可損可益者戶也，是以虛耗之餘，並緣為弊，而版籍難憑。杜氏《通典》以為我國家自武德初至天寶末，凡百三十八年，可以比崇漢室，而人戶才比於隋氏。蓋有司不以經國馭遠為意，法令不行，所在隱漏之甚，其說是矣。然不知庸調之徵愈增，則戶口之數愈減，乃魏晉以來之通病，不特唐為然也。漢之時，戶口之賦本輕，至孝宣時，又行蠲減，且令流徙者復其賦。故膠東相王成，遂偽上流民自占者八萬餘口，以徼顯賞。若如魏晉以後之戶賦，則一郡豈敢偽占八萬口，以貽無窮之累乎？」（同上〈田賦考〉）

明代定役，漸側重於農田。詳天下之戶口者，乃有黃冊。其法：以百十戶為一里（在城曰坊，近城曰廂）。里推丁糧多者十人為長，餘百戶為十甲，甲十人。歲役里長一人，甲長十人，以司其事。黃冊以戶為經，以田為緯，亦由里長司之，上於縣，縣上於府，府上於布政司，布政司上之戶部。戶部於年終進呈，命戶科給事中一人、御史二人、戶部主事四人校之。其立法本極精詳，然有司之意，總止於取辦賦役，人口之登耗，在所不問，黃冊遂有名無實。官吏據定賦役者，別為一書，謂之白冊，而黃冊寖至廢闕矣。

清張玉書曰：「古者司民掌登萬民之數，自生齒以上，皆書於版，歲登下其死生。三年大比，而民數上於天府。公家之事，國中自七尺以及六十，野自六尺以及六十有五，皆徵之。其貴者、賢者、能者、服公事者、老者、疾者皆捨，亦以歲時上其書。是則生齒之數，與力役之數，當各有籍，而非以賦役之多寡，為生齒之贏絀也。自西漢初有口錢算賦，而

戶口之賦以起。歷代相沿未變。獨所紀戶口登耗之差，不知自生齒以上悉紀之歟？抑收口錢算賦，然後列於丁男之數歟？如以口錢算賦為紀，則民間漏籍，不可勝指，而即據此以為贏絀，可歟？隋制：男女三歲以下為黃，十歲以下為小，十七歲以下為中，十八歲以上為丁，六十為老。唐制：始生為黃，四歲為小，十六為中，二十一為丁，六十為老。不知隋、唐所紀戶口，自黃口以上悉紀之否歟？我國家戶口冊，仍前明黃冊之制，分舊管、新收、開除、實在四則，以田土從戶口，分豁上、中、下三等，立軍、民、匠、灶等籍，而役之輕重準焉。顧西北土滿人稀，隱避恆寡。東南則有田然後有丁，其載諸冊籍者，皆實收丁糧之人。而一戶之中，生齒雖盛，所籍丁口，率自其高曾所遺，非析產不增丁。則入丁籍者，常不過數人而已。其在仕籍及舉、貢、監、生員，與身隸營伍者，皆例得優免。而傭保、奴隸，又皆不列於丁。則所謂戶口登耗之數，於生齒之贏絀，總無與也。按黃冊載某戶丁幾名，於某丁下載男婦若干口，而總數專載實在當差丁若干名。似宜變通昔人之法，分為二冊，一載實在當差丁共若干名，一載不當差人口若干名，以為每歲登耗之驗。」（《清經世文編》卷三十）按明制：鰥寡孤獨不任役者，附十甲後為畸零。僧道有田者，編冊如民科，無田者亦為畸零。則不役之男女，冊亦咸具其數，而所統計者，乃專在當差之丁，則因役籍戶籍，並為一談，有司之意，有所側重，遂至全國人口都數，冊籍更無可徵也（按：軍、民、匠、灶，為清初定律之稱，沿襲明制。其後匠已無役。《嘉慶會典》乃更為民、軍、商、灶。軍謂屯衛之兵，遣犯之子孫。商則商人子弟，許附籍於行商省分者也。中國為農國，其民皆安土重遷，故法律亦重祖籍。寄居地方，必置有墳廬，已逾二十年者，乃准入籍，仍稱寄籍，而以原籍為祖籍。出仕者，祖籍、寄籍須一體迴避。文員罷職，不准寄居官所，亦不得在任所地方置買田宅。必本身已故，子孫於他省有田地丁糧者，乃許入籍。武職罷任後，原籍無產業、宗族可歸，願於任所入籍者，副將以上，由督撫具奏請旨。參

將以下報部。《嘉慶會典》所定如此）。

　　唐、宋役法，本通計丁資，以定戶等。明世因計資不能得實，漸趨於專論丁糧，以應役偏責諸有田之人，未為平允，未能遽定為法。然中葉後卒行之，所謂一條鞭也。至此，則役法田賦，實已並為一談，不啻加田賦而免其役。乃以應徵丁錢，攤派之於田畝，所謂「丁隨糧行」也。明制：五年均役，十年一更造黃冊。此本非清查人口，只是因田畝換易，丁口登耗，為是以求役法之均平耳。清代所謂遍審，則全是將應收丁賦，設法攤派，與清查人口，了無干涉矣。今錄陸隴其知靈壽縣時詳文，及蘇霖渤為御史時一疏如下，以見當時所謂編審者之概（兩文皆見《清經世文編》卷三十）。

　　陸氏《詳文》云：「靈壽人丁舊額，順治十四年《賦役全書》載三等九則，通折下下人丁萬四千七百零一丁。歷年遞增，至康熙二十二年《賦役全書》，實在下下則人丁一萬五千六百八十八丁。查其遞增之故，則非盡民庶而富加於其舊也。因編審者唯恐部駁，必求足額，故逃亡死絕者，俱不敢刪除，而攤派於現存之戶。且又恐僅如舊額，猶免於駁也，必求其稍益而後止。更復嚴搜遍索，疲癃殘疾，鰥寡孤獨，無得免者。溝中之瘠，猶是冊上之丁。黃口之兒，已登追呼之籍。小民含辛茹苦，無所控想。加以屢歲荒旱，上年又被水災。現在強壯之民，飢寒切身，不能自給，而又責其包賠逃亡之糧，代供老幼之差。所以民生日蹙，閭井蕭條。卑職編審之際，號呼滿堂，不忍見聞。然亦恐缺額太多，不敢盡數芟除。其間逃而有著落可招撫者即不除；亡而有地畝遺下，即量加於承受之人而不除；孩童而有產業者，即不除；老而有產業者，即量加於子孫而不除；窮無寸土，而未至垂斃者，即不除。唯是逃亡之無蹤跡，老幼之無立錐者，鳩形鵠面，奄奄一息者，雖欲不除，不得不除。因復搜求新增之丁，冀其不失舊額，而應增之數，不足以抵刪去之數。共計現今審定丁數，較之《賦役全書》之額，缺一千五百五十六丁。此等缺額之丁，實因屢年編審，有增無減。今若照舊攤派，以求無缺，恐非憲臺軫恤窮民之意，而卑職一點良

心，亦不肯自昧也。謹將增除數目，造冊呈報，伏候憲裁。」

蘇氏《疏》云：「臣謹查各省倉穀，每歲將存用實數，通盤匯核，可以酌盈劑虛，實於民生大有裨益。唯是歲查各省民數一事，臣竊反覆思唯，而覺有不便施行者，不敢不直陳之。蓋古者民皆授田於官，故民數與田數相為表裡，可以按籍而稽，毋容隱混。且耕三餘一，耕九餘三，皆定有數年之蓄，而後可以穀數之盈絀，待民數之多寡。後世時異勢殊，古制遠不能復，民皆各自為謀。然為上者，誠因其所利而利之，擇人而牧之，厚積儲以補助之，有所養而無所擾，則亦足以臻治安。古今異宜，事勢各別，正不盡規仿舊文，始可講求康阜也。今天下生齒日繁，上屆編審，新舊人丁，共二千六百三十餘萬。雖係照例按戶定丁，尚非詳細定數。然一戶之數，不過八口以內。按冊而推，再參以糧賦之多寡，亦可得其大略。至各省倉穀，現奏報有二千六百餘萬石，亦屬豐裕。但貯穀雖多，亦只存以備常年之借糶，凶饑之散賑，為因時補救之計，原不能計口授食，遍給閭閻。而借糶應聽貧民自便，無容按戶派領。若散賑則皆地方大吏，臨時督率有司，清查被災各戶，分別造冊賑濟。是不遇荒歉，不動倉儲，既無從據此民數辦理，即遇荒歉散賑之時，仍係另造應賑確冊，勢不能照平時之戶口均攤，是又無從據此民數辦理也。至若人滿滋慮，先事綢繆，則如開墾樹植，薄征免賦，轉粟通商，一切政務，我皇上念切民生，已無不次第舉行，亦豈俟查清民數，而後見之設施乎？故臣就此時揆度事勢，而覺民數一項，僅可以驗生息之蕃，實難據作施行之用，似可緩其清查。至若查之而轉致滋弊，則又有難於縷陳者。蓋州縣民戶之多，類皆散處鄉僻。若令其攜妻抱子，絡繹公庭而赴點，則民不能堪。若令地方官遍歷村莊，挨家查驗以稽數，則官不能堪。是仍不過委之吏胥，造冊以畢其事耳。而吏胥果可委任乎？事本煩重，則藉口之需索多端；地復遼闊，則乘便之貪求無厭。重則入室搜查，生端挾詐；輕則冊費路費，坐索無休。至斂錢之鄉保人等，就中分肥，皆屬情所不免。州縣官刑名錢穀，趨辦不遑，加以造冊紛紜，日不暇給，雖有精明之員，亦難勝稽

查之力。是小民未及沾惠，先已耗財不貲矣。夫五年編審，事已不易，況欲年年遍察而無遺？是雖奉行盡善，似亦難為常繼也。再如行商寓旅，往來無定，流民工役，聚散不常，以及番界苗疆，人性頑蠢，亦有種種不便清查之處。且吏胥造冊，自料地廣人眾，本官不能詰問，暮改朝遷，寔數無憑指證，勢必任意隱漏，草率完事。迨至匯冊奏聞，仍僅得其大略，究非確數。而小民滋累，亦不可以數計也。伏乞皇上俯念，編審業有成規，億萬生民，難以歲歲輕擾，恩准將每年清查民數一事，收回成命，特賜停止。唯於各省倉儲，嚴查寔貯，以期有備無患。因利勸導，順時休養，四海蒸黎，自沐皇仁於永久矣。」

讀此兩文，可知清代之編審，與清查人口，了無干涉矣。增丁即是增稅，減稅只須減丁。朝廷苟無意增稅，丁數自可無庸增加。此則康熙時所以有「滋生人丁，永不加賦」之舉也。

清初定法，三年一編審。順治十三年，紆其期為五年。康熙二十五年，以其期太寬，胥吏得以上下其手，定每年陸續稽查，下次編審時補足。五十二年，詔嗣後滋生人丁，永不加賦，丁賦之額，以五十年冊籍為準。此時本可將丁銀攤入地糧，以有司憚更張，未即籌辦。然額丁之後，多寡不同，遂有以數十百丁，承納一丁，或以一丁承納一二十丁之稅者。又有戶絕而無從完納者。雍正以後，卒將丁稅陸續併入地糧焉。詳見俞正燮《癸巳類稿・地丁原始》。併丁銀於地糧，即加田賦而免丁稅，乃事勢之自然。明中葉後久已行之，非清人之所創也。乃當時之人，遂以此為清廷之仁政，為之建立皇恩浩蕩碑亭（亦見俞氏文中）。至今日，猶有援此以頌清德者，真可謂不知故事者矣。

戶籍役籍，並為一談，不獨人口之數，因此不能得實也，其貽患又特巨焉。就其見於載籍者，概括言之，凡得十二。貪酷之吏，增戶以肆誅求，一也。但顧考成，明知人戶之雕〔凋〕殘，而不敢減少，二也。貨賄出入，三也。任意去留，四也。截期務速，草率了事，五也。紙墨飯食，

乘機勒索，六也。此皆弊之在官吏者也。豪強占隱，虧公賦以圖私利，七也（元魏之初，民多蔭附，三五十家，方為一戶。豪強徵斂，倍於官賦。明代江南，多冒稱官戶、儒戶。官之子孫，又妄立子戶之名，隱蔽他戶，使不應役。甚有及於鄰縣者，求其隱蔽，謂之寄門投獻，公然行之，故下戶之負擔愈重）。丁壯詐稱老幼，康強謬云疾病，八也。寄籍他方，自托僑戶，九也。妄冒官勳，以圖優免，十也。子姓眾多，不立新戶，十一也。丁隨糧行之世，則或聯數姓為一戶，或寄產業於他人（或托之豪強，或謬稱遠方不可知之人），甚或虛立戶口，謂之鬼戶，十二也。此皆弊之在人民者也。有此諸弊，則役籍特叢弊之藪耳。況所謂編審，久成攤派丁稅之舉，絕無清查戶口之意。丁銀既攤入地糧，尚何取此有名無實之事以厲民哉？故乾隆五年，遂停之，而憑保甲以造戶口冊（《清律》：脫戶、漏口、隱蔽他人、合戶、附籍、詐、冒、脫、免、避重就輕，皆有罪。里長亦有失於取勘之罪。因賦役之有無輕重為差。其用意，重於賦役，而不在清查人口，昭然可見矣）。

保甲之法，起於宋之王安石。其法：以十家為保；保有長。五十家為大保，有大保長。十大保為都保，有都保正、副。戶有二丁者，以其一為保丁。日輪五人儆盜。後又教保長以武藝，使轉教保丁，用為民兵焉。安石罷政，其法尋廢。後世亦常行之。清保甲之法：「戶給以門牌，書其家長之名，與其丁男之數，而歲更之。出注所往，入注所來。戶有遷移，隨時換給。十家為牌，牌有頭。十牌馬甲，甲有長。十甲為保，保有正，皆以誠實識字，有身家者充，限年更換，稽其犯令作慝者。各府廳州縣所屬城廂、市鎮、村屯土著軍民，自搢紳以至商賈農工，吏役兵丁，皆挨戶編審。客民在地方開張貿易，即興土著一律挨編。其往來無定之商賈，令客長稽察。至客商投寓店埠，皆令店主埠頭，詢明來歷，並騎馱夥伴，去來日月，循環冊報。山居柵民，按戶編冊，令地主保正結報。寺觀僧道，令僧綱道紀，按季冊報。」（《嘉慶會典》）保甲為古什伍之制，意主於監察

保衛，清查人口，初非專責，故如登下死生等法皆關焉。蓋清查戶口，中國久無其事，故非寄之於役籍，即寄之於保衛稽察之司也。

　　清代旗人，別有戶籍，亦稱旗檔。滿、蒙、漢軍，皆入此籍，掌於八旗俸餉處（見《石渠餘紀》）。八旗編制，起自佐領。每佐領轄三百人（滿語曰牛錄額真）。五佐領置一參領（滿語曰甲喇額真）。五參領置都統一（滿語曰固山額真），副都統二（滿語曰梅勒額真）。都統之駐防者曰將軍。八旗三年一編審，由戶部移各將軍、都統、副都統，飭所屬佐領，簡稽丁壯，造冊送部，匯疏以聞。其在各省營生食力者，呈明本旗都統及所在督撫，由督撫於歲終具冊，咨部匯奏（《乾隆會典》）。又有所謂包衣者，為滿洲人之奴，其籍屬內務府（《息樓談餘》曰：內務府各官，皆包衣旗人為之。包衣旗者，名雖滿人，實漢軍也。自太宗御宇之初，簡先朝俘虜，明人之驍健者，成漢軍左右兩翼，設都通通之，以備折衝之用。後以降人眾，乃分為漢軍八旗。官職俸餉，一如滿洲八旗之制。其留以給事宮庭，與分配諸王府供奔走者，皆撥入滿洲，而錫之名曰包衣旗，以示區別於漢軍焉。雍正中，復定制：漢軍上三旗，每旗設佐領四十人，下五旗，每旗設佐領三十人。其有畸零之數，不能成一佐領者，皆撥入內務府，隸包衣旗籍。是以內務府旗人，既有滿姓，復有漢姓。如前戶部尚書立山，姓楊氏，前大學士崇禮，姓蔣氏之類是。蓋其先世，皆出自漢人也）。

　　蒙古編丁，亦起佐領。其轄治一旗者曰札薩克。札薩克之佐曰協理臺吉。所屬有管旗章京、副章京。丁百五十，則設一佐領。其下有驍騎校一，領催六。族長，每族一人。什長，每十家一人。三年一編審。六十以下，十八以上皆入冊。有疾者除之。札薩克至什長，按佐領察核，造冊送理藩院。

　　往史所載戶口之數，以前所述，實極不足信。欲知歷代戶口，宜別設法，從他方面考究。徒據前史所載，無益也。今茲未能，則姑錄其數如下。此可見歷代出稅戶口之數耳，與全國戶口之數，實無涉也。

　　至於學者推測之辭，因其所用之法太粗，不足為據（如謂「禹平水土，人口千三百五十五萬三千九百二十三。塗山之會，執玉帛者萬國。湯受命，存者三千餘國，方於塗山，十損其七。周武王定天下，列五等之封，凡千七百七十三國，又減湯時千三百國。人口之損亦如之」之類），不錄。歷代史籍，間載各地方戶口之數，頗足考見當時人口之分布，及各地方之盛衰。唯此等記載，為數太少。歷代區劃，又各不同。非作極詳密之研究，一時無所用之，故亦未錄。

　　清代戶口，可考之數較多，未能悉列為表，今述其大略如下。按：清當徵收丁稅以前，其戶口之數，與前代無甚出入。如康熙五十年，人口為二千四百萬是也。乾隆六年，始憑保甲造冊。自此戶口歲增。是年口數，為一萬四千餘萬。二十七年，為二萬萬餘。五十八年，始逾三萬萬。道光十五年，又逾四萬萬。其間雖小有升降，大體總屬增加。最後宣統二年，郵政局調查，為四萬三千八百四十二萬五千口。後習稱中國口數為四萬萬，由此也。

　　康熙之永不加賦，意本在於清查人口，故諭旨有「朕欲知人丁實數，不在增加錢糧」之語。朝意如此，冊報者自不免希旨增加。保甲本不為清查戶口而設，且亦有名無實。故謂清免除丁稅後，戶口之數，仍未必得實，或且近於誇張，亦情理之談也。然所冊報，較諸戶籍役籍並為一談之世，總覺得實多多（乾隆四十年上諭，謂從前歷辦民數冊，應城一縣，每歲只報滋生八口。應山、棗陽只報二十餘口及五六七口，且歲歲滋生之數，一律雷同。此與宋代之三戶四口，同一可笑矣）。乃近之論者，或又估計務從其少。如謂日本人年食鹽二十二斤，華人稱日費四五錢，則一年當得十斤。中國食鹽，合官私歲銷，不過二十六萬餘斤，則中國人數，不過二萬六千餘萬。又有列舉種種減少人口及阻礙人口增加之事以為證者，則又未免矯枉過直矣。善夫！近人蕭一山氏之論也。其言曰：「余按戶口多寡，昔時調查統計，既不精密，無正確數目，蓋難諱言。然因編制保甲之故，乃以住戶為調查統計之

基礎，丁口多少，雖可以任意增減，而戶之數目，則當與實際不相懸殊。吾人由戶之多寡，以推測人口，而以折衷〔中〕之數平均之，則戶口之真，雖不能無漏無溢，要亦所差不遠矣！若此以取乾隆十八年之戶數為例，據會典為三千八百八十四萬五千三百五十四戶，平均每戶八口，尚三萬一千餘萬口。至乾隆五十八年人口之數，乃適與推測之數相符（按：是年口數，見於《東華錄》者，為三萬一千三百二十八萬一千七百九十五），是則一方知據此推測之不謬，一方可為漸趨於實在之明證也。」中國食鹽銷鹽之數，兩俱不確，據以推測人口，殊難徵信。王慶雲《熙朝紀政》曰：「國家戶口之登耗，視其時之治亂。若夫以治繼治，無兵革凶荒，夭札疵癘之凋耗，日繁月衍，不數十年，輒自倍以登。此可驗之一鄉，而知天下者。」茅謙《水利芻議》曰：「吾家京口，有駐防旗兵丁口檔冊，生卒極詳。四十幾年前，男丁不足三千，半未婚者。及辛亥改革時，已有一萬幾千。是四十餘年，除去死亡，男女已增一倍餘也。宣統初年，旗民以限於糧額，男女之三十不婚配者，又已有千計。儻使生計稍增，尚不只此數。是吾四百兆人民，就令凋喪災害，由光緒中葉以來，至少亦加至半倍，為六百兆人民矣。」二家皆目驗之論。蕭氏據此，謂減耗雖多，終不如增加之速，說亦極確。然則自乾隆以來，戶口之數，固當較歷代所傳為近實也（蕭氏之論，見所撰《清朝通史》卷中）。

　　且即謂乾隆以來所報之數為誇大，今日學者推測之數為不誤，中國人口亦當在二億六七千萬之間，與往史所載之數，相去仍屬甚遠。予故謂清查人口，最大之累，厥唯丁稅也。然此為法令責其清查，因與稅法牽涉，不能得定者，尚有法令本未加以清查，或雖清查，而不入普通戶口冊籍者，則其數無可稽考矣。如《金史》於普通戶口之外，別載猛安謀克戶口數。元至元二十七年之戶口數，《元史》明言山澤溪峒之民不與。又如吳、蜀之亡，前表所列戶口數外，史謂蜀別有將士十萬二千，吏四萬；吳別有將士二十三萬，吏三萬二千，後宮五千是也。戶口之數，理應按年列表，其有特殊情形者，尤應加以說明，方足考其升降。而史氏於此，都不

之及（此半由材料闕乏，半由史家未知此事關係之重要也）。即如史所載唐憲宗時戶數，為二百四十七萬三千九百六十三，李吉甫《元和國計簿》所載，則為二百四十四萬有三百五十四，數極相近。《元和國計簿》云：鳳翔等十五道七十一州不申，則史所載，亦非當時全國戶數矣。又如元太宗七年戶口之數，見於〈地理志〉者，與〈本紀〉所載八年戶數，〈兵志〉所載十三年戶數，相差頗遠。〈兵志〉載太宗之言，謂除逃戶外，實得戶七百二十三萬九百十，則相差無幾。《續通考》謂〈紀〉及〈兵志〉所載，為括籍所得總數；〈地理志〉所載，為除去逃戶定數，說頗近之。而史家於此，不予說明，未免失之粗略矣。此等處，乃因材料偶然散見，故能推校而知。其材料不存，無從推校者，蓋不知凡幾。即如後漢沖、質二帝，在位皆僅一年，前所列順帝建康、沖帝永嘉、質帝本初，三年實相銜接。永嘉戶數，僅損建初萬餘，而本初戶數，乃損永嘉五十八萬。又如宋元豐六年以前戶口之數，《通考》謂皆出《宋會要》，而又載畢仲衍《中書備對》所載各路戶口數，其總數為戶一千四百八十五萬二千六百八十四，口三千三百三十萬三千八百九十九，與元豐六年之數，亦相差頗甚。昔時官吏，皆以戶口登降為考成，賦稅則視戶口登降為增減。既不敢輕減，亦豈敢妄增，以益催科之累？則知此等升降，當時必有其由，今因史文闕略，無可考究矣。又如三國戶數，合計僅百有八萬（《續漢書‧郡國志》謂魏陳留王奐景元四年，與蜀通計，戶九十四萬三千四百二十三，口五百三十七萬二千八百九十一。又齊王芳正始五年，揚威將軍朱照日上吳所領兵戶，凡十三萬二千。推其民數，亦不能多於蜀，與前列之數，相去不遠），而《續漢書‧郡國志‧補注》載南陽戶數五十餘萬，汝南四十萬，豈有合三國之眾，僅敵二郡之民者？其必有由，尤不俟言也。又有史家所言，明屬誤繆者，如元至元二十七年、天順元年戶口之數，皆見於《元史‧地理志》。《志》但就此兩年比較，而云天順又增二十萬有奇，一似天順為元戶口最盛之時者。然以天順元年較〈紀〉所載至元二十八年，戶數實損四十

餘萬。作史者蓋未詳考也。故知據往史所載戶口之數，為當時戶口實數固非，即以為當時冊籍所載之數，亦未必儘是也。

史事有雖乏記載，仍可推測而知者。有不然者。最易推測者，厥唯自然現象，如日月之運行，陵谷之遷變是也。社會現象，則推測較難。人口升降等，須有確實數目者，可謂竟無從推測。然必欲得其大略，亦非遂無策。如欲得戰國人數，試先據蘇秦說齊宣王之辭，謂「臨淄七萬戶，戶不下三男子，不待發於遠縣，而臨淄之卒，固已二十一萬」。假定徵發皆屬壯夫，老弱之男倍於丁壯，女子之數與男相等，則臨淄口數，當得八十四萬。更據《史記・貨殖列傳》，知薊、邯鄲、宛、江陵、吳、壽春、番禺，與臨淄並稱當時都會。假定此諸地方，繁盛當臨淄之半，則其口數，合計為二百九十四萬。而戰國時最大都會之人口，略可睹矣。次更鉤稽當時所謂縣與邑者，當得幾何。每縣每邑之人口，均計當得幾何。以其總數，與都會人口相加，而當時居於城市之民，總數略可睹矣。當時之兵，皆出於民。蘇秦說六國，備言其士卒之數。苟能知當時兵制，若千人出一兵，則亦可知各國民數。各國之土地，不能無肥瘠之殊，即其居民，不能無疏密之異。《孟子》言齊雞鳴狗吠相聞，達於四境，而《漢志》謂楚火耕水耨，是齊之人口，較楚為密也。試以各國面積，除所推得各國人口，觀其所得疏密，與《孟子》、《漢志》之言相應否，如其相應，則七國人數，大略可睹矣。一時代之大略既得，後此一時代即可由此而推；前此一時代亦可由此追溯。如戰國時，秦與三晉爭戰最烈。燕、齊與秦戰較稀，而猶自相攻伐。蜀則被兵之事殆寡。楚、漢之際，龍拏虎攫，亦多在漢中以北，江陵以東。然則西漢之世，巴、蜀人口，當最繁密。往史所載之數，果與此說相應，則吾所推測為不誤，更可由此以推他時代。如不相應，則必尚有他種原因，為吾所不及知者，又當深思博考以求之。如是輾轉鉤稽，記載雖乏，未有不能得其大略者，特程功匪易耳。

# 第十二章　賦役

　　稅賦二者，古本有別，稅以足食，賦以足兵，然至後世，則二者漸混而為一。至於役，則係徵收其勞力，與稅賦二者，尤截然不同。然至近世，則亦並為一談矣。此中變遷甚多，今以次述其大要。

　　欲知古代之稅法，必先知古代之田制。欲明古代之田制，則井田制必當先考。按：井田之制，漢人述之最詳者，為《漢書·食貨志》及《公羊》何注（《公羊》宣十五年），然皆漢人說也。周以前言之最詳者，莫如《孟子》。《孟子·滕文公》上：滕文公問為國。孟子曰：「夏后氏五十而貢，殷人七十而助，周人百畝而徹，其實皆什一也。徹者，徹也；助者，藉也。龍子曰：治地莫善於助，莫不善於貢。貢者，校數歲之中以為常。樂歲，粒米狼戾，多取之而不為虐，則寡取之；凶年，糞其田而不足，則必取盈焉。為民父母，使民盻盻然，將終歲勤動，不得以養其父母，又稱貸而益之，使老稚轉乎溝壑，惡在其為民父母也？夫世祿，滕固行之矣。《詩》云：雨我公田，遂及我私。唯助為有公田。由此觀之，雖周亦助也。」使畢戰問井地。孟子曰：「夫仁政，必自經界始。經界不正，井地不均，穀祿不平，是故暴君汙吏必慢其經界。經界既正，分田制祿可坐而定也。夫滕壤地褊小，將為君子焉，將為野人焉。無君子，莫治野人；無野人，莫養君子。請野九一而助，國中十一使自賦。卿以下必有圭田，圭田五十畝，餘夫二十五畝。死徙無出鄉，鄉田同井，出入相友，守望相助，疾病相扶持，則百姓親睦。方里而井，井九百畝，其中為公田。八家皆私百畝，同養公田。公事畢，然後敢治私事，所以別野人也。」

　　觀此，知古代田稅，有貢、助、徹三者之別。夏、殷、周三代相承，何以夏授田五十畝，殷變為七十，周又變為百畝，昔人頗以為疑。此由昔人視古制，皆以為儘量推行，致有此誤。其實古代之王室，亦不過列國之

一。後世中朝之制，尚不能推行全國，況古代乎？夏、殷、周都邑，初不相承，各自推行其法於王畿之內，固無足怪也。但徹、助二者，其別究如何？孟子既言周人百畝而徹，何以又引《詩》言雖周亦助？又「夫世祿，滕固行之矣」一句，與分田於民何涉？近人亦頗以為疑。按：古代人民，征服者處於國以內（謂郭以內），被征服者處於國以外，而國必建於山險之地，故曰：「王公設險以守其國。」（《易‧坎卦象辭》）又曰：「域民不以封疆之界，固國不以山溪之險。」（《孟子‧公孫丑》下。近人餘杭章氏有神權時代天子居山說，尤可考見此事之起源）山險之地，必難平正劃分，故行貢或徹法，即孟子所謂「什一使自賦」，而殷人之助為例外。國外之地，則平正易劃分，故行井田之法。滕文公時，井田之法已壞，而徹法猶存，故孟子於周人百畝而徹，斷然言之而不疑，而於助法則僅能據詩句為想像也。圭田，即〈王制〉「夫圭田無征」之圭田。《說文》、《楚辭》王逸注皆以田五十畝曰畦。〈蜀都賦〉劉注引班固說同，且謂即《孟子》所言圭田。《文選注》引劉熙云：今俗以二十五畝為小畦，以五十畝為大畦。又〈九章〉有圭田法，凡零星不成井之田，一以圭法量之。焦循曰：「《荀子‧王制篇》：雖王公士大夫之子孫，不能屬於禮義，則歸之庶人。然則士大夫之子孫，不能嗣為士大夫者，即授之田。」、「餘夫亦蒙上圭田而言。」予按：此蓋士大夫之子孫所受之田，亦在國中，而得蒙免稅之典，又與什一使自賦者異，故特言之。唯方里而井一節，乃為國以外被征服之人所耕，乃為井田制，故《孟子》明言之曰：「所以別野人也。」

　　古代平民生活狀況，據井田之制，有可推見者。今錄《公羊》何注一段如下。《孟子‧梁惠王》篇、《書‧大傳》、《公》，《穀》二傳、《韓詩外傳》、《漢書‧食貨志》等書，可以參看，不能遍舉也。其中唯《漢書》參用古文說，有不能盡合處。

　　《公羊》何注曰：「聖人制井之法，而口分之，一夫一婦受田百畝，以養父母妻子。五口為一家。公田十畝，即所謂十一而稅也。廬舍二畝半，

凡為田一頃十二畝半。八家而九頃，共為一井，故曰井田。廬舍在內，貴人也。公田次之，重公也。私田在外，賤私也。」、「種穀不得種一穀，以備災害。田中不得有樹，以妨五穀。還廬舍種桑荻雜菜。畜五母雞，兩母豕。瓜果種疆畔。女上蠶織。老者得衣帛焉，得食肉焉。死者得葬焉。多於五口，名曰餘夫。餘夫以率受田二十五畝。」、「司空謹別田之高下善惡，分為三品。上田一歲一墾，中田二歲一墾，下田三歲一墾。肥饒不得獨樂，磽确不得獨苦，故三年一換主易居。」、「在田曰廬，在邑曰里。一里八十戶，八家共一巷。中里為校室，選其耆老有高德者，名曰父老，其有辯護伉健者為里正，皆受倍田，得乘馬。父老比三老孝弟官屬，里正比庶人在官。吏民春夏出田，秋冬入保城郭。田作之時，春，父老及里正旦開門坐塾上，晏出後時者不得出，莫不持樵者不得入。五穀畢入，民皆居宅。里正趨緝績。男女同巷，相從夜績，至於夜中。故女功一月得四十五日。作從十月盡，正月止。男女有所怨恨，相從而歌，飢者歌其食，勞者歌其事。男年六十，女年五十無子者，官衣食之，使之民間求詩，鄉移於邑，邑移於國，國以聞於天子。故王者不出牖戶，盡知天下所苦，不下堂而知四方。」

　　按《禮記‧王制》：「塚宰制國用，必於歲之杪。五穀皆入，然後制國用。用地小大，視年之豐耗，以三十年之通，制國用。量入以為出。祭用數之仂。喪三年不祭，唯祭天地社稷，為越紼而行事。喪用三年之仂。喪祭，用不足曰暴，有餘曰浩。祭，豐年不奢，凶年不儉。國無九年之蓄，曰不足；無六年之蓄，曰急；無三年之蓄，曰國非其國也。三年耕，必有一年之食。九年耕，必有三年之食。以三十年之通，雖有凶旱水溢，民無菜色。然後天子食，日舉以樂。」一國之財政，全以農業為基礎，可見當時農業關係之重要，亦可見古代政費之支出，全恃田稅也。古代人民對於土地，並無所有權之觀念。必欲問其所有者為誰，則唯有所謂「普天之下，莫非王土」之一茫漠觀念而已。同時，又有所謂「分土」之一觀念，

天子之封諸侯，諸侯之封大夫是也。至天子、諸侯、大夫以何種觀念分配土地於耕者，則在歷史上及學說上皆不甚明瞭。大抵古代社會本行共產制，除征服者侵入，為寄生者，強人民納稅，將彼視為祿田外，本無私有之觀念也。

　　力役之徵，今文家說不甚詳，僅〈王制〉有「用民之力，歲不過三日」之說而已。古文家說則見於《周官》。《周官·均人》：「掌均地政，均地守，均地職，均人民、牛馬、車輦之力政。凡均力政，以歲上下，豐年則公旬用三日焉，中年則公旬用二日焉，無年則公旬用一日焉。凶札則無力政。」按：人民之力政，指治城郭、塗巷、溝渠。言牛馬車輦之力政，指轉輸委積之屬而言。蓋工程及運輸之事，皆以責之矣。又按：古代力役與兵役不甚區別。小司徒之職曰：「掌建邦之教法，以稽國中及四郊都鄙之夫家，九比之數，以辨其貴賤、老幼、廢疾，凡徵役之施捨……乃頒比法於六鄉之大夫，使各登其鄉之眾寡、比要，乃會萬民之卒伍而用之。五人為伍，五伍為兩，四兩為卒，五卒為旅，五旅為師，五師為軍。以起軍旅，以作田役，以比追胥，以令貢賦。乃均土地，以稽其人民，而周知其數。上地家七人，可任也者家三人；中地家六人，可任也者二家五人；下地家五人，可任也者家二人。凡起徒役，毋過家一人。以其餘為羨，唯田與追胥竭作。」〈鄉大夫〉「以歲時登其夫家之眾寡，辨其可任者。國中自七尺以及六十，野自六尺以及六十有五，皆徵之（十五以下為六尺，二十為七尺）。其捨者，國中貴者、賢者、能者、服公事者、老者、疾者，皆捨。」遂大夫之職略同，皆以兵事與田役並言，然二者亦自有別。《白虎通·三軍》篇：「年三十受兵何，重絕人世也！師行不必反，戰不必勝，故須其有世嗣也。年六十歸兵者何？不忍並鬥人父子也。」《王制正義》引《五經·異義禮》戴說、《易》孟氏、《韓詩》說並同，與《周官》「國中自七尺以及六十，野自六尺以及六十有五」之說異，而《周官》之說與《管子》「六十以上上所養，十五以上上所強」之說同。豈《周官》、《管子》所載為

服力役之年限，而《白虎通義》之說，則服兵役之年限邪（《後漢書‧班超傳》：班昭上書：妾聞古者十五受兵，六十還之。亦混二者為一）？

春秋戰國時，井田之法漸壞，而稅法乃一變。按：井田之壞，世皆以為商鞅一人之咎，其實非也。朱子〈開阡陌辨〉曰：「《漢志》言秦廢井田，開阡陌。說者之意，皆以開為開置之開。言秦廢井田，而始置阡陌也……按：阡陌者，舊說以為田間之道。蓋因之疆畔，制其廣狹，辨其橫縱，以通人物之往來……當世衰法壞之時，則其歸授之際，必不免有煩擾欺隱之奸。而阡陌之地，切近民田，又必有陰據以自私，而稅不入於公上者。是以一旦奮然不顧……悉除禁限，而聽民兼併賣買……使民有田即為永業，而不復歸授，以絕煩擾欺隱之奸。使地皆為田，而田皆出稅，以核陰據自私之幸……故《秦紀‧鞅傳》皆云：為田開阡陌封疆而賦稅平。蔡澤亦曰：決裂阡陌，以靜生民之業，而一其俗。」（《晦庵先生朱文公文集》）

馬端臨亦曰：井田未易言也。田土之肥瘠，民口之眾寡，民務農之勤怠，其民之或長或少，或為士，或為商，或為工，必能備知，然後授受無弊。蓋古之帝王，分土而治。外而公侯伯子男，內而孤卿大夫，所治不過百里，皆世其土，子其人。春秋之世，土地寖廣，又皆為世卿強大夫所裂，亦皆世有其地。邾、莒、滕、薛土地不過五七十里。竊意當時有國者，授民以田，不過如後世大富之家，以世有之田授之佃客。東阡西陌之利病，皆少壯所習聞，無俟考核，而奸弊自無所容矣。降及戰國，井田之法未全廢，而弊已不可勝言。故《孟子》有今也制民之產，仰不足以事父母，俯不足以蓄妻子；又有暴君汙吏，更慢其經界之說。可見當時未嘗不授田，而地廣人眾，考核難施，故法制隳弛，而奸弊滋多也。秦人盡廢井田，任民所耕，不計多少，而隨其所占之田以制賦。蔡澤言商君決裂井田，廢壞阡陌，以靜百姓之業，而一其志。夫靜曰一，可見授田之制，至秦必擾亂無章，輕重不均矣。漢不能復，蓋守令之遷除，其歲月有限，而田土之還授，奸弊無窮。受成吏手，安保無弊，爭田之訟，歷數十年不

決。官授人以田，而欲其均平乎？晉太康時，雖有男子一人占地七十畝之制，而史不詳言其還受之法。未幾五胡雲擾，則以無所究詰。直至魏孝文始行均田，然其立法大概，亦不過因田之在民者而均之。一傳而後，政已圮亂。齊、周、隋因之，得失無大相遠。唐太宗口分世業之制，亦多踵後魏之法，且聽其買賣而為之限，永徽後兼併如故矣（《文獻通考・田賦考》）。

春秋戰國時，井田制度大壞。蓋由古者本有平民貴族之分，井田制度之壞，大抵貴族侵奪平民致之也。《漢書・食貨志》載董仲舒之言，謂富者田連阡陌，貧者無立錐之地，可以想見其情形矣。漢人於此，乃務輕其田租，以為救濟。〈食貨志〉曰：「上（漢高祖）於是約法省禁，輕田租，什五而稅一。」文帝從晁錯之言，「下詔賜民十二年租稅之半。明年，遂除民田之租稅。後十三歲，孝景二年，令民半出田租，三十而稅一也。」

按：十一之稅，古已視為仁政。漢代所取，乃僅其三之一，可謂厚矣。然曾無補於農民之困。荀悅謂「豪強人占田逾侈，輸其賦大半。官家之惠，優於三代，豪強之暴，酷於亡秦」。按：董仲舒謂「耕豪民之田，見稅什五」。王莽行王田令，亦謂「豪民侵陵〔凌〕，分田劫假，厥名三十，實什稅五」。當時私家租額，可以考見。董仲舒謂「古井田法雖難卒行，宜少近古，限民名田。」武帝不能用。哀帝即位，師丹輔政，復建此議。天子下其議，丞相孔光、大司空何武奏請：「諸侯王、列侯皆得名田園中。列侯在長安，公主名田縣道，及關內侯、吏民名田，皆無過三十頃。」丁、傅用事，董賢隆貴，皆不便也。詔書且須後，遂寢不行。及王莽乃斷然下治，更名天下田曰王田，奴婢曰私屬，皆不得賣買。男口不滿八，而田過一井者，分餘田與九族鄉黨。犯令，法至死。制度又不定，吏緣為奸，陷刑者眾。三歲，莽知民愁，遂廢其法。然莽末大亂，土田失主，地權轉因此而稍均。觀荀悅論井田，謂「土地布列在豪強，卒而革之，並有怨心，則生紛亂，制度難行。若高祖初定天下，光武中興之後，人眾稀

少，立之易矣」。可見光武初年，大地主不如前漢之多也。

後漢仍行三十稅一之制。〈光武紀〉：建武六年十二月癸巳，詔曰：「頃者師旅未解，用度不足，故行什一之稅。今軍士屯田，糧儲差積。其令郡國收見田租，三十稅一如舊制。」則其初年，嘗行什一之稅，然為時甚暫也。〈桓帝紀〉：延熹八年八月戊辰，初令郡國有田者畝斂稅錢（《注》：畝十錢也）。〈靈帝紀〉：中平二年二月，稅天下田畝十錢（《注》：以修宮室）。此為末年之橫斂。古代軍賦，雖亦井田以定法，乃令民出馬、牛、車輦等，以供軍用，與田稅之出粟米以供政費者，截然殊途。漢代軍賦，變為口率出錢，後世田稅，亦漸改徵錢帛，而二者遂漸相混矣。今考漢口賦之制見於《漢書》及各家注者，具述如下。

《漢書·高帝紀》：四年，「八月，初為算賦。」、「如淳曰：《漢儀·注》：民年十五以上至五十六出賦錢，人百二十，為一算，為治庫兵、車馬。」十一年，「二月，詔曰：欲省賦甚。今獻未有程，吏或多賦以為獻，而諸侯王尤多，民疾之。令諸侯王、通侯常以十月朝獻，及郡各以其口數率，人歲六十三錢，以給獻費。」〈惠帝紀〉：六年，「女子年十五以上至三十不嫁，五算。」《注》引應劭曰：「《國語》：越王句踐令國中女子年十七不嫁者，父母有罪，欲人民繁息也。《漢律》：人出一算，算百二十錢，唯賈人與奴婢倍算。今使五算，罪謫之也。」〈武帝紀〉：建元元年，「春二月，赦天下，賜民爵一級。年八十，復二算。九十，復甲卒。」張晏曰：「二算，復二口之算也。復甲卒，不豫革車之賦也。」〈昭帝紀〉：元鳳四年，「春正月丁亥，帝加元服……毋收四年、五年口賦。」如淳曰：「《漢儀注》：民年七歲至十四，出口賦錢，人二十三。二十錢以食天子。其三錢者，武帝加口錢以補車騎馬也。」元平元年春二月，「詔曰：天下以農桑為本。日者省用，罷不急官，減外繇〔徭〕，耕桑者益眾，而百姓未能家給。朕甚愍焉。其減口賦錢。有司奏請減十三。上許之。」〈宣帝紀〉：五鳳三年，「減天下口錢。」甘露二年，詔曰：「減民算三十。」〈成帝紀〉：建始二年

春正月辛巳，上始郊祀長安南郊。詔曰：「減天下賦錢算四十。」孟康曰：「本算百二十，今減四十，為八十。」《貢禹傳》：「禹以為古民亡賦算口錢，起武帝，征伐四夷，重賦於民，民產子三歲則出口錢，故民重困。至於生子輒殺，甚可悲痛。宜令兒七歲去齒，乃出口錢，年二十乃算⋯⋯天子下其議，令民產子七歲，乃出口錢，自此始。」按：口率出錢，雖與古之出車馬等物者異，然其用途，則固以給軍用品為主也。又有更賦、兵役與力役，亦不甚別。《昭帝紀·注》：「如淳曰：更有三品，有卒更，有踐更，有過更。古者正卒無常人，皆當迭為之，一月一更，是為卒更也。貧者欲得雇更錢者，次直者出錢雇之，月二千，是為踐更也。天下人皆直戍邊三日，亦名為更，律所謂繇〔徭〕戍也。雖丞相子亦在戍邊之調。不可人人自行三日戍，又行者當自戍三日，不可往便還，因便住一歲一更。諸不行者，出錢三百入官，官以給戍者，是為過更也。律說，卒踐更者，居也，居更縣中五月乃更也。後從尉律，卒踐更一月，休十一月也。〈食貨志〉曰：又加月為更卒，已復為正，一歲屯戍，一歲力役，三十倍於古。此漢初因秦法而行之也。後遂改易，有謫乃戍邊一歲耳。」

　　兩漢時，儒者亟言制民之產，然終不能行。迨晉以後，乃有頗近於此之制度，則晉之戶調、魏之均田、唐之租庸調是也。按是三者，制相一貫，而其淵源則仍出於魏。《晉書·食貨志》：「魏武之初，九州島島雲擾⋯⋯軍旅之資，權時調給⋯⋯乃募良民屯田許下，又於州郡列置田官，歲有數千萬斛，以充兵戎之用。及初平袁氏，以定鄴都，令收田租畝粟四升，戶絹二匹而綿二斤，餘皆不得擅興。」及晉武平吳，乃制戶調之式。其制：「丁男之戶，歲輸絹三匹，綿三斤，女及次丁男為戶者半輸。其諸邊郡或三分之二，遠者三分之一。夷人輸布，戶一匹，遠者或一丈。男子一人占田七十畝，女子三十畝。其外丁男課田五十畝，丁女二十畝，次丁男半之，女則不課。男女年十六已〔以〕上至六十為正丁，十五已〔以〕下至十三、六十一已〔以〕上至六十五為次丁，十二以下六十六以上為老

小，不事。遠夷不課田者輸義米，戶三斛，遠者五斗，極遠輸算錢，人二十八文。其官品第一至於第九，各以貴賤占田。」

《魏書・食貨志》：「魏初不立三長，故民多蔭附。蔭附者皆無官役。豪強徵斂，倍於公賦。十年，給事中李沖上言：『宜準古五家立一鄰長，五鄰立一里長，五里立一黨長。長取鄉人強謹者。鄰長復一夫，里長二，黨長三。所復，復征戍，餘若民。三載亡衍，則陟用，陟之一等。其民調：一夫一婦帛一匹，粟二石。民年十五以上未娶者，四人出一夫一婦之調。奴任耕、婢任績者，八口當未娶者四。耕牛二十頭，當奴婢八。其麻布之鄉，一夫一婦布一匹。下至牛，以此為降。大率十匹為工調，二匹為調外費，三匹為內外百官俸，此外雜調。民年八十以上，聽一子不從役。孤獨、癃老、篤疾、貧窮不能自存者，三長內迭養食之。』書奏，諸官通議，稱善者眾。高祖從之，於是遣使者行其事。乃詔曰：『……自昔以來，諸州戶口，籍貫不實，包藏隱漏，廢公罔私。富強者並兼有餘，貧弱者餬口不足。賦稅齊等，無輕重之殊；力役同科，無眾寡之別。雖建九品之格，而豐埆之土未融；雖立均輸之楷，而蠶績之鄉無異。』……初，百姓咸以為不若循常，豪富並兼者尤弗願也。事施行後，計省昔十有餘倍。於是海內安之。」

太和八年，始準古班百官之祿，以品第各有差。先是天下戶以九品混通，戶調帛二匹，絮二斤，絲一斤，粟二十石。又入帛一匹二丈，委之州庫，以供調外之費。至是，戶增帛三匹，粟二石九斗，以為官司之祿。復增調外帛二匹。所調各隨其土所出。

九年，下詔均給天下民田。諸男夫十五以上，受露田四十畝。婦人二十畝。奴婢依良。丁牛一頭，受田三十畝。限四牛。所受之田率倍之，三易之田再倍之，以供耕作及還受之盈縮。諸民年及課則受田，老免及身役則還田。奴婢、牛隨有無以還受。諸桑田不在還受之限，但通入倍田分。於分雖盈，役則還田，不得以充露田之數。不足者以露田充倍。諸桑

田皆為世業，身終不還。恆從見口，有盈者無受無還，不足者受種如法。盈者得賣其盈，不足者得買所不足。不得賣其分，亦不得買過所足。諸麻布之土，男夫及課，別給麻田十畝。婦人五畝。奴婢依良。皆從還受之法。

齊、周、隋三朝之制，大略相沿，皆見《隋志》。

授田者丁租歲輸粟二石。

庸用人之力，歲二十日，閏加二日，不役者日絹三尺。

調隨鄉所出，歲輸綾絹各二丈，布加五之一。輸綾絹者綿三兩。輸布者麻三斤。

唐制：凡民始生為黃，四歲為小，十六為中，二十一為丁，六十為老。授田之制，丁男十八以上者人一頃。老及篤疾、廢疾者人四十畝。寡妻妾三十畝。當戶者增二十畝。皆以二十畝為永業，其餘為口分。田多可以足其人者為寬鄉，少者為狹鄉。狹鄉授田，減寬鄉之半。其地有厚薄，歲一易者倍授之，寬鄉三易者不倍授。工商者寬鄉減半，狹鄉不給。凡庶人徙鄉及貧無以葬者，得賣世業田。自狹鄉徙寬鄉者，得並賣口分田。已賣者不復授。死者收之，以授無田者。凡收、授，皆以歲十月。授田先貧及有課役者。凡田，鄉有餘以給比鄉，縣有餘以給比縣，州有餘以給近州。

有事加役二十五日，免調。三十日，租調皆免。通正役並不過五十日。

嶺南諸州稅米，上戶一石二斗，次八斗，下六斗。夷僚之戶半輸。

蕃人內附者，上戶丁稅錢十文，次五，下免。內附經二年，上戶丁羊二口，次一，下三戶一。

水旱蟲蝗，十損四以上免租，六以上免租調，七以上課役皆免。

《文獻通考》征科之數，依《通典》、《唐會要》所載，《陸宣公奏議》、《通鑒》同。《新唐書·食貨志》：凡授田者，歲輸粟二斛，稻三斛，謂之

租。丁隨鄉所出,歲輸絹二匹,綾、二丈,布加五之一,綿三兩,麻三斤,非蠶鄉輸銀十四兩,謂之調。疑太重,不取。

　　租庸調法,以人丁為本。開元後久不為版籍,法度廢弊,丁口轉死,田畝換易,貧富升降,悉非向時。戶部歲以空文上之。又戍邊者蠲其租庸。玄宗時,戍者多死,邊將諱不以聞,故貫籍不除。天寶中,王為戶口使,務聚斂,以籍存而丁不在,是隱課不出,乃按舊籍除當免者,積三十年,責其租庸。至德後,人口凋耗,版圖空虛,賦斂之司,莫相統攝,紀綱大壞,王賦所入無幾。科斂凡數百名,廢者不削,重者不去,吏因其苛,蠶食於人。富人多丁者,以宦學釋老得免。貧人無所入則丁存。故課免於上,賦增於下,天下殘瘁,蕩為浮人,土著十不四五。德宗時,楊炎為兩稅法,夏輸無過六月,秋輸無過十一月,置兩稅使以總之。百役之費,先度其數。其賦於人,量出制入。戶無主客,以見居為簿。人無丁中,以貧富為差。不居處而行商者,在所州縣稅三十之一。租庸雜徭悉省,而丁額不廢。田畝之稅,以大曆十四年墾田之數為準而均徵之。史稱天下便之,人不土斷而地著,賦不加斂而增入,版籍不造而得其虛實云。馬端臨云:「秦廢井田之制……始捨地而稅人……漢高四年,初為算賦。《注》:民十五以上至六十五,出賦錢人百二十,為一算。七歲至十五,出口賦,人錢三十。此每歲所出也。然至文帝時,即令丁男三歲而一事賦四十,則是算賦減三之一。且三歲方徵一次,則成丁者一歲所賦,不過十三錢有奇。其賦甚輕。至昭、宣帝以後,又時有減免。蓋漢時官未嘗有授田、限田之法,是以豪強田連阡陌,而貧弱無置錐之地,故田稅隨占田多寡為之厚薄,而人稅則無分貧富……魏武初平袁紹,乃令田每畝輸粟四升,又每戶輸絹二匹,綿二斤,則戶口之賦始重矣。晉武帝又增而為絹三匹,綿三斤,其賦益重。然晉制男子一人占田七十畝,女子及丁男丁女占田皆有差,則出此戶賦者,亦皆有田之人,非鑿空而稅之,宜其重於漢也。自是相承,戶稅皆重。然至元魏,而均田之法大行,齊、周、隋、

唐因之，賦稅沿革，微有不同。史文簡略，不能詳知。然大概計畝而稅之令少，計戶而稅之令多。然其時戶戶授田，則雖不必履畝論稅，逐戶賦之，則田稅在其中矣。至唐始分為租庸調，田則出粟稻為租，身與戶則出絹布綾錦諸物為庸調。然口分世業，每人為田一頃，則亦不殊元魏以來之法……中葉以後，法制隳弛，田畝之在人者，不能禁其賣，易官授田之法盡廢，則向之所謂輸庸調者，多無田之人矣。乃欲按籍而徵之，令其與豪富兼併者一例出賦，可乎？……雖授人以田，而未嘗別有戶賦者，三代也。不授人以田，而輕其戶賦者，兩漢也。因授田之名，而重其戶賦，田之授否不常，而賦之重者已不可復輕，遂至重為民病，則自魏至唐之中葉是也。自兩稅之法行，而此弊革矣。」（《文獻通考‧田賦考》）

又云：「夾漈鄭氏言：井田廢七百年，至後魏孝文……行均田之法。然晉武帝時，已行戶調之法，則亦非始於後魏也。但史不書其還受之法，無由考其詳耳。後魏立法，所受者露田，諸桑田不在還受之限，意桑田必是人戶世業，是以栽植桑榆其上。露田不栽樹，則似所種者皆荒閒無主之田。必諸遠流配謫無子孫及戶絕者，盡為公田，以供授受，則固非奪富者之田以予貧人也。又令有盈者無受不還，不足者受種如法。盈者得賣其盈，不足者得買所不足。不得賣其分，亦不得買過所足。是令其從便賣買，以合均給之數，又非強奪之以為公田，而授無田之人，與王莽所行異矣。此所以稍久而無弊歟？」（《文獻通考‧田賦考》）

宋稅賦之類有五，曰公田之賦，曰民田之賦，曰城郭之賦，曰丁口之賦，曰雜變之賦。一、二為田稅。三為宅稅、地稅之類。四為身稅。所謂雜變者，唐以來民計田輸賦外，增取他物，復折為賦，亦謂之「沿納」。名品煩細，其類不一。官司歲附帳籍，並緣侵擾。明道中，詔三司以類併合，悉除諸名品，並為一物，夏秋歲入，第分粗細二色，百姓便之。

其取之用兩稅之法所賦之物，有四類，曰穀，曰泉，曰金鐵，曰物產。凡歲賦，穀以石計，錢以緡計，帛以匹計，金銀、絲綿以兩計，藁

稭、薪蒸以圍計，他物各以其數計。

宋代賦稅，有所謂支移、折變者。支移者，變其所輸之地。折變者，變其所取之物。支移本以便邊餉，內郡罕用焉。間有移用，則輸本色於支移之地，或輸腳費於所居之邑，亦得自擇。又當依戶籍等第，以定支移里數。折變之法，以納月初旬估中價準折，仍視歲之豐歉，以定物之低昂，俾官吏毋得私其輕重。然支移之病：一、不能先富後貧，自近及遠，有不均之患；二、但計一方所乏，不計物之有無，責民以所無；三、且有既支移而又取其腳價者。折變之弊，在以所折復變他物，或增取其直，如西蜀初稅錢三百，折絹一匹，草十圍，計錢二十。宣和時，絹一匹，折草百五十圍，圍估錢百五十，稅錢三百，乃輸至二十三千。

宋承晚唐、五季稅法大亂之後，未嘗加以根本之整理，故其取民頗薄，而民卒不富。《宋史・食貨志》云：「宋克平諸國，每以恤民為先務，累朝相承，凡無名苛細之斂，常加劅革，尺縑斗粟，未聞有所增益。一遇水旱徭役，則蠲除倚格，殆無虛歲，倚格者後或凶歉，亦輒蠲之。而又田制不立，阡畝轉易，丁口隱漏，兼併冒偽，未嘗考按，故賦入之利視前代為薄。丁謂嘗言：「二十而稅一者有之，三十而稅一者有之。」又云：「景德中，丁謂著《會計錄》云，總得一百八十六萬餘頃。以是歲七百二十二萬餘戶計之，是四戶耕一頃，由是而知隱田多矣……皇祐、治平，三司皆有會計錄……而敘治平錄者以謂此特計其賦租以知頃畝之數，而賦租所不加者十居其七。」（蔡儒等計德、霸二州戶口，率三戶四口）然田畝混淆，稅法不立，所利者皆豪強，於平民初無與也。今略舉當時貴富者兼併掊克農民困苦之情形如下：

太宗時，比年多稼不登，富者操奇贏之資，貧者取倍稱之息，一或小稔，富家責償愈急，稅調未畢，資儲罄然。遂令州縣戒里胥、鄉老察視，有取富民穀麥資財，出息不得逾倍，未輸稅毋得先償私逋，違者罪之。

仁宗即位之初，上書者言賦役未均，田制不立。因詔限田，未幾即

廢。時又禁近臣置別業京師及寺觀毋得市田。後承平寖久，勢官富姓，占田無限，兼併冒偽，習以成俗，重禁莫能止焉。

哲宗即位，宣仁太后臨朝，起司馬光為門下侍郎，委之以政。詔天下臣民皆得以封事言民間疾苦。光抗疏曰：「四民之中，唯農最苦……幸而收成，公私之債，交爭互奪。穀未離場，帛未下機，已非己有，所食者糠粃而不足，所衣者綈褐而不完。直以世服田畝，不知捨此之外，有何可生之路耳。」

觀此，可知宋代農民之困苦。其所由然，則以歷代開國之初，皆略有制民之產之意，如晉之戶調、魏之均田、唐之租庸調是也，而宋則無之。又承晚唐、五代大亂之後，故豪強愈以姿睢，貧弱困於無告也。（喪亂之際，豪強最易得勢，其理由約有數端：亂時田多荒蕪，豪強乘機占為己有，一也；貧者無以自立，或以迫於苛稅，棄田而去，亦為富者所占，二也；亂時民多去農操兵，田益易荒，三也；暴政皆擇小民而施，民不得不托庇於豪強，四也。喪亂之際，社會上及政治上易產生特殊勢力。既有特殊勢力，則侵占兼併，及與官吏勾結，皆易矣。）

因田畝之混淆，賦稅之不平，於是有均田之議。仁宗即位之初，因上書者言，下詔限田，公卿以下毋過三十頃，牙前將吏應復役者毋過十五頃，止一州之內，過是者論如違制律，以田賞告者。既又聽數外置墓田五頃。任事者以為不便，未幾即廢。景祐時，諫官王素言：「天下田賦輕重不等，請均定。」歐陽修亦言：「祕書丞孫琳嘗往洺州肥鄉縣，與大理寺丞郭諮以千步方田法括定民田，願詔二人者任之。」三司亦以為然，且請於亳、壽、蔡、汝四州擇尤不均者均之。於是遣諮詣蔡州，括一縣，均其賦。既而諮言州縣多逃田，未可盡括，朝廷亦重勞人，遂罷。後田京知滄州，均無棣田，蔡挺知博州，均聊城、高唐田。滄州之民不以為便，詔輸如舊。嘉祐五年，復詔均定，遣官分行諸路，才數郡而止。至神宗熙寧五年，乃重修定方田法，詔司農以《方田均稅條約並式》頒之天下。以東西

南北各千步為一方。歲以九月,縣委令、佐分地計量,隨陂原平澤而定其地,因赤淤黑壚而辨其色。方量畢,以地及色參定肥瘠而分五等,以定稅則。至明年三月畢,揭以示民,一季无訟,即書戶帖,連莊帳付之,以為地符。均稅之法,縣各以其租額稅數為限。若瘠鹵不毛,及眾所食利山林、陂塘、溝路、墳墓,皆不立稅。令既具,乃以濟州巨野尉王曼為指教官,先自京東路行之,諸路仿焉。至元豐八年,乃罷。時天下之田,已方而見於籍者,為二百四十八萬四千三百四十九頃。崇寧三年,蔡京請詔諸路提舉常平官選官習熟其法,諭州縣官吏以豐稔日推行,自京西、河北兩路始。五年,罷。大觀二年,復詔行之,四年罷,其稅賦依未方舊則輸納。政和時,復行其法。宣和二年,又罷之,並詔自今諸司毋得起請方田。南渡以後,兼併之患尤甚,乃有經界之法(紹興六年,知平江府章誼言:「民所甚苦者,催科無法,稅役不均。強宗巨室,阡陌相望,而多無稅之田,使下戶為之破產。」淳祐六年,殿中侍御史兼侍講謝方叔言:「今百姓膏腴,皆歸貴勢之家,租米有及百萬石者。小民百畝之田,頻年差充保役,官吏誅求百端,不得已,則獻其產於巨室,以規免役。小民田日減而保役不休,大官田日增而保役不及。」咸淳十年,侍御史陳堅等言:今「邸第戚畹,御前寺觀,田連阡陌,亡慮數千萬計,皆巧立名色,盡蠲二稅。州縣乏興,鞭撻黎庶,鬻妻賣子,而鐘鳴鼎食之家,蒼頭廬兒,漿酒藿肉;琳宮梵宇之流,安居暇坐,優遊死生。」),然亦罕能實行(唯朱熹行之漳州,趙懰夫行之婺州,頗見成效)。

　　南宋病民尤甚者,則為官公田。官田謂借役之田募民耕者,皆仍私租舊額。私租額重而納輕,承佃尤可;公租額重而納重,民乃不堪。而州縣胥吏與倉庫百執事,又皆從而浸漁之。季世金人乍和乍戰,戰則軍需浩繁,和則歲幣重大,國用常告不繼。於是,因民苦官租之重,命有司括賣官田以給用,其初弛其力役以誘之,其終不免於抑配,此官田之弊也。嘉定以後,又有所謂安邊所田。開禧三年,韓侂冑誅,金人講解。明年,用

廷臣言，置安邊所，凡佞倖與其他權倖役入之田，及圍田、湖田之在官者皆隸焉，以給行人金、繒之費。迨與北方絕好，軍需邊用每於此取之，收其租以給歲幣，至其將亡。又限民名田，買其限外所有，謂之公田。初，議欲省和糴，以紓民力，而其弊極多，其租尤甚。宋亡，遺患猶不息也（浙西田畝有值千緡者，似道均以四十緡買之。數稍多，與銀絹。又多，與度牒告身。吏又恣為操切，浙中大擾。有奉行不至者，提領劉良貴劾之。有司爭相迎合，務以買田多為功，皆謬以七八斗為石。其後田少與磽瘠虧租，與佃人負租而逃者，率取償田主，六郡之民破家者眾）。

明、越皆有陂湖，大抵湖高於田，田又高於江、海。旱則放湖水溉田，潦則決田水入海，故無水旱之災。慶歷、嘉祐間，始有盜湖為田者，其禁甚嚴。政和以來，創為應奉，始廢湖為田。自是兩州之民，歲被水旱之患。餘姚、上虞每縣收租不過數千斛，而失民田常賦，動以萬計。其他會稽之鑒湖、鄞之廣德湖、蕭山之湘湖等處尚多。瀕太湖之地，多為兵卒侵據，累土增高，長垣彌望，名曰壩田。旱則據之以溉，而民田不沾其利，潦則遠近泛濫，不得入湖，而民田盡沒矣。

常平漢以平穀價，義倉隋以備凶災。惠民倉者，周顯德間，以雜配錢分數折粟貯之，歲歉，減價出以惠民。宋兼存其法。又有廣惠倉者，募人耕沒入戶絕田，收其租別為倉貯之，以給州縣郭內老幼貧疾不能自存之人。常平所以平款價，充振即失本意。且皆公帑，又所蓄不厚，不足以資振救，故不得不資義倉也。

青苗法者，李參始行之陝西，令民自隱度麥粟之贏，先貸以錢，俟穀熟還官，號為青苗錢。熙寧二年，條例司請以諸路常平、廣惠倉錢穀，依陝西例，預借於民，令出息二分，隨夏秋稅輸納（願輸錢者，從其便。如遇災傷，許展至豐熟日納），自河北、京東、淮南三路施行，俟有緒推之諸路。許之。其理由在：一、不使並兼之徒乘民之急，以邀倍稱之息。二、常平廣惠之物，收藏積滯，必待年儉物貴，然後出糶，所及者不過城

市游手之人。今通一路有無，貴發賤斂，以廣蓄積，平物價，使農人有以赴時趨事，而兼併者不得乘其急也。

反對者之理由謂：一、以錢貸民，出納之際，吏緣為奸，法不能禁。二、錢入民手，雖良民不免非理使用；及其納錢，雖富民不免違限。如此鞭笞必用，州縣多事。三、良懦者不願與州縣交易，不免抑配。且上戶必不願請，近下等第與無業客戶，雖或願請，必難催納，必有行刑督索，及勒干係人同保均陪之患。四、無賴子弟，欺護尊長，錢不入家，甚有他人冒名詐請，莫知為誰者。五、鄉村上等戶並坊郭有物業者，乃從來兼併之徒，亦依鄉戶例支借，是官自放錢取息，與初詔違戾。六、出息二分太重。按青苗立法之意頗善。當時民間舉債出息，重至一倍，約償緡錢，而穀粟、布縷、魚鹽、薪蕘、穰鋤、斧錡之屬，皆雜取之（見《宋史》卷三三一《陳舜俞傳》）。取息二分，亦實不重，但奉行不善事亦有之。其最大之弊，在於抑配慮貧民不能償，則令貧富相保。試觀元祐元年，罷此法未幾，范純仁即以國用不足，建議復散，可知當時行此，不免有藉以取息之意也。純仁建議後，立常平錢穀給斂出息之法。王岩叟、蘇轍等復爭之，乃詔更不俵散。及紹聖三年，乃仍許請給。按：純仁亦舊者徒，而亦主俵散，則青苗法雖有弊，亦不如舊黨所言之甚可知。又按：和糴之中，有所謂俵糴者，度民田入多寡，都提舉市易司預給錢物，秋成於指定之地入米麥，或召農民相保，預兌官錢，或坊郭鄉村以等第給錢，俟收成，以時價入粟，亦與青苗相類。

和糴所以代漕運，其法：某處歲稔，則命使置場增價市糴，某處轉餉難，即就置場，或內府出綾羅錦綺，緡錢金帛，付轉運使糴粟（或賜常平錢，給度牒），或別遣官經畫市糴。其立法之意本善，然如推置（京東西、陝西、河北缺兵食，州縣括民家所積糧市之，謂之推置）、括糴（括索贏糧之家，量存所用，其餘盡羅入官）、均糴（均敷於州縣，州縣又以家業差等，均敷於民家）等法，本不免有弊。宋初河東既下，減其租賦。

有司言土沃民勤，頗多積穀，乃定每歲和市，令隨常賦輸送。官雖量與錢、布，而所得細微，歲凶不蠲，河東稅三十九萬，而和糴乃入十二萬，則其屬民可知。南渡以後，或強給官告度牒鈔引，或降金銀錢帛，而州縣阻節不即還，又或強配於民，抑勒其價，或石取其耗，或取其頭子錢，而糴入之米，又有陳腐不可用者，其弊更不可勝窮矣。

布帛亦有折科、和市，又有預給錢於民，隨後輸帛者，則謂之預買（蠶事不登，亦許以錢及大小麥折輸）。其事或由產地主之，亦或選官置場。其弊也，或物重而價輕（或出抑勒，亦有物價已漲，而仍以舊值市之者），或外增名目收錢，或不即給價，甚有不給直變為賦稅者，亦有給不如數者（預買亦或不時給直）。南渡後絹價大漲，而朝廷乏錢，乃創為折帛之說，以為寬民而利公。既有夏稅折帛，又有和買折帛。其後絹價平，而民所納之折帛錢已不可變，遂至三倍於本色焉。至此則和買已變為賦稅，而其法又不均。如浙東和預買絹歲額為九十七萬，而越州乃占六十萬。和糴和買，賦稅，青苗法則始終未為賦稅，不另為篇，姑附於此。

宋代屬民之政，莫甚於役。蓋以古者庶人在官者之事，責諸平民，以為力役之徵也。其弊起於晚唐，至宋而尤甚。役之名色，曰衙前，主官物；曰里正、戶長、鄉書手，課督賦稅；曰耆長、弓手、壯丁，逐捕盜賊；曰承符、人力、手力、散從，官給使令。此外，縣曹司至押、錄，州曹司至孔目官，下至雜職、虞候、揀、掏等人，各以鄉戶等第差充。然命官形勢之家，占田無限，皆得免役。而應役之戶，困於繁數，里正、衙前，主典府庫，輦運官物，多致破產。於是有鬻田減其戶等者；有偽為券售田於形勢之家，假佃戶之名，以避徭役者；又有竄名浮屠籍，號為出家，以避役者，趙州至千餘人。景德中，嘗詔出家者須落髮為僧，乃聽免役。田歸官戶不役之家，而役併於同等見存之戶。人民因避戶等，土地不敢多耕，骨肉不敢生聚。於是上戶寖少，中下戶寖多，役使頻仍，生資不足，遂轉為工商，流為盜賊矣。皇祐中，知并州韓琦疏曰：「州縣生民之苦，無重

於里正衙前。有孀母改嫁，親族分居，或棄田與人，以免上等，或非命求死，以就單丁，規避百端，苟免溝壑之患（《宋史・食貨志》）。治平中，三司使韓絳言：「京東民有父子二丁將為衙前役者，其父告其子曰：吾當求死，使汝曹免於凍餒。遂自縊而死。又聞江南有嫁其祖母，及與母析居以避役者。」（《宋史・食貨志》）可謂酷矣！

人之才性，本各有所宜。一役也，未必人人能之，故簽差絕不如雇募。又賦課貴於平均，力役亦賦課之一，以錢雇募，則損有餘之地之財，以濟貧瘠之鄉之役。且就一小區域中計其貧富，以定戶等，而為應役之重輕，就令正確公平，而合全國而觀之，其不公不平實已甚，況乎一小區域內之公平，亦不可得乎？此又差役之不如僱役也。《宋史・食貨志》：韓琦即謂：「每鄉被差疏密，與資力高下不均。假有一縣甲乙二鄉，甲鄉一等戶十五戶，計資為錢三百萬，乙鄉一等戶五戶，計資為錢五十萬；番役遞休，即甲鄉十五年一周，乙鄉五年一周。富者休息有餘，貧者敗亡相繼。」其一例也。

景德中，命募人充役。慶曆中，王逵為荊湖轉運使，率民輸錢免役（史謂王逵得緡錢三十萬，進為羨餘，蒙詔獎。由是他路競為掊克以市恩。夫其進羨餘非，其令民輸錢免役則是也），已開荊公僱役法之先聲。神宗閱內藏庫奏，有衙前越千里，輸金七錢，庫吏邀乞，踰年不得還者，乃詔制置條例司講立役法。久之，定免役之法，先於京畿行之。其法分畿內鄉戶為五等，歲以夏秋隨等輸錢。鄉戶四等，坊郭六等，以下勿輸。用其錢募三等以上稅戶代役，次乃頒其法於天下。凡當役人戶，以等第出錢，名免役錢。坊郭等第戶及未成丁、單丁、女戶、寺觀、品官之家，舊無役而出錢者，名助役錢。凡敷錢，先視州縣應用雇直多少，隨戶等均取。又率其數，增取二分，以備水旱欠闕，謂之免役寬剩錢。坊場河渡舊以酬獎衙前，至是官自撲賣，以其錢同役錢，隨分數給之。至熙寧九年，乃停給，蓋役錢有餘也。當時又因免役錢以祿內外胥吏，有祿而贓者，用

倉法重其坐。免役寬剩錢又用常平法給散生息，添給吏人餐錢。

　　荊公所行之法，以免役為最合理，且最有益，而足以救時弊。而當時反對者亦蜂起，然其所言理由，皆不充足也。如謂（一）不問戶之高低，例使出錢，上戶則便，下戶實難。又謂（二）舊上戶役數而重，下戶役簡而輕，今不問上下，概視物力出錢，上戶幸之，下戶則以為苦。然輸錢多少，固依戶等而分，極下等戶，且免輸也。（三）謂非如稅賦，有倚閣減放之期。然免役寬剩，即所以為蠲減之備。舊日之役，則凶荒不免也。（四）謂錢非田所出，直使輸錢，絲帛粟麥必賤，若用他物準直，則又退揀乞索，且為民害。然當時立法者固云，或納見錢，或納斛斗，皆從民便也。（五）謂破產唯鄉戶衙前。至於長名衙前，在公精熟，每經重難，別得優輕場務酬獎，往往致富。不知長名衙前，與雇募異名同實，此足助僱役之論，而非所以為難也。（六）謂用鄉戶，為其有常產則自重，招僱恐得浮浪奸偽之人，帑庾、場務、綱運恐不勝盜用，弓手、耆、壯、承符、散從、手力、胥吏之類，恐遇寇縱逸，因事騷擾。近邊奸細應募，則恐焚燒倉庫，或守把城門，潛通外境。然元祐議復差役，蘇轍言：「熙寧以前，諸路衙前多僱長名當役，如西川則全是長名，淮南、兩浙長名大半以上，餘路亦不減半。」則當時曾布奏辦謂「今投名衙前半天下，未嘗不典主倉庫、場務、綱運」者，非虛言也。蘇轍又謂：「初疑衙前多是浮浪投僱，不如鄉差稅戶可托。然行之十餘年，投僱者亦無大敗闕。」劉摯謂：「五路弓手，熙寧未變法前，身自執役，最號強勁，其材藝捕緝勝於他路。近日復差，不聞有不樂，而願出錢僱人。唯是川、蜀、江、浙等路，昨升差上一等戶，皆習於驕脆，不肯任察捕之責。欲乞五路必差正身，餘路即用新敕。」（謂許民僱代）上官均亦謂：「熙寧募法久行，何嘗聞盜賊充斥？彼自愛之民，承符帖追逮則可，俾之與賊角死，豈其能哉？兩浙諸路以法案差弓手，必責正身，至有涕泣辭免者」云云，則可見弓手等役之非不可雇募也，況曾布謂「承符、手力之類，舊法皆許僱人」乎？（七）謂寬剩數

多，募直輕而倉法重，疑設法聚斂，則據曾布所言，當時畿內免役之錢，用以募役，固所餘無幾；且制用必求其有餘，亦不得以為聚斂也。（八）謂其升戶失實，則曾布謂「三年一造簿書，等第嘗有升降，則今品量增減亦未為非；又況方曉諭民戶，苟有未便，皆與釐正」。又言者「於祥符等縣，以上等人戶數多減充下等，乃獨掩而不言」。荊公謂「外間扇搖役法者，謂輸多必有贏餘，若群訴必可免」，則攻者之詞，亦未必情實矣。

主免役者，謂所裁取者，乃仕宦兼併能致人言之豪右；所寬優者，皆村鄉樸愚不能自達之窮甿。此自為得實之語。曾布舉畿內為例，謂上等戶罷衙前之役，所輸錢減十之四五；中等戶本充弓手、手力、承符、戶長，今使上等及坊郭、寺觀、單丁、官戶皆出錢以助之，所輸減十之六七；下等戶盡除前日冗役，專充壯丁，且不輸一錢，所輸減十之八九。然當時主其事者，有求增加收入之意。人民雖得免役，仍以輸錢為苦，亦誠有之。且下戶雖得寬間，而向不輸錢之戶，乃須出錢助役，此尤所以致嘖有繁言之一因也。役法改後，省役額甚多，而民間輸數一切如舊。元祐初，剩餘之額已達三千萬貫，可見收入增加非少。故元祐時議役法，蘇軾極言「可僱不可差，第不當於僱役實費之外，多取民錢」。范百祿言：「熙寧免役法行，百祿為咸平縣，開封罷遣衙前數百人，民皆欣幸。其後有司求羨餘，務刻剝，乃以法為病。今第減助免錢額以寬民力可也。」自是持平之論。

又蘇轍謂：「坊郭人戶舊苦苛配，新法令與鄉戶並出役錢，而免科配，其法甚便……熙寧以前，散從、弓手、手力諸役人常苦逆送，自新法以來，官吏皆請僱錢，役人既便，官亦不至闕事」云云，則新法所除，固不獨衙前之害矣。

元祐初，司馬光為門下侍郎，議復差法。初，命役人用見數為額，唯衙前用坊場、河渡錢僱募，不足，方許揭簿定差。其餘役人，唯該募者得募，餘悉定差。諸路坊郭五等以上，單丁、女戶、官戶、寺觀三等以上，舊輸免役錢減為五分，下此者悉免輸。尋以衙前不皆有僱直，改僱募為招

募。蘇轍言：「既非明以錢僱，必無肯就招者，勢須差撥。」又明許民戶僱代，戶少之鄉，應差不及三番者，許以六色錢募州役，衙前當休無代，即如募法給直，則差法之不可復，實格於事勢，舊黨亦無如何矣。一時言差法不便者甚眾，如李常謂：「差法詔下，民知更不輸錢，唯歡呼相慶，行之既久，始覺不輸錢為害。何也？差法廢久，版籍不明，重輕無準，鄉寬戶多者僅得更休，鄉狹戶窄者頻年在役。上戶極等昔有歲輸錢百千至三百千者，今止差為弓手，僱人代役，歲不過用錢三四十千。中下戶舊輸錢不過三二千，而今所僱承符、散從之類，不下三十千。」蘇軾言：「三等人戶，方僱役時，戶歲出錢極不過三四千，而今一役二年，當費七十餘千。休閒不過六年，則是八年之中，昔者徐出三十餘千，而今者並出七十餘千，苦樂可知。」哲宗親政後，復行僱法，敷錢之數，取三年雇直之平均數，寬剩錢不得過十分之一。建炎初，罷之，復行差法。乾道五年，處州松陽縣倡為義役，眾出田穀，助役戶輪充，推行之處甚多。朱熹謂「踵之者不能皆善人，於是其弊日開，其流日甚。或以材智把握，而專義役之利；或以氣力凌駕，而私差役之權。虐貧優富，凌寡暴孤」。蓋義役為人民自動之事，若為官紳假借名義，則仍不免於有弊也。

役起於物力，故物力升降，貴乎不殽。熙寧變法時，常責郡縣考察升降，後又以呂惠卿議，行手實法。其法：官定田產中價，民各隨價自占，仍並屋宅分有無蓄息立等，凡居錢五當蓄息之錢一。將造簿，預具式示民，令依式為狀，縣受而籍之。分為五等。參會通縣役錢之額，定所當輸，明書其數，示眾兩月。後御史中丞鄧綰言其不便，罷之。南渡以後，乃講究推割、推排之法。推割者，凡百姓典賣田業，稅賦與物力一併推割。推排則用其資產之進退為之升降，三歲而一行之。南宋推排、手實二法並行。議者以推排為便，以推排委之鄉都，徑捷而易行，手實責之人戶，散漫而難集也。然當時之弊，或以小民粗有米粟，僅存室廬，凡耕耨刀斧之器，雞豚犬彘之畜，纖微細瑣，皆得而籍之。吏視賂之多寡，為物

力之低昂。於是又為之限制，除質庫房廊、停塌店鋪、租牛、賃船等外，不得以豬羊雜色估計。其後並耕牛租牛免之，而江之東西，又有以畝頭計稅，不待推排者，則不啻加田賦而免其役矣。

契丹生業，注重畜牧。《遼史・食貨志》云：「契丹舊俗，其富以馬，其強以兵。縱馬於野，弛兵於民。有事而戰，騎介夫，卯命辰集。馬逐水草，人仰湩酪，挽強射生，以給食用，糧糗芻茭，道在是矣。以是制勝，所向無前。」〈食貨志〉述太祖時畜牧之盛，「括富人馬，不加多，賜大、小鶻軍萬餘匹，不加少。」又云：「自太宗及興宗垂二百年，群牧之盛如一日。天祚初年，馬猶有數萬群，每群不下千匹。」又述諸國每歲貢馬之數，東丹一千匹，女真一萬匹，直不古等國一萬匹，阻卜及吾獨婉、惕德各二萬匹，西夏、室韋各三百匹，越里篤、剖阿里、奧里米、蒲奴里、鐵驪等諸部各三百匹。然亦頗重農業。《遼史》云：「初，皇祖匀德實為大迭烈府夷離堇，喜稼穡，善畜牧，相地利以教民耕。仲父述瀾為於越，飭國人樹桑麻，習組織。太祖平諸弟之亂，弛兵輕賦，專意於農。嘗以戶口滋繁，紀〔糾〕轄疏遠，分北大濃兀為二部，程以樹藝，諸部效之。」道宗時，「西蕃多叛，上欲為守禦計，命耶律唐古督耕稼以給西軍。唐古率眾田臚朐河側，歲登上熟。移屯鎮州，凡十四稔，積粟數十萬斛，每斗不過數錢。」以馬人望前為中京度支使，視事半歲，積粟十五萬斛。「遼之農穀，至是極盛。而東京如咸、信、蘇、復、辰、海、同、銀、烏、遂、春、泰等五十餘城內，沿邊諸州，各有和糴倉依祖宗法，出陳易新，許民自願假貸，收息二分。所在無慮二三十萬石，雖累兵興，未嘗用乏。迨天慶間，金兵大入，悉為所有。」聖宗乾亨十三年，詔諸道置義倉。歲秋，社民隨所獲，戶出粟庤倉，社司籍其目。歲儉，發以振民。

其稅賦之制，無可考。據《遼史・食貨志》所載，但知在屯耕公田者，不輸稅賦，其應募治在官閒田者，則計畝出粟。各部大臣從上征伐，俘掠人戶，自置郛郭，為頭下軍州，則市井之賦，各歸頭下，唯酒稅赴納

上京而已。

金法，官地輸租，私田輸稅，租之制不傳，大率分田之等為九而差次之。稅法則如下：

一、夏稅畝取三合，秋稅畝取五升。又納稭一束，束十有五斤。

二、夏稅六月止八月，秋稅十月止十二月，為初、中、末三限，州三百里外，紓其期一月。章宗泰和五年，以十月民獲未畢，不可遽令納稅，改秋稅限十一月為初。中都、西京、北京、上京、遼東、臨潢、陝西地寒，稼穡遲熟，夏稅限以七月為初。

三、凡輸送粟麥，三百里外石減五升，以上每三百里遞減五升。粟折稭百稱者，百里內減三稱，二百里減五稱，不及三百里減八稱，三百里及輸本色蒭草，各減十稱。興定四年十二月，鎮南軍節度使溫迪罕思敬請民輸稅者，止輸本郡，謂「今民輸稅，其法大抵有三，上戶輸遠倉，中戶次之，下戶最近。然近者不下百里，遠者數百里，道路之費，倍於所輸，而雨雪有稽違之責，遇盜有死傷之患」云云。

四、墓田、學田，租稅皆免。

五、凡請射荒地者，以最下第五等減半定租，八年始徵之。若作業者，以第七等減半為稅，七年始徵之。自首冒佃比鄰地者，輸官租三分之二。佃黃河退灘者，次年納租。泰和八年八月，戶部尚書高汝礪言，舊制人戶請佃荒地者，寬以徵納之年。「小民不為久計，比至納租之時，多巧避匿，或復告退，蓋由元限太遠，請佃之初無人保識故耳。今請佃者可免三年，作己業者免一年，自首冒佃並請退灘地，並令當年輸租，以鄰首保識，為常制。」

《續通考》云：金之官田租制雖不傳，以泰和元年學田之數考之，生員給民田官佃六十畝，歲支粟三十石，則畝徵五斗矣。雖地之高下肥瘠不同，租宜有別，然視民田五升三合，草一束之數，必倍蓰過之，是亦官田租重之一征也。

　　牛具稅即牛頭稅，猛安謀克戶所輸之稅也。其制，每耒牛三頭為一具，限民口二十五受田四頃四畝有奇，歲輸粟不過一石，官民占田無過四十具。太宗天會三年，以歲稔，官無儲積，無以備饑饉，命一耒賦粟一石，每謀克別為一廩貯之。四年九月，詔內地諸路，每牛一具，賦粟五斗，為定制。世宗大定十二年，尚書省奏：「唐古部民舊同猛安謀克定稅，其後改同州縣，履畝立稅，頗以為重。」命從舊制。

　　世宗大定五年，以京畿兩猛安民戶不自耕墾，及伐桑為薪鬻之，命大興少尹完顏讓巡察。十七年，謂省臣曰：「官地非民誰種，然女直人戶自鄉土三四千里移來，盡得薄地，若不拘刷良田給之，久必貧乏，其遣官察之。」又謂參知政事張汝弼曰：「先嘗遣問女直土地，皆云良田。及朕出獵，因問之，則謂自起移至此，不能種蒔，斫蘆為席，或斬芻以自給。卿等其議之。」省臣奏，官地所以人多蔽匿盜耕者，由其罪輕故也。乃更條約，立限令人自陳，過限則人能告者有賞。遣同知中都路轉運使張九思往拘籍之。十九年十二月，謂宰臣曰：「朕聞括地事所行極不當，如皇后莊、太子務之類，止以名稱便為官地，百姓所執憑驗，一切不問」云云。後又謂：「凡犯秦漢以來名稱，如長城、燕子城之類者，皆以為官田。」則當時擾累可想。然拘田以給軍戶之事，終金世不絕，而軍戶且有冒名增口，以請官地及取民田，致令民空輸稅賦者，貽累如此。而猛安謀克戶得田，初不能耕。大定二十一年，世宗謂宰臣曰：「山東、大名等路猛安謀克戶之民，往往驕縱，不親稼穡，不令家人農作，盡令漢人佃蒔，取租而已。富家盡服紈綺，酒食游宴，貧者爭慕效之，欲望家給人足，難矣。近已禁買奴婢，約其吉凶之禮，更當委官閱實戶數，計口授地，必令自耕，力不贍者方許佃於人。仍禁其農時飲酒。」六月，遣使閱視秋稼，聞猛安謀克人唯酒是務，往往以田租人，而預借三二年租課，或種而不耘，聽其荒蕪。自今皆令閱實各戶人力，可耕幾頃畝，必使自耕耘之，其力果不及者方許租賃。如惰農飲酒者，勸農謀克及本管猛安謀克並都管，各以等第科罪。

收穫數多者，亦以等第遷賞。按：〈熙宗紀〉：即位之年，即詔公私禁酒，則女直人之沈這〔沉〕湎久矣。二十二年，以附都猛安戶不自墾種，悉租與民，有一家百口壟無一苗者。從大興少尹王修所奏，不種者杖六十，謀克四十，受租百姓無罪。合此數條，當時猛安謀克戶之怠於農業，可知矣。章宗南遷，盡徙河北軍戶於河南，或主括地界之耕，或主益賦以給之，以高汝礪力爭，乃倍加官田之租，而未括地，然軍餉亦只半給。當時女直戶亦自言，得半餉猶可勉活，得田實不能耕也。

元之取民，大率以唐為法。取於內郡者，曰丁稅，曰地稅，仿唐之租庸調也。取於江南者，曰秋稅，曰夏稅，仿唐之兩稅也。丁稅、地稅之法，自太宗始行之。初，每戶科粟二石，後以兵食不足，增為四石。至丙申年，乃定科徵之法，令諸路驗民戶成丁之數，每丁歲科粟一石，驅丁五升，新戶丁驅各半之，老幼不與。其間有耕種者，或驗其牛具之數，或驗其土地之等徵焉。丁稅少而地稅多者納地稅，地稅少而丁稅多者納丁稅。工匠僧道驗地，官吏商賈驗丁。世祖申明舊制，於是輸納之期、收受之式、關防之禁，會計之法，莫不備焉。中統十七年，命戶部大定諸例：

全科戶丁稅，每丁粟三石，驅丁粟一石，地稅每畝粟三升。減半科戶丁稅，每丁粟一石。

新收交參戶，第一年五斗，第二年一石，第三年一石二斗五升，第四年一石五斗，第五年一石七斗五升，第六年入丁稅。

協濟戶丁稅，每丁粟一石，地稅每畝粟三升。

隨路近倉輸粟，遠倉每粟一石，折納輕齎鈔二兩。富戶輸遠倉，下戶輸近倉，郡縣各差正官一員部之，每石帶納鼠耗三升，分例四升。凡糧到倉，以時收受，出給米錢。輸納之期，分為三限：初限十月，中限十一月，末限十二月。成宗大德六年，更定上都、河間輸納之期。上都，初限次年五月，中限六月，末限七月。河間，初限九月，中限十月，末限十一月。

秋稅、夏稅之法，行於江南。初，世祖平宋，除江東、浙西，其餘獨徵秋稅而已。至元十九年，用姚元之請，命江南稅糧依宋舊例，折輸綿絹雜物。是年二月，又用耿左丞言，令輸米三之一，餘併入鈔為折焉。以七百萬錠為率，歲得羨鈔十四萬錠。其輸米者，只用宋斗斛，以宋一石當元七斗故也。至成宗元貞二年，乃定其制：秋稅止命輸租，夏稅則輸以木綿布絹絲綿等物。其所輸之數，視糧以為差。糧一石輸鈔三貫、二貫、一貫，或一貫五百文、一貫七百文。皆因其地利之宜，人民之眾，酌中數取之。其所輸之物，各隨時估之高下以為直〔值〕。獨湖廣則異於是。初，阿里海牙克湖廣，罷宋夏稅，依中原例，改科門攤，每戶一貫二錢，視夏稅增鈔五萬餘錠。至大德二年，宣慰張國紀又請科夏稅，於是湖廣重罹其害。俄詔罷之。三年，又改門攤為夏稅而並徵之。每石計三貫四錢以上，視江、浙等為尤重云（江、浙等一石輸至鈔三貫）。在官之田，許民佃種輸租，皆不科夏稅。

遼役法不可考，唯據《遼史・食貨志》：統和中，耶律昭言：西北之眾，每歲農時，一夫偵候，一夫治公田，二夫給紏〔糾〕官之役，則知其屯田戍兵，給役殊重。〈聖宗紀〉：統和三年三月乙巳朔，樞密使奏：契丹諸役戶多睏乏，請以富戶代之。上因閱諸部籍，涅剌、烏隈二部戶少而役重，並量免之。又〈馬人望傳〉：拜南院樞密使，當時民所甚患者，驛遞、馬牛、旗鼓、鄉正、廳隸、倉司之役，至破產不能給。人望使民出錢，官自募役，時以為便。

金制，戶有數等，有課役戶（有物力者）、不課役戶（無物力者）、本戶（女真）、雜戶（漢人及契丹）、正戶（猛安謀克之奴婢免為良者，止隸本部）、監戶（沒入官良人，隸宮籍監者）、官戶（沒入官奴婢，隸太府監者）、奴婢戶、二稅戶（遼以良民賜諸寺，分其稅一半輸官，一半輸寺，謂之二稅戶。金世宗大定二年，嘗免之。章宗即位，又括北京路及中都路二稅戶。凡無憑驗，其主自言之者，及因通檢而知之者，其稅半輸官，半

輸主。有憑驗者，悉放為良）。戶以五家為保。戶主推其長充。

男女二歲以下為黃，十五以下為小，十六為中，十七為丁，六十為老，無夫為寡妻妾，諸篤廢疾不為丁。

凡戶口計帳，三年一籍。自正月初，州縣以里正、主首，猛安謀克則以寨使，詣編戶家責其手實，具男女老幼年與姓名，生者增之，死者除之。正月二十日以實數報縣，二月二十日申州，以十日內達上司，無遠近皆以四月二十日到部呈省。

凡漢人、渤海人不得充猛安謀克戶。太祖即位之二年，以三百戶為謀克，謀克十為猛安。又嘗以北部遼人百三十戶為一謀克，諸州漢人六十五戶為一謀克。王伯龍、高從佑並領所部為一猛安。熙宗皇統五年，又分猛安謀克為上、中、下三等。海陵天德二年，削其名，但稱為諸猛安謀克。世宗大定十五年十月，遣官十人，分行天下，再定猛安謀克戶，每謀克戶不過三百，七謀克至十謀克置一猛安。

舊以五家為保，泰和六年，令從唐制，以五家為鄰，五鄰為保，以相檢察。京府州縣郭下則置坊正，村社則隨戶眾寡為鄉置里正，以按比戶口，催督賦役，勸課農桑。村社三百戶以上則設主首四人，二百戶以上三人，五十戶以上二人，以下一人，以佐里正禁察非違。置壯丁，以佐主首巡警盜賊。猛安謀克部村寨，五十戶以上設寨使一人，掌同主首。寺觀則設綱首。凡坊正、里正，以其戶十分內取三分，富民均出雇錢，募強幹有抵保者充，人不得過百貫，役不得過一年。

凡遇差科，必按版籍，先及富者，勢均則以丁多寡定甲乙。有橫科，則視物力，循大至小均科。不可分摘，則以次戶濟之。又計民田園、屋舍、車乘、牛羊、樹蓻之數，及其藏鏹之多寡徵錢，曰物力錢。物力之徵，上自公卿大夫，下逮民庶，無苟免者。近臣出使外國，歸必增物力錢，以其受饋遺也。凡民物力，居宅不與。猛安謀克戶、監戶，官戶，於所居外自置田宅，則預焉。墓田、學田，租稅、物力皆免。

章宗明昌元年，刑部郎中路伯達言：民地已納稅，又通定物力，比之浮財所出差役，是重並也。命詳酌民地定物力，減十之二。

金制：「凡敘使品官之家，並免雜役，驗物力所當輸者，只出雇錢。進納補官未至蔭子孫、及凡有出身者（《金史·食貨志》原注：「謂司吏譯人等。」）、出職帶官敘當身者、雜班敘使五品以下、及正品承應已帶散官未出職者，子孫與其同居兄弟，下逮終場舉人、系籍學生、醫學生，皆免一身之役。三代同居。已旌門則免差發，三年後免雜役。」（《金史·食貨志》）

有司初以三年一籍，後變為通檢，又變為推排。大定四年，以自國初占籍之後，至是承正隆師旅之餘，民之貧富變更，賦役不均。乃命泰寧軍節度使張弘信等二十四人（《金史·食貨志》作十三人），分路通檢天下物力以差定賦役。諸使往往以苛酷多得物力為功，弘信檢山東州縣尤酷暴（唯梁肅為河北轉運副使，通檢東平、大名兩路，稱平允。見本傳）。五年，有司奏諸路通檢不均，詔再以戶口多寡，富貴輕重，適中定之。既而，又定通檢土地等第稅法。十五年，以自通檢以來十餘年，貧富變易，賦調輕重不均，遣濟南尹梁肅等二十六人，分路推排物力。二十年四月，推排猛安謀克物力。二十二年八月，始集耆老，推貧富，驗土地、牛具、奴婢之數，分為上、中、下三等。二十六年，命吏部侍郎李晏等分路推排。章宗承安二年十月，命吏部尚書賈執綱等分路推排。三年九月，奏十三路籍定推排物力錢二百五十八萬六千七百二貫四百九十文，舊額三百二萬二千七百十八貫九百二十二文，以貧乏除免六十三萬八千一百一十一貫。除上京、北京、西京路無新強增者，餘路計收二十萬二千九十五貫。泰和元年八月，詔推排西京、北京、遼東三路人役物力（至五年，以西京、北京邊地，常罹兵荒，復遣使推排之。大定二十六年所定三十五萬三千餘貫，減為二十八萬七千餘貫）。二年閏十二月，定人戶物力隨時推收法，典賣事產者隨業推收，別置標簿，臨時止拘浮財。八

年，命吏部尚書賈守謙等十三人，分詣諸路，與按察使官一員，推排民戶實力，擾民頗甚。承安時，吏部侍郎高汝礪《請據實通檢疏》曰：「自大定四年通檢，迄今三十餘年，其間雖兩經推排，其浮財物力唯憑一時小民之語，以為增減，有司唯務速定，不復推究其實。由是豪強有力者扶同而倖免，貧弱寡援者抑屈而無伸。欲革其弊，莫若據實通檢」云云。通檢之弊既如大定四年所行矣，推排之弊又如此，差役之法何適而可哉？

元制差科之名有二：日絲料，日包銀。各驗其戶之上下而科焉。絲料、包銀之外，又有俸鈔之科，其法亦以戶之高下為等。

絲料之法，始行於太宗八年。每二戶出絲一斤，並隨路絲線、顏色輸於官。五戶出絲一斤，並隨路絲線、顏色輸於本位。

包銀之法，定於憲宗五年。初，漢民科納包銀六兩，至是止徵四兩，二兩折收絲絹、顏色等物（此據《元史·食貨志》。是初徵六兩，至五年始減。〈王玉汝傳〉謂：憲宗即位，有旨令常賦外，歲出銀六兩，謂之包堆銀。玉汝糾率諸路管民官，愬之闕下，得減三分之一。〈史楫傳〉：朝廷始徵包銀，楫請以銀與物折，仍減其元數，詔從之，則減於方徵之始。〈張晉亨傳〉則朝議戶賦銀六兩，以晉亨言，蠲戶額三之一，仍聽民輸他物。是初議時已減為四兩矣，或各地不一律歟？）。

世祖中統元年，立十路宣撫司，定戶籍科差條例。其戶大抵不一，有元管戶、交參戶、漏籍戶、協濟戶。於諸戶之中，又有絲銀全科戶、減半科戶、止納絲戶、止納鈔戶；又有攤絲戶、儲也速兒所管納絲戶、復業戶，並漸成丁戶。戶既不等，數亦不同。又有俸鈔之科，亦以戶之高下為等。於是以合科之數，作大門攤，分為三限輸納。被災之地，聽輸他物折焉，其物各以時估為則。凡儒士及軍、站、僧、道等戶，皆不與。

又泰定之初，有所謂助役糧者。命江南民戶有田一頃以上者，於所輸稅外，每頃量出助役之田，具書於冊，里正以次掌之，歲收其入，以助充役之費。凡寺觀田，除宋舊額，其餘亦驗其多寡令出田助役焉。

元諸王及后妃公主，皆有食采分地。其路府州縣得薦其私人以為監，秩祿受命如王官，而不得以歲月通選調。其賦則五戶出絲一斤，不得私徵之，皆輸諸有司之府，視其當得之數給之。其歲賜則銀幣各有差，始定於太宗之時，而增於憲宗之日。及世祖平江南，又各益以民戶。時科差未定，每戶折支中統鈔五錢，成宗後加至二貫。至於勳臣亦同。

明初定賦役法，一以黃冊為準。冊有丁有田。丁有役。田有租。租曰夏稅，曰秋糧。夏稅毋過八月，秋糧無過明年二月。

魚鱗冊成於洪武二十年。太祖定天下，核實天下土田。而兩浙富民畏避徭役，大率以田產寄他戶，謂之貼腳詭寄。是年，命國子生武淳等分行州縣，隨糧定區。區設糧長，量度田畝方圓，次以字號，悉書主名及田之丈尺，編類為冊，狀如魚鱗，號曰魚鱗圖冊。先是，詔天下編黃冊，以戶為主，詳具舊管、新收、開除、實在之數為四柱式。而魚鱗圖冊以土田為主，諸原坂、墳衍、下溼、沃瘠、沙鹵之別畢具。魚鱗冊為經，土田之訟質焉。黃冊為緯，賦役之法定焉。凡質賣田土，備書稅糧科則，官為籍記之，毋令產去稅存，以為民害。賦役之籍魚鱗冊與黃冊相須而成，迄乎歲久，魚鱗冊漫漶至不可問，而田得買賣，糧得過都圖，賦役冊獨以田從戶，而田所在不復可辨（《春明夢餘錄》）。執魚鱗冊以按田，既無從知此田為誰家所有，或且以魚鱗冊不存，而田並不能按籍而稽。執黃冊以求各戶所有之田，亦徒有其名。以魚鱗冊不存，不復能知其田之何在，即無從考證其田之果有與否。於是貧者無田而有稅，富者有田而無稅，其弊也有所謂坍江（已為江水淹沒者）、事故（移流亡絕，田棄糧存者）者，悉責賠於里甲，攤徵於貧民，而奸富猾胥遂得肆其詭寄那移之弊。富人不納糧而貧民代輸，貧民逃亡則責之里長，里長逃絕則糧長負累，其弊極矣。此履畝丈量之議所由起也。

丈量之議，起於嘉靖八年。霍韜奉命修《會典》，言：「天下額田減強半，司國計者，可不究心。」時桂萼等先後疏請核實田畝，而顧鼎臣請履

畝丈量。江西安福、河南裕州首行之，而法未詳具，人多疑憚。其後福建諸州縣，為經、緯二冊，其法頗詳。然率以地為主，田多者猶得上下其手，神宗初，建昌知府許孚遠為歸戶冊，以田從人，其法始簡而密矣。

神宗時，用大學士張居正議，天下田畝通行丈量，限三歲竣事。用開方法，以徑圍乘除，畸零截補。於是豪猾不得欺隱，里甲免賠累，而小民無虛糧。計田數視弘治贏三百萬頃。然居正尚綜核，頗以溢額為功。有司爭改小弓以求田多，或掊克現田以充虛額。北直隸、湖廣、大同、宣府，遂先後按溢額田增賦焉。

糧長者，洪武四年九月，以郡縣吏徵收賦稅，輒侵漁百姓，乃命戶部，令有司科民土田，以萬石為率，田多者為糧長，督其鄉賦稅。歲七月，州縣委官偕詣京師，領勘合以行。糧萬石，長、副各一人。十五年，革罷。十八年，復設。三十一年，更定每區正、副二名輪充。永樂十九年，命暫於南京戶部宣諭給勘合，後遂為例。宣宗宣德間，復永充。科斂橫溢，民受其害，或私賣官糧以牟利。其罷者，虧損公賦，事覺，至隕身喪家。景泰時，革糧長，未幾又復。自官軍兌運，糧長不復翰京師，而州里間頗滋害。嘉靖時，諭德顧鼎臣極陳之。

洪武元年三月，命中書省議役法，田一頃出丁夫一人，不及頃者以他田足之，名曰均工夫。八年三月，編應天十八府州，江西九江、饒州、南康三府均工夫圖冊。每歲農隙赴京，供役三十日遣歸。田多丁少者，以佃人充夫，而田主出米一石資其用。非佃人而計畝出夫者，畝資米二升五合。

迨造黃冊成，以一百十戶為一里，里分十甲曰里甲。以上、中、下戶為三等，五歲均役，十歲一更造。一歲中諸色雜目應役者，編第均之，曰均徭。他雜役曰雜泛。凡祇應、禁子、弓兵，悉僉市民，毋役糧戶。額外科一錢、役一夫者，罪流徙。

英宗正統初，行均徭鼠尾冊法。先時編徭役里甲者，以戶為斷，放大

戶而勾單小。議者言,均徭之法,按冊籍丁糧,以資產為宗,核人戶上下,以蓄藏得實也。稽冊籍,則富商大賈免役,而土著困;核人戶,則官吏里胥輕重其手,而小民益窮蹙。二者交病。然專論丁糧,庶幾古人租庸調之意。乃以舊編力差、銀差之數當丁糧之數,難易輕重酌其中。役以應差,里甲除當復者,論丁糧多少編次先後,日鼠尾冊,按而徵之。市民商賈家殷足而無田產者,聽自占,以佐銀差。正統初,僉事夏時創行於江西,他省仿行之,役以稍平。其後諸上供者,官為支解,而官府公私所需,復給所輸銀於坊里長,責其營辦。給不能一二,供者或什百,甚至無所給,唯計值年里甲祇應夫馬飲食,而里甲病矣。凡均徭,解戶上供為京徭,主納為中官留難,不易中納,往復改貿,率至傾產。其他役苛索之弊,不可毛舉。明初,令天下貢土所有,有常額,珍奇玩好不與。即須用,編之里甲,出銀以市。顧其目冗碎,奸黠者緣為利孔。又大工營繕,祠官祝釐,用繁資溢。迨至中葉,倭寇交訌,仍歲河決,國用耗殫。於是里甲、均徭,浮於歲額矣。

　　凡役民,自里甲正辦外,如糧長、解戶、馬船頭、館夫、祇侯、弓兵、皂隸、門禁、廚斗為常役。後又有斫薪、抬柴、修河、修倉、運料、接遞、站鋪、戍夫之類,因事編簽,歲有增益。嘉、隆後,行一條鞭法,通計一省丁糧,均派一省徭役。於是均徭、里甲與兩稅為一,小民得無擾,而事亦易集。然糧長、里長,名罷實存,諸役卒至,復僉農氓。法行十餘年,規制頓紊,不盡遵也。

　　孫承澤《春明夢餘錄》曰:「一條鞭者,其法通府州縣十歲中夏稅秋糧存留起運額若干,通為一條,總徵而均支之也。其徵收不輪甲,通一縣丁糧均派之,而下帖於民,備載一歲中所應納之數於帖,而歲分六,限納之官。其起運完輸若給募,皆官府自支撥。蓋輪甲則遞年十甲充一歲之役;條鞭則合一邑之丁糧充一年之役也。輪甲則十年一差,出驟多易困;條鞭令每年出辦,所出少易輸。譬則十石之重,有力人弗勝,分十人而運之,

力輕易舉也。諸役錢分給主之官承募人，勢不得復取贏於民。而民如限輸錢訖，閉戶臥可無復追呼之擾。此役法之善者也。」

凡軍、匠、灶戶，役皆永充。軍戶死若逃者，於原籍勾補。匠戶二等：曰住坐，曰輪班。住坐之匠，月上工十日。不赴班者，輸罰銀一月六錢，故謂之輪班。監局中官，多占匠役，又括充幼匠，動以千計，死若逃者，勾補如軍。灶戶有上、中、下三等。每一正丁，貼以餘丁。上、中戶丁力多，或貼二三丁，下戶概優免。

明季重斂極多，自武宗正德九年建乾清宮，加賦百萬，至世宗初年，天下財賦入太倉庫者，二百萬兩有奇。舊制以七分經費，而存積三分，備兵歉，以為常。世宗中年，邊供費繁，加以土木、禱祀，月無虛日，帑藏匱竭。二十九年，俺答犯京師，增兵設戍，餉額過倍。三十年，京邊歲用至五百九十五萬，戶部尚書孫應奎蒿目無策，乃議於南畿、浙江等州縣增賦百二十萬，加派於是始。嗣後，京邊歲用，多者過五百萬，少者亦三百餘萬，歲入不能充歲出之半。由是度支為一切之法，其箕斂財賄、題增派、括贓贖、算稅契、折民壯、提編、均徭、推廣事例興焉。〈食貨志〉：提編者，加派之名也。其法，以銀力差排編十甲，如一甲不足，則提下甲補之。時東南備倭，南畿、浙、閩皆有額外提編。江南至四十萬。及倭患平，仍不能減。諸例既興，初亦賴以濟匱，久之，諸所灌輸益少。又四方多事，有司往往為其地奏留或請免。浙、直以備倭，川、貴以采木，山、陝、宣、大以兵荒，不唯停格軍興所徵發，即歲額二百萬，且虧其三之一。而內廷之賞給，齋殿之經營，宮中夜半出片紙，吏雖急，無敢延頃刻者。三十七年，大同右衛告警，賦入太倉者僅七萬，帑儲大校不及十萬。戶部尚書方鈍等憂懼不知所出，乃乘間具陳帑藏空虛狀，因條上便宜七事以請。既，又令群臣各條理財之策，議行者凡二十九事，益瑣細，非國體。而累年以前積逋無不追徵，南方本色逋賦亦皆追徵折色矣。

神宗萬曆六年四月，詔戶部歲增金花銀二十萬兩。戶科給事中石應岳

奏：金花銀實小民唯正之供，先朝量入度出，定為一百萬兩，額派解進，僅有此數，原無剩餘。今若添進，必借之太倉。夫太倉之儲，各邊糧餉、城築、召募、調遣諸費之所待用也。上供歲多二十萬之進，則邊儲歲少二十萬之積。願百凡費用，止取給於百萬兩之中。而太倉所儲，專以備軍國重大之費。不從。據此，則當時折色之供宮廷費用者，只以百萬為限，而神宗則不恤國而增加之也。

九年，通行一條鞭法。一條鞭法者，總括一州縣之賦役，量地計丁，丁糧畢輸於官。一歲之役，官為簽募。力差，則計其工食之費，量為增減；銀差，則計其交納之費，加以增耗。凡額辦、派辦、京庫歲需與存留、供億諸費，以及土貢方物，悉並為一條，皆計畝徵銀，折辦於官。立法頗為簡便。嘉靖間，數行數止。迨隆、萬之世，提編增額既如故，又多無藝之徵，逋糧愈多，規避亦益巧。已解而愆限或至十餘年，未徵而報收，一縣有至十萬者。逋欠之多，縣各數十萬。賴行此法，無他科擾，民力不大絀。據〈食貨志〉：先是又有綱銀、一串鈴諸法。綱銀者，舉民間應役歲費，丁四糧六總徵之，易知而不繁，猶網之有綱也。一串鈴，則夥收分解法也。

四十六年九月，加天下田賦。前此接踵三大徵，頗有加派，事畢旋已。四十一年，鳳陽巡撫陳薦以倭警需餉急，請加派銀十五萬兩有奇，從之。至是驟增遼餉三百萬。時內帑充積，帝靳不肯發。戶部尚書李汝華乃援征倭、播例，畝加三厘五毫，天下之賦增二百萬有奇。明年復加三厘五毫。四十八年，以兵工部請，復加二厘。通前後九厘，增賦五百二十萬，遂為歲額。所不加者，畿內八府及貴州而已（貴州以地磽，兼有民變，故不加）。

熹宗天啟二年九月，復增田賦。時又設州縣兵，按畝供餉，從御史馮英請也。莊烈帝崇禎三年十二月，復增田賦充餉。時以軍興，於九厘外，畝復徵三厘。唯順天、永平以新被兵無所加，餘六府畝徵六厘，得他省之

半，共增賦百六十五萬四千有奇。合舊所增，凡六百八十餘萬。

六年正月，遣使分督直省逋賦。六月，太監張彝憲又請催逋賦千七百餘萬。八年十月，戶部尚書侯恂請嚴徵新舊逋賦，從之。十年二月，復遣使督逋賦。

八年，徵助餉銀。加之田賦，每兩一錢（總督盧象升請加宦戶田賦十之一，民糧十兩以上同之。既而概徵每兩一錢，名曰助餉）。十年，行均輸法。是年三月，起楊嗣昌為兵部尚書，議增兵十二萬，增餉二百八十萬。措餉之策有四。一曰因糧，因舊額量加，畝輸六合，石折銀八錢。又畝加增一分九厘四絲，場地不與。歲得銀百九十二萬九千有奇。一曰溢地，土田溢原額者，核實輸賦，歲得銀四十萬六千有奇。一曰事例，富民輸資為監生。一曰驛遞，前此郵驛裁省之銀，以二十萬充餉。議上，帝遂改因糧為均輸，布告天下。

十二年六月，加增練餉。廷臣多請練邊兵，帝命楊嗣昌定議，邊鎮及畿輔、山東、河北、凡四總督、十七總兵官，各抽練額兵總七十三萬有奇。又汰郡縣佐貳，設練備練總，專練民兵，於是有練餉之議。初嗣昌增剿餉，期一年而止。後餉盡而事未平，詔徵其半。於是剿餉外，復畝加練餉銀一分，共增七百三十萬。蓋自神宗末增賦五百二十萬，崇禎初再增百四十萬，總名遼餉，至是復增剿餉，先後增賦千六百七十萬（據御史郝晉言，則萬曆末年，合九邊餉止二百八十萬）。十三年，以給事中左懋第言，今州縣上災者新舊練三餉並停，中災者止徵練餉，下災者秋成督徵。十四年，懋第《督催漕運疏》言，山東米石二十兩，河南百五十兩。十五年後，諸邊士馬報戶部者，浮兵部過半，耗糧居多，而屯田、鹽引、民運，每鎮至數十百萬，一聽之邊臣。天津海道輸薊遼米豆三百萬，唯倉場督臣及天津撫臣出入部中，皆不稽核。且所練之兵，實未嘗練，徒增餉七百萬為民累耳。帝乃命戶部並三餉為一。州縣追比，仍是三餉。

清初定《賦役全書》，徵收之額，一以萬曆以前為準。亦用一條鞭

法，夏稅秋糧存留起運之額，通為一條，總徵而均支之，運輸之費，由官支撥，而民不與焉。地丁徵銀。漕糧本色米豆麥草，各視所產。折色以銀代。米江蘇、安徽、江西、浙江、湖南、湖北、河南、山東八省有之，約共四百五十萬石，運儲京通各倉，以供官俸軍餉。後均改折色。海運者唯江、浙耳。州縣據以徵收者，亦為黃冊及魚鱗冊。黃冊亦名糧戶冊。魚鱗亦名丈量冊。然自編審不行，遂唯據魚鱗冊以造串票。清初五年一編審，州縣造冊申府，府申司，司申督撫以達部，部以聞。亦以百十戶為里，里推丁多者十人為長，餘百戶分為十甲。甲繫以戶，戶繫以丁，計丁出賦，以代力役。甲長司其冊籍。民年六十以上開除，十六以上添注。康熙五十二年，詔嗣後滋生人丁，永不加賦。丁賦之額，以五十年冊籍為準。雍正間，攤入地糧，地丁始合徵。乾隆五年，遂停編審，憑保甲造冊。保甲之法，戶給印單，書其姓名、習業及人數，出注所往，入注所來。十戶為牌，十牌為甲，十甲為保，皆有長。八旗戶口，三年一編審。戶部移八旗滿、蒙、漢軍都統、盛京將軍、各省駐防將軍、都統、副都統，飭所屬佐領，簡稽丁壯，造冊送部，匯疏以聞。其編丁起於佐領，每佐領三百人，五佐領為一參領，五參領設一都統。末年，乃有變通旗制，京旗及各省駐防，皆以所住地方為本籍之議。串票者，州縣分別上中下三則每畝應徵錢糧實數，刊給納戶，以為徵收之據者也。始於順治十年。其時用二聯，鈐印中分，官民各執其半。奸胥以查對為名，收回業戶所執，遂有一票再徵，及浮收之弊。康熙二十八年，改為三聯，以一付役應比焉。雍正三年，改為四聯，以一送府。八年，仍復三聯之制，又有易知由單，刊刻賦則尤詳備，與串票並行，然實際不盡行也。廳州縣地丁除支用外，例應送府。府復除其支用之數，送布政司。司具完解欠支之數，報部核銷，名奏銷冊，亦名四柱冊。然其後多直送司。

　明清二代，銀之為用日廣，而折色以起。《明史・食貨志》：「洪武九年，天下稅糧，令民以銀、鈔、錢、絹代輸。」、「十七年，雲南以金、

銀、貝、布、漆、丹砂、水銀代秋租。於是謂米麥為本色，而諸折納稅糧者，謂之折色。」三十年，諭戶部：天下逋租，任土所產，折收布、絹、棉花、金銀等物，著為令。成祖永樂五年，始置交址布政司，命以絹、漆、蘇木、翠羽、紙扇、沉速安息諸香代租賦。是時，雖歲貢銀三十萬兩有奇，而民間交易用銀，仍有屬禁。英宗正統元年，始折徵金花銀。以副都御史周銓言：京師官俸，俱持帖赴南京領米，而道遠難運，輒以米易貨，以致虧短故也，始行之。南畿、浙江、江西、湖廣、福建、廣東、廣西米麥四百餘萬石，折銀百萬餘兩，入內承運庫，謂之金花銀。其後概行於天下。起運兌軍外，糧四石收銀一兩解京，以為永例。憲宗成化十三年，李敏巡撫大同，見山東、河南轉餉至者，道遠耗費，乃會稽歲支外，悉令輸銀。二十三年（本傳作二十一年，此從〈七卿表〉），李敏為戶部尚書，並請畿輔、山西、陝西州縣歲輸糧各邊者，每糧一石徵銀一兩，以十九輸邊，依時值折軍餉，有餘則召糴以備軍興。從之。自是諸方賦入皆折銀，而倉廩之積漸少矣。穆宗隆慶元年十二月，戶部奏請止將南京官吏月糧及向來積久京儲，盡行改折每石七錢，在北者量折十之二，每石一兩，米價昂則仍徵本色。從之。

　　《續通考》曰：「田賦輸銀，始見於宋神宗熙寧十年。時夏稅有銀三萬一千九百四十兩，秋稅有銀二萬八千一百九十七兩（原注：『見馬瑞臨《通考》。』）。金元以來無行之者。明洪武九年，雖有聽民以銀準米之令，永樂時歲貢銀有三十萬兩，亦不過任土便民，與折麻苧、香漆之屬等耳。自正統初以金花銀入內庫，而折徵之例定，自是遂以銀為正賦矣。唐德宗作兩稅而以錢代輸，明英宗折金花而以銀充賦，皆古今農政中更制之大端也。然正統時以銀一兩當米四石，成化時一兩止當一石，行法未幾，而民之苦樂，前後又復頓殊。」

　　〈食貨志〉云：「初，歲賦不徵金銀，唯坑冶稅有金銀，入內承運庫。其歲賦偶折金銀者，俱送南京供武臣祿。而各邊有緩急，亦取足其中。正

統元年改折漕糧，歲以百萬為額，盡解內承運庫，不復送南京。自給武臣祿十餘萬兩外，皆為御用。所謂金花銀也。七年乃設戶部太倉庫。」、「凡折銀者，皆入太倉庫。籍沒家財，變賣田產，追收店錢，援例上納者，亦皆入焉。專以貯銀，故又謂之銀庫。」折徵既興，乃有所謂火耗。明舊制，收糧令納戶平準，石加耗不得過五升。至憲宗即位，倉吏多侵害，申禁焉。後加耗至八升。久之，復溢，屢禁不能止也。洪武時，內府所用白熟粳糯米及芝麻、黃豆等，並各官吏俸米，皆於蘇、松、常、嘉、湖五府秋糧內派納。武宗正德時，驟增內使五千人，糧亦加十三萬石。世宗嘉靖元年，從戶部侍郎李充嗣言，減從故額，時凡輸運內府白熟粳糯米十七萬四十餘石，內折色八千餘石，各府部糙粳米四萬四千餘石，內折色八千八百餘石，謂之白糧。收受之際，每多加耗，頗為民累。至三年，命內官監收受白糧正糧一石，交耗一斗，不許分外多收。此皆但名耗而不曰火耗。顧炎武《錢糧論》曰：火耗之所由名，其起於徵銀之代乎？原夫耗之所生，以一州縣之賦繁矣。戶戶而收之，銖銖而納之，不可以瑣細而上諸司府，是不得不資於火。有火則必有耗。此火耗之所由名也云云。久之，火耗遂成大宗款項。至清雍正時，悉數提歸藩司，而酌給官吏以養廉焉。又有所謂平餘者，乾隆初四川巡撫碩色奏請提解歸公。

　　明清江南賦稅最重，此其由來甚久。《明史‧食貨志》云：「太祖定天下官、民田賦，凡官田畝稅五升三合五勺，民田減二升，重租田八升五合五勺，設官田一斗二升。唯蘇、松、嘉、湖，怒其為張士誠守，乃籍諸豪族及富民田以為官田，按私租簿為稅額。而司農卿楊憲又以浙西地膏腴，增其賦，畝加二倍。故浙西官、民田視他方倍蓰，畝稅有二三石者。大抵蘇最重，松、嘉、湖次之，常、杭又次之。」七年五月，命減蘇、松、嘉、湖極重田租，如畝稅七斗五升者，除其半。十三年三月，覆命戶部裁其額，畝科七斗五升至四斗四升者減十之二，四斗三升至三斗六升者俱止徵三斗五升，以下者仍舊。《續通考》云：「是時浙西賦極重，而浙東賦有

極輕者。《實錄》云：洪武元年，有司奏定、處州七縣田賦，畝稅一升。帝以劉基故，命青田縣只徵其半（原注：『〈基行狀〉：帝曰：使伯溫鄉里子孫，世世為美談也。』）。據此，則不但青田之賦極輕，其餘六縣亦僅比民田三分之一。」惠帝建文二年二月，詔曰：「江、浙賦獨重，而蘇、松准私租起科，特以懲一時頑民，豈可為定則以重困一方。宜悉與減免，畝不得過一斗。」成祖盡革建文政，浙西賦復重。宣宗時，廣西布政使周幹，巡視蘇、常、嘉、湖諸府還，言民多逃亡，詢之耆老，皆云重賦所致。請將役官田及公侯還官田租，俱視彼處官田起科，畝稅六斗。海水淪陷田，悉除其稅。命部議行之。宣德五年二月詔：「舊額官田租，畝一斗至四斗者各減十之二，四斗一升至一石以上者減十之三。著為令。」九月，命周忱巡撫江南諸府，總督稅糧。蘇府官、民田租共二百七十七萬石，而官田之租，乃至二百六十二萬石，民不能堪。忱乃與知府況鍾曲算累月，減至七十二萬餘石，他府亦以次減，民始少蘇。忱又請今松江官田依民田起科，帝不能從。時天下財賦多不理，而江南為甚，蘇州一郡，積逋至八百萬石。忱始至，召父老問逋稅故，皆言豪富不肯加耗，并徵之細民。民貧逃亡，而稅額益缺。忱乃創為平米法，令出耗必均，又以支撥餘米，貯之倉曰濟農，耕者借貸，必驗中下事力及田多寡給之，秋與糧並賦。雖與民為期約，至時多不追取。每歲徵收畢，逾正月中旬，輒下檄放糧，曰：「此百姓納與朝廷剩數，今還百姓用之。努力種田，秋間又納朝廷稅也。」於是兩稅無逋，公私饒足。又民間馬草，歲運兩京，勞費不資。忱請每束折銀三分，南京則輕齎即地買納。又言丹徒、丹陽二縣，田役入江者，賦尚未除。國初蠲租之家，其田多併於富室，宜徵其租，沒於江者除之。無錫官田賦白米太重，請改徵租米。悉報可。至景帝時，戶部括所積餘米為正賦，儲備蕭然。其後吳大饑，道饉相望，課逋如故矣。穆宗隆慶元年十二月，戶部奏各省糧額，俱以夏稅秋糧馬草為正賦，差徭編增為雜派，唯蘇、松諸郡不分正雜而混徵之，名曰平米。其中如馬役料價義役，原非

戶部之加增，如輕齎腳米戶口鹽鈔，亦非糧額之正數。雜派漸多，常賦反累。宜令清查舊額所增之數，造冊送部裁減。從之。

《續通考》云：「馬草為明正賦，與夏稅秋糧並徵，《明史》不詳其制。《考會典》：弘治後始有徵收之數，唯及南直隸十三府，四川、北直隸八府二州，併浙江、山東、山西、河南、陝西五省。其支給之例，始見於永樂時。大率馬一匹，日支草一束，束重十五斤，豆則三四升上下不等。其後有折支者，或以鈔，或以布，或以銀。有限月支折者，或歲給其半，或給以強半，或給以少半。因夏秋草盛而價賤，有放牧樵採之利；冬春專賴芻藁，每有不足，故視時值之貴賤、差用之勞逸而為之制。唯常令在京坊場，歲有一百五十萬束之積以備用（原注：『隆慶三年制。』）。此支折所以不同，而秋草與穀草又必兼收而交濟也。此外又有納鈔贖罪、納鈔中鹽例，召商納草豆例，商販納草入關例，凡此雖非正賦，而藉以佐正賦所不及，亦時事之不得不然耳。」

英宗正統元年閏六月，再減浙江、蘇、松等處官田稅。其官田準民田起科，每畝秋糧四斗一升至二石以上者減作三斗，二斗一升以上至四斗者減作二斗，一斗一升至二斗者減作一斗。

英宗天順初，令鎮守浙江尚書孫原貞等定杭、嘉、湖官、民田平米則例，官田畝科一石以下，民田七斗以下者，每石歲徵平米一石三斗。官民田四斗以下者，每石歲徵平米一石五斗。官田二斗以下，民田二斗七升以下者，每石歲徵平米一石七斗。官田八升以下，民田七升以下者，每石歲徵平米二石二斗。凡起科重者徵米少，起科輕者徵米多，欲使科則適均。而畝科一石之數，未嘗減云。

明初官田，皆宋、元時入官田地。厥後有還官田、役官田、斷入官田、學田、皇莊、馬草場、城壖、苜蓿地、牲地、園陵、墳地、公占隙地、諸王公主勳戚大臣內監寺觀賜乞莊田、百官職田、軍民商屯田，通謂之官田。其餘為民田。

草場頗多占奪民業。而為民厲者，莫如皇莊及諸王、勳戚、中官莊田。太祖賜勳臣公侯丞相以下莊田，多者百頃，親王莊田千頃。又賜公侯暨武臣公田。又賜百官公田，以其租入充祿。指揮沒於陣者，皆賜公田。勳臣莊佃，多倚威扦禁。帝召諸臣戒諭之。其後公侯復歲祿，歸賜田於官。仁、宣之世，乞請漸廣，大臣亦得請沒官莊舍。英宗以後，諸王外戚中官，或賜，或請，或占奪，奸民又有獻地王府者。雖有世次遞減之限，然或隱匿不還，或當減而奉詔姑留。而自憲宗即位，以沒入曹吉祥地為宮中莊田，於是又有所謂皇莊者。其後皇莊亦日廣。弘治二年，戶部尚書李敏上言：「畿內皇莊有五，共地萬二千八百餘頃。勳戚、中官莊田三百三十有二，共地三萬三千餘頃。管莊官校招集群小，稱莊頭、伴當，占地土，斂財物，汙婦女。稍與分辯，輒被誣奏。官校執縛，舉家驚惶。民心傷痛入骨。」神宗時，福王分封，括河南、山東、湖廣田為王莊，至四萬頃。群臣力爭，乃減其半。王府官及諸閹丈地徵稅，旁午於道，廙養廝役廩食以萬計。漁斂慘毒，駕帖捕民，格殺莊佃，所在騷然。其為禍可為烈矣！

清定鼎後，以近畿州縣荒地及明官莊為莊田，分賜宗室勳戚，皆免賦。順治七年，定親王園八所（每所百八十畝），郡王五所，貝勒四所，貝子三所，公二所，鎮國將軍二百四十畝，輔國將軍百八十畝，奉國將軍百二十畝，奉恩將軍六十畝。嗣後受封者，皆依次撥給，不得買賣。此項莊田屬內務府，不屬州縣。莊皆有長，以收其賦。在盛京戶部奏請簡派大臣，會同徵收旗人田地租稅，由協領、城守尉、佐領、防禦、驍騎校等徵收，在熱河者由總管大臣派員徵收。

# 第十三章　征榷

　　租稅宜多其途以取之，然後國用紓而民不至於困。然中國政治家於此不甚明瞭。自隋唐以前，迄認田租口賦為正稅。唐中葉後，藩鎮擅土，王賦所入無幾，不得已，取給於鹽鐵等雜稅。宋以後遂不復能免。至於今日，而關鹽等稅且為國家收入之大宗焉。然此乃事實上之發達，在理論上則古人初未嘗認此為良好之稅源也。

　　古代制度並無正式記載，只能在各家學說中見之。其見於今文經說者，耕地有分賦之法，耕地以外之土地則否，〈王制〉「名山大澤不以封，林麓川澤以時入而不禁」是也。而其取之，則有一定之法度，《孟子》所謂「數罟不入汙池」，「斧斤以時入山林」是也。關於狩獵之規則，〈王制〉云：「天子諸侯無事，則歲三田，一為乾豆，二為賓客，三為充君之庖。無事而不田，曰不敬。田不以禮，曰暴天物。天子不合圍，諸侯不掩群。天子殺則下大綏，諸侯殺則下小綏，大夫殺則止佐車，佐車止則百姓田獵。獺祭魚，然後漁人入澤梁。豺祭獸，然後田獵。鳩化為鷹，然後設罻羅。草木零落，然後入山林。昆蟲未蟄，不以火田。不麛，不卵，不殺胎，不殀夭，不覆巢。」關於商業，今文家主張無稅，〈王制〉「古者市廛而不稅，關譏而不征」是也（《孟子》：「昔者文王之治岐也，關市譏而不征。」又曰：「市廛而不征，法而不廛。」）。工業則全立於國家監督之下，尤無所謂稅。

　　古文家之說，當以《周官》為其代表。《周官‧太宰》：「以九職任萬民：一曰三農，生九穀。二曰園圃，毓草木。三曰虞衡，作山澤之材。四曰藪牧，養蕃鳥獸。五曰百工，飭化八材。六曰商賈，阜通貨賄。七曰嬪婦，化治絲枲。八曰臣妾，聚斂疏材。九曰閒民，無常職，轉移執事。」其所述職業之範圍，較他書為廣。又以「九賦斂財賄」，「七曰關市之賦，八曰山澤之賦」，即後世所謂商稅、關稅、雜稅也。《周官》商政掌於司

市、質人、廛人、胥師、賈師、司虣、司稽、胥、肆長等官。質人「掌成市之貨賄、人民、牛馬、兵器、珍異。凡賣者質劑焉。大市以質，小市以劑。掌稽市之書契，同其度量，一其淳制，巡而考之。」注謂質劑兩書一札，同而別之。大市人民牛馬之屬用長券，小市兵器珍異之物用短券。書契謂取予市物之券。廛人「掌斂市絘布、緫布、質布、罰布、廛布，而入於泉府。」布謂列肆之稅，猶後世之鋪稅。緫布為守斗斛銓衡者之稅，猶後世之牙稅。質布為犯質劑之罰（或謂質劑官造而取期稅，則似後世之契稅）。罰布為犯市令之罰。廛布為邸舍之稅，猶後世之棧費也。司關「司貨賄之出入者，掌其治禁，與其征廛」。《注》：「征廛者貨賄之稅與所止邸舍也。關下亦有邸客舍，其出布如市之廛。」案，廛之有稅，今古文所同，唯今文家「市廛而不征，關譏而不征」。《周官·司市》云：「國凶荒札喪，則市無征而作布。」《司關》云：「國凶札，則無關門之征。」則平時有征，此其所以為異也。又〈載師〉：「以廛里任國中之地。」、「國宅無征，園廛二十而一。」《注》以國宅為「官所有宮室，吏所治者」；廛為「民居之區域」（鄭司農云：市中空地未有肆），里為民居，是國中民居有稅。又云：「凡宅不毛者有里布。凡田不耕者出屋粟。凡民無職事者，出夫家之征。」宅不毛者，鄭司農謂「不樹桑麻」，《漢志》謂「城郭中宅」。泉府「掌以市之征布斂市之不售貨之滯於民用者，以其賈買之。物楬而書之，以待不時而買者。」、「凡賒者，祭祀無過旬日，喪紀無過三月。凡民之貸者，與其有司辨而授之，以國服為之息。」此則對於消費者及商人均為之保障，並為借貸之機關，其事唯古代小經濟團體乃能行之耳。田獵之政令，《周官》掌於跡人及《天官》獸人。林麓掌於林衡。川澤掌子川衡。國澤掌於澤虞。徵掌於人。角人「掌徵齒角，凡骨物於山澤之農」。羽人「掌徵羽翮於山澤之農」。掌葛「掌徵絺綌之材於山農」。委人「掌斂野之賦斂、薪芻〔蒭〕，凡疏材木材，凡畜聚之物。」金玉錫石之地，則掌於卝人。

　　漢初用度省而取民亦寡，〈食貨志〉所謂「上於是約法省禁，輕田租，

什五而稅一，量吏祿，度官用，以賦於民。而山川園池市肆租稅之入，自天子以至封君湯沐邑，皆各為私奉養，不領於天子之經費」者也。此時之財權，蓋不甚集於中央。然〈吳王濞傳〉云：「孝惠、高后時，天下初定，郡國諸侯各務自拊循其民。」則亦無甚虐民之政也。至武帝時，而取民乃多，其中重要者，一為鹽鐵、均輸、酒酤，一為算緡。《漢書·食貨志》：「以東郭咸陽、孔僅為大農丞，領鹽鐵事，而桑弘羊貴幸。咸陽，齊之大鬻鹽，孔僅，南陽大冶，皆致產累千金，故鄭當時進言之。弘羊，洛陽賈人之子，以心計，年十三，侍中。」、「大農上鹽鐵丞孔僅、咸陽言：山海，天地之藏，宜屬少府，陛下勿私，以屬大農佐賦。願募民自給費，因官器作鬻鹽，官與牢盆。浮食奇民欲擅斡山海之貨，以致富羨，役利細民。其沮事之議，不可勝聽。敢私鑄鐵器鬻鹽者，左趾，沒入其器物。郡不出鐵者，置小鐵官，使屬所在縣。使僅、咸陽乘傳舉行天下鹽鐵，作官府，除故鹽鐵家富者為吏。」、「孔僅使天下鑄作器，三年中至大司農，列於九卿。而桑弘羊為大司農中丞，管諸會計事，稍稍置均輸以通貨物。」元封元年，「桑弘羊為治粟都尉，領大農，盡代僅斡天下鹽鐵。弘羊以諸官各自市相爭，物以故騰躍，而天下賦輸或不償其僦費，乃請置大農部丞數十人，分部主郡國，各往往置均輸鹽鐵官，令遠方各以其物，如異時商賈所轉販者為賦，而相灌輸。置平準於京師，都受天下委輸。召工官治車諸器，皆仰給大農。大農諸官盡籠天下之貨物，貴則賣之，賤則買之。如此，富商大賈亡所牟大利，則反本，而萬物不得騰躍。故抑天下之物，名曰平準。天子以為然而許之。」、「昭帝即位六年，詔郡國舉賢良文學之士，問以民所疾苦，教化之要。皆對願罷鹽鐵酒榷均輸官……弘羊難，以為此國家大業，所以制四夷，安邊足用之本，不可廢也。乃與丞相千秋共奏罷酒酤。」武帝紀天漢三年二月，初榷酒酤。元帝時，嘗罷鹽鐵官，三年而復之。《續漢書·百官志》：「其郡有鹽官、鐵官、工官、都水官者，隨事廣狹置令、長及丞。」、「本注曰：凡郡縣出鹽多者置鹽官，主鹽稅。

出錢多者置鐵官，主鼓鑄。有工多者置工官，主工稅物。有水池及魚利多者置水官，主平水收漁稅。」《後漢書·鄭眾傳》：「建初六年，代鄧彪為大司農。是時肅宗議復鹽鐵官，眾諫以為不可。詔數切責，至被奏劾。眾執之不移。帝不從。」〈和帝紀〉：即位四月戊寅，詔曰：「昔孝武皇帝致誅胡、越，故權收鹽鐵之利，以奉師旅之費。自中興以來，匈奴未賓，永平末年，復修征伐。先帝即位，務休力役，然猶深思遠慮，安不忘危，探觀舊典，復收鹽鐵，欲以防備不虞，寧安邊境。而吏多不良，動失其便，以違上意。先帝恨之，故遺戒郡國罷鹽鐵之禁，縱民煮鑄，入稅縣官如故事。其申敕刺史、二千石，奉順聖旨，勉弘德化，布告天下，使明知朕意。」算緡之制，《漢書·食貨志》：公卿言：「異時算軺車賈人之緡錢皆有差，請算如故。諸賈人末作貰貸賣買，居邑貯積諸物，及商以取利者，雖無市籍，各以其物自占，率緡錢二千而算一。諸作有租及鑄，率緡錢四千算一。非吏比者、三老、北邊騎士，軺車一算；商賈人軺車二算；船五丈以上一算。匿不自占，占不悉，戍邊一歲，沒入緡錢。有能告者，以其半畀之。」《志》言：「於是告緡錢縱矣。」、「楊可告緡遍天下，中家以上大氐皆遇告。」、「乃分遣御史廷尉正監分曹往，往即治郡國緡錢，得民財物以億計，奴婢以千萬數，田大縣數百頃，小縣百餘頃，宅亦如之。於是商賈中家以上大氐破，民偷甘食好衣，不事畜臧之業。」其為禍可謂烈矣。

　　鹽鐵、均輸、酒酤、算緡等政，皆藉口於摧抑豪強，然其結果皆成為厲民之政，則以自始本無誠意，徒以是為藉口也。而王莽之六筦，則頗有利民之心，不能以其辦理之不善，而並沒其初意也。《志》又云：「遂於長安及五都立五均官，更名長安東西市令及洛陽、邯鄲、臨菑、宛、成都市長皆為五均司市稱師（稱字衍）。東市稱京，西市稱畿，洛陽稱中，餘四都各用東西南北為稱，皆置交易丞五人，錢府丞一人。工商能採金銀銅連錫登龜取貝者，皆自占司市錢府，順時氣而取之。又以《周官》稅民：凡田不耕為不殖，出三夫之稅；城郭中宅不樹藝者為不毛，出三夫之布；

民浮游無事，出夫布一匹。其不能出布者，冗作，縣官衣食之。諸取眾物鳥獸魚鱉百蟲於山林水澤及畜牧者，嬪婦桑蠶織紝紡績補縫，工匠醫巫卜祝及他方技商販賈人坐肆列裡區謁舍，皆各自占所為於其在所之縣官，除其本，計其利，十一分之，而以其一為貢。敢不自占，自占不以實者，盡沒入所採取，而作縣官一歲。諸司市常以四時中月實定所掌，為物上中下之賈，各自用為其市平，毋拘他所。眾民賣買五穀布帛絲綿之物，周於民用而不讎者，均官有以考檢厥實，用其本賈取之，毋令折錢。萬物卬貴，過平一錢，則以平賈賣與民。其賈氐賤減平者，聽民自相與市，以防貴庾者。民欲祭祀喪紀而無用者，錢府以所入工商之貢但賒之（師古曰：『但，空也，徒也，言空賒與之，不取息利也。』），祭祀毋過旬日，喪紀毋過三月。民或乏絕，欲貸以治產業者，均授之，除其費，計所得受息，毋過歲什一。義和魯匡言：名山大澤，鹽鐵錢布帛，五均賒貸，斡在縣官，唯酒酤獨未斡。」、「請法古，令官作酒。」、「除米曲本賈，計其利而什分之，以其七入官，其三及醩礫灰炭給工器薪樵之費。義和置命士督五均六斡，郡有數人，皆用富賈。」、「乘傳求利，交錯天下。因與郡縣通姦，多張空簿，府臧不實，百姓俞〔愈〕病。莽知民苦之，復下詔曰：夫鹽，食肴之將；酒，百藥之長，嘉會之好；鐵，田農之本；名山大澤，饒衍之臧；五均賒貸，百姓所取平，卬以給澹；鐵布銅冶，通行有無，備民用也。此六者，非編戶齊民所能家作，必卬於市，雖貴數倍，不得不買。豪民富賈，即要貧弱，先聖知其然也，故斡之。每一斡為設科條防禁，犯者罪至死。」觀其取民與平物價及賒貸並行，即知其非以為利也。

《晉書・食貨志》：「建安初，關中百姓流入荊州者十餘萬家，及聞本土安寧，皆企望思歸，而無以自業。於是衛覬議為鹽者國之大寶，自喪亂以來放散，今宜如舊置使者監賣，以其直益市犁牛，百姓歸者以供給之。於是魏武遣謁者僕射監鹽官，移司隸校尉居弘農。流人果還，關中豐實。」

《魏書·食貨志》:「河東郡有鹽池,舊立官司以收稅利,是時(按:指孝文帝時)罷之,而民有富強者專擅其用,貧弱者不得資益。延興末,復立監司,量其貴賤,節其賦入,於是公私兼利。世宗即位,復罷其禁。自後豪貴之家,復乘勢占奪,近池之民,又輒障吝。神龜初,復置監官以監檢焉。其後更罷更立,以至於永熙。自遷鄴後,於滄、瀛、幽、青四州之境,傍海煮鹽。又於邯鄲置灶四。」《隋書·食貨志》:後周太祖創制六官,掌鹽「掌四鹽之政令。一曰散鹽,煮海以成之。二曰盬鹽,引池以化之。三曰形鹽,物地以取之。四曰飴鹽,於戎以取之。凡盬鹽、形鹽,每地為之禁,百姓取之皆稅焉」。

又開皇三年,先是尚依周末之弊,官置酒坊收利,鹽池鹽井皆禁百姓採用,至是罷酒坊,通鹽池鹽井,與百姓共之。

《魏書·食貨志》:「孝昌二年冬,稅京師田租畝五升,借賃公田者畝一斗。又稅市,入者人一錢,其店舍又為五等,收稅有差。」

《隋書·食貨志》:武平之後,「給事黃門侍郎顏之推奏,請立關市、邸店之稅。開府鄧長顒贊成之。後主大悅,於是以其所入,以供御府聲色之費,軍國之用不豫焉。」

又周閔帝元年,初除市門稅。及宣帝即位,復興入市之稅。高祖登庸,除入市之稅。

又晉自過江,凡貨賣奴婢、馬牛、田宅,有文券,率錢一萬,輸估四百入官,賣者三百,買者一百。無文券者,隨物所堪,亦百分收四,名曰散估。歷宋、齊、梁、陳如此,以為常。又都西有石頭津,東有方山津,各置津主一人,賦曹一人,直水五人,以檢察禁物及亡叛者。其荻炭魚薪之類過津者,並十分稅一以入官。其東路無禁,故方山津檢察甚簡。淮水北有大市百餘,小市十餘所。大市備置官司,稅斂既重,時甚苦之。

唐有鹽池十八,井六百四十,皆隸度支。

天寶、至德間,鹽每斗十錢。乾元元年,鹽鐵、鑄錢使第五琦初變鹽

法，就山海井灶近利之地置監院。游民業鹽者為亭戶，免雜徭。盜鬻者論以法。及琦為諸州榷鹽鐵使，盡榷天下鹽，斗加時價百錢而出之，為錢一百一十。自兵起，流庸未復，稅賦不足供費，鹽鐵使劉晏以為因民所急而稅之，則國足用。於是上鹽法輕重之宜，以鹽吏多則州縣擾，出盟鄉因舊監置吏，亭戶糶商人，縱其所之。江、嶺去鹽遠者，有常平鹽，每商人不至，則減價以糶民。吳、越、揚、楚之鹽，有監十，歲得錢百餘萬緡，以當百餘州之賦。晏之始至也，鹽利歲才四十萬緡，至大曆末，六百餘萬緡。天下之賦，鹽利居半。明年而晏罷。貞元四年，淮南節度使陳少游奏加民賦，自此江淮鹽每斗亦增二百，為錢三百一十，其後復增六十，河中兩池鹽每斗為錢三百七十。順宗時，始減江淮鹽價，每斗為錢二百五十，河中兩池鹽，斗錢三百。其後鹽鐵使李琦奏江淮鹽斗減錢十以便民，未幾復舊。兵部侍郎李巽為使，以鹽利皆歸度支，物無虛估，天下糶鹽稅茶，其贏六百六十五萬緡。初歲之利，如劉晏之季年，其後則三倍晏時矣。時兩池鹽利，歲收百五十餘萬緡。憲宗之討淮西也，度支使皇甫鎛加劍南東西兩川、山南西道鹽估以供軍。自兵興，河北鹽法羈縻而已。至皇甫鎛又奏置榷鹽使，如江淮榷法。及田弘正舉魏博歸朝廷，穆宗命河北罷榷鹽。宣宗即位，茶鹽之法益密。其後兵遍天下，諸鎮擅利。

唐初無酒禁。廣德二年，定天下酤戶以月收稅。建中元年，罷之。三年，復禁民酤，以佐軍費，置肆釀酒，斛收直三千，州縣總領，釀薄私釀者論其罪。尋以京師四方所湊，罷榷。貞元二年，復禁京城、畿縣酒，天下置肆以酤者，斗錢百五十，免其徭役，獨淮南、忠武、宣武、河東榷曲而已。元和六年，罷京師酤肆，以榷酒錢隨兩稅青苗斂之。太和八年，遂罷京師榷酤。凡天下榷酒為錢百五十六萬餘緡，而釀費居三之一，貧戶逃酤不在焉。

青苗錢者，大曆元年，天下苗畝稅錢十五，市輕貨給百官手課。以國用急，不及秋，方苗青即征之，號青苗錢。又有地頭錢，每畝二十，通名

為青苗錢。後青苗錢畝加一倍，而地頭錢不在焉。

　　初，德宗納戶部侍郎趙贊議，稅天下茶、漆、竹、木，十取一，以為常平本錢。及出奉天，乃罷之。諸道鹽鐵使張滂奏，出茶州縣若山及商人要路，以三等定估，十稅其一。自是歲得錢四十萬緡。穆宗即位，鹽鐵使王播增天下茶稅，率百錢增五十。江淮、浙東西、嶺南、福建、荊襄茶，播自領之，兩川以戶部領之。天下茶加斤至二十兩，播又奏加取焉。其後王涯判二使，置榷茶使，徙民茶樹於官場，焚其舊積者，天下大怨。令狐楚代為鹽鐵使兼榷茶使，復令納榷，加價而已。李石為相，以茶稅皆歸鹽鐵，復貞元之制。武宗即位，鹽鐵轉運使崔珙又增江淮茶稅。是時茶商所過州縣有重稅，或掠奪舟車，露積雨中，諸道置邸以收稅，謂之塌地錢。大中初，鹽鐵轉運使裴休著條約。廬、壽、淮南皆加半稅。天下稅茶增加。貞元江淮茶為大模，一斤至五十兩。諸道鹽鐵使於悰每斤增稅錢五，謂之剩茶錢，自是斤兩復舊。

　　銀銅鐵錫之冶，德宗時戶部侍郎韓洄建議，山澤之利宜歸王者，自是皆隸鹽鐵使。開成元年，復以山澤之利歸州縣，刺史選吏主之。其後諸州牟利以自殖，舉天下不過七萬餘緡，不能當一縣之茶稅。及宣宗增河湟戍兵衣絹五十二萬匹，鹽鐵轉運使裴休請復歸鹽鐵使以供國用。

　　田賦而外，各種稅入如上所述者，雖亦歷代皆有，而其視為國家重要之收入，則實自唐中葉以後。蓋經安史之亂，北方大敝，而富力之重心移於江淮，藩鎮擅土，賦稅不入，而中央所仰給，乃在雜稅，故其初於江淮置租庸使，又置度支鹽鐵使，皆為財政要職，後遂至以轉運使掌外，度支使掌內（永泰二年，分天下財賦、鑄錢、常平、轉運、鹽鐵，置二使。東都畿內、河南、淮南江東西、湖南、荊南、山南東道，以轉運使劉晏領之；京畿、關內、河東、劍南、山南西道，以京兆尹、判度支第五琦領之。琦貶，以戶部侍郎、判度支韓滉與晏分治），而財政上之機關，亦與古大異矣。自此逐漸變遷，遂成為宋以後之稅制。

　　宋代鹽利：一、「解鹽」，解州、安邑兩池。二、「海鹽」，京東、河北、兩浙、淮南、福建、廣南六路。三、「鹻〔鹼〕鹽」，並州永利監（仁宗時，分永利為東西兩監，東隸并州，西隸汾州）。四、「井鹽」，益、梓、夔、利四路。其製鹽之法，解鹽則籍民戶為畦夫，官廩給之，復其家（後稍以傭夫代之）。製海鹽之民，謂之亭戶，亦曰灶戶。戶有鹽丁，歲課入官，受錢或折租賦（兩浙又役軍士為之）。鹻〔鹼〕鹽則籍民之有鹻〔鹼〕土者，謂之鐺戶，歲輸鹽於官，名課鹽。井鹽大者為監，小者為井，監由官掌，井則土民自制輸課。其售鹽之法，有官鬻、通商二者。通商者又得入芻粟於邊，或入錢帛金錢及粟於京師（入芻粟於邊，及於指定處所納錢帛金銀，始於雍熙間。京師置折中倉令商人入中斗斛，始於端拱二年。於京師榷貨務入納錢帛金銀，始於天聖七年）。官賣之弊，在於役民運輸，勞擾頗甚（又水運處役民伐木造船，陸運處役及車戶）。而官鹽價貴，私鹽遂繁，藪奸叢盜。通商似較合理，入中之法尤可省運輸而集財權，然行之亦不能無弊，則以官吏之理財，每至成為弊藪也。宋鹽利厚於海，而海鹽之利厚於東南。東南之鹽關係尤大者，厥唯淮南，次則兩浙。京東或官賣，或通商，利不甚厚。河北始終通商。元豐七年乃行榷法，元祐罷之。元符復榷，至蔡京而京東、河北乃皆行鈔法焉。福建上四州（建、劍、汀、邵）行官賣法，下四州（福、泉、漳、化）行產鹽法（令民隨稅輸鹽）。廣南行榷法而主以漕司。廣南所產大抵以給廣東西兩路。四川井鹽聽民販賣，唯不得出川峽（歸、峽二州各有二並，亦同）。并州銷行於河東之大部分，大略皆專給一方，故鹽利厚於淮、浙、解池。而解池與陝西邊郡芻粟關係較深，淮南之鹽置轉般倉於真州、漣水軍。江南、荊湖歲漕米至而運鹽以歸，與漕關係較密，故二者所繫尤重也。

　　解鹽初由官賣於本州島島及三京、京東西、陝西、河東、淮南、河北。而京西、陝西、河北皆通商。天聖八年，罷三京、二十八州軍榷法，聽商人入錢若金帛於京師榷貨務，而受鹽於兩池。元昊反，入中芻粟者予

券趨京師榷貨務受錢及金銀，入中他貨者（羽毛、筋角、膠漆、鐵、炭、瓦、木等）受鹽兩池。猾商貪吏，表裡為奸，至入橡木二，估錢千，給鹽一大席，凡二百二十斤。虛費池鹽，不可勝計。乃復於多地行榷法，而民苦運輸，入中者專恃縋錢以給之，京師錢又不足供。慶曆八年，范祥制置解鹽，乃令一切通商，商人願得鹽者，全入實錢，官以錢市芻粟，其弊乃革。祥擢轉運使，以他事貶，並邊復聽入芻粟，虛估之弊復起。嘉祐三年，以祥總鹽事，稍復舊觀，自此迄行通商。至熙寧中，乃復榷。時增加鹽價，民不肯買，乃至課民買而隨其貧富作業以為高下之差焉。其後或通商，或官賣，至蔡京出而其法乃大變。崇寧元年，蔡京議更鹽法，遂變鈔法，置買鈔所於榷貨務。初鹽鈔法之行，積鹽於解池，積錢於京師榷貨務，積鈔於陝西沿邊諸郡，商賈以物斛至邊入中，請鈔以歸。物斛至邊有數倍息，唯患無回貨，故極利於得鈔。京欲囊括四方之錢入中都，乃使商人先輸錢請鈔，然後赴產鹽郡授鹽，大概見行之法，售給才通，輒復變易，名對帶法，季年又變對帶為循環。循環者，已賣鈔，未授鹽，輒更鈔；已更鈔，鹽未給，復貼輸錢，凡三輸錢，始獲一直之貨。民無資更鈔，已輸錢悉乾沒，數十萬券一夕廢棄，朝為豪商，夕儕流丐，有赴水投繯而死者。淮鹽亦廢轉般，而使商人以長短引經銷於四方焉。南渡之後，淮、浙亭戶，由官給本錢。諸州鎮置合同場，商販入錢請引，大抵類茶法而嚴密過之。福建、廣南曾行鈔法，不久即罷，視舊法無大更革（乾道六年，戶侍葉衡奏：「今日財賦，鬻海之利居半」。又湖北鹽商吳傳言：「國家鬻海之利，以三分為率，淮東居其二」。四川四千九百餘井，收入四百餘萬緡，則南渡鹽利蓋厚矣。《宋史》云：「唐乾元初，第五琦為鹽鐵使，變鹽法，劉晏代之，當時天下鹽利，歲才四十萬緡。至大曆，增至六百餘萬緡，天下之賦，鹽利居半。元祐間，淮鹽與解池等歲四百萬緡，比唐舉天下之賦已三分之二。紹興末年以來，泰州海陵一監，支鹽三十餘萬席，為六七百萬緡，則是一州之數，過唐舉天下之數矣。」按：此言不計貨幣

價格之低昂，而但就數字相比較，殊不足據。然鹽利之降而愈厚，則事實也）。

　　茶亦為厚利所在，於要會之地置榷貨務六：一、江陵府，二、真州，三、海州，四、漢陽軍，五、無為軍，六、蘄州之蘄口。初，京城、建安及襄復州皆置務，後建安、襄復州務皆廢，京城務但會給交鈔而不積茶貨。除淮南十三場之茶就本場出鬻外，餘悉送榷貨務鬻之。私販者計直論罪，唯川峽、廣南聽其自賣，而禁出境。製茶者曰園戶，歲課作茶輸租，所餘者官悉市之。凡市於官者，皆先受錢而後入茶，謂之本錢。又所輸稅願以茶代者聽，謂之折稅茶。商賈貿易，入錢若金帛於京師榷貨務，給券隨所射與之，願就東南入錢若金帛者亦如之。雍熙後，入芻粟於邊者，授之券，酬以京師榷貨務緡錢及東南茶鹽（端拱二年，置折中倉，聽商人輸粟京師，給茶鹽於江、淮）。淳化三年，監察御史薛映、祕書丞劉式等請罷諸榷務，令商人就出茶州軍官場算買，既省輦運，又商人皆得新茶。詔以雷有終、張觀制置諸路茶鹽。四年，廢沿江八務，大減茶價。商人頗以江路回遠非便，有司又以損直虧課為言，乃罷制置，復置八務。至道二年，從發運兼制置茶鹽使楊允恭請，禁淮南十二州軍鹽，商人入金帛者悉償以茶，歲課增加五十萬餘貫。乾興以來，西北兵費不足，募商人入中芻粟如雍熙法給券，以茶償之。後又益以東南緡錢、香藥、犀齒，謂之三說，虛估日高，茶日益賤，入實錢金帛日益寡。而入中者多土人，不知茶利厚薄，且急於得錢，得券則轉鬻於茶商或京師交引鋪（交引鋪者，坐賈置鋪，隸名榷貨務。行商懷交引者，鋪為保任，詣榷貨務取錢，南州取茶。若非行商，則鋪買自售之，轉鬻與茶賈），獲利無幾。茶商、交引鋪或以券取茶，或收蓄貿易，以射厚利。虛估之利，皆入豪商巨賈，券之滯積，雖二三年茶不足以償，而入中者以利薄不趨，邊備日蹙，茶法大壞。天聖元年，三司使李諮請罷三說，行貼射法，並計十三場茶本息之數，罷官給本錢，使商人與園戶自相交易（然必輦茶入官，隨商人所指予之，

給券為驗，以防私售，而官收其息。如舒州羅源場茶，每斤賣出之價為錢五十六，而本錢二十五。令官不給本錢，而使商人出息錢三十一。貼射不盡，或無人貼射，仍官賣之。園戶過期輸不足者，亦須計所負數出息如商人）。其入錢以射六務茶者，如舊制，乃募入錢六務。其商人入芻粟塞下者，實估給券至京，一切償以見錢，謂之見錢法。使茶與邊糴，各以實錢出納，不得相為輕重，以絕虛估之弊。行之期年，所省及增收計六百五十餘萬緡。邊儲向不足一歲者，至是多者有四年，少者有二年之蓄，而論者多言其不便。天聖三年，使孫奭等同究利害，其法遂罷，茶法寢壞。景祐三年，李諮執政，乃復行之（舊北商持券至京師，必得交引鋪保任，並得三司符驗，然後給錢。諮悉罷之，令商持券徑趨榷貨務驗實，立償以錢）。久之，上書者復以為言，三說稍復用矣。慶曆八年，三司請並用茶、鹽、香藥、緡錢四物，謂之四說。自是三說、四說並行於河北，不數年，茶法復壞。芻粟之直，虛估者居十之八。券至京師，為南商所抑，每值十萬，僅售三千，富人乘時收蓄，轉取厚利。久之，售三千者，又僅得二千，且往往不售。北商無利，入中者寡，公私大弊。皇祐二年，三司請復行見錢法，然京師見錢入中，商人持券以俟，動彌歲月，至損其直售於蓄賈之家，虛估之弊復起。至和三年，河北提舉糴便糧草薛向建議，罷並邊入粟，自京輦見錢和糴。三司使楊察請從其說（初尚募商人入錢並邊，京師以見錢茶絹償之，其入芻豆者，仍償以茶，後並罷之）。於是茶不為邊糴所須，而通商之議起矣。初，官既榷茶，民私蓄盜販皆有禁，臘茶之禁又嚴於他茶，歲報刑辟，不可勝數。園戶困於徵取，官司並緣侵擾，因陷罪戾至破產逃匿者，歲歲有之。而茶法屢變，歲課日削。至和中，歲售錢並本息計之，才一百六十七萬二千餘緡。官茶所在陳積，縣官獲利無幾，論者皆謂弛禁便（按：崇寧元年，蔡京言：「祖宗立禁榷法，歲收淨利凡三百二十餘萬貫，而諸州商稅七十五萬貫有奇，食茶之算不在焉，其盛時幾五百餘萬緡」。按：人民買以自飲者謂之食茶）。嘉祐三年，

命韓絳、陳升之、呂景初即三司置局議之，言宜約至和後一歲之數，以所得息錢均賦茶民，恣其買賣，所在收算。四年，下詔行之，以三司歲課之半，均賦茶戶（三十三萬八千餘緡，蓋以歲課之半，取於茶戶，其半則取之商稅），謂之租錢（租錢與諸路本錢，悉儲以待邊糴）。自是唯臘茶禁如舊，餘茶肆行天下矣。歷神宗、哲宗朝，無大改革。崇寧元年，蔡京乃復榷荊湖、江、淮、兩浙、福建七路茶，於產茶州郡置場，仍收園戶租折稅茶，而嚴商人園戶私易之禁，產茶州軍之民許其赴場輸息，給短引，於旁近郡縣鬻賣，餘悉聽商人於榷貨務入納金銀、緡錢或並邊糧草，即本務給鈔於場，別給長引，從所指州軍鬻（商稅至所指地盡輸）之。四年，罷官置場，商旅並即所在州縣或京師給長短引，自買於園戶。大觀三年，七路一歲之息一百二十五萬一千九百餘緡，榷貨務再歲一百十八萬五千餘緡。政和六年收息至一千萬緡。及方臘起事，乃詔權罷州郡比較之法焉。蜀之茶園，皆民兩稅地，賦稅一例折輸（稅額三十萬）。王韶開熙河，言商人頗以善馬至邊，乏茶與市。乃詔三司幹當公事李杞入蜀經畫，著作佐郎蒲宗閔同領其事，即諸州縣創設官場而行榷法。南渡後，東南產茶者十路所行之法無大變更。蜀茶，趙開於建炎二年變法，亦仿蔡京之法，給茶商以引，俾即園戶市茶焉。

　　酒，宋諸州城內皆置務釀酒，縣、鎮、鄉間或許民釀而定其歲課。三京官造曲，聽民納值以取（天聖後，北京亦售曲，如三京法，官售酒麴亦有疆界）。其弊也有課民婚喪，量戶大小令酤者，民甚被其害。而蠲禁之地，榷酤歲課附兩稅均納，是又使「豪舉之家坐專其利，貧弱之戶歲責所輸」也。撲買之法，宋初即有之，至南宋而其法大敝。凡撲買不及者，則為敗闕而當停閉，然坊場停閉而輸額如故，則責民按戶納錢，以北宋坊場僅用以酬獎役人，而南宋則用為中央或各路之政費也。添酒錢之舉，濫觴於徽宗時（崇寧二年，上酒升增二文，下酒一文。宣和二年，發運使陳遘於江、淮等路上酒升增五文，次增三文，供江、浙新復州縣之用，後尚書

省令他路悉行之），亦至南渡後而更甚（建炎四年，上酒升增二十文，下酒十八文。紹興元年，上酒又增二十文，下酒增十文。五年，又皆增五文。而其尤其者，則四年令諸州軍賣酒虧折者，隨宜增價。先是酒有定價，每增須上請。是後，郡縣始各自增，而價不一矣）。或主於提刑，或領於漕司，或分隸經、總制司。七年，行在立贍軍酒庫，後罷，隸戶部，而諸帥亦各擅榷沽之利。三十一年以後，乃皆歸之朝廷。而四川則趙開立隔釀法，即舊撲買坊場置隔槽，設官主之，令民以米入官自釀，而徵其稅（斛輸錢三十，又頭子錢二十二）。收入大增，然其後醞賣虧欠，仍責認輸，不竅其米而第取其錢，而民始病矣。

礬自五代以來，始創務制官吏，而宋因之。有鑊戶製造入官，由官鬻之，亦許以金銀、絲綿、布帛、茶等博易，又許入芻粟，而官償以礬。天聖後，晉、慈二州募民鬻之。熙、豐間，東南九路官自賣礬，發運司總之。元祐初通商，紹聖復熙、豐之制。大觀元年，罷官賣，行商販。政和初，復官鬻。南渡後，撫州有贍礬，鉛山有場，潭州瀏陽縣及韶州亦有場，皆給引，有常額。坑冶，金、銀、銅、鐵、鉛、錫，或官置監冶場務，或聽民承買，以分數中賣於官，內隸金部，外隸轉運司，悉歸之內帑。大率山澤之利有限，或暴發輒竭，或採取歲久，所得不償其費，而歲課不足，有司必責主者取盈。仁宗、英宗每降赦書，輒委所在視冶之不發者，或廢之，或蠲主者所負歲課；有司有請，亦輒從之，無所吝。故冶之興廢不常，而歲課增損隨之。崇寧以後，乃置專官提舉。凡屬提舉司謂之新坑冶，用常平錢與剩利錢為本，金銀等物，往往積之大觀庫。迄於政和，專司數罷數復。然告發之地，多壞民田，承買者立額重，或舊有今無、亦不為損額。欽宗即位，詔悉罷之。建炎元年，詔仍隸金部及轉運司。

商稅起唐藩鎮，五季諸國，征榷尤繁。宋興，所下之國，必詔蠲省，然仍其制而不廢。其法：凡州縣皆置務，關鎮亦或有之，大則專官監臨，

小則令、佐兼領，諸州仍令都監、監押同掌。行者齎貨，謂之「過稅」，每千錢算二十。居者市鬻，謂之「住稅」，每千錢算三十。其名物各隨地宜不一（其見於《宋史》者，有耕井、販牛、蒲、魚、果、竹木、炭箔、柴草、力勝錢——載米之商船、典賣牛畜舟車、衣屨、布絮、穀菽、雞魚、蔬菜、油、麵、瓷瓦器等）。常稅名物，令有司件析頒行天下，揭於版，置官署屋壁，俾共遵守。販鬻不由官路者罪之。熙寧五年，在京商稅院嘗隸市易提舉司。市易提舉司者，始於熙寧五年。先是有魏繼宗者，自稱草澤，上言：「京師百貨無常價，貴賤相傾。富人大姓，乘民之亟，牟利數倍，財既偏聚，國用亦絀。請假榷貨務錢，置常平市易司，擇通財之官任其責，求良賈為之轉易。使審知市物之價，賤則增價市之，貴則損價鬻之，因收餘息，以給公上。」於是中書奏在京置市易務官。凡貨之可市及滯於民而不售者，平其價市之，願以易官物者聽。若欲市於官，則度其抵而貸之錢，責期使償，半歲輸息十一，及歲倍之（貸市易錢貸者，許以金帛為抵。以田宅抵久不還者，估實值，如賣坊場、河渡法）。以呂嘉問為都提舉市易司，諸州市易務皆隸焉。論者訾其貴鬻賤市，挾官府為兼併，且請貸不能無亡失。元祐一切罷之。紹聖復置。元符三年，改為平準務，後罷。崇寧又復。司之初設，嘗約諸行利入厚薄，令輸免行錢以祿吏，而蠲其供官之物。其後免行錢亦成常賦焉。

　　與市易並稱者，又有均輸。熙寧二年，制置三司條例司言：「典領之官，拘於弊法，內外不相知，盈虛不相補。諸路上供，歲有常數。豐年便道，可以多致而不能贏；年儉物貴，難於供億而不敢不足。遠方有倍蓰之輸，中都有半價之鬻，徒使富商大賈乘公私之急，以擅輕重斂散之權。令發運使實總六路賦入，其職以制置茶、鹽、礬、酒稅為事，軍儲國用，多所仰給。宜假以錢貨，資其用度，周知六路財賦之有無而移用之。凡糴買稅斂上供之物，皆得徙貴就賤，用近易遠。令預知中都帑藏年支見在之定數，所當供辦者，得以從便變易蓄買，以待上令。稍收輕重斂散之權歸之

公上，而制其有無，以便轉輸，省勞費，去重斂，寬農民。庶幾國用可足，民財不匱。」詔本司具條例上聞，而以發運使薛向領均輸平準事，其後亦無甚成效。

南渡之初，四方商稅，間有增置，後屢省免。然貪吏並緣，苛取百出。私立稅場，算及緡錢、米薪、菜茹之屬，擅用稽察措置，添置專欄收檢。虛市有稅，空舟有稅，以食米為酒米，以衣服為布帛，遇士夫行李則搜囊發篋，目以興販。甚至貧民貿易瑣細於村落，指為漏稅，輒加以罪。空身行旅，亦白取百金，方紆路避之，則攔截叫呼。或有貨物，則抽分給賞，斷罪倍輸，傾囊而歸矣。

宋對遼、夏互市，意不在於牟利，唯熙寧間，王韶置市易司於秦州，則意在以茶易馬。而海路互市，則於國計關係頗大。開寶四年，始置市舶司於廣州，後又於杭、明州置司。太宗時，置榷署於京師，詔諸蕃香藥寶貨至廣州、交陛、兩浙、泉州，非出官庫者，毋得私相貿易。後乃詔珠貝、玳瑁等外，他藥聽市於民。雍熙中，商人出海外蕃國販易者，並詣兩浙市舶司請給官券，違者沒入其實貨。大抵海船至，十先榷其一，價直酌蕃貨輕重而差給之。天聖以來，寶貨充牣府庫，嘗斥其餘以易金帛、芻粟，縣官用度實有助焉。元豐三年，廣東、廣西以轉運使，兩浙以副使，福建以判官領之。罷廣東帥臣兼領。元祐二年，置泉州板橋市舶司。三年，又增置於密州板橋焉。

宋代橫斂最甚者，莫如經總制錢、月椿錢、板帳錢。所謂經總制錢者，政和三年，方臘初平，江、浙諸郡未有常賦，乃詔陳亨伯以大漕之職，經制七路財賦，許得移用，監司聽其按察。於是亨伯收民間印契及鬻糟醋之類為錢，凡七色，州縣遂有所謂經制者。建炎二年，高宗在揚州，四方貢賦不以時至，用呂頤浩策，令兩浙、江東西、荊湖南北、福建、兩廣收添酒錢、添賣糟錢、典賣田宅增牙稅錢、官員等請給頭子錢、樓店務增三分房錢，充經制錢，以憲臣領之，通判斂之，季終輸送。紹興五年，

參政孟庾提領措置財用，請以總制司為名，又因經制之額增析而為總制錢焉。所謂月樁錢者，始於紹興二年。時韓世忠駐軍建康，宰相昌頤浩、朱勝非議令江東漕臣月樁發大軍錢十萬緡，以朝廷上供經制及漕司移用等錢供億。當時漕司不量州軍之力，一例均科，既有偏重之弊，於是郡縣橫斂，銖積絲累，江東西之害尤甚。十七年，詔州郡以寬剩錢充月樁，以寬民力，遂減江東西之錢二十七萬七千緡有奇。板帳錢者，軍興後所創。如輸米則增收耗剩，交錢帛則多收糜費，幸富人之犯法而重其罰，恣吏胥之受賕而課其入，索盜贓則不償失主，檢財產則不及卑幼，亡僧、絕戶不俟核實而入官，逃產、廢田不與消除而抑納，他如此類，不可遍舉。州縣固知其非法，然以板帳錢額重，雖欲不橫取於民，不可得也。

遼雜稅多不可考。會同初，晉獻瀛、莫，始得河間煮海之利，置榷鹽院於香河縣。一時產鹽之地，五京計司各以其地領之。其煎取之制，歲出之額，不可得而詳矣（以上鹽稅）。太祖置羊城於炭山北，起榷務以通諸道市易。太宗得燕，置南京，城北有市，令有司治其征，餘四京及他州縣貨產懋遷之地，置亦如之。雄州、高昌、渤海亦立互市，以通南宋、西北諸部、高麗之貨（以上徵商）。太祖始併室韋，其地產銅、鐵、金、銀，其人善作銅鑄器（參看《五代史·室韋傳》）。又有曷術部者，多鐵部，置三冶。神冊初，平渤海鐵利府，改曰鐵利州，地亦多鐵。又東平縣本漢襄平縣地，產鐵礦，置採煉者三百戶，隨賦供納。以諸坑冶多在國東，故東京置戶部司，長春州置錢帛司。太祖征幽、薊，師還，次山麓，得銀、鐵礦，令置冶。聖宗太平間，於潢河北陰山及遼河之源，各得金、銀礦，興冶採煉。自此以迄天祚，國家皆賴其利（以上坑冶）。

金榷貨之目有十，曰酒、曲、茶、醋、香、礬、丹、錫、鐵，而鹽為稱首。鹽亦行鈔、引之法。貞元初，蔡松年為戶部尚書，始行之（山東、滄、寶坻以三百斤為袋，二十五袋為大套，鈔、引、公據三者俱備然後聽鬻。小套或十袋，或五袋，或一袋，每套鈔一，引如袋之數。寶坻零

鹽校其斤數，或六之三，或六之一，又為小鈔引給之，以便其糶。解鹽二百五十斤為一席，五席為套，鈔引與陝西轉運司同糶，其輸粟於陝西軍營者，許以公牒易鈔引。西京等場鹽以石計，五石為大套，三石為小套。北京四石為大套，一石為小套。皆套一鈔，石一引。零鹽積十石，亦一鈔而十引）。榷酤因遼、宋舊制。世宗大定二十七年，天下院務依中都例，改收曲課，而聽民酤。醋稅，大定初，以國用不足，設官榷之。二十三年，府庫充牣，罷之。明昌五年，復榷，後罷。承安三年，復榷。五百貫以上設都監，千貫以上設同監一員。茶，宋人歲供外，皆貿易於宋界之榷場。章宗承安三年，以為費國用而資敵，命設官置之。四年，於淄、密、寧海、蔡州各置一坊，造新茶，依南方例一斤為一袋，直六百文。以商旅卒未販運，命山東、河北四路轉運司以各路戶口均其袋數，付各司縣糶之（泰和四年，每袋減價三百）。泰和五年，罷茶坊。六年十一月，尚書省奏：「茶，飲食之餘，非必用之物。比歲上下競啜，農民尤甚，市井茶肆相屬。商旅多以絲絹易茶，歲費不下百萬。」遂命七品以上官方許食茶，仍不得賣及饋獻。不應留者，以斤兩立罪賞。七年、八年及宣宗元光二年，又更定其制（泰和間，嘗禁興宋貿易茶，後以和罷。軍興，復禁之。然犯者不少衰。見元光二年省臣奏）。此外，金稅制之可考見者：

大定二年八月，罷諸路關稅。

大定二十年，定商稅法，金銀百分取一，諸物百分取三。

大定二年，制院務創虧及功酬格。三年，尚書省奏，山東西路轉運司言，坊場河渡多逋欠，詔如監臨制，以年歲遠近為差，蠲減。

明昌元年，敕尚書省，定院務課商稅額，諸路使司院務一千六百十六處，遂罷坊場。五年陳言者乞復舊置坊場，不許，唯許增置院務。

大定三年，以尚書工部令史劉行義言，定城郭出賃房稅之制。

明昌元年，免賃房稅。三年，詔減南京出賃官房及地基錢。

大定五年，以前此河濼罷設官，復召民射買，兩界之後，仍舊設官。

章宗大定二十九年，戶部言天下河泊已許與民同利，其七處設官可罷之。

明昌二年，司竹監歲采入破竹五十萬竿，春秋兩次輸都水監，備河防，餘邊刀筍皮等賣錢三千貫，葦錢二千貫，為額。

其坑冶則大定三年制金銀坑冶許民開採，二十分取一為稅。十二年，詔金銀坑冶恣民採，毋收稅。二十七年，尚書省奏，聽民於農隙採銀，承納官課。明昌三年，以提刑司言，封諸處銀冶，禁民採煉。五年，以御史臺奏，請令民採煉隨處金銀銅冶，命尚書省議之。宰臣言禁有名無實，官無利而民多犯法。如令民射買，則貧民得生計，且勝官役雇工，乃仍許民射買。

榷場為與敵國互市之所。皆設場官，嚴屬禁，以通二國之貨，歲之所獲，亦大有助於經用焉。各地時有罷有置（用兵則罷）。大抵與宋通貿易者，泗、壽、鄧、鳳翔、唐、潁、蔡、鞏、洮、秦等州、膠西縣、密州（泗州場，大定間，歲獲五萬三千四百六十七貫，承安元年，增為十萬七千八百九十三貫六百五十三文）。與夏則蘭州、保安、綏德、東勝、環州。金初又嘗於西北招討司之燕子城、北羊城之間置之，以易北方牧畜。《金史・食貨志序》：「歷觀自古……國亡財匱，比比有之，而國用之屈，未有若金季之甚者……括粟、闌糴，一切掊克之政，靡不為之。加賦數倍，豫〔預〕借數年，或欲得鈔則豫〔預〕買下年差科。高琪為相，議至榷油。進納濫官，輒售空名宣敕，或欲與以五品正班。僧道入粟，始自度牒，終至德號、綱副威儀、寺觀主席亦量其貲而鬻之。甚而丁憂鬻以求仕，監戶鬻以從良，進士出身鬻至及第。」

元鹽每引四百斤，其價太宗庚寅十兩，中統二年七兩，至元十三年九貫，二十六年五十貫，元貞二年六十五貫，至大二年至延祐二年累增為一百五十貫。行鹽各有郡邑。煎鹽者各處有官設鹽鋪，亦有商賣，又有食鹽地方驗戶口之多寡輸納課鈔（見《元史》卷九十七）。

茶於江州設榷茶都轉運司，仍於各路出茶之地設提舉司七處，專任散

據賣引。引制定於至元十三年，長引茶一百二十斤，收鈔五錢四分二厘八毫。短引茶九十斤，收鈔四錢二分八毫。十七年，除長引，專用短引，每引收二兩四錢五分，草茶每引收二兩二錢四分。後每引增一兩五分，通為三兩五錢，又增為五貫。二十六年，丞相桑哥增為十貫。引之外又有茶由，以給賣零茶者。初，每由茶九斤，收鈔一兩，後自三斤至三十斤，分為十等。

酒醋，太宗辛卯年立酒醋務坊場官，榷沽辦課，仍以各州府司縣長官充提點官，隸徵收課稅所，其課額驗民戶多寡定之。甲午年，頒酒麴醋貨條禁，私造者依條治罪。

商稅，凡為商賈及以官銀賣買之人，並令赴務輸稅，入城不吊引者同匿稅法。又，典賣田宅亦須納稅。

市舶司，上海、澉浦、杭州、慶元、溫州、泉州、廣東七處，然時有省罷。凡商船發舶回帆，必著其所至之地，驗其所易之物，給以公文，為之期日，大抵行抽分法時最多。亦有既抽分而又稅之者。又有時官具船給本，選人入蕃，貿易而分其息，則禁人下蕃。

歲課謂山林川澤之產，若金、銀、珠、玉、銅、鐵、水銀、硃砂、碧甸子、鉛、錫、礬、硝、鹻〔鹼〕、竹、木之類，因土人呈獻而定其歲入之課，多者不盡收，少者不強取。

額外課者，歲課皆有額，而此課不在其額中也。課之名凡三十有二：

（一）歷。（二）契本。（三）河泊。（四）山場。（五）窖冶。（六）房地租。（七）門攤。（八）池塘。（九）蒲葦。（十）食羊。（十一）荻葦。（十二）煤炭。（十三）撞岸。（十四）山查。（十五）曲。（十六）魚。（十七）漆。（十八）酵。（十九）山澤。（二十）蕩。（二十一）柳。（二十二）牙例。（二十三）乳牛。（二十四）抽分。（二十五）蒲。（二十六）魚苗。（二十七）柴。（二十八）羊皮。（二十九）磁。（三十）竹葦。（三十一）姜。（三十二）白藥。

其中唯（一）、（二）兩課通行全國，餘皆只行於一地或數地。

明鹽制亦同前代，而其最要者為中鹽。中鹽始洪武三年，令商人輸糧於邊而給以引。後亦行之行省，令納糧於倉。正統三年，西北邊又有納馬中鹽之例，始驗馬乃給鹽，後納銀於官，以市馬銀入市政司，皆供他用，而納馬之本意亡矣。中鹽之制，編置勘合及底簿，發各布政司及都司、衛所。商納糧畢，書所納糧及應支鹽數，齎赴各轉運提舉司照數支鹽。轉運諸司亦有底簿比照，勘合相符，則如數給與。

其後以守支年久，淮、浙、長蘆以十分為率，八分給守支商，曰常股，二分收貯於官，曰存積，遇邊警，始召商中納。凡中常股者價輕，存積者價重，然人甚苦守支，爭趨存積，而常股壅矣。景帝時，邊圉多故，存積增至六分。後減為常股七分，存積三分，然中存積者爭至，遂仍增至六分。淮、浙鹽猶不能給，乃配支長蘆、山東以給之。一人兼支數處，道遠不及親赴，邊商輒貿引於近地富人。自是有邊商、內商之分。內商之鹽不能速獲，邊商之引又不賤售，報中寖怠，存積之滯遂與常股等。存積非國家大事、邊境有警，未嘗妄開。開必邊臣奏請，經部復允。正德時，權幸乃奏開「殘鹽」，改存積、常股皆為正課，且皆折銀。商人無利不願中鹽，鹽臣又承中璫旨，列零鹽所鹽諸名目以假之。至嘉靖五年，乃復常股存積四六分之制。

中鹽初由戶部出榜召商，成化時，富人呂銘等始托勢要奏請，於是有勢豪「攙中」之弊。憲宗末，閹宦奏討淮、浙鹽無算，商引益壅。孝宗時，乃有買補餘鹽之議。餘鹽者，灶戶正課外所餘之鹽也。洪武初制，商支鹽有定場，毋許越場買補。勤灶有餘鹽送場司，二百斤為一引，給米一石。其鹽召商開中，不拘資次給與。成化後，令商收買，而勸借米麥以振貧灶。至是清理兩淮鹽法，侍郎李嗣請令商人買餘鹽補官引，而免其勸借，且停各邊開中，俟逋課完日，官為賣鹽，三分價值，二充邊儲，而留其一以補商人未交鹽價。由是以餘鹽補充正課，而鹽法一小變（是時

以濟邊課，後令商人納價輸部濟邊）。武宗時，權要開中既多，又許買餘鹽，一引又有用至十餘年者。明初灶戶工本，每引給米一石（錢鈔兼支，而以米為準，後乃定鈔數），是時所以優恤灶戶者甚厚。後設總催，朘削灶戶，灶戶貧困，始多逃亡。中葉以後，鹽價十倍於初，而所給工本不及一，故私鹽遂多。嘉靖二十七年，兩淮灶戶餘鹽，每引官給銀二錢，以充工本，謂之工本鹽。商中額鹽二引，帶工本鹽一引。三十九年，嚴嵩黨鄢懋卿總理淮、浙、山東、長蘆鹽務，既增工本鹽額，又有所謂添單添引者，正課愈滯。嵩敗，乃罷懋卿所增。四十四年，巡鹽御史朱炳如乃並奏罷兩淮工本鹽焉。

　　明初，各邊開中商人，招民墾種，築臺堡自相保聚，邊方菽粟無甚貴之時。成化間，始有折納銀者，然未嘗著為令也。弘治五年，商人困守支，戶部尚書葉淇請召商納銀運司，類解太倉，分給各邊。每引輸銀三四錢有差，視國初中米直加倍，而商無守支之苦，一時太倉銀累至百餘萬。然赴邊開中之法廢，商屯撤業，菽粟翔貴，邊儲日虛矣。嘉靖八年以後，稍復開中，邊商中引，內商守支。末年，工本鹽行，內商有數年不得掣者，於是不樂買引，而邊商困，因營求告掣河鹽。河鹽者，不上廩困，在河涇自超掣，易支而獲利捷。河鹽行，則守支存積者愈久，而內商亦困，引價彌賤。於是奸人專以收買邊引為事，名曰囤戶，告掣河鹽，坐規厚利。時復議於正鹽外附帶餘鹽，以抵工本之數，囤戶因得賤買餘鹽而貴售之，邊商與內商愈困矣。隆慶二年，乃罷河鹽。四年，罷官買餘鹽。

　　此外，仁宗以鈔法不通，嘗定納鈔中鹽之法，未幾即停。

　　茶法亦略如前代，而四川、陝西之茶，用以易西番之馬，關係特重（偶因饑荒令商人入粟中茶，又或令中糧草以備邊餉）。初禁私茶特嚴，犯者及失察者皆凌遲處死，後乃稍寬。初易西番馬甚多，然私茶卒不能盡禁。中葉後，往往於正引外，給商人以嘗由票，私茶益盛，上馬皆入商人，茶司所得乃其中下而已。而將吏又以私馬竄番馬，以易上茶，茶法遂

壞。萬曆五年，俺答款塞，請開茶市。御史李時成言：「番以茶為命。北狄若得，藉以制番，番必從狄，貽患匪細。」部議乃許給百餘篦，而不許其市易。蓋明代茶市實有制馭西番之意，非徒為利也。

坑冶之課，金、銀、銅、鐵、鉛、汞、硃砂、青綠，而金銀礦最為民害。蓋歷代礦之病民，無過（一）產額減而課額不減，甚或已無所得而課額如故。（二）或役民夫開採。（三）而私人開採者亦多非良善之流，其盜採者則尤易成為盜也。明則開採必遣中官。天順時，已分遣中官詣浙江、雲南、福建、四川。萬曆二十四年以後，更無地不開，中使四出，皆給以關防，並偕原奏官往。礦脈微細無所得，勒民償之，而奸人假開採之名，乘傳橫索民財，陵〔凌〕轢州縣。有司恤民者，罪以阻撓，逮問罷黜。中官多暴橫，而使德安之陳奉尤甚。富家巨族則誣以盜礦，良田美宅則指以為下有礦脈，率役圍捕，辱及婦女，甚至斷人手足投之江。自二十五年至三十三年，諸璫所進礦稅銀幾及三百萬兩，群小借勢誅索，不啻倍蓰，民不聊生。識者以為明之亡肇於此云。

關市之征，宋、元頗煩瑣。明初務簡約，其後增置漸多，行齎居鬻，所過所止各有稅。其名對象析榜於官署，按而征之，唯農具、書籍及他不鬻於市者勿算，應徵而藏匿者沒其半。買賣田宅頭匹必投稅，契本別納紙價。凡納稅地，置店歷，書所止商民名物數。官司有都稅，有宣課，有司，有局，有分司，有抽分場局，有河泊所。所收稅課，有本色，有折色（凡諸課程，始收鈔，間折收米，已而錢鈔半，後乃折收銀，而折色、本色逐年輪收，本色歸內庫，折色歸太倉）。凡稅課，徵商估物貨；抽分，科竹木柴薪；河泊，取魚課。又有門攤課鈔，領於有司。初，京師軍民居室皆官所給，比舍無隙地。商貨至，或止於舟，或貯城外，駔儈上下其價，商人病之。太祖乃命於三山門外，瀕水為屋，名塌房，以貯商貨。永樂時，準南京例，置京城官店塌房。洪熙元年，增市肆門攤課鈔。宣德四年，以鈔法不通，由商居貨不稅，由是於京師商賈湊集地，市鎮店肆門攤

稅課，增舊凡五倍。兩京蔬果園不論官私種而鬻者，塌房、店舍居商貨者，騾驢車受僱裝載者，悉令納鈔。委御史、戶部、錦衣衛、兵馬司官各一，於城門察收。舟船受僱裝載者，計所載料多寡、路近遠納鈔。鈔關之設自此始。於是有漷縣、濟寧、徐州、淮安、揚州、上新河、滸墅、九江、金沙洲、臨清、北新諸鈔關，量舟大小修廣而差其額，謂之船料，不稅其貨。唯臨清、北新則兼收貨稅，各差御史及戶部主事監收（隆慶二年，始給鈔關主事關防敕書，尋令鈔關去府近者，知府收解；去府遠者，令佐貳官收貯府庫，季解部。主事掌核商所報物數以定稅數，收解毋有所與。此等稅至鈔法通後，皆有減革。始而鈔關估船料定稅，既而以估料難核，乃度梁頭廣狹為準，自五尺至三丈六尺有差。世宗令成尺為限，勿科畸零）。

萬曆十一年，革天下私設無名稅課。然自隆慶以來，凡橋梁、道路、關津私擅抽稅，罔利病民，雖累詔察革，不能去也。迨兩宮三殿災，營建費不貲，始開礦增稅。中官遍天下，非領稅即領礦。

榷稅之使，自二十六年千戶趙承勛奏請始。或徵市舶，或徵店稅，或專領稅務，或兼領開採。奸民納賄於中官，輒給指揮千戶札，用為爪牙。水陸行數十里，即樹旗建廠。視商賈懦者肆為攘奪，沒其全貲。負戴行李，亦被搜尋。又立土商名目，窮鄉僻塢，米鹽雞豕，皆令輸稅。所至數激民變，帝皆庇不問。諸所進稅，或稱遺稅，或稱節省銀，或稱罰贖，或稱額外贏餘。又借買辦、孝順之名，金珠寶玩，貂皮名馬，雜然進奉。三十三年，始詔罷採礦，以稅務歸有司，而稅使不撤。光宗立，始盡蠲天下額外稅，撤回稅監（按明初商稅三十取一，後則各機關皆立有定額。諸稅收機關時有增省，定額亦時有增減。然其虐民最甚者，則宣德時因鈔法不通而增稅，及萬曆時之稅使也）。

市舶司，洪武初設於太倉黃渡，尋罷。復設於寧波（通日本）、泉州（通琉球）、廣州（通占城、暹羅、西洋諸國）。琉球、占城諸國皆恭順，

任其時至。唯日本,限其期為十年,人數為二百,舟為二艘,以金葉勘合表文為驗,以防詐偽侵軼。永樂時,設交址雲南市舶提舉司。嘉靖初,給事中夏言言倭患起於市舶,遂罷之。三十九年,鳳陽巡撫唐順之議復三市舶司。部議從之。四十四年,浙江以巡撫劉畿言,仍罷。福建開而復禁。萬曆中,悉復。按《明史・食貨志》云:「明初,東有馬市,西有茶市,皆以馭邊省戍守費。海外諸國入貢,許附載方物與中國貿易。因設市舶司,置提舉官以領之,所以通夷情,抑奸商,俾法禁有所施,因以消其釁隙也。」蓋明之與國外通市,其意皆在消邊患,非以為利,故永樂初,西洋刺泥國回回哈只馬哈沒奇等來朝,附載胡椒與民互市,有司請徵其稅,成祖不可。武宗時,提舉市舶太監畢真言:「舊制,泛海諸船,皆市舶司專理,近領於鎮巡及三司官,乞如舊便。」禮部議:市舶職司進貢方物,其泛海客商及風泊番船,非敕旨所載,例不當預也。夫許外國互市,而曰「入貢,許附載方物與中國貿易」,而市舶司且若以接待貢使為要職。永樂三年,又置驛於三市舶司,以待諸番貢使,豈真信其來為入貢而不為貿易哉?夫亦曰勒令必入貢而後許貿易,則不至與沿海之民私相貿易,而官司無所稽考,以是為制馭之一術云爾。此等辦法似乎多事,然亦略有益處。蓋客強主弱,乃有清中葉以後之情形,而前此則適相反。故嘉靖倭變,朱紈訪知由「舶主皆貴官大姓,市番貨皆以虛直〔值〕,轉鬻牟利,而直〔值〕不時給」,而史且謂「市舶既罷,日本海賈往來自如,海上奸豪與之交通,法禁無所施」也。蓋市舶官吏原未嘗不有贓私之行,然視土豪勢家則終有間矣。

永樂間,設馬市三:一在開原南關,以待海西;一在開原城東五里;一在廣寧,皆以待朵顏三衛。定值四等:上值絹八匹,布十二,次半之,下二等各以一遞減。既而城東、廣寧市皆廢,唯開原南關馬市獨存。大同馬市始正統三年。也先貢馬互市,王振裁其馬價,遂致土木之變。成化十四年,陳鉞撫遼東,復開三衛馬市。通事瀏海、姚安肆侵牟,朵顏諸部

懷怨，擾廣寧，不復來市。兵部尚書王越請令參將、布政司官各一員監之，毋有所侵克。尋令海西及朵顏三衛入市。開原月一市，廣寧月二市，以互市之稅充撫賞。嘉靖三十年，以總兵仇鸞言，於宣府、大同開馬市，俺答大同市則侵宣府，宣府市則侵大同。然諸部嗜互市利，未敢公然大舉，邊臣亦多以互市啗之。明年，罷大同馬市，宣府猶未絕。侵擾不已，乃並絕之。隆慶四年，俺答孫把漢那吉來降，於是封貢互市之議起。而宣、大互市復開，邊境稍靜。然撫賞甚厚，司事者復從中乾沒，邊費反過當矣。遼東義州木市，萬曆二十三年開，事具明史李化龍傳。二十六年，罷之，並罷馬市。其後總兵李成梁力請復，而薊遼總督萬世德亦疏於朝。二十九年復開木、馬二市，後以為常。

　　清製鹽以運司、鹽道掌之，鹽政督之，戶部司其出納。其制因明沿海及有池井之地，聽民闢場置灶為鹽，而售之商，或出帑收鹽，授商行之行。鹽之符信曰引。每歲戶部核計各路額銷之引，分一路為綱，頒於鹽政，鹽政受而頒之商，商納課於運道庫，乃捆鹽於場，掣鹽於批驗所，轉運於應行之地，是謂正引。其商皆世業。或引多而商少，則設票而售之民，聽其轉售，不問所之，是謂票引。其商皆臨時報資充當，歲終鹽政收回已行之引，截角報部核銷，更頒新引。場稅鹽課大，使徵之輸運道庫（開徵時給單據於灶戶，書其應納之數。歲或不登，則辨其等而蠲緩之，略如田賦之法）。產鹽之地，分為九區，曰兩淮，曰兩浙，曰長蘆，曰河東，曰廣東，曰福建，曰甘肅，曰四川，曰雲南。清初，長蘆、河東、兩淮、兩浙設巡鹽御史，專司鹽政，謂之鹽院。雍正二年，鹽政並歸督撫，而鹽院猶未盡撤。道光十年，兩江總督陶澍奏裁兩淮鹽院，以節商家之費，各省鹽政悉歸督撫兼管矣。立法之初，計口授鹽，故按地給引，無鹽之地則設商轉運。其後戶口日增，而商所承運自變量如故；通路既改，而商所畫分地界如故，故運道迂折，鹽貴病民。商既把持地段，引鹽不敷行銷，以引為護，夾帶私鹽，先私後官，則引銷滯，課入絀而官病。商所夾

帶私鹽，一切規費取給價與官鹽同，故民販私鹽又賤於商。順治初年，行鹽一百六十一萬六千六百二十五引，課銀五十六萬三千三百十兩，乾隆時增至五百萬兩。咸、同後屢次加價，末年乃達一二千萬兩，而鹽商遇事，又有報效。蓋國家保護少數鹽商，從而取其利，由來久矣（明末鹽之加派亦多，清初亦悉免之）。

茶法初亦循明設茶馬事例，以茶易西番之馬。雍正後廢之。徵稅之法，略同於鹽（茶引亦由部頒）。各省自變量時有增減，總數約七千萬引。

《清通典》唯載雲、貴、廣東礦課確數，此外有（一）「四分解部，六分抵還工本」。（二）「官收四分，六分給民」。（三）「官收半稅」。（四）「二八收課」諸例。又有（五）「十分稅二之外，官買其四分」者；有以（六）「一成抽課，其餘盡數官買」者。有以（七）「三成抽課，其餘聽商自賣」者。有（八）「官發工本，招商承辦」者。鑒於明之覆轍，上下頗以言礦利為戒。

此外各稅，唯牙稅、契稅全國俱有。牙帖初由藩司頒簽，而收其課報部存案。康熙初，或言地方光棍，自稱經紀，十百為群，逐日往州縣中領牙帖數十紙，每紙給銀二三錢不等，持帖至集，任意勒索，遂命各省藩司查禁。雍正十一年，諭內閣各省商牙雜稅額設牙帖，俱由藩司衙門頒發，不許州縣濫給，所以防增添之弊。近聞各省牙帖，歲有增添，即如各集場中有雜貨小販向來無籍牙行者，今概行給帖，而市井奸牙，遂藉此把持，抽分利息。著各省藩司，因地制宜，著為定額。後牙帖改由部發，各省按所給以其稅解中央。稅則約分三等，上則納銀三兩，下一兩，私立牙行名色者有禁。當稅亦給當帖。順治九年，定直省典鋪稅例，每年五兩。康熙三年，定京城當鋪稅同外省，嗣改京城當鋪上等稅五兩，餘二兩五錢。契稅之例，清初變更綦多。順治四年，定凡買田地房屋增用契尾每兩輸銀三分。康熙十六年至二十一年，增定江、浙、山東、江西等省契稅。雍正七年，準契稅每兩三分之外，加徵一分，為科場經費。十三年，禁止用契紙

契根，並停徵收稅課議敘之例。乾隆四年，復契尾舊例。十三年，諭民間買賣田房，例應買主輸稅交官，官用印信鈐蓋契紙，所以杜奸民捏造文券之弊，原非為增課也。後經田文鏡創為契紙契根之法，預用布政司印信發給州縣。行之既久，官吏貪緣為奸，需索之費，數十倍於前。嗣後民間買賣田房，仍照舊例，自行立契，按則納稅，將契紙契根之法永行禁止（乾隆初，巡撫楊永斌奏：「向來民間執契投稅，官給司頒契尾一紙，黏連鈐印，令民間收執為據。蓋因廣東田房稅價，贏縮不齊，若只就民間自立之契印稅，則藩司衙門無數可稽，不肖官吏得以私收飽橐。且民交易之後，往往延捱不稅，候至官廳離任之頃，假托親知書吏，或乞恩蓋印，或量減稅銀。彼忽忙解組之員，多寡視為幸獲，豈能詳審。於是有捏造假契，乘機投稅，致滋訐訟不休者，是以《會典》開載，凡買田地房產，必用布政司契尾，非唯防私徵，亦以杜假冒也。迨後因用契紙，而契尾之例遂爾停止。今契紙既已革除，而契尾尚未復設，似應仍請復設，照依舊例。」從之。十二年，由定契稅例，凡民間置買田房，令布政司使頒發契尾，編刻字號，於騎縫鈐印，發各州縣填注業戶姓名價值，一存州縣，一同季冊報司。如不投稅無契尾者，事發照漏稅例治罪）。此外有漁課、竹稅、木稅、牛馬牲畜稅等。凡雜稅均由地方官徵收，解省報部核銷，然事瑣細，多中飽。關稅舊有者曰常關（江、浙、閩、廣四省之海關稅，亦與通商以後海關不同）。其稅有三，曰正稅，按出產地徵收；曰商稅，按物價徵收；曰船料稅，按船之梁頭大小徵收。各關有特派王大臣監督者，京師之崇文門左右翼是也；有派戶部司員監督者，張家口、殺虎口是也；有由將軍兼管者，福州之閩海關是也；有由織造兼管者，蘇州之滸墅關、杭州之南北新關是也。其由督撫總理者，皆委道府監收。各關稅入酌中定額不及者，於吏議所虧之數，勒令賠償。

　　落地稅沿自明末，附於關稅則例。蓋前代商稅中之所謂住稅也。其稅無定地，無定額，流弊甚大。雍正十三年諭謂穰鋤、箕帚、薪炭、魚蝦、

蔬菜之屬，其值無幾，必查明上稅，方許交易，且販於東市，既已納課，貨於西市，又復重徵，至於鄉村僻遠之地，有司耳目所不及，或差胥役徵收，或令牙行總繳其官者甚微，不過飽奸胥猾吏之私囊。著通行內外各省，其在府州縣城內人煙湊集貿易，易於稽查者，照舊徵收，若鄉鎮村落，則全行禁革。

清開海禁在康熙時，於寧波、上海、福州、廣州設四海關，委幫商經理其事，誅求甚苛。英人屢請裁減，不許。迨道光之季，五口通商，而新海關即俗所稱洋關者，乃出現焉。新海關之稅則，《江寧條約》第十條訂明秉公議定則例，由部頒發曉示。明年，《中英通商章程》乃云核估時價，照值百抽五例徵稅。是時估價之權，尚操之我。其後續修增改各國通商進口稅則章程乃云，估價之法，亦須訂定，以昭平允，於是有附錄稅則所列各類貨價表。《江寧條約》本兼進出口稅言之，咸豐八年《中英通商章程》善後條約第一款亦云，凡貨物僅載進口稅則者，遇有出口，皆應照進口稅則納稅，或有僅載出口稅則未載進口稅則者，遇有進口，亦皆照出口稅則納稅。各國條約因有最惠國關係，均係如此訂立（道光二十四年美、法、比、瑞、挪諸約，咸豐十一年德約，同治元年葡約，二年丹麥荷蘭兩約，三年西班牙約，五年義約，八年奧約，十年日本約，十三年祕魯約，光緒七年巴西約。最惠國條款，始於道光二十三年《五口通商附粘善後條款》第八款，明年美約第二款，中法約第六、第三十五款因之，嗣後各國新約續約大抵相因耳。其意義廣泛，並不限於經濟上，實束縛最深之條約）。

是為進口正稅、出口正稅。洋貨轉運別口，三十六個月內免稅，逾期照完正稅，是為復進口正稅。土貨轉運他口，直百抽二又五，為復進口半稅。火輪夾板等船百五十噸以上，噸納銀四錢，以下一錢為船鈔。咸豐十一年，《長江通商收稅章程》第十二款云，洋商由上海運土貨進長江，應在上海交納出口正稅，並先完長江復進口之半稅（其由別口運到上海，在別口已完出口稅，上海已完復進口稅者，則無庸另納此兩稅，見第三款。

又長江復進口半稅所以必在上海預納者，以是時粵事未平，長江流域不在清人手中故也。粵事平後，均在所進之口完納，並不預徵）。到長江各口後，一經離口販運，無論洋商華商，均逢關納稅，遇卡抽厘（按：本國之沿海貿易，本有出口進口兩稅，復進口半稅者，即沿岸貿易之進口稅也。所以必稅之者，以貨物自內地運往，亦有稅也。當時中國沿岸貿易，亦有在外人手中者，故須訂入約章）。

　　同治二年《中丹條約》第四十四款載明，通商各口載運土貨，約准出口，先納正稅，復進他口，再納半稅。後欲復運他口，以一年為期，准向該關取給半稅存票，不復更納正稅，唯到改運之口，再納半稅。其時抽稅之法，尚係臨時另估，從量從價，各口不一律。光緒元年，乃改定辦法，一律完正稅之半，不另估（免稅品亦完百分之二又五）。子口稅者，所以替代內地之稅厘者也，亦曰抵代稅。以其稅率為進口之半，故又稱子口半稅，或內地半稅。《江寧條約》第十款謂英國貨物照例納稅後，即准中國商人遍運天下，所過稅關，只可照估價則例加稅幾分。蓋慮我別設新章，以阻難洋貨，欲求與土貨之經過稅關者享同一之權利也。咸豐八年，《中英天津條約》第二十八款以英商稱貨物自內地至口岸，自口岸至內地，各子口恆設新章，實於貿易有損，定立約之後，各領事移文各關監督，由關監督將所經之處應納稅數，明晰照復，彼此出示，曉諭漢英商民。唯英商願一次納稅，以免各子口徵收紛繁者，亦可照準其稅。洋貨在海口完納，內地貨在首經之子口完納，稅率為百分之二又五，俟在上海重修稅則時，亦可將各貨應納之數議定。是年，《中英通商章程善後條約》第七款載明，入口貨在海關完納，內地稅餉由海關發給內地稅單，經沿途子口時，呈驗蓋戳放行。其在內地置貨者，到第一子口驗貨，發給執照，各子口查驗蓋戳，至最後子口，先赴出口海關報完內地稅項，方許通過（俟下船出口時，再完出口稅）。而將前得由關監督照復稅數一節取消。此時，此項辦法限於洋商。光緒二年，《中英煙臺條約》乃云，嗣後各關發給單照，應

由總理衙門核定，劃一款式，不分華洋商人，均可請領。唯又云，若非英商自置土貨，該貨若非實在運往海關出口者，不得援照辦理。蓋所以保護固有之國內通過稅也。自有此約，洋貨進口後，無論在洋商手，抑在華商手，均不受內地稅厘之阻難矣。光緒二十一年，《中日馬關條約》第六款第四項云，日本臣民在中國製造一切貨物，其於內地運送稅，即照日本臣民運入中國之貨物一體辦理。於是洋商所置土貨，不出洋而運往通商各口供洋廠家製造者，亦得享一次納百分之二又五之內地稅不再重徵之權利。然華商則除機制及仿造洋貨許呈請政府完直百抽五之出口稅豁免沿途稅厘外，其餘原料品及非機製品，均須逢關納稅，遇卡抽厘也。

《馬關條約》第六款第四項為洋商在內地設廠所自始。其文云：「日本臣民得在中國通商口岸、城邑，任便從事各項工藝製造。又得將各項機器任便裝運進口，只交所定進口稅。日本臣民在中國製造一切貨物，其於內地運送稅，內地稅鈔課雜派，以及在中國內地沾及寄存棧房之益，即照日本臣民運入中國之貨物一體辦理，自應享優例豁除，亦莫不相同。」此款非徒許其在中國設廠，並稅率亦加協定，則我不能加稅，以阻其設立。明年，《中日通商口岸日本租界專條》（又名《中日公立文憑》）第三款云：「日本政府允中國政府任便酌量課機器製造貨物稅餉，但其稅餉不得比中國臣民所納加多，或有殊異。」則我雖欲減輕本國廠稅，以事保護，亦有所不能矣。此類條件，看似彼此平等，然彼在中國設廠，而與中國人所自設者一律，且以中國幼稚之工業，而與彼在同一條件之下競爭，其不平等實已甚也。

陸路通商始於俄。康熙二十八年《尼布楚條約》，雍正五年《恰克圖條約》，咸豐元年《伊犁塔爾巴哈臺通商章程》，八年《璦琿條約》，十年《北京條約》，均係無稅。徵稅始同治元年之《通商章程》。光緒七年收回伊犁，重訂《陸路通商章程》，訂明十年修改一次，然其後迄未修改。光緒十七年，《通商章程》所定兩國邊境百里內為不納稅地方。伊犁、塔爾巴

哈臺、喀什噶爾、烏魯木齊、關外天山南北路各城為暫不納稅地方。其俄商運貨物至天津、肅州者照海關稅則三分減一。如運至天津之貨再由海道往通商各口，應將原免三分一之稅補繳。如係運往內地者，並須交子口半稅。俄商在天津、通州販土貨由陸路回國者，應照稅則完納出口正稅。在張家口販賣土貨出口回國者，在該口納一子口半稅。如由內地販賣土貨運往通州、張家口回國者，照各國在內地販賣土貨成例，交一子口半稅。光緒二十二年，《東省中俄合辦鐵路公司合約章程》第十款規定：「貨物由俄國經此鐵路運往中國，或由中國經此鐵路運赴俄國者，應照各國通商稅則，分別交納進口出口正稅。唯此稅較之稅則所載之數減三分之一交納。若運往內地，仍應交納子口稅，即所完正稅之半。」但鐵道竣工後，中國迄未設立稅關。至光緒三十一年，《中日協約》中國開放滿洲商埠多處，俄人恐中國在開放之地設立稅關，損及俄商特權，乃要求中國協議北滿稅關。三十三年，兩國委員議定稅關章程大綱。明年正月，吉林交涉局總辦與俄總領事訂結章程：（一）兩國邊境各百里仍為無稅區域。（二）由鐵路輸出入之物，照海關稅率三分減一。（三）輸入東三省之物，照海關稅率減三分之二課通過稅；輸入內地之物，照海關稅率減二分之一課通過稅。其輸入稅則照海關稅率徵收章程定。後於鐵路兩端綏芬河、滿洲里各設稅務分局，於哈爾濱設總局。

中法陸路通商，光緒十一年《中法新約》、十二年《越南邊界通商章程》（其中第十一、第十二兩款為互惠條款）規定，法貨運進雲南、廣西者，按照中國海關稅則減五分之一。十三年，續訂《商務專條》十條（其中第三、第四兩款為互惠條款），規定進出口稅均減十分之四。

中英藏印間，光緒十九年《中英會議藏印條款》九款續款三款開亞東為商埠，並規定免稅五年。後又增開江孜、噶大克為商埠，並規定凡關涉亞東各款，亦應在江孜、噶大克一律施行。當時雖規定免稅五年，然其後迄未收稅。滇緬之間，光緒二十年《中英續議滇緬界商務條款》二十條

（其中第八、第九、第十三敷絲為互惠條款）與二十三年《中緬條約附款》規定，英商可於思茅等地貿易，貨自緬運入中國者，完稅照海關稅則減十分之三，若貨由中國運緬者減十分之四。

　　道咸間允許外國船舶在通商口岸間載貨往來營業，本係各國所無之例。光緒二十五年《中墨條約》第十一款云：「兩國商船，准在彼此現在或將來開準通商各口，與外洋往來貿易；但不准在一國之內各口岸往來載貨貿易。蓋於本國之地往返各口運貨，乃本國子民獨享之利也。如此國將此例施於別國，則彼國商民自應一律均霑，但須妥立互相酬報專條，方可照行。」似有意於挽救矣。乃二十八年《中英商約附加章程》又許外國商船往返於通商口岸，至其內地之間，如奉允准，並得由此不通商口岸之內地，至彼不通商口岸之內地，專行往來，反較舊例又加甚焉。豈戰敗之後，有所不暇顧慮邪？抑雖欲顧慮而不得邪？

　　新海關之設，初由各國領事按貨課稅，交我政府。後各領事各徇其私，咸豐元年，乃改由我官吏課稅。其時上海稅關設於舊城。三年八月，小刀會占上海，海關關史以下皆棄職而去。英、法、美領事以照約未完稅之商船不得出口，乃派員代徵其稅，或使商人立約，於恢復後如數償還。明年正月，三國領事以改良稅關組織，請命上海道與議。六月二十九日，上海道與三領事訂立章程，聘英人微德（T. Wade，或作維德，或作威妥瑪）、法人斯密次（A. Smith）、美人卡爾（L. Carl）襄辦。《稅務章程》第一條謂此項人員應由道臺慎選遴委，並應予以信任事權，俾得改良一切云。於是建海關新屋於租界。三外人中，微德嫻中國語言，故實權皆歸其手。一年後，微德去，翻譯官勒伊（H. N. Lay，或作萊以，或作李泰國）繼之，稅收大增，政府善之，而外商多以為稅重。咸豐八年，《天津條約》規定改訂稅則，欽差大臣桂良、花沙納、何桂清與各國公使在上海訂定新稅率，遂任勒伊為稅務司。其權限及任用規定，於附章第十款中謂任憑總理大臣邀請英人幫辦稅務，毋庸英官指薦干預云云，則任用之權，固在

我也（是時總稅務司屬理藩院。咸豐十年總署設立後改屬之）。明年，勒伊因病請假回國，以赫德（Robert Hart）署理（本係廣州海關副稅務使，同治二年為中國海關總稅務司）。同治四年，遷總稅務司署於北京總理衙門，命赫德訂募用外人幫辦稅務章程，於是各關稅務司悉用洋人矣。光緒二十四年，《中英通商條約》規定，英人對華貿易超過各國時，總稅務司一職應用英人。中國亦聲明，英國對華貿易苟不能超過各國，則此約當然無效。而是年《英德借款約》第六條第二項又申明，在此借款未清償前，中國政府不得變更海關行政之組織，其處心積慮深矣，宜乎他國之不平也！光緒三十四年，赫德病歸，以布雷頓代理。宣統三年，赫德歿，以安格聯繼之。庚子賠款以海關稅為擔保，其時海關稅入僅二千萬。《辛丑條約》乃將各通商口岸常關暫撥歸洋關管理。清末磅價高漲，又益以常關五十里內各分口。當時之海關收入，已均入外人手中矣。

厘金之制，清咸豐三年太常寺卿雷以誠餉軍揚州，始倡之於仙女廟，幕客錢江之謀也。本云事成即裁，後遂留為善後經費，由布政使派員徵收。其收入光緒初年為二千萬兩，據云實有七千萬兩，餘皆被中飽。清末預算所列為三千五百萬兩。厘金之病民，在於設卡之多。一宗貨物經過一次厘卡，收稅即不甚重，而從起運以至到達，究須經過幾次，實無把握，故殊難免於重徵也。

# 第十四章　官制

　　官制一門，在制度中最為錯雜，此由歷代設官時有變遷，即其制不變者，其職亦或潛行改易。最初因事設官，即因事立名，不難循名而知其職。變遷既甚，則或有其名而無其實，或無其實而有其名，於是循其名不能知其職之所在。而駢枝之官錯出，與固有之官之分職，又多出於事之偶然，而無理之可求，則知之彌艱矣。夫制度因事實而立，亦必因事實而變，此為理之當然。然思想之變遷，必不如事實之變遷之速，往往制度已與事實不切，人猶墨守舊制而不知更。然雖欲墨守舊制，而其制既與事實不合，在勢必不能行，而名是實非之弊遂起。一朝創制之時，未始不欲整齊之，使歸於劃一，然思想之變既不能與事實之變更相副，則所定之制度，往往與實際不合，制甫定而潛行變遷之勢已起於其中，此官制之所以錯雜而難理也。然官制實為庶政之綱，研求史事者必不容不究心，最好以官制與他種制度相參考，既就一切政事求其屬於何官，更就凡百職官求其所司何事，更通觀前後而知其所以變遷之由，考諸並時而得其所以分職之故，則不獨官制可明，即於一切庶政，亦彌覺若網在綱矣。

　　官之緣起，予舊作〈釋官〉一篇可以明之，今錄其辭如下。原文曰：〈曲禮〉曰：「在官言官，在府言府，在庫言庫，在朝言朝。」《注》曰：「官謂板圖文書之處，府謂寶藏貨賄之處也，庫謂車馬兵甲之處也，朝謂君臣謀政事之處也。」然則官字古義與今不同，今所謂官，皆為政事所自出，古則政出於朝，官特為庋藏之處，與府庫同耳。蓋古者政簡，不須分司而理，故可合謀之於朝。後世政治日繁，勢須分職，而特設之機關遂多，各機關必皆有文書，故遂以藏文書之處之名名之也。

　　官既為庋藏文書之處，則處其間者不過府史之流，位高任重者未必居是。《論語》：「冉子退朝。子曰：何晏也？對曰：有政。」（〈子路〉）

荀子入秦，「及都邑官府，其百吏肅然……入其國，觀其士大夫，出於其門，入於公門，出於公門，歸於其家」（《荀子・強國》），其證也。然則司政令者不居官，居官者不司政令，故官在古代不尊，所尊者為爵。《儀禮・士冠禮》曰：「以官爵人，德之殺也。死而諡，今也。古者生無爵，死無諡。」〈檀弓〉謂士之有誄，自縣賁父始。誄所以作諡，明古者大夫有諡，士無諡。生無爵，則死無諡，明大夫為爵，士不為爵也。〈王制〉曰：「司馬辨論官材……論定然後官之，任官然後爵之，位定然後祿之。」官之者任以事，是為士，爵之祿之則命為大夫也。〈曲禮〉曰：「四十曰強，而仕。」〈士冠禮〉曰：「古者五十而後爵。」則任事十年，乃得為大夫矣，所謂「任官然後爵之」也。〈檀弓〉又曰：「仕而未有祿者，君有饋焉曰獻，使焉，曰寡君，違而君薨，弗為服也。」〈王制〉云「士祿以代耕」，而此曰未有祿者。〈曲禮〉又曰：「無田祿者，不設祭器；有田祿者，先為祭服。」祿指土田言，故代耕所廩，不為祿也。〈檀弓〉：工尹商陽曰：「朝不坐，燕不與，殺三人，亦足以反命矣。」《注》：「朝燕於寢，大夫坐於上，士立於下。」坐於上為有位，立於下為無位，必爵為大夫，然後有田，則所謂位定然後祿之也。古者國小民寡，理一國之政者，亦猶今理一邑之事者耳，勢不得甚尊。至於國大民眾而事繁，則其勢非復如此矣。則凡居官任事者，皆有以殊異於齊民矣。上下之睽，自此始也，故曰德也（以上〈釋官〉原文）。

　　中國官制當分為五期。三代以前為列國之制。秦制多沿列國之舊。而漢因之，以其不宜於統一之世，東漢以後，乃逐漸遷變，至隋唐而整齊之。然其制與隋唐之世又不適合，唐中葉後又生遷變而宋因之。元以蒙古族入主中國，其治法有與前代不同者。明人顧多沿襲，清又仍明之舊，故此三朝之治，又與唐宋不同。此中國官制之大凡也。

　　古代官制不甚可考，今文家言天子三公、九卿、二十七大夫、八十一元士（〈王制〉、〈昏義〉、《尚書・大傳》、《韓詩外傳》、《春秋繁露》、《白

虎通》、《五經異義》、《今尚書》夏侯、歐陽說皆同。公卿、大夫、元士
凡百二十。《白虎通》云:「下應十二子。」《異義》云:「在天為星辰,在
地為山川。」),二百四十三下士(《春秋繁露・官制象天》篇合公卿、大
夫、元士凡三百六十,法天一歲之數。按:〈洪範〉曰:「王省唯歲,卿士
唯月,師尹唯日。」與此說合)。此僅言有爵者之數耳,未嘗詳其官職也。
三公之職,諸書皆云司馬、司徒、司空。九卿即不詳,或曰:《荀子・王
制・序官》所列舉者,曰宰爵,曰司徒,曰司馬,曰大〔太〕師,曰司空,
曰治田,曰虞師,曰鄉師,曰工師,曰傴巫跛擊,曰治市,曰司寇,曰塚
宰。除塚宰及司徒、司馬、司空外,恰得九官,即九卿也。然此特數適相
合耳,更無他證,似不應武斷。古文家謂天子立三公,曰太師、太傅、太
保,與王同職。又立三少以為之二,曰少師、少傅、少保,是為三孤。塚
宰、司徒、宗伯、司馬、司寇、司空,是為六卿(古《周禮》說見《五經異
義》。《偽古文尚書・周官》篇同)。按:塚宰似不當與餘官並列,司馬、
司徒、司空三官確較他官為要,宗伯、司徒似亦不當與之並列。撰《周
官》者蓋雜取古代制度纂輯之,而未計及其不相合。漢武謂為瀆亂不驗之
書,良有以也。諸書又有言四輔、言五官者,皆取配四方五行而已,與分
職授政實無涉也。

　　侯國之官,《春秋繁露》謂三卿、九大夫、二十七上士、八十一下士,
〈王制〉則云三卿、五大夫(此主大國及次國言之,小國則二卿。〈王制〉
曰:「大國三卿,皆命於天子。下大夫五人,上士二十七人。次國三卿,
二卿命於天子,一卿命於其君,下大夫五人,上士二十七人。小國二卿,
皆命於其君,下大夫五人,上士二十七人。」鄭《注》:「小國亦三卿,
一卿命於天子,二卿命於其君。此文似誤脫耳,或者欲見畿內之國二卿
與。」鄭《注》蓋據上文「小國之上卿,位當大國之下卿,中當其上大夫,
下當其下大夫」言之。《公羊》襄十一年《解詁》曰:「古者諸侯有司徒、
司空、上卿各一,下卿各二;司馬事省,上下卿各一。」《疏》云:「所謂

諸侯之制三卿五大夫矣。」《王制‧疏》引崔氏，謂司徒兼塚宰，司馬兼宗伯，司空兼司寇。司徒下小卿二，日小宰、小司徒。司空下小卿二，日司寇、小司空。司馬下唯小卿一，日小司馬。則又牽合《周官》為說也），未知孰是。要之，其制略與天子之國同也（古官因事而名，司其事者即可稱之，不關體制也。如司徒、司馬為王國之官，然〈檀弓〉云：「孟獻子之喪，司徒旅歸四布。」《左》昭二十五年「叔孫氏之司馬鬷戾」，是大夫家亦有司徒、司馬也。大夫家亦有宰，但不稱塚宰而已）。

分地而治之官，今文家云：「古八家而為鄰，三鄰而為朋，三朋而為里，五里而為邑，十邑而為都，十都而為師，州十有二師焉。」（《尚書‧大傳》）又日：「一里八十戶，八家共一巷。」（《公羊》宣十五年《解詁》）與井田之制相合。古文則鄉以五家為比，比有長；五比為閭，閭有胥；四閭為族，族有師；五族為黨，黨有正；五黨為州，州有長；五州為鄉，鄉有大夫。遂以五家為鄰，鄰有長；五鄰為里，里有宰；四里為酇，酇有長；五酇為鄙，鄙有師；五鄙為縣，縣有正；五縣為遂，遂有大夫（《周官》。比長爵下士，自此遞升一級，至鄉大夫為上大夫。遂則鄰長無爵，里宰為下士，自此遞升一級，遂大夫為中大夫）。與軍制相應，疑古代國中之人充兵，用什伍之制，野外之人為農，依井田編制也（《史記‧商君列傳》：「令民為什伍，而相牧司連坐。」又云：「集小都鄉邑聚為縣。」此兩事蓋相因，縣固甲兵所自出也。《管子‧立政》：「分國以為五鄉，鄉為之師。分鄉以為五州，州為之長。分州以為十里，里為之尉。分里以為十游，游為之宗。十家為什，五家為伍，什伍皆有長焉。」〈乘馬〉：「五家而伍，十家而連，五連而暴，五暴而長，命之日某鄉。」亦皆以五起數。《禮記‧雜記》：「里尹主之。」《注》：「里尹，閭胥里宰之屬。《王度記》日：百戶為里，里一尹，其祿如庶人在官者。」《疏》：「按《別錄‧王度記》云：似齊宣王時淳于髡等所說也。其記云：百戶為里，里一尹。其祿如庶人在官者，則里尹之祿也。按《撰考》云：古者七十二家為里。〈洛誥傳〉云：古

者百家為鄰，三鄰為朋，三朋為里。鄭云：蓋虞夏時制也。其百戶為里，未知何代，或云殷制。」按：《後漢書·百官志》云：「里有里魁，民有什伍，善惡以告。本《注》曰：裡魁掌一里百家。」與《王度記》說合。又按：七十二家為里，即三朋為里也。百戶為里，或即此制，而舉成數言之耳。或疑什伍之制，後世行之，今文家所述之制，何以不可見，不知此由井田廢壞故也）。爵祿內官與外諸侯無異，所異者世襲與不世襲耳。然其後內官亦多世襲，則事實為之，而非法本如此也（〈王制〉：「王者之制祿爵，公、侯、伯、子、男凡五等。諸侯之上大夫卿、下大夫、上士、中士、下士凡五等。天子之田方千里，公侯田方百里，伯七十里，子男五十里。不能五十里者，不合於天子，附於諸侯，曰附庸。天子之三公之田視公侯，天子之卿視伯，天子之大夫視子男，天子之元士視附庸。」又曰：「天子之縣內諸侯，祿也。外諸侯，嗣也。」）。

漢制多沿自秦，秦制則沿自列國時代，故此一期之官制，去古最近。秦制掌丞天子，助理萬機者為丞相（秦有左右，高帝即位，置一丞相。十一年，更名相國。孝惠、高后時，置左右丞相。文帝二年，復為一丞相）。丞相之二為御史大夫。主兵者曰太尉，漢初仍之，哀帝時乃改太尉為司馬，丞相為司徒，御史大夫為司空，其議建自何武，蓋行今文經說也（後漢同，唯改大司馬為太尉）。其太傅前漢唯高後元年、八年置之。後漢每帝初即位，則置太傅錄尚書事，薨即省。此與古文經說無涉。唯哀帝元壽二年置太傅，而平帝始元二年又置太師、太保，其時王莽輔政，係行古文經說耳（《漢書·朱博傳》：「初，漢興，襲秦官，置丞相、御史大夫、太尉。至武帝罷太尉，始置大司馬，以冠將軍之號，非有印綬官屬也。及成帝時，何武為九卿，建言：『古者民樸事約，國之輔佐必得賢聖，然猶則天三光，備三公官，各有分職。今末俗之弊，政事煩多，宰相之材不能及古，而丞相獨兼三公之事，所以久廢而不治也。宜建三公官，定卿大夫之任，分職授政，以考功效。』其後上以問師安昌侯張禹，禹以為然。時

曲陽侯王根為大司馬票〔驃〕騎將軍，而何武為御史大夫。於是上賜曲陽侯根大司馬印綬，置官屬，罷票〔驃〕騎將軍官，以御史大夫何武為大司空，封列侯，皆增奉如丞相，以備三公官焉。議者多以為古今異制，漢自天子之號，下至佐史，皆不同於古，而獨改三公，職事難分明，無益於治亂。是時御史府吏舍百餘區井水皆竭；又其府中列柏樹，常有野烏數千棲宿其上，晨去暮來，號日朝夕烏，烏去不來者數月，長老異之。後二歲餘，朱博為大司空，奏言：『帝王之道，不必相襲，各繇時務。高皇帝以聖德受命，建立鴻業，置御史大夫，位次丞相，典正法度，以職相參，總領百官，上下相監臨，歷載二百年，天下安寧。今更為大司空，與丞相同位，未獲嘉佑。故事，選郡國守相高第為中二千石，選中二千石為御中大夫，任職者為丞相，位次有序，所以尊聖德，重國相也。今中二千石未更御史大夫而為丞相，權輕，非所以重國政也。臣愚以為大司空官可罷，復置御史大夫，遵奉舊制。臣願盡力，以御史大夫為百僚率。』哀帝從之，乃更拜博為御史大夫。會大司馬喜免，以陽安侯丁明為大司馬衛將軍，置官屬，大司馬冠號如故事。後四歲，哀帝遂改丞相為大司徒，復置大司空、大司馬焉。」按：政治各有統系，選舉亦宜有次序，當時議者及朱博之言是也。漢世自改三公之後，權轉移於尚書。而曹操欲攬大權，仍廢三公而置丞相，可見總揆之職，不宜分立案司，而事之克舉與否，初不繫設司之多寡矣）。

　　奉常（秦官。掌宗廟禮儀。景帝中六年，更名太常）、郎中令（秦官。掌宮、殿、掖門戶。武帝更名光祿勳）、衛尉（秦官。掌宮門衛屯兵）、太僕（秦官。掌輿馬）、廷尉（秦官。掌刑辟。景帝哀帝皆嘗改為大理，旋復故）、典客、宗正、治粟內史、少府，皆中央政府分理眾事之官，漢以為九卿，分屬三公（奉常、郎中令、衛尉，太尉所部。太僕、廷尉、大鴻臚，司徒所部。宗正、大司農、少府，司空所部。此亦取應經說而已，無他義）。又有將作少府（秦官。掌治宮室。景帝更名將作大匠）、典屬國

（秦官。掌蠻夷降者。成帝省並大鴻臚）、水衡都尉（武帝置掌上林苑，後漢省）、大子太傅、少傅、詹事（秦官。掌皇后、太子家。成帝省，並屬大長秋）、長信詹事（掌皇太后家。景帝更名長信少府，平帝更名長樂少府）、將行（秦官。景帝中六年，更名大長秋。或用中人，或用士人）等。

武官通稱尉。太尉、衛尉外，有中尉（秦官。掌徼循京師。武帝更名執金吾）、護軍都尉（秦官。武帝元狩四年，屬大司馬。成帝綏和元年，居大司馬府，比司直。哀帝元壽元年，更名司寇。平帝元始元年，更名護軍。按：高帝以陳平為護軍中尉，即此官，主護諸將，故人讒平受諸將金，多者得善處，少者得惡處也。魏晉以後為護軍將軍，主武官選）、司隸校尉（武帝征和四年初置。持節，從中都官徒千二百人，捕巫蠱，督大奸猾。後罷其兵，察三輔、三河、弘農。哀帝屬大司空，比司直。後漢時領州一，郡七，比刺史）、城門校尉（掌京師城門屯兵）。又有中壘（掌北軍壘門內外，掌西域。後漢但置中侯，以監五營。《續書·百官志》：「大將軍營五部，部校尉一人。部下有曲，曲有軍侯一人。」）、屯騎（掌騎士）、步兵（掌上林苑門屯兵）、越騎（掌越騎）、長水（掌長水、宣曲胡騎）、胡騎（掌池陽胡騎。不常置，後漢並長水）、射聲（掌待詔射聲士）、虎賁（掌輕車。後漢並射聲）八校尉，各統特設之兵（參看〈兵制〉篇）。其西域都護，則為加官。宣帝地節二年初置，以騎都尉諫大夫使護西域三十六國。有副校尉（後漢通西域時亦置之），又有戊、己校尉，元帝初元二年置，亦治西域（後漢但置己校尉）。又有使匈奴中郎將（主護南單于）、度遼將軍（明帝初置，以衛南單于眾新降有二心者。其後數有不安，遂為常守）、護烏桓校尉（護烏桓）、護羌校尉（護西羌），皆主護各夷之降者也。

內史，秦官，掌治京師。後分置左右。武帝更右內史曰京兆尹，左內史曰左馮翊。又改都尉（主爵中尉，秦官，掌列侯。景帝中六年，更名都尉）為右扶風，治內史右地（列侯更屬大鴻臚），是為三輔。後漢更以河南

為尹。以三輔陵廟所在，不改其號，但減其秩而已。

外官分郡縣兩級。縣（列侯所食縣曰國。皇太后、皇后、公主所食曰邑。蠻夷曰道）萬戶以上曰令（秩千石至六百石），減萬戶曰長（秩五百石至三百石），皆有丞、尉（秩四百石至二百石，是為長吏。百石以下，有斗食、佐史之秩，是為少吏。師古曰：「《漢官名·秩簿》云：斗食月俸十一斛，佐史月俸八斛也。一說斗食者歲俸不滿百石，計日而食一斗二升，故云斗食也。」《續漢書·百官志》：「邊縣有障塞尉。」）。郡守漢景帝更名太守（秩二千石），有丞。邊郡又有長史，掌兵馬（秩皆六百石）。郡尉景帝更名都尉，掌佐守，典武職甲卒（秩比二千石）。亦有丞（秩六百石）。又有關都尉（後漢省）、農都尉（邊郡主屯田植谷）、屬國都尉（《漢書·武帝紀》元狩二年《注》：「凡言屬國者，存其國號，而屬漢縣，故曰屬國。」）。郡有鹽官、鐵官、工官、都水官者，隨事廣狹，置令長及丞。

監御史，秦官，掌監郡。漢省。丞相遣史分刺州，不常置。武帝元封五年，初置部刺史，掌奉詔條察州（《後漢書·百官志》云：「蔡質《漢儀》曰：詔書舊典，刺史班宣，周行郡國，省察治狀，黜陟能否，斷理冤獄，以六條問事，非條所問，即不省。一條：強宗豪右，田宅逾制，以強陵〔凌〕弱，以眾暴寡。二條：二千石不奉詔書，遵承典制，倍〔背〕公向私，旁詔守利，侵漁百姓，聚斂為奸。三條：二千石不恤疑獄，風厲殺人，怒則任刑，喜則任賞，煩擾苛暴，剝戮黎元，為百姓所疾。山崩石裂，妖祥訛言。四條：二千石選署不平，苟阿所愛，蔽賢寵頑。五條：二千石子弟，怙恃榮勢，請託所監。六條：二千石違公下比，阿附豪強，通行貨賂，割損正令。」）。員十三人。成帝綏和元年，更名牧。哀帝建平二年，復為刺史。元壽二年，復為牧。後漢光武建武十八年，復為刺史。十二人，各主一州。其一州屬司隸校尉。按：漢刺史監糾非法，不過六條（《日知錄》六條之外不察：「漢時部刺史之職，不過以六條察郡國而已，不當與守令事。故朱博為冀州刺史，敕告吏民欲言縣丞尉者，刺史不

察黃綬,各自詣郡。鮑宣為豫州牧,以聽訟所察過詔條被劾。而薛宣上疏言:吏多苛政,政教煩碎,大率咎在部刺史,或不循守條職,舉錯各以其意,多與郡縣事。翟方進傳言:『遷朔方刺史,居官不煩苛,所察應條輒舉。』自刺史之職下侵,而守令始不可為。天下之事,猶治絲而棼之矣。」)。「傳車周流,匪有定鎮」(劉昭語。《後漢書·百官志》:「諸州常以八月巡行所部郡國,錄囚徒,考殿最。初歲盡詣京都奏事,中興但因計吏。」《三國志》:司馬宣王報夏侯太初書曰:「秦時無刺史,但有郡守長吏。漢家雖有刺史,奉六條而已,故刺史稱傳車,其吏言從事,居無常治,吏不成臣,其後轉更為官司耳。」),實非理人之官也。成帝時,丞相翟方進、大司空何武乃奏:「古選諸侯賢者以為州伯,《書》曰咨十有二牧,所以廣聰明,燭幽隱也。今部刺史居牧伯之位,任重職大,春秋之義,用貴治賤,不以卑臨尊,刺史位下大夫,而臨二千石,輕重不相準,失位次之序。臣請罷刺史,更置州牧,以應古制。」此成帝所由改制。及哀帝時,朱博奏言:「部刺史奉使典州,督察郡國,吏民安寧。故事居部九歲,舉為守相。其有異材,功效著者,輒登擢。秩卑而賞厚,咸勸功樂進。前丞相方進奏罷刺史,更置州牧,秩真二千石,位次九卿。九卿缺,以高第補。其中材則苟自守而已,恐功效陵夷,奸軌不禁。請罷州牧,置刺史如故。」此哀帝所由復舊。元壽二年之改制,蓋王莽所為。莽事多泥古,不足論。《後漢書·劉焉傳》:「靈帝政化衰缺,四方兵寇。焉以為刺史威輕,既不能禁,且用非其人,輒增暴亂。乃建議改置牧伯,鎮安方夏,清選重臣,以居其任。」(《三國志·二牧傳》亦載此事,而不如《後漢書》之詳)於是「改刺史,新置牧」(〈靈帝紀〉中平五)。史以為「州任之重,自此而始」焉(《魏志》言:「漢季以來,刺史總統諸郡賦政於外,非復曩時司察之任而已。」)。按:刺史之職,秩卑而權重。秩卑則其人激昂,權重則能行其志,「得有察舉之勤,未生陵〔凌〕犯之釁」(《後漢書·百官志》劉昭注語)。〈王制〉:「天子使其大夫為三監,監於方伯之國,國

三人。」金華應氏曰：「方伯權重則易專，大夫位卑則不敢肆，此大小相維，內外相統之微意也。」（《日知錄‧部刺史》）古者諸侯各統其國，置牧伯以監之，以為權歸於上矣。後世天下一家，以事權委郡守，設刺史以督察之，斯其宜也，焉用假牧伯以重權以致尾大不掉乎？何武之言，實為不達世變者矣（漢世郡守皆有兵權，小盜自可逐捕，大盜則當命將專征，事已即罷，亦不必立方伯而重其權也。劉焉既創斯議，遂牧益州，終至竊據，故劉昭譏其「非有憂國之心，專懷狼據之策」。《申鑒‧時事》：「或問曰：州牧刺史、監察御史之制孰優？曰時制而已。古諸侯建家國世，權柄存焉。於是置諸侯之賢者為牧，總其紀綱而已，不統其政，不御其民。今郡縣無常，權輕不同，而州牧秉其權重，勢異於古，非所以強幹弱枝也，而無益治民之實，監察御史斯可也。若權時之宜，則異論也。」顧亭林謂「自古迄今，小官多者其世盛，大官多者其世衰」。其言殊有至理。《三國志‧夏侯玄傳》：「以為司牧之主，欲一而專。」、「始自秦世，不師聖道，私以御職，奸以待下。懼宰官之不修，立監牧以董之，畏督監之容曲，致司察以糾之。宰牧相累，監察相司，人懷異心，上下殊務。漢承其緒，莫能匡改。」、「今之長吏，皆君吏民，橫重以郡守，累以刺史。若郡所攝，唯在大較，則與州同，無為再重。宜省郡守，但任刺史。」、「縣皆徑達，事不擁隔。」按：兩漢之制，自後世觀之，已覺其簡易直截。而太初更欲省郡存州，刺史非治民之官，則成一級制矣。此自非後世所能行，然漢刺史之職，則當時之良法也）。

　　漢初，封建體制崇隆，諸侯王皆得自治其國，有太傅以輔，二內史以治國民，中尉掌武職，丞相統眾官。群卿大夫都官如漢朝，國家唯為置丞相。其御史大夫以下，皆自置之。景帝中五年，乃令諸侯王不得復治國，天子為置吏，改丞相曰相，諸官或省或減，其員皆朝廷為署，不得自置。成帝綏和元年省內史，令相治民，如郡太守，中尉如都尉，自此郡之與國，徒異其名而已（列侯所食縣為侯國，功大者食縣，小者食鄉亭，得臣

其所食吏民。武帝令諸侯王得推恩分眾子土，國家為封，亦為列侯。每國置相一人，至治民如令長不臣也，但納租於侯，以戶數為限。關內侯無土，寄食所在縣，民租多少，各有戶）。

秦漢去古未遠，故古代設治繁密之意，猶有存者。《漢書·百官公卿表》曰：「大率十里一亭，亭有長。十亭一鄉，鄉有三老、有秩、嗇夫、游徼。三老掌教化。嗇夫職聽訟，收賦稅。游徼徼循禁賊盜。縣大率方百里，其民稠則減，稀則曠，鄉、亭亦如之，皆秦制也。」（《後漢書·百官志》：「又有鄉佐，屬鄉，主民收賦稅。」《注》引《漢官儀》曰：「五里一郵，郵間相去二里半。」）《後漢書·百官志》曰：「里有里魁，民有什伍，善惡以告。本《注》曰：里魁掌一里百家。什主十家，伍主五家，以相檢察。民有善事惡事，以告監官。」此等制度，後世亦非無之，然特虛有其名，漢世則不然。高帝二年二月，「舉民年五十以上，有修行，能帥眾為善，置以為三老，鄉一人。擇鄉三老一人為縣三老，與縣令、丞、尉以事相教。」高帝為義帝發喪，以洛陽三老董公之說（皆見《漢書·高帝紀》）。武帝明戾太子之冤，亦以壺關三老茂上書（《漢書·武五子傳》）。爰延為外黃鄉嗇夫，仁化大行，民但聞嗇夫，不知郡縣（《後漢書·爰延傳》）。朱邑自舒桐鄉嗇夫官至大司農，病且死，屬其子曰：「必葬我桐鄉。後世子孫奉嘗我，不如桐鄉民。」其子葬之桐鄉西郭外，民共為起塚立祠，歲時祠祭（《漢書·循吏傳·朱邑傳》）。蓋其上之重之，而民之尊之如此，此其所以能有所為也。後世一縣百里之地曠焉，無一鄉亭之職，其職當古鄉官者，非窮困無聊，聽役於官，則欲借官之權勢，以魚肉其鄰里者耳。令長孤立於上，政令恩意皆不下逮，是古百里之國有公侯而無卿大夫士也，何以為治乎？

漢世宰相權重而體制亦崇（丞相進，天子御坐為起，在輿為下。丞相有病，皇帝法駕親至問疾。丞相府門無蘭〔欄〕，不設鈴，不警鼓，言其深大闊遠，無節限）。自東漢以後，其權乃移於尚書。魏晉以後，又移於

中書。唐宋以後，又移於其門下。尚書本秦官，漢武帝游宴後庭，始用宦官，改名中書謁者令（《後漢書・百官志》。《漢書・司馬遷傳》：「遷既被刑之後，為中書令，尊寵任職。」即此官也。不言謁者，文省耳），為置僕射（《漢書・成帝紀》四年《注》引臣瓚說）。宣帝時弘恭、石顯為之。元帝時，蕭望之白，欲更置士人，卒為恭、顯譖殺，其權力可謂大矣，然特宦寺之弄權者耳。成帝建始四年，罷中書宦官，置尚書員五人，分主內外官、庶人上書、外國刑獄之事（師古曰：「《漢舊儀》云：尚書四人為四曹：常侍尚書，主丞相御史事。二千石尚書，主刺史二千石事。戶曹尚書，主庶人上書事。主客尚書，主外國事。成帝置五人，有三公曹，主斷獄事。」）。其後增置日多，分曹亦日廣，而三公之權遂潛移於其手焉。中書者，魏武帝為魏王，置祕書令，典尚書奏事。文帝改為中書，置監、令，以孫資、劉放為之。明帝大漸，本欲用燕王宇等輔政，而資、放乘帝昏危，引用曹爽，參以司馬懿，卒以亡魏（見《魏志・明帝紀・注》引《漢晉春秋》），其權任可想（晉荀勖自中書監遷尚書令，或賀之。勖怒曰：「奪我鳳皇池，諸公何賀焉？」可見是時中書較尚書為親）。侍中在漢為加官，初以名儒為之，其後貴戚子弟或濫其職。宋文帝與大臣不相中，信荊州王府舊僚，皆置之侍中。自此侍中又較中書為親。至隋唐乃即以此三省長官為相職焉（尚書省以令為長官，僕射副之，領錄皆重臣秉樞要者為之，不常置也。尚書及諸曹郎皆統於令、僕。尚書有兼曹，有不兼曹，尚書曹郎不相統也。隋始以令、僕總吏部、禮部、兵部、都官、度支、工部，六尚書分統列曹侍郎。煬帝增置左右丞，六曹各一侍郎，其餘諸曹但曰郎，是為後世以六部分統諸司之本。分曹之數，歷代不一。漢初設四曹，蓋因秦之舊，秦尚書四人也。其後事務益繁，則分置益多。魏、晉以後，大抵分二三十曹，皆不相統。煬帝之以六尚書分統諸曹侍郎，蓋取法於《周官》，實近沿盧辯之制也。唐太宗嘗為尚書令，其後臣下避不敢當，故唐尚書省以僕射為長官。魏文帝改祕書為中書，置監、

令及通事郎。晉改通事郎為中書侍郎，江左命舍人通事謂之通事舍人。元魏亦置監、令、侍郎、舍人，別為省，領於中書。隋改中書省曰內史省，廢監，置令二舍人，不別為省。唐仍曰中書。門下省，漢有侍中、給事黃門侍郎、散騎常侍、給事中、通直散騎常侍、員外散騎常侍、散騎侍郎、通直散騎侍郎、員外散騎侍郎等。宋、齊以後，別為集書省，魏、齊同。又有諫議大夫。隋廢集書諸官，皆隸門下。唐置散騎常侍、諫議大夫、補闕、拾遺，皆分左右，右隸中書，左隸門下）。三省之職，中書主取旨，門下司封駁，尚書承而行之，然其後仍合議於政事堂。即三省長官亦不輕以授人，多以他官居之，而假以他名焉（《新唐書·百官志》曰：「其品位既崇，不欲輕以授人，故常以他官居宰相職，而假以他名。自太宗時，杜淹以吏部尚書參議朝政，魏徵以祕書監參預〔與〕朝政，其後或曰參議得失、參知政事之類，其名非一，皆宰相職也。貞觀八年，僕射李靖以疾辭位，詔疾小瘳，三兩日一至中書門下平章事，而平章事之名蓋起於此。其後，李績以太子詹事同中書門下三品，謂同侍中中書令也，而同三品之名蓋起於此。然二名不專用，而他官居職者猶假他名如故。故自高宗以後，為宰相者必加同中書門下三品，雖品高者亦然；唯三公、三師、中書令則否。其後改易官名，而張文瓘以東臺侍郎同東西臺三品。同三品入銜，自文瓘始。永淳元年，以黃門侍郎郭待舉、兵部侍郎岑長倩等同中書門下平章事。平章事入銜，自待舉等始。自是以後，終唐之世不能改。」又曰：「初，三省長官議事於門下省之政事堂，其後，裴炎自侍中遷中書令，乃徙政事堂於中書省。開元中，張說為相，又改政事堂號中書門下，列五房於其後：一曰吏房，二曰樞機房，三曰兵房，四曰戶房，五曰刑禮房，分曹以主眾務焉。」）。

　　漢世宰相，於事無所不統。其佐之為治者，當屬曹掾。丞相曹掾不可考。三公曹掾分職甚詳，疑本因丞相之舊也（西曹主府史署用。東曹主二千石長吏遷除及軍吏。戶曹主民戶、祠祀、農桑。奏曹主奏議事。辭曹

主辭訟事。法曹主郵驛科程事。尉曹主卒徒轉運事。賊曹主盜賊事。決曹主罪法事。兵曹主兵事。金曹主貨幣、鹽、鐵事。倉曹主倉穀事。黃閣主簿錄省眾事）。自尚書列曹分綜庶務，而宰相遂無實權。東漢以後，攬重權者必錄尚書事。丞相則自魏以後不復置，其有之，則人臣篡奪之階也。三公亦無實權，然開府分曹，舊規猶在。至隋唐而公、孤等官，乃無復官屬，徒以處位望隆重之人而已（魏初置太傅，末年又置太保。晉初以景帝諱，置太宰以代太師，而太尉、司徒、司空亦並存，大司馬、大將軍又各自為官，於是八公並置，然非相職也。諸將軍、左右光祿、光祿大夫，開府者位亦從公，皆置官屬。江左相承，以太尉、司徒、司空為三公，唯梁太尉不為公。魏齊以太師、太傅、太保為三師，大司馬、大將軍為二大，太尉、司徒、司空為三公，亦皆有僚屬。隋無二大，三師不與事，不置府僚，三公參國大事，有僚屬，而位多曠。唐三師、三公皆無官屬）。

　　秦御史大夫本有兩丞。一為中丞，外督部刺史，內領侍御史，受公卿奏事，舉劾案章。漢因之。成帝更御史大夫為大司空，而中丞官職如故。哀帝建平二年，復為御史大夫。元壽二年，又為大司空，而中丞出外御史為臺主。東漢、魏、晉皆沿其制。侍御史，兩漢所掌凡有五曹。魏置八人。晉置九人，分掌十三曹。漢宣帝幸宣室，齋居而決事，使兩侍御史侍側。後因別置，謂之治書侍御史。魏又置治書執法，掌奏劾，而治書侍御史掌律令。晉唯置治書侍御史四人，後為二人。殿中侍御史者，魏蘭臺遣二御史居殿中，伺察非法，即其始也。晉置四人，江左二人，後復為四人。魏、齊御史臺有中丞二（隋有大夫一），治書侍御史二，侍御史八，殿中侍御史十二（煬帝省四），檢校御史十（隋曰監察御史，煬帝增為十六）。唐有大夫一人，中丞三人為之二，所屬分三院：曰臺院，侍御史隸焉；曰殿院，殿中侍御史隸焉；曰察院，監察御史隸焉。

　　後漢將軍比公者四，第一大將軍，次驃騎將軍，次車騎將軍，次衛將軍。大將軍之職，大抵外戚居之。晉時諸號將軍開府者，位皆從公。梁置

二十五號將軍，凡十品二十四班，敘於百官之外。晉、宋以領軍、護軍、左右衛、驍騎、游擊將軍為六軍，又有左右前後四將軍，屯騎、步兵、越騎、長水、射聲五校尉，虎賁、冗從、羽林三將，積射、強弩二軍，殿中將軍，武騎之職，皆以分司丹禁，侍衛左右。梁天監六年，置左右驍騎、左右游擊將軍。改舊驍騎曰雲騎，游擊曰遊騎。又置朱衣直合將軍，以經方牧者為之。隋煬帝置十二衛（左右翊衛、左右驍衛、左右武衛、左右屯衛、左右御衛、左右候衛）。唐為十六衛（左右衛、左右驍衛、左右武衛、左右威衛、左右領軍衛、左右金吾衛、左右監門衛、左右千牛衛）。

　　眾務既統於尚書，則九卿一類之官，理宜並省，乃覺統系分明。然歷代皆不然。晉世將作大匠、太后三卿（衛尉、少府、太僕，以太后所居宮名為號，在同名卿上）、大長秋（皇后卿），與漢時九卿，並為列卿。梁以太常、宗正、大司農為春卿，大府（梁所置，掌金帛、關市。隋、唐掌左右藏、京市）、少府、太僕為夏卿，衛尉、廷尉、大匠為秋卿，光祿、鴻臚、大舟（漢有水衡都尉，又有都水長丞，屬太常。東漢省都尉，置河堤謁者，魏因之。晉武省水衡，置都水使者一人，以河堤謁者為其官屬。江左省河堤謁者，置謁者二人。梁改都水使者為大舟卿）為冬卿。北朝以大常、光祿、衛尉、宗正、太僕、大理、鴻臚、司農、少府為九寺，各有卿、少卿、丞。隋、唐因之。煬帝又以祕書（魏文既置中書令，改祕書為監，晉武嘗並中書，惠帝復置。元魏曰省。唐仍曰監）、殿內（煬帝分太僕門下二司所立），與尚書、門下，內史合稱五省謁者（魏置僕射，掌大拜，授百官班次統謁者十人），司隸與御史並稱三臺（唐無謁者司隸，而有司天臺），國子（國子學，晉所立。北齊曰寺，隋仍為學，煬帝改曰監）、少府、將作、都水（魏、齊有都水，稱臺。隋廢，入司農，煬帝改為監）、長秋（魏、齊有長秋寺、中侍中省，並用宦者。隋省長秋寺，改中侍中省為內侍省。煬帝改為長秋監，參用士人。唐仍為內侍省）合稱五監（唐以國子、少府、將作、都水、軍器為五監）。

　　自後漢改刺史為州牧，而外官遂成三級制。晉武既定天下，罷州牧，省刺史兵，令專監察之事，如兩漢（按：論者多以晉武罷州郡兵為致亂之源，此誤也。晉之致亂，別有其由。其省州牧，罷刺史兵，則正所以去靈帝以來尾大不掉之弊，而復兩漢之良規也。劉昭述其詔曰：「上古及中代，或置州牧，或置刺史，置監御史，皆總綱紀，而不賦政，治民之事，任之諸侯郡守。昔漢末四海分崩，因以吳、蜀自擅，自是刺史內親民事，外領兵馬，此一時之宜爾。今賴宗廟之靈，士大夫之力，江表平定，天下合之為一，當韜戢干戈，與天下休息。諸州無事罷其兵，刺史分職，皆如漢氏故事，出頒詔條，入奏事京城。二千石專治民之重，監司清峻於上，此經久之體也。其便省州牧。」劉昭以為「雖有其言，不卒其事」。其後強藩自擅，有逾漢末，曷嘗有已亂之效乎？昭論見《後漢書・百官志・注》）。其後九州島雲擾，南北分離，而所謂使持節都督者盛焉（《晉書・職官志》曰：「前漢遣使始有持節。光武建武初，征伐四方，始權時置督軍御史，事竟罷。建安中，魏武為相，始遣大將軍督之。魏文帝黃初三年，始置都督諸州軍事，或領刺史。又上軍大將軍曹真都督中外諸軍事、假黃鉞，則總統內外諸軍矣。魏明帝太和四年秋，宣帝征蜀，加號大都督。高貴鄉公正元二年，文帝都督中外諸軍，尋加大都督。及晉受禪，都督諸軍為上，監諸軍次之，督諸軍為下；使持節為上，持節次之，假節為下。使持節得殺二千石以下；持節殺無官位人，若軍事，得與使持節同；假節唯軍事得殺犯軍令者。江左以來，都督中外尤重，唯王導等權重者乃居之。」）。是時境土日蹙，而好多置州郡，遂有所謂僑郡者，並有所謂雙頭郡者，譏之者所謂「十室之邑，亦立州名，三家之村，虛張郡號」者也。於是州之疆域與郡無異（漢十三州，梁但有南方之地，乃百有七州）。至隋文帝罷郡以州統縣（開皇三年。《通典》謂其「職同郡守」），煬帝改州為郡，復為兩級制焉。

　　監察之職，唐中宗神龍二年始分天下為十道，道置巡察使二人。睿

宗景雲二年，改為按察使，道一人。玄宗開元二十二年，改為採訪處置使，理於所部之大郡（天寶九載詔但采舉大綱，郡務並委郡守）。肅宗至德後，改為觀察使。分天下為四十餘道，道大者十餘州，小者二三州，此古刺史之任也。魏、晉以來之都督，後周改曰總管。隋文於并、益、荊、揚四州置大總管。其餘總管府置於諸州，分上、中、下三等，加使持節。煬帝悉罷之。唐諸州復有總管，亦加號使持節。刺史加號持節後，改大總管府曰大都督府，總管府曰都督府，分上、中、下三等。後亦停罷。然又有所謂節度使者（參看〈兵制〉篇），其初僅置於邊方，安史亂後，乃遍於內地。節度本僅主兵，然觀察多由節度兼領，遂成一道長官，復變為三級制云（《新唐書》：李景伯為太子右庶子，與太子舍人盧僎議：「今天下諸州，分隸都督，專生殺刑賞。使任非其人，則權重釁生，非強幹弱枝、經邦軌物之誼。願罷都督，留御史，以時按察，秩卑任重，以制奸宄便。由是停都督。」《舊唐書・烏重胤傳》：「元和十三年，為橫海節度使。上言曰：臣以河朔能拒朝命者，其大略可見。蓋刺史失其職，反使鎮將領兵事。若刺史各得職分，又有鎮兵，則節將雖有祿山、思明之奸，豈能據一州為叛哉？所以河朔六十年能拒朝命者，只以奪刺史、縣令之職，自作威福故也。臣所管德、棣、景三州，已舉公牒，各遇刺史職事訖，應在州兵，並令刺史收管。從之。由是法制修立，各歸名分。」嗣後雖幽、鎮、魏三州以河北舊風，自相更襲，在滄州一道，獨稟命受代，自重胤制置使然也）。

　　唐初官制，至中葉以後又有變遷，而宋代因之（南朝官制，沿自魏、晉。魏、晉變自東京，後魏道武皇始元年，始仿中國置官。其後數有改革。孝文太和中，王肅來奔，為定官制，百司位號，皆準南朝。周、齊沿焉。周太祖命盧辯依《周官》改定官制，見《北史・辯本傳》。隋受周禪，仍去之，從前朝之制。唐又因隋。故自東京至唐，官制實相一貫。制度久則與事實不切，故至唐中葉以後，而變遷復起焉）。宋置中書於禁中，號

為政事堂（尚書、門下並列於）。宰相曰同平章事，無常員（有二人，則分日知印）。次相曰參知政事。蓋沿唐三省長官不以授人，而名雖分立，實仍合議於政事堂之舊也。其財權皆在三司（鹽鐵、度支、戶部各有使、副判官。又置三司使、副判官以總之。三司號曰計省，三司使亦稱計相），兵權皆在樞密（或置使副，或置知院、同知院，資淺者以直學士簽書院事），則以唐中葉後戶部不能盡筦天下之財，財利分在度支、鹽鐵，而樞密自五代以來為主兵之官故也。環衛只為武散官，全國之兵悉隸三衙（殿前司及侍衛馬步軍司，皆有正、副都指揮使及正、副都虞侯）。此為宋代特創之制，所以集兵權於中央也。

　　宋代之官，治事悉以差遣，其事亦始於唐。《宋史·職官志》曰：「唐天授中，始有試官之格，又有員外之置，尋為檢校、試、攝、判、知之名。其初立法之意，未嘗不善。蓋欲以名器事功甄別能否，又使不肖者絕年勞序遷之覬覦。而世戚勛舊之家，寵之以祿，而不責以猷為。其居位任事者，不限資格，使得自竭其所長，以為治效。且黜陟進退之際，權歸於上，而有司若不得預。殊不知名實混淆，品秩貿亂之弊，亦起於是矣。」又謂：宋「臺、省、寺、監，官無定員，無專職，悉皆出入分蒞庶務。故三省、六曹、二十四司，類以他官主判，雖有正官，非別敕不治本司事，事之所寄，十無二三。其官人受授之別，則有官、有職、有差遣。官以寓祿秩，敘位著，職以待文學之選，而別為差遣以治內外之事。其次又有階、有勛、有爵。故仕人以登臺閣、升禁從為顯宦，而不以官之遲速為榮滯；以差遣要劇為貴途，而不以階、勛、爵邑有無為輕重。」蓋在唐世，因官制與事實不合而變遷隨之以生，宋則承唐遷流所屆，而未嘗加以釐訂也。

　　宋代釐定官制，始於神宗時。熙寧末，命館閣校《唐六典》。元豐三年，以摹本賜群臣，乃置局中書，命翰林學士張璪等詳定。八月，下詔肇新官制。其所改多以《唐六典》為本，蓋欲舉唐中葉以後之變遷，還諸唐

初之舊制也。然唐舊制實不能盡合事勢，故元豐定制後，又時有變遷焉。元豐之制，以中書、門下、尚書三省為相職，侍中、中書令、尚書令以官高不除。又以尚書令之貳左、右僕射為宰相，左兼門下侍郎，以行侍中，右兼中書侍郎，以行中書令之職，左右丞貳之。政和改左、右僕射為太宰、少宰，仍兼兩省侍郎。靖康復舊。建炎三年，呂頤浩請左、右僕射並加同中書門下平章事，門下、中書兩侍郎並改參知政事，而廢尚書左、右丞，於是三省之政合乎一。乾道八年，改左、右僕射為左、右丞相，復置左、右丞，則刪去三省長官虛稱，與宋初之制無異矣。

宋初，兵事歸樞密院。元豐還其職於兵部，然仍留樞密為本兵之職，略如今之參謀部也。宋初，兵財兩權皆非宰相所有，南渡後，宰相始有兼樞密使者（始於紹興七年張浚）。特用兵時然，兵罷則免。開禧時，韓侂胄為之，遂成永制。平章軍國重事，或稱同平章軍國事。元祐初，文彥博、呂公著為之，五日或兩日一朝，非朝日不赴都堂。後蔡京、王黼以太師總二省事（宋太師、太傅、太保為三師，太尉、司徒、司空為三公，為宰相、親王使相加官，不與政事。政和二年，以太師、太傅、太保為三公，為真相；少師、少傅、少保為三孤，為次相，而罷太尉、司徒、司空），三日一赴都堂。開禧元年，韓侂胄以平章軍國事為名，省「重」字，則所預者廣，去「同」字，則所任者專也。邊事起，乃命一日一朝，省印亦歸其第，宰相不復知印矣。

宋初，六部之職，除戶部在三司，兵部在樞密外，其吏部則在審官院，禮部在禮儀院，刑部在審刑院，工部在文思院，將作少監、軍器監等，元豐悉還其職於本部，唯文思院、將作少監、軍器監未廢。文思院隸屬工部。南渡後，將作少監、軍器亦隸焉。

宋初有宣徽南北院，總領內諸司及三班內侍之籍，猶各國之有宮內省也。元豐以其職分隸省寺（宋九卿與隋、唐同，初以他官主判，元豐時各還其職。大宗正司置於景祐三年，元豐仍之。國子、少府、將作、軍器、

都水五監，亦各正其職。罷司天監，立太史局，隸祕書省）。

學士之職，起於唐，而實原於古之祕書。祕書者，藏圖籍之所，簡文學之士掌之，亦或以備顧問，司撰述。唐初，有弘文館，隸門下集賢殿書院，屬中書，皆有學士，亦以典圖籍、侍講讀、司撰述而已。文書詔令，皆中書舍人掌之。翰院者，侍詔之所也。藝能技術之流雜居焉。太宗時，召名儒學士草制，未有名號。乾封後，召文士草諸文辭，常於北門候進止，時人謂之北門學士，非官稱也。玄宗置翰林待詔，以張說等為之，掌四方表疏批答，應和文章，既而以中書務劇，文書壅滯，選文學之士，號為供奉，與集賢學士分掌制誥詔敕。開元二十六年，改翰林供奉為學士，別置學士院（無所屬。此時已與翰林分離，然猶冒其名），專掌內命（即內制也，對中書制言之）。其後選用益重，禮遇益隆，至號為內相焉。順宗聽王叔文欲除宦官，叔文迄居翰林中謀議，亦可見其權任矣（唐翰林學士無定員，自諸曹尚書下至校書郎，皆得與選，班次各以其官）。宋改弘文館為昭文館，與史館、集賢院並稱三館，皆寓崇文院。端拱元年，又就崇文院中堂建祕閣，藏三館真本書籍及內出古畫、墨跡，於是儒館有四，例以上相為昭文館大學士，監修國史，次為集賢殿大學士，若置三相，則昭文、集賢兩學士與監修國史各除（祕閣以兩制以上官判）。三館為儲才之地，直館、直院謂之館職，以他官兼謂之貼職。其殿學士，則資望極峻。觀文殿大學士以曾任宰相者為之。觀文殿學士及資政殿大學士以曾任執政者為之。端明殿學士以待學士之久次者。南渡後，拜簽樞者多領焉。又有龍圖（太宗）、天章（真宗）、寶文（仁宗）、顯謨（神宗）、徽猷（哲宗）、敷文（徽宗）、煥章（高宗）、華文（孝宗）、寶謨（光宗）、寶章（寧宗）、顯文（理宗）諸閣，以藏歷代御書御集，皆有學士、直學士、待制所謂職也。此所以屬文學、行義之士，高以備顧問，次以與論議、典校讎。得之為榮，選擇尤精。元豐廢崇文院為祕書監，建祕閣於中，三館之直館、直院皆罷，獨以直祕閣為貼職。庶官之兼職名者皆罷，滿歲補外，然後加恩

兼職焉。翰林學士掌制誥詔令撰述之事（學士久次者稱承旨。他官入院未除學士者，謂之直院。學士俱闕，他官暫行院中文書者，謂之權直）。元豐官制，學士院承唐舊典不改。侍讀學士、侍講學士唐隸集賢殿，宋亦冒以翰林之名（秩卑資淺者，為崇政殿說書），元豐去之，專為經筵官焉（南渡後，言路多兼經筵）。

　　三衙之制，元豐無所更改，以宋兵制與前代異故也。渡江草創三衙之制未備，其後稍稍招集三帥資淺者，則稱主管某司公事（又嘗置御營司，以王淵為統制）。舊制，出師征討，諸將不相統一，則拔一人為都統制以總之。紹興十一年，三大將之罷，其兵仍屯駐諸州，冠以「御前」字，擢其偏裨為御前統領官，以統制御前軍馬入衛，秩高者則稱御前諸軍都統制，以屯駐州名冠軍額之上云。

　　宋代使名最多，因兵事而設者，有制置、經略安撫、宣撫、鎮撫、招討、招撫等名。南渡後岳飛、韓世忠、張浚並為宣撫使，卒為秦檜所罷。唯四川地遠不便遙制，仍設制置使以總之。因財政而設者，有發運使，掌漕淮、浙、江、湖六路之粟，兼制茶鹽、泉寶。各路皆設轉運使，以經畫一路之財賦。南宋有軍旅之事，或別置隨軍轉運使。其諸路事體當合一者，則別置都轉運使以總之。此外常平、茶鹽、茶馬、坑冶、市舶各設提舉。又有總領財賦，起於張浚之守川、陝，以趙開為之（稱總領四川財賦）。其後大軍在江上，版曹或太府、司農卿為調錢糧，皆以總領為名。三大將之兵既罷，設淮東西、湖廣三總領，以朝臣為之，仍帶專一報發御前軍馬文字。蓋又使與聞軍政矣。提點刑獄起太宗淳化二年，命諸路轉運使各命常參官一人，專知糾察州軍刑獄。真宗景德四年，始獨立為一司焉。

　　宋承唐五代藩鎮之弊，務集權於中央。藝祖召諸鎮節度會於京師，賜第以留之，分命朝臣出守列郡，號權知軍州事，軍謂兵，州謂民也。葉適謂藝祖「始置通判，以監統刺史而分其柄（按：宋通判大郡置二員，餘置

一員，州不及萬戶者不置，如武臣知州，則雖小郡亦特置焉。建隆四年，詔知府公事並須長吏，通判簽議連書。方許行下）。令文臣權知州事，使名若不正，任若不久者，以輕其權。監當知権稅，都監總兵戎，而太守塊然，徒管空城，受詞訴而已。諸鎮皆束手請命，歸老宿衛。昔日節度之害盡去，而四方萬里之遠，奉尊京城。文符朝下，期會夕報，伸縮緩急，皆在朝廷矣」。是宋初本有刺史，而別設知州以代其權，後則罷刺史而專用知州，以權設之名為經常之任矣。縣令亦選京朝官知（大縣四千戶以上，選京官知。小縣三千戶以下，選朝官知）。蓋由五代注官甚輕縣令（《宋朝事實》云：「凡曹掾、簿尉，有齷齪無能，以至昏老，不任驅策者，始注為縣令。故天下之邑，率皆不治，甚者誅求刻剝，穢跡萬狀。」按：《北史‧元文遙傳》：「北齊宇文多用廝濫，至於士流恥於百里。」則輕視守令之選，殆亂世之常矣），故以此矯其弊也，可謂知所本矣。

　　真宗咸平三年，濮州盜夜入城，掠知州王守信、監軍王昭度。知黃州王禹偁上言，謂「太祖、太宗削平僭偽，當時議者，乃令江、淮諸郡毀城隍，收兵甲，撤武備。書生領州，大郡給二十人，小郡十五人，以充長從。號曰長吏，實同旅人；名為郡城，蕩若平地」云云。宋初之削外權，可謂矯枉過直矣。然宋之削弱，則初不由此，而論者多以其廢藩鎮為召外侮之原，則不察情實之談也。《宋史》劉平為鄜延路總管，上言「五代之末，中國多事，唯制西戎為得之。中國未嘗遣一騎一卒遠屯塞上，但任土豪為眾所服者，封以州邑，徵賦所入，足以贍兵養士，由是無邊鄙之虞。太祖定天下，懲唐末藩鎮之盛，削其兵柄，收其賦入，自節度以下，第坐給俸祿。或方面有警，則總師出討，事已則兵歸宿衛，將還本鎮。彼邊方世襲，宜異於此，而誤以朔方李彝興、靈武馮繼業一切亦徙內地，自此靈、夏仰中國戍守，千里饋糧，兵民並困矣」。《路史‧封建後論》曰：「馮暉節度靈武，而楊重勛世有新秦，藩屏西北。暉卒，太祖乃徙其子馮翊，而以近鎮付重勛，於是二方始費朝廷經略。折、李二姓自五代來世有

其地，二寇畏之。太祖於是俾其世襲，每謂邊寇內入，非世襲不克守。世襲則其子孫久遠，家物勢必愛惜，分外為防。設或叛渙，自可理討，縱其反噬，原陝一帥御之足矣。況復朝廷恩信不爽，奚自有他，斯則聖人之深謀，有國之極算，固非流俗淺近者之所知也。厥後議臣以世襲不便，折氏則以河東之功，姑令仍世，而李氏遂移陝西，因茲遂失靈、夏，國之與郡，其事固相懸矣。議者以太祖之懲五季，而解諸將兵權，為封建之不可復。愚竊以為不然。夫太祖之不封建，特不隆封建之名，而封建之實固已默圖而陰用之矣。李漢超以齊州防禦監關南兵馬凡十七年，敵人不敢窺邊。郭進以洺州防禦守西山巡檢累二十年。賀唯忠守易，李謙溥刺隰，姚內斌知慶皆十餘載。韓令坤鎮常山，馬仁瑀守瀛，王彥升居原，趙贊處延，董遵誨屯環，武守琪戍晉，何繼筠牧棣若，張美之守滄景，咸累其任，管榷之利，貿易之權，悉以畀之。又使得自誘募驍勇，以為爪牙，軍中之政，俱以便宜從事，是以二十年間，無西北之虞」云云。此兩條《日知錄》採之，意亦以宋廢藩鎮為致弱之由也。其實不然。宋之失在於平定中原之後，未能盡力經略西北耳。太宗之下北漢，正值契丹之強，不度事勢，輕用疲兵，一戰而北，其後再舉不克，遂至齎志以殂。繼位者無復雄才，徒欲藉天書懾敵，以固和議（見《宋史·真宗紀論》）。西夏一方，初以為邊隅小寇，無足輕重，鞭長莫及，遂爾置之，坐令元昊以梟雄崛起，盡服諸部，而其勢遂不可制矣。然後來王韶以一人之力，竟復熙河，則西夏究未足稱大敵也。使有如太祖之才以繼太宗之後，訓卒厲兵，以伺二方之隙，契丹未必遂無可乘，而況於西夏乎？焉用重邊將之權，與敵相守，使之尾大不掉，徒為政令之梗，而其兵亦終入於暮氣而不可用乎？《老子》曰：「抗兵相加，哀者勝矣。」哀者，驕之對也。兵屯駐久則必驕，驕則不足御外侮，而適足以滋內亂。河北抗命，契丹坐大，正其覆轍，豈可因循。若其反噬，御以一帥，又何言之易乎？

遼、金本族官制，已見《民族史》。其模仿中國者，無足稱述，今姑

略之。

元代官制，大體模仿宋朝，而又有其特創之處，為明、清二代所沿襲，與近代政治關係頗大，今述其略。元代官制定自世祖，時以中書省、樞密院對掌文武二柄，而以御史臺司監察，蓋仿宋制也。尚書省屢設屢罷，至大四年併入中書省。省廢而六部仍在，明、清兩代皆沿其制（元六部中，戶、工二部設官最多，以其好聚斂，務侈靡也）。宣政院為元所特有，掌釋教僧徒及吐蕃之境，吐蕃有事則設分院往鎮，大征伐則會樞府議，其用人自為選，其選則僧俗並用，而軍民通攝。蓋以吐蕃信佛，特設此官以治之，因以舉國之釋教隸之也。此外蒙古翰林院（掌譯寫一切文字及頒降璽書，並用蒙古新字，仍各以其國之字為副。蒙古國子監、國子學屬焉）、藝文監（天曆二年置。專以國語敷譯儒書，兼治儒書之合校讎者）、內八府宰相（掌諸王朝覲儐介之事，遇有詔令，則與蒙古翰林院官同譯寫而潤色之。謂之宰相者，其貴似侍中，其近似門下，故特寵以是名。雖有是名，而無授受宣命，秩視二品），亦為元所特有。

元代官制關係最大者，厥唯行省。行省之制，由來已久，前代之尚書行臺，即是物也，但皆非常設耳（金初行軍設元帥府，其後設尚書行省，兵罷即廢）。元則於全國設行中書省十一（省有丞相一，平章二，右左丞各一，參知政事二），行御史臺二（設官亦如內臺，一在江南，一在陝西），以統宣慰司，而以宣慰司統路、府、州、縣，遂於監司之上，又增一級焉。明雖廢中書行省，改設布政、按察兩司，然區域一仍其舊。清代督撫復成常設之官，民國以來之巡閱使、督軍，即督撫之蛻化也。

中國行政最小之區域為縣，自創制迄今，未嘗有變。縣以上曰郡，郡以上曰州，秦、漢之制如是。東晉以降，州郡大小相等，則合為一級，或以郡號，或以州名。至於府，唯建都之地稱之（唐初唯京兆、河南二府。後以興元為德宗行幸之地，升為府）。宋時，大郡多升為府，幾有無郡不府之勢。其上更有監司之官，即漢刺史之任也。元以宣慰司領郡縣，實與

唐、宋監司相當。然腹地有以路領府，府領州，州領縣者；府與州又有不隸路，直隸行省者。蓋由各府州名雖同而大小間劇不同故也。元初省冗官，兼領縣事。明初遂並附郭縣入州，於是隸府之州與縣無別，而不隸府之州地位仍與縣同，遂有散州與直隸州之別，名之不正甚矣。

　　明初承元制，設中書省為相職。洪武十三年，宰相胡唯庸謀反伏誅，乃罷中書省，並敕嗣君毋得議置丞相，臣下有奏請設立者，處以極刑（二十八年事）。析中書之政，歸之六部，以尚書任天下事，侍郎貳之。於是吏、戶、兵三部之權為重，以翰林、春坊詳看諸司奏啟，兼司平駁。殿閣學士特侍左右，備顧問而已。成祖即位，特簡解縉、胡廣、楊榮等直文淵閣，參與機務。閣臣與務自此始。然是時入內閣者，皆編、檢、講讀之官，不置官屬，不得專制諸司。諸司奏事，亦不得相關白。仁宗以楊士奇、楊榮東宮舊臣，升士奇為禮部侍郎兼華蓋殿大學士，榮為太常卿兼謹身殿大學士，閣職漸崇。宣宗時，事無大小，悉下大學士楊士奇等參可否，雖吏部蹇義、戶部夏原吉時召見，得與諸部事，然希闊，不敵士奇等親。自是內閣權日重，一二吏、兵之長，與執持是非輒敗。景泰後，誥敕房、制敕房俱設中書舍人，六部靡所不領，閣權蓋重。至世宗中葉，夏言、嚴嵩遂赫然為真宰相矣（嘉靖後，朝會班次俱列六部之上。明學士係華蓋殿、文華殿、武英殿、文淵閣、東閣，皆太祖置。謹身殿，仁宗置。世宗時，改華蓋為中極，謹身為建極。殿閣學士授餐大內，常侍天子殿閣之下，避宰相之名，故稱內閣焉。洪武時，令編修、檢討、典籍同左春坊左司直郎、正字、贊讀考駁諸司奏啟，平允則署其銜曰：「翰林院兼平駁諸司文章事某官某。」列名書之。成祖特簡講、讀、編、檢等官參與機務，謂之內閣。然解縉、胡廣等既直文淵閣，猶相繼署院事。至洪熙以後，楊士奇等加至師保，禮絕百僚，始不復署。嘉、隆以前，文移關白，猶稱翰林院，以後則徑稱內閣矣）。

　　清未入關時，置文館以司文書。天聰十年，設內三院，曰內國史院

（司記事），曰內祕書院（擬諭旨），曰內弘文院（譯漢書），各設學士一人。順治元年，又各增一人。二年，以翰林官分隸之。十五年，改內三院為內閣學士，俱加閣銜（殿之名四，曰中和，曰保和，曰文華，曰武英。閣之名二，曰文淵，曰東閣。然中和殿之名，實未嘗用，後刪之而增體仁閣）。翰林院別為官。十八年，復為內三院，廢翰林院。康熙九年，復為內閣，翰林院亦復。內閣學士初無定員，康熙間率四人，雍正時至六人，後又增協辦一、二人，乾隆十三年定大學士滿、漢各二，協辦各一，內閣學士則滿六漢四焉（侍讀學士滿四、蒙漢各二）。內閣為政治之樞機，軍事則付議政王大臣議奏，蓋其未入關時舊習。雍正用兵西北，始設軍需房於隆宗門內，選內閣中書謹密者內直繕寫，後稱為軍機處。自軍機處立，而內閣之權分矣（軍機大臣無定員，大率四人至六人。軍機章京辦理文書，滿、漢各十六人。清代奏章在內部院經送內閣，曰部本；在外由通政司轉達內閣，曰通本。凡本皆有正副。正本得旨後即交察院，副本由內閣票簽，由滿票簽處交批本處進呈，既奉批則稱紅本。紅本逐日由內閣收發，紅本處交給事中，歲終仍交還內閣。內閣有稽察房選侍讀任其事。凡奉旨交部院議奏之事，由票簽處傳送稽察房，依次登載，月終察其議覆與否而匯奏焉。又有稽察欽奉上諭事件處，以大學士、尚書、左都御史管理其事。部院事件每月檢閱存案，年終匯奏一次，八旗之事，三月匯奏一次，故內閣實政治之總匯也。自有軍機處，乃有所謂廷寄諭旨者，凡慮機事漏泄，不便發鈔者，由軍機大臣撰擬呈進，發出後即封入紙函，鈐用辦理軍機處銀印，交兵部加封驛遞。凡諭旨非實時奉行者，軍機處簿記，至時乃再奏請；若事涉機密，則亦密封存記，及時乃發焉。必事後查無違礙，乃以付內閣。故自軍機處設，而內閣之於政治，始有不與聞者矣）。

　　明代六部，皆以尚書一人為長官，侍郎貳之，下有郎中、員外郎、主事，分設清吏司，以理事務。清則尚書、侍郎，皆滿、漢並置，而吏、戶、兵三部，又皆有管理事務大臣（理藩院亦然），於是互相牽掣，一事

不辦（六部設於天聰四年，每部皆以貝勒管理。崇德三年七月，更定六部、理藩院、都察院衙門官制，都設滿洲承政一員，其下設左右參政、理事、副理事、主事等官。順治五年，改承政為尚書，六部皆置漢尚書，侍郎則滿、漢各二，都察院亦置漢都御史，是為六部、都察院長官滿、漢並置之始。先是各部皆命諸王貝勒管理，及是仍命親王、郡王或內閣大學士管部，後以親王、郡王權力過大，專用大學士。趙翼《簷曝雜記》云：「一部有滿、漢兩尚書、四侍郎，凡核議之事，宜允當矣。然往往勢力較重者一人主之，則其餘皆相隨畫諾，不復可否。若更有重臣兼部務，則一切皆唯所命，而重臣者實未嘗檢閱也，但聽司員立談數語，即畫押而已。故司員中為尚書所倚者，其權反在侍郎上。為兼管部務之重臣所熟者，其權更在尚書上。甚有尚書、侍郎方商榷未定，而司員已持向重臣處畫押來，皆相顧不敢發一語」云云，其弊可謂甚矣）。又明初本以六部為相職，後雖見壓於內閣，而事權猶在（吏、兵二部權尤重。明代吏部真能用人，兵部真能選將，非如清代京官五品、外官道府以上，悉由樞桓，選將籌邊，皆在軍機，吏、兵二部僅掌簽選也）。郎中、員外郎多自進士出身，遷除較速（明郎中一轉京卿，可放巡撫；主事一轉御史，可放巡按。清則進士分部十餘年，乃得補缺；又十餘年，乃得外放知府也），仍得召見奏事，故年少氣盛，猶可有為。清則初壓於內閣，再壓於軍機，尚書非入直樞垣者，皆累日乃得召見，京官無大功績，循資遷授，率六七十乃至尚書，管部又係兼差，志氣昏耄，事冗鮮暇，一切聽命吏胥而已。此清代之六部所以奄奄無生氣，而為叢弊之藪也（六部為全國政事所萃，親務者實曹郎也。故部郎關係極重。漢初三公曹掾，率皆自辟。上自九卿二千石，下至草澤奇士，皆得為之，故得人極多。其後政歸臺閣，則尚書郎亦極清要之選，諸曹郎與尚書同隸令、僕，左右丞尚書亦有兼曹者，曹郎不隸尚書也。隋以六曹統二十四司，六曹皆置侍郎，而二十四司但置郎，始分貴賤。然唐時尚書三品，侍郎四品，郎中五品，相去一階而已。自宋迄清，

尚書遞升至一品，侍郎二品，而郎中仍為五品，於是高下懸殊，而郎署無一人才矣）。

理藩院雖以院名設官，亦同六部。清代設此以理蒙、藏之事，亦猶元設宣政院之意也（清初有所謂蒙古衙門者，崇德三年，改名理藩院，設承政及左右參政。順治元年，改承政為尚書，參政為侍郎。十六年，以其併入禮部。十八年如故，有尚書一，左右侍郎各一，任用不分滿、漢，額外侍郎一，以蒙古貝勒、貝子任之。其下亦設郎中、員外郎，分清吏司）。御史一官，至明而權力極大。明初亦設御史臺，後改為都察院，置都御史、副都御史、僉都御史，皆分左右，十三道監察御史百有十人（浙江、江西、河南、山東各十人，福建、廣東、廣西、四川、貴州各七人，陝西、湖廣、山西各八人，雲南十一）。在外巡按（北直隸二人，南直隸三人，宣大一人，遼東一人，甘肅一人，十三省各一人），清軍，提督學校（兩京各一，萬曆末南京增一），巡鹽（兩淮一人，兩浙一人，長蘆一人，河東一人），茶馬（陝西），巡漕，巡關（宣德四年設立鈔關御史，至正統十年始遣主事），攢運，印馬，屯田。師行則監軍紀功，各以其事專監察。而巡按代天子巡守，所按藩服大臣、府州縣官諸考察，舉劾尤專，大事奏裁，小事立斷，其權尤重。清左都御史滿、漢各一，左副都御史滿、漢各二，右都御史、右副都御史以授在外督撫（光緒三十三年，改官制，改為都御史一，副都御史二）。監察御史分十五道，凡五十六人（京畿、河南滿、漢各二，江南各四，浙江、山西各二，山東各三，陝西、湖廣、江西、福建各二，四川、廣東、廣西、雲南、貴州各一。凡監察御史，亦分察在內各衙門）。

給事中一官，歷代本屬門下。明廢門下省，而獨存給事中，分六科，以司封駁稽察（吏、戶、禮、兵、刑、工皆都給事中一，左、右給事中各一，吏科給事中四，戶科八，禮科六。都給事中掌本科印，謂之掌科。雖分六科，而重事，各科皆得奏聞，但事屬某科，則列某科為首耳）。旨必

下科，其有不便，給事中駁正到部，謂之科參。六部之官，無敢抗科參而自行者，故其品卑而權特重。顧亭林謂「萬曆之時，九重淵默，泰昌以後，國論紛紜，維持禁止，往往賴抄參之力」焉。清雍正時，以隸都察院（分察在內各衙門），給事中遂失其獨立。又自軍機處設，唯例行本章乃歸內閣，率皆無足置議，封還執奏，有其名無其事矣。此外，明官又有通政使司（使一，左右通政參議皆各一。清使副參議皆滿、漢各一。明時內外章奏皆由通政司。清世宗始命機要者直達內閣）、宗人府（令一，左、右宗正、宗人皆各一，以親王領之，後以勛戚大臣攝府事，不備官，所屬皆移之禮部。清令一，由親王、郡王中特簡，左、右宗正由親王、郡王、貝勒、貝子、鎮國公、輔國公中特簡，左、右宗人由貝勒、貝子、鎮國公、輔國公、鎮國將軍、輔國將軍中特簡，唯府丞一為漢人，用以校理漢文冊籍，餘皆用宗室。旗人宗室，覺羅議敘議處，無職者專歸宗人府，有職者宗室由府會同吏、兵二部，覺羅由吏、兵二部會府辦理。宗室覺羅之訟，專歸府理。與民訟者，宗室由府會戶、刑部，覺羅由戶、刑部會府。左、右翼宗學、八旗覺羅學皆屬宗人府）、大理寺（寺皆有卿、少卿。清皆滿、漢並用，末年改官制，以為最高審判）、太常寺、光祿寺（吳元年置宣徽院，洪武元年改為光祿寺）、太僕寺、鴻臚寺（清太常、鴻臚二寺，皆有管理事務大臣，太僕故有之，雍正十三年革）、翰林院（明有學士一，侍讀、侍講學士、侍讀、侍講各二。清掌院學士滿、漢各一，由大學士、尚書中特簡。侍讀、侍講學士滿二漢三，侍讀、侍講滿三漢四。修撰、編修、檢討、庶吉士，兩朝皆無定員。翰林院至明代極清要，內閣後雖獨立，其初實自此出。六部自成化時，周洪謨以後，禮部尚書、侍郎必由翰林，吏部兩侍郎必有一由翰林。其由翰林者，尚書兼學士，侍郎兼侍讀、侍講學士。六部皆然。詹事府及坊、局官，視其品級，亦必帶翰林院銜焉）、詹事府（詹事一，少詹事二，丞二，通事舍人二，所屬左右春坊，皆有大學士，庶子、諭德各一，中允、贊善、司直各二。清詹事、少

詹事皆滿、漢各一，左右春坊庶子、中允、贊善亦皆滿、漢各一。魏、晉
以來，太子官稱春坊。唐置詹事府，以比尚書，左右春坊以比門下中書。
明初廢宰相，詹事府與翰林官同侍左右，備顧問。已見前。清不建儲，但
為翰林揚歷之階而已。光緒二十八年，改官制，併翰林院）、國子監（祭
酒、司業各一。清祭酒滿、漢各一，司業滿、蒙、漢各一）、欽天監（正
一，副二。清初皆漢人。康熙四年，定滿、漢監正各一人，左右監副各二
人。八年，廢監正，用西洋人為監修。雍正三年，授為監正，以滿人為
副）、太醫院（使一，判二。清代皆漢人），清代皆因之（衛尉、司農、太
府之官，至明皆廢，宗正改為宗人。明以六部尚書、都御史、通政使、大
理寺卿為九卿。清以宗人、順天二府，大理、太常、光祿、太僕、鴻臚五
寺，國子監、通政司為九卿）。

　　明有中、東、西、南、北五城兵馬指揮司，各指揮一，副指揮四，
掌巡捕盜賊，疏理街道溝渠及囚犯、火禁之事（唐、宋時職在府尹）。清
巡視五城御史，皆滿、漢各一，由給事中及十五道監察御史任之（二年交
代）。其下有兵馬司正副指揮（巡城御史得專決杖以下罪，徒以上送部）。
又有步軍統領，統八旗步軍及巡捕五營，除戶婚田土外，巡城御史所理之
事，步軍統領亦得理焉（大興、宛平二縣，幾於僅理民事）。光緒庚子，
聯軍入京，城內之地，由各國分管，皆設安民公所，僱中國人為巡捕，以
其憲兵督之。辛丑後，遂沿其制，而設工巡總局，以大臣一人管理其事，
其下有工巡總監及副總監，分工程、巡捕二局。自此內城警察事務，歸諸
工巡總局，五城御史僅管外城矣。

　　明宦官有十二監、四司、八局，所謂二十四衙門也。此外監、司、
庫、局與諸門官尚多。太祖定制，內侍毋許識字。洪武十七年，鑄鐵牌，
文曰：「內臣不得干預政事，犯者斬。」置宮門中。又敕諸司毋得與內宮監
文移往來。然洪武時已不能盡守其法。成祖入京，藉宦官為內應，任之尤
深（太祖洪武二十五年，命聶慶童往河州敕諭茶馬，實為中官奉使之始。

成祖時，中官四出。永樂元年，李興等齎敕勞暹羅國王，此奉使外國之始也。三年，命鄭和等率兵二萬，行賞西洋古裡、滿剌諸國，此將兵之始也。八年，敕王安等監都督譚青等軍，馬靖巡視甘肅，此監軍、巡視之始也。及洪熙元年，以鄭和領下番官軍守備南京，遂相沿不改。敕王安鎮守甘肅，而各省皆設鎮守矣）。宣德四年，特設文書房，命大學士陳山專授小內使書，而太祖不許讀書識字之制，由此而廢。其後內閣之票擬，決於內監之批紅，而明代宦豎之專權，遂為歷代所無有矣。清代供奉總於內務府（所屬有七司一處，上駟、武備二院及奉宸苑亦屬焉。有總管大臣，無員限，以大學士、六部尚書、侍郎為之，多用旗籍或包衣，以下各官亦皆用包衣），宦官初有十三衙門（乾清官執事官：司禮監、御用監、內官監、司設監、尚膳監、尚衣監、尚寶監、御馬監、惜薪司、鐘鼓司、直殿局、兵仗局），聖祖廢之，立敬事房以管理太監，屬內務府（太監選取，由內務府會計司。犯罪慎刑司治之，笞杖專決，徒以上報刑部）。

　　明初略定地方，皆置行省。洪武九年，改設承宣布政使司。督撫在明代非常設之官，至清代變為常設。明時布政司之參政、參議，分司各道。按察司之副使、僉事，分巡各道。本係兩司屬官，至清代亦若在府司之間，別成一級，於是地方行政督撫、司、道、府、縣遂若成為五級矣。

　　明代巡按秩卑任重，與漢之刺史相似。而其一年一代，又非漢制所及。論者極稱之。既有巡按，即不必再行遣使，然又時遣巡撫等，以其與巡按御史不相統屬，乃定以都御史為巡撫。其兼軍務者加提督，所轄多事重者曰總督。尚書、侍郎總督軍務者，亦兼都御史。清代因之，凡總督皆帶兵部尚書、右都御史提督軍務兼理糧餉，凡巡撫皆帶兵部侍郎、右副都御史亦有提督軍務兼理糧餉之銜（山東西、河南、新疆四省不設總督，其巡撫皆兼提督，以巡撫本主撫民，必兼提督，乃有統軍之權也。江西、安徽兩巡撫有提督銜。貴州巡撫有節制兵馬銜。以兩江、雲貴總督轄境皆遠，雲貴尤苗族等錯處，恐總督不能兼顧故也）。自督撫變為常設，藩臬

遂為所壓，不復能專折奏事，雖可會銜參劾督撫，亦多成具文，外重之勢寖成矣。

　　清代督撫之設，略如下表，乃康、雍、乾以來逐漸所改定也。末造論者多以督撫同城為非，德宗變法，嘗裁湖北、雲南、廣東三巡撫，孝欽後垂簾復之，後湖北、雲南又裁。十八省外，臺灣嘗改為行省，以福建巡撫移駐焉。新疆於光緒十年改省，亦唯設巡撫。關東改省，事在末年，見下。其非綜理地方而專治一事者，則有河道及漕運總督，後皆裁撤（明成化時，始設總河侍郎，後常以都御史總督河道。清初，設河道總督，駐濟寧。康熙時，移駐清江浦。雍正時，改稱總河，並設副總河，旋改總河為江南河道總督，副總河為河南、山東河道總督，增設直隸河道水利總督及副總河。乾隆時，裁之，並其職於直隸總督。咸豐時，黃河北徙，又裁江南河督，其後遂併河南、山東之河督而裁之。漕運總督亦駐清河，管山東、河南、江蘇、安徽、江西、浙江、湖北、湖南八省漕政。清末改為江淮巡撫，欲分江蘇、安徽之北別為一省，旋不果行）。清代督撫所統既廣，於事幾無所不與，如直隸、兩江總督兼南、北洋大臣，統率南、北洋水師，其一端也。光緒二十四年十一月上諭：「向來沿海沿江通商省分，交涉事務本繁，及內地各省，亦時有教案，應行核辦。如直省將軍、督撫，往往因事隸總理衙門，不免意存諉卸；總理衙門亦以事難懸斷，未便徑行，以致往還轉折，不無延誤。嗣後各省將軍、督撫，均著兼總理各國事務大臣，仍隨時興總理衙門大臣和衷商辦。」及改總理衙門為外務部（二十七年六月），乃諭「各將軍督撫毋庸兼銜，唯交涉一切關係繁重，皆地方大吏分內應辦之事，該將軍督撫仍當加意講求」云。清代外交，初本倚重疆吏，至此時猶未能破此積習，亦可見積重之勢矣。

　　明時分守、分巡諸道，名目孔多（分守有督糧督冊，分巡有督學、清軍、驛傳、兵備、水利、屯田、鹽法等）。蓋一省事務本繁，故令兩司丞屬分地以司之也（兩京不設布、按，則係銜於鄰近之省）。清初守、巡之

別猶存（如康熙八年，改通、薊為守，總管錢糧，霸、易道為巡，總管刑名。九年，定順天府所屬州縣錢穀歸守道，刑名屬巡道是也），其後漸泯，而道遂若自為一級，不屬於兩司者焉。道多特有所司，如通商之處則置海關道（大多以守巡道兼），福州之船政廠令鹽道兼管，不置運使之地，鹽務即屬其他之鹽法道是也。

明時巡鹽茶馬等務，悉委御史，已見前。清代鹽政設於長蘆、河東、兩淮，或特簡，或由都察院奏差。福建、兩廣以總督兼理，兩浙以巡撫兼理，甘肅、四川、雲南、貴州均由巡撫管理。都轉運鹽使司，明設於兩淮、兩浙、長蘆、河東、山東、福建，清設於長蘆、山東、河東、兩淮、兩廣，而兩浙設運副。鹽課提舉司，明設於四川、雲南（井鹽）及蒙古（池鹽）、遼東（煎鹽），清唯設於雲南。市舶提舉司，明設於太倉、黃渡、泉州、明州、廣州，茶馬司設於洮、秦、河三州，清代皆不設其官。明於順天、應天，清於順天、奉天二府皆置尹。清順天又有管理府事大臣（為六部漢尚書、侍郎兼差）。此外，府有知府，州有知州，縣有知縣。州有直隸州、散州之別，直隸州視府，散州視縣。清代同知通判有駐地者曰廳，亦有散廳與直隸廳之別。直隸州無附郭縣，府則有之，唯承德、思恩及貴州諸府為獨異。直隸州皆領縣，廳則否，唯敘永為獨異。關東當明末即為滿洲所據，滿洲兵民合一，故亦治民與治兵之官不分。除奉天以為陪都，置府尹，又本有錦州一府外，吉林、黑龍江皆僅有將軍、副都統，旗漢事務皆其所理。奉天有戶、禮、兵、刑、工五部，各有侍郎，大抵民刑之事，皆歸戶、刑二部，將軍則專治軍。其後漢人出關者日眾，咸豐以降，乃於三省設理事同知以治之（清代同知、通判，皆冠以所司事務之名，如緝捕、軍糧、管河、江防、海防等是也。其設於八旗駐防之地，以理旗民詞訟者，曰理事同知）。光緒二年，從奉天將軍崇實言，將軍加兵部尚書、右都御史銜，以行總督之事，府尹加副都御史銜，以行巡撫之事，知府以下官皆加理事銜，改省之機始肇。及日、俄戰後，危機益迫，

乃改三省官，皆如內地各設巡撫，而合三省設一總督焉。

　　新疆及蒙古、青海、西藏，清代皆以駐防之官治之。於青海、蒙古曰西寧辦事大臣，駐甘肅之西寧。於內屬察哈爾則以察哈爾都統、副都統（駐宣化）綏遠城將軍（駐綏遠）、歸化城副都統（駐歸化）領之（內蒙古無駐防）。其漢人移殖者，口北道所屬三廳、歸綏道所屬十廳，皆有理事撫民同知、撫民通判。其承德之事，則熱河都統。口北三廳之事，則察哈爾都統。歸綏十廳之事，則綏遠城將軍，亦可與直督晉撫會奏焉。新疆於伊犁置將軍（副都統二人，亦駐伊犁），統參贊（一駐伊犁，一駐塔城，一駐烏什）、領隊（分駐伊犁、塔城、庫爾喀喇、烏蘇烏什、吐魯蕃）、辦事（分駐葉爾羌、和闐、喀什喀爾、庫車、哈喇沙爾、吐魯蕃、阿克蘇、烏什、哈密）、協辦諸大臣（分駐烏什、葉爾羌、喀什噶爾、和闐），分駐各處（烏魯木齊亦有都統、副都統）。西藏有西藏辦事大臣、幫辦大臣，分駐前後藏（宣統三年，裁幫辦大臣，設左右參贊。左參贊與駐藏大臣皆駐前藏。右參贊駐後藏）。後新疆改為行省，蒙古、西藏亦有改省之議，迄未果行。

　　以上為清閉關時官制，與各國交通後，首設總理各國事務衙門（大臣無定員，所派者多係兼差，頗似軍機處），次設海軍衙門。海軍衙門經費皆入頤和園，為孝欽所私費，故甲午戰敗，而海軍衙門轉裁。庚子以後，改總署為外務部（班在各部前，有管理事務大臣一，會辦大臣一，尚書一，侍郎二，下有左右丞、左右參議，分四司）。又設政務處、練兵處、財政處、學務處、稅務處、商部、巡警部。光緒三十二年，既定立憲，乃改官制。時則有外務、吏、民政（巡警部改）、度支（戶部改，財政處、稅務處併入）、禮（太常、光祿、鴻臚三寺併入）、學（學務處改，園子監併入）、陸軍（兵部改，太僕寺、練兵處併入）、農工商（工部改，商部併入）、郵傳、理藩（理藩院改）、法（刑部改）十一部。除外務部外，皆設尚書一、侍郎二，不分滿、漢。宣統二年，立責任內閣，設總協理大臣，

裁軍機處、政務處及吏、禮二部（並職內閣），而增設海軍部及軍諮府，改尚書為大臣，與總協理負聯帶責任。外官亦改，按察司為提法，學政為提學，與布政（東三省稱民政）、鹽運、交涉，凡五司。裁分巡、分守，設勸業、巡警二道，而以督撫為長官焉。

官品之別，蓋原於古之命數。周代官有九命，《儀禮·喪服·注》：「命者加爵服之名。」蓋所以別其位之高卑，定其禮之差等也。漢代食祿多寡，即所以辨官位之高下。後世九品之制，蓋起自曹魏，而晉以後因之（《通典》載魏以後官，皆明列等第。岳珂《愧郯錄》疑之，然《通典》亦必有所據）。梁時九品之外，又有十八班。品以少為尊，班則以多為貴。後魏初制九品，各分正從，正從之中，復分上、中、下階，後唯四品以下分上、下階，周、隋革之。南朝陳氏僅有九品，不分正從。唐時四品至九品，亦各分上、下階，蓋周、隋暫廢之制至此而復也。自宋以後，乃但以九品分正從，更無所謂階。又前代官分清濁，梁制別有流外七班以處寒微，魏亦九品之外，小人之官復有七等。至宋以後，此等區別亦俱泯矣。

散官之名，肇見於隋，而其實則由來已久。漢之大夫、郎等，既無職守，亦無員數，但備侍從顧問，特進、奉朝請亦優遊無所事，即後世所謂散官也。但未嘗別立散官之名，與執事官相對耳。魏、晉以降，開府儀同、特進以及諸號大夫、諸號將軍不任職者甚多，猶漢法也。隋置上柱國、柱國、上大將軍、大將軍、上開府儀同三司、開府儀同三司、上儀同三司、儀同三司、大都督、帥都督、都督，總十一等以酬勛勞，是為唐所謂勛官。又以特進及諸號大夫為散官，諸號將軍為散號，是則唐所謂文武散官也。煬帝及唐皆有改革，然官名雖改，而勛散恆析為兩途。而唐又有檢校之法（太師、太傅、太保、太尉、司徒、司空、左右僕射、六部尚書等，宋初猶必加檢校，然後得除開府；既開府，然後得除三司）、功臣之號（始於德宗），故唐臣之有功者，或敘階，或賜勛，或加檢校，或賜名號，又申之以封爵，重之以實封，其酬獎之法，初無一定。宋則合為一

途，郊祀則功臣酬勛若干級，進階若干等，徹國若干戶，舉以與之。人但見其煩，而不知其用意之周矣。明代仍有文武勛官。清省。

官祿至近代而大薄，亦為官吏不能清廉之原因。古者祿以代耕，以農夫一人所入為單位，自士以至於君，祿或與之垺，或加若干倍。在位者之所得，在一國中居何等，較之平民相去奚若，皆顯而易見。後世生計日益複雜，此等制度自不易行。然歷代官祿多錢穀並給，或給以田，至明世始專以銀為官俸，而其所給，乃由鈔價轉折而來。清代制祿，顧以此為本，而銀價又日落，官吏恃俸給遂至不能自存矣。漢代官祿：大將軍、三公奉月三百五十斛，中二千石奉月百八十斛，二千石奉月百二十斛，比二千石奉月百斛，千石奉月八十斛，六百石奉月七十斛，比六百石奉月五十斛，四百石奉月四十五斛，比四百石奉月四十斛，三百石奉月四十斛，比三百石奉月三十七斛，二百石奉月三十斛，比二百石奉月二十七斛，百石奉月十六斛。漢一斛當今六十斤，則中二千石月得今百餘石。即百石亦近今十石，而賞賜又在其外（元帝時，貢禹上書：「臣為諫議大夫，秩八百石，奉錢月九千二百，廩食太官。又拜為光祿大夫，秩二千石，俸錢月萬二千。祿賜愈多，家日以益富。」按：前漢官祿，亦錢穀並給，見於此。漢時穀價石僅數錢，黃金一斤值錢萬，而當時賞賜金有至千斤者，亦可謂厚矣）。二千石以上致仕者，又得以三分之一祿終其身（成帝綏和二年詔。按：宣帝時，嘗以張敞、蕭望之言，益百石以下俸十五。是年又益三百石以下俸。後漢則千石以上減於西京，六百石以下增於舊秩）。其能優遊盡職，而無後顧之憂，宜也（漢祿之重如此，然荀悅己議其輕於古矣。見《申鑒時事》）。晉制，尚書令食俸日五斛，春秋賜綿絹，百官皆有職田（一品五十頃，遞減五，至九品十頃），又得蔭人為衣食客。隋制，正一品食祿九百石，每差以百，至從四品為二百五十石，自此差以五十，至從六品為九十石，自此差以十，至從八品五十石而最微（隋九品官不給祿）。刺史、太守、縣令則計戶數為九等之差（州以四十為差，自六百二十石至

三百石。郡以三十為差，自二百四十石至百石。縣以十為差，自百四十石至六十石）。內官初給廨錢，回易生利，後罷之，改給職田。外罷，給祿一斛，給地二十畝。唐制，略因隋舊。宋代給賜名目尤多，亦有職田，又有祠祿，以養罷劇告休之臣。要之，歷代制祿厚薄雖有不同，其足以養其身，贍其家，使其潤澤及於九族鄉黨而猶有餘裕，則一也。自元代以鈔制祿，明時鈔法既廢，而官祿顧折高價以給之，又罷其實物之給，而官吏始蹙然無以自給矣。《日知錄·俸祿》條曰：「前代官吏皆有職田，故其祿重。祿重則吏多勉而為廉，如陶潛之種秫，阮長之之芒種前一日去官，皆公田之證也。《元史》：世祖至元元年八月乙巳，詔定官吏員數，分品從官職，給俸祿，頒公田。《太祖實錄》：洪武十年十月辛酉，制賜百官公田，以其租入充俸祿之數。是國初此制未廢，不知何年收職田以歸之上，而但折俸鈔（《原注》：『《實錄》、《會典》皆不載。』）。其數復視前代為輕，始無以責吏之廉矣。」又曰：「《大明會典·官員俸給》條云：每俸一石，該鈔二十貫；每鈔二百貫，折布一匹。後又定布一匹，折銀三錢。是十石之米，折銀僅三錢也。」自古官祿之薄，未有如此者。而清定官祿，顧以此為本，正一品歲俸銀百八十兩，至從九品僅三十兩，給米斛數如銀兩之數，然米實不給，銀又多折罰以盡。雍正後雖加養廉，猶不足自贍。於是京曹望得總裁、主考、學政等差，以收門生而取其贄敬，或抽豐於外官，收其冰敬炭敬。御使不肖者，參劾可以賣買。部曹之取費於印結，則明目張膽矣。上官取於屬員，時曰辦差；小官取諸地方，則曰陋規。清節既隳，貪風彌肆，人人蹙然若不可終日，官官以私利相護，委差缺則曰調劑，有虧累則責令後任彌補，若市鬻求丐然，無復以為怪者。或曰：「財產私有之世，人孰不求利，既求利豈有限極，而不聞亭林之言乎？亭林曰：『天啟以前，無人不利於河決者。侵克金錢，則自總河以至於閘官，無所不利。支領工食，則自執事以至於游閒無食之人，無所不利。其不利者，獨業主耳。而今年決口，明年退灘，填淤之中，常得倍蓰，而溺死

者特百之一二而已。於是頻年修治，頻年沖決，以馴致今日之害，非一朝一夕之故矣……不獨此也，彼都人士，為人說一事，置一物，未有不索其酬者；百官有司受朝廷一職事一差遣，未有不計其獲者。自府吏胥徒至於公卿大夫，真可謂同心同德者矣。苟非返普天率土之人心，使之先義而後利，終不可以致太平。愚以為今日之務，正人心急於抑洪水也。』（《日知錄・河渠》）此不啻為今日之官吏寫照也。夫人心不正，則雖厚官吏之祿，亦安能使之不貪乎？若曰祿厚則人重其位，不敢為非也。吾見夫為非者未必誅，守正者未必賞也。既上下交征利，則此必相護，為非者安得覺。且祿厚則其位極不易得，必以賄得之，以賄則必取償於既得之後，吾見其貪求乃愈甚耳。今之居官富厚者，孰不足以贍其身家及於數世，其孰肯遂止。況於侈靡之事所以炫惑誘引之者，又日出而不窮乎？厚祿豈有益哉！」是固然，然則待至財產公有，人人不憂凍餒，不私貨利，而後任官乎？處財產私有之世，欲人自不嗜利，終不可得，勢不能已於監察，然亦必祿足以贍其身，而後監察有所施。不然，雖管、葛復生，無益也。人之度量，相越固遠，眾雖嗜利，固必有一二人不嗜利者，今日所冀，則此不嗜利之人獲處於監察之位，使眾嗜利之徒有所憚而不敢肆耳。重祿者所以使監察有所施，非謂恃此而遂已也。趙廣漢請令長安游徼獄吏秩百石，其後百石吏皆差自重，不敢枉法妄繫留人，楊綰承元載汰侈，欲變以節儉，而先益百官之俸，可謂知所務矣。

# 第十五章　選舉

選舉之制，古者蓋重世官。〈王制〉曰：「司徒修六禮以節民性，明七教以興民德，齊八政以防淫，一道德以同俗，養耆老以致孝，恤孤獨以逮不足，上賢以崇德，簡不肖以絀惡。命鄉，簡不帥教者以告，耆老皆朝於庠。元日，習射尚功，習鄉尚齒，大司徒帥國之俊士與執事焉。不變，命國之右鄉簡不帥教者移之左。命國之左鄉簡不帥教者移之右，如初禮。不變，移之郊，如初禮。不變，移之遂，如初禮。不變，屏之遠方，終身不齒。命鄉，論秀士，升之司徒，曰選士。司徒論選士之秀者，而升之學，曰俊士。升於司徒者，不征於鄉。升於學者，不征於司徒，曰造士。樂正崇四術，立四教，順先王《詩》、《書》、《禮》、《樂》以造士。春秋教以禮、樂，冬夏教以詩、書。王大子、王子、群後之大子、卿大夫元士之適子，國之俊選，皆造焉。凡入學以齒。將出學，小胥、大胥、小樂正簡不帥教者以告於大樂正，大樂正以告於王。王命三公九卿、大夫、元士皆入學。不變，王親視學。不變，王三日不舉，屏之遠方，終身不齒。大樂正論造士之秀者以告於王，而升諸司馬，曰進士。司馬辨論官材，論進士之賢者以告於王，而定其論。論定，然後官之。任官，然後爵之。位定，然後祿之。」如此說，則教育選舉合治一爐，鄉人與王大子等得以同入大學。所爭者，鄉人須「節級升之」，「王子與公卿之子，本位既尊，不須積漸，學業既成，即為造士」而已（《王制‧疏》）。其在王畿之外者，又有貢士、聘士之法。《白虎通》曰：「諸侯三年一貢士者，治道三年有成也。諸侯所以貢士於天子者，進賢勸善者也。天子聘求之者，貴義也。治國之道，本在得賢。得賢則治，失賢則亂。故〈月令〉：季春之月，開府庫，出幣帛，周天下，勉諸侯，聘名士，禮賢者。有貢者復有聘者何？以為諸侯貢士，庸才者貢其身，盛德者貢其名，及其幽隱，諸侯所遺失，天子之所昭，故

聘之也。」（《白虎通》佚文，據陳立疏證本）可謂廓然大公矣。然俞氏正變曰：「周時，鄉大夫三年比於鄉，考其德行道藝，而興賢者出使長之，用為伍長也。興能者入使治之，用為鄉吏也。其用之止此。〈王制〉推而廣之，升之司馬曰進士焉止矣。諸侯貢士於王，以為士焉止矣。太古至春秋，君所任者，與共開國之人及其子孫也。慮其不能賢，不足共治，則選國子教之。上士、中士、下士、府史、胥徒，取諸鄉興賢能。大夫以上皆世族，不在選舉也。故孔子仕委吏乘田，其弟子俱作大夫家臣。周單公用羈，鞏公用遠人，皆被殺。齊能用管敬仲、寧戚，秦能用由余、百里奚，楚能用觀丁父、彭仲爽，善矣。戰國因之，招延游談之士夫。古人身經百戰而得世官，而以游談之士加之，不服也。立賢無方，則古者繼世之君，又不敢得罪於巨室也。」（《癸巳類稿·鄉興賢能論》）蓋〈王制〉之說，徵諸古籍，未見實行。《周官》所云，則任之止於士，雖未嘗不可升為大夫，然究係破格之舉。平民之與貴族，仕進自不同途也（《管子》〈大匡〉、〈小匡〉兩篇所言，亦平民選舉之法，可與《周官》參看）。

俞氏謂「古人身經百戰而得世官」，不肯輕棄，此據後世事推度，古代情形實異於此。古人搏結，非以其族，則以其宗。為人臣者舉其宗族與同患難休戚，固非羈旅之人所得比也。孟子謂齊宣王曰：「所謂故國者，非謂有喬木之謂也，有世臣之謂也。王無親臣矣，昔者所進，今日不知其亡也。」親臣者，恩禮相結，意氣相孚，若三良之於秦穆，豫讓之於智伯是也，猶不足比於世臣，世臣之為國柱石可見矣。若周、召二公之於周，令尹子文之於楚，蓋其選也。孟子道殷之不易亡，謂其故家猶有存者，蓋誠有以夾輔之，豈特如楊愔之事齊文宣，主昏於上，政清於下而已哉。所以然者，古諸侯之國與卿大夫之家，雖有大小之異，其為舉族之所托命則同。既為君臣，則其家國之存亡恆相共，其休戚自相關也。若夫游士則不然，朝秦暮楚，以一身托於人，不合則納履而去耳。故有不惜為傾危之行，賣人之國以自利者矣。故秦散三千金，而天下之士鬥。《史記·田敬

仲世家》曰：「後勝相齊，多受秦閒金，多使賓客入秦。秦又多予金。客皆為反閒，勸王去從朝秦，不修攻戰之備，不助五國攻秦。秦以故得滅五國。五國已亡，秦兵卒入臨淄，民莫敢格者。王建遂降，遷於共。齊人歌之曰：松邪柏耶？住建共者客耶？疾建用客之不詳也。」蘇秦曰：「使我有雒陽負郭田二頃，吾豈能佩六國相印乎！」游士之所求，大之富貴利達，小之衣食而已，宜其以人之家國為孤注也。

　　然世官終不能不廢，游士終不能不用者，何也？則以世祿之家，習於驕奢淫佚，不能任事，而能任事者，轉在游士也。術家所為焦唇苦口，明督責之義，貴法術之士者以此（法、術有別。法所以治民，術所以治治民之人。見《韓非子‧定法》篇）。秦之商鞅、楚之吳起，皆為貴族所深仇，而其君卒深信而不疑者，亦以此也。古代草野之士，莫能任事，而後世則不然者，何也？曰一以政術之精深，一以等級之平夷，一亦以在官之學散在民間。〈王制〉曰：「凡執技以事上者，不貳事，不移官。」此制為後世所沿，而普通官吏則不能。然其在古昔，王公大人與執技以事上者，流品之貴賤雖有不同，其學有專長，非凡人所可攝代，則一也。至在官之學散在民間，而情勢一變矣。孔譏世卿（《公羊》隱公三年），墨明尚賢，亦時勢使然也。

　　古代黜陟之權，蓋在大宰，而選士之權，則在司馬。《周官》：大宰「以八柄詔王馭群臣。一曰爵，以馭其貴。二曰祿，以馭其富。三曰予，以馭其幸。四曰置，以馭其行。五曰生，以馭其福。六曰奪，以馭其貧。七曰廢，以馭其罪。八曰誅，以馭其過。」內史「掌王之八枋之法，以詔王治」。蓋大宰之貳也。司士「掌群臣之版，以治其政令，歲登下其損益之數，辨其年歲與其貴賤，周知邦國都家縣鄙之數，卿大夫士庶子之數。」司士屬司馬，與〈王制〉司馬辨論官材合，可想見古代登庸，悉以武力也。

　　戰國之世，游士偏天下。至漢初，公卿皆起於屠販，先王公卿之胄，

才則用，不才則棄，古代用人重階級之習始漸破除。漢世入仕，其途孔多，今約舉之。一曰任子。《漢書哀帝紀》元年，「除任子令」《注》：「應劭曰：任子令者，《漢儀注》吏二千石以上視事滿三年，得任同產若子一人為郎。」成帝時，侯霸以族父任為大子舍人。平帝時，龔勝、邴漢乞骸骨，詔上，子若孫若同產子一人，皆除為郎，則並及兄弟之子矣。哀帝雖有此令，然東漢仍有任子之法。故《後漢書‧楊秉傳》謂宦官任人及子弟為官，布滿天下也。一曰吏道。漢時儒吏未隔，士之起家於吏者甚多，郡國上計之吏，尤為入仕要途。《後漢書‧和帝紀》永元十四年，「始復郡國上計補郎官。」《注》：「上計，今計吏也。《前書音義》曰：舊制使郡丞奉歲計。武帝元朔中，令郡國舉孝廉各一人，與計偕，拜為郎中，中廢，今復之。」〈楊秉傳〉云：「時郡國計吏，多留拜為郎。秉上言：三署見郎，七百餘人。帑藏空虛，浮食者眾。而不良守相，欲因國為池，澆濯釁穢。宜絕橫拜，以塞覬覦之端。自此終桓帝世，計吏無復留拜者。」計吏之盛，可以想見。《論衡》謂世俗共短儒生，儒生之徒亦自相少，則漢世選用吏，且視儒為優也。一曰辟舉。公府及二千石長吏皆得自辟所屬。《後漢書‧百官志》引或說曰：「漢初掾史辟，皆上言之，故有秩比命士。其所不言，則為百石屬。其後皆自辟除，故通為百石云。」辟除之廣，亦可見矣。而其關係最大者，實唯郡國選舉之制。

　　《漢書‧董仲舒傳》：仲舒對策曰：「長吏多出於郎中、中郎，吏二千石子弟選郎吏，又以富訾，未必賢也。臣愚以為使諸列侯、郡守、二千石各擇其吏民之賢者，歲貢各二人以給宿衛，且以觀大臣之能；所貢賢者有賞，所貢不肖者有罰。夫如是，諸侯、吏二千石皆盡心於求賢，天下之士可得而官使也。」此古諸侯貢士之法，《漢書》謂州郡舉茂材孝廉，實自仲舒發之。按：高帝十一年詔曰：「蓋聞王者莫高於周文，伯者莫高於齊桓，皆待賢人而成名。今天下賢者智慧豈特古之人乎？患在人主不交故也，士奚由進！今吾以天之靈，賢士大夫定有天下，以為一家，欲其長久，世世

奉宗廟亡絕也。賢人已與我共平之矣，而不與吾共安利之，可乎？賢士大夫有肯從我游者，吾能尊顯之。布告天下，使明知朕意。御史大夫昌下相國，相國酇侯下諸侯王，御史中執法下郡守，其有意稱明德者，必身勸，為之駕，遣詣相國府，署行、義、年。有而弗言，覺，免。年老癃病，勿遣。」文、景之世，亦屢詔公卿郡國舉士，則其事實不始於武帝，然前此皆有特詔則舉，無則曠絕，至武帝以後乃為典常矣。此《漢書》所以歸功於仲舒也。《後漢書‧百官志‧注》：應劭《漢官儀》曰：「世祖詔：方今選舉，賢佞朱紫錯用。丞相故事，四科取士。一曰德行高妙，志節清白；二曰學通行修，經中博士；三曰明達法令，足以決疑，能案章覆問，文中御史；四曰剛毅多略，遭事不惑，明足以決，才任三輔令：皆有孝悌廉公之行。自今以後，審四科辟召，及刺史、二千石察茂才尤異孝廉之吏，務盡實核，選擇英俊、賢行、廉潔、平端於縣邑，務授試以職。有非其人，臨計過署，不便習官事，書疏不端正，不如詔書，有司奏罪名，並正舉者。《漢官目錄》曰：建武十二年八月乙未詔書，三公舉茂才各一人，廉吏各二人，光祿歲舉茂才四行各一人，察廉吏三人；中二千石歲察廉吏各一人，廷尉、大司農各二人；將兵將軍歲察廉吏各二人；監察御史、司隸、州牧歲舉茂才各一人。」《後漢書‧百官志》云：「孝廉，郡口二十萬舉一人。」《後漢書‧丁鴻傳》：「時大郡口五六十萬舉孝廉二人，小郡口二十萬並有蠻夷者，亦舉二人。帝以為不均，下公卿會議。鴻與司空劉方上言：凡口率之科，宜有階品，蠻夷錯雜，不得為數。自今郡國率二十萬口歲舉孝廉一人，四十萬二人，六十萬三人，八十萬四人，百萬五人，百二十萬六人。不滿二十萬二歲一人，不滿十萬三歲一人。帝從之。」（《三國魏志》黃初二年，初令郡國口滿十萬者，歲察孝廉一人，其有秀異，無拘戶口）此皆歲舉之常選，後世科目實源於是。其天子特詔，標其科名令公卿郡國薦舉者，則唐世制科之先河也。此與博士及博士弟子皆為登用人才之途，二者並自仲舒發之，仲舒之功亦偉矣哉！

　　然選舉之弊，漢時即已甚深，高帝有「有而弗言，覺，免」之詔。武帝元朔元年詔，謂「深詔執事，興廉舉孝……今或至闔郡而不薦一人……其與中二千石、禮官、博士議不舉者罪」，則郡國選舉，漢初應者尚鮮。然世祖既有「賢佞朱紫錯用」之言，章帝建初元年詔謂：「刺史、守相不明政事，茂才、孝廉歲以百數，既非能顯，而當授之政事，甚無謂也。」和帝永元五年三月詔謂，「郡國舉吏，不加簡擇，故先帝明敕在所，令試之以職，乃得充選。又德行尤異，不須經職者，別署狀上。而宣布以來，出入九年，二千石曾不承奉，恣心從好，司隸、刺史訖無糾察。」則希榮於進者始多矣。而考試之事，遂因之而起。馬貴與謂「自孝文策晁錯之後，賢良方正，皆承親策，上親覽而第其優劣。至孝昭年幼未即政，故無親策之事，乃詔有司問以民所疾苦，然所問者鹽鐵、均輸、榷酤，皆當時大事。令建議之臣，與之反覆詰難，講究罷行之宜」。又謂「漢武帝之於董仲舒也，意有未盡，則再策之，三策之。晉武帝之於摯虞、阮種亦然」。當時所謂策問者，實與考試異其事。《後漢書·左雄傳》：雄上言：「郡國孝廉，古之貢士。出則宰民，宣協風教。若其面牆，則無所施用。孔子曰：四十不惑。《禮》稱強仕。請自今孝廉年不滿四十，不得察舉，皆先詣公府，諸生試家法，文吏課箋奏。」此實限年加試，以防冒濫之始。而史稱「濫舉獲罪，選政為肅」，可以覘風氣之變遷矣。

　　又章帝建初元年詔曰：「每尋前世舉人貢士，或起畎畝，不繫閥閱。」五年詔：「其以岩穴為先，勿取浮華。」和帝永元六年詔，又令「詔岩穴，披幽隱」。則選舉之右門第，重虛譽，亦自東漢開之。〈樊鯈〔鯈〕傳〉：鯈〔鯈〕上言：「郡國舉孝廉，率取年少能報恩者。耆宿大賢，多見廢棄。」〈種暠傳〉：「河南尹田歆外甥王諶，名知人。歆謂之曰：今當舉六孝廉，多得貴戚書命，不宜相連。欲自用一名士以報國家，爾助我求之。」此後世門生座主相朋比之始也。〈獻帝紀〉：初平四年九月甲午，試儒生四十餘人。上第賜位郎中，次太子舍人，下第者罷之。詔曰：「孔子嘆學之不講，

不講則所識日忘。今耆儒年逾六十，去離本土，營求糧資，不得專業。結童入學，白首空歸，長委農野，永絕榮望，朕甚愍焉。其依科罷者，聽為太子舍人。」此後世以賜第授官為施恩之具之始也。史之所載如此。其見於私家著述者，若王符之《潛夫論》（〈務本〉、〈論榮〉、〈賢難〉、〈考演〉、〈本政〉、〈潛嘆〉、〈實貢〉、〈交際〉）、荀悅之《申鑒》（〈時事〉）、徐幹之《中論》（〈考偽〉、〈譴交〉）、葛洪之《抱朴子》（〈審舉〉、〈交際〉、〈名實〉、〈漢過〉），道當時選舉之弊，尤屬窮形盡相，其不能不變為隋、唐後之科目，固有由矣。

　　貲選之弊，亦起漢世。《漢書·景帝紀》：後二年五月詔曰：「人不患其不知，患其為詐也；不患其不勇，患其為暴也；不患其不富，患其亡厭也。其唯廉士，寡慾易足。今貲算十以上乃得宦，廉士算不必眾。有市籍不得宦，無貲又不得宦，朕甚愍之。貲算四得宦，亡令廉士久失職，貪夫長利。」服虔曰：「貲萬錢，算百二十七也。」應劭曰：「古者疾吏之貪，衣食足知榮辱，限貲十算乃得為吏。十算，十萬也。」此尚出於求吏廉之意。別有所謂賣爵者，《漢書·食貨志》：晁錯說文帝，「使天下人入粟於邊，以受爵免罪。」文帝從之，「令民入粟邊，六百石爵上造，稍增至四千石為五大夫，萬二千石為大庶長，各以多少級數為差。錯復奏言：邊食足以支五歲，可令入粟郡縣矣；足支一歲以上，可時赦，勿收農民租……上復從其言，乃下詔賜民十二年租稅之半。明年，遂除民田之租稅。後十三歲，孝景二年，令民半出田租，三十而稅一也。其後，上郡以西旱，復修賣爵令，而裁其賈以招民；及徒復作，得輸粟於縣官以除罪。」蓋文帝時僅賣爵，至景帝乃並令民得贖罪，而文帝之賣爵，則郡縣粟足交一歲以上而遂止，故景帝時言復修也。此賣爵非賣官，至武帝則異於是。《志》述其事曰：「募民能入奴婢得以終身復，為郎增秩（師古曰：「庶人入奴婢則復終身，先為郎者就增其秩也。一曰入奴婢少者復終身，多者得為郎，舊為郎更增秩也。」），及入羊為郎。」又曰：「有司請令民得買爵及贖禁錮

免臧罪，請置賞官，名曰武功爵。級十七萬，凡直〔值〕三十餘萬金。諸買武功爵官首者試補吏，先除；千夫如五大夫；其有罪又減二等；爵得至樂卿，以顯軍功。軍功多用超等，大者封侯、卿大夫，小者郎。吏道雜而多端，則官職耗廢。」（臣瓚曰：「茂陵中書有武功爵，一級曰造士，二級曰閒輿衛，三級曰良士，四級曰元戎士，五級曰官首，六級曰秉鐸，七級曰千夫，八級曰樂卿，九級曰執戎，十級曰政戾庶長，十一級曰軍衛。此武帝所制，以寵軍功。」按：「級十七萬」四字疑有訛誤。又按：漢爵本二十級，沿自秦。一級曰公士，二上造，三簪裊，四不更，五大夫，六官大夫，七公大夫，八公乘，九五大夫，十左庶長，十一右庶長，十二左更，十三中更，十四右更，十五少上造，十六大上造，十七駟車庶長，十八大庶長，十九關內侯，二十徹侯，避武帝諱，曰通侯，或曰列侯）又曰：「法既益嚴，吏多廢免。兵革數動，民多買復及五大夫、千夫，徵發之士益鮮。於是除千夫、五大夫為吏，不欲者出馬；故吏皆適令伐棘上林，作昆明池。」、「始令吏得入穀補官，郎至六百石。」（師古曰：「吏更遷補高官，郎又就增其秩，得至六百石也。」）、「所忠言：世家子弟富人或鬥雞走狗馬，弋獵博戲，亂齊民。乃徵諸犯令，相自變量千人，名曰株送徒。入財者得補郎，郎選衰矣。」此則後世之賣官矣。〈貢禹傳〉：禹言：「孝文皇帝時，貴廉絜，賤貪汙。賈人贅壻〔婿〕及吏坐臧者皆禁錮不得為吏。賞善罰惡，不阿親戚。罪白者伏其誅，疑者以與民。亡贖罪之法。故令行禁止，海內大化……武帝使犯法者贖罪，入穀者補吏，是以天下奢侈，官亂民貧，盜賊並起，亡命者眾。郡國恐伏其誅，則擇便巧史書、習於計簿、能欺上府者，以為右職；奸軌不勝，則取勇猛能操切百姓者，以苛暴威服下者，使居大位。故亡義而有財者顯於世，欺謾而善書者尊於朝，逆而勇猛者貴於官。故俗皆曰：何以孝弟為？財多而光榮。何以禮義為？史書而仕宦。何以謹慎為？勇猛而臨官。故黥劓而髡鉗者猶復攘臂為政於世，行雖犬彘，家富勢足，目指氣使，是為賢耳。故謂居官而置

富者為雄桀，處奸而得利者為壯士，兄勸其弟，父勉其子，俗之壞敗，乃至於是！察其所以然者，皆以犯法得贖罪，求士不得真賢，相守崇財利，誅不行之所致也。」亦可以見其弊矣。然賣官鬻爵之事，終兩漢時有之。《後漢書·百官志·注》：「《古今注》曰：成帝鴻嘉三年，令吏民得買爵，級千錢。」《後漢書·安帝紀》：永初三年四月，「三公以國用不足，奏令吏人入錢穀，得為關內侯、虎賁羽林郎、五大夫、官府吏、緹綺、營士各有差」是也。〈靈帝紀〉：光和元年，「初開西邸賣官，自關內侯、虎賁、羽林，入錢各有差。私令左右賣公卿，公千萬，卿五百萬。」《注》：「《山陽公載記》曰：時賣官，二千石二千萬，四百石四百萬，其以德次應選者半之，或三分之一，於西園立庫以貯之。」中平四年，「賣關內侯，假金印紫綬，傳世，入錢五百萬。」此則後世之賣官鬻缺非著之法令者矣。

　　郡國選舉之變，則為九品中正。《通考》曰：「魏文帝時，三方鼎立，士流播遷，四民錯雜，詳覆無所。延康元年，尚書陳群以為天朝選用，不盡人才，乃立九品官人之法。州郡縣俱置大小中正，各取本處人在諸府公卿及臺省郎吏有德充才盛者，為之區別。所管人物，定為九等。其有言行修著則升進之，道義虧缺則降下之。是以吏部不能審定核天下人才士庶，故委中正銓第等級，憑之授受，謂免乖失及法弊也。唯能知其閥閱，非復辨其賢愚。所以劉毅云：下品無高門，上品無寒士。南朝至於梁、陳，北朝至於周、隋，選舉之法雖互相損益，而九品及中正至開皇中方罷。」按：九品中正之法，蓋因後漢俗尚清議，重鄉評，所以可行。然《通考》云：「陳壽遭父喪，有疾，使婢丸藥，客見之，鄉里以為貶，坐是沈〔沉〕滯累年。謝靈運愛幸會稽郡吏杜德靈，及居父憂，贈以五言詩十餘首，坐廢不豫榮伍。尚書僕射殷景仁愛其才，乃白文帝，言臣小兒時便見此文，而論者云是惠連，其實非也。文帝曰：若此，便應通之。元嘉七年，乃始為彭城王義康參軍。閻纘父卒，繼母不慈，纘恭事彌謹，而母疾之愈甚。乃誣纘盜父時金寶，訟於有司。遂被清議十餘年。纘孝謹不怠，母后意解，

更移中正，乃得復品。以此三事觀之，其法甚嚴，然亦太拘。」石虎詔謂「魏立九品之制，三年一清定之」，而時人沈〔沉〕滯者往往至於十餘年，則三年清定，亦徒有其名耳。夫以一人之識力，鑑別群倫，其事本不可恃，況乎此一人者，又未必能親接一地方之人，而一一核其才行，則即使大公無私，亦不免崇尚虛聲，而遺悃愊無華之士，更謂不然，亦謹知其行履之無虧，而未知其才能之可用也。即知其才之可用，亦未嘗歷試之而覘其效，無從明注其所長也。此猶以公正無私言，若其不然，則任愛憎，快恩讎，懾勢畏禍之弊必作，其必至於「唯計官資以定品格」，蓋勢所必然矣。等第進退之當否，中正既不負其責，而其背公徇私，又無賞罰以為之防，所恃者俗重鄉評而畏清議，操衡鑒進退之柄者，亦不敢過枉是非耳。然風俗非一成不變之物，恃是立制，而欲行之永久，宜其不勝其弊也。

郡國選舉及中正官人之法，既已極敝，則其勢不得不令人投牒自舉，而加之以考試。而隋、唐以後科舉之法興焉。科舉之法，始於隋而盛於唐。唐制取士之科，多因隋舊，然其大要有三，由學館者曰生徒，由州縣者曰鄉貢，皆升於有司而進退之。今據《唐書・選舉志》略述其制如下：

秀才。試方略策五道，以文理通粗，為上上、上中、上下、中上，凡四等，為及第。永徽二年停。

明經。其制有五經，有三經，有二經，有學究一經，有三禮，有三傳，有史科。先帖文，然後口試，經問大義十條，答時務策三道，亦為四等。貞元二年，詔明經習律以代《爾雅》。元和二年，明經停口試，復試墨義十條。五經取通五，明經通六。三傳，長慶時立《左氏傳》問大義五十條，《公羊傳》、《穀梁傳》三十條，策皆三道，義通七以上、策通二以上為第，白身視五經，有出身及前資官視學究一經。史科亦長慶時立，每史問大義百條、策三道，義通七、策通二以上為第。能通一史者，白身視五經、三傳，有出身及前資官視學究一經；三史皆通者獎擢。按：史科似即下所謂一史、三史，不知〈選舉志〉之文本有復緟〔重〕，抑後人誤改也。

俊士。

進士。試時務策五道，帖一大經。經策全通為甲第，策通四、帖通四以上為乙第。先是，進士試詩、賦及時務策五道，明經策三道。建中二年，中書舍人趙贊權知貢舉，乃以箴、論、表、贊代詩、賦，而皆試策三道。太和八年，禮部復罷進士議論，而試詩賦（寶應二年，禮部侍郎楊綰言：「進士科起於隋大業中，是時猶試策。高宗朝，劉思立加進士雜文，明經填帖。」《唐書·選舉志》：「永隆二年，考功員外郎劉思立建言，明經多鈔義條，進士唯誦舊策，皆亡實才，而有司以人數充第。乃詔自今明經試帖十得六以上，進士試雜文二篇，通文律者然後試策。」《志》又云：「上元二年，加試貢士《老子》策，明經二條，進士三條。」、「及注老子《道德經》成，詔天下家藏其書，貢舉人減《尚書》、《論語》策，而加試老子。」）。

明法。試律七條，令三條。全通為甲第，通八為乙第。

明字。先口試，通，乃墨試。《說文》、《字林》二十條，通十八為第。

明算。凡算學，錄大義本條為問答，明數造術，詳明術理，然後為通。試〈九章〉三條、〈海島〉、〈孫子〉、〈五曹〉、〈張丘建〉、〈夏侯陽〉、〈周髀〉、〈五經算〉各一條，十通六，〈記遺〉、〈三等數〉帖讀十得九，為第。試〈綴術〉、〈緝古錄〉大義為問答，明數造術，詳明術理，無注者合數造術，不失義理，然後為通。〈綴術〉七條、〈輯古〉三條，十通六，〈記遺〉、〈三等數〉帖讀十得九，為第。落經者，雖通六，不第。

一史。

三史。

開元禮。通大義百條、策三道者，超資與官；義通七十、策通二者，及第。散、試官能通者，依正員。貞元二年詔習《開元禮》者舉同一經例。

道舉。開元二十九年，始置崇玄學，習《老子》、《莊子》、《文子》、

《列子》，亦曰道舉。其生，京、都各百人，諸州無常員。官秩、蔭第同國子，舉送、課試如明經。天寶十二載，停《老子》，加《周易》。

　　童子。十歲以下，能通一經及《孝經》、《論語》，每卷誦文十通者予官，通七者予出身。

　　《唐志》曰：「此歲舉之常選也。其天子自詔者曰制舉，所以待非常之才焉。」（唐制科目及登科人姓名，見《文獻通考》。）

　　鄉貢皆懷牒自列於州、縣。試已，長吏以鄉飲酒禮，會屬僚，設賓主，陳俎豆，備管弦，牲用少牢，歌〈鹿鳴〉之詩，因與耆艾敘長少焉。既至省，皆疏名列到，結款通保及所居，始由戶部集閱，而於考功員外郎試之。開元二十四年，考功員外郎李昂為舉人詆訶，帝以員外郎望輕，遂移貢舉於禮部，以侍郎主之。禮部侍郎親故移試考功，謂之別頭。貞元十六年，中書舍人高郢奏罷，議者是之。元和十三年，權知禮部侍郎庾承宣奏復。大和三年，高錯為考功員外郎，取士有不當，監察御史姚中立又奏停。六年，侍郎賈餗又奏復之。初，開元中，禮部考試畢，送中書門下詳覆，其後中廢。元和十三年，侍郎錢徽所舉送，復試多不中選，由是貶官，而舉人雜文復送中書門下。長慶三年，侍郎王起言：「故事，禮部已發榜，而中書門下始詳覆。今請先詳覆，而後發榜。」大和八年，宰相王涯以為禮部取士，乃先以榜示中書，非至公之道。自今一委有司，以所試雜文、鄉貫、三代名諱送中書門下。其武舉則起於武后長安二年，亦以鄉飲酒禮送兵部焉。

　　唐世科目，本以秀才為最高，後廢不舉，常行者唯明經、進士兩科。《唐志》云：「進士科當唐之晚節，尤為浮薄，世所共患也。」然明經試帖經墨義，只責記誦，尤為世所輕（《通考》曰：「凡舉司課試之法帖經者，以所習經掩其兩端，中間開帷一行，裁紙為帖。凡帖三字，隨時增損，可否不一，或得四，或得五，或得六為通。後舉人積多，故其法益難，務欲落之，至有帖孤章絕句疑似參互者以惑之，甚者或上抵其注，下餘一二

字，使尋之。難知謂之倒拔。既甚難矣，而舉人則有駈〔驅〕縣孤絕索幽隱為詩賦而誦習之，不過十數篇，則難者悉詳矣。其於本文大義，或多牆面焉。」又曰：「愚嘗見東陽麗澤呂氏家塾有刊本呂許公夷簡應本州島島鄉舉試卷，因知墨義之式，蓋十餘條。有云：作者七人矣，請以七人之名對，則對云七人某某也，謹對。有云：見有禮於其君者，如孝子之養父母也，請以下文對，則對云：下文曰：見無禮於其君者，如鷹鸇之逐鳥雀也，謹對。有云請以注疏對者，則對曰：注疏曰云云，謹對。有不能記者，則只對云未審。蓋既禁其挾書，則思索不獲者，不容臆說故也。其上則具考官批鑿。如所對善，則批一通字，所對誤及未審者，則批一不字。大概如兒童挑誦之狀。故自唐以來賤其科。所以不通者，殿舉之罰特重，而一舉不第者，不可再應。蓋以其區區記誦，猶不能通悉，則無所取材故也。」）。

選官之法，至東漢而一變，至隋而又一變。漢制，郡國之官，非傅相，其他既自署置，又調僚屬及部人之賢者，舉為秀才、廉吏，而貢於王庭，多拜為郎，居三署。五官左右中郎將無常員，或至千人，屬光祿勛。故卿校牧守居閒待詔，或郡國貢送，公車徵起，悉在焉。光祿勛復於三署中銓第郎中，歲舉秀才、廉吏出為他官，以補闕員。東漢之制，選舉於郡國屬功曹，於公府屬東西曹，於天臺屬吏曹尚書，亦曰選部。靈帝時，呂強上言：「舊典選舉，委任三府。三府有選，參議掾屬，咨其行狀，度其器能，受試任用，責以成功。若無可察，然後付之尚書。尚書舉劾，請下廷尉，覆按虛實，行其誅罰。今但任尚書，或復敕用。如是，三公得免選舉之負，尚書亦復不坐，責賞無歸，豈肯空自苦勞乎？」蓋選權寖集於尚書矣。自是以後，尚書嘗掌銓衡之任。晉初，山濤、王戎皆負知人之鑒。宋營陽王時，以蔡廓為吏部尚書。廓謂傅亮曰：「選事若悉以見付，不論；不然，不能拜也。」亮以語錄尚書徐羨之。徐羨之曰：「黃門郎以下悉以委蔡，吾徒不復措懷，自此以上，故宜共參同異。」廓曰：「我不能為徐幹木

署紙尾。」遂不拜。其權重如此。自後魏崔亮創停年格,而尚書衡鑒之任始輕。自隋文盡廢辟舉,大小之官,悉由吏部,而尚書之務始繁猥矣。

《魏書・崔亮傳》:「遷吏部尚書。時羽林新害張彝之後,靈太后令武官得依資入選。官員既少,應選者多。前尚書李韶循常擢人,百姓大為嗟怨。亮乃奏為格制,不問士之賢愚,專以停解日月為斷。雖復官須此人,停日後者,終於不得。庸才下品,年月久者,灼然先用。沈滯者皆稱其能。亮外甥司空諮議劉景安書規亮。亮答書曰:今勳人甚多,又羽林入選,武夫崛起,不解書計,唯可弩前驅,指蹤捕噬而已。忽令垂組乘軒,求其烹鮮之效,未曾操刀,而使專割。又武人至多,官員至少。設令十人共一官,猶無官可授,況一人望一官,何由可不怨哉?吾近面執,不宜使武人入選,請賜其爵,厚其祿。既不見從,是以權立此格,限以停年耳。昔子產鑄刑書以救弊,叔向譏之以正法,何異汝以古禮難權宜哉。仲尼言:德我者亦《春秋》,罪我者亦《春秋》。吾之此指,其由是也。但令當來君子知吾意焉。後甄琛、元修義、城陽王徽相繼為吏部尚書,利其便己,踵而行之。自是賢愚同貫,涇渭無別。魏之失才,從亮始也。」然觀其答書之指,實亦不得已而為之。《北齊書・文襄帝紀》:「攝吏部尚書。魏自崔亮以後,選人常以年勞為制,文襄乃厘改前式,銓擢唯在得人。又沙汰尚書郎,妙選人地以充之。至於才名之士,咸被薦擢。」則其制既廢矣,而後世復行此法者,則唐之裴光庭實為之。《通典》云:「唐自高宗麟德以後,承平既久,人康俗阜,求進者眾,選人漸多。總章二年,裴行儉為司列少常伯,始設長名、姓歷、牓引、銓注之法。又定州縣官資高下升降,以為故事。其後莫能革焉。至玄宗開元十八年,行儉子光庭為侍中兼吏部尚書,先是選司注官,唯視其人之能否。或不次超邁,或老於下位。有出身二十餘年不得祿者。又州縣亦無等級,或自大入小,或初近後遠,皆無定制。光庭始奏用循資格。凡官罷滿,以若干選而集,各有差等。官高者選少,卑者選多,無問能否,選滿則注。限年躡級,不得踰越。非負

讜者，皆有升無降。庸愚沉滯者皆喜，謂之聖書。雖小有常規，而掄才之方失矣。其有異才高行，聽擢不次，然有其制而無其事，有司但守文奉式，循資例而已。」按：資格用人，為昔人所深非，然官之為利祿計久矣，破棄定法，一任鑒衡，勢必弊餘於利，似尚不如慎其選舉，嚴其考核，而當其用之之際，則一循資格之為愈也。

《日知錄・掾屬》條曰：「《古文苑》注：王延壽〈桐柏廟碑〉人名，謂掾屬皆郡人，可考漢世用人之法。今考之漢碑皆然，不獨此廟。蓋其時唯守、相命於朝廷，而自曹、掾以下，無非本郡之人，故能知一方之人情，而為之興利除害。其辟用之者，即出於守相。而不似後代之官，一命以上皆由於吏部。故廣漢太守陳寵入為大司農，和帝問：在郡何以為理？寵頓首謝曰：臣任功曹王渙，以簡賢選能；主簿鐔顯，拾遺補闕。臣奉宣詔書而已。帝乃大悅。至於汝南太守宗資任功曹范滂，南陽太守成瑨委功曹岑晊，並謠達京師，名標史傳。而鮑宣為豫州牧，郭欽奏其舉錯煩苛，代二千石署吏。是知署吏乃二千石之職，州牧代之，尚為煩苛。今以天子而代之，宜乎事煩而日不給」云云。按：《隋書》云：「舊周、齊州、郡、縣職，自州都、郡、縣正以下，皆州、郡將、縣令至而調用，理時事。至是（開皇三年）不知時事，直謂之鄉官。別置品官，皆吏部除授。每歲考殿最。刺史、縣令三年一遷，佐官四年一遷（佐官以曹為名者，並改為司。十二年，諸州司以從事為名者，改為參軍）。開皇十五年，遂罷州、縣鄉官。」當時吏部尚書牛弘問於劉炫曰：「魏、齊之時，令史從容而已，今則不遑寧處，其事何由？」炫曰：「往者州唯置綱紀，郡置守、丞，縣唯令而已，其所具僚，則長官自辟，受詔赴任，每州不過數十。今則不然，大小之官，悉由吏部，纖介之跡，皆屬考功，所以繁也。」按：以吏部選天下之官，誠難於得人，州縣佐官不用本處人，亦誠難得地方情弊。然僚屬悉由自辟，後世亦實有難行者，似亦不如由吏部循定法選用，而嚴其選取之途，密其考核之法之為得也，但當立定限，勿使任職之地距其本貫遙

遠耳。

　　唐制，凡選有文、武，文選吏部主之，武選兵部主之，皆為三銓，尚書、侍郎分主之。每歲五月，頒格於州縣，選人應格，則本屬或故任取選解，列其罷免、善惡之狀，以十月會於省，過其時者不敘。其以時至者，乃考其功過。同流者，五五為聯，京官五人保之，一人識之。刑家之子、工賈異類及假名承偽、隱冒升降者有罰。文書乖錯，隱幸者駮放之；非隱幸則不。凡擇人之法有四：一曰身，二曰言，三曰書，四曰判。得者為留，不得者為放。五品以上不試，上其名中書門下；六品以下始集而試，觀其書、判。已試而銓，察其身、言；已銓而注，詢其便利而擬；已注而唱，不厭者得反通其辭，三唱而不厭，聽冬集。厭者為甲，上於僕射，乃上門下省，給事中讀之，黃門侍郎省之，侍中審之，然後以聞。主者受旨而奉行焉，謂之「奏受」。視品及流外，則判補。皆給以符，謂之「告身」。凡官已受成，皆廷謝。凡試判登科，謂之「入等」，甚拙者謂之「藍縷」。選未滿而試文三篇，謂之「宏詞」；試判三條，謂之「拔萃」。中者即授官。

　　其取人之路，方其盛時，著於令者，納課品子、諸館及州縣學、太史歷生、天文生、太醫藥童、針呪〔咒〕諸生、太卜卜筮、千牛備身、備身左右、進馬、齋郎、諸衛三衛監門直長、諸屯主副、諸折衝府錄事府史、校尉、執仗、執乘、親事、帳內、集賢院御書手、史館典書楷書、尚藥童、諸臺省寺監軍街坊府之胥史，皆入官之門戶，而諸司主錄已成官及州縣佐史未敘者，不在焉。至於銓選，其制不一。凡流外、兵部、禮部舉人，郎官得自主之，謂之「小選」。太宗時，以歲旱穀貴，東人選者集於洛州，謂之「東選」。高宗上元二年，以嶺南五管、黔中都督府得即任士人，而官或非其才，乃遣郎官、御史為選補使，謂之「南選」。其後江南、淮南、福建大抵因歲水旱，皆遣選補使即選其人。而廢置不常，選法又不著。

科舉之法，至王安石而一變。按：科舉之善，在能破朋黨之私。前此九品中正之制無論矣，即漢世郡國選舉得之者，亦多能奔走標榜之人，觀王符等之論可知。唯科目聽其投牒，而試之以一日之短長，當其初行時，尚無糊名易書之法，主司固得採取譽望，士子亦得託人薦達，或竟自以文字投謁。究之京城距士子之鄉土遠，試者與所試者關係不深，而輦轂之下，眾目昭彰，拔取苟或不公，又可加以復試，亦不敢顯然舞弊。前此選舉，皆權在舉之之人，士有應舉之才，而舉不之及，夫固無如之何。既可投牒自列，即不得不就而試之，應試者雖不必其皆見取，然終必於其中取出若干人。是不能應試者，有司雖欲循私舉之而不得。苟能應試，終必有若干人可以獲舉也。此實選舉之官徇私舞弊之限制，而亦人人有服官之權之所以兌現於實也。論者多以投牒自列為無恥，姑無論古之君子欲行其道者無不求仕，即謂其應舉僅為富貴利達計，較之奔走標榜其賢遠矣。故科舉實良法也。然其弊亦有不容諱者，一則學非所用，詩賦之浮華無實，帖經墨義之孤陋寡聞是已；一則試之以一日之短長，可以僥倖而獲，不知其果有學問與否也。欲祛第一弊，當變其所試之物；欲祛第二弊，則非以學校易科舉不可，此宋時之改革所由起也。

宋代貢舉，初沿唐法，有進士、九經、五經、三禮、三傳、開元禮（開寶中，改為通禮，熙寧罷，元祐六年復）、學究、明法等，皆秋取解，冬集禮部，春考試。合格及第者，列名發榜於尚書省。諸州判官試進士，錄事參軍試諸科，不通經義，則別選官考校，而判官監之。開寶五年，禮部奏合格進士、諸科凡二十八人，上親召對講武殿，而未及引試也。明年，翰林學士李昉知貢舉，取宋準以下十一人，而進士武濟川、三傳劉睿材質最陋，對問失次，上黜之。濟川，昉鄉人也。會有訴昉用情取捨，帝乃籍終場下第人姓名，得三百六十人，皆召見，擇其一百九十五人，並準以下，御殿給紙筆，別試詩賦。命殿中侍御史李瑩等為考官，得進士二十六人，五經四人，開元禮七人，三禮三十八人，三傳二十六人，三史

三人，學究十八人，明法五人，皆賜及第。昉等皆坐責。殿試遂為常制。帝嘗語近臣曰：「昔者，科名多為勢家所取，朕親臨試，盡革其弊矣。」八年，親試進士王式等，定王嗣宗第一，王式第四。自是御試與省試名次，始有高下之別。舊制，禮部已奏名至御試黜落者甚多。嘉祐二年以後，始盡賜出身，則雜犯亦免黜落矣。又有所謂特奏名者，蓋始於開寶三年，詔禮部閱貢士及十五舉嘗終場者，得百有六人，賜本科出身。其後則凡貢於鄉而屢絀於禮部，或廷試所不錄者，積前後舉數，參以其年而差等之，遇親策士則別籍其名以奏，徑許附試，謂之特奏名焉。元祐初，知貢舉蘇軾、孔文仲言：「此曹垂老無他望，布在州縣，唯務贓貨。」乃詔定特奏名考取數，進士入四等以上、諸科入三等以上，通在試者計之，毋得取過全額之半，著為令。按：此皆以多取為施恩之具也，失掄才之意矣。

　　宋代改革舉法始於范仲淹。慶曆時，仲淹為參知政事，數言興學校，本行實。乃詔州縣立學，士須在學三百日，方聽預秋試，舊嘗充試者百日而止。三場，先策，次論，次詩賦，通考為去取，而罷帖經、墨義，士通經術願對大義者，賜十道。仲淹去，執政意皆異。是冬，詔罷入學日限。時言初令不便者甚眾，以為「詩賦聲病易考，而策論汙漫難知，祖宗以來，莫之有改，且得人嘗多矣」。乃詔一切如故。

　　迨王安石變法，乃罷諸科，而存進士，進士亦罷詩賦，且不用帖經、墨義，士各占治《易》、《詩》、《書》、《周禮》、《禮記》一經與《論語》、《孟子》。每試四場，初大經，次兼經，大義凡十道（後改《論語》、《孟子》義各三道），次論一首，次策一道（禮部試增二道）。取諸科解名十之三，增進士額，京東西、陝西、河北、河東五路創試進士及府、監、他路之捨諸科而為進士者，得所增之額以試。皆剗為一號考取。又立新科明法，試律令、《刑統》、大義、斷案，以待諸科之不能改業進士者。未幾，選人、任子，亦試律令始出官。又詔進士自第三人以下皆試法。或言：「高科不試，則人不以為榮。」乃詔悉試焉。武舉，始試義、策於祕閣，武藝試於

殿前司，及殿試，則試騎射及策於廷。後詔武舉與文舉進士，同時鎖試於貢院，以防進士之被黜改習者，遂罷祕閣試。元豐元年，立《大小使臣試弓馬藝業出官法》，所試步射、馬射、馬上武藝、《孫》、《吳》義、時務邊防策、律令義、計算錢穀文書等。崇寧間，諸州置武學。立《考選升貢法》，仿儒學制，後罷（南渡後亦有武舉、武）。

自神宗後，宋科舉之法凡數變。元祐四年，立經義、詩賦兩科，罷試律義。詩賦進士，於《易》、《詩》、《書》、《周禮》、《禮記》、《春秋左傳》內聽習一經。初試本經義二道，《語》、《孟》義各一道，次試賦及律詩各一首，次論一道，末試子、史、時務策二道。專經進士，習兩經，以《詩》、《禮記》、《周禮》、《左氏春秋》為大經，《書》、《易》、《公羊》、《穀梁》、《儀禮》為中經，《左氏春秋》得兼《公羊》、《穀梁》、《書》，《周禮》得兼《儀禮》或《易》，《禮記》、《詩》並兼《書》，願習二大經者聽，不得偏占兩中經。初試本經義三道，《論語》義一道，次試本經義三道，《孟子》義一道，次論策，如詩賦科。並以四場通定高下，而取解額中分之，各占其半。專經者以經義定取捨，兼詩賦者以詩賦為去留，其名次高下，則以策論參之。後通定去留，經義毋過三分之一。自是士多習詩賦，而專經者十無二三，此一變也。紹聖時，進士罷詩賦，專習經義，廷試仍對策，此又一變也。徽宗崇寧三年，詔天下取士，悉由學校升貢，其州郡發解及試禮部法並罷。自此，歲試上舍，悉差知舉，如禮部試。在學積歲月，累試乃得應格，貧老者以為病。於是五年及大觀四年，各復行科舉一次。宣和三年，其法遂罷。高宗建炎二年，定詩賦、經義取士，第一場詩賦各一首，習經義者本經義三道，《語》、《孟》義各一道；第二場論一道，第三場策三道。殿試策如之。自紹聖後，舉人不習詩賦，至是始復，於是聲律日盛。高宗嘗曰：「為士不讀史，遂用詩賦。今則不讀經，不出數年，經學廢矣。」紹興十三年，用國子司業高閌議，以本經、《語》、《孟》義各一道為首場，詩賦各一首次之，子史論一道、時務策一道又次之。二十七年，

復行其制，第一場大小經義各減一道。三十一年，禮部侍郎金安節請復詩賦、經義兩科，永為成憲。從之。按：科舉所試之物，不切於用，此易變也。所最難者，則懸利祿以誘人，來者皆志在利祿，其所能者必僅足應試而止。久之，應試之文遂別成為一種文字，無學問者亦能為之。試之既僅憑文字，斷無以知其果有學問與否。而為利祿來者，皆志在速化，迫令入學肄業，或限以在校若干日始得應試之法，又必不能行。於是辨別其有無學問之法窮矣，乃有欲分期試之者。朱子貢舉議欲分《易》、《書》、《詩》為一科，《周禮》、《儀禮》、二《戴記》為一科，《春秋》三傳為一科，史則以《左氏》、《國語》、《史記》、《兩漢》為一科，《三國志》、《晉書》、《南北史》為一科，新、舊《唐書》、《五代史》為一科，時務則律歷、地理為一科，諸子分附焉。以次分年試之，即欲以救此弊也。然如是則其歲月淹久，更甚於在學肄業矣。夫豈好速化之士所能從邪？

因讀書唯求應舉故，乃至牽及黨爭，此又變科舉之法者所不及料矣。宋代科舉行新法，則禁程、朱之說；行舊法，則絕王氏之學，自北都已然。南渡初，趙鼎主程，秦檜主王，餘習未泯。秦檜死後，嘗詔毋拘一家之說，務求至當之論。道學之禁稍解矣。劉德秀奏請毀除語錄。葉翥知貢舉，請令太學及州軍學，各以月試合格前三名程文，上御史臺考察。其有舊習不改，則坐學官及提學司之罪。其推波助瀾如此。自是語涉道學者，皆被擯。理宗最尊程、朱，元延祐貢舉亦用程、朱之書，異論乃息，然明、清兩代科舉之士之固陋，則又專誦程、朱之書為之也。要之，以應舉故而讀書，讀書僅為應舉計，則萬變而萬不當而已。

制科，宋初有「賢良方正能直言極諫」、「經學優深可為師法」、「詳閒吏理達於教化」三科，景德增「博通墳典達於教化」、「才識兼茂明於體用」、「武足安邊、洞明韜略運籌決勝、軍謀宏遠材任邊寄」等科。仁宗時分「識洞韜略運籌帷幄」、「軍謀宏遠材任邊寄」為兩科，而無「經學優深可為師法」一科，凡六科，以待京、朝官被舉及起應選者。又置「書判拔萃

科」，以待選人之應書者，「高蹈丘園」、「沈〔沉〕淪草澤」、「茂材異等」三科以待布衣之被舉者。其法先上藝業於有司，有司較之，然後試祕閣，中格，然後天子親策之。館職，則太宗以來，凡特旨召試者，或於中書學士舍人院或特遣官專試，所試詩、賦、論、頌、策、制誥三篇或一篇，中格者授以館職。神宗時，呂惠卿言進士試策與制科無異，罷之。試館職則更以策論，元祐元年復之，紹聖初復罷。三省言：「今進士純用經術。如詔誥、章表、箴銘、賦頌、赦敕、檄書、露布、誡論，其文皆朝廷官守日用不可闕，且無以兼收文學博異之士。」遂改置弘詞科，歲許進士及第者詣禮部請試，見守官則受代乃請，率以春試上舍生附試，不自立院。取毋過五人，中程則上之三省復試之，分上、中二等，推恩有差；詞藝超異者，奏取旨命官。大觀四年改為詞學兼茂科，歲附貢士院試，取毋過三人。政和增為五人，中格則授職。宣和罷試上舍，隨進士試於禮部。南渡紹興元年，初復館職試，凡預召者，學士院試時務策一道，天子親覽焉。然是時「校書」多不試，「正字」或試或否。二年，詔舉賢良方正能直言極諫科，一遵舊制。應詔者先具所著策、論五十篇繳送，兩省侍從參考之，分為三等，上中等召赴祕閣，試論六首，於九經、十七史、七書、《國語》、《荀》、《揚》、《管子》、《文中子》內出題，學士兩省官考校，御史監之，四通以上為合格。乾道七年，增至五通。仍分五等，入四等以上者，天子親策之。第三等為上，恩數視廷試第一人，第四等為中，視廷試第三人，皆賜制科出身；第五等為下，視廷試第四人，賜進士出身；不入等者與簿尉差遣。以上並謂白身者。若有官人，則進一官與升擢。紹興三年，又立博學鴻詞科焉。

　　宋制，凡入仕，有貢舉、奏蔭、攝署、流外、從軍五等。吏部銓唯注擬州縣官，舊幕職官皆使府辟召，宋由吏曹擬授。兩京諸司六品以下官皆無選，中書特授。五代時後周每藩郡有闕，或遣朝官權知。太祖始削外權，牧伯之闕，止令文臣權蒞。其後內外皆非本官之職，但以差遣

為資歷。京朝官則審官院主之（前代常參官，宋謂之朝官，未常參官謂之京官）。使臣則三班院主之。少卿、監以上中書主之。刺史、副率以上內職，樞密院主之。其後，典選之職分為四：文選曰審官東院，曰流內銓，武選曰審官西院，曰三班院。元豐定制而後，銓注之法，悉歸選部，以審官東院為尚書左選，流內銓為侍郎左選，審官西院為尚書右選，三班院為侍郎右選（《陔餘叢考・宋制武選歸吏部》條：「《文昌雜錄》記御史臺言：文德殿視朝儀，兵部侍郎與吏部侍郎東西相向對立，蓋因唐制武選在兵部也。今吏部左選掌文官，右選掌武官，請自今以後視朝以吏部左右侍郎分立殿廷。詔可。此可見宋制武官亦歸吏部銓選。按《宋史・蘇頌傳》：唐制，吏部主文選，兵部主武選。神宗謂三代、兩漢本無文武之別，議者不知所處。頌言：唐制吏部有三銓之法，分品秩而掌選事。今欲文武一歸吏部，則宜分左右曹掌之，每選更以品秩分治。於是吏部始有四選法。」）。

　　遼貢舉始於聖宗統和六年。葉隆禮《契丹國志》云：「限以三歲，有鄉、府、省三試。鄉中曰鄉薦，府中曰府解，省中曰及第。程文分兩科：一曰詩賦，一曰經義，魁各分焉。每三歲輒一試。殿試臨期取旨。又將第一人特增一官，授奉直大夫翰林應奉文字。第二、第三人授徵事郎，餘並授從事郎。聖宗時，只以詞賦法律取士，詞賦為正科，法律為雜科。」《續通考》云：「遼科目始見於統和，而〈室昉傳〉稱會同初登進士第，則進士之來遠矣。」又云：「傳言趙徽中重熙五年甲科，王觀中重熙七年乙科，則遼時科第亦有甲、乙之分。」又「遼進士皆漢人，契丹人無舉進士之條。傳載重熙中耶律富魯舉進士第，帝怒其父庶箴擅令子就科目，有違國制，鞭之二百。然〈天祚紀〉載：耶律大石舉天慶五年進士，而紀於五年又不云放進士，蓋史之闕漏多矣。」

　　金設科皆因遼宋，有詞賦、經義、策試、律科、經童之制。海陵天德三年，罷策試科。世宗大定十一年，創設女直進士科。章宗明昌初，又設制舉弘詞科。故金取士之目有七。其試詞賦、經義、策論中選者，謂之進

士。律科、經童中選者,謂之舉人。凡諸進士、舉人,由鄉至府,由府至省,乃殿廷,凡四試皆中選,則官之。廷試五被黜,則賜之第,謂之恩例。又有特命及第者,謂之特恩。凡詞賦進士,試賦、詩、策論各一道。經義進士,試所治經義、策論各一道。策論進士者,選女直人之科也。先是大定四年,世宗命頒行女直大小字所譯經書,每謀克選二人習之。尋興女直字學校,猛安謀克內多擇良家子為生,諸路至三千人。九年,選異等者百人,薦於京師,廩給之,命溫迪罕締達教以古書,作詩、策。十一年,議行策選之制。十三年,定每場策一道,以五百字以上成,免鄉試、府試,止赴會試、御試。且詔京師設女直國子學,諸路設女直府學,擬以新進士充教授,以教士民子弟之願學者。行之久,學者眾,則同漢進士例,三年一試。二十年,以女直學大振,詔今後以策、詩試三場,策用女直大字,詩用小字,程試之期皆依漢進士例。二十八年,以女直進士唯試以策,行之既久,人能預備,命於經內出題,加試以論。章宗承安二年,敕策論進士限丁習學。遂定制,內外官員、諸局分承應人、武衛軍、猛安謀克女直及諸色人,戶只一丁者不許應試,兩丁者許一人,四丁二人,六丁以上只許三人。三次終場,不在驗丁之限。三年,定制,以女直人年四十五以下,試進士舉,於府試十日前,委佐貳官善射者試射。律科進士,又稱諸科,其法以律令內出題,府試十五題,每五人取一人。其制始見於海陵正隆元年。世宗大定二十二年定制,會試每場十五題,三場共通三十六條以上,文理優、擬斷當、用字切者,為中選。臨時約取之,無定數。二十九年,章宗即位,以有司言,令今後於《論》、《孟》內試小義一道,府會試別作一日引試,命經義試官出題,與本科通考定之。制舉有賢良方正、能直言極諫、博學宏材、達於從政等科,試無常期,上意欲行,即告天下。試法先投所業策論三十道於學士院,視其詞理優者,群經子史內出題,試論三道,如可,則庭試策一道。宏詞科試詔、誥、章、表。於每舉賜第後進士及在官六品以下無公私罪者,在外官薦之。二科皆章宗

所設也。經童之制，士庶子年十三以下，能誦大經二、小經三，又誦《論語》諸子及五千字以上，府試十五題通十三以上，會試每場十五題，三場共通四十一以上，為中選。始於熙宗，天德間廢。章宗立，復之。武舉，皇統時設之，有上、中、下三等。其制定於章宗泰和元年。三年，又定武舉出職遷授格。文武選皆吏部統之。自從九品至從七品職事官，部擬。正七品以上，呈尚書省以聽制授。文散官謂之文資官。武散官謂之右職，又謂之右選。文資則進士為優，右職則軍功為優，皆循資，有升降定式而不可越。自進士、舉人、勞效、蔭襲、恩例之外，入仕之途尚多。凡外任循資官謂之常調，選為朝官謂之隨朝。吏部選者謂之部選，尚書省選者謂之省選，部選分四季擬授，省選理資考升遷。

元太宗始取中原，中書令耶律楚材請用儒術選士。九年八月，下詔令斷事官木忽鰱與山西東路課稅所劉中，歷諸路考試。以論及經義、詞賦分為三科，作三日程，專治一科，能兼者聽。中選者復其賦役，令與各處長官同署公事。得東平楊英等若干人，皆一時名士，而當世或以為非便，事復中止。世祖時，議立程序而未果行。仁宗延祐二年，始開科。順帝至元元年，罷之。六年復，仍稍變程序焉。

蒙古、色目人作一榜，漢人、南人作一榜。蒙古、色目人試漢人、南人科目，中選者加一等注授。鄉會試並同。御試，漢人、南人策一道，限千字以上；蒙古、色目人時務策一道，限五百字以上。

元代選政最為紊亂。《元史・選舉志》：「當時仕進有多歧，銓衡無定制，其出身於學校者，有國子監學，有蒙古字學、回回國學，有醫學，有陰陽學。其策名於薦舉者，有遺逸，有茂異，有求言，有進書，有童子。其出於宿衛、勛臣之家者，待以不次。其用於宣徽、中政之屬者，重為內官。蔭敘有循常之格，而超擢有選用之科。由直省、侍儀等入官者，亦名清望。以倉庾、賦稅任事者，例視冗職。捕盜者以功敘，入粟者以資進，至工匠皆入班資，而輿隸亦躋流品。諸王、公主，寵以投下，俾之保任。

遠夷、外徼，授以長官，俾之世襲。凡若此類，殆所謂吏道雜而多端者歟。矧夫儒有歲貢之名，吏有補用之法。曰掾史、令史，曰書寫、銓寫，曰書吏、典吏，所設之名，未易枚舉。曰省、臺、院、部，曰路、府、州、縣，所入之途，難以指計。雖名卿大夫，亦往往由是躋要官，受顯爵；而刀筆下吏，遂致竊權勢，舞文法矣。故其銓選之備，考核之精，曰隨朝、外任，曰省選、部選，曰文官、武官，曰考數，曰資格，一毫不可越。而或援例，或借資，或優升，或回降，其縱情破律，以公濟私，非至明不能察焉。是皆文繁吏弊之所致也。」可以見其略矣。

　　明試士之法，專取四子書及《易》、《書》、《詩》、《春秋》、《禮記》五經命題，蓋太祖與劉基所定。其文略仿宋經義，然代古人語氣為之，體用排偶，謂之八股，通謂之制義。三年大比，以諸生試之直省，曰鄉試。中式者為舉人。次年，以舉人試之京師，曰會試。中式者，天子親策於廷，曰廷試，亦曰殿試。分一、二、三甲。一甲只三人，曰狀元、榜眼、探花，賜進士及第。二甲若干人，賜進士出身。三甲若干人，賜同進士出身。狀元、榜眼、探花之名，制所定也。而士大夫又通以鄉試第一為解元，會試第一為會元，二、三甲第一為傳臚云。子、午、卯、酉年鄉試，辰、戌、丑、未年會試。鄉試以八月，會試以二月，皆初九日為第一場，又三日為第二場，又三日為第三場。初設科舉時，初場試經義二道，四書義一道；二場，論一道；三場，策一道。中式後十日，復以騎、射、書、算、律五事試之。後頒科舉定式，初場試四書義三道，經義四道。四書主朱子《集注》，《易》主程傳、朱子《本義》，《書》主蔡氏《傳》及古注疏，《詩》主朱子《集傳》，《春秋》主《左氏》、《公羊》、《穀梁》三傳及胡安國、張洽《傳》，《禮記》主古注疏。永樂間，頒《四書五經大全》，廢注疏不用。其後，《春秋》亦不用張洽《傳》，《禮記》只用陳澔《集說》焉。二場試論一道，判五道，詔、誥、表、內科一道。三場試經史時務策五道。廷試，以三月朔。鄉試，直隸於京府，各省於布政司。會試，於禮

部。主考，鄉、會試俱二人。同考，鄉試四人，會試八人。舉子，則國子生及府、州、縣學生員之學成者，儒士之未仕者，官之未入流者，皆由有司申舉性資敦厚、文行可稱者應之。其學校訓導專教生徒，及罷閒官吏、倡優之家、與居父母喪者，俱不許入試。考試者用墨，謂之墨卷。謄錄用朱，謂之朱卷。廷試用翰林及朝臣文學之優者，為讀卷官。共閱對策，擬定名次，候臨軒。或如所擬，或有所更定，傳制唱第。狀元授修撰，榜眼、探花授編修，二、三甲考選庶吉士者，皆為翰林官。其他或授給事、御史、主事、中書、行人、評事、太常、國子博士，或授府推官、知州、知縣等官。舉人、貢生不第，入監而選者，或授小京職，或授府佐及州縣正官。此明一代取士之大略也。清制略同，唯鄉會試皆首場四書義三道，詩一首，次五經義五道，三場策五道，會試改於三月，殿試於四月二十六日而已。按：唐時所放進士不過二三十人，又未便釋褐，尚須試吏部，或為人論薦，或藩方辟舉，乃得入仕，仕亦不過丞尉（《通典》：舉人條例：四經出身授緊縣尉，判入第三等授望縣尉，五經出身授望縣尉，判入第三等授畿縣尉，進士與四經同資）。宋太宗太平興國二年，賜進士諸科出身者五百餘人，第一、第二等進士及九經，授將作監丞、大理評事，通判諸州，餘皆優等注擬，則當時以為異數矣。然鄉舉在宋為漕試，謂之發解，不過階以應會試，必累舉不第乃得推恩特奏，未嘗以為仕階也。明始亦為入仕之途，舉貢生監既特異於雜流進士，尤特異於舉貢，遂至與他途殊絕，然轉以啟朋比之風，不亦哀乎（《日知錄・進士得人》條曰：「明初，薦辟之法既廢，而科舉之中尤重進士。神宗以來，遂有定例。州縣印官，以上中為進士缺，中下為舉人缺，最下乃為貢生缺。舉貢歷官，雖至方面，非廣西、雲、貴不以處之，以此為銓曹一定之格。間有一二舉貢受知於上，拔為卿貳，大僚則必盡力攻之，使至於得罪譴逐，且殺之而後已。於是不由進士出身之人，遂不得不投門戶以自庇。資格與朋黨，二者牢不可破，而國事大壞矣。至於翰林之官，又以清華自處而鄙夷外曹。崇禎

中，天子忽用推知，考授編檢，而眾口交譁，有適從何來遽集於此之誚。嗚呼！科第不與資格期，而資格之局成。資格不與朋黨期，而朋黨之形立。防微慮始，有國者其為變通之計乎！」又《日知錄・科目》條集釋：「趙氏曰：有明一代，最重進士。凡京朝官清要之職，舉人皆不得與。即同一外選也，繁要之缺必待甲科，而乙科僅得遙遠簡小之缺。其升調之法，亦各不同。甲科為縣令者，撫按之卓薦，部院之行取，必首及焉，不數年即得御史部曹等職。而乙科沈〔沉〕淪外僚，但就常調而已。積習相沿，牢不可破。嘉靖中，給事陸粲雖疏請變通，隆慶中，閣臣高拱亦請科貢與進士並重，然終莫能挽。甚至萬曆三年，特詔撫按官有司，賢否一體薦劾，不得偏重甲科，而積重難返如故也。《明史》邱橓疏云：今薦則先進士，而舉監非有憑藉者不與焉。劾則先舉監，而進士縱有訾議者罕及焉。於是同一官也，不敢接席而坐，比肩而立。賈三近疏言：撫按詰臣，遇州縣長吏，率重甲科而輕鄉舉。同一寬也，在進士則為撫字，在舉人則為姑息。同一嚴也，在進士則為精明，在舉人則為苛戾。是以為舉人者，非頭童齒豁不就選。此可以見當時風氣矣。」）！

明科舉始於洪武三年。詔曰：「前元待士甚優，而權豪勢要，每納奔競之人，夤緣阿附，輒竊仕祿。其懷材抱道者，恥與並進，甘隱山林而不出。風俗之弊，一至於此。自今年八月始，特設科舉。使中外文臣皆由科舉而進，非科舉者毋得與官。」時以天下初定，令各行省連試三年，且以官多缺員，舉人俱免會試，赴京聽選。既而謂所取多後生少年，能以所學措諸行事者寡，乃但令有司察舉賢才，而罷科舉。十五年，復設。十七年，始定科舉之式，命禮部頒行各省，後遂以為永制，而薦舉漸輕，久且廢不用矣。

洪武十八年廷試，擢一甲進士丁顯等為翰林院修撰，二甲馬京等為編修，吳文為檢討。進士之入翰林自此始。時又使進士觀政於諸司，其在翰林、承敕監等衙門者，曰庶吉士。進士之為庶吉士自此始（其在六部、都

察院、通政司、大理寺等衙門者，仍稱觀政進士。觀政進士之名，亦自此始也），不專屬翰林也。永樂二年，既授一甲三人官，覆命於二甲擇文學優等五十人，及善書者十人，俱為翰林院庶吉士。庶吉士遂專屬翰林矣。覆命學士解縉等選才資英敏者，就學文淵閣。弘治四年，大學士徐溥言：「自永樂二年以來，或間科一選，或連科屢選，或數科不選，或合三科同選，初無定限。或內閣自選，或禮部選送，或會禮部同選，或限年歲，或拘地方，或採譽望，或就廷試卷中查取，或別出題考試，亦無定制。自古帝王儲才館閣以教養之。本朝所以儲養之者，自及第進士之外，止有庶吉士一途，而或選或否。且有才者未必皆選，所選者未必皆才，若更拘地方、年歲，則是已成之才又多棄而不用也。請自今以後，立為定制，一次開科，一次選用。令新進士錄平日所作論、策、詩、賦、序、記等文字，限十五篇以上，呈之禮部，送翰林考訂。少年有新作五篇，亦許投試翰林院。擇其詞藻文理可取者，按號行取。禮部以糊名試卷，偕閣臣出題考試於東閣，試卷與所投之文相稱，即收預選。每科所選不過二十人，每選所留不過三五輩，將來成就必有足賴者。」孝宗從其請，命內閣同吏、禮二部考選以為常。自嘉靖癸未至萬曆庚長，中間有九科不選。崇禎甲戌、丁丑，復不選，餘悉遵例。其與選者，謂之館選。以翰、詹官高資深者一人課之，謂之教習。三年學成，優者留翰林為編修、檢討，次者出為給事、御史，謂之散館。與常調官侍選者，體格殊異。成祖初年，內閣七人，非翰林者居其半。翰林纂修，亦諸色參用。自天順二年，李賢奏定纂修專選進士。由是，非進士不入翰林，非翰林不入內閣，南北禮部尚書、侍郎及吏部右侍郎，非翰林不任。而庶吉士始進之時，已群目為儲相。通計明一代宰輔一百七十餘人，由翰林者十九。蓋科舉視前代為盛，翰林之盛則前代所絕無也。清進士殿試中式者，狀元授修撰，榜眼、探花授編修，二甲以下考選庶吉士。庶吉士無員，考取者給館舍貯書，簡滿、漢學士各一人教習，是日庶常館。三年期滿，試以詩賦，謂之散館。留館者二甲授編

修，三甲授檢討，餘以主事、知縣用。或再肄業三年，與次科庶吉士同應試。

明太祖極重薦舉，甲辰三月敕中書省：「自今有能上書陳言、敷宣治道、武略出眾者，參軍及都督府具以名聞。或不能文章而識見可取，許詣闕面陳其事。郡縣官年五十以上者，雖練達政事，而精力既衰，宜令有司選民間俊秀年二十五以上、資性明敏、有學識才幹者，辟赴中書，與年老者參用之。十年以後，老者休致，而少者已熟於事。如此則人才不乏，而官使得人。其下有司，宣布此意。」於是州縣歲舉賢才及武勇謀略、通曉天文之士，間及兼通書律者。既而嚴選舉之禁，有濫舉者逮治之。吳元年，遣起居注吳林、魏觀等，以幣帛求遺賢於四方。洪武元年，徵天下賢才至京，授以守令。其年冬，又遣文原吉、詹同等分行天下，訪求賢才。三年，諭廷臣曰：「六部總領天下之務，非學問博洽、才德兼美之士，不足以居之。慮有隱居山林或屈在下僚者，其令有司悉心推訪。」六年復下詔：「山林之士德行文藝可稱者，有司采舉，備禮遣送至京。」是年，遂罷科舉，別令有司察舉賢才，以德行為本，而文藝次之。其目，曰聰明正直，曰賢良方正，曰孝弟力田，曰儒士，曰孝廉，曰秀才，曰人才，曰耆民。皆禮送京師，不次擢用。而各省貢生亦由太學以進。於是罷科舉者十年，至十七年始復，而薦舉之法並行不廢。時中外大小臣工皆得推舉，下至倉、庫、司、局諸雜流，亦令舉文學才幹之士。其被薦而至者，又令轉薦。由布衣而至大僚者，不可勝數。嘗論禮部：「經明行修練達時務之士，徵至京師。年六十以上七十以下者，置翰林以備顧問。四十以上六十以下者，於六部及布、按兩司用之。」蓋是時仕進無他途，故往往多驟貴者。而吏部奏薦舉當除官者，多至三千七百餘人，其少者亦至一千九百餘人。又俾富戶耆民皆得進見，奏對稱旨，輒與美官。洎科舉復設，兩途並用，亦未嘗畸重輕。建文、永樂間，薦舉起家猶有內授翰林、外授藩司者。自後科舉日重，薦舉日輕，能文之士率由場屋進以為榮，有司雖數奉求賢之

詔，第應故事而已。清康熙十八年、乾隆元年，皆開博學鴻詞科，各取十五人。乾隆二年，又續取五人。皆授翰林院官。乾隆十六年，命舉經學人才。光緒二十五年，下詔開經濟特科。至二十九年，乃試之。此則前朝制科之遺，與明之薦舉非同物也。

　　明代任官，文歸吏部，武歸兵部。吏部凡四司，而文選掌銓選，考功掌考察，其職尤要。選人自進士、舉人、貢生外，有官生、恩生、功生、監生、儒士，又有吏員、承差、知印、書算、篆書、譯字、通事諸雜流。進士為一途，舉貢等為一途，吏員等為一途，所謂三途並用也（《日知錄・通經為吏》條曰：「《大明會典》：洪武二十六年，定凡舉人出身，第一甲第一名，從六品。第二名、第三名，正七品，賜進士及第。第二甲，從七品，賜進士出身。第三甲，正八品，賜同進士出身。而一品衙門提控，正七品出身。二品衙門都吏，從七品出身。一品二品衙門掾史、典吏，二品衙門令史，正八品出身。其與進士不甚相遠也。後乃立格以限其所至，而吏員之與科第，高下天淵矣。故國初之制，謂之三途並用，薦舉一途也，進士、監生一途也，吏員一途也。或以科與貢為二途，非也。」《原注》：「從考試而得者，總謂之一途。」）。京官六部主事、中書、行人、評事、博士，外官知州、推官、知縣，由進士選。外官推官、知縣及學官，由舉人、貢生選。京官各府、六部首領官，通政司、太常、光祿寺、詹事府屬官。由官蔭生選。州、縣佐貳，都、布、按三司首領官，由監生選。外府、外衛、鹽運司首領官，中外雜職、入流、未入流官，由吏員、承差等選。此其大凡也。初授者曰聽選，升任者曰升遷。凡升遷，必滿考。若員缺應補不待滿者，曰推升。內閣大學士、吏部尚書，由廷推或奉特旨。侍郎以下及祭酒，吏部會同三品以上推。太常卿以下，部推。通、參以下，吏部於弘政門會選。詹事由內閣，各衙門由各掌印。在外官，唯督、撫廷推，九卿共之，吏部主之。布、按員缺，三品以上官會舉。監、司則序遷。其防邊兵備等，率由選擇、保舉，付以敕書，邊府及佐貳亦付

赦。薊、遼之昌平、薊州等，山西之大同、河曲、代州等，陝西之固原、靜寧等六十有一處，俱為邊缺，尤慎選除。有功者越次擢，誤封疆者罪無赦。內地監司率序遷，其後亦多超遷不拘次，有一歲中四五遷，由僉事至參政者。監、司多額外添設，守巡之外往往別立數銜，不能劃一也。在外府、州、縣正佐，在內大小九卿之屬員，皆常選官，選授遷除，一切由吏部。其初用拈鬮法，至萬曆間變為掣籤。洪武間，定南北更調之制，南人官北，北人官南。其後官制漸定，自學官外，不得官本省，亦不限南北也。給事中、御史謂之科道。科五十員，道百二十員。明初至天順、成化間，進士、舉貢、監生皆得選補。其遷擢者，推官、知縣而外，或由學官。其後監生及新科進士皆不得與。或庶吉士改授，或取內外科目出身三年考滿者考選，內則兩京五部主事、中、行、評、博、國子監博士、助教等，外則推官、知縣。自推、知入者，謂之行取。其有特薦，則俸雖未滿，亦得與焉。考選視科道缺若干，多寡無定額。其授職，吏部、都察院協同注擬，給事皆實補，御史必試職一年始實授，唯庶吉士否。保舉者，所以佐銓法之不及，而分吏部之權。至若坐事斥免，因急才而薦擢者，謂之起廢。家居被召，因需缺而預補者，謂之添注。此又銓法所未詳，而中葉以後間嘗一行者也。

　　考滿、考察，二者相輔而行。考滿，論一身所歷之俸，其目有三，曰稱職，曰平常，曰不稱職，為上、中、下三等。考察，通天下內外官計之，其目有八，曰貪，曰酷，曰浮躁，曰不及，曰老，曰病，曰罷，曰不謹。考滿之法，三年給由，曰初考，六年曰再考，九年曰通考。依職掌事例考核升降。諸部寺所屬，初止署職，必考滿始實授。外官率遞考以待核。雜考或一二年，或三年、九年。郡縣之繁簡或不相當，則互換其官，謂之調繁、調簡。考察之法，京官六年，以己、亥之歲，四品以上自陳以取上裁，五品以下分別致仕、降調、閒住為民者有差，具冊奏請，謂之京察。自弘治時定外官三年一朝覲，以辰、戌、丑、未歲，察典隨之，謂之

外察。州縣以月計上之府，府上下其考，以歲計上之布政司。至三歲，撫、按通核其屬事狀，造冊具報，麗以八法。而處分察例有四，與京官同。明初行之，相沿不廢，謂之大計。計處者不復敘用，永為定制。京察之歲，大臣自陳。去留既定，而居官有遺行者，給事中、御史糾劾，謂之拾遺。拾遺所攻擊，無獲免者。弘、正、嘉、隆間，士大夫以掛察典為終身之玷。至萬曆時，閣臣間留一二以撓察典，而水火之爭，莫甚於辛亥、丁巳。黨局既成，互相報復，至國亡乃已。

兵部凡四司，而武選掌除授，職方掌軍政，其職尤要。凡武職，內則五府、留守司，外則各都司、各衛所及三宣、六慰。流官八等：都督及同知、僉事，都指揮使、同知、僉事，正、副留守。世官九等：指揮使及同知、僉事，衛、所鎮撫，正、副千戶，百戶，試百戶。直省都指揮使二十一，留守司二，衛九十一，守禦、屯田、群牧千戶所二百十有一。此外則苗蠻土司，皆聽部選。自永樂初，增立三大營，各設管操官，各哨有分管、坐營官、坐司官。景泰中，設團營十，已復增二，各有坐營官，俱特命親信大臣提督之，非兵部所銓擇也。其途有四，曰世職，曰武舉，曰行伍，曰納級。官之大者，必會推。其軍政，則猶文之考察也。

清選官歸吏、兵二部，與明同。科目、貢監、蔭生，謂之正途；薦舉、捐納、吏員，謂之異途。進士之考庶吉士未入選者，內以通政司知事、翰林院典簿、詹事府主簿、國子監丞博士、光祿寺署丞，外以知縣教授用。舉人，近省會試三科，遠省一科（福建、湖南、廣東、廣西、四川、雲南、貴州），選授知縣教職及直隸州州同，亦得挑取國子監學正、學錄及謄錄教習（是為大挑）。優拔貢生朝考後，授小京官、知縣教職。恩副歲貢以州同、州判、教職注選。捐監則主簿吏目。蔭生，視所蔭品，內以部院員外郎、主事、都察院通政司經歷、詹事府主簿、大理寺寺正、寺副、評事，光祿寺署正、署丞，太常光祿寺典簿、鴻臚寺主簿、各部寺司庫、中書科中書，外以同知、通判、知州、知縣選用。難蔭以知州、知

縣、布按首領州縣佐雜、縣丞、主簿、吏目選用。薦舉有賢良方正、山林隱逸，由督撫確訪具題，或銓同通州縣，或賞給頂戴，大抵於皇帝即位時行之。督撫幕賓，許特疏保薦。司道以下由督撫保題，請旨考試，分別任用。吏員之名不一（在內閣、翰林院、宗人府等衙門者，曰供事；在部院者曰經承；在督撫、學政、監政各倉各監督衙門者，曰書吏；在司、道、府、廳、州、縣衙門者，曰典吏；在州縣佐雜之下者，曰攢典。此外尚有他名），皆以五年為役滿，得考職。考職分四等，一等以府經歷，二等以主簿，三等以從九品雜職，四等以未入流雜職用。吏員多世業，罕應選者。義和團事件後，六部文卷多毀，書吏亦逃，御史陳璧奏請例案唯留要者，令司員掌文書稿案。從之。並諭：「各省院司書吏多與部吏勾通，各府、州、縣衙門書吏，又往往勾通省吏，舞文弄法，朋比為奸。著名督撫通飭各屬，將例行案卷，一併清釐，妥定章程，遵照部章，刪繁就簡。嗣後無論大小衙門，事必躬親，書吏專供繕寫，不准假以事權。其各衙門額設書吏，各分別裁汰。」雖有此令，不能行也。捐納起於順治六年。戶部議開監生吏典等援納，並給僧道度牒，準杖徒折贖，藉以籌餉。康熙時，三藩兵起，再開。十六年，侍郎宋德宜奏：「開捐三載，所入二百餘萬，以知縣為最多，計五百餘人。流弊甚大，請停之。」噶爾丹戰事起，又開，且加捐免保舉之例。乾隆元年，停之，僅留戶部捐監一條。嘉、道後，因軍務、河工、振務等，屢屢奏開。至海防、鄭工而後，則內官自郎中，外官自道府而下，皆可報捐矣。光緒二十七年八月，詔停實官捐，然仕途之濫冗，已不可救藥矣。

選授之法，特簡、特授，皆出上意，無定格。其由吏部或軍機處列舉候補人姓名以聞者，曰開列；選正副二人引見，由旨任其一，曰揀授。資格相當者，皆引見以待旨，曰推授。皆由吏部行之。他衙門屬官，亦由該衙門咨吏部行之。由吏部銓選，曰內選；由督撫題調，曰外補。外官本部選，而改由督撫就候補人員中任用者，曰留缺。此外概歸部選。部選由吏

部會同河南道監察御史，以掣籤行之。籤由候選者親掣，不能親到，則由吏部堂官代掣。除閏月及京察大計之月外，每月皆選，故又稱月選。待部銓者，曰候選。由吏部指定省分，或以捐納指定待該省長官任用者，曰候補。候補分即用、候補兩種。然候補仍為大名，可該即用也。大抵尚侍缺出，以他部尚侍轉補。侍講、侍讀及侍講、侍讀兩學士以次推升。監察御史，滿、蒙由郎中、員外、內閣侍讀任用（不考），漢由編修、檢討、郎中、員外郎、主事、內閣侍讀、中書科中書、大理寺評事、太常寺博士考選（由各堂官保送吏部，吏部請旨考試記名，遇缺簡用。非正途出身及見任京官三品以上、各省督撫之子弟，皆不得與考）。總督由左都御史、侍郎、巡撫升。巡撫由學士、左副都御史、府尹、布政司升。布政使由按察使，按察使由運使及各道升。運使由知府升。皆列名請旨。道以郎中、知府升。知府以同知、員外郎，直隸州以主事、散州知縣升。道府不勝任者，降簡郡及府佐。知縣不勝任者，改教職。此其大略也（道府缺，有請旨，有揀，有題，有調，有留，餘由部選。州縣最要缺，要缺大抵外補，中缺、簡缺由部選）。清官缺有滿、漢、包衣、漢軍、蒙古之分。滿缺中有專以宗室任之者，然宗室除督、撫、布、按由特旨任用外，不得外任（嘉慶四年上諭，見《東華錄》）。包衣除專缺外，亦得任滿缺。漢軍司官以上，可補漢缺，京堂以上，又得補滿缺。宗室覺羅銓政，操之宗人府。內務府包衣，由總管內務大臣選拔引見，旨授（亦有不必得旨者），皆不由吏部也。武缺亦有滿、漢、漢軍、蒙古之分，大抵八旗皆滿人，綠營以漢人為主。八旗武職，自副都統以上，綠營武職，自總兵以上，皆由兵部開列請旨，以下由部選，或督、撫、提、鎮任用。武官有世職、武科、蔭生、軍功、行伍、捐納六途，而以軍功行伍為尚（明、清皆有武科。明成化十四年，始定鄉、會試，悉視文科例。弘治六年，定六年一行。十七年，改為三年一行。其殿試則始崇禎四年。清武進士，一甲一名授一等侍衛，二名、三名授二等侍衛，二甲授三等侍衛，三甲授藍翎侍衛外用。一

等侍衛，旗人以副將，漢軍以參將，二等旗人參將，漢軍游擊，三等皆以都司，漢人一、二等以參將、游擊，三等以游擊、都司用。武舉由兵部揀選，得授千總。武科停於清光緒二十七年，武職捐納停於同治四年，見《東華錄》）。

考察內官曰京察，外官曰大計，皆三年一行。武職曰軍政，五年一行。京察分四格、六法。四格曰守，曰才，曰政，曰年。六法曰不謹，曰罷軟無為，曰浮躁，曰才力不及，曰年老，曰有疾（初有貪、酷為八法，後貪、酷歸特參）。按四格分三等。大計分卓異、供職。軍政四格，八旗曰操守、才能、騎射、年力，綠營曰才技、年力、馭兵、給餉。六法與文官同。京察，三品京堂由部開列事實，具奏請旨，四五品請特簡王、大臣驗看，餘聽察於其長。大計由直省督、撫核其屬官，注考達部。軍政，將軍、都統、副都統由部具疏請旨，三品以下聽察於其長，在京八旗武職，特簡大臣考察，綠旗聽察於其長，由本管注考達部。

訾近代之選政者曰：「科目則學其所學，而實不可云學，非科目更無所為學」是已。然此為歷代之通弊，非明、清所獨有也。掣籤之法，創於明之孫丕揚，亦為論者所深譏。然丕揚之所為，亦猶之崔亮之停年格耳。夫固出於不得已，舉而廢之，未必利於餘弊，且恐不勝其弊也（《陔餘叢考·吏部掣籤》條曰：「按于慎行《筆麈》，謂孫公患中人請託，故創為此法。一時宮中相傳以為至公，下逮閭巷，亦翕然稱頌，而不知非體也。古人見除吏條格，卻而不視，奈何自處於一吏之職，人才長短，資格高下，皆所不計乎？顧寧人亦主其說。然吏弊日滋，自不得不為此法。所以二百年來，卒不能改，亦時勢然也。」）。唯南北更調之制，至明代而始嚴，清人因之，變本加厲，使居官者不悉民情，且因路遙到官，先有債累，實為巨謬（《漢書》：嚴助，會稽吳人。既貴，上問助居鄉里時，助對曰：「家貧，為友婿富人所辱。」上問所欲，對「願為會稽太守」於是拜為會稽太守。又朱買臣，會稽郡吳人，後出為會稽守。韓安國，梁成安人，為梁

內史。《後漢書》：景丹，櫟陽人，光武以其功封為梁陽侯，謂「宮貴不歸故鄉，如衣繡夜行，故以封卿」。是漢時尚無迴避之例。杜佑《通典》，謂漢時丞尉及諸曹掾，多以本郡人為之，三輔則兼用他郡人，而必特奏。可見漢時掾屬官吏，更無不用本郡者。〈蔡邕傳〉：朝議以州縣相黨，人情比周，乃制昏〔婚〕姻之家，及兩州人士，不得互相監臨。於是又有三互法，禁忌轉密。邕乃上疏，極言其弊。然則迴避本籍，以及親族相迴避之例，蓋起於後漢之季也。然魏、晉以來，亦有不拘此者。宋授官本籍之例，大概有三：一以便就養；一以優老臣；一以寵勳臣。亦或不盡關此。南宋之末，以軍事重，守鄉郡者更多。〈高宗紀〉：紹興二年，詔監司避本貫，則迴避本籍，唯在監司。金、元亦間有不避本籍者。明唯洪武時不拘。清則督撫大吏外，常調官唯有親老改補近省之例而已。又歷代銓選，有不必盡赴京師者，如唐東都、黔中、閩中、嶺南、江南各自為選是也。宋神宗詔川、陝、福建、廣南四轉運使各立格就注。南渡後，四川仍沿此制，近代亦無此例。以上略據《陔餘叢考》及《日知錄》。按：清代官，唯教職止避本府，餘官須避原籍，寄籍並須避鄰省五百里以內，又京官祖孫父子不得同在一署，外任則五服之族、母妻之父兄弟、女婿嫡甥、兒女姻親、師生，皆不得相統屬，皆以卑避尊，此其所謂迴避之法也。誠非廓然大公，然背公黨私，久成錮習，不肖者固巧法徇私而不易治，賢者亦苦公私難以兩全而無以自處，其法亦不可盡廢。要以相去不至太遠，致民情風俗不易悉，又難以赴任為限耳。又明初官之赴任，及其去官歸里，或身沒妻子歸里，舟車皆由官給，亦有特給以資者，今後似亦宜酌給。馭吏者必使俯仰無憂，乃可責之以廉也）。又明代吏部用人，尚有大權，雖有弊而亦有利（《二十二史札記・明吏部權重》條謂明六部堂官、巡撫、布政等，皆吏部所選用。嚴嵩當國時，始有吏、兵二部選郎，各持簿任嵩填發之事。萬曆中，孫丕揚長吏部，不得已用掣籤法，以謝諸賄屬者，亦以吏部注授官職，可以上下其手也。雖有會推之例，亦吏部主之。熊開元疏曰：

「督撫官缺，明日廷推，今日傳單，其人姓名不列。至期，吏部出諸袖中，諸臣唯唯而已。」）。清則循例選授外，幾無餘事，官職稍高，即非所得預。用人之權，內奪於軍機、內閣，外專於總督、巡撫，尚侍所行，真成一吏之事矣。此亦清代政治不克振起之一因也。

康有為《官制議》曰：「官職之與爵位，同用而不可缺者也。官職以治事也，事唯其才，則能者任之。其義在用也。爵位以酬勛舊年德也，所以尊顯之，其義在報。春秋列國大夫無數，而任職者無幾人。若夫白屋之俊才，異邦之羈旅，試以職事，亦不必遽授高爵。戰國立關內侯十九等之虛爵。漢世因之，亦官爵並用之義也。六朝之世，官爵合而為一。然當時尚無資格年勞之限。其用人也，氣疏以達。然是時實崇貴族，有華腴寒素之別，故上品無寒門，下品無貴族，蓋即以門族之人望為爵位，此無可稱焉。漢武帝妙用人才，則諸曹侍中諸吏給事之差出矣。光武不委用三公重臣，則尚書權重矣。魏、晉又用中書小臣為重任，而遠尚書矣。豈非官自用才，不必貴顯，位自尊重，不必執政，實自然不得已之理邪？唐太宗時，不用尚書令僕及中書令，而以庶僚同三品平章政事，亦重差事官也。自崔亮、裴光庭後，資格年勞之法日積，所以限人士之登庸，備選部之銓簡者，其道日隘，其格日深，人才之登用甚難。故唐時遂創檢校行守試之法。宋太祖因而妙用之，令官與爵異，官可不次拔用，爵則論功次遷。其職事官者差也，其官也、職也、勛也、階也、爵也，皆爵位也。蓋自光武罷諸將兵柄，而授以特進、奉朝請之位，又以隆禮高位待公卿，而以事權萬務歸臺閣。范蔚宗謂其高秩厚禮，允答元勛，峻文深憲，責成吏職，故勛舊得保全，而職事克舉。蓋自孝廉為尚書郎，則已手握王爵，口含天憲，出為刺史守令，更迭互用，位略平等，而守相望深，即為公卿，其制良美矣。宋藝祖酷效之，而更妙其用。於是得是官者只以酬年勞而寄祿，不必任其事。任其事者但在舉其職，不必至是官。故自京朝六部諸司百執省臺寺監之長，外至漕司州郡，盡為差事，上至故相，下至八品朝官，皆

得為之，唯才是與，不論爵位。至於遷轉，則各按其原資，積年勞，累功效，而後漸至大位。事權輕重視其差，恩榮輕重視其位。兩不相蒙，各有所得。才賢爭效其職，大臣不怨遺夫，權貴不至尸位。善哉！復古之制，未有如宋祖者也。王安石不知法意，徒務正其空名，元豐官制行，於是宋祖之美意不見矣。然以大夫郎之散階代官，仍留判行守試權差遣之法；大夫郎館職，則待年勞而後轉；判行守試權差遣，仍不拘品位以任事，宋祖之良法仍存焉（其法以大夫郎為寄祿本階，其差高於本階一品者為行，下一品者為守，下二品為試，再高者則為判，再下者則為權發遣，而於不拘品位之中，仍有選人之位限。若某官用兩制以上，或館職以上，或朝官以上，或京官以上是也。其寄祿之階官，凡二十四等，四年一轉，有出身或館職者超轉，至朝議大夫以上七年一轉，如司馬光曾為宰相者也。《通鑑》署銜曰太中大夫，正四品階也。端明殿學士從二品館閣之職，以故相樞密副使改為之也。侍讀則三品官也。神霄宮使乃差遣，上柱國則勳一品，溫國公則爵一品，是其階職官爵品數皆不同，各自升轉，各受恩侍，而以判行守試視權發遣為之，則無不可也）。元以蒙古入中國，其時權要議制之臣，粗疏而不知法意，盡罷宋制，有官無爵，雖有勳階，皆隨官位而授之，不以為寄祿判行守試之地位也。於是唐、宋以來官爵並行之良法美意，掃地盡矣。明太祖起自草茅，不知古事，亦不知古意，不知官爵並行之法，但其用人不次，生殺不次，故以布衣一日而任卿相，又一日而殺之。其操縱類於漢武，此為英雄偶用之事，而非可垂後行遠者也。然明世大學士位僅五品，皆以翰林官充之。英宗時，俞鑑、蕭綱尚得以貢生生員入閣，乃至崇禎時尚有以修撰為大學士，而知縣可為御史也。巡撫皆以四五品卿銜為之。御史可出而巡按，兩轉可為巡撫。主事中行評博可為御史，再三轉皆為京卿。四五品京卿皆得選大學士。故明世雖無官爵並行之法，而酷類漢制，氣疏以達，故磊落英勇之才，得以妙年盛氣舉其職而行其志，然不如宋制之深穩妥貼矣。然明世外省事權最大者，則有總督、巡

撫，兵權最大者，莫如提督、將軍，國務政權，則入內閣預機務，是三者皆差事而非職官也。然則官爵之分，差事官之美，歷朝所莫能外矣。唯國朝之制，乃累百代之弊，盡去其精美，而取其粗惡也。其達官有權者只有尚、侍、督、撫四十餘人，其能以言上達者只有御史京卿數十人，舉國所寄命在此矣。而宋之六部諸司長官可以八品官判其事者，今則一切職事能達於上者，必以一二品之大學士、尚、侍、督、撫為之，雖三品卿如大理、太常、太僕、光祿，古為極雄峻之位者，國朝尚不得與聞政事焉。如今之議開鐵路、礦務、商務、墾務、學務諸司，及查辦事件，皆必以大學士、尚、侍為之，寧以數大臣而共辦一職，又以一大臣而兼領數職。而所謂大學士、尚、侍、督、撫者，其品秩皆在第一第二，與人間隔絕，高高不可攀者也。蓋自魏、晉、六朝至唐宰相，皆不過三品，尚、侍諸卿亦皆三四品，而外之刺史別駕，亦皆三四品，故多自刺史別駕而入為宰相者，況百司乎？夫刺史別駕者，今之知府同知耳。其去藩臬，尚如登天之無階，況督撫乎？況宰相六卿乎？如京官遷轉，尤為可笑。如工右之至吏左，同為侍郎，而幾須十轉乃至。蓋右侍郎之轉，僅至左侍郎，工部之升，僅為刑部。若工尚之升，必從總憲，總憲之任，必自吏左，若自京卿至侍郎，則自鴻少卿遷光少卿，光少卿遷通參，通參遷閣讀學士，然後遷鴻卿，進而常少僕少，又進而理少通副，又進而光卿僕卿，又進而府尹常卿，又進而理卿通使，又轉為宗丞，進為副憲，然後得為侍郎。蓋必十餘轉乃能至焉。若自五品員外郎而為四品卿，亦須九轉乃至。一升郎中，再升御史，三升巡城掌印御史，四升給事，五升掌印都給事，六升鴻少，七升光少，八升通參，九升乃至閣讀學士。其自主事中書而至御史，必歷十數年乃能補缺。主事則一再升郎員，乃能考取御史。中書則再升侍讀，乃能考取御史。即編修亦非十餘年不能開坊，不能入清祕堂而保選知府焉。苟官未至尚、侍、督、撫，雖藩臬之尊，不得上達，內閣學士三品卿之貴，不聞政事，曾不得比宋世之八品朝官也。而欲至尚、侍、督、撫之

位，非經數十轉不得至焉。經此數十轉也，即使弱冠通籍，順風直上，絕無左降，未嘗病臥，亦必年已耆耄矣，精神衰耗矣，血氣銷縮矣，閱歷疲倦矣，非耳聾目暗，則足跛病忘矣。除已衰在得以謀子孫而娛暮老之外，便無餘志矣。夫安有立競爭優勝劣敗之世，任天下大事於塚中枯骨，而望其有成者乎？」（《官制議》卷十三〈改差為官改官為位〉）

# 第十六章　兵制

　　古言兵制者亦有今古文之異。《白虎通・三軍》篇：「三軍者何法？法天地人也。以為五人為伍，五伍為兩，四兩為卒，五卒為旅，五旅為師，師二千五百人。師為一軍，六師一萬五千人也。《傳》曰：一人必死，十人不能當。百人必死，千人不能當。千人必死，萬人不能當。萬人必死，橫行天下。雖有萬人，猶謙讓，自以為不足，故復加五千人，因法月數。月者群陰之長也，十二足以窮盡陰陽，備物成功。萬五千人亦足以征伐不義，致太平也。《穀梁傳》曰：『天子有六軍，諸侯上國三軍，次國二軍，下國一軍。』」（此文庸有訛誤，然盧校改非是。萬五千人與月數不合。《說文》及《一切經音義》引《字林》，皆以四千人為一軍，則三軍適法十二月，知《白虎通》竄亂多矣。今《穀梁》襄十一年：「古者天子六師，諸侯一軍。」）《公羊》隱五年《解詁》：「二千五百人為師。禮，天子六師，方伯二師，諸侯一師。」（《詩》：「周王于邁，六師及之。」《孟子》：「三不朝則六師移之。」）此今文家說也，其詳不可得聞矣。古文家說見於《周官・大司徒》職云：令五家為比，五比為閭，五閭為族，五族為黨，五黨為州，五州為鄉。〈小司徒〉職云：「乃會萬民之卒伍而用之。五人為伍，五伍為兩，四兩為卒，五卒為旅，五旅為師，五師為軍。」《夏官・序官》云：「凡制軍，萬有二千五百人為軍。王六軍，大國三軍，次國二軍，小國一軍，軍將皆命卿。二千有五百人為師，師帥皆中大夫。五百人為旅，旅帥皆下大夫。百人為卒，卒長皆上士。二十有五人為兩，兩司馬皆中士。五人為伍，伍皆有長。」此其成軍之法也。其出車之法，則《公羊》宣十五年《解詁》云：「十井共出兵車一乘。」又昭元年《解詁》云：「十井為一乘，公侯封方百里，凡千乘；伯四百九十乘，子男二百五十乘。」襄十二年云：「禮，稅民公田不過十一，軍賦十井不過一乘。」《禮記・坊記》：

「故制國不過千乘。」《注》曰：「古者方十里，其中六十四井，出兵車一乘，此兵賦之法也。成國之賦千乘。」《論語・學而》：「道千乘之國。」《集解》：「包曰：道，治也。千乘之國者，百里之國也。古者井田，方里為井，井十為乘。百里之國，適千乘也。」此今文說也。古文家所用為《司馬法》。《司馬法》有二說。其一：「六尺為步，步百為畝，畝百為夫，夫三為屋，屋三為井，井十為通，通為匹馬，三十家士一人，徒二人。通十為成，成百井，三百家革車一乘，士十人，徒二十人。十成為終，終千井，三千家革車十乘，士百人，徒二百人。十終為同，同方百里，萬井，三萬家革車百乘，士千人，徒二千人。」鄭注《周禮・小司徒》所引也。其又一說，則鄭注《論語》「道千乘之國」引之。見《小司徒・疏》，而《漢書・刑法志》亦取其說。《漢志》曰：「四井為邑，四邑為丘。丘，十六井也，有戎馬一匹，牛三頭。四丘為甸。甸，六十四井也，有戎馬四匹，兵革一乘，牛十二頭，甲士三人，卒七十二人，干戈備具，是謂乘馬之法。一同百里，提封萬井，除山川沉斥，城池邑居，園囿術路，三千六百井，定出賦六千四百井，戎馬四百匹，兵車百乘，此卿大夫采地之大者也，是謂百乘之家。一封三百一十六里，提封十萬井，定出賦六萬四千井，戎馬四千匹，兵車千乘，此諸侯之大者也，是謂千乘之國。天子畿方千里，提封百萬井，定出賦六十四萬井，戎馬四萬匹，兵車萬乘，故稱萬乘之主。」《小司徒・疏》及成元年《左氏正義》以前法為畿內法，後一法為邦國法。前一法與魯頌「公車千乘，公徒三萬」合。後一法則天子畿內有甲士三萬，卒七十二萬。故《史記》謂牧野之戰，紂卒七十萬人。孫子亦云：「怠於道路，不得操事者七十萬家。」

　　《春秋繁露・爵國》篇云：「方里八家，一家百畝，以食五口。上農夫耕百畝，食九口，次八人，次七人，次六人，次五人，多寡相補，率百畝而三口，方里而二十四口。方里者十，得二百四十口。方十里為方里者百，得二千四百口。方百里為方里者千，得二萬四千口。方千里為方里

者萬,得二十四萬口。」法三分而除其一,「得良田方十里者六十六,十與方里（當作與十方里）六十六。定率得十六萬口,三分之,則各五萬三千三百三十三口,為大口軍三,此公侯也。天子地方千里,為方百里者百,亦三分除其一,定得田方百里者六十六,與方十里者六十六,定率得千六百萬口,九分之,各得百七十七萬七千七百七十七口,為京口軍九。三京口軍,以奉王家。」、「故伯七十里,七七四十九,三分除其一,定得田方十里者二十八,與方十里者六十六,定率得十萬九千二百一十二口,為次國口軍三。」、「故子男方五十里,五五二十五,為方十里者六十六,定率得四萬口,為小國口軍三。」（「與方十里者六十六」句原誤,今改正。「定率得四萬口」句亦誤）此又自為一說。如此說,方十里,得二千四百口,三分去一,更以三除之,為五百三十三口,故云「有田一成,有眾一旅」也。

論古代兵制者皆為兵農合一之說所誤。江氏永《群經補義》論此事最核,可檢閱。蓋服兵役者唯鄉人,野鄙之農不與。故《周禮》亦只云「軍出於鄉也」。朱氏大韶《實事求是齋經義司馬法非周制說》論此事亦詳。《繁露》、《司馬法》以一部分人所服之兵役均攤之於全國人,則說不可通矣。《繁露》蓋孔子所改之制,非事實。《司馬法》則戰國時書。戰國時服兵役者已不限於鄉人。作者但睹當時之制而不知古,故亦以古兵數均攤之全國人邪,抑亦欲少擔干戈之禍也。

古服兵役限於鄉人者,以其初為戰勝之族,而野人則被征服之族也。然當時之野人亦非不能為兵,特僅用以保衛鄉里不出征耳。至戰國時,乃皆使之征戍,故兵數驟增（蘇秦說六國,謂燕、趙、齊、韓皆帶甲十萬,楚帶甲數百萬,魏武士二十萬,蒼頭二十萬,奮擊二十萬,廝徒二十萬。觀當時坑降斬級動以萬計,則秦之言非虛也）。鞌之戰,齊侯見保者曰:「勉之,齊師敗矣。」而戰國時論者謂「韓魏戰而勝秦,則兵半折,四境不守」。此保衛鄉里之民盡充征戍之士之明徵也。此可見戰事之日烈矣。

《日知錄》曰：「春秋之世，戎翟之雜居於中夏者，大抵皆在山谷之間，兵車之所不至。齊桓、晉文僅攘而卻之，不能深入其地者，用車故也。中行穆子之敗翟於大鹵，得之毀車崇卒，而智伯欲伐仇猶，遺之大鐘，以開其道，其不利於車可知矣。勢不得不變而為騎，騎射所以便山谷也。是以公子成之徒諫胡服而不諫騎射，意騎射之法必有先武靈而用之者矣。」按：此亦可見爭戰之日烈也（蘇秦謂燕騎六千匹，趙萬匹，魏五千匹，楚萬匹）。

戰國時，實為舉國之民皆服兵役之世。降逮秦漢，猶沿其餘烈焉。《漢書‧刑法志》云：「天下既定，蹍秦而置材官於郡國，京師有南北軍之屯。至武帝平百粵，內增七校（晉灼曰：「《百官表》中壘、屯騎、步兵、越騎、長水、胡騎、射聲、虎賁，凡八校尉，胡騎不常置，故此言七也。」），外有樓船，皆歲時講肄，修武備云。至元帝時，以貢禹議，始罷角抵，而未正治兵振旅之事也。」此孟堅總述西漢兵制之大略也。按：《後漢書‧光武紀》建武七年《注》引《漢官儀》：「高祖命天下郡國選能引關蹶張、材力武猛者，以為輕車、騎士、材官、樓船。常以立秋後講肄課試，各有員數。平地用車騎，山阻用材官，水泉用樓船。」此漢時兵之種類也。《漢書‧高帝紀》二年《注》引《漢儀注》：「民年二十三為正，一歲為衛士，一歲為材官騎士，習射御騎馳戰陳。」、「年五十六衰老，乃得免為庶民，就田里。」〈昭帝紀〉元鳳四年《注》：「如淳曰：更有三品，有卒更，有踐更，有過更。古者正卒無常人，皆當迭為之，一月一更，是為卒更也。貧者欲得雇更錢者，次直者出錢雇之，月二千，是謂踐更也。天下人皆直戍邊三日，亦名為更，律所謂繇〔傜〕戍也。雖丞相子亦在戍邊之調。不可人人自行三日戍，又行者當自戍三日，不可往便還，因便住一歲一更。諸不行者，出錢三百入官，官以給戍者，是為過更也。律說，卒踐更者，居也，居更縣中五月乃更也。後從尉律，卒踐更一月，休十一月也。〈食貨志〉曰：『月為更卒，已復為正，一歲屯戍，一歲力役，三十倍

於古。』此漢初因秦法而行之也。後遂改易，有謫乃戍邊一歲耳。」此當時人民所服兵役之義務也。漢南北軍皆調自人民。詳見《文獻通考》。自武帝初年以前用兵亦多調自郡國，實戰國以來之成規也。其非出自人民者，〈百官公卿表〉：「越騎校尉掌越騎。」如淳曰：「越人內附，以為騎也。」表：「長水校尉掌長水、宣曲胡騎。」師古曰：「長水，胡名也。宣曲，觀名，胡騎之屯於宣曲者。」表：「胡騎校尉掌池陽胡騎。」師古曰：「胡騎之屯池陽者也。」又光祿勳所屬「期門掌執兵送從，武帝建元三年初置，比郎，無員，多至千人，有僕射，秩比千石。平帝元始元年更名虎賁郎，置中郎將，秩比二千石。羽林掌送從，次期門，武帝太初元年初置，名曰建章營騎，後更名羽林騎。又取從軍死事之子孫養羽林，官教以五兵，號曰羽林孤兒。羽林有令丞。宣帝令中郎將、騎都尉監羽林，秩比二千石。」〈東方朔傳〉：「微行，常用飲酌已。八九月中，與侍中常侍武騎及待詔隴西北地良家子能騎射者期諸殿門，故有期門之號。」此則非復出於普通人民，故論者以校尉為募兵之始。羽林、期門擬唐之常從。然此等兵在漢固無關重要也。

　　民兵之制所以漸廢者，實緣秦漢以後疆域式郭，征戍日遠。古代風氣強悍，人民於戰鬥，初非所憚。所憚者則路遙而征戍之期長，廢生業而又有跋涉之苦耳。故自秦世已有謫發，至漢而用之益廣。夫用謫發則不甚用平民為兵，不甚用平民為兵，則人民右武樂戰之習日以衰矣。此民兵漸廢之由也。

　　秦代謫發之制見於《漢書·晁錯傳》。錯論〈守邊備塞書〉曰：「臣聞秦時北攻胡貉，築塞河上，南攻楊粵，置戍卒焉。其起兵而攻胡、粵者，非以衛邊地而救民死也，貪戾而欲廣大也，故功未立而天下亂。且夫起兵而不知其勢，戰則為人禽，屯則卒積死。夫胡貉之地，積陰之處也，木皮三寸，冰厚六尺，食肉而飲酪，其人密理，鳥獸毳毛，其性能寒。楊粵之地，少陰多陽，其人疏理，鳥獸希毛，其性能暑。秦之戍卒不能其水土，

戍者死於邊，輸者償於道。秦民見行，如往棄市，因以謫發之，名曰『謫戍』。先發吏有謫及贅壻〔婿〕、賈人，後以嘗有市籍者，又後以大父母、父母嘗有市籍者，後入閭，取其左。發之不順，行者深怨，有背畔〔叛〕之心。凡民守戰至死而不降北者，以計為之也。故戰勝守固則有拜爵之賞，攻城屠邑則得其財鹵〔擄〕以富家室。故能使其眾蒙矢石，赴湯火，視死如生。今秦之發卒也，有萬死之害，而亡銖兩之報，死事之後不得一算之復，天下明知禍烈及己也。陳勝行戍，至於大澤，為天下先倡，天下從之如流水者，秦以威劫而行之之敝也。」、「陛下幸憂邊境，遣將吏發卒以治塞，甚大惠也。然令遠方之卒守塞，一歲而更，不知胡人之能，不如選常居者，家室田作，且以備之。以便為之高城深塹，具藺石，布渠答，復為一城其內，城間百五十步。要害之處，通川之道，調立城邑，毋下千家，為中周虎落。先為室屋，具田器，乃募罪人及免徒復作令居之；不足，募以丁奴婢贖罪及輸奴婢欲以拜爵者；不足，乃募民之欲往者。皆賜高爵，復其家，予冬夏衣，廩食，能自給而止。郡縣之民得買其爵，以自增至卿。其亡夫若妻者，縣官買予之。人情非有匹敵，不能久安其處。塞下之民，祿利不厚，不可使久居危難之地。胡人入驅而能止其所驅者，以其半予之，縣官為贖其民。如是，則邑里相救助，赴胡不避死。非以德上也，欲全親戚而利其財也。此與東方之戍卒不習地勢而心畏胡者，功相萬也。」此可見謫戍之弊，及募民實邊之益。使當時沿邊之地能舉如錯議行之，則民不勞而邊患抒，實策之最善者也。然當時不能如是，而武帝以後，征戍既遠，徵調尤繁，人民難數擾動，故謫發之用尤甚也。

　　漢世謫發，見於《漢書》紀傳者甚多，今就本紀，略舉若干事，以見其概。

　　〈高帝紀〉十一年，「赦天下死罪以下，皆令從軍。」

　　〈武帝紀〉元鼎五年，「夏四月，南越王相呂嘉反。」秋，「遣伏波將軍路博德出桂陽，下湟水；樓船將軍楊僕出豫章，下湞水；歸義越侯嚴為戈

船將軍，出零陵，下離水；甲為下瀨將軍，下蒼梧。皆將罪人，江淮以南樓船十萬人。越馳義侯遺別將巴蜀罪人，發夜郎兵，下牂柯江，咸會番禺。」

元封二年，「朝鮮王攻殺遼東都尉，乃募天下死罪擊朝鮮。」秋，「遣樓船將軍楊僕、左將軍荀彘將應募罪人擊朝鮮。」

六年，「益州、昆明反，赦京師亡命令從軍，遣拔胡將軍郭昌將以擊之。」

太初元年，「遣貳師將軍李廣利發天下謫民西征大宛。」師古曰：「庶人之有罪謫者也。」〈李廣利傳〉：「太初元年，以廣利為貳師將軍，發屬國六千騎及郡縣惡少年數萬人以往。」

天漢四年，「發天下七科謫及勇敢士。」張晏曰：「吏有罪一，亡命二，贅婿三，賈人四，故有市籍五，父母有市籍六，大父母有市籍七，凡七科也。」

〈昭帝紀〉始元元年，「遣水衡都尉呂破胡募吏民及發犍為、蜀郡奔命擊益州，大破之。」應劭曰：「舊時郡國皆有材官騎士以赴急難，今夷反，常兵不足以討之，故權選取精勇。聞命奔走，故謂之奔命。」李斐曰：「平居發者二十以上至五十為甲卒，今者五十以上六十以下為奔命。奔命，言急也。」師古曰：「應說是也。」

〈昭帝紀〉元鳳元年，「武都氐人反，遣執金吾馬適建、龍雒侯韓增、大鴻臚廣明將三輔、太常徒，皆免刑擊之。」蘇林曰：「是時太常主諸陵縣治民也。」

五年，「六月，發三輔及郡國惡少年吏有告劾亡者，屯遼東。」如淳曰：「告者，為人所告也。劾者，為人所劾也。」師古曰：「惡少年謂無賴子弟也。告劾亡者，謂被告劾而逃亡。」

〈宣帝紀〉本始二年秋，「大發興調關東輕車銳卒，選郡國吏三百石伉健習騎射者，皆從軍。」

　　神爵元年，「西羌反，發三輔、中都官徒弛刑，及應募佽飛射士、羽林孤兒，胡、越騎，三河、潁川、沛郡、淮陽、汝南材官，金城、隴西、天水、安定、北地、上郡騎士、羌騎，詣金城。」李奇曰：「弛，廢也。謂若今徒解鉗釱赭衣，置任輸作也。」師古曰：「中都官，京師諸官府也。《漢儀注》長安中諸官獄三十六所。」佽飛射士，臣瓚曰：「本秦左弋官也，武帝改曰佽飛官，有一令九丞，左上林苑中結矰繳以弋鳧雁，歲萬頭，以供祀宗廟。」

　　此皆漢世所用之兵出於民兵以外者也。用此等兵日多，則民兵之用日少，而人民右武好鬥之習日以衰矣。當是時，賈人、贅壻、刑徒、謫吏唯所用之，無不如志。以衛青之柔懦，霍去病之驕恣，猶能絕漢以立大功，豈有他哉！其眾強也，舉國皆兵之流風餘烈亦可見矣。李陵提步卒五千，深踐戎馬之地，足歷王庭，垂餌虎口，橫挑強胡，訽之往史，莫之能再，漢之負陵則深矣。而隴西士大夫猶以李氏為愧，路博德羞為陵後，而不聞有羞與衛、霍、貳師伍者。距封建之世近，民尊君親上之心亦非後世所逮也。使漢武能以法任人，善用其眾，國威之遐暢豈值如兩漢之已事哉！

　　後漢光武承大亂之後，欲與民休息，乃盡去兵備。《後漢書・光武紀》建武六年，「是歲，初罷郡國都尉官。」劉攽曰：「郡有都尉，國有中尉。此時罷郡都尉官耳，不當有國字。」按：此或並罷中尉言不具耳。七年三月丁酉，「詔曰：今國有眾軍，並多精勇，宜且罷輕車、騎士、材官、樓船士及軍假吏，令還復民伍。」九年，「是歲，省關都尉」。十三年，「大饗將士，班勞策勳。功臣增邑更封。」、「罷左右將軍官。」《續後漢書・百官志》：「建武六年，省諸郡都尉，並職太守，無都試之役。省關都尉，唯邊郡往往置都尉及屬國都尉，稍有分縣，治民比郡。安帝以羌犯法，三輔有陵園之守，乃復置右扶風都尉、京兆虎牙都尉。」《文獻通考》云：「光武罷都尉，然終建武之世，已不能守前法，罷尉省校，輒復臨時補置。」、「明帝以後，又歲募郡國中都官死罪繫囚出戍；聽從妻子自占邊縣

以為常。凡從者皆給弓弩衣糧。於是北胡有變則置度遼營，南蠻或叛則置象林兵，羌寇三輔則置長安、雍二尉，鮮卑寇居庸則置漁陽營。其後盜作，沿邊緣海稍稍增兵，而魏郡、趙國、常山、中山六百一十六塢，河內、通谷衝要三十三塢，扶風、漢陽、隴道三百塢，置屯多矣。」《後漢書·靈帝紀》中平五年，「八月，初置西園八校尉。」《注》：「樂資《山陽公載記》曰：小黃門蹇碩為上軍校尉，虎賁中郎將袁紹為中軍校尉，屯騎校尉鮑鴻為下軍校尉，議郎曹操為典軍校尉，趙融為助軍左校尉，馮芳為助軍右校尉，諫議大夫夏牟為左校尉，淳于瓊為右校尉，凡八校尉，皆統於蹇碩。」蓋兵民至此分矣。

　　兵民分而州郡之兵起焉。自永初羌亂而涼州之兵獨強，自靈帝用劉焉議改刺史為州牧而方面之權始重，卒有董卓、呂布、李傕、郭汜之干紀而王室如贅旒，東方州郡借討卓為名紛紛起兵，而海宇遂至於割裂。割裂之世，外兵不能不重，而司馬氏遂以軍人篡位。平吳以後，始罷州牧之任。顧復假諸王以兵權（大國三軍，五千人。次國二軍，三千人。小國一軍，千五百人），於是有八王之亂，五胡雲擾，群盜如猬毛。夾輔王室，保衛地方，胥不得不資方鎮，而州郡之權復重矣。

　　渡江以後，荊、江二州，為甲兵所聚，本小末大，而內外猜忌之形勢以成。王敦、桓溫再圖篡，而大難捽髮於桓玄。下流之兵，自殷浩以前累用之而無效。至北府兵出而揚州之兵力始強。劉裕用之以剗除異己，傾覆晉室。裕既代晉，以荊州為上流重鎮，遣命必以親子弟居焉。少帝之弒，叛徒命謝晦急據之，文帝借檀道濟之力以平晦，又殺道濟。自是出刺大郡者多用同姓及親臣。然自宋迄陳，歷代骨肉之相屠，君臣之相忌則仍一，東晉以來之局也。此時恃以折衝禦侮者，皆方鎮之兵，用民兵之事絕鮮。然外不能奏勘定之烈，而內日在猜防劫制之中。州郡之兵之明效大驗，可見於此矣（南朝用民兵最著者，為宋元嘉二十七年之役。史稱江南白丁，輕進易退，卒以致敗。蓋民不習兵既久，急而用之，則誠所謂以不教民戰

也）。

　　五胡亂華，所用皆其種人，或他種族人，用漢人者絕鮮。魏太武遺臧質書曰：「我今所遣鬥兵盡非我國人。城東北是丁零與胡，南是氐羌。設使丁零死，正可減常山、趙郡賊，胡死減并州賊，羌死減關中賊。」高歡語鮮卑則曰：「漢民是汝奴，夫為汝耕，婦為汝織，輸汝粟帛，令汝溫飽，汝何為陵之！」語華人則曰：「鮮卑是汝作客，得汝一斛粟、一匹絹，為汝擊賊，令汝安寧，汝何為疾之！」其明徵也。石虎之伐燕也，司冀、青、徐、幽、並、雍之民，五丁取三，四丁取二。苻堅之攻晉也，民每十丁遣一兵。其良家子有材勇者皆拜羽林郎，則以兵數太多，不得已而役及漢人耳。自冉閔大肆誅戮，而胡羯云亡，苻堅喪師，北方酋豪並起角立，而既入中原之氐、羌、鮮卑，亦以俱敝。唯拓跋氏在塞外，氣足力完，盡收率北方之種族而用之，兵鋒遂所向披靡。然魏恃兵力以立國，終亦不戢自焚。自東西魏、周、齊之互競，而隨六鎮之亂，以侵入中原之北族亦衰，乃不得不用漢人，乃不得不令兵屯種以自養，而府兵之制起焉。

　　六鎮之亂，論者皆歸咎於邊任太輕，鎮將不得其人，「專事聚斂」，「政以賄立」，又待其人太薄，以致憤鬱思亂。其實正由必使之為兵，乃有此弊耳。蓋唯必欲強六鎮之兵，乃不得不留「高門子弟」於其地。既留之於六鎮，則其選用，自不得與從幸洛陽者同。乃有「同族留京師者得上品，通官在鎮者即為清途所隔」之弊。其人自不得不逃逸；聽其逃逸，則六鎮之兵勢必不能維持。乃不得不「峻邊兵之格」，令「鎮人不得浮游在外」，而「少年不得從師，長者不得游宦，獨為匪人」之不平作矣。向使南遷以後，革除六鎮舊制，別謀防邊之法，何至於是。魏蘭根謂：「宜改鎮立州，分置郡縣。凡是府戶，悉免為民。」乃真治本之策也。或謂但能優待六鎮將士，則既得強兵，又不虞其倒戈，豈不更善！然兵力豈有終不腐壞之理！清代非始終以兵制治東三省，而待旗人且甚優者邪！

　　府兵之制，昉自後周太祖。太祖輔西魏時，用蘇綽言，仿《周典》制

六軍，藉六等之民，擇魁健材力之士以為之首，盡蠲租調，而刺史以農隙教之，合為百府。每府一郎將主之，分屬二十四軍，開府各領一軍。大將軍凡十二人，每一將軍，統二開府。一柱國主二大將，將復加持節都督以統焉。凡柱國六員，眾不滿五萬人。隋十二衛，各分左右，皆置將軍，以分統諸府之兵。有郎將、副將、坊主、團主，以相統治。其外又有驃騎、車騎二府，皆有將軍。後更驃騎曰鷹揚郎將，車騎曰副郎將，別置折衝、果毅。

唐武德初，始置軍府，以驃騎、車騎兩將軍府領之。析關中為十二道，皆置府。三年，更以各道為軍，軍置將、副各一人，以督耕戰，以車騎府統之。六年，以天下既定，遂廢十二軍，改驃騎曰統軍，車騎曰別將。居歲餘，十二軍復，而軍置將軍一人，軍有坊，置主一人，以檢察戶口，勸課農桑。太宗貞觀十年，更號統軍為折衝都尉，別將為果毅都尉，諸府總曰折衝府。凡天下十道，置府六百三十四，皆有名號，而關內二百六十一，皆以隸諸衛。凡府三等：兵千二百人為上，千人為中，八百人為下。府置折衝都尉一人，左右果毅都尉各一人，長史、兵曹、別將各一人，校尉六人。士以三百人為團，團有校尉；五十人為隊，隊有正；十人為火，火有長。民年二十為兵，六十而免。自高宗、武后之時，天下久不用兵，府兵之法寖壞，番役更代多不以時，衛士稍稍亡匿。玄宗時，益耗散，宿衛不能結。宰相張說乃請一切募士宿衛。號曰「騎」，分隸十二衛，衛萬人。天寶以後，又稍變廢。其後折衝諸府徒有兵額，官吏宿衛皆市人。祿山反，皆不能受甲矣。

所謂方鎮者，節度使之兵也。其原皆起於邊將之屯防者。唐初，兵之戍邊者，大曰軍，小曰守捉，曰城、曰鎮，而總之者曰道。其軍、城、鎮、守捉皆有使，而道有大將一人，曰大總管，已而更曰大都督。太宗時，行軍征討曰大總管，在其本道曰大都督。永徽後，都督帶使持節者謂之節度使，然猶未以名官。景雲二年，以賀拔延嗣為梁州都督、河西節度

使。自此而後，接乎開元，朔方、隴右、河東、河西諸鎮，皆置節度使。祿山反後，武夫戰卒以功起行陳，列為侯王者，皆除節度使。由是方鎮相望於內地。

　　南衙，諸衛兵；北衙者，禁兵也。高祖以義兵起於太原，已定天下，悉罷遣之，其願留宿衛者三萬人。以渭北白渠旁民棄腴田分給之，號「元從禁軍」。後老不任事，以其子弟代。貞觀初，太宗擇善射者百人，為二番於北門長上，曰「百騎」，以從田獵。又置北衙七營，選材力驍壯，月以一營番上。十二年，始置左右屯營於玄武門，領以諸衛將軍，號「飛騎」。復擇馬射為百騎，為游幸翊衛。高宗龍朔二年，始取府兵越騎、步射置左右羽林軍，大朝會執仗以衛階陛，行幸則夾馳道為內仗。武后改百騎曰「千騎」。中宗又改曰「萬騎」。及玄宗以萬騎平韋氏，改為左右龍武軍，皆用唐之功臣子弟，制若宿衛兵。肅宗至德二載，置左右神武軍，補元從、扈從子弟，總曰「北衙六軍」。又擇便騎射者置衙前射生手千人，亦曰「供奉射生官」，又曰「殿前射生」，分左、右廂，總號曰「左右英武軍」。代宗即位，以射生軍入禁中清難，皆賜名「寶應功臣」，故射生軍又號「寶應軍」。上元中，以北衙軍使衛伯玉為神策軍節度使，鎮陝州，中使魚朝恩為觀軍容使，監其軍。初，哥舒翰破吐蕃臨洮西磨環川，即其地置神策軍，以成如璆為軍使。及安祿山反，如璆以伯玉將兵千人赴難，伯玉與朝恩俱屯於陝。時神策故地淪沒，即詔伯玉所部兵，號「神策軍」，以伯玉為節度使，興陝州節度郭英義皆鎮陝。後伯玉罷，以英義兼神策軍節度。英義入為僕射，軍遂統於觀軍容使。代宗廣德元年，避吐蕃幸陝，朝恩舉在陝兵與神策軍迎扈，悉號「神策軍」。天子幸其營。及京師平，朝恩遂以軍歸禁中，自將之，然尚未與北軍齒也。永泰元年，吐蕃入侵，朝恩又以神策軍屯苑中，自是寖盛，分為左、右廂，勢居北軍右，遂為天子禁軍，非他軍比。朝恩乃以觀軍容宣慰處置使知神策軍兵馬使。大曆四年，請以京兆之好畤，鳳翔之麟游、普潤，皆隸神策軍。明年，復以興

平、武功、扶風、天興隸之,朝廷不能遏。德宗時,神策兵雖處內,而多以禆將將兵征伐,往往有功。及李希烈反,河北盜且起,數出禁軍征伐,神策之士多鬥死者。建中四年,下詔募兵,以白志貞為使。神策軍既發殆盡,志貞陰以市人補之,名隸籍而身居市肆。及涇卒潰變,皆戢伏不敢出。志貞等流貶,神策都虞侯李晟自飛狐道赴難,為神策行營節度,屯渭北,軍遂振。貞元二年,改神策左右廂為左右神策軍,特置監句當左右神策軍,以寵中官。而益置大將軍以下。改殿前射生左右廂為殿前左右射生軍,亦置大將軍以下。三年,改殿前左右射生軍日左右神威軍,置監左右神威軍使。左右神策軍皆加將軍二員,左右龍武軍加將軍一員,以待諸道大將有功者。自肅宗後,北軍增置威武、長興等軍,名類頗多,而廢置不一。唯羽林、龍武、神武、神策、神威最盛,總日左右十軍。其後京畿之西,多以神策軍鎮之,皆有屯營。自德宗幸梁還,以神策兵有勞,皆號「興元元從奉天定難功臣」。十二年,以竇文場為左神策軍護軍中尉,霍山鳴為右神策軍護軍中尉,張尚進為右神威軍中護軍,焦希望為左神威軍中護軍。護軍中尉、中護軍皆古官。帝既以禁衛假宦官,又以此寵之。十四年,又詔左右神策置統軍,以崇親衛,如六軍。時邊兵衣餉多不贍,而戍卒屯防,藥茗蔬醬之給最厚。諸將務為詭辭,請遙隸神策軍,稟賜遂贏舊三倍,塞上往往稱神策行營內統於中人矣;其軍乃至十五萬。元和二年,省神武軍。明年,又合左右神威軍為一,日「天威」。八年,廢天威軍,以其兵分隸左右神策軍。及僖宗幸蜀,田令孜募神策新軍為五十四都,離為十軍,令孜自為左右神策十軍兼十二衛觀軍容使,以左右神策大將軍為左右神策諸都指揮使,諸都又領以都將,亦日「都頭」。昭宗以藩臣跋扈,天子孤弱,議以宗室典禁兵。及伐李茂貞,乃用嗣覃王允為京西招討使,神策諸都指揮使李鐵副之,悉發五十四軍屯興平。石門、莎城之幸,詔嗣薛王知柔入長安收禁軍、清宮室。又詔諸王閱親軍,收拾神策亡散,益置安聖、捧宸、保寧、安化軍,日「殿後四軍」,嗣覃王允與嗣廷

王戒丕將之。三年，茂貞再犯闕，嗣覃王戰敗，昭宗幸華州。明年，韓建散殿後兵，殺十一王。及還長安，復稍置左右神策軍，以六千人為定。是歲，左右神策中尉劉季述幽帝。鳳翔之圍，誅中尉韓全晦等二十餘人。還長安，悉誅宦官，神策左右軍由此廢矣。諸司悉歸尚書省郎官，兩軍兵皆隸六軍，以崔胤判六軍十二衛事。六軍者，左右龍武、神武、羽林，名存而已。自是軍司以宰相領。及朱全忠歸，留步騎萬人，以子發倫為左右軍宿衛都指揮使，禁衛皆汴卒。崔胤立格募兵於市，全忠陰以汴人應之。胤死，宰相裴樞判左三軍，獨孤損判右，向所募士悉散去。全忠亦兼判左右六軍十二衛。及東遷，唯小黃門打球供奉十數人、內園小兒五百人從。至谷水，又盡屠之，易以汴人，於是天子無一人之衛。

唐中葉後，為患最深者為禁軍，藩鎮唯河北始終抗命，餘皆時奏削平之。雖亦有效命之臣，終不能赫然中興者，則以中樞為宦官所把持，君相欲去之而輒敗也，卒借朱全忠以除之，而唐祚亦與之同盡。蓋積重之勢所必至矣。以言乎外則地擅於將，而將又擅於兵，朝廷因無如節度何，節度亦莫能自必其命也。五代十國，唯南平始終稱王，餘皆稱帝，寔仍一節度使耳。其廢立，其興亡，與唐世之藩鎮無以異也。五代綱紀之迄不能振，以此至周世宗而後破其弊，至宋太祖而後竟其功。

宋之兵有三：天子之衛兵，以守京師，備征戍，曰禁軍；諸州之鎮兵，以分給役使，曰廂軍；選於戶籍或應募，使之團結訓練，以為在所防守，曰鄉兵。又有蕃兵，則國初具籍塞下，團結以為藩籬；而其後分隊伍，給旗幟，繕營堡，備器械，律以鄉兵之制者也。禁兵，殿前、侍衛二司總之。其最親近扈從者，號諸班直；其在外者，非屯駐、屯泊，則就糧軍也。

宋初，鑒於五代藩鎮之弊，務為強幹弱枝，諸州兵之強者，悉送闕下，以補禁旅之闕。其留本州島島者，罕教閱，給役而已。又立更戍之法，以免兵擅於將，且使兵不至於驕惰。然兵不知將，將不知兵，且廂

兵皆升為禁軍。又每逢水旱，則以募兵為救荒之計，故兵數日廣。開國之初，養兵僅二十萬。開寶末，增至三十七萬八千。至道時，六十六萬六千。天禧間，九十一萬二千。慶曆，百二十五萬九千。治平稍減，亦百十六萬二千。然曾不能以一戰。當時論其弊者云：「今衛士入宿，不自持被而使人持之；禁軍給糧，不自養而僱人養之。今以大禮之故，不勞之賞三年而一遍，所費八九十萬，有司不敢緩月日之期。兵之得賞，不以無功知愧，乃稱多量少，道好嫌惡，小不如意，則持梃而呼，群聚欲擊天子之命吏。今天下之兵，不耕而聚於畿輔者數十萬，皆仰給於縣官。天下之財，近自淮甸，遠至於吳楚，凡舟車所至，人力所及，莫不盡取以歸，於京師晏然無事，而賦斂之重至於不可復加，而三司猶苦其不給，又有循環往來屯戍於郡縣者。今出禁兵而戍郡，遠者或數千里，其月廩歲給之外，又日供其芻糧，三歲而一遷，雖不過數百為輩，而要其歸，無異於數十萬之兵，三歲而一出征也。」蓋募兵之弊至是而極矣。

軍各有營，營各有額。皇祐間，馬軍以四百，步軍以五百為一營。承平既久，額存而軍闕，馬一營或止數十騎，兵一營或不滿二百，而將校猥多，賜予廩給十倍士卒，遞遷如額不少損。熙寧二年，始議並廢。又詔不任禁軍者降廂軍，不任廂軍者降為民。四年，詔「揀諸路小分年四十五以下勝甲者，升為大分，五十以上願為民者聽。」舊制，兵至六十一始免，猶不即許也。及是免為民者甚眾，冗兵由是大省。熙寧七年，始詔總開封府畿、京東西、河北路兵分置將、副。自河北始，第一將以下凡十七將，在河北四路；自十八將以下凡七將，在府畿；自二十五將以下凡九將，在京東；自三十四將以下凡四將，在京西，凡三十七將。而鄜延、環慶、涇原、秦鳳、熙河又自列將。鄜延九，元豐六年併為五。涇原十一，元符元年增置第十二。環慶八，秦鳳五，熙河九。元豐四年，團結東南路諸軍共十三將：自淮南始，東路為第一，西路為第二，兩浙西路為第三，東路為第四，江南東路為第五，西路為第六，荊湖北路為第七，南路潭州為第

八，全、邵、永州應援廣西為第九，福建路為第十，廣南東路為第十一，西路桂州為第十二，邕州為第十三。總天下為九十二將，而鄜延五路又有漢蕃弓箭手，亦各分隸諸將。凡諸路將各置副一人，東南兵三千人以下唯置單將；凡將副皆選內殿崇班以上、嘗歷戰陳、親民者充；又各以所將兵多少，置部將、隊將、押隊、使臣各有差；又置訓練官次諸將佐；春秋都試，擇武力士，凡千人選十人，皆以名聞，而待旨解發，其願留鄉里者勿強遣。此宋兵制之一變也（此外，京東、西有馬軍十三指揮，京西有忠果十二指揮，勇捷兩指揮）。

　　保甲始熙寧三年，詔畿內之民，十家為一保，選主戶有幹力者一人為保長；五十家為一大保，選一人為大保長；十大保為一都保，選為眾所服者為都保正，又以一人為副。主客戶兩丁以上，選一人為保丁，附保。兩丁以上有餘丁而壯勇者亦附之。同保不及五家者並他保。有自外入保者，則收為同保，俟滿十家，乃別置焉。兵器非禁者聽習。每一大保夜輪五人警盜。同保中犯強盜、殺人、放火、強姦、略人、傳習妖教、造畜蠱毒，知而不告，依律伍保法。餘事非干己，又非敕律所聽糾，皆毋得告。其居停強盜三人，經三日，保鄰雖不知情，科失覺罪。既行之畿甸，遂推之五路，以達天下。時則以捕盜賊相保任，而未肄武事也。四年，始詔畿內保丁肄習武事。歲農隙，所隸官期日於要便鄉村都試騎步射。第一等保明以聞，天子親閱試，命以官使。第二等免當年春夫一月，馬藁四十，役錢二千。三四等視此有差，而未番上也。五年，主戶保丁願上番於巡檢司者，十日一更，疾故者次番代之，月給口糧、薪菜錢，分番巡警，每五十人輪大保長二，都副保正一統領之。都副保正月給錢七千，大保長三千。捕逐劇盜，下番人亦聽追集，給其錢斛，事訖遣還，毋過上番人數，仍折除其上番日。十一月，又詔尉司上番保丁如巡檢司法。六年，行於永興、秦鳳、河北東西、河東五路，唯毋上番，餘路止相保任，毋習武藝，內荊湖、川、廣並邊者可肄武事，令監司度之。保甲初隸司農，八年，改隸兵

部，增同判一、主簿二、幹當公事官十，分按諸州，其政令則聽於樞密院。元豐二年十一月，始立《府界集教大保長法》。三年，大保長藝成，乃立團教法，以大保長為教頭，教保丁。府界法成，推之河北、陝西、河東三路，各置文武官一人提舉，以封樁養贍義勇保甲錢糧給其費。四年，改五路義勇為保甲。其年，府界、河北、河東、陝西路會校保甲，都保凡三千二百二十六，正長、壯丁凡六十九萬一千九百四十五，歲省舊費緡錢一百六十六萬一千四百八十三，歲費緡錢三十一萬三千一百六十六，而團教之賞不興焉。熙寧九年，籍義勇、保甲及民兵凡七百十八萬二千二十八人云。

保甲之行，王安石主之最力。安石謂：「必復古行伍之制，然後兵眾而強。兵不減，則費財困國無已時；更減，則無以待緩急，故不能理兵，稍復古制，則中國無富強理。且募兵皆偷惰頑猾不能自振之人，而為農者皆樸力一心聽令之人，則緩急莫如民兵可用，此其所以決行而不疑也。」當時言其效者，謂前此環畿群盜，攻奪殺掠，歲且二百起，至是盡絕，僅長野一縣捕獲府界劇賊及追逐出外者，皆三十人。以之為兵，藝既勝於正兵，而一時賞齎，皆取之封樁，或禁軍闕額，未嘗費戶部一錢。章惇謂：仕官及有力之家子弟，皆欣然趨赴。及引對，所乘皆良馬，鞍轡華楚，馬上藝事，往往勝諸軍，知縣巡檢又皆得轉官或減軍，以此上下踴躍自效，司農官親任其事，督責檢察極精密。縣令有抑令保甲置衣裝，非理騷擾者，亦皆沖替，故人莫敢不奉法。而司馬光、王岩叟輩則極言保正長及巡檢使之誅求無厭。又謂使者犒設賞齎，所費不可勝計。民有逐養子、出贅婿、再嫁其母、兄弟析居以求免者，有毒目、斷指、炙肌膚以自殘廢而求免者，有盡室以逃而不歸者，甚有保丁自逃，更督其家出賞錢以募之者。又謂保丁執指使，逐巡檢，攻提舉司幹當官，大獄相繼。又謂自教閱保甲以來，河東、陝西、京西盜賊多白晝公行，入縣鎮，殺官吏。官軍追討，經歷歲月，終不能制。其言適相反，蓋皆不免於己甚也。

　　元祐時，司馬光得政，言禁旅盡屬將官，長吏勢力出其下，不足防寇賊竊發。又兵不出戍，養成驕惰。將下有部隊將、訓練官等一二十人，而諸州又自有總管、鈐轄、都監、監押，設官重複，虛破廩祿。於是詔除陝西、河東、廣南不出戍，河北差近里一將更赴河東外，諸路逐將與不隸將之兵並更互出戍，稍省諸路鈐轄及都監員，以將官兼州都監職，而保甲法亦次第廢罷。元符時，更欲議復。曾布謂當時保丁存者無幾，卒不能行。蓋宋自元豐以前，專用募兵，元豐以後，民兵日盛，募兵日衰，募兵闕額，則收其廩給，以為民兵教閱之費。元祐以後，民兵亦衰。崇寧、大觀以後，蔡京用事，兵弊日滋，至於受逃亡，收配隸，猶恐不足。政和後，久廢搜補，軍士死亡之餘，老疾者徒費廩給，少壯者又多冗占，集體既壞，紀律遂亡。童貫握兵，凡遇陣敗，恥於人言，第申逃竄。河北將兵，十無二三，多住招闕額，以為上供之用。陝西諸路，兵亦無幾。金兵入侵，種師道將兵入援，僅得萬五千人而已。

　　高宗南渡，殿前司以左言權領，而侍衛二司猶在東京。諸將楊維忠、王淵、韓世忠以河北兵，劉光世以陝西兵，張俊、苗傅等以帥府及降盜兵，皆在行朝，不相統一。於是置御營司，因其所部為五軍，以淵為使司都統制，世忠、俊、傅等並為統制。又命光世提舉使同一行事務。三年，又置御前五軍，楊沂中為中軍總宿衛，張俊為前軍，韓世忠為後軍，岳飛為左軍，劉光世為右軍，皆屯駐於外。四年，廢御營司，歸其事於樞密院。後改御前五軍為神武五軍，御營五軍為神武副軍，並隸樞密院。又廢神武中軍，以隸殿前司。復立侍衛馬步二司，而三衙始復矣。然所謂御前軍者，初不盡隸三衙也。南渡之初，諸軍較有名者，韓、岳、張、劉而外，則王彥之八字軍、湖南王瓚、川陝曲端、王庶、劉子羽、吳玠之軍。八字軍初隨張浚入蜀，後赴行在，歸入馬軍司。王𤫩紹興五年罷，其軍五千隸韓世忠。劉光世死，其將酈瓊以兵七萬叛降齊，王德以八千人歸張浚。於是三衙而外，韓、岳、張之兵最盛。岳飛駐湖北、韓世忠駐淮東、

劉光世駐江東，皆立宣撫司。紹興十一年，給事中范同獻策秦檜，召韓、岳、張，皆除樞副。張浚首納所部兵。分命三大帥副校各統所部，更其銜日統制御前軍馬。罷宣撫司，遇出師，則取旨，兵皆隸樞密院，而屯駐則仍舊，謂之某州駐劄御前諸軍。故岳飛舊部在鄂，張浚舊部在建康，韓世忠舊部在鎮江。劉光世之軍之叛也，始以吳玠軍為右軍。曲端為張浚所殺，及王庶、劉子羽之卒，其兵皆併於玠。玠死，胡世將為宣撫使，吳璘以二萬人守興州，楊政以二萬人守興元，郭浩以八千人守金州，而玠中部三萬人分屯仙人關左右，亦並統之，分屯十四郡，亦以御前諸軍為號。凡御前諸軍，皆直達朝廷，帥臣不得節制，然又不隸於三衙。而三衙所統禁兵，則但供廝役，如昔之廂軍而已。此南渡後軍制之變遷也。四御前軍之財賦，特設總領司之。廂禁軍及士兵等，則仰給於州郡。

遼為游牧之國，兵眾而強。而為之中堅者，則部族也。今據史略述其制如下：

御帳親軍：太祖即位之後，以宗室盛強，分迭剌部為二（五院、六院），宮衛內虛，未皇〔遑〕鳩〔糾〕集。皇后述律氏居守之際，摘蕃漢精銳為屬珊軍二十萬騎。太宗益選天下精兵，置諸爪牙為皮室軍三十萬騎。合騎五十萬。

宮衛騎軍：太祖既分本部為五院、六院，而親衛缺然。乃立斡魯朵法，分州縣，析部族，以強幹弱枝。嗣後，每帝踐位則置之。入則居守，出則扈從。〈營衛志〉所謂「居有宮衛，謂之斡魯朵；出有行營，謂之捺缽」也。葬則因以守陵。十二宮一府，自上京至南京總要之地，各置提轄司（重地每宮皆置，內地一二而已。凡諸宮衛，丁四十萬八千，出騎兵十萬一千人）。有兵事，不待調發州縣、部族，十萬騎軍已具矣。

大首領部族軍：親王大臣征伐之際，往往置私甲以從王事。大者千餘騎，小者數百人，著籍皇府。國有戎政，量借三五千騎，常留餘兵為部族根本。

　　眾部族軍：分隸南北府，守衛四邊。〈營衛志〉曰：「部落曰部，氏族
曰族。契丹故俗，分地而居，合族而處。有族而部者，五院、六院之類是
也。有部而族者，奚王、室韋之類是也。有部而不族者，特里特免、稍
瓦、曷術之類是也。有族而不部者，遙輦九帳、皇族三父房是也」。「《舊
志》曰：契丹之初，草居野次，靡有定所。至涅里始制部族，各有分地。
太祖之興，以迭剌部強熾，析為五院、六院。奚六部以下，多因俘降而
置。勝兵甲者即著軍籍，分隸諸路詳穩、統軍、招討司。番居內地者，歲
時田牧平莽間。邊防紕〔糾〕戶，生生之資，仰給畜牧，績毛飲湩，以為
衣食。各安舊風，狃習勞事，不見紛華異物而遷。故家給人足，戎備整
完。卒之虎視四方，強朝弱附，部族實為之爪牙云。」

　　五京鄉丁：可見者一百十萬七千三百人，不出戍。

　　屬國軍：屬國可紀者五十九，朝貢無常。有事則遣使徵兵，或下詔專
徵，不從者討之。助軍眾寡，各從其便，無定額。

　　金初所用皆諸部族之兵，強勇而耐勞，忠樸而聽令，故其強遂無敵於
天下。《金史‧兵志》云：「金之初年，諸部之兵無他徭役，壯者皆兵，平
居則聽以佃漁射獵習為勞事，有警則下令部內，及遣使詣諸孛菫徵兵，凡
步騎之仗糗皆取備焉。」其《兵志‧敘》云：「金興，用兵如神，戰勝攻取，
無敵當世，曾未十年，遂定大業。原其成功之速，俗本鷙勁，人多沉雄，
兄弟子姓，才皆良將，部落保伍，技皆銳兵。加之地狹產薄，無事苦耕，
可給衣食，有事苦戰，可致俘獲，勞其筋骨，以能寒暑，徵發調遣，事同
一家。是故將勇而志一，兵精而力齊，一旦奮起，變弱為強，以寡制眾，
用是道也。」其制戰時之統帥，即平時之部長，平時曰孛菫，戰時則從其
多寡稱猛安、謀克。猛安千夫長，謀克百夫長也。謀克之副曰蒲里衍，士
卒之副從曰阿里喜。猛安、謀克之制定於太祖二年，以三百戶為謀克，謀
克十為猛安。其後諸部來降，率以猛安、謀克之名授之，亦以此制施之
遼、漢之眾。既入中原，懼民情勿便，乃罷是制，從漢官之號，置長吏。

熙宗以後，復罷遼東漢人、渤海猛安謀克承襲之制，浸移其兵柄於國人焉。大定初，窩斡平，又散契丹隸諸猛安謀克。《兵志·敘》又云：「及其得志中國，自顧其宗族國人尚少，乃割土地、崇位號以假漢人，使為之効力而守之。猛安謀克雜廁〔側〕漢地，聽與契丹、漢人婚姻以相固結。迨國勢寖盛，則歸土地、削位號，罷遼東、渤海漢人之襲猛安謀克者，漸以兵柄歸其內族。然樞府餘軍募軍兼採漢制，伐宋之役參用漢軍及諸部族而統以國人，非不知制勝之策在於以志一之將、用力齊之兵也，第以土宇既廣，豈得盡任其所親哉。」蓋金人之於遼東、渤海、漢人，雖歧視亦不能不用也。

熙宗分猛安謀克為上、中、下三等，宗室為上，餘次之。海陵天德二年，削上、中、下之名，但稱諸猛安謀克，循舊制間年一徵發，以補死亡之數。貞元以後，移猛安謀克戶於中原，漸染華風，日趨奢惰，其勢遂不復振。大定十五年，遣吏部郎中蒲察兀虎等十人分行天下，再定猛安謀克戶，每謀克戶不過三百，七謀克至十謀克置一猛安。大定時，宗室戶百七十，猛安二百有二，謀克千八百七十八，戶六十一萬五千六百二十四。南遷後，以二十五人為謀克，四謀克為一猛安。每謀克除旗鼓司火頭外，任戰者僅十八人，不足成隊伍，但務存其名而已。

宣宗南遷，盡擁猛安戶老稚渡河，僑置諸總管府以統之，器械既缺，糧糒不給，乃行括糧之法，一人從征，舉家待哺。又謂無以堅戰士之心，乃令其家盡入京師，不數年至無以為食，乃聽其出，而國亦屈矣。哀宗正大二年，議選諸路精兵，直隸密院。先設總領六員，分路揀閱，因相合併。軍勢既張，乃易總領之名為都尉，班在隨朝四品之列，必以嘗秉帥權者居之，雖帥府行院亦不敢以貴重臨之也。天興初元，有都尉十五。復取河朔諸路歸正人，送樞密院，增月給三倍他軍，授以官馬，名曰忠孝，意以示河朔人也。後至七千，千戶以上將帥尚不預焉。其後歸正人日多，乃係於忠孝籍中別為一軍，所給減忠孝之半，所謂合里合軍也。又閱試親衛

馬軍，取武藝如忠孝軍者得五千人。凡進征，忠孝居前，馬軍次之。將相舊人謂軍士精銳，械器堅整，較之全盛猶為過之云。時京師尚有建威都尉軍一萬，親衛軍七千，其餘都尉十三四軍猶不在內。此外，招集義軍名曰忠義。《金史・兵志》謂：「要皆燕、趙亡命，雖獲近用，終不可制，異時擅殺北使唐慶以速金亡者，即此曹也。」河朔亡命雖不足用，究尚略資捍禦，至猛安謀克，則劉炳謂：「將帥非才，外托持重之名，內為自安之計。擇驍果以自衛，委疲懦以臨陣。陣勢稍動，望風先奔，士卒從而大潰。」侯摯謂：「從來掌兵者多用世襲之官，此屬自幼驕惰，不任勞苦，且心膽懦怯。」陳規謂：「今之將帥，大抵先給出身官品，或門閥膏粱之子，或親故假托之流，平居則意氣自豪，臨敵則首尾退縮。又居常刻眾納其饋獻，士卒因之擾民。」其不足用愈甚矣。

　　凡漢軍有事，則簽取於民，事已亦或放免。劉祁謂：「金之兵制最弊，每有征伐及邊釁，輒下令簽軍，使遠近騷動。民家丁男若皆強壯，或盡取無遺，號泣動乎鄉里，嗟怨盈於道路，驅此使戰，欲其勝敵，難矣。」

　　禁軍之制，本於合扎謀克。合扎，言親軍也，以近親所領，故以名焉。貞元遷都，更以太祖、遼王宗干、秦王宗翰軍為合扎猛安，謂之侍衛親軍，立司以統之。後於其中選千六百人，以備宿衛。騎兵曰龍翔，步兵曰虎步。五年，罷親軍司，以所掌付大興府，置左右驍騎，所謂從駕軍也（置都副指揮使隸點檢司，步軍都副指揮使隸宣徽院）。

　　凡猛安之上置軍帥，軍帥之上置萬戶，萬戶之上置都統。時亦稱軍帥為猛安，而猛安則稱親管猛安焉。襲天祚時，始有都統之名，伐宋改為元帥府，置元帥及左、右副元帥，左、右監軍，左、右都監。元帥必以諳班孛極烈為之，恆居守而不出。六年，詔還二帥。諸路各設兵馬都總管府，州鎮置節度使，邊州置防禦使。州府所募射糧軍及牢城軍，每五百人為一指揮使司，設使，分為四都，都設左右什將及承局押官。其軍數若有餘或不足，則與近者合置，不可合者以三百或二百人亦設指揮使，若百人則只

設軍使，百人以上立為都，不及百人止設什將及承局管押官各一員。天德三年，以元帥府為樞密院，嗣後行兵則為元帥府，罷復為院。罷萬戶官，詔曰：太祖「設此職許以世襲，乃權宜之制，非經久之利。今子孫相繼專攬威權，其戶不下數萬，與留守總管無異，而世權過之」云云。南遷封九公，假以便宜從事，沿河諸城置行樞密院元帥府，大者有「便宜」之號，小者有「從宜」之名。元光間，招義軍以三十人為謀克，五謀克為千戶，四千戶為萬戶，四萬戶為副統，兩副統為都統，此復國初之名也。見〈古里甲石倫傳〉，然又外設一總領提控，故時皆稱元帥為總領云（射糧軍兼給役，牢城軍乃嘗為盜竊者以充防築之役）。

元初典兵之官，視兵數多寡，為爵秩崇卑。長萬夫者為萬戶，千夫者為千戶，百夫者為百戶。世祖時，內立五衛，以總宿衛諸軍，衛設親軍都指揮使；外則萬戶之下置總管，千戶之下置總把，百戶之下置彈壓，立樞密院以總之。方面有警，則置行樞密院，事已則廢，而移都鎮撫司屬行省。萬戶、千戶、百戶分上、中、下。萬戶、千戶死陣者，子孫襲爵，死病則降一等。總把、百戶老死，萬戶遷他官，皆不得襲。是法尋廢，後無大小，皆世其官，獨以罪去者則否。各省官居長者二員，得佩虎符，提調軍馬，餘佐貳者不得預，唯雲南雖牧民官亦得佩符虎，領軍務焉。

軍士初有蒙古軍及探馬赤軍。探馬赤者，諸部族也。其法，家有男子，十五以上、七十以下，無眾寡盡命為兵。十人為一牌，設牌頭，上馬則備戰鬥，下馬則屯聚牧養。孩幼稍長，又籍之，曰漸丁軍。既平中原，發民為卒，是為漢軍。或以貧富為甲乙，戶出一人，曰獨戶軍，合二三而出一人，則為正軍戶，餘為貼軍戶。或以男丁論，嘗以二十丁出一卒，至元七年十丁出一卒。或以戶論，二十戶出一卒，而限年二十以上者充。士卒之家，為富商大賈，則又取一人，曰餘丁軍，至十五年免。或取匠為軍，曰匠軍。或取諸侯將校子弟充軍，曰質子軍，又曰禿魯華軍。是皆多事之際，權宜之制。天下既平，嘗為軍者，定入尺籍伍符，不可更易。貧

不能役，則聚而一之，曰合併；貧甚者、老無子者，落其籍。戶絕者，別以民補之。奴得縱自便者，俾為其主貼軍。繼得宋兵，號新附軍。又有遼東之糺〔糾〕軍、契丹軍、女真軍、高麗軍、雲南之寸白軍、福建之畲軍，則皆不出戍他方，蓋鄉兵也。其以技名者，曰炮軍，曰弩軍，曰水手軍。應募而集者，曰答剌罕軍云。

其名數，則有憲宗二年之籍，世祖至元八年之籍、十一年之籍，而新附軍有二十七年之籍。兵籍，漢人不閱，雖樞密近臣職專軍旅者，亦唯長官一二人知之。故有國百年，而內外兵數之多寡，人莫有知之者。

舊例，丁力強者充軍，弱者出錢，故有正軍、貼戶之籍。行之既久，強者弱，弱者強，而籍如故。其同戶異居者，私立年期，以相更代，故有老稚從軍，強壯家居者。至元二十二年，從樞密院請，嚴立軍籍條例，選壯者及有力之家充軍焉。

鎮戍之制，定於世祖。世祖混一海宇，始命宗王將兵鎮邊徼襟喉之地，河洛、山東據天下腹心，則以蒙古、探馬赤軍列大府以屯之。江、淮以南，地盡南海，則名藩列郡，各以漢軍及新附等軍戍焉。皆世祖與二三大臣所謀也。然承平既久，將驕卒惰，軍政不修，而天下之勢遂至於不可為。

李璮之叛，分軍民為二，而異其屬，後平江南，軍官始兼民職。凡以千戶守一郡，則率其麾下從之，百戶亦然。至元十五年十一月，令軍民各異屬如初。元制，鎮戍士卒皆更相易置，既平江南，以兵戍列城，其長軍之官，皆世守不易，多與富民樹黨，因奪民田宅里居，干有司政事。至元十七年，知浙東道宣慰司張鐸言其弊，請更制，限以歲月遷調焉。

元親衛之制，曰四怯薛。怯薛，猶言番直宿衛也。第一怯薛值申、酉、戌日，博爾忽領之。博爾忽早絕，代以別速部，而非四傑功臣之類，故太祖自以名領之，曰也可怯薛。也可，猶言天子自領也。第二怯薛值亥、子、丑日，博爾術領之。第三怯薛值寅、卯、辰日，木華黎領之。第

四怯薛值巳、午、未日，赤老溫領之，後絕，常以右丞相領之。怯薛長之子孫，或由天子親任，或由宰相薦舉，或其次序所當為，即襲其職，以掌環衛。雖官卑勿論也，及年勞既久，則遂擢為一品官。四怯薛之長，天子或又命大臣總之，然不常設。其他預怯薛之職者，分掌冠服、弓矢、食飲、文史、車馬、廬帳、府庫、醫藥、卜祝之事，悉世守之。雖服官極貴，一日歸至內廷，則執其事如故，至於子孫無改，非甚親信，不得預也。世祖又設五衛，置都指揮使領之。用之大朝會，謂之圍宿軍；用之大祭祀，謂之儀仗軍；用之車駕巡幸，則曰扈從軍；守護天子之帑藏，則曰看守軍，夜以之警非常，則曰巡邏軍。歲漕至京師，用以彈壓，則為鎮遏軍，則特以備儀制而已。

明衛所之制，與唐府兵相似，而實亦沿自元。其制以五千六百人為衛，一千一百十二人為千戶所，百十有二人為百戶所。所設總旗二，小旗十。其取兵，有從征，有歸附，有謫發。從征者，諸將所部兵，既定其地，因以留戍。歸附，則勝國及僭偽諸降卒。謫發，謂以罪遷隸為兵者也。在外都指揮使司十三，曰北平、陝西、山西、浙江、江西、山東、四川、福建、湖廣、廣東、廣西、遼東、河南。後增貴州、雲南。行都指揮使司二，曰甘州、大同，俱隸大都督府。征伐則命將充總兵官，調衛所軍領之。既旋，則將上所佩印，官軍各歸衛所。都指揮使與布、按並稱三司，為封疆大吏。而專閫重臣，文武亦無定職，世猶以武為重。正德以來，軍職冒濫，為世所輕。內之部科，外之監軍、督撫，迭相彈壓，五軍府如贅疣，弁帥如走卒。至於末季，衛所軍士，雖一諸生可役使之。積輕積弱，重以隱占、虛冒諸弊，遂至舉天下之兵，而不足以任戰守矣。

洪武、永樂間，邊外歸附者，官其長，為都督、都指揮、指揮、千百戶、鎮撫等官，賜以敕書印記，設都司衛所，是為羈縻衛所。

衛所而外，郡縣有民壯，僉民而為之。或富人上直於官，官為之募。後亦令出戍，或徵銀以充召募。邊郡有士兵，出於召募。隨其風土，各有

長技，間調以佐軍旅緩急，時曰鄉兵。浙、川、遼有隸軍籍者；其不隸軍籍者，所在多有。西南邊有土司，末年，邊事急，亦時調湖南、廣西、四川三省之土司兵焉。

衛所之兵番上京師者，總為三大營，時曰班軍。其弊也，或因占役而愆期，或則納銀將弁而免行，時曰乾折。有事則召募以應，多傭丐者而已。其至者多以之充役。又或居京師，為商販工藝，以錢入諸將，初不操練也。

三大營：曰五軍，肄營陣；曰三千，肄巡哨；曰神機，肄火器。五軍者，初建統軍元帥府，尋改大都督府，又分前、後、中、左、右五軍都督府。三千，以得邊外降兵三千立營，故名。神機則征交址得火器法而設者也。洪熙時，始命武臣一人總理營政。土木之難，京軍沒幾盡。景帝用於謙為兵部尚書。謙以三大營各為教令，臨期調撥，兵將不相習，乃請於諸營選勝兵十萬，分十營團練。於三營提督中推一人充總兵官，監以內臣，兵部尚書或都御史一人為提督。其餘軍歸本營，曰老家。京軍之制一變。謙死，團營罷。憲宗立，復之，增為十二。成化二年，復罷。命分一等、次等訓練。尋選得一等軍十四萬有奇。帝以數多，仍命分十二營團練，命侯十二人掌之，各佐以都指揮，監以內臣，提督以勛臣，名其軍曰選鋒。不任者仍為老家以供役，而團營法又稍變，帝在位久，京營特注意，然缺伍至七萬五千有奇，大率為權貴所隱占。又用汪直總督團營，禁旅掌於內臣，自帝始也。孝宗即位，乃命馬文升為提督。武宗即位，十二營銳卒僅六萬五百餘人，稍弱者二萬五千而已。及劉六、劉七起事，邊將江彬等得幸，請調邊軍入衛。於是集九邊突騎家丁數萬人於京師，命曰外四家。立兩官廳，選團營及勇士、四衛軍於西官廳操練。勇士者，永樂時以迤北逃回軍卒，供養馬役，給糧授室，號曰勇士。後多以進馬者充，而聽御馬監官提調，名隸羽林，身不隸也。宣德六年，乃專設羽林三千戶所統之，凡三千一百餘人。尋改武驤、騰驤左右衛，稱四衛軍。正德元年，所選官軍

操於東官廳。自是兩官廳軍為選鋒，而十二團營且為老家矣。武宗崩，大臣以遺命罷之。時給事中王良佐奉命選軍，按籍三十八萬，而存者不及十四萬，中選者僅二萬餘。世宗立，久之，從廷臣言，設文臣知兵者一人領京營。是時額兵十萬七千餘人，而存者僅半。二十九年，俺答入寇，營伍不及五六萬。驅出城門，皆流涕不敢前，諸將領亦相顧變色。於是悉罷團營，復三大營舊制。更三千日神樞。設武臣一，曰總督京營戎政，以咸寧侯仇鸞為之；文臣一，曰協理京營戎政，以攝兵部王邦瑞充之。鸞言於帝，選各邊兵六萬八千人，分番入衛，與京軍雜練，復令京營將領分練邊兵，於是邊兵盡隸京師。塞上有警，邊將不得徵集，邊事益壞。隆慶初，改其制，三大營各設總兵，尋改提督。又用三文臣，亦曰提督。自設六提督後，遇事旬月不決，乃仍設總督、協理二臣。張居正當國，營務頗飭。後日廢弛。莊烈益用內臣。兵事亟，命京營出防剿，皆監以中官。多奪人俘獲以為己功，輕折辱諸將士，諸將士益解體。李自成軍入居庸，京軍出御，至沙河，聞炮聲潰而歸。李自成長驅直入，守陴者僅內操之三千人，自成遂入京師。大率京軍積弱，由於占役買閒。其弊實起於好賄之營帥，監視之中官，竟以亡國云（占役者，以空名支餉，臨操乃集市井之徒充數。買閒，謂富者內賄置名老家）。

　　侍衛上直軍者，太祖即吳王位，設拱衛司，領校尉，隸都督府。洪武二年，改親軍都尉府，統中、左、右、前、後五衛軍，而儀鑾司隸焉。十五年，罷府及司，置錦衣衛。所屬有南北鎮撫司十四所。太祖之設錦衣也，專司鹵簿。是時，方用重刑，有罪者往往下錦衣衛鞫實，本衛參刑獄自此始。文皇入立，倚錦衣為心腹。所屬南北兩鎮撫司，南理本衛刑名及軍匠，而北專治詔獄。凡問刑、奏請皆自達，不關自衛帥。用法深刻，為禍甚烈。又錦衣緝民間情偽，以印官奉敕領官校。東廠太監緝事，別領官校，亦從本衛撥給，因是恆與中官相表裡。皇城守衛，用二十二衛卒，不獨錦衣軍，而門禁亦上直中事。京城巡捕之職，洪武初置兵馬司，已改命

衛所鎮撫官，而掌於中軍都督府。永樂中，增置五城兵馬司，後則以兵協五城，兵數增，統帶亦漸增，至提督一，參將二，把總十八，巡軍萬一千，馬五千匹。然每令錦衣官協同，遂終明之世云。

太祖之取婺州也，選富民子弟充宿衛，日御中軍。已，置帳前總制親兵都指揮使。後復省，置都鎮撫司，隸都督府，總牙兵巡徼。而金吾前後、羽林左右、虎賁左右、府軍左右前後十衛，以時番上，號親軍。有請，得自行部，不關都督府。及定天下，改都鎮撫司為留守，設左、右、前、後、中五衛，關領內府銅符，日遣二人點閱，夜亦如之，所謂皇城守衛官軍也。

堆集令者，衛所著軍士姓名、鄉貫為籍，具載丁口，以便取補。三丁以上，衛正軍一，別有貼戶，正軍死，以貼戶丁補之。成祖令正軍、貼戶更代，貼戶單丁者免。其弊也，有逃，有受抑為軍，又點者匿籍，誣攘良民充伍。於是有清軍，遣給事、御史為之。而勾軍之制最酷，逃、故者，勾及家丁族黨，有株累數十家，勾攝數十年者。東南資裝出於戶丁，解送出於里遞，每軍不下百金。凡軍衛掌於職方，勾清則武庫主之。有所勾攝，自衛所開報，先核鄉貫居止，內府給批，下有司提本軍，謂之跟捕；提家丁，謂之勾補。間有恩恤開伍者。而凡戶有軍籍，必仕至兵部尚書始得除焉。軍士應起解者，皆僉妻；有津給軍裝、解軍行糧、軍丁口糧之費。其冊單編造皆有恆式。初定戶口、收軍、勾清三冊。嘉靖三十一年，又編四冊，曰軍貫，曰兜底，曰類衛，曰類姓。其勾軍另給軍單。終明世，於軍籍最嚴。然弊政漸叢，而擾民日甚。

歷代邊防，無如明之嚴密者。《明史》謂「東起鴨綠，西抵嘉峪，綿亙萬里，分地守禦」。凡今之長城，殆皆明之遺跡也。初設遼東、宣府、大同、延綏四鎮，繼設寧夏、甘肅、蘇州三鎮，而太原總兵治偏頭，三邊制府駐固原，亦稱二鎮，是為九邊。洪武二十年，置北平行都司於大寧。李文忠等取元上都，設開平衛及興和等千戶所，東西各四驛，東接大寧，西

接獨石。二十五年,又築東勝城於河州東受降城之東,設十六衛,與大同相望。成祖改北平行都司為大寧都司,徙之保定,以大寧地界兀良哈。自是遼東與宣、大聲援阻絕,又以東勝孤遠難守,調左衛於永平,右衛於遵化而棄其地。先是興和亦廢,開平徙於獨石,宣、大遂為重鎮焉。翁萬達之總督宣、大也,籌邊事甚悉。其言曰:「山西保德州河岸,東盡老營堡,凡二百五十四里。西路丫角山迤北而東,歷中北路,抵東路之東陽河鎮口臺,凡六百四十七里。宣府西路,西陽河迤東,歷中北路,抵東路之永寧四海冶,凡一千二十三里。皆副臨巨寇,險在外者,所謂極邊也。老營堡轉南而東,歷寧武、雁門、北樓至平型關盡境,約八百里。又轉南而東,為保定界,歷龍泉、倒馬、紫荊、吳王口、插箭嶺、浮圖峪至沿河口,約一千七十餘里。又東北為順天界,歷高崖、白羊,抵居庸關,約一百八十餘里。皆峻嶺層岡,險在內者,所謂次邊也。敵犯山西必自大同,入紫荊必自宣府,未有不經外邊能入內邊者。」因請修築宣、大邊牆千餘里,烽三百六十三所云。

軍官皆有定職。總兵官總鎮軍為正兵,副總兵分領三千為奇兵,游擊分領三千往來防禦為遊兵,參將分守各路東西策應為援兵。營堡墩臺分極沖、次沖,為設軍多寡。平時走陣、偵探、守瞭、焚荒諸事,無敢稍惰。違制輒按軍法。而其後皆廢壞云。然千關隘設,戍於沿邊,置千戶所,修邊牆,築墩堡,注意屯田,令商人以鹽入中,由是富商自出財募兵屯塞下,規制之密,蓋未有過明者也(墩亦稱煙墩)。

太祖時,沿邊設衛,唯土著兵及有罪謫戍者。遇有警,調他衛軍往戍,謂之客兵。永樂間,始命內地兵番戍,謂之邊班。其後占役逃亡之數多,乃有召募,有改撥,有修守民兵、土兵,而邊防日益壞焉。

沿海亦設指揮司衛所,造快船、火船,出洋巡徼。沿江造舟,設水兵。明初,時派重臣勳戚巡視海上,並築沿海諸城。自世宗罹倭患以來,沿海大都會,各設總督、巡撫、兵備副使及總兵官、參將、游擊等員。舟

制江海各異，亦極詳備。

古所謂炮，皆以機發石。元初，得西域炮，攻金蔡州城，始用火。然造法不傳，後亦罕用。至明成祖平交址，得神機槍炮法，特置神機營肄習。嘉靖八年，始造佛郎機炮，謂之大將軍，發諸邊鎮。佛郎機者，國名也。正德末，其國舶至廣東。白沙巡檢何儒得其制。其後大西洋船至，復得巨炮，曰紅夷。天啟中，賜以大將軍號，遣官祀之。崇禎中，大學士徐光啟請令西洋人製造，發各鎮。明置兵仗、軍器二局，分造火器，凡數十種。正德、嘉靖間造最多。又各邊自造，自正統十四年四川始。永樂十年，詔自開平至懷來、宣府、萬全、興和諸山頂，皆置五炮架。二十年，從張輔請，增置於山西大同、天城、陽和、朔州等衛以禦敵。然利器不可示人，朝廷亦慎惜之。宣德五年，敕宣府總兵官譚廣：「神銃，國家所重，在邊墩堡，量給以壯軍威，勿輕給。」正統六年，邊將黃真、楊洪立神銃局於宣府獨石。帝以火器外造，恐傳習漏泄，敕止之。

清兵制有八旗、綠營之分。八旗又有滿洲八旗、蒙古八旗、漢軍八旗。滿洲八旗之制，定於太祖，初止黃、白、紅、藍四色，後增鑲黃、鑲白、鑲紅、鑲藍四旗。鑲黃為第一旗，與正黃、正白為上三旗，屬內府。餘為下五旗，屬諸王。雍正時，乃撤去焉。蒙古及漢軍八旗，皆太宗時制。旗置都統一，滿語曰固山額真；副都統二，曰梅勒額真。轄五參領，時曰甲喇額真。每參領轄五佐領，曰牛錄額真。每佐領三百人。佐領下有領催、馬甲等。其後駐防八旗轄以將軍、副都統。八旗兵皆世襲，一丁領餉，全家坐食。駐防者又與漢族分城而居，割近城肥田為馬廠，故其人少與漢人接，不能治生。綠營沿自明，皆漢人。有馬、步、守兵三種，隸於提督、總兵。總兵下有副將、參將、游擊、都司、守備、千總、把總等官。凡督、撫皆得節制提、鎮，而督、撫又有本標兵。綠營兵餉視旗兵為薄。乾、嘉以前，大抵外徵用八旗不足，則輔以綠營，對內用綠營不足，乃翼以八旗。其後嘗減綠旗兵額，而以其餉加厚。抽練綠營壯丁，直隸舉

辦最早。同治初，即於督標、撫標及四鎮兵內抽練，後江、浙、福建諸省亦次第舉辦焉。

川、楚白蓮教舉事，綠營、旗兵皆不足恃，而轉有借於鄉兵，時曰勇營，亦曰練勇。太平軍、捻軍起，仍借湘、淮軍鎮壓，而勇營始為全國武力重心。重要之地，且遣勇營防戍焉。勇營之制，以百人為一哨，五哨為一營，三營為一旗；馬隊以二百五十人為營，營分五哨，哨五十人；水師以三百八十八人為一營。其後一敗於法，再敗於中日之戰，乃知勇營亦不足恃。乃擇其精壯者，加餉更練焉。武衛軍其著者也。最後又有徵兵之議，全國擬練三十六鎮，未及成而亡。其制於各省設督練公所，挑選各州縣壯丁入營教練，是為常備兵。三年放還鄉里，為續備兵。又三年為後備兵。又三年脫軍籍。兵官分三等九級，鎮有步隊二協，協二標，標三營，營四隊，隊三排，排三棚，棚十四人。馬隊一標，標三營，營四隊，隊二排，排二棚。炮隊一標，標三營，營三隊，隊三排，排三棚。工程隊一營，營四隊，隊兩排，排三棚。輜重隊一營，營四隊，隊兩排，排三棚。民國軍制沿之，而改鎮曰師，協曰旅，標曰團，隊曰連。

水師本有內河、外海之分。江西、湖南北水師曰內河，天津、山東、福建水師曰外海，江、浙、廣東則兼有內河外海，統以水師提督。湘軍起，始有長江水師。洪楊事定後，設船政局於福州、上海。光緒六年，設水師學堂於天津。十年，立海軍衙門。十三年，聘英人琅威理教練艦隊，分南北洋，以威海駐軍，旅順修艦，各設提督。後旅大、威海、廣州灣相繼租借，海軍遂無停泊之所矣。末年，設海軍部，分諸艦為巡洋、長江兩艦隊，議經營榮城、象山、三門、榆林、三沙諸灣為軍港，亦未有成。

# 第十七章　刑法

中國法律之進化，蓋可分為數端。禮與法之漸分，一也。古代各種法律，渾而為一，至後世則漸分析，二也。古代用刑，輕重任意，後世則法律公布，三也。刑罰自殘酷而趨寬仁，四也。審判自粗疏而趨精詳，五也。而法律必與道德合一，刑之所期為無刑，故郅治之隆，必曰刑措象刑之制，意主明恥，而不必加戕賊於人之體膚，雖未易行，要不失為極高之理想也。

刑法之可考者，始於五帝之世。《書·呂刑》曰：「苗民弗用靈，制以刑。唯作五虐之刑曰法。」、「皇帝清問下民鰥寡有辭於苗。德威唯畏，德明唯明。乃命三後，恤功於民。伯夷降典，折民唯刑。」〈堯典〉曰：「象以典刑，流宥五刑，鞭作官刑，朴作教刑，金作贖刑。眚災肆赦，怙終賊刑。」又曰：「帝曰：皋陶，蠻夷猾夏，寇賊奸宄，女作士，五刑有服，五服三就。五流有宅，五宅三居。」五刑為後世所沿，而其制實起於唐、虞之世，知我國之刑法，其所由來昔舊矣。

成文法起於何時，不可考。《左》昭六年，叔向詒子產書曰：「夏有亂政而作《禹刑》，商有亂政而作《湯刑》，周有亂政而作《九刑》。」文十八年，季文子曰：「先君周公制《周禮》……作誓命曰：毀則為賊，掩賊為藏，竊賄為盜，盜器為奸。主藏之名，賴奸之用，為大凶德，有常無赦，在《九刑》不忘。」按：叔向言，「三辟之興，皆叔世也」，則夏刑、湯刑初非禹、湯所作，猶之《呂刑》作於周穆王，五刑亦非穆王所制也。周公作誓而曰：「在《九刑》不忘」，則《九刑》實出周公以前。《周官·司刑·疏》引《尚書》鄭《注》曰：「正刑五，加之流宥鞭樸贖刑，此之謂九刑。」豈九刑實唐虞之制，而周公述之歟？三辟之興，不知僅申明法制，抑著之文字？其前此曾著之文字與否，亦不可考。予謂既有文字，即用之以記刑

法，必欲鑿求成文法始於何時，只可日有文字之時，即有成文法之時耳。《周官‧大司寇》，「正月之吉，始和布刑於邦國都鄙，乃懸刑象之法於象魏，使萬民觀刑象，挾日而斂之。」刑象蓋施刑之象，則未有文字之先，已用圖畫公布刑法矣。此亦可見斤斤焉鑿求成文法起於何時之無當也（楚文王有僕區之法，見《左》昭七年）。

縣〔懸〕法象魏，蓋使民觀之而知畏懼。至於犯何法當得何罪，則悉由在上者之心裁。故子產之鑄刑書，叔向譏之曰：「民知有辟，則不忌於上，並有爭心，以徵於書。」（《左》昭六年）趙鞅、荀寅之鑄刑鼎，仲尼亦譏之曰：「民在鼎矣，何以尊貴」也（《左》昭二十九年）。《周官》有屬民讀法之舉（〈地官〉），《管子》有正月之朔，出令布憲之事（〈立政〉），所讀所布，蓋皆人民所當守之法，而非犯何法當得何罪之典。且其法其憲，必時有改更，故須歲歲讀之布之也。至鄭鑄刑書，晉作刑鼎，則罪所當得，悉可知矣。此實刑法之大變，故叔向、仲尼皆譏之也。

趙鞅、荀寅之鑄刑鼎也，賦晉國一鼓鐵（鼓，量名）。子產之鑄刑書，杜《注》亦謂鑄之於鼎，雖未知果然以否，然士文伯譏其「火未出而作火以鑄刑器」，則亦必鑄之金屬之器也。又定九年，鄭駟歂殺鄧析，而用其竹刑。蓋當時布諸眾者，皆鑄之金屬之器，藏之官者，則書之竹簡也。

古語有曰：「出於禮者入於刑。」由今思之，殊覺無所措手足。所以然者，一以古代社會拘束個人之力較強，一亦由古之禮皆原於慣習，為人人所知，轉較後世之法律為易曉也。古者「君子行禮不求變俗」（〈曲禮〉），亦以此。後世疆域日擴，各地方之風俗各有不同，而法律不可異施，個人之自由亦益擴張，則出禮入刑之治不可施矣。此自今古異宜，無庸如守舊者之妄作慨嘆，亦不必如喜新者之詆訾古人也。

古代之出禮入刑，其以社會慣習拘束個人，誠覺稍過，然「無情者不得盡其辭」（《大學》），「如得其情，則哀矜而勿喜。」（《論語‧子張》）

其維持道德之力實較大，而「道之以德，齊之以禮」，必期其「有恥且格。」(《論語·為政》)為下者固不容貌遵法律而實挾奸心，在上者亦不容以束縛馳驟為治之極則。斯時之風俗必較樸實，而民情必較淳厚，其得失固足與自由之擴張相償，不容以此疑古代法網之密也。

《周官》：大司寇「以五刑糾萬民。一曰野刑，上功糾力。二曰軍刑，上命糾守。三曰鄉刑，上德糾孝。四曰官刑，上能糾職。五曰國刑，上願糾暴。」大司徒「以鄉八刑糾萬民。一曰不孝之刑。二曰不睦之刑。三曰不婣〔姻〕之刑。四曰不弟之刑。五曰不任之刑。六曰不恤之刑。七曰造言之刑。八曰亂民之刑」。孝、弟、睦、婣〔姻〕、任、恤，即「鄉三物」中之「六行」也。大司徒之職又曰：「凡萬民之不服教而有獄訟者，與有地治者聽而斷之。其附於刑者歸於士。」大司寇之職，「以圜土聚教罷民。凡害人者，寘之圜土而施職事焉(《注》：「以所能役使之。」)，以明刑恥之。」(《注》：「書其罪惡於大方版，著其背。」)又曰：「以嘉石平罷民。凡萬民之有罪過而未麗於法而害於州里者，桎梏而坐諸嘉石，役諸司空。」司徒固主教之官，即司寇亦欲作其廉恥，冀其悔改，而不欲遽加以刑罰。「不教而殺謂之虐」(《論語·堯曰》)，在古代固非空言矣。

五刑之目，曰墨、劓、剕、宮、大辟，見於《呂刑》(《書傳》曰：「決關梁，逾城郭而略盜者，其刑臏。男女不以義交者，其刑宮。觸易君命，革輿服制度，奸軌盜攘傷人者，其刑劓。非事而事之，出入不以道義，而誦不詳〔祥〕之辭者，其刑墨。降畔〔叛〕、寇賊、劫略〔掠〕、奪攘、撟虔者，其刑死。」見《周官·司刑》鄭《注》。按：此所謂肉刑也)。臏即剕，雙聲字也。《周官》司刑則曰墨、劓、刖、宮、殺。《注》曰：「周改臏作刖」。蓋以意言之。段玉裁曰：「臏，去膝頭骨。刖，即漢之斬趾。刖兀同音。《莊子》魯有兀者叔山無趾踵，見仲尼，即受刖刑者也。」(受刖刑者無趾，故其履曰踵。《太平廣記》載有人行路遇一人，為刺足，出黑血，遂曰行五百里。其人又曰：更為君去膝頭骨，即可日行八百里矣。行者懼

而止。即影射臏刑以為戲也）《周官・掌戮》：「掌斬殺賊諜而搏之。凡殺其親者焚之，殺王之親者辜之。」《注》：「斬以斧鉞，若今要斬也。殺以刀刃，若今棄市也⋯⋯搏當為膊諸城上之膊字之誤也。膊，謂去衣磔之。焚，燒也。辜之言枯也，謂磔之。」則出五刑之外矣（斬、膊、焚、辜，合諸墨、劓、刖、宮、殺為九，豈所謂九刑者邪？鄭以流宥、鞭、朴、贖合五刑為九。賈、服以正刑一加之以八，議為九，見《左》文十八年《疏》。按：古人恆言，刑者不可復屬。所謂刑者，必戕賊人之肢體者也。鄭及賈、服之說並非）。

　　《呂刑》曰：「墨罰之屬千，劓罰之屬千，荆罰之屬五百，宮罰之屬三百，大辟之罰，其屬二百。」此《白虎通》所謂「科條三千，應天地人情」者也。《周官・司刑》云：「墨罪五百，劓罪五百，宮罪五百，刖罪五百，殺罪五百。」《注》曰：「夏刑大辟二百，臏辟三百，宮辟五百，劓、墨各千。周則變焉。所謂刑罰世輕世重者也。」《疏》：「夏刑以下據《呂刑》而言。按：《呂刑》刖辟五百，宮辟三百，今此云臏辟三百，宮辟五百，此乃轉寫者誤。當以《呂刑》為正。」按：《唐律疏義》（卷一）、《玉海》（〈律令〉）引長孫無忌《唐律疏議》，皆引《尚書大傳》「夏刑三千條」，則鄭《注》亦本《書傳》也。

　　〈王制〉曰：「爵人於朝，與士共之。刑人於市，與眾棄之。」《文王世子》曰：「公族其有死罪，則磬於甸人。其刑罪，則纖，亦告於甸人。公族無宮刑。」《周官・掌囚》，「凡有爵者與王之同族，奉而適甸師氏以待刑殺。」《公羊》宣元年，「古者大夫已去，三年待放。君放之，非也。大夫待放，正也。」《注》：「古者刑不上大夫，蓋以為摘巢毀卵，則鳳凰不翔；刳胎焚夭，則麒麟不至。刑之，則恐誤刑賢者，死者不可復生，刑者不可復屬，故有罪放之而已。所以尊賢者之類也。三年者，古者疑獄三年而後斷。」、「自嫌有罪當誅，故三年不敢去。」〈曲禮〉：「刑不上大夫。」《注》：「不與賢者犯法。其犯法則在八議輕重，不在刑書。」（八議見《周官・

小司寇》，謂議親、議故、議賢、議能、議功、議貴、議勤、議賓）《疏》云：「《異義禮》戴說：刑不上大夫。《古周禮》說：士屍肆諸市，大夫屍肆諸朝。是大夫有刑。許慎謹按：《易》曰：鼎折足，覆公餗，其刑渥凶。無刑不上大夫之事，從《周禮》之說。鄭康成駁之云：凡有爵者，與王同族，大夫以上適甸師氏，令人不見，是以云刑不上大夫。」按：〈王制〉、《公羊》、〈曲禮〉為今文說，《周官》、《文王世子》為古文說，今文主尚賢，古文主貴貴也。

〈曲禮〉曰：「刑人不在君側。」〈王制〉曰：「公家不畜刑人，大夫弗養，士遇之塗，弗與言也。屏之四方，唯其所之。不及以政，亦弗故生也。」此今文義。《周官·掌戮》，「墨者使守門，劓者使守關，宮者使守內，刖者使守囿，髡者使守積。」此古文義。《孟子·梁惠王下》：「罪人不孥。」〈康誥〉：父子兄弟，罪不相及。此今義（《書·甘誓》：「予則孥戮汝。」陳喬樅《今文尚書經說考》謂孥當作奴，止於其身，且軍刑也）。《周官·司厲》，「其奴，男子入於罪隸，女子入於舂藁。」（即後世官奴婢）此古文義也。審判機關亦如後世，與行政合一。〈王制〉曰：「成獄辭，史以獄成告於正，正聽之。正以獄成告於大司寇，大司寇聽之棘木之下。大司寇以獄之成告於王，王命三公參聽之。三公以獄之成告於王，王三又，然後制刑。」正蓋即《周官》所謂有地治者。《周官·大司徒》，「凡萬民之不服教而有獄訟者，與有地治者聽而斷之。其附於刑者歸於士。」有地治者謂鄉師、遂士、縣士、方士也。監獄之制，《北堂書鈔》引《白虎通》：「夏曰夏臺，殷曰羑里，周曰囹圄。」《意林》引《風俗通》同此，以夏臺、羑里證夏、殷之有獄，非謂夏之獄名夏臺、殷之獄名羑里也。《周官》：掌囚「掌守盜賊凡囚者，上罪梏拲而桎，中罪桎梏，下罪梏。王之同族拲，有爵者桎，以待弊罪。」司圜「掌收教罷民。凡害人者，弗使冠飾而加明刑焉。任之以事而收教之。能改者，上罪三年而舍，中罪二年而舍，下罪一年而舍。其不能改而出圜土者殺。雖出三年不齒。凡圜土之刑人也，不虧體，

其罰人也，不虧財。」司救「掌萬民之邪惡過失而誅讓之，以禮防禁而救之。凡民之有邪惡者，三讓而罰，三罰而士加明刑，恥諸嘉石，役諸司空」。（《注》：「罰謂撻擊之也。加明刑者，去其冠飾，而書其邪惡之狀，著之背也。」）其有過失者，三讓三罰而歸於圜土，皆近後世之監獄也。

聽訟之法，〈王制〉曰：「必三刺。有旨無簡，不聽。附從輕，赦從重。凡制五刑，必即天論。郵罰麗於事。凡聽五刑之訟，必原父子之親，立君臣之義以權之，意論輕重之序，慎測淺深之量以別之。悉其聰明，致其忠愛以盡之。疑獄，泛與眾共。眾疑，赦之。必察小大之比以成之。」《周官》：小司寇「以五聲聽獄訟，求民情。」（辭聽、色聽、氣聽、耳聽、目聽）司刺「掌三刺三宥三赦之法，以贊司寇聽獄訟。」（一刺曰訊群臣，再刺曰訊群吏，三刺曰訊萬民。一宥曰不識，再宥曰過失，三宥曰遺忘。一赦曰幼弱，再赦曰老旄，三赦曰惷愚）均足見其審慎也。

象刑之說，見於《書傳》曰：「上刑赭衣不純。中刑雜屨。下刑墨幪。」又《慎子》曰：「有虞氏之誅，以幪巾當墨，以草纓當劓，以菲履當刖，以艾當宮，布衣無領當大辟。」《荀子》極駁之，見〈正論〉篇。《漢書·刑法志》亦引其說。按：象刑即《周官》明刑之類，風俗淳樸之時，刑輕已足為治，及其衰敝，則重刑猶或弗勝。故法家力主重刑，使民莫敢犯其治，異其意。期於無刑，則同象刑之說。《荀子》則戰國末造之論，時異，故其言亦異，彼此不足相非也。

中國法律自秦以後始可確考。秦人用刑極為嚴酷，《史記·秦本紀》：文公二十年，「法初有三族之罪。」自此族誅者屢見。《漢書·刑法志》云：「陵夷至於戰國，韓任申子，秦用商鞅，連相坐之法，造參夷之誅，增加肉刑、大辟，有鑿顛、抽脅、鑊烹之刑。至於秦始皇，兼吞戰國，遂毀先王之法，滅禮誼之官，專任刑罰，躬操文墨，晝斷獄，夜理書，自程決事，日縣石之一。而奸邪並生，赭衣塞路，囹圄成市，天下愁怨，潰而叛之。」又云：「漢興之初，其大辟尚有夷三族之令。令曰：當三族者，皆

先黥，劓，斬左右趾，笞殺之，梟其首，菹其骨肉於市。其誹謗詈詛者，又先斷舌。故謂之具五刑。彭越、韓信之屬皆受此誅。」蓋戰國之世，各國競尚嚴刑，正不獨一秦也。至漢世，而刑法乃漸趨於輕。高后元年，除三族罪、妖言令。孝文二年，除收孥相坐法。十三年，齊大倉令淳于公有罪當刑，詔獄逮徙繫長安。淳于公無男，有五女。會逮，罵其女曰：「生子不生男，緩急非有益也！」其少女緹縈，自傷悲泣，乃隨其父至長安。上書曰：「妾父為吏，齊中皆稱其廉平。今坐法當刑。妾傷夫死者不可復生，刑者不可復屬，雖後欲改過自新，其道亡繇也。妾願入身為官婢，以贖父刑罪，使得自新。」書奏天子，天子憐悲其意，遂下令曰：「制詔御史：蓋聞有虞氏之時，畫衣冠、異章服以為戮，而民弗犯，何治之至也！今法有肉刑三（孟康曰：黥、劓二，斬左右趾合一，凡三也），而奸不止，其咎安在？夫刑至斷支〔肢〕體，刻肌膚，終身不息，何其刑之痛而不德也！豈稱為民父母之意哉？其除肉刑，有以易之。」於是當黥者，髡鉗為城旦舂；當劓者，笞三百；當斬左止〔趾〕者，笞五百；當斬右止〔趾〕，及殺人先自告，及吏坐受賕枉法，守縣官財物而即盜之，已論命復有笞罪者，皆棄市。然斬右止〔趾〕者既當死，笞五百、三百者亦多死。景帝元年，乃改笞五百曰三百，笞三百曰二百，猶尚不全。中六年，又減笞三百曰二百，笞二百曰一百。又定箠令。箠長五尺，其本大一寸，其竹也，末薄半寸，皆平其節。當笞者笞臀，毋得更人。畢一罪乃更人。自是笞者得全。《通考》曰：「景帝元年詔言，孝文皇帝除宮刑，出美人，重絕人之世也。則知文帝並宮刑除之。至景帝中元年，赦徒作陽陵者死罪，欲腐者許之。而武帝時李延年、司馬遷、張安世兄賀皆坐腐刑，則是因景帝中元年之後，宮刑復用，而以施之死罪之情輕者，不常用也。」愚按：《漢志》言「其後，新垣平謀為逆，復行三族之誅」，則並在文帝之世，然此特偶有軼法之事，以大體言，肉刑固自此而除矣。

　　漢代用刑之寬嚴，視乎時主之好尚。《志》云：當孝惠、高后時，蕭、

曹為相，填以無為，是以刑罰用稀。及孝文即位，躬修玄默，而將相皆舊功臣，少文多質，懲惡亡秦之政，論議務在寬厚，恥言人之過失。化行天下，告訐之俗易。風流篤厚，禁罔疏闊。選張釋之為廷尉，罪疑者予民，是以刑罰大省，至於斷獄四百，有刑錯之風。及至孝武即位，招進張湯、趙禹之屬，條定法令，作見知故縱、監臨部主之法，緩深故之罪，急縱出之誅。其後姦猾巧法，轉相比況，禁罔寖密。文書盈於几閣，典者不能徧睹。是以郡國承用者駮，或罪同而論異。奸吏因緣為市，所欲活則傅生議，所欲陷則予死比，議者咸冤傷之。宣帝自在閭閻而知其若此，及即尊位，廷史路溫舒上疏，上深愍焉，乃下詔曰：今遣廷史與郡鞠獄，任輕祿薄，其為置廷平，秩六百石，員四人。於是選於定國為廷尉，求明察寬恕黃霸等以為廷平，季秋後請讞。時上常幸宣室，齋居而決事，獄刑號為平矣。按：尚嚴之主，歷代有之。漢武特侈欲多所興作耳，非必暴虐也。然則漢代刑罰所以刻深，得仁主僅能寬民於一時，得中主遂至於殘民者，實以當時治獄之吏崇尚殘酷，成為風氣，而律令又錯亂繁雜故也。路溫舒曰：「秦有十失，其一尚存，治獄之吏是也。秦之時，賤仁義之士，貴治獄之吏。」可見所謂獄吏者，在當時自成風氣矣。而其風氣，則溫舒言之曰：「上下相驅，以刻為明；深者獲公名，平者多後患。故治獄之吏皆欲人死，非憎人也，自安之道在人之死。是以死人之血流離於市，被刑之徒比肩而立，大辟之計歲以萬數。夫人情安則樂生，痛則思死。棰楚之下，何求而不得？故囚人不勝痛，則飾辭以視之。吏治者利其然，則指道以明之。上奏畏郤，則鍛鍊而周內之。蓋奏當之成，雖咎繇聽之，猶以為死有餘辜，何則？成煉者眾，文致之罪明也。是以獄吏專為深刻，殘賊而亡極，偷為一切，不顧國患。故俗語曰：畫地為獄，議不入；刻木為吏，期不對。」可以見其略矣。《漢志》謂「昭、宣、元、成、哀、平六世之間，斷獄殊死，率歲千餘口而一人，耐罪上至右止〔趾〕，三倍有餘。」誠令後世聞之酸鼻。《志》推刑所以蕃，謂由（一）禮教不立，（二）刑法不明，

（三）民多貧窮，（四）豪桀務私，奸不輒得，（五）獄犴不平所致。（一）、（三）、（四）皆政治為之，（二）與（五）則法律為之也。

《漢志》曰：「漢興，高祖初入關，約法三章曰：殺人者死，傷人及盜抵罪。躅削煩苛，兆民大說。其後四夷未附，兵革未息，三章之法不足以御奸，於是相國蕭何攈摭秦法，取其宜於時者，作律九章。」而孝武以後，則律令凡三百五十九章，大辟四百九條，千八百八十二事，死罪決事比萬三千四百七十二事，其煩苛可謂甚矣。宣帝時，涿郡太守鄭昌上疏，謂若開後嗣，不若刪定律令。宣帝未及修正。元帝初立，乃下詔議律令可躅除輕減者，條奏。成帝河平中，復下詔與中二千石、二千石、博士及明習律令者議減死刑及可躅除約省者，令較然易知，條奏。史稱有司「徒鉤摭微細，毛舉數事，以塞詔而已。」後漢章帝納尚書陳寵言，決獄行刑，務於寬厚。其後遂詔有司，禁絕鑽鑽諸酷痛舊制，解袄惡之禁，除文致，請讞五十餘事，定著於令。永元六年，寵又代郭躬為廷尉，復校律令，奏稱：「今律令，犯罪應死刑者六百一十，耐罪千六百九十八，贖罪以下二千六百八十一，溢於甫刑千九百八十九，其四百一十大辟，千五百耐罪，七十九贖罪。」請除之。未及施行，會寵抵罪，遂寢。寵子忠，後復為尚書，略依寵意，奏上三十三條，為決事比，以省請讞之弊。又上除蠶室刑，解贓吏三世禁錮，狂易殺人得減重論，母子兄弟相代死，聽赦所代者，事皆施行。然雖時有躅革，而律令繁苛，迄未刪定。直至魏、晉之世，而纂輯法律之業乃成（《晉志》載後漢梁統《疏》：「元帝初元五年，輕殊死刑三十四事，哀帝建平元年盡四年，輕殊死者刑八十一事。」）。吾國法律，相沿行用，雖有改革，迄未中斷者，起於商鞅所用李悝之《法經》，距今二千三百年矣。其篇目見《晉志》。《晉志》曰：「是時承用秦、漢舊律，其文起自魏文侯師李悝。悝撰次諸國法，著《法經》。以王者之政，莫急於盜賊，故其律始於〈盜〉、〈賊〉。盜賊須劾捕，故著〈網〉、〈捕〉二篇。其輕狡、越城、博戲、借假不廉、淫侈逾制以為〈雜律〉一

篇，又以〈具律〉具其加減。是故所著六篇而已，然皆罪名之制也。商君受之以相秦。漢承秦制，蕭何定律，除參夷連坐之罪，增部主見知之條，益事律〈興〉、〈廄〉、〈戶〉三篇，合為九篇。叔孫通益律所不及，傍章十八篇，張湯《越宮律》二十七篇，趙禹《朝律》六篇，合六十篇。又漢時決事，集為《令甲》以下三百餘篇，及司徒鮑公撰嫁娶辭訟決為《法比》，都目凡九百六卷。世有增損，率皆集類為篇，結事為章。一章之中或事過數十，事類雖同，輕重乖異。而通條連句，上下相蒙，雖大體異篇，實相採入。〈盜律〉有賊傷之例，〈賊律〉有盜章之文，〈興律〉有上獄之法，〈廄律〉有逮捕之事，若此之比，錯糅無常。後人生意，各為章句。叔孫宣、郭令卿、馬融、鄭玄諸儒章句十有餘家，家數十萬言。凡斷罪所當由用者，合二萬六千二百七十二條，七百七十三萬二千二百餘言，言數益繁，覽者益難。天子於是下詔，但用鄭氏章句，不得雜用餘家。」其後，又下詔改定刑制，令司空陳群、散騎常侍劉邵、給事黃門侍郎韓遜、議郎庾嶷、中郎黃休、荀詵等刪約舊科，傍採漢律，定為魏法，制《新律》十八篇，《州郡令》四十五篇，《尚書官令》、《軍中令》合百八十餘篇。」其序略云：「凡所定增十三篇，就故五篇，合十八篇。」所謂十三篇者，曰〈劫略律〉，曰〈詐律〉，曰〈毀亡律〉，曰〈告劾律〉，曰〈系訊〉、〈斷獄律〉，曰〈請賕律〉，曰〈興擅律〉，曰之〈留律〉，曰〈郵驛令〉，曰〈變事令〉，曰〈驚事律〉，曰〈償贓律〉，曰〈免坐律〉，其〈刑名〉別為一篇，冠於篇首。「更依古義，制為五刑。其死刑有三，髡刑有四，完刑、作刑各三，贖刑十一，罰金六，雜抵罪七，凡三十七名，以為律首。」、「文帝為晉王，患前代律令本注煩雜，陳群、劉邵雖經改革，而科網本密，又叔孫、郭、馬、杜諸儒章句，但取鄭氏，又為偏黨，未可承用。於是令賈充定法律，與太傅鄭沖等十四人典其事，就漢九章增十一篇，仍其族類，正其體號，改舊律為〈刑名〉、〈法例〉，辨〈囚律〉為〈告劾〉、〈系訊〉、〈斷獄〉，分〈盜律〉為〈請賕〉、〈詐偽〉、〈水火〉、〈毀亡〉，因事類為〈衛宮〉、〈違制〉，撰

《周官》為〈諸侯律〉，合二十篇，六百二十條，二萬七千六百五十七言。蠲其苛穢，存其清約，事從中典，歸於益時。其餘未宜除者，若軍事、田農、酤酒，未得皆從人心，權設其法，太平當除，故不入律，悉以為令。施行制度，以此設教，違令有罪則入律。其常事品式章程，各還其府，為故事。凡律令合二千九百二十六條，十二萬六千三百言，六十卷，故事三十卷。泰始三年，事畢，表上。四年正月，大赦天下，乃頒新律。」其後，明法掾張裴又注律，表上之。按：法學有所謂性法派、歷史法派者，性法派謂有遍於四海永合人心之公理，歷史法派則謂無之。中國之法學近性法派，故於律文不輕改動，此時以權設者為令，即係此意。後世之改例不改律，亦由於此。

法家宗旨，一在信賞必罰，一在重刑。信賞必罰者，欲使為善者必受福，為惡者必獲禍，如自然法之不可逭。此其事固不易致，然以理言之，法律之設，固當如是也。重刑非臨時加重，乃重之於立法之先，使人畏而不敢犯，其意亦以求無刑也。法家之旨，凡事當一任法，如衡石度量之於短長輕重。然既設法，固不宜改輕，亦斷不容加重。世以嚴刑峻法為法家之本旨者，實大謬不然之論也。然人事之善惡，既非如短長輕重之較然易知，人情之變動，亦非如衡石度量之漠然不動，況又有巧偽以奸法任喜怒、快恩讎、利貨賂以壞法者乎？流失之勢，必緣本意之所偏，法家之易流於嚴，猶儒家之易失之縱，中道不可得見時，任儒法以矯弊而協於宜，亦理所應爾也。東周之世，定法之可考者，有子產。子產之學近於法。有鄧析為名學，名法相近。有李悝，《漢志》列諸法家之首。然則周、秦之際之法律，殆多成於法家。至漢世則漸變，漢武時，淮南王反，使董仲舒之徒呂步舒治之，以其明《春秋》也。應劭言：「仲舒老病致仕，朝廷每有政議，數遣廷尉張湯至陋巷，問其得失。於是作春秋折獄二百三十二事。」漢人引經折獄之事，不知凡幾，魏、晉新律，其必有儒家言屬入者矣。近人撰《五朝法律索隱》，謂五朝之法倍美者有數端，一曰重生命，二曰恤

無告，三曰平吏民，四曰抑富人。重生命之法二，一父母殺子者同凡論，二走馬城市殺人者不得以過失殺人論。恤無告之法一，諸子姓復仇者勿論。平吏民之法二，一部民殺長吏者同凡論，二官吏犯杖刑者論如律。抑富人之法二，一商賈皆殊其服，二常人有罪不得贖。按：父殺其子者當誅，明見《白虎通義》，其餘亦多與儒家宗旨合，明魏、晉新律採用儒家之義必多矣（後世父母殺子皆從輕，此其法起於後魏，蓋鮮卑之俗也。然法家釋之則曰：父子至親，至於相殺，必有大不得已之故，因而原之，非謂父可殺子也。然則晉法雖廢，而其立法之意，究未盡亡矣）。

　　晉律為宋、齊所沿用，至梁乃復位，然其實則相承也。《隋書·刑法志》曰：梁武帝時，「欲議定律令。得齊時舊郎濟陽蔡法度，家傳律學。云齊武時，刪定郎王植之，集注張、杜舊律，合為一書，凡一千五百三十條，事未施行，其文殆滅。法度能言之。於是以為兼尚書刪定郎，使損益植之舊本，以為《梁律》。」定為二十篇。「其制刑為十五等之差：棄市已上為死罪，大罪梟其首，其次棄市。刑二歲已上為耐罪，言各隨伎能而任使之也。有鉗五歲刑，笞二百，收贖絹，男子六十匹。又有四歲刑，男子四十八匹。又有三歲刑，男子三十六匹。又有二歲刑，男子二十四匹。罰金一兩已〔以〕上馬贖罪。贖死者金二斤，男子十六匹。贖髡鉗五歲刑笞二百者，金一斤十二兩，男子十四匹。贖四歲刑者，金一斤八兩，男子十二匹。贖三歲刑者，金一斤四兩，男子十匹。贖二歲刑者，金一斤，男子八匹。罰金十二兩者，男子六匹。罰金八兩者，男子四匹。罰金四兩者，男子二匹。罰金二兩者，男子一匹。罰金一兩者，男子二丈。女子各半之。五刑不簡，正於五罰，五罰不服，正於五過，以贖論，故為此十五等之差。又制九等之差：有一歲刑，半歲刑，百日刑，鞭杖二百，鞭杖一百，鞭杖五十，鞭杖三十，鞭杖二十，鞭杖一十。又有八等之差：一曰免官，加杖督一百；二曰免官；三曰奪勞百日，杖督一百；四曰杖督一百；五曰杖督五十；六曰杖督三十；七曰杖督二十；八曰杖督一十。論

加者上就次，當減者下就次。」、「其謀反、降叛、大逆已〔以〕上皆斬。父子、同產男，無少長，皆棄市。母妻姊妹及應從坐棄市者，妻子女妾同補奚官為奴婢。貲財沒官。劫身皆斬，妻子補兵。遇赦降死者，黥面為劫字，髡鉗，補冶鎖士終身。其下又謫運配材官冶士、尚方鎖士，皆以輕重差其年數。其重者或終身。士人有禁錮之科，亦有輕重為差。其犯清議，則終身不齒。大凡定罪二千五百二十九條。天監二年四月癸卯，法度表上新律，又上《令》三十卷，科三十卷。帝乃以法度守廷尉卿，詔班新律於天下。三年八月，建康女子任提女，坐誘口當死。其子景慈對鞫辭云，母實行此。是時法官虞僧虯啟稱：景慈宜加罪辟。詔流於交州。至是復有流徒之罪。其年十月甲子，詔以金作權典，宜在蠲息。於是除贖罪之科。十四年，又除黥面之刑。大同十一年十月，復開贖罪之科。中大同元年七月甲子，詔自今犯罪，非大逆，父母、祖父母勿坐。陳武帝求得梁時明法吏，令與尚書刪定郎范泉，參定律令。又敕尚書僕射沈欽、吏部尚書徐陵、兼尚書左丞宗元饒、兼尚書左丞賀朗參知其事，制《律》三十卷，《令律》四十卷。其制唯重清議禁錮之科。若縉紳之族，犯虧名教，不孝及內亂者，發詔棄之，終身不齒。先與士人為婚者，許妻家奪之。其獲賊帥及士人惡逆，免死付治，聽將妻入役，不為年數。又存贖罪之律，復父母緣坐之刑。其餘篇目條綱，輕重簡繁，一同梁法。」

後魏自昭成以前，所用皆其舊俗。至道武乃入中原，其用法始末具見《魏書·刑罰志》。《志》曰：太祖「既定中原，患前代刑網峻密，乃命三公郎王德除其法之酷切於民者，約定科令，大崇簡易。」、「世祖即位，以刑禁重，神中，詔司徒崔浩定律令。除五歲四歲刑，增一年刑。分大辟為二科死，斬死，入絞。大逆不道腰斬，誅其同籍，年十四已〔以〕下腐刑，女子沒縣官。害其親者之。為蠱毒者，男女皆斬，而焚其家。巫蠱者，負殺羊抱犬沈〔沉〕諸淵。當刑者贖，貧則加鞭二百。畿內民富者燒炭於山，貧者役於圜溷，女子入舂藁；某固疾不逮於人，守苑囿。王官階九

品，得以官爵除刑。婦人當刑而孕，產後百日乃決。年十四已〔以〕下，降刑之半，八十及九歲，非殺人不坐。」正平元年，詔詳案律令。於是游雅與中書侍郎胡方回等改定律制。盜律復舊，加故縱、通情、止舍之法及他罪，凡三百九十一條。門誅四，大辟一百四十五，刑二百二十一條。高宗又增律七十九章，門房之誅十有三，大辟三十五，刑六十二。延興四年，詔自非大逆干紀者，皆止其身，罷門房之誅。太和三年，先是以律令不具，詔中書令高閭集中祕官等修改舊文，隨例增減。又敕群官，參議厥衷，經御刊定。五年冬訖，凡八百三十二章，門房之誅十有六，大辟之罪二百三十五，刑三百七十七，除群行剽劫首謀門誅，律重者止梟首焉。

　　齊文宣命群官議造齊律，至武成河清三年，乃成十二篇，又新令四十卷。其不可為定法者，別制權令二卷，與之並行。周律成於保定三年，謂之大律，凡二十五篇。隋高祖受周禪，詔高熲等更定新律。後又敕蘇威、牛弘等更定，凡十二卷。煬帝又敕修律令，凡十八篇，謂之《大業律》。齊制死罪四等，曰梟首、斬、絞，流刑未有道里之差，耐罪五等，鞭五等，杖四等，凡十五等。後周杖、鞭、徒、流、死各為五等。隋以笞、杖、徒、流、死為五刑，而除前代鞭刑及梟首、裂之法（死刑二，曰斬，曰絞），後世遂莫之能易。《通考》曰：「漢文除肉刑，善矣，而以髠、笞代之。髠法過輕，而略無懲創。笞法過重，而至於死亡。其後乃去笞而獨用髠，減死罪一等，即止於髠鉗。進髠鉗一等，即入於死罪。而深文酷吏，務從重比，故死刑不勝其眾。魏、晉以來病之，然不知減笞數而使之不死，乃徒欲復肉刑以全其生，肉刑卒不可復，遂獨以髠鉗為生刑，所欲活者傅生議，於是傷人者或折腰體，而才剪其毛髮，所欲陷者與死比，於是犯罪者既已刑殺，而復誅其宗親，輕重失宜，莫此為甚！及隋、唐以來，始制五刑，曰笞、杖、徒、流、死。此五者即有虞所謂鞭、朴、流、宅，雖聖人復起，不可偏廢也。」

　　《唐書·刑法志》：「唐之刑書有四，曰：律、令、格、式。令者，尊

卑貴賤之等數，國家之制度也。格者，百官有司之所常行之事也。式者，其所常守之法也。凡邦國之政，必從事於此三者。其有所違及人之為惡而入於罪戾者，一斷以律。律之為書，因隋之舊。」其用刑有五：一曰笞，二曰杖，三曰徒，四曰流，五曰死。自隋以前，死刑有五，曰：罄、絞、斬、梟、裂。而流、徒之刑，鞭笞兼用，數皆逾百。至隋始定為笞刑五，自十至於五十；杖刑五，自六十至於百；徒刑五，自一年至於三年；流刑三，自一千里至於二千里；死刑二，絞、斬。除其鞭刑及梟首、裂之酷。又有議、請、減、贖、當、免之法。唐皆因之。太宗即位，詔長孫無忌、房玄齡等復定舊令，議絞刑之屬五十，皆免死而斷右趾。其後蜀王法曹參軍裴弘獻駁律令四十餘事，乃詔房玄齡與弘獻等重加刪定。玄齡等以謂「古者五刑，刖居其一。及肉刑既廢，今以笞、杖、徒、流、死為五刑，而又刖足，是六刑也。」於是除斷趾法，為加役流三千里，居作二年。

　　宋因唐律、令、格、式之舊，而隨時損益則有《編敕》，一司、一路、一州、一縣又別有《敕》。建隆初，詔判大理寺竇儀等上《編敕》四卷，凡一百有六條，詔與新定《刑統》三十卷並頒行於天下。太平興國中，增至十五卷，淳化中倍之。咸平中增至萬八千五百五十五條，詔給事中柴成務等刪定可為《敕》者二百八十六條，準律分十二門，總十一卷。又為《儀制令》一卷。當時便其簡易。大中祥符中，又增三十卷，千三百七十四條。又有《農田敕》五卷，與《敕》並行。仁宗命官修定，取《咸平儀制令》及制度約束之在《敕》者五百餘條，悉附令後，號曰《附令敕》。天聖七年《編敕》成，合《農田敕》為一書，視《祥符敕》損百餘條。凡此皆在律令之外者也。慶曆又復刪定，增五百條，剔為《總例》一卷。後又修《一司敕》二千三百十七條，《一路敕》千八百二十七條，一州、一縣《敕》千四百五十一條。凡此，又在《編敕》之外者也。嘉祐初，有《祿令》、《驛令》。又重編《敕》。七年，書成。總千八百三十四條。又別為《續附令敕》三卷。神宗以律不足以周事情，凡律所不載者一斷以敕，乃

更其目曰敕、令、格、式，而律恆存乎敕之外。熙寧初，置局修敕。元豐中，成二十有六卷，復下二府參訂，然後頒行。帝曰：「禁於已然之謂敕，禁於未然之為令，設於此以待彼之謂格，使彼效之之謂式。」於是凡入笞、杖、徒、流、死，自名例以下至斷獄十二門，麗刑名輕重者，皆為敕。自品官以下至斷獄三十五門，約束禁止者，皆為令。命官之等十七，吏、庶人之賞等七十七，又有倍、全、分、厘之級凡五等，有等級高下者，皆為格。表奏、帳籍、關牒、符檄之類凡五卷，有體制模楷者，皆為式。元祐時，劉摯、孫覺等言其煩，詔摯等刊定。崇寧元年，下詔追復元豐法制，凡元祐條例悉毀之。徽宗每降御筆手詔，變亂舊章，由是吏緣為奸（崇寧五年，嘗詔三省以常法沮格，特旨以大不恭論。見《宋史》卷二百）。高宗播遷，斷例散逸，建炎以前，凡所施行，類出入吏省記。三年四月，始命取嘉祐條法與政和敕令對修而用之。紹興元年，書成，號《紹興敕令格式》，而吏胥所省記者亦引用焉。乾道六年，成《乾道敕令格式》。時法令雖具，然吏一切以例從事，法當然而無例，則事皆泥而不行，甚至隱例以壞法，賄賂既行，乃為具例。後有《淳熙敕令格式》，時以官不暇遍閱，吏得容奸，令敕令所分門編類為一書，名《淳熙條·法事類》，前此所未有也。後又有《慶元敕令格式》、《淳祐敕令格式》。淳祐十一年，又與慶元法校定為四百三十卷。度宗以後遵行，無所更定矣。其他一司、一路、一州、一縣《敕》，時有增損，不可勝記焉。

　　遼刑法有死、杖、徒、流四等，蓋亦取法於中原。其舊制不可考。《遼史·刑法志》云：「太祖初年，庶事草創，犯罪者量輕重決之。其後治諸弟逆黨，權宜立法。」一歸於重，欲鉗民使不為變，蓋本無定制也。其可考見者，如親王有罪，或投諸高崖殺之；淫亂不軌者，五車殺之；逆父母者視此；犯上者以熟鐵椎撩其口殺之。又為梟磔、生瘞、射鬼箭、炮擲、支〔肢〕解諸刑，均可見其用刑之酷。厥後穆宗淫刑以逞，卒亡其軀。天祚賞罰無章，終覆其國。雖曰其君之無道，未始非其部族之舊習

有以啟之也。神冊六年，詔大臣定治契丹及諸夷之法，漢人則斷以《律令》，是為契丹定法之始。太宗時，治渤海人一依漢法，餘無改焉。道宗清寧六年，以契丹、漢人風俗不同，而國法不可異施，命惕隱蘇、樞密使乙辛等更定《條制》。凡合於《律令》者，具載之；不合者，別存之。存否以《律令》為準，蓋用漢法以改舊法也。契丹、漢人相毆至死，其法本輕重不均，聖宗時乃等科之。

《金史·刑志》云：「金國舊俗，輕罪笞以柳，殺人及盜劫者，擊其腦殺之，沒其家貲，以十之四入官，其六償主，並以家人為奴婢，其親屬欲以馬牛雜物贖者從之。或重罪亦聽自贖，然恐無辨於齊民，則劓、刵以為別。」蓋凡罪皆許以財贖，故《金史·刑志》又云「金初，法制簡易，無輕重貴賤之別，刑、贖並行」也。〈世紀〉：始祖解完顏部及他部之鬥，「約曰：凡有殺傷人者，徵其家人口一、馬十偶、勃牛十、黃金六兩，與所殺傷之家，即兩解，不得私鬥。女真之俗，殺人償馬牛自此始。」可見其由來之舊矣。又云：「康宗七年，歲不登，民多流莩，強者轉而為盜。歡都等欲重其法，為盜者皆殺之。太祖曰：以財殺人，不可。財者人所致也。遂減盜賊徵償法為徵三倍。」可見其治盜賊亦以徵償之法行之矣。其獄掘地為之，深廣數丈，蓋穴居之遺習也。太宗稍用遼、宋法。天眷三年，復取河南，詔所用刑法皆從律文。皇統間，詔諸臣，以本朝舊制，兼採隋、唐之制，參遼、宋之法，類以成書，名曰《皇統制》，頒行中外。時則並用古律。海陵多更舊制，正隆間，有《續降制書》，與《皇統制》並行。世宗即位，以正隆之亂，盜賊公行，兵甲未息，一時制旨多從時宜，集為《軍前權宜條理》。大定五年，令有司復加刪定，與前《制書》並用。後以正隆《制書》多任己意，傷於苛察，而與《皇統制》並行，是非淆亂，莫知適從，奸吏因得上下其手，乃置局，令大理卿移剌慥總中外明法者共校正。以《皇統制》、正隆《制》、大定《軍前權宜條理》，後《續行條理》，刪繁正失，闕者以律文足之，《條理》內有可常行者亦為定法，餘別為一部

存之。凡校定千一百九十條，分為十二卷，以《大定重修制條》為名，詔頒行焉。時大定十七年也。明昌元年，上問宰臣曰：「今何不專用律文？」平章張汝霖曰：「前代律與令各有分，犯令者以律決之。今制、律混淆，固當分也。」遂置詳定所，命審定律、令。五年，詳定官言：「若依重修制文為式，則條目增減，罪名輕重，當異於律。與舊同頒，則使人惑而易為奸，請用今制，準律文修定，採前代刑書以補遺闕，取《刑統》疏文以釋之，命曰《明昌律義》。新編榷貨、邊部、權宜等事，集為《敕條》。」宰臣謂：「先所定令文尚有未完，俟皆通定，然後頒行。」於是重修新律。至泰和元年，新修律成，凡十二篇：（一）〈名例〉（二）〈衛禁〉（三）〈職制〉（四）〈戶婚〉（五）〈廄庫〉（六）〈擅興〉（七）〈賊盜〉（八）〈鬥訟〉（九）〈詐偽〉（十）〈雜律〉（十一）〈捕亡〉（十二）〈斷獄〉。實《唐律》也，但加贖銅皆倍之，增徒至四年、五年為七，削四十七條，增百四十九條，略有損益者二百八十二條，餘百二十六條皆從其舊；又加以分其一為二、分其一為四者六條，凡五百六十三條，為三十卷，附注以明其事，疏義以釋其疑，名曰《泰和律義》。又《律令》二十卷、《新定敕條》三卷、《六部格式》三十卷。詔以明年五月頒行之。

　　元初，循用金律。世祖平宋，始定新律，頒之有司，號曰《至元新格》。仁宗時，又以格例條畫關於風紀者，類集成書，曰《風憲宏綱》。英宗時，復取前書加損益焉，號曰《大元通制》。其書之大綱有三：曰詔制，九十四條；曰條格，一千一百五十一條；曰斷例，七百十七條。大概纂集世祖以來法制事例而已。其五刑之目：凡七下至五十七，謂之笞刑；六十七至一百七，謂之杖刑，皆以十遞加；其徒法，年數杖數，相附麗為加減，一年杖六十七，一年半杖七十七，二年杖八十七，二年半杖九十七，三年杖一百七，鹽徒盜賊既決而又鐐之；流則南人遷於遼陽迤北之地，北人遷於南方湖廣之鄉；死刑有斬而無絞，惡逆之極，則有陵〔凌〕遲處死之法。教徒犯罪與平民處治不同。蒙古人與漢人亦不平等。其見

於《元史》者，如〈職制〉上云：「諸僧、道、儒人有爭，有司勿問，止令三家所掌會問。諸哈的大師，止令掌教唸經，回回人應有刑名，戶婚、錢糧、詞訟並從有司問之。諸僧人但犯姦盜詐偽，至傷人命及諸重罪，有司歸問。其自相爭告，從各寺院住持本管頭目歸問。若僧俗相爭田土，與有司約會；約會不至，有司就便歸問。」〈殺傷〉云：「諸蒙古人因爭及乘醉毆死漢人者，斷罰出徵，並全徵燒埋銀。」皆是也。

明太祖平武昌，即議律令。吳元年十月，命左丞相李善長為律令總裁官，參知政事楊憲、傅，御史中丞劉基，翰林學士陶安等二十人為議律官。十二月，書成，凡為令一百四十五條，律二百八十五條。又恐小民不能周知，命大理卿周楨等取所定律令，自禮樂、制度、錢糧、選法之外，凡民間所行事宜，類聚成編，訓釋其義，頒之郡縣，名曰《律令直解》。洪武六年夏，刊《律令憲綱》，頒之諸司。冬，詔刑部尚書劉唯謙詳定《大明律》。明年二月，書成。篇目一準於唐，合六百有六條，分為三十卷。其後時有增損。二十二年，命翰林院同刑部官，取比年所增者，以類附入。三十年，作《大明律》、《誥》成，刊布中外。《大誥》者，洪武十八年，採輯官民過犯，條為《大誥》。次年，復為《續編》、《三編》，皆頒學宮以課士，並置塾師教之。因有《大誥》者，罪減等。命刑官取《大誥》條目，撮其要略，附載於律。蓋太祖之於律令也，草創於吳元年，更定於洪武六年，整齊於二十二年，至三十年始頒示天下焉。弘治十三年，刑官上言：「中外巧法吏或借便己私，律浸格不用。」於是下尚書白昂等會九卿議，增歷年問刑條例經久可行者二百九十七條。自是以後，律、例並行。嘉靖二十八年，詔尚書顧應祥等定議，增至二百四十九條。三十四年，又因尚書何鰲言，增入九事。萬曆十三年，刑部尚書舒化等輯嘉靖三十四年以後詔令及宗藩軍政條例、捕盜條格、漕運議單與刑名相關者，律為正文，例為附注，共三百八十二條，刪世宗時苛令特多。

《大誥》所用刑甚峻。凡三《誥》所列凌遲、梟示、種誅者，無慮

千百，棄市以下萬數。其目凡十。其第十曰「寰中士夫不為君用。」當時，貴溪儒士夏伯啟叔侄斷指不仕，蘇州人才姚潤、王謨被徵不至，皆誅而籍其家。此科所由設也。自《律》、《誥》出，《大誥》所載諸峻令未嘗輕用。其後罪人率用《大誥》減等，亦不復論其有無矣。《清史律公式講讀律令》曰：「百工技藝諸色人等，有能熟讀講解通曉律意者，若犯過失，及因人連累致罪，不問輕重，並免一次。其事干謀反叛逆，不用此律。」其用意與明以《大誥》減罪同，皆欲人民通曉律令也。

　　清順治三年，刑部尚書吸達海奉詔參酌《明律》，纂《大清律集解‧附例》。康熙九年，大學士管刑部尚書事對喀納等奉詔校正。十八年，特諭刑部定律外，條例有應存者，詳加酌定，刊刻通行各現行則例。二十八年，臺臣盛符升請以現行則例載入《大清律》內。命尚書圖納、張玉書等為總裁。至四十六年，繕寫進呈。雍正元年，大學士朱軾、尚書查郎阿奉詔續成之。五年書成，名《大清律集解‧附例》。高宗即位，從尚書傅鼐請，命律例館總裁三泰等考正。五年，纂入則例一千又四十九條。自是數年修，以新例分附律後，遂稱《大清律例》，律四百五十七門。雍正五年，刪改增並為四百三十六門，後迄仍之，例遞有增益。嘉慶六年，為一千五百七十三條。

　　日本織田萬曰：「近世諸國，各法皆有法典，然行政法典不過學者私撰。葡萄牙雖有行政法典，然僅關地方制度，非括行政全體，仍不得以行政法典視之也。唯《大清會典》純乎行政法典之性質。雖行政法規之全體，尚有他種成文法及不文法以輔之，然行政機關之組織權限及事務，莫不以《會典》為主，則《會典》之為行政法典無疑矣。」按：明清《會典》源於《唐六典》，《唐六典》模範《周官》。《周官》究出何時何人，辯論紛如。鄙意謂大體當出戰國時。《唐六典》之作，始於開元十年，而成於十六年，實公曆七百二十二至七百二十八年也，亦可謂早矣（《周官》：「大宰之職，掌建邦之六典，以佐王治邦國。以八法治官府。以八則治都鄙。」《注》：

「則，亦法也。典、法、則，所用異，異其名也。」《疏》曰：「典、法、則三者相訓，其義既同，但邦國言典，官府言法，都鄙言則，是所用處異，故別言之，其實義通也。」按：此則治官府與人民之法，當分別為書，古人早知之矣）。

清修《會典》始於康熙二十三年，二十九年成。凡一百六十卷。雍正十年修之，乾隆二十九年又修之，為百卷。嘉慶十八年，修為八十卷。同治十二年續修，迄未成，因義和團事起，乃中止。織田萬云：「嘉慶本體裁全變，順次及分類亦與前異，實足當簡明精審之稱。自乾隆修後，以逐年事例別為一書，名曰《大清會典則例》。嘉慶本合之而成《會典事例》，凡九百二十卷。舊例分局課纂輯，錯雜難尋。此則統一官廳之事例，就事件性質分類，各類中事例皆按年編纂，甚易考也。」

《會典》規定，多襲前朝，修改亦只則例。其凡例謂：「以典為綱，以則為目。」乾隆時，始區則與典為二，謂「例可通，典不可變，今緣典而傳例，後或因例以淆典也」。從事纂修者為會典館，不常設。律例則五年一小修，限十個月成，十年一大修，限一年成。館屬刑部，平時亦無人，至纂修之年，臨時任命，事畢即罷。

織田萬曰：「典與例實不免矛盾。實際重則例，然例易變，而典不然。至例廢，則典又發生效力。然則典未嘗廢，其與例矛盾不見引用時，只可謂停止效力耳。」又曰：「律不得輕改，而例因時變通。其性質及關係，亦如會典之與則例。律尚簡，例尚繁。律斷法，例準情。故律重者例可輕，律輕者例可重。有例則置律，例有新則置故，律例皆無正條，則比而稽焉。然則捨律用例，乃捨舊用新耳。」又曰：「條例不必官修，如現行《大清律例·統纂集成》，乃嘉慶時沈之奇所撰。道光時，山陰姚雨蓑一再修輯，兵燹後傳本頗少。同治初，吳曉帆得其原本，就會稽任彭年釐訂，至六年告成。十年，吳氏又續修之。光緒初，會稽陶駿及陶念霖又加校補是也。」、「凡舊例不纂入新例，即為廢止。」乾隆四年，《大清律例》部頒凡

例曰：「頒發之後，內外問刑，衙門悉令遵照辦理。其有從前例款此次修輯所不登入者，皆經奏准刪除，毋得以曾經通行仍復援引，違者論如律是也。」

又曰：「則例者，官廳執務生疑義，經行政階級順次申中央政府轉發該部議奏，經敕裁即成新設事例，其裁可之形式如此。例之本質，不過行政機關處理事務之法，然以形式設定則，對於將來之事可為準則，非僅在內部有效力，即對於人民亦有效力也。集此等事例，以一定之年纂輯之，經敕裁後即為行政可據之法規，此則所謂則例也。例之制定如此，故其效力，事實上為拘束行政官廳之先例，法律上為君主裁可發布之成文法，固非集輯先例之文書也。纂修則例，各部皆有定期，而各部不同。又有不依定期者。世所傳新例，遂往往誤謬脫漏，於是私修則例之事起。同治八年沈賢書、孫爾耆，光緒十五年屠煥辰皆私撰《六部處分則例》焉。」

又曰：「則例定期由各部纂修，而乾隆時概括之為《大清會典則例》，此一新例也。至嘉慶，乃更改編纂之式，會典務揭綱要，別設《會典事例》，從來之事例皆編入焉。然統各部以纂修甚難，故後不復修，《會典事例》第由各部纂修實例而已。刑部應為則例之事，編入條例中，故各部皆有則例，刑部獨無之。又所謂《六部處分則例》者，乃吏部所修，以通治六部官吏，故名，非合六部之則例而編纂之也。」

織田氏又曰：「《欽定吏部則例》、《大清會典則例》等，一般則例也。《欽定物料價直則例》、《八旗則例》、《六部處分則例》等，特別則例也。《大清通禮》、《戶部漕運全書》等，雖無則例之名，實亦特別則例也。省例為各省所特有，而定省例時，往往考採他省之例，使相一致，所謂各省通行之例是也。故雖名省例，效力殆與條例、則例同，纂入條例、則例中者亦甚多。纂修省例未見定期奏請中央，抑以地方職權專決，法律上亦無明證。」

又曰：「成案者，各部省之判決例也。其應永行者，編入條例、則例

中，即成成文法；即未纂入時，亦有一定法力，然不為法規，故成案實為不文法。中國土廣民眾，各地方習俗不同，成文法不能包括，故不文法勢力甚大。不文法廣分之為慣習、裁判例、學說、條理四種。近世立法事業完備之國，獨認慣習法，裁判例實際甚重，而不能為法，學說、條理更不待言矣。然古於此多有法力，中國亦然。又刑法依嚴正之解釋，法無明文，無論如何不能以理論罪，中國亦許援引比附。《清律》『斷罪無正』條云：凡律令該載，不異事理，若斷罪無正條者，援引他律者，附應加應減定擬罪名，議定奏問，若輒斷決，致罪有出入，以故失論。」

明制笞刑五，自一十至五十，杖刑五，自六十至一百，皆每十為一等加減。徒刑五，徒一年杖六十，一年半杖七十，二年杖八十，二年半杖九十，三年杖一百，每杖十及徒半年為一等加減。流刑三，二千里，二千五百里，三千里，皆杖一百，每五百里為一等加減。死刑二，絞、斬。五刑之外，徒有總徒四年（遇例減一年者），有準徒五年（斬、絞、雜犯減等者）。流有安置，有遷徙（去鄉一千里，杖一百，準徒二年），有口外為民，其重者為充軍。充軍者，明初唯邊方屯種。後定制，分極邊、煙瘴、邊遠、邊衛、沿海、附近。軍有終身，有永遠。二死之外，有凌遲，以處大逆不道諸罪者。

明《名例律》稱二死三流各同為一減。如二死遇恩赦減一等，即流三千里；流三等以《大誥》減一等，皆徒五年。犯流罪者，無不減至徒罪矣。故三流常設而不用。而充軍之例為獨重。軍有逃故，按籍勾補。永遠者罰及子孫。明初法嚴，縣以千數，數傳之後，以萬計矣。有丁盡戶絕，止存軍產者，或並無軍產，戶名未除者，朝廷歲遣御史清軍，有缺必補。每當勾丁，逮捕族屬、里長，延及他甲，雞犬為之不寧。萬曆二年，罷歲遣清軍御史，並於巡按，民稍獲安。然親族有科獄軍裝之費，里遞有長途押解之擾。至所充之衛，衛官必索常例。而又利其逃去，可乾沒口糧，每私縱之。其後律漸弛，發解者不能十一。其發極邊者，長解輒賄兵部，持

勘合至衛，虛出收管，而軍犯顧在家僾息云。

贖法有二，有律得收贖者，有例得納贖者。律贖無敢損益，而納贖之例則因時權宜，先後互異。大抵贖例有二，一罰役，一納鈔。罰役者，後多折工值納鈔。及鈔法既壞，則納鈔亦變為納銀、納米焉。

清五刑皆同明，亦有總徒、準徒。充軍分附近、近邊、邊遠、極邊、煙瘴五等，罪更重者，給黑龍江等處戍兵為奴，時日發遣。流之地由刑部定之，軍流之地則由兵部定之。宗室以罰養贍銀代笞，以板責圈禁代徒流充軍（代徒流者，拘禁；代充軍者，鎖禁）。雍正十二年以後，並施之覺羅，死罪多以特恩賜自盡。旗人以鞭責代笞杖，枷號代徒流及充軍，死刑以斬立決為斬監候，斬監候為絞。宗室者，顯祖之子孫，俗稱黃帶子，有罪革退則紅帶。覺羅者，顯祖之旁支，俗稱紅帶子，有罪革退則紫帶。宗人府名籍，亦宗室黃冊，覺羅紅冊焉。凡毆傷紅黃帶子者，罪重於凡，唯不繫此帶，無由知其為紅黃帶子時，仍同凡論。繫帶入茶坊酒肆亦然，以其自褻皇族之尊也。

明以刑部掌受天下刑名，都察院司糾察，大理寺主駁正，並稱三法司。京師自笞以上罪，悉由部定。洪武初決獄，笞五十者縣決之，杖八十者州決之，一百者府決之，徒以上具獄送行省。二十六年，布政司及直隸府州縣，笞杖就決；徒流、遷徙、充軍、雜犯死罪解部，審錄行下，具死因所坐罪名上部詳議如律者，大理寺擬復平允，監收候決。其絕不待時重囚，報可，即奏遣官往決之。情詞不明或出入者，大理寺駁回改正，再問駁至三，改擬不當，將該官吏奏問，謂之照駁。若亭疑讞決，而囚有番異，則改調隔別衙門間擬。二次番異不服，則具奏，會九卿鞫之，謂之圓審。至三四訊不服，而後請旨決焉。正統四年，徒流就直省決遣，死罪以聞。

會官審錄之例，定於洪武三十年。初制，有大獄必面訊。十四年，命法司論囚，擬律以奏，從翰林院、給事中及春坊正字、司直郎會議平允，

然後復奏論決。繼令五軍都督府、六部、都察院、六科、通政司、詹事府，間及駙馬雜聽之。仁宗特命內閣學士會審重囚。憲宗罷。隆慶元年，高拱復行之。朝審始於天順三年，霜後命三法司同公、侯、伯會審重囚。歷朝遵行。凡決囚，每歲朝審畢，法司以死罪請旨，刑科三復奏，得旨行刑。在外者奏決平於冬至前，會審決之。大審，成化十七年，命司禮太監一員會同三法司堂上官，於大理寺審錄。南京則命內守備行之。自此，每五年輒大審。萬曆二十九年，不舉。四十四年，復行之。熱審始成祖永樂二年。成化時，有重罪矜疑、輕罪減等、枷號疏放諸例。正德元年，推行於南京。自小滿後十餘日，司禮監傳旨下刑部，即會同都察院、錦衣衛題請，通行南京法司，一體審擬具奏。京師自命下之日至六月終止。南京自部移至日為始，亦滿兩月而止。春審始於宣德七年。在外會審之例，定於成化時。初，太祖遣御史治各道囚，宣宗敕三司遣官審錄。正統六年，敕遣三法司官詳審天下疑獄。九年，選按察司官一員與巡按御史同審。成化十七年，定在京五年大審。即於是年遣部寺官分行天下，會同巡按御史行事。此等舉動，雖得矜慎刑獄之意，然參與司法之官太多，訊鞫太煩，實非法也。而廷杖之濫用，及東西廠、錦衣衛、鎮撫司之殘酷，尤為明代之弊制。

　　錦衣衛者，明之詔獄也。太祖時，天下重罪逮至京者，收繫獄中，數更大獄，多使斷治。後悉焚衛刑具，以囚送刑部審理。二十六年，申明其禁，詔內外獄毋得上錦衣衛，大小咸經法司。然及成祖，復用之。鎮撫司職理獄訟，初止立一司，與外衛等。洪武十五年，添設北司，而以軍匠諸職掌屬之南鎮撫司，於是北司專理詔獄。然大獄經訊，即送法司擬罪，未嘗具獄詞也。成化元年，始令復奏用參語，法司益掣肘。十四年，增鑄北司印信，一切刑獄毋關白本衛。即衛所行下者，亦逕自請上可否，衛使毋得與聞。故鎮撫職卑而其權日重。初，衛獄附衛治，至門達掌問刑，又於城西設獄舍，拘繫狼藉。達敗，用御史呂洪言，毀之。東廠始成祖。遷都

後，以內臣提督。憲宗時，別設西廠，以汪直領之。自京師及天下，廣遣偵事，後廢。孝宗時，廠衛不敢橫。及武宗復設西廠及東廠，皆用劉瑾黨，刺事四方，無賴乘之為奸。時衛使亦瑾黨，廠衛合矣。瑾又改惜薪司外薪廠為辦事廠，榮府舊倉地為內辦事廠，自領之。京師謂之內行廠，雖東西廠皆在伺察中。瑾誅，西廠、內行廠俱革，東廠如故。世宗馭中官嚴，廠權不及衛。至魏忠賢，而廠之禍極矣。莊烈帝誅之，然廠如故，告密之風未嘗息也。凡中官掌司禮監印者，其屬稱之曰宗主，而督東廠者曰督主。東廠之屬無專官，掌刑千戶一，理刑百戶一，亦謂之貼刑，皆衛官。其隸役悉取給於衛，最輕黠儇巧者，乃撥充之。役長曰檔頭，專主伺察。其下番子數人為幹事。京師亡命，詆財挾讎，視幹事者為窟穴。得一陰事，由之以密白於檔頭，檔頭視其事大小，先予之金。事日起數，金日買起數。既得事，率番子至所犯家，左右坐曰打椿。番子即突入執訊，無有左證符牒，賄如數，徑去。少不如意，榜治之，名曰干醡酒，亦曰搬醤兒，痛楚十倍官刑。且授意使牽有力者，有力者多與金，即無事。或靳不與，與不足，立聞上，下鎮撫司獄，立死矣。每月旦，廠役數百人，掣籤廷中，分瞰官府。其視中府諸處會審大獄、北鎮撫司考訊重犯者曰聽記。他官府及各城門訪緝曰坐記。某官行某事，某城門得某奸，胥吏疏白坐記者上之廠，曰打事件。至東華門，雖貪夜，投隙中以入，即屏人達至尊。以故事無大小，天子皆得聞之。家人米鹽猥事，宮中或傳為笑謔，上下憚憚無不畏打事件者。衛之法亦如廠。然須具疏，乃得上聞，以此其勢不及廠遠甚。然廠衛未有不相結者，獄情輕重，廠能得於內。而外有扞格者，衛則東西兩司房訪緝之，北司拷問之，鍛鍊周內，始送法司。即東廠所獲，亦必移撫司再鞫，而後刑部得擬其罪。故廠勢強，則衛附之，廠勢稍弱，則衛反氣凌其上。陸炳緝司禮監李彬、東廠馬廣陰事，皆至死，以炳得內閣嵩意。及後中官愈重，閣勢日輕，閣臣反比廠為之下，而衛使無不競趨廠門，甘為役隸矣。

　　錦衣衛升授勛衛、任子、科目、功升，凡四途。嘉靖以前，文臣子弟多不屑就。萬曆初，劉守有以名臣子掌衛，其後皆樂居之。士大夫與往還，獄急時，頗賴其力。守有子承禧及吳孟明，其著者也。莊烈帝疑群下，王德化掌東廠，以慘刻輔之，孟明掌衛印，時有縱舍，然觀望廠意不敢違。而鎮撫梁清宏、喬可用朋比為惡。凡縉紳之門，必有數人往來蹤跡。故常晏起早闔，毋敢偶語。旗校過門如被大盜，官為囊橐，均分其利。京城中奸細潛入，無一舉發，而高門富豪局踏無寧居。其徒黠者恣行請託，稍拂其意，飛誣立構，摘竿牘片字，株連至十數人。錦衣舊例有功賞，唯緝不軌者當之。其後冒濫無紀，所報百無一實。吏民重困，而廠衛題請輒從。隆慶初，給事中歐陽一敬言：「緝事員役，其勢易逞，而又各類計所獲功次，以為升授。則憑可逞之勢，邀必獲之功，枉人利己，何所不至！有盜經出首倖免，故令多引平民以充數者；有括家囊為盜贓，挾市豪以為證者；有潛構圖書，懷挾偽批，用妖言假印之律相誣陷者；或姓名相類，朦朧見收；父訴子孝，坐以忤逆。所以被訪之家，諺稱為劖，毒害可知矣。乞自今定制，機密重情，事干憲典者，廠衛如故題請。其情罪不明，未經讞審，必待法司詳擬成獄之後，方與紀功。仍敕兵、刑二部勘問明白，請旨升賞。或經緝拿未成獄者，不得虛冒比擬，及他詞訟，不得概涉，以侵有司之事。如獄未成，而官校及鎮撫司拷打傷重，或至死者，許法司參治。法司容隱扶同，則聽科臣並參。如此則功必復實，訪必當事，而刑無冤濫。」時不能用也。崇禎十五年，御史楊仁願言：「高皇帝設官，無所謂緝事衙門者。臣下不法，言官直糾之，無陰訐也。後以肅清輦轂，乃建東廠。臣待罪南城，所閱詞訟，多以假番故訴冤。夫假稱東廠，害猶如此，況其真乎？此由積重之勢然也。所謂積重之勢者，功令比較事件，番役每懸價以買事件，受買者至誘人為姦盜而賣之，番役不問其從來，誘者分利去矣。挾忿首告，誣以重法，挾者志無不逞矣。伏願寬東廠事件，而後東廠之比較可緩，東廠之比較緩，而後番役之買事件與賣事件者俱可

息。」後復切言緹騎不當遣。帝為諭東廠，言所緝止謀逆亂倫，其作奸犯科，自有司存，不宜緝，並戒錦衣校尉之橫索者。然帝倚廠衛益甚，至國亡乃已。

　　清制，廳州縣及直隸州廳皆為親民之官，而府屬廳州縣由府審轉，直隸州廳由道審轉。重案報告上司曰通詳。急切不知事之始末，但報其事者曰通稟。對府、道、藩、臬、督、撫同時為之，故有六路通詳之名。若關軍事，即武衙門亦須報，關生員以上並報學政。又按月分舊管，新收、開除、實在報府曰月報。其控官吏者，戶婚、田土、錢債案件，由布政司親訊，刑案按察司親訊，仍會同布政司。其訴之督撫者，亦例發兩司。督撫亦受上訴，有須親訊者，有可委員審訊者，省城所設之發審局是也。再上則為戶、刑部矣。凡京控，或特派員查辦，或即令督撫查辦。凡民事，州縣皆得決斷，重大者亦可申布政司。刑事，州縣決徒以下，府道同。流刑由按察司親審，經督撫以達刑部。死刑由府擬律達督撫，經秋審乃上奏。秋審，在內由三法司，在外則督撫會同兩司，於四月一日行之，大抵唯就原供，問其服否，不服則發發審局或按察司重審，故其事一日即畢。五月奏聞，並咨刑部。刑部俟各省奏報齊全，於七月初匯呈御覽。霜降後使三法司會審，就督撫擬律審其當否，再經御覽。命內閣欽天監擇日，約當冬至前兩月，至日御便殿，由大學士勾決，內閣送本管監察御史，監察御史送刑部，刑部下該省督撫。勾決者行刑，否者仍監禁。在京死罪，刑部擬律入朝審。朝審由六部、大理寺、通政司、都察院會審，是為九卿。特命解京之犯亦附焉。北京民事案，由縣經府達戶部。順天府得決笞杖以下，徒由刑部。京城外順天府得決徒以下。大抵民事歸大、宛二縣及順天府，刑事多由步軍統領、五城御史，則習慣使然也。凡京控，刑部、提督、都察院皆得受理。都察院有具折奏聞者，有咨回各省督撫審辦者，亦有駁斥不准者。嘉慶四年諭俱不准駁斥，案情較重者應即行具奏，咨回本省者亦應視控案多寡，一兩月匯奏一次。宗室、覺羅由宗人府審訊，軍流以上須

請旨；與人民訴訟，會同戶、刑部審訊。八旗、包衣由內務府慎刑司，笞杖專決，徒以上咨刑部，死罪送三法司；與漢人交涉，會同地方官。旗人由將軍、都統，副都統，在京杖以下專決，徒以上送刑部。刑部得決徒流，死罪仍由三法司。民事小事專決，大事移戶部。在外得決徒以下。理事同知屬將軍者，得審旗人。盛京乾隆六年以前，旗人之審理，魔州縣不與焉。六年改之，刑事得決杖以下，以上由盛京刑部。民事小者專決，大者送盛京戶部。刑部得決徒罪，死罪入盛京秋審。盛京秋審由將軍、五部府尹會同審理，亦始乾隆時。蒙古由旗長、盟長順次達理藩院。其刑徒以下罰牲，不能代以鞭責。流罪遣送內地，遣送報理藩院會刑部決之。死罪解理藩院，會三法司定之。內屬蒙古亦屬將軍、副都統，與漢人交涉會同地方官審理。

　　光緒二十八年四月，命沈家本、伍廷芳參照各國法律，改訂舊律，於是改笞杖為罰金（分五錢、一兩、一兩五錢、二兩、二兩五錢、五兩、七兩五錢、十兩、十二兩五錢、十五兩，凡十等）。代徒流以工作（徒一年、一年半、二年、二年半、三年，皆依限工作。流二千里者工作六年，二千五百里者八年，三千里者十年）。死刑分絞、斬而除梟示、陵〔凌〕遲、戮屍，免緣坐，除刺字例。所有之軍遣亦代以工作。十二年，廢奴婢及滿、漢相異之條，於二十九年行之。後又改刑名為死、徒（分有期、無期）、拘留、罰金焉。三十年四月，設修訂法律館。明年，改刑部為法部，大理寺日院，各省按察司為提法司。三十三年，定《各級審判廳章程》。宣統元年，定《法院編制法》。審判之法，為四級三審制。四級者，大理院、高等審判廳、地方審判廳、初級審判廳。三審者，初審在初級廳，則上訴止於高等廳；初審在地方廳，則上訴終於大理院（唯內亂、外患、妨害國家三罪，以高等廳為初審，大理院為覆審，為四級二審），蓋採德、日之法也。

# 中國制度史：

## 從農工商業到刑法，呂思勉談古代社會結構與體制文化

作　　者：呂思勉

發 行 人：黃振庭

出 版 者：複刻文化事業有限公司

發 行 者：複刻文化事業有限公司

E-mail：sonbookservice@gmail.com

粉 絲 頁：https://www.facebook.com/
　　　　　sonbookss/

網　　址：https://sonbook.net/

地　　址：台北市中正區重慶南路一段六十一號八
　　　　　樓 815 室

Rm. 815, 8F., No.61, Sec. 1, Chongqing S. Rd.,
Zhongzheng Dist., Taipei City 100, Taiwan

電　　話：(02)2370-3310

傳　　真：(02)2388-1990

印　　刷：京峯數位服務有限公司

律師顧問：廣華律師事務所 張珮琦律師

定　　價：720 元

發行日期：2023 年 11 月第一版

◎本書以 POD 印製

**國家圖書館出版品預行編目資料**

中國制度史：從農工商業到刑法，
呂思勉談古代社會結構與體制文化
/ 呂思勉 著 . -- 第一版 . -- 臺北市：
複刻文化事業有限公司 , 2023.11
面；　公分
POD 版
ISBN 978-626-97907-0-8( 平裝 )
1.CST: 中國政治制度 2.CST: 社會
制度 3.CST: 經濟制度
873.1　　112016825

電子書購買

臉書

爽讀 APP